VENTO DE QUEIMADA

ANDRÉ DE LEONES

VENTO DE QUEIMADA

1ª edição

EDITORA RECORD
RIO DE JANEIRO • SÃO PAULO
2023

CIP-BRASIL. CATALOGAÇÃO NA PUBLICAÇÃO
SINDICATO NACIONAL DOS EDITORES DE LIVROS, RJ

L599v Leones, André de
Vento de queimada / André de Leones. - 1. ed. - Rio de Janeiro : Record, 2023.

ISBN 978-65-5587-667-3

1. Romance brasileiro. I. Título.

22-81116 CDD: 869.3
CDU: 82-31(81)

Meri Gleice Rodrigues de Souza - Bibliotecária - CRB-7/6439

Texto revisado segundo o Acordo Ortográfico da Língua Portuguesa de 1990.

Direitos exclusivos desta edição reservados pela
EDITORA RECORD LTDA.
Rua Argentina, 171 – Rio de Janeiro, RJ – 20921-380 – Tel.: (21) 2585-2000.

Impresso no Brasil

ISBN 978-65-5587-667-3

Seja um leitor preferencial Record.
Cadastre-se no site www.record.com.br
e receba informações sobre nossos
lançamentos e nossas promoções.

Atendimento e venda direta ao leitor:
sac@record.com.br

SUMÁRIO

Para a Kelly, minha senhora,

e para Filipe Siqueira,
Carla Cavalcante
e André de Souza (o verdadeiro Gordie),

esta natureza-morta que pintei com os dedos.

"A grande questão teológica, cavalheiros, disse ele virando-se gentilmente, não é a existência do mal — não, cavalheiros, Deus nos livre —, a grande questão diz respeito, sim, à real presença do bem."

— William H. Gass, *Omensetter's Luck*.

"A história é a grande prostituta de todos nós: história e desejo de história é o que perseguimos. A história arrogante, antrópica, insana."

— Paulo Bertran, *História da Terra e do Homem no Planalto Central*.

"É sempre uma bagunça depois de uma matança."

— Dono de saloon em *Sem Lei e Sem Alma*
(*Gunfight at the O.K. Corral*, John Sturges, 1957).

PRÓLOGO

TÁRTARO

1º ABR. 1983

Desci ontem ao Centro da cidade, ele diz após riscar um fósforo e antes de acender o cigarro que pende da boca, o levíssimo sotaque estrangeiro e a voz meio empostada insuflando cada vogal com algo que remete à ameaça de um bocejo. Dei uma boa olhada na festa.

Festa?

Uma primeira tragada, os olhos fixos na água corrente, depois na ponta do cigarro encaixado entre os dedos indicador e médio da mão direita, mão que agora repousa sobre a coxa. As cadeiras de metal a três passos da água; ele as trouxe no porta-malas do carro, emprestadas pelo pai dela, a ideia de se sentar no chão ou numa toalha estendida não apetecendo a nenhum dos dois. Estão ambos descalços, com bonés e roupas de banho, ela de biquíni verde e bermuda jeans, ele usando uma sunga azul e uma camiseta com a bandeira do Arizona estampada, os treze raios vermelhos e dourados como o pôr do sol no estado do Grand Canyon, treze como as treze colônias originais, e a estrela acobreada, tenho um amigo que mora em Scottsdale, explicou minutos antes, comprei isso na última vez em que passei por lá para visitá-lo, ele não anda nada bem. No chão, entre as cadeiras, três garrafas grandes de água mineral, uma delas aberta e pela metade, e uma sacola plástica com a boca aberta e os restos do café da manhã: nacos e farelos de biscoitos de queijo e sanduíches de mortadela, dois caroços de maçã, três latinhas de refrigerante, vazias e meio amassadas, além de um amontoado de cascas de amendoim.

Festa?

Ele se abaixa e deixa o maço de Dunhill e a caixa de fósforos no chão, ao lado das garrafas de água mineral, depois alcança, em meio aos restos, uma das latinhas para usar como cinzeiro, endireita o corpo e dá outra tragada. Vou parar de fumar depois da Páscoa, diz, batendo as cinzas.

Desde quando ateu faz promessa desse tipo?

Não sou ateu, e não é uma promessa.

Ah, não?

Uma decisão, só isso.

Uma escolha?

Sim, ele responde, abrindo os braços e um sorriso. Contemple as minhas boas escolhas.

Prefiro contemplar as suas bolas.

Minhas bolas ficam lisonjeadas.

E não é uma festa.

O quê?

Não sei se dá pra chamar aquilo de *festa*.

E chamaremos de quê?

Acho que o nome certo é *procissão* mesmo.

O nome correto?

Isso. Correto, apropriado.

Procissão, ele diz e sorri outra vez, depois leva o cigarro à boca, fechando os olhos ao tragar.

Procissão. Isso aí.

Expelindo a fumaça para o céu aberto: Certo. O que mais?

Também não sei se dá pra dizer que você *desceu*.

Mas eu senti como se descesse.

Ela cantarola: "Da planície racional, uns desceram sem razão..." Sabe o que foi essa porcaria toda?

Não, mas consigo imaginar.

Cachaça. Muita cachaça ontem.

Bebi menos do que você.

Sim, mas é disso que se trata.

Disso o quê?

Você bebeu muito e sentiu como se descesse. Eu bebi ainda mais e senti como se... qual é mesmo a palavra?... *ascendesse*.

Ele gargalha, batendo as cinzas na boca da latinha. Você ascendeu, sim, pequena.

Não foi?

Uma nova tragada e: Foi, sim. Você ascendeu do chão do banheiro à boca da privada e, entre uma golfada e outra, calhou de fazer umas previsões apocalípticas.

Ela sorri, satisfeita consigo mesma. É, acho que fiz isso.

Sim, você fez.

Eu fiz, sim.

E houve quem achasse assustador.

Claro que *houve*.

A velha do quarto vizinho disse que você estava possuída.

Uma gargalhada sincera, a cabeça lançada para trás. Ai, ai, ai. Quem sabe, né?

Mas você se lembra das coisas que falou?

Mais ou menos.

Entre outras bobagens que não consegui discernir, você disse que Goiás será consumido pelo fogo, e que isso vai acontecer muito em breve.

Mas isso não é uma bobagem.

Ah, não?

E não é uma previsão apocalíptica. Isso é uma previsão *agrária*. Essa merda acontece todo ano.

A dona da pousada veio falar comigo ontem à noite, quando voltei da procissão.

Falar o quê?

Ela ficou preocupada com o seu estado.

Vou sobreviver.

Foi o que eu disse pra ela. A velha e outros hóspedes reclamaram. Disseram que a nossa conduta foi um tanto desrespeitosa. Creio que alguém usou o termo "blasfêmia". Estamos na semana santa, afinal.

E?

Nada. Você vai sobreviver. E a dona da pousada segurava o riso ao falar comigo. Acho que não estamos enrascados.

E os carolas que se fodam.

Porque alguém precisa se foder.

Sempre.

Outra tragada e ele se lembra de que: Era engraçado como você pronunciava *fogo*, engrossando a voz e subindo o tom de repente, e depois gargalhava de um jeito meio demoníaco.

Ou seja, a apreensão dos fiéis é compreensível.

Bastante compreensível.

Mas, agora que eu sei de tudo isso, sabe o que *não* é compreensível? Me deixar sozinha naquela merda de pousada, à mercê desses desvairados.

Você caiu no sono. Parecia bem.

Apedrejamentos, cruzadas e linchamentos foram promovidos por menos que minhas palavras junto à privada, Eminência.

Suas previsões *agrárias*.

O fogo caminha com as próprias pernas.

Assim como eu. Saí e voltei bem rápido, você nem se deu conta.

Me deixou sozinha naquela bosta de quarto.

Eu queria ver a procissão, já que viemos até aqui.

Um turista.

Quando me convém. E agora os meus pés estão me matando.

O que dói é a porra da minha cabeça, ela esfrega os olhos com o polegar e o indicador da mão esquerda. Preciso rebater.

Achei muito bonita a procissão.

O turista achou muito bonita a procissão e disse: "Achei muito bonita a procissão", disse o turista, que achou muito bonita a procissão.

Uma risada curta e ele dá uma última tragada, depois se abaixa, apaga o cigarro numa das pernas da cadeira e joga a guimba dentro da latinha, que devolve à sacola com os restos. Em seguida, endireita o corpo e corrige: Turista, não. Visitante.

Tá bom. O *visitante* achou muito bonita a procissão.

Achei mesmo. Estou falando sério. As luzes da cidade apagadas e todas aquelas tochas e velas, os tambores, a cantoria das pessoas. Só as roupas são meio tenebrosas.

Farricocos.

Como?

Tá falando das roupas dos caras que levam as tochas?

Sim.

Eles são chamados de farricocos. Representam os soldados romanos que vão atrás de Cristo.

Ah, sim. Essa parte eu entendi. Também gostei que Jesus seja representado por um... qual é o nome daquilo mesmo?

Sei lá. Estandarte?

Isso. Gostei que Jesus seja representado por um estandarte, e não por um ator não profissional, um amador de carne, osso e sotaque goiano.

Não é fácil ser o Messias.

Imagino que não.

Ainda mais em Goiás.

Não creio que seja fácil em lugar nenhum.

Mas você tem razão, é bem melhor usar a joça desse estandarte do que, sei lá, botar uma fantasia no sobrinho barbudo do sacristão.

Você sabe de onde é que veio tudo isso? Como foi que começou?

Ela respira fundo, coçando o queixo. Acho que um padre começou a brincadeira uns duzentos anos atrás. Claro que o troço não *nasceu* aqui, em Goiás. Lá na terrinha, na época da Inquisição, a brincadeira já rolava.

Bons tempos.

Ainda rola, na verdade.

Na Europa?

Em Portugal.

A Inquisição?

Não, seu palhaço. A procissão.

Foi o que eu imaginei.

Procissão do *Ecce Homo* ou das Endoenças.

Como é que você sabe de tudo isso?

Encolhe os ombros: Ué, sabendo. A procissão acontece todo ano, é claro. E todo ano tem matéria no jornal, na TV, e o escambau. Do que mais os caras vão falar na quaresma?

Endoenças, você disse?

Sim. Porque é na Quinta-Feira Santa, o dia das endoenças, das indulgências, do perdão, da limpeza.

Em vista de tudo isso, ele diz, meio sério, preciso confessar uma coisa.

Eu quero saber?

Não estou me sentindo particularmente limpo nesta manhã.

São as companhias.

Talvez eu dê um mergulho.

Mergulhou ontem.

Eu? Onde?

Na procissão. Sozinho.

Ah, sim. E meus pés estão me matando.

Acho que você consegue imaginar o quanto a brincadeira era mais animada no século XVIII, né? A galera se entregando à autoflagelação no meio da rua e tudo o mais.

E você não chama isso de festa?

Viu alguém chicoteando o próprio lombo ontem?

Infelizmente, não.

Ou, sei lá, o lombo de outro desvairado?

Infelizmente, não. Mas estava escuro.

E o senhor, bêbado.

Menos do que você.

Ascender é complicado.

Eu não saberia dizer.

Ela ri, esfregando os olhos outra vez. Nunca participei de procissão nenhuma. Acho tudo isso meio... sei lá.

Nenhum sentimento oceânico.

Não começa.

Quem sugeriu essa viagem foi você.

Não *essa* viagem. Não vim aqui pra acompanhar porra nenhuma de procissão.

Você não acompanhou a procissão.

Queria mesmo era vir pra cá.

Pra beira do rio.

Pra beira do rio, longe de todo mundo.

E aqui estamos.

Aqui estamos. Não vai mergulhar?

Pensando melhor, não.

Vou dar um pulinho no carro e pegar a cachaça.

Hora de rebater.

Hora de rebater.

Rebater. Sua ideia de endoença.

Como o senhor é perspicaz, ela diz e se levanta com dificuldade, ajeita a bermuda e capenga os doze metros até o Landau. Mas, antes de pegar a garrafa, para junto à traseira do carro, apoia-se no porta-malas e devolve o desjejum ao mundo exterior. Refrigerante, amendoim, biscoitinhos, pão, mortadela e queijo. Puta que pariu.

Dia das Endoenças, ouve, e uma gargalhada.

Vai tomar no cu!, berra. Isso foi ontem.

Se você diz.

Ela se abaixa e vomita mais um pouco. Acho que é tudo, pensa um instante depois. Biscoitinho maldito. E essa mortadela. E os amendoins que comeu a caminho dali, sacolejando na estrada. Queimação. Como se tivesse engolido as quarenta tochas dos farricocos. *Ecce* estômago. Minha procissão interior. Haja fígado. Ou do interior pro exterior. Ascensão? Espera mais um pouco. Ascensão. Então, contorna o carro, abre a porta do passageiro e alcança uma das garrafas sob o banco. Pouco mais de um terço. Alambique local. Fabricação artesanal. Os litros comprados num boteco de beira de estrada, não muito longe da cidade. Dois deles. Ou seja, na noite anterior, entornaram quase um litro, fora as cervejas. *Eu* entornei. Sim, a maior parte sozinha, porque esse gringo viado só fica bebericando. Quase dois terços. Uau. Melhor rebater *mesmo*. Vinde a mim o Cão. Tira a rolha, respira fundo. Um gole. *Fogo*. Como se tivesse engolido as quarenta tochas *e* os farricocos. Firma o golpe. *Isso*. Segura essa joça aí dentro. Isso, mulher. Contar até. Dez? Mais. Passado um minuto, a coisa parece se assentar. Sim: nem sinal de uma possível nova devolução. O poder de *ablução* da cachaça. O que ele tá cantarolando lá embaixo? Minha ideia de endoença: rebater. *I get ideas, I get ideas*. Mais um golezinho. Que belo vozeirão. Se o estômago é por nós, quem será contra nós? Ele canta safadezas. Estômago. Ele faz safadezas. Estômago, fígado. Ele vive de safadezas. Estômago, fígado, cabeça. *Enfim*. Cabeça: invadida a terra sacripanta. Cercada a cidadela. Derrubados os portões. Rompida a derradeira linha de defesa. Abatida a usurpadora — ressaca. Cabeças fincadas em estacas, nos muros, mas não a minha, jamais a minha. Agora: caos, pilhagem e devastação. É isso aí.

Na beira do rio, ele acendeu outro cigarro. Melhor?

Nada como o cheiro de vômito pela manhã, ela responde e, em vez de se sentar, coloca a garrafa no chão com todo o cuidado, livra-se da bermuda e a pendura no encosto da cadeira. Em seguida, alcança uma das garrafas de água mineral, abre e toma um gole bem longo, fecha, recoloca onde estava, entre as cadeiras, vira-se, pega a garrafa de cachaça e avança alguns passos, adentrando o rio até que a água cubra os joelhos. A correnteza ali não é forte. Ela se vira e mergulha a metade inferior da garrafa, malditos grãos de areia, depois se abaixa e, com a outra mão, joga um pouco de água no rosto, esfregando os olhos e os lábios. Quando termina, encara o homem sentado na margem. Uma troca de sorrisos. Do que é que eu falava mesmo, Eminência?

Do cheiro de vômito pela manhã.

Ah, sim.

Que tal?

Cheira a vitória.

Se você diz.

Eu digo.

Cuidado pra não molhar o curativo.

Olha para a própria barriga e sorri. Essa porra tá quase boa.

Se você diz.

Eu digo, e em seguida tira a rolha da garrafa e toma outro gole. A careta se confunde com uma risada, e a risada dá lugar a um arroto curto, mas: Auspicioso. Curada, doutor.

Quase.

Quase. Seguimos.

Seguimos, ele repete, desviando os olhos para o rio. Bate as cinzas na boca da latinha. E diz, bem alto: *Riverrun*.

Que merda é essa?

Um rugido que precede um trovão.

Tá mais prum arroto, talvez?

O que você quiser que seja.

Se incomoda se eu...?

O quê? Ah, não. Capricha.

Não obstante estarem em plena Sexta-Feira da Paixão, a imagem é algo carnavalesca: ela puxa o biquíni para o lado e deita um formidável jato de urina no leito do rio, dizendo com os olhos voltados para baixo: Note a alvura do mijo, Excelência. Sublinhe, frise, destaque, celebre. Amarelo-claro, na verdade. Sim, Excelência. Pareço saudável.

Prankquean, diz ele.

É a mãe.

Uma princesa.

Nesse caso, sorri, ajeitando o biquíni, três tapinhas no púbis, euzinha mesmo.

Ele repete os gestos de antes: uma última tragada e se abaixa, apaga o cigarro numa das pernas da cadeira, depois joga a guimba dentro da latinha, que devolve à sacola com os restos. Me dá um gole, pede ao endireitar o corpo.

Dê-me um gole, diz a gramática do professor e do aluno e, salvo engano, do mulato sabido.

Sou um bom negro, retruca, piscando o olho esquerdo. Anda logo.

Rindo, vai até ele e diz ao estender a garrafa: Mas não da Nação Brasileira. Aqui, meu bom senhor.

Mas não da Nação Brasileira, ele concorda, pegando a garrafa. Agradecido, senhorita.

A senhorita vai se sentar, ela diz, sentando-se. E a senhorita acha que devia ter rebatido *antes* de comer. Devia ter rebatido antes de escovar os dentes, antes de se levantar da cama, antes de abrir os olhos. Porra, a senhorita acha que devia ter rebatido antes de acordar.

Ele respira fundo e dá um golezinho, depois outro, e faz uma careta medonha.

Tudo bem por aí?

Deus me perdoe, mas estou pensando no meu fígado.

Não penso muito no meu, mas sei o que ele pensa de mim.

Devolve a garrafa, tossindo três vezes em sequência. Acho que vou me ater à cerveja a aos destilados mais amigáveis daqui por diante.

Outra promessa de ateu?

Quem vomitou foi você.

Um momento, coronel. Eu vomitei o desjejum *antes* de dar início aos trabalhos. Logo, a cachaça que ingeri está onde deveria estar, no estômago e pela corrente sanguínea, a caminho da cabeça.

E ontem? Vomitou o quê?

Ontem, conforme já discutimos e atestaram os testemunhos colhidos nas proximidades da cena do crime ou, melhor dizendo, nas proximidades da *ocorrência*, ontem foi um caso evidente de possessão demoníaca.

Ele sorri, concordando com a cabeça. Quando você foi ao carro, fiquei pensando que aqui é um bom lugar pra acampar.

Deve ser.

Embora eu não tenha mais idade pra dormir no meio do mato, dentro de uma barraca, ou consiga passar a noite ao redor de uma fogueira.

Fogueiras: melhor evitar.

Sobretudo em Goiás.

É isso aí. Ainda mais em Goiás.

William costuma vir aqui, certo? Pescar?

Sim. Quer dizer, não *aqui*, exatamente. Um pouco mais pra baixo. E também pros lados do Mato Grosso, perto da divisa dos estados. Britânia.

Britânia?

É o nome de uma cidade.

Ele sorri: Claro que é.

Meu pai gosta muito de pescar no Rio Vermelho.

E você?

Eu? Não, pescar não é comigo, não.

E ela negou três vezes.

Não, não e não. É isso aí.

William nunca te convidou?

Ele *sempre* me convida. Ele convida todo mundo, o tempo inteiro, sem parar. A vida dele é uma longa pescaria, com alguns intervalos. Quando não tá pescando, tá chamando os outros pra pescar. Ele já convidou você.

Sim, é verdade. Várias e várias vezes. Siga-me, e eu farei de você pescador de peixes.

Não, não e não.

Estive com ele na segunda-feira.

Ela toma um golezinho, pressentindo que a maldita *conversa* se aproxima e não terá para onde fugir. Colocaram o papo em dia?

Falamos sobre a sua barriga.

Um sorriso, a boca da garrafa ainda tocando os lábios. Ora, mas que surpresa, não é mesmo?

Quero saber o que aconteceu, pequena.

Gosto de como você vai direto ao ponto.

Direto ao ponto? Estamos juntos desde ontem e só agora perguntei a respeito.

Tecnicamente, você ainda não perguntou.

Não seja por isso. O que aconteceu?

Bom, ela pensa, tomando outro gole curto, se é pra falar dessa merda, melhor que seja agora e aqui, na beira do rio, uma conversa movida a cachaça e gracinhas, e não entocados num quarto de pousada ou no carro, ressacados, pegando a estrada. E diz, recolocando a rolha: Tá bom. O que aconteceu? Um corte. Fui cortada. Alguém me cortou.

E quanto aos detalhes?

Sorri: Claro, Excelência. Os detalhes.

Olha para ela, sério: Sim, os detalhes. Por favor.

Eu acho que...

Não me entenda mal. Não quero te chatear, não quero te encher o saco. Sei como esse tipo de conversa pode ser sacal.

Quer o quê, então?

Eu me preocupo com você. Só isso. E não vou poder te ajudar se não souber o que aconteceu. Não me entenda mal.

O sorriso desapareceu, os olhos agora fixos na outra margem. No barranco. Eu sei, diz, passado um momento. Eu sei.

Parece que William e o Velho se estranharam.

Eu soube.

Você não está preocupada?

Um pouco, mas que merda eu posso fazer? E que merda eu podia fazer naquelas circunstâncias?

Eu não sei das circunstâncias. Não sei dos detalhes.

Tava fora.

Eu estava fora.

Tem passado muito tempo fora.

Trabalho. Que merda eu posso fazer?

É, eu sei.

Vai me contar o que aconteceu?

Vou te contar o que aconteceu.

Estou ouvindo.

Quê que você sabe?

Sei de uma confusão num boteco. Sei que você foi a esse lugar a pedido de alguém. Sei que acabou se machucando. E sei que sobrou pra essa outra pessoa, a pessoa que te machucou.

Sabe de uma coisa ou outra.

Algumas. Poucas.

É, poucas.

Como disse, não sei dos detalhes.

Não foi num boteco.

Não?

Foi num puteiro.

E o puteiro é do Velho? Daí a confusão?

Não, não, não. O puteiro não é do Velho.

E de quem é?

Arranca a rolha, frustrada, e toma outro gole, depois respira fundo. Ok, Meritíssimo. Vamos aos detalhes. Conhece o Abaporu?

O quadro?

Não, caralho. O puteiro.

Abaporu?

Tem um puteiro com esse nome em Goiânia. Pensei que um cavalheiro como o senhor, *enturmado* como é, conhecesse o Abaporu.

Não frequento puteiros.

Mas frequenta pessoas que frequentam puteiros, e as pessoas falam, contam histórias, comentam, sei lá.

Abaporu.

Abaporu. Depois dessa história, é o *Devil's Whorehouse* da música dos caras. Puta que pariu. Quando eu peco, peco pra valer.

Música de quem?

Como, de quem? Vou nem responder essa. Eu, hein? O senhor é um filisteu.

Depois eu procuro saber. Dou uma olhada nos seus discos.

A dona do Abaporu, Elizete, é amiga do meu pai. Amiga desde os tempos dele na Civil, sabe?

Sim, mas por que o puteiro se chama Abaporu?

Porque a Elizete teve elefantíase.

Uma gargalhada. Claro, claro.

O lugar tem outro nome, na verdade, mas algum engraçadinho apelidou de Abaporu e todo mundo só chama assim, inclusive quem não faz ideia do que significa a porra desse nome.

Entendi.

Eu tava na casa do meu pai, sozinha. Ele foi pescar numa chácara perto de Anápolis e me deixou lá, disse que voltava no domingo e a gente ia almoçar num lugar bacana. Passei a tarde de sábado na beira da piscina, fiz umas caipirinhas, ouvi música, e depois, à noite, pedi uma pizza, comi e fui cedo pra cama. Acordei com o telefone tocando. Duas da manhã, por aí.

Elizete.

A própria. Tava desesperada. Um sujeito tinha comido uma puta e se recusava a pagar porque a moça teria chupado o pau dele com uma bruta má vontade.

Acontece.

E aconteceu dele dar uns socos na cara da menina e chutar ela até um segurança entrar no quarto e deitar o imbecil na porrada. E agora cê deve tá pensando: um peão batendo numa puta a troco de nada?

Acontece o tempo todo.

E, porque acontece o tempo todo: o que Isabel e William têm a ver com essa confusão?

Você imita a minha voz muito mal, mas, sim, o que você e William têm a ver com essa confusão?

A questão, Eminência, é quem era o sujeito, e o que fizeram com ele.

São duas questões, então.

Foda-se. A Elizete foi até o quarto pra ver o que tinha acontecido e reconheceu o desgraçado. Ele não era um peão, não era um cliente qualquer, não era um eletricista, contador ou borracheiro farreando no dia do pagamento. Nada disso. Ele era um funcionário do Velho. E a Elizete entrou em desespero, não sabia o que fazer. Daí, mandou o segurança arrastar o sujeito pro escritório dela, amarrar numa cadeira e amordaçar.

Que ideia estúpida.

Depois, ligou pra casa do meu pai.

Que não estava.

Mas eu, sim.

E você foi até lá.

Fui. Bêbada e desarmada, mas fui.

E por que foi desarmada?

Porque tava bêbada, chapada, morrendo de sono, saí numa correria desembestada e... enfim.

Enfim?

Foi isso. Cagada minha.

E o que aconteceu?

Cheguei lá e a cena era uma beleza. Todo mundo no escritório, o sujeito amarrado numa cadeira, pelado e com a fuça estourada, o segurança com cara de bunda, a menina com o nariz e uns dentes quebrados, segurando uma fronha de travesseiro assim junto da boca e gemendo de dor, e a Elizete arrancando os cabelos. Tirei a mordaça do imbecil e perguntei se ele me conhecia. Ele disse que me conhecia e conhecia o meu pai. Perguntei se não seria o caso de resolver a situação sem criar mais problema pra ninguém. *Desescalar* a coisa, por assim dizer. Ele respirou fundo e, pra minha surpresa, foi incrivelmente sensato. Disse que tava mais calmo e menos bêbado, pediu todas as desculpas do mundo, pediu que fosse desamarrado, disse que só queria tomar um banho e se vestir, disse que é claro que ia pagar *tudo* o que devia, arcar com *todos* os prejuízos, incluindo o conserto dos dentes da moça, ele disse *moça*, não *puta*, disse que ia pagar tudinho e iria embora numa boa, sem criar caso. Eu queria conversar mais um pouco, ver qual era, mas a Elizete já foi logo mandando o segurança desamarrar o cara.

Outra ideia estúpida.

Tanto quanto o segurança, que não conseguia desfazer a porra do nó.

O que ele fez?

Puxou um canivete.

É claro que ele puxou um canivete.

Puxou um canivete e cortou a corda. Só vi a cotovelada bem no meio da cara do segurança e o canivete já na mão do outro, que me deu um pontapé no peito e voou pra cima da moça. Ela tava sentadinha no sofá, coitada, zonza, mais preocupada com o sangue que ainda botava pelo nariz e pela boca, acho que nem entendeu direito o que acontecia. Ele meteu o canivete nela com gosto.

E o que você fez?

Bom, tudo isso aconteceu bem rápido, ele quebrar o nariz do segurança, pegar o canivete, me chutar e começar a furar a menina daquele jeito. Assim que consegui me levantar, alcancei uma garrafa quase vazia de Natu Nobilis que tava em cima da mesa e acertei na cabeça do vagabundo. Achei que ia ganhar um tempinho com isso, talvez até desmaiar o corno, mas ele já se virou rasgando a minha barriga. Dei um pulo pra trás, meio desequilibrada, mas consegui pegar uma cadeira e, a partir daí, a gente ficou se rodeando no meio do escritório, ele pelado e rindo e coberto de sangue, a moça estrebuchando, caída assim de lado no sofá, uns furos horríveis no pescoço, nos peitos e até na cara, o segurança ainda largado no chão, com o nariz sangrando, sendo inútil como só homem sabe ser nessas horas, e a burra da Elizete com os olhos esbugalhados atrás da mesa, paralisada. Não sei quanto tempo a gente ficou nisso, ele com o canivete na mão, rindo e xingando sem parar, e eu segurando a garrafa quebrada com a mão direita e a cadeira com a esquerda, igual a uma domadora.

Bela imagem.

Só diz isso porque não tava lá no meu lugar.

Em geral, é assim que funciona.

O quê?

As coisas que a gente diz.

Não é fácil a vida no circo.

Prossiga, por gentileza.

Pois não. Como eu disse, não sei quanto tempo a gente ficou se rodeando daquele jeito. Provável que menos de um minuto, mas pareceu uma eternidade, sabe como é. O corte na minha barriga sangrava um bocado, meu peito doía feito o diabo por causa do chute, e eu me lembro de ficar ali pensando que tava fodida porque não ia demorar muito pra desmaiar, o cara ia pular em cima de mim e me furar igual furou a coitada da menina. Só sei que, felizmente, a Elizete saiu do coma e resolveu tomar uma atitude, porque o desgraçado acusou um golpe assim do nada, soltou o canivete e colocou as duas mãos na boca do estômago.

Você não ouviu o tiro?

Não, não ouvi porcaria nenhuma, meus ouvidos tavam um zumbido só, e eu nem sabia que a paspalha da Elizete tinha uma arma ali, ou tinha pegado ao chegar, antes que desamarrassem o vagabundo. Primeira coisa que teria feito, pode apostar. Olhei pro lado e vi o 22 na mão da Elizete. Olhei pro sujeito e ele se tremia todo, tinha começado a chorar. Um bocado de merda escorria pelas pernas dele. Larguei a cadeira e a garrafa, tomei o revólver da mão da Elizete, cheguei bem perto do babaca e dei um tiro nos bagos dele. O cara foi direto pro chão e ficou lá se contorcendo e soltando uns berros curtos, como se não tivesse mais fôlego, todo encolhido e sujo de sangue e de bosta.

Caramba.

Gostou dessa imagem também?

Não é fácil a vida no circo.

Foi o que eu falei.

Foi o que você falou.

O desgraçado demorou um bocado pra morrer.

E depois?

Falei pra Elizete empacotar os corpos do jeito que desse, limpar a sujeira e mandar o segurança ou algum outro inútil que trabalhasse pra ela atrás do meu pai. Expliquei onde ele tinha ido pescar e tudo.

Quem cuidou do seu ferimento?

Liguei pro Chiquinho e ele mandou uma conhecida nossa, auxiliar de enfermagem. Ela fez o serviço lá no puteiro mesmo, num dos quartos. Trabalhou direitinho. Não infeccionou nem nada. Dormi por lá. Quando acordei, já tinham limpado a bagunça, e a Elizete veio me dizer que meu pai ia almoçar com o Velho pra colocar uns panos quentes na situação.

Na 85?

Isso, na churrascaria do Velho. Eu voltei pra casa do meu pai, tomei um banho, troquei o curativo e fiquei descansando.

Discutiram feio nesse almoço, pelo que eu soube.

Pois é. Meu pai voltou à tardezinha e me contou. Ele acabou oferecendo uma compensação.

Que o Velho aceitou.

Aceitou, né. Fez todo o cu doce do mundo, mas aceitou.

Mas as coisas ainda ficaram mal aparadas.

Ficaram. Foi uma bagunça desgraçada.

Quase sempre é, pequena.

Voltei pra casa uns dias depois e não pisei mais em Goiânia desde então. Achei melhor dar um tempo.

É o melhor a fazer.

Ela concorda com a cabeça e se levanta.

Uma bagunça desgraçada, repete, pensativo.

Outro aceno de concordância enquanto dá alguns passos rio adentro. Fica ali por um bom tempo, de costas para ele. Toma mais um gole de cachaça. Quase no fim. Quase *lá*. Os olhos se voltam para o céu por um instante. Talvez se chovesse, pensa. As gotas de chuva no rio. Água na água. Mas e daí se chovesse? As costas ardem com o sol. Um dia virá um incêndio de verdade. Um incêndio pra valer. Era isso que falava na noite anterior, largada no chão do banheiro? Sorri. *Fogo*. Sim, era isso. Ou coisa parecida. Quando afinal se vira, ele já acendeu outro cigarro. Sente que precisa dizer alguma coisa. O quê? Não faz ideia. Mais um gole de cachaça e: Porra, eu não fui lá no Abaporu pra matar ninguém, não.

Eu sei.

Só queria resolver a bosta do problema.

Eu sei.

Problema que nem era meu.

Eu sei.

Pois é, diz e sai da água, os braços largados ao longo do corpo, a garrafa batendo contra a coxa direita. Fica parada defronte à cadeira, de costas para o rio. Outro gole. Devagar, pensa. Devagar? Não. Devagar é o caralho. E o encara: Cê falou com o Velho?

Falei, sim.

E?

Daquele jeito.

De que jeito?

Você sabe. Com essa história entalada na garganta.

Mesmo depois de receber a compensação.

Mesmo depois de receber a compensação.

Ela faz que sim com a cabeça, exausta. Pois é. Esse tipo de coisa nunca se resolve, nunca vai embora.

Acho que não.

Ainda mais com o Velho.

Acho que não.

Certeza que não.

Eu... não sei o que dizer.

Não tem o que dizer. Não tem o que fazer. Ele nunca aceitou isso de não controlar o meu pai.

Os dois são muito teimosos.

Inferno, ela diz, sentando-se outra vez.

Ele apaga o cigarro; é o último, mas há outro maço no porta-luvas do carro. Joga a latinha cheia de guimbas na sacola, depois pega a garrafa de água mineral, abre e toma um gole, depois outro, e mais outro, e então fica com a garrafa vazia sobre o colo, como se não soubesse o que fazer com ela.

Enquanto isso, meio que espelhando alguns dos gestos do parceiro, ela mata a cachaça com uns goles curtos e reencaixa a rolha, mas não retém o litro vazio — deixa cair e rolar pelo chão, na direção do rio. Adeus, parceira. Quase chega à água. Rolando. Mais alguns centímetros e. Descer o rio. Fica olhando para ela. Podia jogá-la na água. Assim, sem mais nem menos. Sem que nem por quê. Ou não. Não, não. Jogá-la, sim, mas com algum propósito. Aí, sim. Escrever alguma coisa num pedaço de papel, meter ali dentro e (aí, sim) jogar a porra da garrafa na bosta do rio. Mas. Não. Escrever? Escrever o quê? No momento, não tem nada a dizer para ninguém. Nada a informar. Nada a segredar. Nenhum mapa do tesouro. Nenhum tesouro. Nada. Um aviso, quem sabe. Sim. Um aviso. Fique longe do Abaporu. Se precisar ir até lá, não vá bêbada e desarmada. Fique longe de Goiás. Não. Melhor deixar a garrafa como e onde está. Vazia, a poucos centímetros da água. Longe da sacola com os *restos*. Longe do lixo. Vazia. A outra garrafa no carro, sob o banco do passageiro. Cheia. *Passageira*. Buscar daqui a pouco. Eu sou a passageira. Devagar? Devagar é o caralho.

No que está pensando?

Em buscar mais cachaça.

Eu busco.

Cuidado pra não pisar no meu vômito.

Quero pegar outro maço de cigarros.

Não.

Não o quê?

Espera.

O quê?

Espera um pouco. Fica aqui comigo.

Ok.

Mais um bom tempo olhando para a garrafa vazia no chão, perto da água, depois para os dedos dos pés, as pernas esticadas, depois para a outra garrafa, também vazia, que ele ainda segura.

Viajo de novo daqui a uns dias.

De novo?

De novo.

E quando é que volta?

Creio que no começo de junho.

Volta os olhos para o rio. Tá bom.

Você vai ficar bem?

Acho que sim.

Acha que sim?

Acho que consigo me virar sem você.

Tenho certeza disso, ele sorri. Tenho certeza que consegue.

Se você diz.

Eu digo.

Tá bom, então.

Antes de viajar, devo me encontrar outra vez com o Velho. Se eu sentir qualquer sinal de problema, dou um jeito de te avisar.

Certo. Obrigada.

Enquanto isso, permaneça quieta lá em Brasília.

Certo.

Até a poeira baixar.

Certo.

Faça isso.

Vou fazer isso.

Ótimo.

Tô fazendo isso.

Ótimo.

Se preocupa, não. Eu sei me cuidar.

Sim. Você sabe se cuidar, pequena.

Isso vai se resolver.

Vai, sim. Isso vai se resolver.

De um jeito ou de outro.

De um jeito ou de outro.

Os olhos de ambos se perdem nos arredores. Sem cigarros, sem cachaça. Por enquanto. Até que um deles se levante e vá ao carro e contorne o vômito e pegue o outro maço no porta-luvas e a outra garrafa debaixo do banco. Melhor esperar mais um pouco, ela pensa. Melhor não saltar da ressaca pro porre. Melhor não saltar direto, pelo menos. Tem o dia todo.

Eles têm o dia todo. Aproveitar o dia. Sexta-Feira da Paixão. Aproveitar a paisagem. Primeiro de Abril. Um bom lugar pra acampar. Isso é engraçado. Longe do resto. Justo num 1º de abril? Longe. Por que me abandonaste? Longe do quê? Te abandonei porra nenhuma, é 1º de abril. Sorri, olhando para o curativo no lado esquerdo da barriga. Um belo corte. Trago o corte comigo. Um corte: fui cortada: alguém me cortou. As coisas mal aparadas. Compensação paga. Um chute no peito, um corte na barriga. Compensações. Uma merda, tudo uma merda. Toda compensação é uma merda. A merda escorrendo pelas pernas do desgraçado. A puta sentada no sofá. *Moça*, não puta. Fodida por dentro e por fora. Porque alguém precisa se foder. Nariz, boca, dentes. Fodida de novo e de novo. Depois furada uma vez, duas, quatro, setenta vezes sete. Fodida por um imbecil. Rosto, pescoço, peitos. Fodida a troco de nada. Se eu não estivesse bêbada e apalermada. Não, não posso me culpar por causa disso. Se eu tivesse *pensado*. Mas fiz o melhor que pude, moça. Fodida a troco de. Fui correndo pra lá, não fui? Estrebuchando, morrendo. Fui e quase me estrepei. Morrendo. Fui e matei o desgraçado. Matando. A troco de nada. Matei. Troco (compensação?): os bagos estourados a bala. Estrebuchando. Não, não que isso sirva de consolo. Até morrer. Os mortos não serão consolados. (Clara que o diga, mas é melhor não pensar nisso agora.) (Evite pensar nisso.) (Evite pensar nela.) (Evite pensar em todas aquelas coisas.) Bagos estourados a bala: pelo menos isso. Os mortos não serão consolados, *ninguém* será consolado. Desfeito em merda e sangue. Não há consolo possível para ninguém. Mesmo assim, *morto*. Pelo menos isso. Desfeito em merda. Pelo menos isso. Desfeito em sangue. Pelo menos isso. Agora, repita um milhão de vezes: pelo menos isso. E esconda a porra do choro.

Isso vai se resolver, ele repete.

Um aceno com a cabeça, uma concordância tímida.

Ele estica o braço esquerdo e coloca a garrafa de água mineral junto às demais, entre as cadeiras, como se não estivesse vazia.

Olha, ela diz, apontando na direção do rio.

O quê?

Ali. Descendo.

Uma enorme câmara de ar desce o rio. Preta, girando em meio às pedras; pneu de caminhão ou coisa que o valha.

Parece que alguém perdeu a boia.

Ele sorri, levantando-se. Tomara que não tenha se afogado.

Sim, ela concorda, também sorrindo. Pelo menos isso.

PRIMEIRA PARTE

ANÁBASE

— 12-13 JUN. 1983 —

Um carro avança pela estrada. Não é a primeira vez, óbvio que não, mas a paisagem desolada dá a impressão de que talvez seja a última. É a época das queimadas, o período do ano em que o fogo se alastra pelos intestinos do estado e a terra chia e arde em dores tão excruciantes que o céu parece se esforçar para descer e ampará-la — cada vez mais fechado, sisudo, magoado.

Fogo, ela diz, olhando pela janela.

O carro é um Ford Corcel GT azul-escuro, ano 75. Ela dirige e observa aqui e ali a paisagem em meio à poeira e à fumaça, e pensa que, porra, é isso mesmo, não tem coisa melhor pra se fazer com essa terra além de queimar até não poder mais, certo?

Talvez.

Mas, se for mesmo o caso (queimar essa terra até não poder mais), que diabo vai sobrar depois de tudo? Talvez o fogo se alastre pela eternidade afora. Talvez o *depois de tudo* e o fogo sejam a mesma coisa. Talvez — zumbis. Sim, como sugere a música rolando neste momento. Exterminar a raça humana inteira?

Sim.

Zumbis. Mas não vindos do espaço, como também sugere a música. Não, não. Zumbis terrenos. Zumbis como que paridos pela terra morta. Zumbis vagando pela superfície estéril e esturricada.

Zumbis, sorri, os olhos agora fixos na estrada. É isso aí.

O tropeço seguinte na escala involutiva. Aquele filme visto por acaso madrugada adentro, em meados da semana anterior, quando foi mesmo? Estava sozinha, então deve ter sido na terça ou quarta-feira, noites em que Emanuel não aparece, noites que tem para si. Bateu o olho e achou curiosa a escolha do cenário: uma ilha do Caribe. Não fosse por isso, teria trocado de canal ou zarpado para a cama. Mas, porra, zumbis caribenhos? E lá estavam eles. Lerdos e podres como sempre. É preciso atirar na cabeça. Atirar, correr, atirar. Não é muito diferente da vida que eu levo, pensa, sorrindo outra vez. Zumbis no Caribe, zumbis no Planalto Central: atire na cabeça e nunca pare de correr.

Jamais, sussurra.

Olha para o lado. Detrás dos óculos escuros, Garcia permanece em silêncio. Leva o cigarro à boca de vez em quando, batendo as cinzas no copo descartável que segura com a mão esquerda. Não parece se incomodar com a poeira e a estrada esburacada. Não parece se incomodar com o toca-fitas ligado. Seria o caso de? Não. Opta por não comentar nada. Opta por não abaixar o volume. Opta por não puxar conversa. Até porque Garcia não gosta de filmes de terror, exceto aqueles que entregam alguma nudez, a donzela incauta, de camisola transparente, prestes a ser vampirizada, ou com o vestido rasgado e os seios arfando diante do lobisomem, ou uns pelos pubianos entrevistos antes que o estripador exercite suas habilidades. Caubóis, putas, xerifes e índios: sim. Vampiros, monstros, estripadores e assassinos em geral: depende. Zumbis? Provável que sequer compreenda a lógica da coisa. Provável que fique se retorcendo no sofá até não aguentar mais e perguntar: Mas que desgraça é essa? Uma *doença*? É uma porqueira parecida com a *raiva*? Porque o sujeito ali foi *mordido*, né? Eis o tipo de pergunta que ele faria. Sim, é uma doença. Mas é preciso morrer antes. Morrer a dentadas. Só depois é que acontece a transformação. Renascer para a morte. Morte em vida: morto-vivo. Ele a ouviria por um tempo, uns dez, quinze segundos, depois chacoalharia a cabeça, que bobajada, hein, muda de canal aí. Talvez o apreço pelos zumbis seja um traço geracional. Sim, talvez. Vai saber.

Pega a BR, ele disse sessenta e poucos quilômetros antes, logo que saíram da oficina.

Ela olhou pelo retrovisor e viu Chiquinho dar meia-volta e passar pelo enorme portão de correr, o envelope amarelo socado no bolso traseiro do jeans surrado e imundo de graxa. Ninguém mais à vista, a oficina em uma rua afastada, num extremo do nada edênico Jardim Novo Mundo. Poucas casas, vários lotes e terrenos baldios. No muro alto, chapiscado, cheio de cacos de vidro no topo, os dizeres em letras gorduchas e pretas: **AUTOCHICO MECÂNICA.**

Tá me ouvindo, Isabel?

Oi?

Pega a BR. Sentido Brasília.

Hein? Sério mesmo? (Se o destino é o DF, pensou, por que vim pra Goiânia? Podia ter te esperado lá. Em casa.) A gente vai pra Brasília?

Não, se acalma.

Anápolis?

Perto.

Perto de Anápolis?

Perto de Anápolis.

Perto onde?

Eu vou te falando.

Por que não diz logo duma vez?

Só toca em frente.

Até?

Até eu mandar parar.

Em um semáforo na Anhanguera, Isabel alcançou a mochila no banco de trás, abriu e pegou uma fita qualquer, que enfiou com raiva no toca-fitas — qualquer que seja o carro escolhido para o serviço, que pelo menos tenha um aparelhinho de som funcionando, é o que sempre torce para que aconteça. Teve sorte dessa vez. (Sorte, porra nenhuma. Chiquinho é um sujeito bão. Ou, como ele mesmo gosta de dizer, um sujeito batuta.) Aumentou o volume. Garcia respirou fundo, mas não reclamou ou resmungou como de costume, essa barulheira desgraçada, essa zoeira dos infernos, isso aí é igual arame farpado rasgando os tímpanos da gente, não, não disse nada, nem um pio (coisa que ela estranhou), recostou-se no banco, colocou os óculos escuros e se fechou ainda mais. Só toca em frente? Beleza. Ela dobrou à direita na rodovia (sentido Brasília), aumentou o volume e acelerou. *Leaving Babylon*. O carro respondeu sem engasgar; Chiquinho é um sujeito batuta. E é isso, então. Tocar em frente. Até perto de Anápolis. Até Vossa Excelência mandar parar. Beleza, beleza, beleza.

Pouco antes de Goianápolis, ele apontou para um posto algumas centenas de metros à frente e berrou (o som na maior altura, é mesmo incrível que não tenha reclamado): ABASTECER.

TEM MAIS DE MEIO TANQUE.

ENTÃO MANDA COMPLETAR.

Ligou a seta, abaixou o volume do som (não muito) (o suficiente para se comunicar com o frentista sem ter de berrar), diminuiu a velocidade, adentrou o posto e parou junto a uma das bombas. Um rapaz esquálido, cujo bigode adolescente mais parecia uma mancha de graxa, estendeu a mão e pegou a chave depois que ela disse: Completa aí, por favor.

Enquanto o frentista trabalhava, Garcia saiu do carro sem dizer palavra e caminhou apressado até a lanchonete. Certa vez, fizeram um serviço em um posto bem parecido. Quando foi mesmo? Uns três anos antes. Oitenta? Sim, em plena quaresma, perto de Frutal. Não foi algo exatamente planejado. Uma caçada. O sujeito em fuga havia semanas. Um major da PM caído em desgraça. Um merdinha corrupto como tantos outros; esse não era o problema, claro, não por si só, pois o rolo envolvia dois ou três vereadores e outros oficiais da polícia, e o idiota armou um esquema paralelo, um desvio dentro do desvio, alguém descobriu e foi morto por ele, a coisa estourou e o jumento teve de sumir. Ela nunca teve paciência para os detalhes. Ela nunca quis saber. Depois de muita enrolação, uns sopapos distribuídos aqui e ali, apertos, subornos, favores cobrados, idas e vindas, alguém mencionou uma chácara em Minas Gerais, quase na divisa com São Paulo. Esgotadas as outras opções, sem mais pistas a seguir, foram até lá. Horas e horas na estrada. O carro? Uma Variant 73, marrom. A ideia era se hospedar na cidade e investigar um pouco, dar uma olhada nas redondezas, descobrir se o sujeito estava mesmo na tal chácara, assuntar a rotina que levava, elaborar um plano, decidir a melhor forma de liquidar a fatura; em suma, arquitetar a brincadeira com toda a calma possível. Mas, por acaso, quando chegavam à cidade, deram com o infeliz em um posto de gasolina. (Garcia e sua abençoada mania de manter o tanque sempre cheio.) Três e pouco da manhã. Aquela foi uma coincidência absurda, o tipo de coisa que a faria desistir de um filme e desligar a televisão ou fechar o livro, como assim?, vai se foder, isso não acontece, caralho. Mas aconteceu. Passaram bem devagar junto à bomba. Era ele, sim. Bêbado, dançando catira ao lado do carro, porta aberta, uma fulana no banco do passageiro, ambos gargalhando enquanto o frentista abastecia, sonolento. Ela batia palmas e balançava a cabeça de um jeito infantil, como se cantasse parabéns, maquiagem borrada, os peitos quase saltando do decote. Contornaram as bombas e pararam alguns metros atrás. Uma boa olhada ao redor. O posto vazio, exceto por quatro caminhões estacionados a uma certa distância, os motoristas dormindo ou comendo putas nas boleias.

Vai ser aqui mesmo, disse Garcia.

Tem certeza?, ela perguntou. Ainda meio neófita na ocasião, mas, pensando agora, faria a mesmíssima pergunta, claro que faria, e talvez outras: por que não seguir o sujeito? Por que não matar o cretino noutro lugar? Talvez em uma estrada vicinal ou no meio do nada?

Mas, após todas aquelas semanas no encalço do filho da puta, após dirigir por tantas horas, de saco cheio daquela história, Garcia não quis nem saber: Tenho, sim, deixa comigo.

Desceram ao mesmo tempo. Ela contornou o carro e se sentou ao volante, pronta, enquanto ele avançava, revólver em punho. O frentista terminara de abastecer e encaixava a mangueira na bomba, bocejando. Ainda fora do carro, o fulano tinha parado de dançar e dizia alguma besteira para a mulher, que ria bem alto. Um baque, o frentista caindo no chão. Depois, os disparos. A mulher se encolheu toda, escondendo a cabeça. Não gritou, não tentou fugir. Por um segundo, Isabel teve a impressão de que Garcia também a mataria, mas, depois de se abaixar e dar uma boa olhada na fulana, soltou uma risadinha e deu meia-volta, balançando a cabeça.

Noite feia, aquela.

Céu fechado, chuva forte a caminho.

Ventania.

O frentista nem viu o que aconteceu, a coronhada na cabeça; melhor do que levar um tiro, não? O sujeito viu: boca escancarada, olhos arregalados, aquele susto, a *ciência* da própria morte segundos antes de ela ocorrer, abriria o maior berreiro e sujaria as calças se tivesse tempo; dois tiros no peito, um no meio da cara, o último na testa, quando o corpo já estava no chão.

Se tem um troço que eu odeio é catira, disse Garcia ao se acomodar no banco do passageiro.

Deram o fora. Nem viram Frutal. Retorno, os rumos de casa.

Por que não matou a mulher?, perguntou alguns quilômetros depois.

Ele encolheu os ombros.

Sério, por que não?

Suspirou antes de responder: Não mato puta.

Ela era puta?

Era.

Como é que você sabe?

Sabendo, uai.

Como assim, sabendo?

Quer voltar lá pra gente perguntar?

Não.

Não?

Melhor não.

Era puta, vai por mim.

E o senhor não mata puta.

Não, já falei, não mato puta.

Não sabia dessa.

Agora sabe.

E por que não mata?

Não mato e pronto.

Ela riu.

Tava toda encolhida lá dentro do carro, escondendo a cabeça.

Eu vi. E não gritou nem nada. Achei que ia aprontar o maior berreiro.

Não, não gritou, só se encolheu, deve tá encolhida até agora, tremendo feito sei lá o quê.

E o senhor não mata puta.

Não, disgrama, não mato puta.

Tá bom, então.

E a senhorita não devia matar também, se tiver a oportunidade.

Por quê?

Sei lá, só acho errado.

Só por isso?

Só por isso.

Errado?

Errado.

Tá bom, então. Nada de matar puta.

Exatamente.

Abandonaram a Variant perto de Campo Florido. O retorno em ônibus separados, ele para Goiânia e ela para Brasília. Aquele foi um serviço longo e trabalhoso e exaustivo, com um tremendo improviso no momento mais delicado, mas limpo, pensou olhando na direção da lanchonete: Garcia voltava com um maço de Continental e um copo descartável cheio de café. O homem que não mata putas. E se não for uma puta? Não é tão difícil assim se enganar. Sem falar que o termo *puta* é muito mal utilizado, vítima das piores generalizações. Por exemplo: Mulher é tudo puta, dizem alguns cavalheiros. Bom, ela pensou, vendo-o abrir a porta do carro e se reacomodar, se for mesmo o caso, eu pelo menos sou uma puta que anda armada e sabe atirar.

Toma.

Opa. Obrigada.

Não joga o copo fora depois.

Tá bom.

De volta à estrada, Isabel bebeu o café e passou o copo vazio para Garcia, que já havia acendido o primeiro cigarro. O toca-fitas seguia ligado, mas ela abaixou ainda mais o volume antes de deixar o posto. Um certo cansaço. Alguma apreensão. Sequer prestava atenção ou se deixava levar pela música, agora um zumbido baixo, quase soterrado pelo ruído do motor. Pouco antes do trevo de Anápolis, a mão que segurava o copo-cinzeiro apontou para a direita; ela aquiesceu. Distrito Agroindustrial. Mais à frente, outro sinal: esquerda. Estrada de terra. Ela girou a manivela, subindo o vidro. Ele apagou o cigarro, o segundo, meteu o copo com as cinzas em um saco de papel, atirou o lixo pela janela e tratou de subir o vidro o mais rápido que pôde. Cascalho. Poeira. Queimadas ao longe. Fogo, fumaça. Vento. Animais cruzando a estrada. Um povoado, a rua principal quase deserta. Mais estrada, mais poeira.

(Zumbis?)

(Até eu mandar parar.)

E, então, *agora*, ele desliga o toca-fitas com o indicador da mão esquerda. Quase lá.

Onde?

Tem uma venda mais adiante.

Uma venda?

Uma birosca. Você vai ver.

Ela concorda com a cabeça. Sim, logo à frente. Meio quilômetro. Uma pequena bifurcação, a espelunca instalada bem ali. Boteco, secos e molhados, sinuca. Pintura gasta. Não há letreiro. Um velho sentado numa cadeira do lado de fora, a alguns metros da estrada.

Estaciona na frente, não. Embica aqui desse lado, ó.

Mais ao fundo, a extremidade traseira de uma Rural Willys. Será do dono do lugar? Isabel olha ao redor. Nenhum outro carro. As queimadas um pouco mais distantes agora. O fogo caminha com as próprias pernas. Quem disse isso? Quando? Não se lembra. A frase simplesmente veio à cabeça. Agora, do nada. Espera. Foi Gordon? Não, porra. Não. Eu mesma. Na beira do rio. Rio Vermelho. Aquele feriado. Goiás Velho. Porre.

Minhas previsões *agrárias*. Procissão. Fogaréu. Farricocos. A brincadeira era mais animada no século XVIII. Autoflagelação. E você não chama isso de festa? Ascender é complicado. Um rugido que precede um trovão. Abaporu. Só diz isso porque não tava lá no meu lugar. Não é fácil a vida no circo. Só queria resolver a bosta do problema. Fica aqui comigo. Isso vai se resolver. Uma boia descendo o rio. Câmara de ar. Preta, girando em meio às pedras. Gordon. Gordon não está aqui. Gordon está viajando. Ficou de voltar em. Quando mesmo? Julho? Nós também. Eu. Viajando. Na estrada. Pelo retrovisor, vê a poeira que levantaram. Respira fundo e olha para o lado. Garcia pegou o revólver no porta-luvas e checa o tambor. A beleza da ponta oca. O serviço será aqui? Ou perto daqui? A gente veio aqui pra comer ou pra matar? Ele disse: Perto de Anápolis. Talvez ambos, se for o caso. Comer, matar. Não tô com fome, ela pensa ao se virar e alcançar a mochila no banco traseiro. Perto ou longe, aqui ou não, é melhor não perguntar agora. Ele dirá quando chegar a hora. Abre a mochila, pega a SIG P210, checa. SIG *and* Sauer, costuma brincar com Gordon. Porque ele sempre diz Smith & Wesson daquele jeito meio afetado. Melhor não pensar nessas coisas agora. Melhor não se distrair. Melhor não dizer nada. Guarda a pistola na mochila. Ele dirá. Fecha o zíper. Se for o caso. Olha de novo para a frente. Quando for o caso. Rural Willys. Até Vossa Excelência mandar parar. Olha para o lado. E aqui estamos. Ele olha para a frente. Onde mesmo? Ele leva a mão à porta. Perto de Anápolis. Destrava, abre. Em que prega inflamada dos cus de Goiás? Desce do carro resmungando algo. Não importa. Fecha a porta com força. Siga-me, e eu farei de você pescadora de. O fogo caminha com as próprias pernas. Sim, Gordon, caminha. E eu também.

Com fome?, ele pergunta, ajeitando a camisa depois de encaixar o revólver no cinto.

Isabel nega com a cabeça.

Uma rápida olhada no relógio: Vinte pra meio-dia. A gente enrolou demais no Chiquinho. Eu vou comer uma coisinha.

O velho sentado defronte à birosca tem um vira-lata caramelo encolhido junto aos pés. Cadeira de bambu. O calço de papelão num dos pés dianteiros. Não olha para os recém-chegados. Não olha para coisa alguma: cego, ela percebe ao se aproximar.

Dia.

O cachorro abana o rabo ao ouvir a voz dele.

Isabel passa pelos dois e adentra o lugar sem dizer nada, mochila pendurada no ombro esquerdo. A voz, agora às suas costas, repetindo: Dia.

Dia, responde Garcia. Dos bão.

Dos bão, diz o velho, rindo, dos bão.

O cachorro late, feliz.

Lá dentro, quatro mesas de metal, um balcão de madeira, grosso e escuro, com uma estufa na extremidade (uns poucos salgados lá dentro), a mesa de sinuca mais ao fundo, à direita, e ninguém — nada de fregueses. Numa das prateleiras, atrás do balcão e em meio a uma infinidade de garrafas de cachaça e outras bebidas, um rádio ligado.

Eu quero apanhar uma rosa
Minha mão já não alcança

Garcia entra cantarolando e se senta à mesa mais próxima da porta. Não tira os óculos escuros. Ainda de pé, ela sorri e depois volta a olhar ao redor. Nada de secos e molhados. O banheiro lá no fundo, à direita, após a mesa de sinuca. Não seria melhor ir agora? Não. Esperar mais um pouco. Será?

Ouve: Vai logo de uma vez.

Ela vai, contorna a mesa de sinuca e empurra a porta. Escuro, úmido. A torneira da pia goteja. Não há porta no reservado. Puxa a mochila para a frente, arria as calças e a calcinha, e assume a posição olhando para baixo. Queria ter a pelugem de Kay Parker, não essa coisa ralinha. Em sendo assim, também queria uns peitos como os de Kay Parker, por que não? Deusa. Tenta imaginar a deidade Kay Parker agachada numa privada como essa, num lugar assim, mas não consegue. A louça encardida da boca aberta, sempre pronta para receber o que quer que lhe ofereçam, como se dissesse: Aceito tudo, dê o seu melhor. (Como é que Gordon fala toda vez que eu vou ao banheiro? Ah, sim: Capricha, pequena.) Kay Parker numa prega inflamada dos cus de Goiás, mijando no banheiro escuro de uma birosca no meio do nada. (Capricha, Kay.) Não. Kay Parker não combina com isso. Kay Parker não *merece* isso. Eu combino com isso. *Eu* mereço isso. Sorrindo, mija com vontade. Essa é pra você, Kay Parker. Com afeto, reverência e admiração. O estado do banheiro é indigno de Kay Parker, mas até Kay Parker concordaria que é melhor fazer ali do que no meio do mato, por exemplo. Não há nada pior do que mijar ou cagar no meio do mato. Nada mais *indigno*. A palavra do dia: indigno. Além do mais, a privada estava tinindo, isto é, sem quaisquer suvenires de usuários anteriores, nenhum tolete boiando, o que não deixa de ser uma bela surpresa. Talvez por ser manhã de domingo. Mas, claro, não há papel higiênico à vista.

Eu não mereço isso, Kay Parker.

Correu tudo bem?, Garcia pergunta tão logo ela se senta à mesa, ajeitando a mochila junto aos pés.

Tudo, exceto pela ausência sentida de um velho ajudante de ordens.

Hein?

Não tinha papel.

Meus sentimentos.

Só mijei, mas mesmo assim...

Desagradável.

É indigno. E meio bárbaro.

Bárbaro, ele repete como se pesasse a palavra, depois escancara um sorriso. Tem um rolo lá no carro. No porta-luvas. Chiquinho sempre coloca.

Chiquinho é um sujeito batuta.

Ele é mesmo.

Mas é tarde demais.

Não pra mim.

Certo. E onde é que a gente...?

Hein? Ah. Goiás.

Assim, *exatamente*.

Goiás é Goiás em qualquer lado de Goiás.

Não é bem assim, não, viu?

Claro que é. Pode acreditar.

A gente parece que veio parar onde Judas furou o pé.

Perdeu as botas?

Não, não, não. Presta atenção. Ele perdeu as botas ali pros lados de Anápolis. Aqui ele furou o pé.

Uma risadinha, concordando com a cabeça.

Qual é o nome daquela currutela?

Que currutela?

Pela qual a gente passou.

Que diferença faz?

Sei lá, só queria saber e...

Gameleira, diz um homem atrás do balcão, a voz anasalada.

Ela se vira.

Gameleira, ele repete. Bom dia.

Bom dia, diz Isabel, observando-o. Cabelos longos e grisalhos amarrados em um rabo de cavalo, camiseta cavada, macérrimo, em torno de cinquenta anos. Na boca, o que é aquilo? Uns restos de batom? Será que. As bochechas chupadas e o batom fazem com que ela se lembre da mulher (era ou não uma puta?) (que diferença faz?) naquele posto em Frutal, batendo palmas dentro do carro. A mesma expressão desmazelada, embora fosse algumas décadas mais nova do que esse sujeito. O mundo mastiga as mulheres com mais parcimônia. O mundo, a vida. (Não mato mulher da vida, ele disse na ocasião. Não. Não mato puta: eis o que disse, na verdade.) (Ora, meus parabéns, quer uma medalha?) (O cupincha do Velho não teve a mesma honradez no Abaporu, surrando e depois furando a moça até não poder mais.) (Pra que se lembrar disso agora, mulher?) Atrás do homem, agita-se a cortina que separa o bar da área interna. Cozinha, despensa. Quartos, talvez. O lar de alguém? Será ele o dono da Rural Willys?

Bom dia, diz Garcia.

O homem não se deu ao trabalho de contornar o balcão, de se aproximar deles; colocou os cotovelos ali em cima e agora lança o corpo para a frente, como se estivesse na janela de casa e visse um conhecido passando na rua. Sorri uns dentes manchados de (sim) batom. O que vocês vão querer?

Um pé de frango e uma dose de Velho Barreiro.

E a moça?

Isabel respira fundo. Só um Guaraná.

Vai comer nada, fia?

Por enquanto, não, moço. Obrigada.

Tem que comer, uai. Magricelinha dess'jeito.

Tem que comer, uai, Garcia repete, sério, depois que o sujeito dá meia-volta e retorna à cozinha. Magricelinha dess'jeito.

Sem fome. E o senhor viu a cara dos salgados ali na estufa?

Vi.

Nada boa.

Por isso que eu pedi um pé de frango.

Por isso o quê?

A pessoa só tem que botar o pé de frango na gordura bem quente, fritar, tirar, jogar um salzinho e servir.

Qualquer palerma consegue fazer isso.

Exatamente.

Quem é que fode um processo simples como esse, não é mesmo?

Foi o que eu disse. Mas você não come pé de frango.

Não, não como, não.

E por que é que não come mesmo?

O senhor sabe muito bem por quê.

Esqueci.

Não como extremidades.

Não come o quê?

Extremidades.

Extremidades?

Pé, pata, rabo, focinho, orelha, iguarias desse tipo.

Come buchada, mas não come pé de frango.

Bucho não é extremidade.

Vai só até o chambaril.

É isso aí. Só vou até o chambaril.

Ele ri. É isso aí.

Ela desvia o olhar, impassível. A parede atrás. Verde. Um velho lampião dependurado no teto. Outro pairando sobre o balcão. Sente a mochila com o pé direito, depois olha para baixo. O tênis sujo de poeira. Cadarços brancos. *Mas a sombra da lembrança é igual à sombra da gente.* Essa música de novo? Reergue a cabeça. Talvez seja outra. O lugar é mal iluminado, feio, mas já viu piores. Sempre confunde as modas caipiras, da mesma forma como Garcia é incapaz de discernir entre Misfits e Bad Brains. Aberto mesmo num domingo, o que é um bom sinal, certo? Talvez. Vai saber.

Aqui, gente.

Para a surpresa de Isabel, o sujeito foi à mesa servir o que pediram (achou que deixaria sobre o balcão, eles que se levantassem para pegar).

Que mais?

Só isso. Obrigada.

Qualquer coisa, chama. Tô ali dentro. Meu nome é Dimas.

Dimas, sorri Garcia, simpático.

Ah, só pra avisar...

Sim?

... a gente fecha daqui a pouquim, tá?

Domingo.

Domingo. Só esperando o ônibus passar, daí a gente fecha.

Ele toma metade da dose de cachaça e começa a devorar o pé de frango tão logo Dimas contorna o balcão e retorna à parte mais interna da birosca. Faltou o limão-galego. Esqueci de pedir.

Pede outra com o limão.

Pode ser.

Mas diz.

O quê?

Qual é o serviço?

Ele mastiga e engole um pedaço, depois coloca o pé de frango no prato. Limpa as mãos com um guardanapo. Então. Quebra esse pra nós.

Alguma demora em. Uns poucos segundos. Quebra esse pra nós. Ah, tá, diz. *Esse*. Claro.

Ele vira o resto da dose. Não tá prestando atenção.

Só não pensei que...

O senhor quer mais uma?, de volta, passando pelas cortinas.

Daqui a pouquim.

O som dos chinelos se arrastando. Aproveitar que é domingo, né.

Domingo, ele repete como se a palavra não fizesse o menor sentido, nunca tivesse feito, fosse uma antipalavra, uma não palavra.

Dimas parou às costas de Isabel e está olhando para fora, a estrada deserta. Paradão.

Paradão, Garcia repete no mesmo tom obtuso, esvaziado.

Isabel olha por sobre o ombro esquerdo e vê Dimas balançar a cabeça, sim, sim, sim, passar a mão esquerda no rabo de cavalo, depois cruzar os braços e respirar fundo, fitando a estrada por mais uns segundos.

Acho que vou querer aquela outra dose. Traz um limão-galego dessa vez, se tiver?

Trago, sim. Só vou ali no banheiro rapidim, tá?

Tem pressa, não, amigo.

Os passos ligeiros na direção oposta, passando pela mesa de sinuca. A porta azul do banheiro parece recém-pintada, Isabel só percebe agora. Volta a encarar Garcia. Quebra esse pra nós, ele disse. Eu...

Cê não tá prestando atenção.

É. Acho que não.

Algum problema?

Sei lá. Também não mata garçom agora?

Quem disse que ele é garçom?

É o quê, então? Servindo mesa numa birosca. Enfermeiro? Ornitólogo? Astronauta?

Vai fazer ou não vai?

Sim, senhor. Agora mesmo.

Que bom, ele diz e volta a se ocupar do pé de frango, outra mordida, depois olha com desinteresse na direção das prateleiras, mastigando. Eu dou uma olhada lá dentro.

E o cego?

A gente já ficou aqui tempo demais. Daqui a pouco a porra do ônibus vai passar, cê mesma ouviu ele falando.

Ônibus?

É, disgrama, ônibus. Vai logo.

Isabel abre a mochila, pega a pistola e se levanta. Ao passar pela entrada, olha para fora: a cadeira vazia, nem sinal do cego e do cachorro. Menos mal. Contorna a mesa de sinuca mais uma vez. Para. A porta do banheiro apenas encostada. A gente já ficou aqui tempo demais. Dimas está debruçado na pia, jogando água no rosto. O cheiro de merda é candente. Temia surpreendê-lo *lá*. Em pleno ato de cagar. Não seria uma visão bonita. Kay Parker não merece isso. Eu não mereço isso. Ninguém merece. Seria indigno para todos os envolvidos na brincadeira. Melhor assim.

Tá escondendo o que aí atrás, menina?, ele sorri, as mãos em concha, cheias de água.

Modess.

Ah, por isso tá paradinha aí dess'jeito?

Pois é.

Só mais um pouquim que eu já saio, daí cê faz o que precisa fazer.

Cadê o espelho?

Ele volta a enxaguar o rosto. Quebrou faz tempo. E a lâmpada queimou ontem, cê acredita? A gente tem que se virar no escuro.

Quando foi que não?, pensa Isabel ao apontar a arma. O corpo cai para o lado, reservado adentro. Esse nem viu. Um passo à frente, checagem de rotina. O estrago na cabeça. Olho arregalado. Mais um, por que não? Aponta. Paradinha aí dess'jeito. Hesita. Nah. Sem necessidade. Só mais um pouquim que eu já saio. Braços junto ao corpo. Daí cê faz o que precisa fazer. Mãos junto ao peito. Tá escondendo o que aí atrás, menina? Não, esse nem viu.

Menos mal, sussurra.

Dentro da privada, o tolete boiando. Bojudo. Grãos de milho. Sempre tão esquisito, como se a merda tivesse dentes e sorrisse. Fileiras de dentes tortos. A descarga funcionou há pouco, quando mijou. Por que será que ele não? Que porco, você. Merecia outra bala só por isso. Ou será que, a exemplo do espelho e da lâmpada, a descarga também já era? Quebrou faz tempo, disse ele. O espelho. Ela se vira. Torneira aberta, a pia prestes a transbordar. E a lâmpada queimou ontem, cê acredita? Peraí. E aquele rolo de papel higiênico no chão? Não estava ali há pouco. Escondido no canto, à direita da porta. Como foi que eu não vi?

Filho da puta.

Então: dois tiros distantes. Revólver. Será que ele. Não, porra, o velho, não. Será que ele voltou? Cego. A gente mata cego agora? Que merda. Será que ele entrou e Garcia teve de. Mas, não, os tiros não vieram de fora e tampouco do bar. Eu dou uma olhada lá dentro, ele disse. Sim. Foi isso. Lá *dentro*. Alguém. Outra pessoa. Mesmo assim.

Que merda.

Ela sai, atenta. O bar vazio. O rádio ainda ligado. Garcia não está mais por ali. Garcia e a mochila: nem sinal deles. No carro lá fora? A mesa limpa, nada de refrigerante, copo de cachaça, prato, pé de frango, guardanapos sujos. Nada. Limpa. Está tudo limpo. Serviço limpo. Quanto tempo fiquei no banheiro? Menos de um minuto. Apenas o tempo necessário. Lá fora, a cadeira vazia. Nem sinal do velho. Nem sinal do cachorro. Obrigada, Kay Parker. Sentado ao volante do Corcel, que manobrou e trouxe para a frente do boteco, Garcia bebe o resto do Guaraná, a garrafa quase vazia. A gente já ficou aqui tempo demais. Um ônibus a caminho. Ela entra no carro, a arma ainda em punho.

Só um tiro?

Só precisei de um.

Ele abre um sorrisinho.

Que foi?

Engata a primeira e acelera, dizendo: Nada.

De passagem, ela olha para a cadeira onde o velho estava sentado. Bambu. Um calço de papelão. Ficar ali sentado, ouvindo o movimento. Será que enxerga vultos? Alguma coisa? A alguns metros da beira da estrada, mas mesmo assim. Não é seguro. Cascalho. Basta uma derrapagem. Mas isso vale para o próprio boteco. Uma curva malfeita, o carro parando lá dentro. Junto ao balcão. Como é mesmo a história que um amigo do pai contou? Numa cidade do interior, o bêbado perdendo o controle do Fusquinha, invadindo a calçada e batendo no pit-dog. Desceu do carro, a testa sangrando, olhou para o chapeiro não menos atordoado, o pit-dog abalroado, amassado, empenado, e disse: Uai, tá tudo fodido mesmo, faz um x-salada aí. História real. Pit-dog: por que tem esse nome? Trailer, quiosque. Lanchonete sobre rodas. Exceto em Goiás: pit-dog. Histórias. Delegado na tal cidadezinha por muitos anos, esse amigo do pai. Pit-dog: pit-stop + hot-dog? Gordon morre de rir dessas coisas. Será por isso? Alguns crimes passionais. Por que Gordon não se muda para Brasília? Muitos suicídios, vários. Seria tão bom. Mas, em geral, a galera não pede (e alguns nem vendem) cachorro-quente. Brigas de boteco. Diz gostar de Goiânia, e reclama da secura de Brasília. Hambúrgueres. Um PM esfaqueado na perna certa vez, o amigo do pai contou. Há mais mulheres bonitas em Goiânia também, ele disse, e piscou o olho esquerdo. X: *cheese*. Histórias. Um cutucão: Gringo safado. X-salada, x-bacon, x-egg, x-tudo. O soldado que levou a facada sobreviveu, nenhuma sequela. Sanduíches. Do nada, a imagem do sujeito caído no banheiro. Só um tiro? Ela respira fundo. Só precisei de um. O fim da história. O que significou aquele sorrisinho? Da história dele, pelo menos. Nada. Estendido ao lado do último tolete que cagou na vida. Apenas um sorrisinho. Mas quem não? Nada demais. Tudo fodido mesmo. Nada, nada. Cedo ou tarde. De um nada a outro. Hoje ou amanhã. Rumo ao nada. Quando menos se espera. Faz um x-salada aí. Enquanto isso, a gente vai se virando no escuro.

E os tiros que eu ouvi?

Tinha outra pessoa lá dentro.

Imaginei. Homem? Mulher?

Homem. Tava deitado num colchão, só de cueca, no meio da despensa. Aliança no dedo.

Pai de família.

Que escolheu o dia errado pra pular a cerca.

Que nada. Hoje é Dia dos Namorados.

Ele sorri: Tinha esquecido.

Comprou presente pra vizinha?

Neide. O nome dela é Neide. E o marido tá de férias, fica o dia inteiro em casa. A gente não tem se visto.

Que coisa mais desagradável.

Bom que aumenta a saudade.

Deve ser chato não poder encontrar a namorada num domingo.

Ela não é minha namorada.

Paradão.

O ônibus passa por eles. Isabel imagina a chegada dos passageiros à birosca, um deles indo ao banheiro, apertado, e então o susto, um berro, os outros acorrendo, mais sustos, mais berros — a descoberta do corpo, de um corpo: algo que nunca protagonizou. Já viu cadáveres estendidos no asfalto ou em terrenos baldios, mal cobertos por jornais velhos e bem cobertos por olhos curiosos, os buracos dos tiros sangrando as notícias do dia anterior, mas não foi ela quem os *descobriu*, quem primeiro chegou à cena, quem chamou a polícia, e, além do mais, eram obviamente obras alheias. E jamais presenciou a descoberta por outrem de um corpo que deitou. A surpresa maior quando descobrirem o defunto número dois. Lá dentro. No colchão, no meio da despensa. Corpos perecíveis trepando em meio a alimentos não perecíveis. Cuecas, aliança. Gente, mas não é o fulano? O escândalo. A vergonha da viúva, dos filhos, se tiver. Esse tipo de coisa pode se tornar insuportável. Goiás é Goiás em qualquer lado de Goiás. Onde Judas furou o pé. Não. Onde Judas levou um tiro na cabeça e ficou lá, estendido no chão, ao lado do último tolete que cagou na vida. Mas Dimas era ou foi um Judas? Melhor não saber. Talvez os Judas sejamos *nós*. Ela se vira para Garcia.

Ele dirige sem muita pressa, toca-fitas desligado, outro cigarro aceso entre os dedos da mão esquerda; bate as cinzas no quebra-vento. (Poeira, fumaça.) Que foi? Pergunta logo.

Quem encomendou?

Ao contrário do que Isabel espera, ele responde de pronto: O Velho.

Não é como se já soubesse, mas tampouco é uma surpresa; de uma forma ou de outra, balança a cabeça em desaprovação.

A gente vai se encontrar com ele agora.

Oi?

A gente v

Eu ouvi. Onde?

Na chácara dele, aqui perto. Quer dizer, mais ou menos perto. Meia horinha, mais ou menos, e a gente chega lá.

Na chácara dele?

Isso.

A gente faz isso agora?

Isso o quê?

Isso. Confraternizar. Reuniãozinha pós-serviço.

É. A gente faz isso agora.

Ela bufa, depois resmunga algo sobre as roupas, precisa trocá-las, tomar um banho, não tem nada certo nessa história, não é assim que a gente trabalha, mas que diabo.

Garcia não diz nada por um tempo.

Duas mudas de roupa na mochila, outro par de tênis. Olha para os pés. Nenhum respingo visível nos cadarços, nenhuma mancha, nada. Pelo menos isso. As calças também parecem limpas. Mesmo assim, há essa urgência, essa necessidade. Sempre há. Sempre sente. A coisa *certa* a fazer. Conforme *ele* ensinou. A *única* coisa certa a fazer depois de.

(Se virar no escuro.)

Ele atira o cigarro pela janela. Olha só, a gente vai passar por uma cidadezinha daqui a pouco. Tá bem perto mesmo, mais uns dois ou três quilômetros. Talvez se lembre do lugar.

Eu? Por quê?

Porque a gente morou uns meses lá quando cê era pequena.

Ela não precisa se esforçar: Quando cê largou a gente e foi pro Norte?

Eu não *larguei* ninguém.

Largou, sim.

Não tive opção, tive?

Não sei. Acho que não. Nunca ouvi a história. Beatriz ficou de contar, mas não cont

Você se lembra, então.

Lembro, porra. E lembro do casarão, não tem como esquecer aquele casarão sinistro.

Eu paro num posto, cê dá um pulo no banheiro, vê o que dá pra fazer. Olhando daqui, parece que tá tudo certo, mas é bom trocar pelo menos a camiseta, jogar uma água nos cabelos, no rosto.

Eu sei o que fazer.

Vai se sentir melhor.

Ela o encara. Vou me sentir melhor quando chegar na bosta da minha casa e esquecer toda essa merda, pensa. E diz: Beleza, *patrón*.

Ele coça o pescoço. Um naco da tatuagem está visível, um dos monstros. Parte dele. Isabel ainda se lembra da surpresa. Já faz um tempinho. Velho mocorongo. Garcia, ao completar quantos anos mesmo? Quarenta e três? Tatuou aquele troço que agora toma boa parte das costas e de um dos lados do pescoço. Ela achou graça e esperou novos sinais de uma crise de meia--idade, mas eles não vieram. Fora a tatuagem, continuou o mesmo, com suas camisas de mangas curtas, seus paletós de cores mortas, as discretas botinas de couro, os cabelos grisalhos militarmente curtos, a barba bem--feita, jamais usa tênis, jamais sai à rua de bermuda e camiseta e chinelos, nem mesmo quando vai comer a vizinha, as mesmas pescarias, as mesmas duplas caipiras de sempre, os mesmos botecos no Setor Oeste e no Centro, o mesmo jeito de falar oscilando entre a caipirice e um registro mais urbano, a depender da companhia e/ou do grau de irritação ou alcoólico, os mesmos amigos de outros tempos, o mesmíssimo homem, exceto pelos cigarros, quando foi que voltou a fumar? Talvez naquela manhã. Nenhum cigarro aceso na véspera, o cinzeiro vazio sobre a mesinha de centro. Sim, naquela manhã, depois que passaram no posto. Mais um indício de que as coisas não andam bem. Da esquisitice daquele serviço. De que a confusão com o Velho ainda não se resolveu (ou talvez tenha piorado). Vai se sentir melhor. Ah, tenha dó. Ir pra casa e esquecer. Vai tomar no meio do seu. Que seja logo. Cu. Ele coça o pescoço outra vez. Ela balança a cabeça, sorrindo. Que ideia essa tatuagem. Viu a imagem por acaso, em um documentário na TV Brasil Central, e anotou o nome do artista.

O cara é foda e é meu xará, disse para o gringo, descrevendo a coisa nos mínimos detalhes. Talvez cê conheça, já leu e viu de tudo.

Gordon sorriu: O cara é foda.

E não é pouco, não.

Quando Garcia fez um churrasco à beira da piscina para celebrar o aniversário, o primeiro na nova casa no Jardim América, Gordon apareceu com um livro enorme, de capa dura, importado, que abriu em uma página qualquer. Alguns convidados se aglomeraram ao redor. Apontou para uma ilustração e perguntou: Esta?

Opa, essa aí mesmo.

"Behemoth e Leviatã."

Me empresta esse livro?

É seu, William. Presente.

Mesmo? Caralho, Gordita.

Por nada.

Vou tatuar esses bichos aí nas minhas costas.

O gringo sorrindo com os olhos, educado demais para gargalhar na cara do aniversariante. Você vai tatuar "Behemoth e Leviatã" nas suas costas?

Endoidou, disse alguém que estava por ali.

É a cachaça falando.

Quê que isso.

É, disgrama, vou tatuar nas minhas costas, e vou fazer assim, ó, Garcia girou o livro sobre a mesa. De cabeça pra baixo.

Gordon não conseguiria conter o riso por muito tempo. Sentada ao lado da churrasqueira, acompanhando a cena de longe com uma caipirinha na mão, Isabel já se dobrava de rir.

Esse aqui é o tal do Leviatã, né?

O gringo fez que sim com a cabeça.

Pois eu quero que o Leviatã fique por cima.

Por quê?

Porque o mundo é assim, porra.

Assim? Assim como?

Assim, uai. Tudo de perna pro ar.

Ah. Claro. Tudo de perna pro ar.

No mês seguinte, Garcia foi a Brasília visitar Isabel só para mostrar a tatuagem. Levou uma garrafa de Old Parr, serviu uma dose para ela, depois fez com que se sentasse no sofá e, parado no meio da sala, tirou a camisa e se virou, cerimonioso. Taí.

Puta que pariu.

Gostou?

Não sei, ela ria, tapando a boca.

Como assim, não sabe?

Sei lá, porra. Acho que...

O quê?

Acho que é uma dessas coisas que tão além do gostar ou não gostar, sabe como é?

Virou-se, os olhos arregalados. É, eu sei. É demais.

E agora ele dirige, toca-fitas desligado, um naco da parte superior da tatuagem visível no pescoço. O mesmíssimo homem, exceto pelo cigarro, tantos anos sem fumar e agora isso? (Será que Gordon conseguiu parar?) Rumo à tal chácara do Velho. A gente faz isso agora? O mesmíssimo homem, mas com novos hábitos pessoais e profissionais. Desde quando? *Rendez-vous* no Abaporu. (Porra, eu não fui lá no Abaporu pra matar ninguém, não.) A moça fodida por dentro e por fora, de novo e de novo, furada setenta vezes sete, a troco de nada. (É, eu sei. É demais.) Mas as coisas tinham mais ou menos se ajeitado. Almoço de conciliação. Compensação paga. A história meio esquecida. A troco de nada. O que será que aconteceu desde então? Mais de dois meses sem vê-lo. Algumas poucas ligações. Quieta em Brasília, conforme sugeriram ele e Gordon. Até a poeira baixar. Certo, senhores. Vou fazer isso. Tô fazendo isso.

(Porque o mundo é assim, porra.)

Chegam à tal cidadezinha.

Duas igrejas, rodoviária, cemitério, um colégio religioso. Param em um posto, ela vai ao banheiro e troca a camiseta, pelo menos isso, caralho, depois seguem viagem, não há tempo a perder, tão esperando a gente, Isabel, vambora. Mais um colégio religioso, uma longa fileira de eucaliptos. Cruzam a via férrea, a imagem de um Cristo Redentor e: Outro colégio?

Hein?

Outro colégio católico. Contei três com esse.

Ah. Pois é.

Marista.

Marista.

Três colégios católicos numa cidade desse tamanho. Puta que pariu. A semana santa deve ser uma loucura.

Ele encolhe os ombros, desinteressado.

Não lembrava desse detalhe.

E do que é que se lembra?

Acho que só do casarão mesmo. Faz um tempinho, né? Aquela rodoviária mesmo nem existia.

Não, não existia.

É outra cidade agora.

Ele sorri: Não exagera.

Chegam ao trevo. Bastaria dobrar à direita para retornar a Goiânia, é o que informa uma placa enferrujada na beira da rodovia. Garcia passa pela rotatória e segue reto, imperturbável. Chácara, Velho. A gente faz isso agora. Mas talvez seja melhor assim. Uma forma de resolver a questão. Enterrar a coisa de uma vez por todas. Ou de serem enterrados. Sim. Acontece, pode acontecer. Cedo ou tarde. Ainda mais nessa linha de trabalho. Ossos do ofício. Isabel olha para a mochila no banco traseiro. Pensa nos meses desde o Abaporu. Nenhum serviço desde então. Gordon ausente, viajando. (Trabalho. Que merda eu posso fazer?) Quieta em Brasília. Entediada, começou o lance com Emanuel. Meados de maio. Após o expediente. Fecharam a papelaria e ela: Não quer dar um pulo ali em casa, tomar uma cervejinha? Alguém com quem passar o tempo. A casa a um quarteirão da papelaria. Papear, trepar. Por que não? Necessidades. Ele hesitou um pouco, mas foi. Quieta. Foi e continua indo. Brasília. Um intervalo incomum. Poucas ligações do pai. Conversa-fiada. Tudo bem por aí? Tudo bem por aqui. Preferia não ter comentado com ele sobre Emanuel, mas sobre o que mais falaria ao telefone? De repente, era melhor não falar sobre trabalho. Ao menos por uns tempos. Até porque não havia trabalho nenhum. O que é que sobrou? Havia apenas a lembrança da confusão recente. Podiam falar sobre o tempo, quem sabe. Inflação. Talvez fosse (ou tivesse sido) melhor. Nenhum serviço em meses. Não que se importe. Precisava de um tempo. Não que se importasse. *Precisa* de um tempo. Então, na sexta-feira, o telefone da papelaria tocando.

Me encontra aqui em casa amanhã à noite, disse Garcia.

Ela concordou e desligou. Mas, por alguma razão, cogitou não ir. No dia seguinte, na estrada, cogitou voltar. E, na garagem da casa dele, depois de estacionar o carro e desligar o motor, olhou para o gramado, para a piscina (vazia), para o carro do pai também estacionado ali (Dodge Magnum 81), e cogitou engatar a ré e cair fora. Nunca aconteceu antes. Essa porcaria de. De quê? *Pressentimento*? Eu acredito nisso agora?

Deparou-se com Garcia sem camisa e estirado no sofá, copo de uísque sobre a barriga, de olho em *Louco Amor*. Puta merda, vou te falar, não tô gostando muito dessa novela, não.

Uai, disse, jogando-se na poltrona, para de ver, então.

Não posso.

Por quê?

Por causa da Bia Seidl. E porque vai passar *Os Canhões de San Sebastian* depois.

É um pré-requisito?

Hein?

Tem que ver a bosta da novela se quiser ver a porcaria do filme que vai passar depois?

Não, não é um pré-requisito, mas não me ocorreu fazer outra coisa. Quer beber?

Depois.

A garrafa tá na mesa da cozinha. Tem cerveja na geladeira.

E esse filme é com quem? Kay Parker?

Charles Bronson.

Charles Dennis Buchinsky.

Hein?

Nada, besteira.

Esse é o nome dele?

É, se não me falha a memória. Li numa revista, mas faz tempo. Na sala de espera do dentista.

Buchinsky?

Buchinsky.

Buchinsky é um nome bacana.

Melhor que Bronson?

Pensou um pouco, coçando o pescoço, depois tomou um golezinho e decidiu que: Não. Acho que não.

Também acho que não. Vou tomar um banho.

Vai lá.

Voltou à sala vinte minutos depois, de camiseta e bermuda e arrastando os chinelos, e jogou-se outra vez na poltrona. Então?

Mas ele ainda esperou alguns minutos, o derradeiro intervalo da novela, para se aprumar no sofá, colocar o copo (vazio, a essa altura) sobre a mesa de centro, ao lado do cinzeiro (também vazio), e dizer: Então.

Tô ouvindo.

O serviço é no interior. A gente sai amanhã cedo. Oito, oito e pouco. Chiquinho já ajeitou o carro. A gente vai de táxi até a oficina. Botou o seu na garagem, né?

Sim, senhor.

Ah, queria te perguntar. Achou as rodas que tava procurando?

Encomendei, sim. (O Ford Maverick GT ano 74, vermelho e com faixas pretas, a única coisa em que gasta dinheiro.) (Fora os discos e as fitas.) Acho que chegam na semana que vem.

Bacana.

Depois quero trocar o som.

É uma boa.

Falando nisso, cadê a *Quatro Rodas* desse mês?

Esqueci de renovar a assinatura.

Comecei a ler, mas deixei a minha na papelaria.

O que tem de bom?

Compararam o Oggi e o Voyage.

E aí?

O Voyage gasta menos na cidade.

Ele fez uma careta, olhando para o copo vazio. Não preciso assinar a *Quatro Rodas* pra saber disso.

E a porra do serviço? Preciso assinar alguma revista pra saber do que é que se trata?

Fez menção de se levantar, mas voltou os olhos para a televisão (Bia Seidl) e se recostou no sofá. Te explico amanhã.

Que tal agora?

Amanhã.

Pra que esse mistério todo?

Falando na papelaria, como vão as coisas por lá?

Indo. Emanuel falou que pode ser uma boa abrir outra loja.

Onde?

Sei lá. No Guará I, talvez. Ele sugeriu isso um dia desses. A gente ainda não discutiu a ideia pra valer.

Uai. Acho que é uma boa.

O senhor acha?

Claro. Mas o negócio é seu.

Eu sei.

Esse rapaz trabalha direitinho, né? Emanuel?

Ele meio que toca o negócio, pra ser honesta. Não tenho muito saco. Só tento não atrapalhar.

Passa o dia inteiro lá.

Passo. Tentando não atrapalhar.

Ele parece bacana. Acho que te faz bem.

Ela bufou, mas não disse mais nada. A coisa ficou no ar por um instante. Talvez Garcia esperasse um pouco mais de prosa sobre Emanuel. Últimas notícias. Mas as últimas notícias são iguais às primeiras. Continuam se vendo fora do trabalho. Continuam saindo. Mas ela preferiu não esticar o assunto, meio arrependida por ter comentado a respeito. Nada demais, no fim das contas. Nada realmente sério. Sim, ele trabalha direitinho. Sim, ele meio que toca o negócio. Sim, ele parece bacana. Sim, ele me faz bem, e me faz bem na medida em que um pau (ainda) é melhor do que um consolo. Bom, depende da pessoa que o pau traz consigo (há paus muito mal acompanhados), mas, nesse caso, sim, um bom rapaz, um rapaz batuta. Ficou em silêncio, pensando nessas coisas, enquanto o capítulo da novela chegava (ou parecia chegar) ao fim.

Não tá com fome?, ele perguntou.

Um pouco. Quê que tem pra comer aí?

Dá uma olhada na geladeira. E traz a garrafa de uísque pra cá. O filme tá pra começar.

Comeu um sanduíche de presunto, bebeu duas cervejas e foi dormir, ignorando o destino de Buchinsky/Bronson n'*Os Canhões de San Sebastian*. Acordou às seis, tomou um banho e deu uma espiada no quarto dele: ainda na cama, ferrado no sono. Aquilo é um sorrisinho? Sonhando com a Bia Seidl, talvez. Circulou pelos cômodos, alguns vazios, outros com móveis e utensílios ainda empacotados. Havia caixas de papelão fechadas no que seria a despensa. Até quando é possível chamar uma nova casa de *nova*? Quase três anos desde a mudança, do apartamento na Paranaíba para o Jardim América. Quatro quartos para alguém que mora sozinho e passa boa parte do tempo fora, na estrada. Para alguém que, em Goiânia, passa boa parte do tempo na casa da vizinha, *na* vizinha (ainda que, na verdade, seja ela a visitá-lo com mais frequência, por razões óbvias; deixam para se encontrar lá quando o marido viaja a trabalho). Quase três anos desde a mudança e ainda coisas para desempacotar e organizar. A faxineira por ali duas vezes por semana, mas com ordem para não mexer nas caixas. Deixa que eu cuido disso depois, ele sempre diz, mas não cuida, não desempacota, não organiza, não faz nada. Tudo limpo, pelo menos. Tinindo. Enquanto circulava pelos cômodos, Isabel começou a se sentir inexplicavelmente mal. A sensação de invadir a casa de um estranho. A primeira visita desde *aquele* final de semana. Gostava dali. Vinha de Brasília sempre que possível, mesmo quando ele estava fora. Tardes de sábado à beira da piscina. Churrascos. Mas é certo chamar isso de *visita*? Viagem a trabalho dessa vez. E o que a casa tem a ver com *aquela* merda? Nem aconteceu aqui. Uma merda, tudo uma merda. Como a sensação ruim não passasse, achou melhor dar uma volta. Lá fora, na calçada, olhou para a direita e depois para a esquerda. Optou pela direita. Então, sem pensar no que fazia, dobrou à direita na primeira esquina e, depois, outra vez à direita, e mais uma vez. Sentiu-se meio idiota e, antes de completar a volta no quarteirão, entrou em uma padaria. Dois sujeitos amarrotados ao balcão, egressos de alguma farra e bêbados àquela hora da manhã, discutiam, um deles dizendo que o Goiânia estava com um time muito bom, e que Valmir Cambalhota era muito melhor que Cacau, só não vê quem não quer. Ela pediu um café e um pão de queijo, desligou-se da conversa alheia (pensando se conhecia alguém que torcesse para o Goiânia, a maioria é Vila, Goiás ou Atlético) e comeu bem devagar, olhando para fora. De novo aquela vontade de ir embora. Entrar no Maverick, pegar a estrada. Voltar para casa. Ligar para Emanuel, talvez. Sobreviveria sem *isso*, não? Quieta em Brasília. Algum dinheiro guardado. Casa própria. A papelaria indo bem. Ainda um assunto pendente (Clara) (melhor não pensar nisso agora), mas o sujeito sumiu, nada que possa fazer no momento. Também poderia tirar o diploma da gaveta, prestar um concurso, arranjar aquele emprego *de verdade*. (E uma coisa não exclui a outra: o reaparecimento do sujeito significaria (*poderia* significar) um intervalo para resolver a pendência, não uma retomada *desta* vida.) Garcia sempre ri ao ouvir essa expressão. Emprego *de verdade*? O que pode ser mais *verdadeiro* do que *isso* que a gente faz? Um monte de coisa, é a resposta habitual. Sobreviveria sem *isso*? Sem dificuldades. Garcia não a impediria. Livre. Seguir com a vida. Outra vida. Mas, de novo, não foi embora. Terminou de comer, pagou, os bêbados ainda discutindo, saiu da padaria, dobrou à direita e voltou para a casa do pai. Ele esperava acordado, pronto, sentado à mesa da cozinha. Bebia uma caneca de café, expressão das mais esquisitas no rosto.

Que foi?

Nada. Onde é que cê foi?

Tomar café na padaria.

Tem café aqui.

Queria pão de queijo.

Pão de queijo?

Tem pão de queijo aqui?

Não, senhora.

Valmir Cambalhota é muito melhor que Cacau.

Hein?

Valmir Cambalhota é muito melhor que Cacau.

Quem disse?

Um sujeito ali na padaria.

Um careca bigodudo? Magrelo? Bêbado?

Sim, sim e sim.

Sei quem é a figura. E Valmir Cambalhota não é melhor que Cacau.

Não?

Não. Valmir se diverte jogando, é bacana de ver, mas Cacau é mais objetivo, não brinca em serviço. Cacau é matador.

Cacau é matador. Ok. Vou me lembrar disso. Te perguntar uma coisa. Cê conhece algum torcedor do Goiânia?

Vários.

Por exemplo?

Que você conheça? O Bruno, por exemplo. Ele vivia te dando camisa do time quando cê era pequena.

Verdade. Tinha esquecido disso. O senhor não gostava.

Claro que não. Camisa do Goiânia, porra?

Ele deu uma sumida, né?

Problemas.

Parece que todo mundo anda com problema hoje em dia.

Parece que sim.

Bom, talvez eu seja torcedora do Goiânia e não saiba.

É pior que isso.

O que pode ser pior que isso, do seu ponto de vista?

Você é uma esmeraldina enrustida.

Por essa eu não esperava.

E a gente tem que ir.

Tá bom.

Mas quero te contar uma coisa antes. Não tem nada a ver com o serviço de hoje, mas acho melhor te contar logo.

Tô ouvindo.

O general morreu.

Que general?

Pai do nosso amigo Heinrich.

Ela cruzou os braços. Uns segundinhos para processar o que ouviu. Ele não é nosso amigo, disse.

Eu sei que não.

O general morreu de quê?

Derrame.

Quando foi isso?

Ontem à tarde, parece.

Eu não soube de nada, não ouvi nada.

Eu soube agorinha mesmo. Me ligaram aqui pra contar.

Ela respirou fundo, descruzando os braços. Esfregou o rosto com as duas mãos e voltou a encarar o pai. A voz tremia um pouco: A gente falhou com ela, não falhou? *Eu* falhei.

Porra nenhuma. Não fala uma coisa dessas.

Eu sinto que falhei.

Não tinha nada que a gente pudesse fazer com o general. Um *general*, porra. Ex-ministro. Não tinha nada que a gente pudesse fazer com ele. Cê sabe muito bem disso.

Mas o Heinrich, ele...

Ele ainda tá vivo.

A gente não sabe onde. Porra, a gente nem sabe *disso*, se ele tá vivo mesmo ou o quê.

Se tivesse morrido, acho que o pai dele trazia o corpo pro Brasil. Enterrava aqui.

Pode ser.

Ele tá vivo, sim, Isabel. E agora, com o papai general morto, fica mais fácil pra gente fazer o que quer fazer.

É. Não sei. Pode ser.

Ele tomou o resto do café e se levantou. Tá na hora de ir. Depois a gente conversa com calma sobre isso.

E agora, olhando para a frente, ela se esforça para não pensar em todas aquelas coisas, para não pensar no general morto e em seu filho foragido (a pendência), para não pensar em Clara, para não pensar em todas as coisas que aconteceram em 79. Não, não é hora disso. Melhor se distrair. Pensar em outras coisas. Todo um esforço para *conseguir* pensar em outras coisas. Nem sempre é possível, mas. Valmir Cambalhota. Valmir Cambalhota é ou não melhor que Cacau? Embora não veja muito futebol, prefere quem se diverte jogando ou quem é matador? (A seleção se divertia à beça jogando, e olha a merda que aconteceu na Espanha.) Quando foi que Garcia voltou a fumar? Por que não deu o fora mais cedo? Que caralho o Velho quer com essa história de reunião? O que pode ser mais *verdadeiro* do que *isso*? (Você é uma esmeraldina enrustida.) Mas *definitivo* é a palavra certa, não *verdadeiro* — olha para ele a fim de comunicar a descoberta, mas desiste. Coçando o pescoço outra vez, essa mania, esse tique quando está nervoso. Preciso começar a ver mais jogos. Preciso ter mais informações antes de decidir. Preciso escolher entre a diversão e a matança.

Ele acelera.

Quase chegando?, ela pergunta, uma curva não muito acentuada à direita. (Cansada de dobrar à direita.) Uma estrada vicinal, mais estreita.

Quase chegando, ele responde e se ajeita, as duas mãos no volante.

Beleza.

Presta muita atenção no que eu vou te falar agora.

Fala.

Tive um problema no mês passado.

Que tipo de problema?

Do tipo que cê não quer saber.

Eu quero saber, sim.

Não, não quer.

Eu quero, mas tudo bem.

Tive um problema e depois tive uma mãozinha.

Que tipo de mãozinha?

Do mesmo tipo do problema. Do mesmo *tamanho*.

Sabe o que isso quer dizer?

O quê?

Quer dizer que, na verdade, agora o senhor tem dois problemas: o problema e a mãozinha.

É bem por aí.

Pois é.

Mas isso que a gente fez hoje era pra resolver tudo.

Resolver *tudo*?

Zerar a brincadeira.

Era?

É pra resolver.

Mas?

Foi o combinado.

Com o Velho?

Com o Velho.

Mas?

Mas disseram preu vir aqui depois.

Hoje?

Hoje.

Quem *disseram*?

Me ligaram hoje cedo e disseram.

Quem *disseram*?

Cê tinha saído pra comer o seu pão de queijo.

Quem *disseram*?

Eu fiquei desconfiado, mas achei melhor não discutir.

Ela respira fundo. E aqui estamos.

Sim. Aqui.

Que merda cê foi aprontar?

Não há resposta.

O problema tem alguma coisa a ver com toda aquela merda que rolou lá no Abaporu?

Não, não. Já falei. Foi coisa minha. No mês passado. É outra...

Mas o Abaporu não ajudou.

Coisa minha, Isabel. Mês passado. Esquece a desgraça do Abaporu. Esquece a puta que arrebentaram, esquece a burrice da Elizete, esquece o desgraçado que você matou.

Juro que tô tentando.

Falando sério aqui.

Eu sei. Eu também.

Presta atenção.

Prestando.

Isso, *agora*, não tem nada a ver contigo.

Nada?

Nada.

Mas alguma coisa tem a ver.

Como assim?

Não tô aqui? Agora?

Eu... porra.

Porra. É isso aí. Porra.

A gente... naquela história, a gente pagou uma compensação pro Velho, lembra?

Lembro, sim. O desgraçado te extorquiu. Mas é que a merda vai acumulando, né?

Mas isso, *agora*, é outra coisa. Eu sei, eu sei, te liguei, pedi sua ajuda, te trouxe aqui, mas é outra coisa, enfia isso na cabeça.

Tá bom, tá bom. Outra coisa.

É pro gringo estar lá. Isso me deixou mais tranquilo.

Disseram isso e cê acreditou?

Sim.

Que o Gordon vai estar lá na chácara?

Sim.

Quem *disseram*?

O próprio. Foi ele quem ligou hoje cedo. Gordon. Disse que o Velho falou pra gente não se preocupar.

Não sabia que ele tinha voltado.

Pois é. Ele voltou. Eu confio nele.

Tá bom.

Tá bom o quê? Não confia no gringo?

Confio, mas o problema não é esse.

Como assim?

Assim mesmo, ué. O gringo é um sujeito bacana e eu gosto dele, confio nele, mas não sei que merda você aprontou, e não sei se ele pode ajudar, ou até onde ele pode ajudar, ou...

Ele pode ajudar. Ele tá ajudando.

E eu não sei em que merda cê tá me metendo. Caralho, eu não sei de porra nenhuma.

Desculpa, Isabel, mas é que eu...

Eu o quê?

Ele balança a cabeça com veemência, negando alguma coisa, negando sabe-se lá o quê.

E esse tipo de frase...

Que frase?

Esse tipo de frase sempre quer dizer o contrário.

Que frase?

Aquela frase.

Que frase?

Eu mesma já usei.

Que frase?

Eu mesma já usei um montão de vezes.

QUE FRASE?

"Disse que o Velho falou pra gente não se preocupar."

Mas foi o que ele falou.

Eu sei. Eu acredito que foi o que ele falou. Mas, quando *eu* falo pra alguém não se preocupar, é bom que essa pessoa comece a se preocupar.

Bom, diz Garcia com um suspiro, então acho melhor a gente começar a se preocupar.

É isso aí.

Um sinal com a cabeça: à frente, uma porteira fechada e dois sujeitos. Garcia diminui a velocidade, mas não chega a parar. Um dos capangas olha para dentro do carro, sorri e faz um sinal para o colega, que abre a porteira. O carro avança por algumas centenas de metros, traçando uma curva suave à direita (Eu não aguento mais, ela pensa.), árvores dos dois lados da estrada, e então as árvores desaparecem e surgem uma casa não muito grande e, à frente dela, um gramado e uma piscina pequena, de cimento. A famigerada chácara do Velho. O lugar onde ele se esconde, no qual passa cada vez mais tempo. Ainda bem que o serviço era perto, pensa. Imagina só, vir de Brasília ou Goiânia só pra essa reuniãozinha de merda.

Tomar no cu, resmunga.

Com as duas mãos no volante, Garcia concorda com a cabeça.

Dois homens estão sentados a uma mesa de madeira no gramado: um é negro, de cabeça raspada, camisa, gravata e colete, estiloso, como se estivesse em um restaurante grã-fino, não no meio do mato; o outro é um sujeito de cabelos desgrenhados e inteiramente brancos, a exemplo do bigode, sem camisa, uma grossa corrente de ouro pendendo do pescoço. Ela sorri ao ver o gringo; o sorriso desaparece ao olhar para o Velho. Há um terceiro homem ali no gramado, em pé, encostado em uma árvore, poucos metros atrás da mesa. Os carros estão junto à lateral da casa, no cascalho: uma Chevrolet D10 cabine dupla, cor verde, e dois Ford, o Galaxie Landau azul 82 de Gordon e um Escort XR3 novo em folha, vermelho. Garcia estaciona ao lado do Escort, defronte a um extremo do alpendre. A casa parece nova, recém-construída ou reformada.

Deixa a mochila aqui.

Sim, senhor.

E não liga pras provocações do Velho.

Tô cagando pra esse verme.

Sabe como ele é.

Só quero resolver isso e ir embora logo.

Essa é a ideia.

Descem do carro e atravessam o gramado. Há toalhas estendidas à beira da piscina e, perto delas, um filtro solar, algumas latas de cerveja, um cinzeiro e a parte de cima de um biquíni amarelo, muito pequeno para ser da esposa do Velho. Param junto à mesa. Garcia tira os óculos escuros. Gordon sorri para eles, piscando o olho esquerdo para Isabel. Com um gesto preguiçoso, o Velho aponta para as duas cadeiras vazias, à direita do gringo. Eles se acomodam. Ninguém diz nada por um tempo. Os dois homens bebem Laphroaig. Há um aparelho de som ligado dentro da casa. Por alguma razão, Abba é exatamente o que Isabel espera ouvir neste tipo de cenário: chácara, piscina, coroas bebendo uísque caro, um deles sem camisa e ostentando uma corrente de ouro. E só agora ela percebe que a cozinha fica do lado de fora, é uma espécie de continuação do alpendre, como um apêndice da casa, separada do gramado apenas por uma mureta e coberta por grossas telhas de cerâmica. Ela se pergunta se isso é inteligente; e no caso de uma chuva forte? De uma tempestade com ventania? Granizo? Armários, mesa, cadeiras, tudo exposto por um dos lados, o lado que não tem parede? O fogão a lenha está aceso. Cheiro de galinhada com pequi.

Garcia?, diz o gringo, afinal.

Ele se vira para o Velho, encaixando os óculos escuros na camisa, e pigarreia. Então. Deu tudo certo.

É claro que deu, retruca o outro, passando as mãos na cabeleira branca. É claro que deu.

O gringo toma um gole de uísque, depois olha para Isabel. *Você* fez?

Ela hesita por um instante, mas concorda com a cabeça. Que importância tem isso? Está feito. E diz: Foi. Por quê?

Por nada.

Nada?

Só curiosidade.

Tinha um sujeito lá dentro, diz Garcia. Amante, namorado, sei lá. Eu cuidei dele. E tinha um velho sentado na entrada do boteco. Um velho cego.

Cego?, pergunta o Velho.

Com um cachorro. Então, achei melhor ela cuidar do sujeito e eu, dos outros dois.

Peraí, ocês matou o cego também?

Não, diz Isabel. Ele foi embora antes. Deu tudo certo.

O Velho escancara um sorriso, depois olha para Gordon. Uma bosta dum cego, diz, rindo. Tem base um trem desse?

O gringo sorri: Se tivesse um olho, já sabemos o que ele seria.

Muita sujeira?

Isabel olha por sobre o ombro direito do gringo, para os fundos da chácara. Um terreiro espaçoso. Goiabeiras. Galinhas circulando livres, despreocupadas. Não há cachorros? Ela não tem cachorro em casa porque vive só e costuma viajar bastante. Sacanagem deixar o bicho sozinho. Que espécie de gente tem a porra duma chácara e nenhum cachorro? É por aí que a gente vai medindo o caráter da pessoa. Aquilo é um chiqueiro? Vazio, ao que parece. Nem os porcos querem vir aqui. Bananeiras.

Muita sujeira?, ele volta a perguntar.

Sujeira nenhuma, responde Garcia.

Deu tudo certo, ela reforça. O senhor não tem cachorro?

A muié num gosta. Eu, por mim, tinha uns pastor-alemão ou uns fila, mas ela num gosta de cachorro. Triste isso.

Também acho.

O Velho faz que sim com a cabeça, expressão meio contrita, depois se vira e faz um sinal para o capanga, que vai à cozinha, abre um dos armários, pega alguma coisa e volta ao gramado. Um copo. Coloca à frente de Isabel, serve uma dose generosa de uísque, empurra na direção dela e volta a se afastar. Ela cheira e depois toma um gole. Faz uma careta. Não gosta muito de destilados, nunca gostou, ainda mais desses, com gosto de fumaça. O Velho acha graça.

Obrigada.

Com quantos ano cê tá?

Vinte e cinco.

Vinte e cinco? Num parece ter mais que treze. Assim...

Assim?

Ele parece não encontrar a palavra. Olha para Garcia. Cê não alimentou a sua filha direito quando el'era pequena?

Isso não tem nada a ver com alimentação.

E tem a ver com o quê?

Genética.

Genética.

Ela puxou a mãe.

A mãe del'era mirradinha dess'jeito?

Era. (Uma mentira, mas Isabel prefere não contradizer o pai.)

O Velho encara Isabel. O par de olhos pequenos e verdes. Ela sustenta o olhar. O par de olhos grandes e castanhos.

Mirradinha, branquela e sardenta de cabelim curto, diz ele, virando-se para o gringo. Fala como se os recém-chegados não estivessem mais ali. Gosto de muié grande, cabeluda e amorenada. Pode ser preta também. As preta é tudo boa. Elas é quente.

É o que dizem.

Mas gosto de muié grande mesmo, de verdade.

Eu sei.

Quando conheci a Maria Clara, não tive dúvida.

Eu sei.

Ocê viu como ela é.

Gordon concorda com a cabeça, olhando de relance na direção da piscina, as toalhas estendidas no gramado, o filtro solar, algumas latas de cerveja, um cinzeiro e a parte de cima de um biquíni amarelo. É, eu vi.

Ocê viu. Se a Maria Clara perder peso, eu separo. Já falei isso até pr'ela. Não vem com essa papagaiada de regime e dieta disso ou daquilo pro meu lado, não, que eu te largo, hein. Agora a muierada só fala nessas porquera de regime. Dieta disso ou daquilo, perder peso, tem que ter saco pra aguentar, viu. Ficam lendo essas revista... Cê gosta de muié de que jeito?

Um gole antes de responder: Acho que tanto faz.

Tanto faz?

Tanto faz.

Preta, branca, amarela, grande, pequena, quadrada, anã...

Pois é. Tanto faz.

Mas quem só pega muié magricelinha, sem peito, sem bunda, sem nada, esses caniço com esses corpo de *menino*, quem pega muié assim tem algum tipo de pobrema.

Algum tipo de problema?

É o qu'eu acho, de verdade.

Que tipo de problema?

Pedofilia, uai.

Pedofilia?

É. Pedófilo enrustido. Existe isso? Pedófilo que... como é que fala?... que tem as vontade, mas não tem a coragem de fazer as coisa co'a meninada? Por medo de ser preso ou de ir pro inferno, sei lá. Tem isso, não tem?

O gringo toma outro gole de uísque, mais longo do que o anterior. Deve ter. Não há o que não haja.

Claro que é muito mió comer uma adulta igual a essazinha aqui, mirrada dess'jeito, do que enrabar uma criança de verdade. Pelo menos não é crime. Nem pecado. Tem nada de errado com isso. Então, de certo modo, se ocê pensar direito, a muierada assim desguarnecida e sem graça e *seca* acaba prestando um serviço pra sociedade.

Como se só agora estivesse interessado pelo tema, Gordon olha para o Velho. Serviço?

É, porra. O pedófilo enrustido come o cu desse tipo de muié, com esses corpinho sem nada, com esses corpo de *menino*, e mata a vontade que sente de comer o cu da meninada. Entendeu? Uma muiezinha igual ela aqui supre a fantasia doente dos fiadaputa que, no fundo, quer mais é socar a vara ocê sabe muito bem no cuzinho de que modalidade de ser humano.

Não entendo a obsessão dos brasileiros em geral com bundas e cus, diz o gringo após um instante, meio aéreo. Nunca entendi.

É simples, atalha Isabel. Quanto mais perto da merda, melhor. O brasileiro em geral só se sente bem socado na bosta.

O gringo e Garcia gargalham. Parado lá atrás, o capanga também está rindo. O Velho permanece sério. Isabel respira fundo, vira o resto de uísque, alcança a garrafa, serve mais uma dose e, segurando o copo, recosta-se na cadeira. Olha para a direita, não para quem está ao lado, o pai com os restos de um sorriso no rosto, mas para a piscina, depois para o pasto além da cerca, o pasto onde estão umas poucas vacas, conta cinco, oito, doze, dezenove, algumas comem, outras não fazem nada, só ficam lá, quietas; não vê bezerros. Toma um gole pequeno, tentando saborear a coisa. Talvez não seja tão ruim, afinal. Quando volta a encarar o Velho, ele ainda está muito sério.

Então, diz Garcia, pegando o copo da mão da filha e tomando um gole. Tudo certo?

Não, responde o Velho e se ajeita na cadeira, colocando os cotovelos sobre a mesa. Olha fixo para Isabel. Tá, tá, tá, chega de conversinha-fiada. Prest'enção, moça. O negócio é o seguinte. Seu pai vai ficar aqui comigo. Vou cuidar bem dele, não se preocupa, não, mas ocê... ocê vai fazer outro serviço pr'eu.

Eu vou?

Vai, sim. Se quiser. E eu acho que vai querer.

Garcia soca a mesa. (O capanga dá um passo à frente.) E foi isso que a gente combinou?

Não vou mentir procê, moça. Isso não tem *nada* a ver com aquele outro pobrema que a gente teve uns mês atrás. Dou minha palavra que não. Na verdade, pensando direitim, acho que ocê não teve muita escolha, não, e seu pai fez a coisa certa depois do ocorrido, veio falar comigo e a gente acertou o que tinha pra acertar. Fim da história. Então, não fica pensando que isso tem alguma coisa a ver com aquilo, não, viu? Porque não tem.

E tem a ver com o quê?

Tem a ver com o fato que o seu pai aqui se meteu numa confusão dos inferno, e sou capaz de apostar que ele não te contou nem explicou nadica de nada. Bom, eu é que não vou te contar nem explicar nada procê, até porque num tenho tempo pra isso. Mas te falo o seguinte: ocê faz mais esse serviço pr'eu e eu me dou por satisfeito, libero o seu pai no ato e todo mundo segue co'a vida do mió jeito possível. Parece justo, não parece?

Ela encolhe os ombros. Justo? Como poderia saber? Ninguém lhe contou ou explicou nadica de nada. Não faz a menor ideia do que seja ou não justo nessa barafunda.

Mas, prest'enção, é como eu falei agorinha mesmo, isso não é nenhuma obrigação, não.

Como assim?

Uai, assim mesmo. Num vou obrigar ocê a fazer nada. Ninguém vai obrigar ocê a fazer nada. Se quiser, pode ir embora agora mesmo, voltar pra sua casa lá no Guará, pro seu namoradinho candango, pra sua... qual é a fachada que ocê toca lá mesmo? Mercearia, padaria? Enfim, pode ir. Entra no carro e vai'mbora. Pra sua vida, pro seu macho, pro seu negócio. Eu me entendo aqui com o seu pai. Mas *ocê* tem essa escolha. *Eu* dou essa escolha procê. Deixar esse inútil aqui e picar a mula, cair fora. Ele se meteu numa confusão dos inferno, como eu falei, mas a confusão é *dele*, não é sua, não. Se ele tivesse algum juízo na cabeça, tava aqui sozinho agora, não tinha colocado ocê nessa posição de bosta, não te obrigava a lidar com as cagada dele, não, daí que talvez ocê não queira salvar o couro do homem. Sei lá, pode acontecer. *Eu* não quis salvar o couro do *meu* pai. Todo mundo sabe disso. Todo mundo conhece a merda da minha história mais ele. Eu tava cansado, de saco cheio dos rolo dele. E talvez *ocê* teja cansada, de saco cheio dos rolo do seu pai, querendo outra coisa pra vida, pode acontecer, não pode? Eu é que não ia julgar ocê, de jeito nenhum. Ninguém aqui ia julgar ocê. Pra dizer a verdade, eu acho que nem o seu pai ia julgar ocê por causa disso.

Não ia mesmo, diz Garcia, cruzando os braços.

O Velho sorri. Pois então. É isso. Pode escolher. De verdade. Porque eu gosto d'ocê, viu? Eu fico falando aquelas coisa, aquela besteirada, mas é que eu sou assim, bebo e falo merda. Desculpa aí se ofendi.

Ofendeu, não.

Que bom. Ocê sempre trabaiou direito. Daí que eu dou essa escolha procê, essa opção. E, caso ocê decida ficar, caso ocê escolha fazer esse outro serviço pr'eu, eu pago pelos dois.

Dois?

É, uai, pelos dois. Pelo viado que ocê matou acolá e pelo próximo. O que me diz?

Ela fica em silêncio. Não consegue olhar para o pai. Procura, em vez disso, os olhos do gringo.

O Velho solta uma risadinha, depois se levanta. Vou dar um pulo lá dentro, ver o que aquelas duas tão aprontando. Daqui a pouco ocê me fala o que decidiu. Mas a coisa é pra *hoje*, viu?

Ela faz que sim com a cabeça, olhando para os fundos outra vez, goiabeiras e galinhas e chiqueiro e bananeiras.

Vem comigo, Gordon. Quero te falar um negócio.

Volto já, diz o gringo para Isabel.

Ela faz que sim com a cabeça. Os dois homens vão para dentro da casa, acompanhados pelo guarda-costas.

O pai permanece à mesa. Começa a dizer: Olha...

Não quero saber, ela diz ao ouvir o balbucio. Sério. Agora, não. Me deixa em paz. Me deixa aqui sozinha um pouco.

Mas...

Cê comentou com alguém sobre o Emanuel?

É, acho que... posso ter comentado, sim. Sabe como é, jogando conversa fora. Não pensei q

Isso é burrice, pai. Ninguém aqui é amigo nosso pra você ficar jogando conversa fora, pra comentar esse tipo de coisa, ainda mais coisa da minha vida particular. Que porra é essa?

Eu sei. Desculpa.

Sai daqui. Quero ficar sozinha. E ele nem é candango. Porra de candango o quê. Caralho.

Garcia se levanta e sai sem dizer mais nada.

Puta que pariu, ela resmunga, esfregando o rosto com as duas mãos. Vai tomar no cu.

Escorado na traseira do Corcel, cigarro aceso, ele se queda olhando para a estrada que os trouxe até ali.

Dez minutos depois, o gringo retorna, saindo da casa com seus passos lentos, sua expressão tranquila, a mão esquerda no bolso do colete, a direita trazendo dois livros, um boné e um disco de vinil. Antes de se sentar na cadeira que Garcia ocupava, coloca as coisas sobre a mesa, coça a careca e abre um sorriso.

Andrew J. Gordon, diz ela, também sorrindo.

Ele faz uma mesura e se senta.

Ou gringo. Mas gringo é genérico demais. Gordita é melhor. Gordita é único. Quantos Gorditas você acha que existem no mundo?

Como é que eu vou saber, pequena?

Me fala o seu nome verdadeiro. Só o primeiro nome. Ou que diabo é esse "J" aí. Joseph? Johnson? Jeremiah?

Sou Andrew J. há tanto tempo que isso nem importa mais.

Eu podia ter outro nome. Inventar um.

Todo mundo pode.

Que tal Marinês?

Marinês? Não. Você não tem cara de Marinês.

Como seria uma Marinês?

Uma dessas gaúchas grandes, loiras, de ancas enormes, cabelos longos e cacheados, rosto sardento, dois filhos gordinhos e barulhentos.

Eu sou sardenta.

Mas não é grande, nem loira.

Nem gaúcha.

Nem gaúcha.

Minha mãe era loira e bunduda, mas não era muito sardenta.

E você não tem cabelos logos e cacheados, nem dois filhos gordinhos e barulhentos.

E não tenho ancas enormes, como o Velho fez questão de salientar.

Aquilo foi uma coisa bem escrota de se dizer.

Não espero nada diferente dele.

Mesmo assim.

Sabe o que é esquisito?

Não. O que é esquisito?

O esquisito é que você *tem* cara de Andrew.

Não escolhi esse nome por acaso.

Ia ser engraçado se o seu nome verdadeiro também fosse Andrew.

Bom, talvez seja.

Preciso renovar meu passaporte.

Por quê? Pensando em fugir?

No momento, não. Ainda uns assuntos pendentes.

Mas nunca se sabe.

Não. Nunca se sabe.

Se quiser, arranjo um passaporte com o nome Marinês pra você.

Eu não teria como pagar.

Mentirosa.

Somos todos mentirosos. E gostamos de bundas e cus.

Essa, aliás, é uma das coisas de que eu gosto no Brasil.

Bundas e cus?

Não, conforme mencionei há pouco. Eu me refiro ao fato de que todos aqui são mentirosos.

Sim, todos.

Todos. Sem exceção.

Não, peraí. Nem todos, vai.

Não pode voltar atrás agora, ele ri. *Todos.*

Isso é coisa da sua cabeça. Que, aliás, você raspou.

A calvície venceu.

A calvície sempre vence.

Sim. É importante assumir certas derrotas.

Nem me fale. Eu tô me sentindo bem derrotada no momento.

Ele suspira, estendendo a mão esquerda. Acaricia o antebraço dela.

E o que é essa coisarada aí?

Entrega o disco e o boné. Presentes, diz.

O boné é quase todo marrom, incluindo a aba, mas tem a parte dianteira amarela. Ela acaricia o logo, "SD", as costuras. Aquele seu time, diz.

Aquele meu time.

Obrigada, Gordie.

Você está quase sempre de boné. Achei que seria útil.

Ela tira o boné que está usando (azul, Nelson Piquet, Michelin) e coloca o outro. Lindeza.

Lindeza, ele concorda. O melhor time do mundo.

O melhor time do mundo.

Agora, o disco.

Oba.

Você não tem esse, tem? O vendedor me disse que foi lançado há pouco tempo.

Na capa, um esqueleto humano segurando uma guitarra. Sorridente. Há cores vivas correndo pelos ossos, como se estivessem eletrificados. O esqueleto usa fones de ouvido, detalhe que, por alguma razão, ela acha particularmente engraçado. Não, não tenho, não. Obrigada.

Achei que você fosse gostar.

Eu gostei, sim. Muito.

Que bom. Fico feliz.

Ela deixa o disco sobre a mesa e, retribuindo o carinho recebido há pouco, acaricia o braço do gringo. Você... você é sempre legal comigo.

É por isso que eu acho que você devia pegar os seus presentes, entrar naquele carro e voltar pra casa.

Ela fica em silêncio por um momento. Volta a contemplar a capa do disco. Não posso deixar meu pai aqui nessa situação.

Isso é louvável, mas ele... como é mesmo a expressão?... ele fez a própria cama.

Não posso deixar meu pai aqui nessa situação, ela repete, seca.

Louvável, mas não muito inteligente.

Mas e aí? Vai me contar que merda ele aprontou?

Gordon olha para trás. Ela o acompanha. Garcia continua escorado no Corcel. Cabisbaixo. O enésimo cigarro do dia.

E aí?

Nada, pequena. Acabei de voltar. Não conheço os detalhes. Foi uma coisa que aconteceu no Mato Grosso, parece. Ele te contou sobre alguma viagem recente pro Mato Grosso?

Não. Não me contou nada, não. Mas a gente não tem se falado nem se visto muito de uns tempos pra cá.

Parece que ninguém fala nada nesse negócio, sorri o gringo, voltando a olhar para ela. Parece que ninguém conversa.

Vai ver o problema é esse.

Ele observa o copo vazio à frente dela, pensativo. Quando foi que William voltou a fumar?

Sei lá. Não tava fumando ontem à noite, nem hoje cedo. Comprou esse maço num posto perto de Anápolis. Olha só, tem uma música aqui chamada *Down on the Farm*. Devem ter feito pra ele.

Gordon ri. Sim. E tem outra chamada *Sensitive Boys*.

E esses livros aí?, ela aponta para os exemplares sobre a mesa. *O Homem Demolido. Deontology*? *A Table of the Springs of Action*?

Ah, vou guardar no meu carro. Não quero esquecer aqui.

Também vai embora hoje?

Amanhã logo cedo, mas acho que não vou conseguir ler nada hoje.

Pra onde?

Goiânia.

Bentham?

Um amigo professor certa vez me disse que Bentham era provinciano, não sei por quê.

Chico Bentham, então.

Hein?

Utilitarismo de cu é rola, já dizia o Nhô Lau.

Você me perdeu, pequena.

Espero que não. E o autor desse *Homem Demolido* é o quê?

Americano.

Por que não lê essa porra no original?

Vi essa edição num sebo em São Paulo e gostei da capa. E também é bom pra exercitar o português.

Cê não precisa exercitar o português.

Sabe, eu li esse livro pela primeira vez quando era garoto.

Qual deles?

O Homem Demolido.

E faz tempo que cê foi garoto, Gordie?

Tempo demais, ele sorri, puxando um dos copos para perto de si. Serve-se de um pouco de uísque, bebe um gole e passa o copo para ela, que também bebe. Tempo demais.

Então, Garcia e Gordon são convocados pelo guarda-costas do Velho para uma "reunião" dentro da casa. O som é desligado e uma ou outra palavra solta, em tom mais exaltado, é ouvida, mas Isabel não faz ideia do andamento ou sequer do assunto da conversa. Negócios. Qual é o negócio que ocê toca lá mesmo? Mercearia, padaria? Ele sabe muito bem o que é. Sabe até da existência de Emanuel, o que não é nada bom. Filho da puta. Candango, seu cu. Emanuel é de Iporá. E agora batem boca lá dentro. Talvez se matem. Talvez resolvam isso de uma vez por todas. Talvez cortem as gargantas uns dos outros. Vir ao interior pra isso. *Interior.* Seria engraçado se o morto na birosca se chamasse Ciro em vez de Dimas. Na cabeça. Os persas acertaram Ciro na cabeça. Os outros persas, partidários de Artaxerxes II. Irmãos, logo inimigos. Os comandantes dos Dez Mil convidados a um banquete, traídos, presos e executados. Mas não tem banquete nenhum aqui. Ninguém ofereceu a galinhada com pequi. E não fomos exatamente convidados. Eu, pelo menos, não fui. Uma prestação de contas. Mercenários. Como bater em retirada *daqui*? E pra onde? Brasília não é Trebizonda. O Lago Paranoá não é o Mar Negro. Melhor deixar o filho de Grilo em paz. Trebizonda, Trabzon. E torcer para que não cortem as gargantas uns dos outros lá dentro. Por Gordon. Só por ele. Mas Gordon é um espectador. (Será que Gordon já viu o mar Negro?) Ou, como ele mesmo costuma se apresentar com um risinho mal disfarçado: Sou um singelo *consultor*. Eu nunca vi mar nenhum, Vermelho, azul ou Negro. Ela acha que Gordon viverá mais do que todos ali. Ou Morto. Mais do que todo mundo que conhece. Boiar como morta no mar Morto. Sem exceção.

... porra, mas com isso aí eu não tive nada a ver, não...

Continua à mesa. Como se estivesse de castigo. Sem saber o que fazer, pega *O Homem Demolido* e começa a folhear, lutando contra a vontade (sempre ela) de dar o fora. Não posso deixar meu pai aqui nessa situação. A história se passa no futuro. Ela gosta de histórias que se passam no futuro, por pior que seja o futuro imaginado. A ideia de que vai sobrar alguma coisa. De que nem tudo vai pelos ares. De que nem tudo será consumido pelo fogo. De que a espécie vai prevalecer. Apesar de tudo. Com a graça de Kay Parker. Há telepatas no livro. Ela não gosta de telepatas. Mas por que não gosta de telepatas? Não sabe dizer. Nunca pensou a respeito, na verdade. Simplesmente não gosta. Mas não é uma ideia de todo estúpida, e nesse livro a coisa parece muito bem explorada. Talvez mude de opinião sobre telepatia quando terminar de ler. É possível. Um sujeito quer matar outro. Ela sorri. Bom saber que no futuro ainda haverá trabalho. Em algum momento do futuro, pelo menos. Porque o livro também fala de um hiato de setenta anos em se tratando de assassinatos, se ela entendeu a coisa direito. Como é que pessoas de bem como ela ganharam a vida nesse ínterim? Tanto talento desperdiçado. Gerações de assassinos obrigados a se virar em outros ofícios. Que espécie de *civilização* prescinde de assassinatos? Parece que nem tudo são boas notícias, afinal. A *coisa* passando pela cabeça. Todas aquelas coisas. Mil novecentos e setenta e nove. Clara. O general morreu. Pai de Heinrich. Nosso amigo Heinrich. Pendências. Onde é que você se meteu, filho da puta? A vingança é um prato que. Ainda não está com fome. Toda essa confusão. Um café, um pão de queijo, outro café, e agora essas doses de uísque. Estômago vazio. Um serviço pela frente. Mais um. Melhor não ficar de porre. Mas tão boa essa porcaria. Essa porcaria cara. Estava errada? Sim, estava.

Se o estômago é por nós, diz, e dá mais um gole.

Quando a discussão lá dentro fica mais acalorada, duas mulheres saem da casa e se acomodam à mesa da cozinha. Uma delas, enorme, está nua. Quarenta anos, mais ou menos, e se encaixa à perfeição no que o Velho descreveu como o tipo de mulher que aprecia. Maria Clara, a esposa dele. A outra é bem mais nova, uma adolescente, na verdade, magra e cabeçuda, e não se desfez da parte inferior do biquíni. Alguma timidez? Elas ignoram por completo a presença de Isabel, mesmo quando a mais velha se levanta, sacoleja pelo gramado até a beira da piscina, recolhe a peça do biquíni, as toalhas, o filtro solar e o cinzeiro, mas deixa as latinhas vazias, o lixo espalhado, e sacoleja de volta à cozinha. Entrega o biquíni para a moça e coloca o resto das coisas sobre a mesa.

Brigada, tia.

Não falei?, a voz rouca, encorpada. (Jabba the Hutt, pensa Isabel. Talvez a cabeçuda seja Leia. Onde está Han? Morto, provavelmente. Haverá salvação para os rebeldes? Leu em algum lugar que o novo filme já estreou nos Estados Unidos. Será que Gordon assistiu? Esteve em *casa*, não?) Tava na beira da piscina, bem lá onde eu falei que tava.

A garota sorri e concorda com a cabeça, depois diz algo que Isabel não consegue ouvir, vestindo a peça que faltava. Peitos tão pequenos quanto os meus, mas tenho o quê? Uns dez anos a mais? As mulheres reassumem as posições de antes, à mesa, e retomam a conversa-fiada. Telepatas. Imagine um futuro em que até amebas como essas duas seriam telepatas. Isabel sorri. Claro, nem todos são telepatas no livro que folheia. Não é algo simples detectar e desenvolver essa habilidade. Mas isso serve para qualquer habilidade digna de nota, não? Matar pessoas, inclusive. Ela pensa no que faria se fosse telepata. Leria os pensamentos do pai? De Gordon? Do Velho? (Do general, para descobrir o paradeiro de Heinrich?) (O general está morto.) (Tão morto quanto Clara, mas não morto com ela foi.) Talvez fosse um peso grande demais. Lidar com os próprios pensamentos já é difícil. Imagine lidar *também* com os pensamentos dos outros. Melhor não. Melhor deixar isso quieto.

(Melhor esquecer.)

Já folheou boa parte do livro, lendo um trecho aqui e outro ali, quando Gordon sai sozinho de dentro da casa e reocupa a mesma cadeira de antes. Mais uma dose de uísque, a garrafa quase no fim. Ele não parece feliz.

É bacana.

Como?

Esse livro. É bacana.

Ah. Sim, é mesmo.

Me empresta quando terminar?

Sim, claro, eu...

Ela fecha o livro e o coloca sobre a mesa. Pode falar. Tô ouvindo.

Hotel Metrópole, Praça Botafogo. Sabe onde fica?

Não fode.

Você vai pra lá e espera. Alguém vai te procurar mais tarde, por volta das 23 horas.

23 horas.

Por aí. Vai pra lá e espera.

Só isso?

Só. Por enquanto.

Por enquanto. Claro.

Cabeça fria, pequena.

Sempre.

Pelo que eu entendi, o serviço é em Goiânia mesmo. Não parece complicado. Faça o que eles mandam, receba o dinheiro e vá pra casa.

E o meu pai?

É como o Velho falou.

Se eu fizer isso...

William está liberado.

Dessa vez.

Mas isso é problema dele.

Quem me dera.

De qualquer forma, faça o serviço. Receba o pagamento. Vá pra casa. Deixe essa merda pra trás.

Cheio de bons conselhos.

O que você esperava?

Bons conselhos.

É o que posso oferecer no momento.

Fico agradecida.

Estarei em Brasília na semana que vem.

Até que enfim uma boa notícia.

Por volta do dia 20.

Vai finalmente tomar o poder?

Ele sorri: Não mereço isso.

Bom, talvez a gente mereça.

A gente quem?

Os brasileiros.

Não me importo com *eles*.

Mas se importa comigo.

Você é um rosto, pequena, e está bem aqui na minha frente. Você não é uma categoria.

Eu e minha categoria estamos feitas.

Desde sempre.

Mas acho que o país estaria em melhores condições se o presidente fosse o cavalo, em vez do general.

É provável.

Bota provável nisso. E você lavou as mãos, não vai tomar o poder.

Lavo as minhas mãos e as suas, se quiser.

Quanta gentileza.

Ele se aproxima e a beija na testa. Te ligo quando estiver em Brasília. A gente combina um jantar, conversa com mais calma.

Positivo. Estarei em casa ou na papelaria.

Você não tem vida social?

Tenho, sim.

Ah, é? Quando?

Tô a caminho dela agora mesmo.

Na estrada, depois de contornar o trevo pela segunda vez naquele dia, o trevo que leva a Silvânia, à cidadezinha que ela e o pai cruzaram horas antes e na qual se esconderam há mais de uma década e meia, duas igrejas e três colégios católicos, freiras, padres e irmãos maristas, a estátua do Cristo Redentor lá no alto, perto da estrada de ferro, depois de contornar o trevo e não retornar à cidadezinha, mas, sim, dobrar à esquerda e seguir rumo à capital, ela se lembra justamente daquela estadia no interior do interior do interior, dos meses passados ali, do casarão e do enorme quintal, da ausência do pai, da presença (e dos porres) da mãe — Isabel não consegue desviar a cabeça dessas lembranças, que lhe farão companhia nos oitenta quilômetros seguintes.

Quanto tempo se passou mesmo?

Dezoito anos?

Quase isso.

Final de 65, início de 66.

A primeira coisa que lhe vem à cabeça é a montagem da árvore de Natal, dois ou três dias antes de Garcia viajar e deixá-las ali (sozinhas). Reunidos na sala do casarão, os três trabalharam em silêncio, penduraram as luzes e os enfeites, ignorando por algumas horas o que havia lá fora, os problemas, o mundo e a fuga do mundo, as cidades, ignorando todas as cidades, a cidade em que estavam, a cidade de onde vieram e a cidade para onde ele iria (sozinho).

Em seguida, ela se lembra das malas no tapete, bem perto da árvore já montada, bem no lugar que, em outros lares e em outros Natais, era ou seria ou deveria ser ocupado pelos presentes; Isabel rodeava as malas e pensava em como fazê-las desaparecer — o pai não viajaria sem as bagagens, certo? Talvez arrastá-las até o quintal e escondê-las atrás de uma das mangueiras, no escuro, o casarão tinha um quintal enorme, repleto de mangueiras e jabuticabeiras e goiabeiras, cobri-las com folhas e galhos, talvez com uma lona preta, se encontrasse uma lona preta. Como se adivinhasse o que passava pela cabeça da menina, Garcia gritava do escritório, da copa ou da cozinha:

Para de fuçar!

Na véspera da partida, a mãe se fechou no quarto o dia todo e Isabel ouvia os resmungos e o choro sempre que o pai entrava para pegar alguma coisa, a porta mal encostada, rangendo, a mãe estendida na cama feito um cadáver à espera do agente funerário, mas um cadáver lamuriento, desesperado, você não pode deixar a gente aqui desse jeito, William, não pode, eu não sei o que vou fazer, pelo amor de Deus, eu devia ter ficado em Goiânia, devia ter ido pra Goianira, primeiro você arrasta a gente pra esse fim de mundo, e agora vai sumir assim desse jeito? Isabel entrevia garrafas de Dreher e de cerveja pelo chão e sobre o criado-mudo, e sentia o cheiro horrível que lembrava o de comida vencida, o quarto transformado numa geladeira abarrotada e imunda que alguém desligara sem querer. As coisas pareciam apodrecer ali dentro. Quem se daria ao trabalho de jogá-las fora? Quem?

Por que você está fazendo isso com a gente?

Era raro que comessem juntos, disso ela também se lembra, era raro que os três se reunissem à mesa do café, do almoço ou do jantar, mesmo em sua vida anterior (a vida que, mal ou bem, retomariam menos de dois meses depois, quando o pai resolvesse o que precisava resolver, ou consertasse o que precisava consertar, e eles deixassem o esconderijo, deixassem o casarão e a cidadezinha para retornar à capital, ao apartamento na Paranaíba, à rotina), mas foi o que ocorreu na manhã da viagem, Conceição sentada à cabeceira, com Garcia à esquerda e Isabel à direita, foi o que ocorreu, embora não conversassem, tudo o que se ouvia eram as xícaras aterrissando nos pires e as facas raspando as torradas, e a expressão da mãe era a pior possível, os olhos fundos e muito vermelhos, os lábios trêmulos, a qualquer momento cairia no choro, desabaria sobre a mesa que fizera questão de colocar, pai e filha esperavam por isso, esperavam que ela se desfizesse, retomasse os resmungos e o choro, mas não aconteceu, e também por isso foi uma manhã atípica, em que fizeram coisas que não costumavam fazer e que não passariam a fazer dali em diante ou após o retorno de Garcia, após o retorno de todos a Goiânia, primeiro o desjejum em família, e depois, na rodoviária, o longo abraço que os pais trocaram, não eram dados a esse tipo de coisa, e ele parecia outra pessoa, terno e gravata e camisa e sapatos novos, lembrava um desses políticos que Isabel via nos jornais, os olhos de quem já não estava ali, mas noutro lugar, o lugar para onde embarcaria — os olhos já lançados na estrada, e a mãe também parecia se ressentir disso, dos olhos, de como os olhos dele se comportavam, dançando com a distância antes mesmo de seguir viagem. Conceição se opusera à mudança (fuga) para o interior, o que é que viemos fazer aqui?, o que você foi aprontar?, que diabo está acontecendo?, isso é culpa do Sálvio?, aposto que o Sálvio aprontou e quem está pagando é você (Sálvio era um colega do pai na Civil e, fosse como fosse, depois que retornassem a Goiânia, Isabel nunca mais o veria, e os pais jamais voltariam a mencioná-lo), as discussões sussurradas se arrastavam noite adentro, todas as noites, Garcia prometendo que resolveria tudo, que ela não se preocupasse, que logo voltariam para casa, isso é temporário, tudo vai ser como antes, só preciso de tempo, você precisa se acalmar, eu preciso da sua ajuda com a menina, eu preciso de você, por favor. Conceição se opusera à fuga, mas agora não queria que o marido viajasse, por mais que soubesse que a viagem era imprescindível para a resolução do problema (Sálvio?), a volta para casa dependendo de como Garcia lidaria com a *questão*.

É coisa rápida, ele disse antes de embarcar. Vou só resolver essas coisas e então volto pra buscar vocês. Não vai demorar, podem ter certeza disso. Vou cuidar de tudo.

E então Conceição o abraçou, um abraço forte e prolongado, queria que todos continuassem ali, quietos, que não se movessem mais, para lado nenhum. Não me importo de viver aqui, disse ela, o resto que se exploda, vamos ficar aqui, vamos ficar juntos, por que não?

Ele sorriu. Que conversa é essa? A gente não pode ficar aqui. Aquela casa não é nossa, é do irmão do Siqueira, cedo ou tarde vou precisar devolver. E o nosso apartamento continua lá em Goiânia, só esperando, do mesmo jeitinho, só esperando a gente voltar. O nosso apartamento, a nossa casa, as nossas coisas, a nossa vida. Só preciso resolver isso, mulher. Não vai demorar. Prometo.

Conceição e Isabel permaneceram na calçada defronte ao boteco que servia como rodoviária, as mãos dela sobre os ombros da filha enquanto Garcia entrava no ônibus e se acomodava. Depois, ele acenou e o ônibus o levou embora, e a mãe chorou um pouco, o rosto inchado, repetindo para a filha o que o marido dissera havia pouco, não vai demorar, ele volta logo, você vai ver, passa bem rápido, o nosso apartamento lá em Goiânia, só esperando, do mesmo jeitinho, só esperando a gente voltar, o nosso apartamento, a nossa casa, as nossas coisas, a nossa vida. Dentro do Fusca, enquanto dirigia de volta para o casarão, Conceição manteve a mão direita grudada no ombro de Isabel, tirando apenas para trocar as marchas, e a mão pesava um pouco mais a cada segundo, as unhas começando a machucá-la, e ela se lembra de olhar bastante para a mãe, era incrível como, mesmo inchado, o rosto de Conceição era bonito, o formato arredondado, os olhos claros e os cabelos longos e naturalmente loiros, bonito, sim, e sempre parecia prestes a sorrir, tanto que era um choque quando chorava, como se isso não pudesse ser admitido naquele espaço ou não combinasse com ele, por mais que, naqueles dias, chorasse com tanta frequência (mas aqueles tempos foram uma exceção até nisso, ela não costumava chorar ou choramingar por nada, jamais), todos os dias, quase que o tempo todo, e agora a ideia de um sorriso brotar ali é que de repente se tornara despropositada, quase absurda. Como foi que tudo mudou assim tão depressa?, é possível que ela tenha pensado (disso não se lembra com certeza) (teria pensado com essas palavras?) (era pequena, uma criança de sete anos, mas a confusão estava lá, é claro, a exata noção e a exata sensação de que a vida saíra dos trilhos, dos eixos, de que o pai tivera de deixá-las sozinhas, de que a mãe parecia se desfazer, de que não havia mais segurança e certeza, de que estavam presas em um lugar estranho e em circunstâncias muito, muito complicadas).

Conceição estacionou o carro na garagem e pediu a Isabel que fechasse o portão. É melhor trancar logo de uma vez. Coloca o cadeado?

Eram estranhos na cidade, forasteiros, gente de fora. Saíam muito pouco, e ela percebia, na padaria ou no mercado, os olhares curiosos dos locais. Ninguém se aproximava, ninguém puxava conversa com o pai ou a mãe, e eles tampouco se esforçavam para papear com quem quer que fosse. É temporário, dizia o pai, daqui a pouco a gente volta pra casa, dizia isso todos os dias, nos dias que antecederam a viagem, e agora ele se fora, sozinho, com duas malas e metido em roupas novas, quase irreconhecível.

O que estava acontecendo?

Do que se escondiam?

O pai ficava na sala a noite inteira, sentado numa poltrona, o rádio ligado em volume muito baixo, as luzes desligadas e o revólver no colo; foi assim até o dia em que recebeu a visita do delegado (presta atenção, Isabel, o Siqueira está vindo e você precisa se comportar, tenho uma coisa muito séria pra conversar com ele). O homem chegou por volta das onze da manhã, alto e careca e barbudo, e eles ficaram na sala, Isabel agachada no corredor, junto à parede, entreouvindo a conversa, a mãe trancada no quarto, e o delegado explicou que era imprescindível encontrar Sálvio o quanto antes, viajar para o Norte, essa é a única chance que você tem, a gente acha que ele fugiu pro Norte, tem parentes praqueles lados, você sabe disso, ele fez uma cagada atrás da outra e a mãe da moça está desesperada, você conhece a Yeda, conhece o tipo, pelo menos, a infeliz é viúva agora, só tem a filha, e Garcia respirou fundo e fez que sim com a cabeça, eu sei, sei quem ela é, claro que sei, e o delegado continuou, posso te proteger por uns tempos, aqui é seguro, aqui *elas* estão seguras, você tem a minha palavra, Garcia, mas a gente precisa consertar isso, e consertar logo, consertar *agora*, a gente teria mais tempo se ele não tivesse levado a fulana, isso é sequestro, porra, e, por causa disso, por causa dela, por causa dessa situação de merda, você tem que resolver o problema o mais rápido possível, vai que o Sálvio fica de saco cheio e se livra da desgraçadinha, a menina tem uns catorze anos, por aí, e aquele imbecil é capaz de qualquer coisa, não é mesmo?, e o pai balançou a cabeça outra vez, sim, sim, ele é mesmo, mas pode deixar comigo, doutor, vou cuidar de tudo, e então o homem foi embora, parecia satisfeito, abraçou Garcia ao se despedir, eu sabia que podia contar com você, eu falei pra eles que a gente podia contar com você, eu e a Yeda vamos te esperar lá em Goiânia depois de amanhã, pro almoço, é, na casa dela, a mulher quer conversar com você antes, não tive como negar, ela conhece todo mundo, joga canastra com a mulher do governador, sabe como é, mas não se preocupe, é coisa rápida, daí você já pode pegar a estrada, ir atrás daquele filho da puta.

Depois que o delegado foi embora, Garcia disse a Conceição e à filha que dali a uns dias precisaria fazer uma viagem, coisa rápida, prometo, e Isabel não o viu mais com o revólver naquela noite e na seguinte (véspera da viagem), agora eu sei como resolver isso, passou a dizer, vou cuidar de tudo, daí a gente volta pra casa, tá bom?, e depois sugeriu que montassem a árvore de Natal.

O que é que vocês acham?

Enquanto ele esteve fora, nos dezenove dias em que esteve fora (disso ela se lembra, de contar os dias observando a folhinha de uma loja de tecidos, folhinha que o dono da casa ou o inquilino anterior afixara na parede da cozinha e que ela pegou e levou para o quarto e deixou na gaveta do criado-mudo, como se precisasse proteger a passagem do tempo, cuidar para que o tempo continuasse avançando, cuidar para que o tempo não empacasse, do contrário o pai não retornaria, do contrário ela e a mãe permaneceriam presas para sempre naquele *momento*, naquele dia que parecia se repetir (os dias sempre iguais naquele casarão, naquela cidadezinha), ela guardou a folhinha na gaveta do criado-mudo, e todas as manhãs riscava o dia anterior com uma caneta, a senha para que o tempo continuasse avançando, avançando até que o pai retornasse), os dias se alongavam insuportavelmente, o calor ardia e, às vezes, no meio do quintal, à sombra da mangueira, Isabel invejava a terra fria sob os pés e especulava maneiras de se enterrar inteira e não morrer. Foi quando lhe ocorreu a ideia de construir um pequeno aposento, um minibunker a alguns metros da superfície, com espaço suficiente para instalar um colchão com um travesseiro e uma escrivaninha na qual colocaria um abajur e algumas revistas em quadrinhos muito bem escolhidas. Uma escada desceria em espiral junto ao tronco da mangueira, de tal forma que, ao retornar à superfície, a primeira coisa que teria do mundo exterior seria aquela sombra densa e abençoada, pois a única coisa boa naquele exílio no interior (ela se lembra agora) era o quintal enorme e arborizado do casarão, uma casa daquele tamanho para apenas três pessoas, e depois duas, os cômodos espaçosos, a sensação de viver em um castelo encravado no meio do nada amenizada pelo espaço lá fora e pelas árvores. A ideia do minibunker parecia realmente boa. Poderia se esconder nele quando a mãe estivesse em seus piores dias. Sim, era uma ótima ideia, tanto que saiu às escondidas e comprou um caderno, no qual rascunhou uma série de plantas. Calculou que precisaria de uma pá e que teria ainda de convencer a mãe a permitir que transferisse um colchão, um travesseiro, um abajur e a escrivaninha para debaixo da terra. A ideia de ir ao encontro dela era desagradável, mas, depois de pensar bastante a respeito, percebeu que não tinha escolha.

Conceição folheava uma revista à mesa da copa, bebendo Dreher com Coca, a garrafa de conhaque já pela metade. As mãos tremiam, e Isabel quase perguntou se estava com frio, as janelas escancaradas, o vento forte esvoaçando as cortinas, o cômodo preenchido por uma luz branca que se refletia na camiseta também branca que a mãe usava e em sua pele, nos olhos e nos cabelos — vista a uma certa distância, parecia um fantasma benévolo, a alma iluminada de alguém, e isso encorajou a menina a se aproximar e mostrar as plantas que desenhara.

Quem te ensinou essa palavra?

Que palavra?

Minibun... bunk... er?

Ah, foi o meu pai, teve um dia que a gente viu um filme de guerra e os homens ficavam num bunker.

Num bunker?

Era, e ele me explicou o que é um bunker.

Ele te explicou.

Foi, ele me explicou e depois me mostrou num livro.

Seu pai?

Foi, sim. A gente tava em Goiânia ainda, o livro ficou lá, senão eu te mostrava. Bunker é um lugar que você constrói debaixo da terra pra se proteger das bombas.

Mas você não precisa de um lugar debaixo da terra pra se proteger das bombas.

Olha, eu acho que todo mundo precisa.

Não, não precisa.

Precisa, sim.

Não, Isabel, não precisa.

Precisa, sim, mãe. Cê tá errada. Fizeram um monte de bunkers noutros lugares.

E daí?

Fizeram na Alemanha, por causa da guerra.

Na Alemanha?

É.

E você está na Alemanha?

Não, eu tô só em Goiás mesmo.

Exato, a gente está em Goiás.

Foi o que eu falei, mãe.

Então deixa eu te perguntar uma coisa.

Deixo.

Goiás está em guerra?

Não. Quer dizer, *acho* que não.

Não, Isa, Goiás *não* está em guerra.

Mas pode entrar, uai.

Pode entrar?

Pode.

Contra quem?

Ué. Sei lá. A Alemanha antes da guerra era igual aqui, e então a guerra começou.

A Alemanha não era igual aqui, não, posso te garantir.

Tá, mas guerra é assim mesmo, começa do nada, pega todo mundo de surpresa. Melhor ter um lugar pra se esconder, tô dizendo.

Conceição ouviu isso e respirou fundo, depois soltou um meio arroto e disse: Seu pai fica te mostrando essas coisas, deixando você ver esses filmes, e depois você fica desse jeito.

Eu gosto das coisas que ele me mostra. Tem um monte de coisa legal. E os filmes tamb

Seu pai está errado, vocês dois estão errados. Eu preciso ter uma conversa muito séria com o seu pai.

Ele tá viajando, mãe

EU SEI QUE ELE ESTÁ VIAJANDO, ela berrou, e depois balançou a cabeça como se negasse e negasse e negasse algo. O vento circulava livre de uma janela a outra (ela se lembra) e parecia mudar de direção repentinamente, no meio do cômodo, de tal forma que uma das cortinas esvoaçava para dentro e a outra, para fora, como se ensaiasse uma fuga. Após o berro, a mãe ficou calada por quase um minuto, e então pigarreou e disse: Eu sei que ele está viajando, Isabel. Eu vou ter essa conversa quando ele voltar. Entendeu?

Sim, mãe, eu entendi. Quando ele voltar. Mas eu aposto que ele vai gostar disso aí.

Disso aí o quê? Da conversa?

Não. Do meu minibunker.

Chega dessa besteira. Você não vai se mudar pra uma cova.

Não é uma cova.

É, sim.

É um bunker, mãe. Um minibunker, na verdade, porque é pequeno. Só vai caber eu lá dentro.

Pois eu chamo de cova e digo e repito que você não vai se enterrar viva, eu não vou deixar, viu?, ainda mais agora que seu pai deixou a gente aqui e sumiu naquele fim de mundo pra encontrar não sei quem e fazer não sei o quê, não agora, de jeito nenhum, daqui a uns anos, se você quiser, quando você já for adulta e eu tiver morrido, mas não agora, não, não, não, você precisa ficar bem aqui comigo, eu sou a sua mãe, está me ouvindo?

Mas eu vou ficar aqui com você, mãe. E não precisa falar desse jeito, sem respirar. Respira, mãe.

A culpa é do seu pai.

Mas, assim, presta atenção, eu não vou *morar* lá embaixo, não.

Eu não preciso disso.

Não precisa do quê, mãe? Do minibunker? Eu acho *mesmo* que todo mundo precisa.

Desde que se referira ao minibunker como uma *cova* pela primeira vez, Conceição falava como se estivesse sozinha, os olhos semicerrados, ainda balançando a cabeça, e então, de repente, encarou a filha (Isabel nunca vira seus olhos tão vermelhos) e disse, quase gritando outra vez: E como é que essa *porcaria* não vai cair na sua cabeça?

Eu vou pensar num jeito.

Que pensar num jeito o quê, você não abre um oco no meio do chão e espera que ele continue assim, oco.

Eu vou pensar num jeito.

Você não é uma minhoca, não é uma toupeira, é?

Não, mãe, eu não sou minhoca nem toupeira, eu sou uma menina, do tipo ser humano. Tipo, não. *Espécie.*

Pois a terra vai desabar em cima dessa sua cabeça humana de menina, você consegue imaginar isso? Você consegue se imaginar enterrada viva com seu abajur e suas revistinhas e sei lá mais o quê? Consegue? Consegue imaginar uma coisa dessas?

Eu... eu...

O QUÊ?

Bom, eu tive um pesadelo uma vez.

Pois eu tenho pesadelo toda noite, ela resmungou, a cabeça despencando como se fosse mergulhar por entre as próprias pernas, romper as tábuas do assoalho com as unhas e, repentinamente convencida da ideia (um lugar debaixo da terra para se proteger), cavar um bunker para si.

Ah, é? Tem mesmo? Com um montão de coisa caindo na sua cabeça humana de mãe?

Como se precisasse pensar um pouco antes de responder, como se não estivesse prestando atenção e corresse atrás das palavras, as da menina e as dela própria, em atraso, retardatária, Conceição levantou a cabeça outra vez, os olhos arregalados (talvez tivesse se lembrado de uma coisa muito ruim, um daqueles pesadelos, o pior deles, fosse qual fosse, o mais terrível), e sussurrou: Foi. Foi, sim. Algo do tipo.

Ah.

Pois é. Então, para de pensar bobagem e senta aí.

Tenho que voltar pro quintal. Deixei umas coisas lá.

Depois você busca. Senta aí.

A contragosto, ela obedeceu e se sentou à mesa. A mãe seguiu bebericando o Dreher, folheando a revista, acariciando as mãos e os cabelos curtos da filha (por que seu pai faz isso com seu cabelo?, fica parecendo um menino), Isabel louca para sair, voltar ao quintal ou correr para o quarto, para a sala, para qualquer outro lugar do casarão. A carência de Conceição era tão desesperada que não seria surpresa se, em algum momento, do nada, ela devorasse a filha, a cabeça humana de menina primeiro.

Nos dias seguintes, Isabel passou a maior parte do tempo no quintal, brincando sozinha, pensando em um jeito de abrir um oco no meio do chão e fazer com que permanecesse assim, oco. Quando não estava no quintal, esgueirava-se pelos cômodos do casarão, fingindo não ouvir quando a mãe a chamava, mas havia momentos em que Conceição a cercava e abraçava e dizia coisas muito doces que contrastavam com o cheiro, o ar fétido de coisa defunta que exalava, como se a língua tivesse morrido na boca e apodrecesse lá dentro, um pedaço escuro de carne podre. Isabel sentia vontade de xingá-la e sair correndo, de vomitar, mas aguentava firme, jamais diria nada que a chateasse, que a machucasse, prendia a respiração, suportava o abraço, e depois desaparecia outra vez.

A mãe não dormia muito, pelo menos não nos horários normais. Passava muitas noites em claro, folheando revistas e bebendo, e comia nas horas mais esdrúxulas. Certa vez, Isabel a viu com um prato cheio de arroz, rodelas de tomate e batatas fritas às oito e pouco da manhã. A cada dois ou três dias, varria o casarão. Não passava a vassoura em todos os cômodos, apenas na sala e pelos quartos, às vezes varria também a cozinha, mas não era sempre, e se cansava e bebia mais um pouco, e cochilava no sofá no meio da faxina, a vassoura caída no tapete. Isabel, então, aproximava-se, esticava a mão e afagava seus cabelos com todo o cuidado para não acordá-la, postada logo atrás, a uma distância segura daquele cheiro e pronta para sair correndo ao menor movimento, ao menor resmungo, pois não queria ser devorada, a cabeça humana de menina primeiro.

O casarão, ela se lembra, era uma construção do século XIX cujo estado sugeria mais história do que o lugar tinha na verdade, pois era só uma casa meio velha e malcuidada, sem nada de especial, encravada no centro de uma cidadezinha também meio velha e malcuidada, sem nada de especial. O que havia no casarão, segundo Garcia, eram fantasmas. Isabel adorava histórias de fantasmas. Às vezes, circulando pelos cômodos, imaginava ser um deles, a alma penada de alguém, pronta para aterrorizar os incautos, os invasores e as crianças que, diferentes dela, fossem impressionáveis. Talvez o pai achasse que *ela* era impressionável e tivesse inventado essas histórias para mantê-la longe de um cômodo em especial, uma espécie de despensa, pois, logo que chegaram, Garcia disse a Isabel que um morador se enforcara ali muitos anos antes, e desde então seu fantasma vivia lá, sozinho e no escuro, pronto para *pegar* quem entrasse sem ser convidado.

Nossa. É mesmo?

É. E você não quer entrar lá de jeito nenhum. Não quer, não pode e não vai. Entendeu?

E então Conceição gritou com o marido: Onde é que já se viu falar uma coisa horrível dessas pruma criança de sete anos? Endoideceu de vez? Depois ela não consegue dormir à noite e quem é que vai cuidar?

Mas Isabel não se aterrorizava com enforcados e fantasmas, e dormia muito bem à noite. Aquilo tudo parecia excitante, na verdade, tanto que deu um jeito de entrar na despensa no meio da noite, depois de furtar o molho de chaves da gaveta da cômoda (o pai era péssimo em esconder certas coisas). Acendeu a luz e olhou ao redor. O cômodo limpo e vazio, exceto por algumas malas colocadas no chão. Duas delas, dias depois, seriam levadas pelo pai em sua viagem; a menor era a única fechada com um cadeadozinho. Não foi difícil identificar a chave certa. Dentro da mala, três revólveres de tamanhos variados, munições, uma faca de caça, alguns jornais velhos, um envelope cheio de dinheiro e outro, maior, com várias fotos em que dois homens pelados se agarravam e se beijavam de tudo que era jeito e em vários lugares diferentes, à beira de uma piscina, no gramado de uma chácara, na praia, em um sofá e na cama, e até na carroceria de uma caminhonete, no meio de um descampado. Em algumas das fotos, eles assumiam uma posição em que, certa vez, Isabel flagrou os pais. Isso aconteceu em casa, isto é, no apartamento em Goiânia, ela ouviu um gemido e pensou que a mãe estivesse chorando, levantou-se, foi até o quarto deles e viu, pela porta entreaberta, os dois pelados na cama, o pai de joelhos feito um católico e a mãe de quatro feito uma cachorrinha, ele socando o pinto dentro dela, ambos com as bocas escancaradas, fungando e gemendo, os peitos dela balançando de um jeito engraçado, molengões (Isabel pensou que seria legal ter uns peitos daquele tamanho quando crescesse; será que ia demorar muito?), e então, depois de um tempo, o pai soltou um urro abafado e tirou o pinto de dentro da mãe, que olhou para trás, sorrindo, mordendo os beiços, bem na hora em que o pinto esguichou uma coisa esbranquiçada na bunda e nas costas dela, que gemia e falava ao mesmo tempo, isso, seu puto, goza, goza bem gostoso, vai, que delícia, puto, você é um puto, goza, goza, isso, isso, ai, que delícia. Os homens nas fotos pareciam fazer mais ou menos a mesma coisa. O pinto de um deles era bem maior e mais grosso que o pinto do pai (Isabel imaginou que, se ele metesse *aquilo* na mãe, ela talvez não gostasse, talvez até se machucasse e chorasse de verdade) (ou será que toda mulher tem espaço suficiente dentro de si pra *troços* de todos os tamanhos e grossuras?); o pinto do outro era um pouco menor, cabeçudo, escuro (o homem era branco, mas o pinto era escurinho, que coisa mais engraçada) e muito torto, assim para o lado, esquisitíssimo. Ela olhou e comparou e não precisou matutar muito para decidir que o pinto maior era muito mais bonito que o outro, não por ser maior (era mesmo enorme), mas por ser mais certinho, não era torto nem esquisito, além de ser mais ou menos da mesma cor que o resto do homem. Sentiu-se feliz porque, até onde se lembrava, o pinto do pai não era torto nem esquisito (e a mãe também não ia gostar que metessem uma coisa assim *torta* dentro dela, né?), ou seja, dava pra dizer que o pinto do pai era bonito (ela se lembrou da maneira como, depois de *gozar*, enquanto recuperava o fôlego, ele segurou o pinto ainda duro e ficou batendo de leve e esfregando a cabeça dele na bunda da mãe, que rebolava bem devagar, sorrindo e sussurrando alguma coisa que Isabel não conseguia entender de onde estava, antes de sair de fininho e voltar para o quarto). O homem com o pinto feio parecia gostar muito de lamber e colocar o pinto do outro na boca (talvez porque o pinto do outro era tão bonito), pois aparecia em várias fotos fazendo essas coisas. Será que a mãe fazia isso com o pai? Ou será que isso só era permitido quando a coisa acontecia entre homens? Sim, ela pensou, talvez isso de lamber e colocar o pinto na boca seja coisa de homem, não de mulher. Mas, fosse como fosse, o homem do pinto maior parecia gostar muito quando acontecia, pois estava sempre com os olhos fechados e a boca meio aberta, segurando a cabeça do outro e meio que puxando os cabelos dele. Numa das fotos em que o homem do pinto feio estava de quatro feito um cachorrinho, enquanto o homem do pinto bonito (de joelhos feito um católico) metia nele, como faziam o pai e a mãe daquela vez, o homem do pinto feio olhava na direção da câmera com uma careta esquisita, meio sorrindo, meio chorando, algo entre uma coisa e outra, como se aquilo doesse um pouco, mas fosse gostoso, e ela não lembrava se o pai fizera essa careta ao *gozar* porque seus olhos foram atraídos para a *coisa* que esguichava do pinto e depois para o rosto vermelhíssimo da mãe, para o sorriso dela, para o jeito como mordia os lábios e gemia e falava isso, seu puto, goza, goza bem gostoso, vai, que delícia, puto, você é um puto, goza, goza, isso, isso, ai, que delícia. Talvez (ela se lembra de ter pensado) fazer isso seja como arrancar a casca de um machucado. Uma sensação engraçada, entre o prazer e a dor, será assim? Depois de olhar as fotos por um bom tempo, ela perdeu o interesse e as guardou, ajeitando as coisas mais ou menos como estavam antes, trancou a mala e deu o fora dali. Naquela noite e nas seguintes, Isabel teve vários sonhos estranhos, que não chegavam a ser pesadelos (ela não acordava com medo ou gritando, coisas que, no seu entender, eram imprescindíveis para caracterizar um pesadelo), mas nos quais mulheres e homens pelados se agarravam de tudo que era jeito na despensa, que estava suja e cheia de peças de roupas e garrafas de bebidas espalhadas, e no meio dela um corpo (de terno e gravata, mas descalço) balançava, enforcado, a corda amarrada numa das vigas do teto. Nesses sonhos, Isabel ficava parada à porta ou caminhava bem devagar pelo cômodo, observando sem muito interesse as pessoas que se agarravam e metiam umas nas outras (certa vez, um dos homens — de quatro feito um cachorrinho — tinha seios grandes como os da mãe, e eles balançavam daquele jeito engraçado, molengões) e observando com muito interesse o enforcado, cujo rosto, coberto por uma sombra, não conseguia divisar, mas ela sabia: era o pai. Às vezes, o sonho terminava com os olhos do enforcado se abrindo para encará-la, duas esferas brancas brilhando no escuro, e mesmo assim ela não acordava com medo ou gritando. Em toda a vida, foram poucas as vezes em que Isabel acordou com medo ou gritando, e ela prefere não pensar ou se lembrar disso (todas aquelas coisas) agora. Naquelas semanas passadas em Silvânia, medo (ou talvez nem fosse medo, mas receio) ela sentia acordada, de que (por exemplo) a mãe a devorasse, a cabeça humana de menina primeiro, ainda mais agora, com o pai ausente, as duas ilhadas em uma cidade estranha, sem parentes ou amigos ou conhecidos, o carteiro trazendo telegramas que, em vez de tranquilizá-las, encarnavam a distância daquele que os remetia, e a campainha parecia tocar não na entrada da casa, mas dentro de um sonho muito ruim, repleto de estradas intermináveis e pessoas que simplesmente iam embora e desapareciam lá adiante, em meio à poeira.

Certa tarde, como a mãe não parasse de chamá-la e acossá-la, Isabel se escondeu na despensa. Ainda estavam lá as malas, exceto as que o pai levara consigo. Ela desligou a luz e se sentou no chão, esperando que Conceição se cansasse de procurá-la, e saboreou a sensação de ser lançada no escuro, um breu intenso, poucas frestas na janela de madeira, alguns furos no telhado, e mais nada. Ficou sentada com as costas apoiadas na porta, cabisbaixa, não saberia dizer por quanto tempo (disso não consegue se lembrar), talvez uns poucos minutos, talvez por horas a fio, mas a sensação permaneceria para sempre, a sensação de que não se incomodava com o escuro, a sensação de que não havia nada no breu que pudesse machucá-la, a sensação de que a própria tessitura da escuridão era agradável, a coisa como que se infiltrando nos poros e se instalando sob a pele, e se instalando para sempre. Saiu mais leve dali, tanto que, depois, a ideia do minibunker lhe pareceria aprazível mesmo sem o abajur, retirado das plantas posteriores e mais elaboradas. Mas, sem abajur, não haveria por que levar a escrivaninha e as revistas em quadrinhos, e nos esboços finais restava apenas o colchão. Era uma pena que a mãe não autorizasse a construção do minibunker, não a ajudasse, não tornasse aquilo possível. O pai adoraria, não? Uma bela surpresa quando retornasse.

Aqui, pai, olha o que eu construí.

Ela se lembra de, sentada no escuro, também pensar no pai, de quando ele a levou até a copa e abriu um enorme mapa sobre a mesa. Isso foi na véspera ou antevéspera da partida, no dia em que montaram a árvore de Natal.

A gente tá aqui, ele disse. Silvânia.

Ah.

Goiânia, aqui.

Ah. É perto.

Sim, é perto, ele concordou, e em seguida apontou para um ponto minúsculo no alto do mapa. E eu vou viajar mais ou menos pra cá.

Isabel acompanhou o dedo que subia e subia e quase se perdeu. Era uma distância enorme, quase maior do que um braço esticado do pai. Ele viajaria até o fim do mapa, então? Ela não conseguia imaginar um lugar mais distante, ou que uma pessoa pudesse percorrer uma distância daquelas assim, sem mais nem menos, feito aquele dedo. Teve receio de que o pai não conseguisse voltar, ou, pior, que demorasse tanto tempo para voltar que não se lembraria de seu nome, do nome da mãe ou do próprio nome, e se tornaria um andarilho desmemoriado. Naquela noite, à mesa da copa, depois de mostrar para onde viajaria, Garcia explicou que a razão de tudo era resolver uma pendência, realizar uma tarefa que permitiria a eles voltar para casa, para o apartamento em Goiânia, no mais tardar até o carnaval, e que ela tivesse um pouco de paciência, encarasse aquele tempo no interior como férias, e você está mesmo de férias, não é?, e cuidasse da mãe, você tem que me prometer que vai cuidar dela.

Tá bom.

Promete?

Prometo.

Ótimo.

Eu ouvi ela te falando que a gente tá em perigo. É verdade?

Não.

Mesmo?

Mesmo.

Tá bom.

Não se preocupe.

E o que você vai fazer lá longe?

Preciso encontrar uma pessoa.

Homem ou mulher?

Homem. Na verdade, preciso encontrar duas pessoas: um homem e uma moça. O homem é o Sálvio, que trabalhava comigo. Lembra dele?

Lembro, sim. Ele era meio chato. Ficava me beliscando.

Ah, é?

Não beliscava forte. Só era chato mesmo. E quem é a moça?

Você não conhece.

Eles se esconderam igual a gente se escondeu aqui?

Mais ou menos.

E o que vai acontecer quando encontrar os dois?

Vou desfazer um mal-entendido.

O que é um mal-entendido?

Um mal-entendido é quando as pessoas acham que aconteceu uma coisa, mas, na verdade, aconteceu outra coisa, e isso causa um pouco de confusão entre elas. Entendeu?

Acho que sim.

Ele pode me ajudar a mostrar isso pras pessoas que se incomodaram com o mal-entendido.

Entendi.

Ele pode me ajudar a esclarecer o que aconteceu de verdade, a desfazer a confusão, pras pessoas não acharem que eu ajudei ele a fazer uma coisa que, na verdade, ele fez sozinho.

Uma coisa ruim?

É. Uma coisa ruim.

Entendi. E foi por isso que ele fugiu?

Foi. Porque ele fez essa coisa ruim e teve gente que ficou com muita raiva dele.

Queriam bater nele?

Queriam.

E o que foi que ele fez?

Uma coisa meio complicada.

Que coisa?

Não posso te contar, filha.

É segredo?

É segredo.

Ah, ela disse, frustrada, e olhou para o mapa e se imaginou fazendo aquele trajeto, uma viagem interminável até quase o fim de tudo. Sentiu um aperto no coração, mas fez um esforço tremendo para sorrir. É segredo, repetiu.

O pai gostou de vê-la sorrir, e para ela foi bom pensar (embora soubesse que não era verdade) que toda a aventura dependia exclusivamente disso, de um sorriso, de ela estar ou ao menos parecer estar de acordo com a coisa. Um dia eu te conto. Quando você for maiorzinha.

Tá bom.

Você tem que me prometer que vai mesmo cuidar da sua mãe enquanto eu estiver fora.

Tá bom.

Ela anda bem nervosa com tudo isso.

Eu sei.

O pai dobrou o mapa, depois enfiou a mão no bolso e pegou algumas notas, pedindo a Isabel que não se esquecesse do aniversário da mãe, dali a uns dias. Não gasta tudo com bobagem, e compra alguma coisa pra ela, qualquer coisa, só pra data não passar em branco.

Tá bom.

Não esquece.

Não vou esquecer.

Dia 6.

Eu sei.

No dia do aniversário, Isabel foi a uma loja perto do casarão, atravessando a praça defronte à igreja, e comprou um vestido, as vendedoras dizendo que ela era muito bonitinha por fazer aquilo para a mãe, vai ser uma surpresa, é?

Vai.

Que coisa mais fofa.

Ao voltar, encontrou Conceição lá fora, no quintal, sentada numa cadeira sob a maior das mangueiras (a mangueira sob a qual o minibunker seria construído), o copo na mão e a garrafa de Dreher junto aos pés feito um bicho de estimação. Estava imóvel, de óculos escuros, e parecia cochilar.

Ou.

O quê?

Colocou o embrulho no colo da mãe. Aqui, ó. Parabéns.

Lerda, com gestos incertos, a mulher colocou o copo no chão, ao lado da garrafa, e desembrulhou o presente com todo o cuidado, fazendo o possível para não rasgar o papel. É lindo, filha. Obrigada.

Acertei o tamanho?

Acho que sim.

Olhei na etiqueta daquele seu outro vestido.

Muito esperta. Daqui a pouco vou experimentar, tá bom?

Tá.

Obrigada, de verdade.

De nada.

E então, para variar e sem qualquer aviso, quando dava a impressão de que deixaria o vestido sobre o embrulho, pegaria o copo e retomaria a posição anterior, puxou e sufocou a menina com um abraço e o cheiro putrefato que exalava pela boca, a língua podre lá dentro e talvez outras coisas mais (o corpo dependurado pelo pescoço num dos cômodos, na despensa, aquele sonho, o defunto que abria os olhos e encarava Isabel a certa altura, talvez Conceição o tivesse encontrado e devorado, a cabeça humana de defunto primeiro, o fedor agora quadruplicado, quintuplicado). O abraço se prolongou por uma eternidade. Isabel mal conseguia respirar, as unhas machucando as costas e o pescoço, até Conceição afrouxar os braços e falar com um sorriso torto, anormal, o rosto agora tão vermelho, vermelho como no dia em que o pai metia o pinto nela, tão vermelho quanto os olhos: Olha só, recebi outro telegrama do seu pai.

O que ele falou?

Ele falou que volta daqui a uns dias.

Quando?

Daqui a uns dias. Falta pouco.

De verdade?

É, de verdade.

O que mais ele falou?

Que já resolveu quase tudo o que precisava resolver, falta só uma coisinha, e que, depois de resolver mais essa coisinha, ele vem buscar a gente. Não é maravilhoso?

É, sim.

A mãe voltou a abraçá-la, com menos força e por menos tempo dessa vez, e disse ao se desvencilhar: É maravilhoso, sim. A melhor notícia. Foi muito ruim passar o Natal e o Ano-Novo sem ele, né? Mas isso não importa. A gente vai voltar pra casa.

E ela se lembra de que continuaram ali no quintal por um bom tempo, sob a mangueira, em silêncio, e de que só voltaram para dentro do casarão à tardezinha, quando uma chuva começou a se armar, os galhos da mangueira se retorcendo com o vento e as nuvens carregadas se aproximando bem depressa. Naquela noite, por causa do temporal, a cidade ficou às escuras por algumas horas. A mãe achou algumas velas no armário da cozinha e as acendeu na sala, dizendo à filha que não ficasse com medo.

Não tenho medo do escuro.

Nem um pouco?

Nadinha.

Que menina diferente é você. Eu morro de medo do escuro.

Por quê?

Não sei. É ruim não ver as coisas, você não acha?

Mas as coisas tão aí do mesmo jeito. A gente só não vê elas direito.

Mas o escuro dá uma sensação esquisita. A mesma coisa com esses trovões lá fora. Você não tem medo dos trovões?

Não. E eu gosto do barulho da chuva.

É, o barulho da chuva é gostoso.

A energia voltou às nove e pouco da noite. A mãe abriu uma garrafa de cerveja, fritou uns bifes para o jantar, depois experimentou o vestido.

Serviu direitinho, filha. Obrigada.

Não fica andando descalça, mãe. Ainda tem trovão.

Trovão acerta gente descalça?

Não sei. Acho que sim.

Melhor não arriscar, então.

É. Melhor não arriscar.

Garcia retornou dali a uma semana e as levou para Goiânia, para casa, conforme prometera, e nunca explicou para Isabel que diabo havia acontecido, nem mesmo quando, já adulta, ela perguntou a respeito.

Esquece isso.

Não consigo.

Faz muito tempo.

E daí?

É bobagem.

Não é, não.

Faz muito tempo mesmo.

Mais um motivo pra me contar.

Esquece.

Não consigo.

Como não? Se até eu já esqueci.

Poucas pessoas são tão boas em dar de ombros e desconversar, ela pensa ao volante. Beatriz estava em Brasília quando as coisas deram errado em 79. Beatriz cuidou dela enquanto Garcia fazia o possível para limpar a sujeira (um eufemismo) deixada por Heinrich, ou para impedir que a sujeira deixada por Heinrich soterrasse Isabel, levasse Isabel consigo. (Quase soterrou, quase levou.) (Talvez tenha soterrado, talvez tenha levado.) Beatriz, a moça que Sálvio sequestrou em 65. Sálvio, que nunca voltou do Norte. ("Norte é morte.") Ou seja, Isabel conhece a história, mas bem por alto. Não sabe o que levou Sálvio a fugir, por exemplo. Não sabe qual foi o "mal-entendido", a "coisa ruim" que originou o problema. Não sabe por que o pai se viu enredado pelo problema causado pelo outro (se é que foi mesmo causado apenas pelo outro) (se é que o pai também não participou do "mal-entendido", da "coisa ruim") e teve de arrastar a mulher e a filha para o interior, e passar noites em claro com uma arma no colo, à espera do pior. A exemplo de Gordon com o lance do Abaporu, gostaria de conhecer os detalhes. Em 79, Beatriz prometeu contar, mas não contou. Talvez seja doloroso para ela. Talvez seja tão doloroso para ela relembrar o que aconteceu naquela época (fins de 65, início de 66) quanto é para Isabel relembrar o que aconteceu em 79. (Todas aquelas coisas.) (Clara.) Talvez seja por isso que Isabel não insistiu. Beatriz prometeu contar, mas não contou. Isabel não cobrou. Deixou pra lá. Eu tinha os meus problemas, pensa agora. E os meus problemas não eram brincadeira. (Todas aquelas coisas.) Mas lidar com os problemas alheios não deixa de ser uma forma de esquecer os próprios problemas. E aqui está ela. Para variar, os problemas do pai não parecem pequenos. Mas, em 65, *ele* pegou a estrada para resolver o próprio "mal-entendido". E agora? Agora, aqui está ela. Na estrada, dispondo-se a resolver o novo "mal-entendido", embora a sujeira não seja minha, mas *dele*, outra vez *dele*, sempre *dele*. Sálvio não voltou do Norte. Será que Garcia voltará do interior? Curioso que a cidadezinha esteja presente, de uma forma ou de outra, em ambas as situações, antes (fins de 65, início de 66) como refúgio e esconderijo, hoje como ponto de passagem e lugar para uma limpeza rápida (e ela torce muito para que não haja um terceiro ato nessa história). Será que o casarão ainda está de pé? Será que o enforcado continua lá, dependurado naquele cômodo? Isabel aposta que sim. Com os olhões abertos no escuro. Brilhando de um jeito esquisito, como as luzes de Goiânia que agora vê à frente. Marchei para o interior e retornei. Mas aqui também é o interior. Tudo, aqui, é interior.

Aquele mesmo semáforo na Anhanguera, no qual parou quase doze horas antes e, enquanto esperava a luz verde, virou-se, esticou o braço, alcançou a mochila no banco de trás, abriu e pegou uma fita qualquer (que enfiou com raiva no toca-fitas, irritada com o monossilabismo e os silêncios do pai, o mistério quanto ao serviço, a tensão e a irritação quase palpáveis, mal escondidas pelos óculos escuros, sentido Brasília, um posto de gasolina, então manda completar, os cigarros, o copo improvisado como cinzeiro, a estrada de chão, poeira e fumaça, a birosca, um velho cego e um cachorro, a urgência da coisa, a gente já ficou aqui tempo demais, também não mata garçom agora?, a gente tem que se virar no escuro, no escuro, estendido ao lado do último tolete que cagou na vida, a merda parecendo sorrir, acho melhor a gente começar a se preocupar, seu pai vai ficar aqui comigo, o melhor time do mundo, faça o serviço, receba o pagamento, vá pra casa, deixe essa merda pra trás, um atropelo após o outro, as piores expectativas se concretizando no decorrer do dia, o que será que falta acontecer?). O toca-fitas desligado agora e durante toda a viagem desde a chácara. Luz verde. Não dobra à direita dessa vez, nada de Anápolis, Gameleira e cidadezinhas com três colégios católicos e casarões mal--assombrados, mas cruza a rodovia e segue na avenida, Goiânia adentro.

Cidade quieta, ruas vazias.

Domingo.

(Paradão.)

Parece um vilarejo ameaçado pela expansão de um deserto que pulsa lá fora, faminto e cada vez mais próximo, avançando no escuro. Não um deserto real. De outro tipo, outra espécie. Mas, olhando por esse lado, pensa ao contornar a Praça da Bíblia (a Independência se desprendendo e também avançando noite adentro, *descendo*, vazia como todo o resto), talvez a cidade seja o deserto em expansão, talvez *aqui* seja o *fora* pulsando no escuro. Se Brasília é um oásis planejado, Goiânia é um deserto planejado. Cidades planejadas? Que piada. O desenho original da coisa esgarçado em poucos anos, mesmo quando permanece mais ou menos intacto em seu centro; esgarçado ou ridicularizado pelo que acontece nos e com os arredores, pelo que acontece na e com a periferia. Crescimento, inchaço: explosão. A periferia explode; o centro implode. Goiânia, planejada para cinquenta mil habitantes, agora com mais de setecentos mil; Brasília, planejada para quinhentos mil, agora com um milhão e duzentos mil. O centro é tão bom quanto a sua periferia? De certo modo. Toda periferia aponta para o centro, e o centro só aponta para si mesmo. Explosão, implosão. Cidades planejadas. Pontinhos maiores ou menores em um mapa concebido e maltratado por mãos emporcalhadas. Centros mais ou menos intactos: ambas as cidades mantêm o desenho central, seu miolo — avião: Plano Piloto, Eixo Monumental, Asas Sul e Norte; Nossa Senhora: as avenidas Araguaia, Goiás, Tocantins e Paranaíba supostamente traçando o formato do manto, a Praça Cívica como a cabeça coroada, iluminada ou seja lá o que for. Supostamente, pois há quem diga que não é bem assim, que a imagem da Santa não estava na intenção original do urbanista, algo "visto" por outras pessoas e, desde então, abraçado pelo imaginário do povo. Mas, uma vez que se enxerga o mapa dessa forma, é impossível vê-lo de outro modo.

E daí?, ela resmunga.

(E daí nada.)

E, do nada, ou por ter rememorado todas aquelas coisas a caminho dali, lembra que precisa visitar a mãe. Quanto tempo faz que não? O exercício de olhar para o túmulo. Treze anos de idade quando ela morreu. A mulher entregue a um único e interminável porre. Por nenhum motivo em especial, até onde sabe. Passada a turbulência que os obrigou a se esconder no interior, a vida seguiu tranquila, sem maiores percalços, sem novos "mal-entendidos". Por que bebia, então? Sempre e cada vez mais? Porque gostava. Será? Talvez. Por que não? Talvez seja assim mesmo. Algo simples. O "caso" dela, pelo menos. Talvez não haja ou houvesse segredo ou trauma ou coisa parecida. Uma vida qualquer, um vício qualquer. O pai nunca parecendo se incomodar. Não muito carinhoso, mas a mãe tampouco o era. Distantes. Remotos. Um em relação ao outro, não em relação à filha. Chegava da escola e lá estava, todos os dias, sentada à mesa de jantar ou numa poltrona da sala, a vitrola ligada, uma garrafa de Dreher, folheando uma revista e entornando do meio-dia até apagar.

Todos, todos os dias. Comprometimento é isso. Uma doença, dizem. Uma doente feliz, então. Jamais se descuidou, sempre bem-vestida e maquiada. Fazia o almoço e o jantar. Mantinha o apartamento em ordem. Mais e mais quieta com o passar dos anos. Distante. Remota. Então, a doença e a morte, tudo bem rápido. O avô materno de Isabel também bebeu até morrer. Talvez seja algo genético, então. Essa predisposição. O apreço à garrafa. Dei sorte, se for o caso? Ou ainda é cedo para dizer? Porque não bebo todos os dias. (Ainda.) E raramente até apagar, como naquele feriado em Goiás Velho. A tia também não costuma beber. Lucrécia, auxiliar de enfermagem. Não costumava, pelo menos. Alguns anos sem contato. Vários anos. Nove, dez? Se precisa visitar o túmulo da mãe, precisa também visitar a casa da tia. Solteirona. A casa em Goianira, herdada do velho. Era pedreiro, o avô. Um homem macérrimo, de mãos enormes e calejadas, falador, cheio de histórias, um formidável contador de mentiras. Um trauma, a perda da mulher quando Lucrécia e Conceição ainda eram pequenas. Afogamento. Será por isso que. Besteira. O mais provável é que bebesse desde sempre, a perda apenas oferecendo um rosto à vontade, uma saudade à sede, uma razão à compulsão. Eis a família materna. A paterna? Garcia jamais fala a respeito. Nada de fotografias, histórias, lembranças. Esquivava-se das perguntas, da curiosidade infantil, da criança carente de uma família maior, de uma família como as dos colegas de escola, tios e primos, pequenas multidões nos aniversários, essas coisas. Isabel sabe apenas que a avó criou Garcia sozinha. Mãe solteira. Então, quando ele era adolescente, a mulher trouxe um homem para dentro de casa e a vida familiar degringolou de vez. Consta que as brigas chegaram a um ponto em que o padrasto virou para a mulher e disse: Ou esse moleque, ou eu. Sendo assim, como não houvesse remédio, Garcia saiu de casa na véspera do aniversário de dezoito anos e nunca mais voltou, escreveu ou telefonou. Exército, depois polícia, depois *isso*. Tchau, até nunca mais.

Zero contato, disse Conceição na única vez em que conversou com a filha a respeito. Estavam na sala do apartamento, a menina estirada no tapete, colorindo um mapa do Brasil para a aula de Geografia (mas que tarefa idiota, eu tô no jardim de infância, por acaso?), e a mãe sentada na poltrona, revista no colo e copo (Dreher) na mão. Um disco de Nat King Cole girava na vitrola. Zero, até onde eu sei.

Por quê?

Boa sorte perguntando isso pra ele.

A senhora não sabe?

Sei assim por alto. Ele comentou comigo sobre a mãe e o padrasto, as brigas, mas não entrou em detalhes e depois mudou o rumo da conversa, como sempre faz. Não gosta de falar do assunto.

Por que ele comentou, então?

Porque eu insisti. Insisti muito. A gente ia se casar e eu queria que a mãe dele viesse pra cerimônia.

Mas ela não veio.

Bom, você viu o nosso álbum de casamento.

Deve nem saber que eu existo.

Provável que não.

E onde é que ela mora?

Ipameri. Quer dizer, ele foi criado lá, e era lá que moravam quando tudo isso aconteceu.

Ipameri.

Ipameri. Mas pode ser que ela tenha se mudado, né?

Ou morrido, Isabel pensou, olhando para o mapa antes de enfiá-lo na mochila. Em seguida, sentou-se no tapete e começou a guardar os lápis de cor. Só tem a gente, então.

Como?

Meu pai. Ele só tem a gente.

É. Mas sempre foi assim.

Ele contou por que brigava com o padrasto?

Bom, antes do padrasto, ele já brigava com a mãe.

Por quê?

Pelo pouco que sei, que ele contou, parece que nunca se deram bem. Meu palpite é que ela olhava pra ele e via tudo o que tinha dado errado na própria vida. Mas é só um palpite, não tenho como saber, né?

Acho que não.

Depois, quando o cara entrou na história, a situação só tendia a piorar mesmo. E seu pai deu no pé assim que pôde.

Entendi.

Pergunta pra ele um dia desses. Talvez te conte os detalhes.

Ela guardou a caixa de lápis de cor e fechou a mochila, pensativa. Levantou-se e encarou a mãe. Acho que não.

Por que não?

A senhora falou.

Eu falei? Falei o quê?

"Boa sorte perguntando isso pra ele."

Ela abriu um sorriso. É, eu falei.

Então.

Tomou um gole de conhaque, sustentando o sorriso. Mas você é você. Talvez ele fale a respeito com você.

Acho que não.

Não. Você puxou isso dele. O jeito como fala *não*.

Vou guardar a mochila no quarto.

Espera.

Encarou a mãe outra vez. O quê?

Eu... seu pai tem esse jeito dele. Guarda tudo, quase tudo, não conta quase nada pra gente. Isso pode ser bem chato, às vezes. Você sabe, eu e ele, a gente já brigou por causa disso e...

E?

O que eu quero dizer é que ele não faz isso por mal.

Eu sei.

Acho que ele... na cabeça dele, é como se protegesse a gente. Nós duas. E deve ser mesmo, eu não sei.

Ele é da polícia. Tem um monte de coisa que não pode contar pra gente mesmo.

Sim, mas...

Mas?

Não é só isso.

Não?

Você... quando você for um pouco mais velha, vai entender.

Apreciava conversar com a mãe, mas odiava quando a coisa chegava nesse ponto. *Quando* eu for mais *velha*? Quando eu for mais *velha*, vou *entender*? Bom, eu sou mais velha *agora*, e acho que entendo cada vez menos. Ele não é mais da polícia, mas tem um monte de coisa que insiste em não contar. Mesmo comigo aqui, no mesmíssimo barco. *Quando* eu for mais *velha*. Mas, por outro lado, como é que a mãe poderia imaginar? Feliz que, apesar de tudo, tenham tido a oportunidade de conversar sobre essas e outras coisas. Feliz que a mulher falasse nesses termos com uma filha de treze anos. Talvez pressentisse que não teria muito tempo. Ou talvez já estivesse doente. Talvez já *soubesse*. Não é só isso, ela disse. Bom, *nunca* é só isso, mas tudo bem. E daí? Não, não foi por mal. A mãe, o pai. Não foi, não é. Mas as coisas são como são, certo?

Quando eu estiver morta, vou entender.

(Morta.)

Precisa visitar o túmulo de Conceição.

Por quê?

Porque sim.

E também porque visitas desse tipo são uma espécie de lembrete. Todas as bússolas apontam para a terra. Para *baixo*.

"Norte é morte."

Quem disse isso?

Gordita, é claro.

Gordon. Andrew J.

Citando algum livro de que Isabel nunca ouvira falar até então, o grosso volume sobre a mesa da cozinha. Estavam na casa dela. Não se lembra do título agora. Em inglês. (Ainda não traduziram esse, pequena.) Perguntar a ele na próxima vez em que se virem. Sempre uma boa conversa. Sempre uma boa trepada. Sempre atencioso e inteligente. Misterioso, também. Ossos do ofício, seja lá qual for. Um singelo consultor. Dentes tão brancos, os dele. Sapatos engraxados, camisa, colete e gravata. Impecável. Na cidade ou na roça. Em qualquer lugar.

Norte, Sul, Isabel retrucou quando, à mesa da cozinha (ela se lembra agora), citando o tal livro grosso e ainda não traduzido, ele sorriu e disse aquilo, "Norte é morte". Tudo é morte.

O sorriso dele se alargando, a xícara na altura do queixo. Isso em janeiro do ano anterior, outro dia mesmo, mas parece que foi há muito mais tempo. Tomou um gole de café e perguntou: Você chegou a lecionar?

Fiz estágio. Por quê?

Tenho dificuldades para visualizar a transição.

Que transição?

De historiadora recém-formada por uma das melhores universidades do país e potencial professora ou pesquisadora para... bem, você sabe.

Foi mais simples do que parece.

Você acha que foi fácil?

Eu não disse que foi fácil. Eu disse que foi simples, em vista de tudo o que rolou. Mas não foi nada fácil. Nem a pau. Teve nada de fácil. Foi difícil pra caralho, isso, sim.

Mas foi uma escolha.

Claro que foi uma escolha. Aconteceu um monte de merda e eu fiz uma escolha.

Simples, mas não fácil.

Simples, mas difícil pra caralho. Simples porque as opções eram claras. Difícil porque aconteceu um monte de merda antes, durante e depois.

É tudo muito nebuloso. Você não fala a respeito. Seu pai não fala a respeito. Bruno não falava a respeito. Muito nebuloso.

Foi uma época nebulosa. Meu último ano na faculdade foi uma época nebulosa.

Aconteceu um monte de merda e você fez uma escolha no final.

Ela respirou fundo.

Desculpe, não qu

Te conto um dia desses, Gordie. É uma história muito longa e muito louca e muito... é muito difícil pra mim repassar tudo isso. Setenta e nove foi um ano louco. Um dia desses, tá? Hoje, não.

Ele acenou com a cabeça, concordando.

Ela queria contar. Ela quer contar. Ela vai contar. Um dia desses. Uma história muito longa e muito louca. Repetiu: Hoje, não.

Entendido, disse ele. Hoje, não. Mas eu consigo te imaginar em uma sala de aula.

Ela sorriu, procurando afastar as lembranças da cabeça. Cê consegue imaginar qualquer coisa. Tem uma puta imaginação.

Acho que sim.

Mas eu não consigo, não.

Imaginar?

Imaginar *isso*. Eu numa sala de aula. Não conseguia depois de tudo o que aconteceu e não consigo agora, de jeito nenhum. Mais pro final do curso, por causa dessas merdas, dessas merdas que eu *não* te contei, eu tava completamente fora do ar. Uma zumbi, sabe? Fiz estágio, como falei, mas não me lembro de porra nenhuma. Assim como não me lembro da formatura e dessas porcarias.

Entendo.

Mas a minha mãe era professora.

Creio que William mencionou isso.

Foi professora por um tempo. Virou dona de casa quando engravidou. Eu não cheguei a tanto.

Ele sorriu: Não engravidou?

Não lecionei pra valer, seu palhaço.

Consigo te imaginar em uma sala de aula.

Eu consigo te imaginar em qualquer lugar, fazendo qualquer coisa. É uma dessas pessoas.

Dessas pessoas?

Cê é liso, Gordie.

Liso?

Afável. Maleável. Tranquilo.

Se você diz.

Eu digo. A sua figura se encaixa bem em qualquer papel. É uma grande qualidade.

Se você diz.

Eu digo, porra. Tô dizendo. Bancário Gordon. Taxista Gordon. Professor Gordon. Veterinário Gordon. Ministro Gordon. Padeiro Gordon. Repórter Gordon. Senador Gordon. Otorrinolaringologista Gordon. Gigolô Gordon. Farmacêutico Gordon. Promotor Gordon.

Comissário Gordon.

Riram. Na rua, o som de um carro avançando lerdo, cortando a enxurrada. Chovera forte, mas agora o aguaceiro amainava. Um relâmpago, perto. Ela suspirou. Minha mãe professora.

O que tem ela?

Parando de trabalhar quando engravidou. Acho que pretendia voltar quando eu estivesse maiorzinha, mas...

Não aconteceu.

Ou aconteceu outra coisa. Enfim. Acontece outra coisa com todo mundo, cedo ou tarde.

Você não costuma falar muito dela.

Da minha mãe?

Da sua mãe.

Não tem nada de muito nebuloso em relação à dona Conceição, posso te garantir.

Não pensei que houvesse.

E não tem muito o que falar. Parou de trabalhar e começou a beber. Não. Mentira. Eu não sei. Acho que ela sempre gostou de beber. E bebeu até bater as botas. O pai dela também. Meu avô. Sabe que eu tenho uma tia?

Ouvi falar. É enfermeira, certo?

Auxiliar de enfermagem. Não falo com ela tem muito tempo.

Por quê?

Por nada. Quer dizer, não aconteceu porra nenhuma, nenhuma merda, nenhuma briga, nada do tipo. A gente foi se afastando depois que a minha mãe morreu, e então eu mudei pra cá. Dia desses vou fazer uma visita. Antes que ela também bata as botas.

Vou com você, se quiser.

Um fofo.

Às vezes.

E a minha mãe... bom. Ela era carinhosa comigo. Do jeito dela. E... sei lá. Não tenho muito o que falar.

Isso é falar.

Tá. Que seja.

Terapeuta Gordon.

Liso.

Liso, ele riu.

Sim. Liso. Cê jamais vai precisar torturar ninguém.

Não?

Chega, solta meia dúzia de gordonices, dá um sorrisinho, e dali a pouco a pessoa se abre todinha, conta quem matou o arquiduque, quem botou fogo no Parlamento, quem envenenou o papa. É impressionante.

Você não se abriu agora há pouco.

Sou casca grossa.

Ninguém dirá o contrário.

Acho que é uma puta vantagem.

Ser casca grossa?

Não. Não ter de torturar.

Não posso discordar.

Então, não discorde.

Há sempre outros meios. Eu me refiro ao contexto policial-militar, é claro, e em se tratando de uma democracia.

E em se tratando de uma ditadura?

Tomou outro gole de café, pensativo. As ditaduras já nascem de uma corrosão, de uma corrupção. Em geral, elas são fruto direto de uma agressão mais ou menos coordenada e não raro pontual, como um golpe, uma deposição, uma revolução ou contrarrevolução. Elas têm ou adquirem uma lógica própria, e essa lógica não raro se baseia no terror e também passa a depender dele, seja como política e polícia de estado, seja enquanto suposto adversário — os inimigos do regime são sempre terroristas. E alguns são mesmo, as bombas e os atentados e os sequestros são ações terroristas, obviamente, e muitas vezes os indivíduos e organizações só chegam a tanto instados pela lógica corrompida e corruptora da máquina em funcionamento. É um jogo viciado, que corrompe e devora todos os envolvidos. E é curioso como o terror ditatorial só se sustenta e sustenta o regime enquanto houver a sombra ou a possibilidade, real ou não, do terror opositor, adversário, subversivo. Quando o inimigo é abatido, vencido, resta apenas a casca vazia e podre dos vitoriosos. Dados os métodos aplicados, devorar o inimigo é também devorar a si mesmo, e o regime se esfarela ou dá lugar a outra coisa. Mas, claro, as sombras das monstruosidades praticadas permanecem. E os hábitos permanecem. É muito difícil se livrar de certos hábitos. O espírito foi contaminado e não será descontaminado tão cedo. Um acerto de contas juridicamente amplo, geral e irrestrito, além, é claro, de consequente e legítimo, talvez ajudasse no processo, mas não tivemos nem teremos isso no Brasil. A Lei da Anistia tal como foi sancionada cuidou para que não houvesse.

Nuremberg não fica em Santa Catarina.

Nuremberg fica muito longe daqui.

Teremos uma democracia contaminada, então.

Ao que tudo indica, sim. Disfuncional. Espúria. Sujeita a retrocessos e revisionismos toscos.

E corrupta.

Tanto quanto o regime que a precede.

Cê já torturou alguém?

Não. Mas já vi alguém ser torturado. Em um contexto policial-militar, por assim dizer. Não, não foi aqui, não foi sequer neste continente. É como eu falava há pouco. Independentemente dos supostos ganhos imediatos, os quais são muito discutíveis, é uma prática que corrompe tudo, que nasce de uma corrupção inicial, intrínseca às condições, ao regime instituído, e que leva a uma corrupção ainda pior e mais generalizada, mais profunda. É uma coisa muito nefasta. A máquina militar se torna uma máquina moedora, e a indisciplina é uma das consequências diretas da corrosão e da corrupção que mencionei. Pense no que a Guerra da Argélia custou à França. Os golpes ou tentativas de golpe, os atentados, as bibliotecas incendiadas, a instabilidade, a violência. Membros do oficialato e das fileiras militares foram contaminados pela sujidade do que fizeram no Norte da África.

"Norte é morte."

Também, e por escolha deles.

Por aqui, existe a noção de que a tortura é uma das poucas indústrias brasileiras que parecem bem-sucedidas.

É uma noção equivocada. O fato de a tortura ser uma prática amplamente disseminada não significa que seja bem-sucedida. Os alicerces de um país saudável estão ou devem estar fincados no solo pátrio, não nos porões.

Os cemitérios tão meio que fincados no solo pátrio.

Você entendeu o que eu quis dizer.

Não tem nada de saudável no sistema político brasileiro, e isso desde sempre, eu acho.

"Um sistema político pressupõe uma civilização."

Boa.

Não me lembro quem disse isso, nem o contexto.

Vou fingir que foi você, no contexto desta conversa.

Generosidade sua. E, se isso serve de consolo, poucos povos ou países me parecem, de fato, civilizados.

Não serve de consolo, não, mas tudo bem. Agradeço pela tentativa. Continua tentando.

Eu faço o que posso.

Eu sei. Cê teria coragem de torturar alguém?

Pensou um pouco antes de responder que: Sim, mas apenas por razões estritamente pessoais, não como dente de uma engrenagem estatal, repressora ou coisa parecida.

Como assim?

Se alguém machucasse uma pessoa de quem eu gosto, por exemplo, eu certamente machucaria esse alguém. Como uma vingança, sabe? Ou machucaria outrem a fim de localizar e chegar a esse alguém.

Razões estritamente pessoais.

Sim.

Como uma vingança.

Sim. Estamos quase sempre nos vingando de alguém ou de alguma coisa, você não acha?

Ou esperando uma chance pra se vingar.

Você quer se vingar de alguém.

Eu quero me vingar de alguém.

Usando de tortura.

Acho que sim. Se as circunstâncias exigirem.

E isso te trará paz?

Claro que não, mas nada vai me trazer paz em relação ao que aconteceu. Só quero encerrar a porra da história.

E qual é a porra da história?

Boa tentativa. Muito boa mesmo.

Obrigado.

Vou dizer apenas que foi uma bagunça desgraçada.

Só isso?

Só isso, Gordie.

É muito pouco.

Eu sei. Sinto muito.

Setenta e nove foi um ano louco.

Cê não faz ideia.

Não, não faço mesmo, ele sorriu.

Mas e o senhor? De quem tá se vingando?

No momento? De ninguém.

Olha só.

Vivo em paz comigo mesmo e com as criaturas deste mundo.

Nossa. Fiquei até arrepiada, monsenhor.

Minha família era episcopal.

Continuo arrepiada.

A chuva voltou a engrossar enquanto trepavam. Foi a primeira vez. Ela tomou a iniciativa de beijá-lo, a passagem daquela longa (e nebulosa) conversa à foda parecendo natural, um desenrolar previsível por conta da intimidade que já experimentavam, da liberdade compartilhada. Treparam aquela primeira vez, e depois passaram a trepar sempre que possível, sem maiores ou menores hesitações. Algo natural. Mais uma coisa para fazerem juntos. Um desdobramento. Beberam o café e trocaram a cozinha pela sala. Ela ligou o som. Ele foi buscar uma garrafa de vinho no carro.

I want to toy with your precious life
I want you to know
I want you to know
I want you to know
What love is

Beberam. Conversaram mais. Ela o beijou, eventualmente. Foram para o quarto, a chuva seguindo noite adentro, percussionando no telhado da casa, às vezes mais forte, às vezes mais fraca.

Mais uma coisa para fazerem juntos.

E algo bom de se lembrar agora, nas circunstâncias presentes. Goiânia, o segundo serviço em doze horas. Garcia na chácara, um refém. O Velho e toda aquela situação.

É isso aí, diz para si mesma, chegando à Praça Botafogo. Melhor pensar em coisa boa.

No hotel, toma um banho e veste a mesma camiseta, outro jeans, outra jaqueta, depois coloca as roupas usadas em uma sacola plástica que resgata do fundo da mochila. Precisa se livrar delas. Precisa se livrar de tudo. A coisa tão rápida, tão atabalhoada. Um serviço todo errado. E agora outro serviço todo errado. Rápido, atabalhoado. Sim, aquilo trouxe paz. Pensar em Gordon. A primeira vez, todas as vezes subsequentes. Mas e agora? O que poderia trazer paz *agora*? Neste exato momento? Não pensar. Não pensar demais. Faça o serviço, disse Gordon. Receba o pagamento. Vá pra casa.

(Deixe essa merda pra trás.)

Pede uma pizza, come duas fatias, espera. Come uma terceira. Onze e cinco da noite quando ligam da recepção.

Alô?... Sim, deixa subir.

Ela se levanta, entreabre a porta, depois volta a se sentar na cama. Olha para a pistola sobre o criado-mudo, ao alcance da mão direita. Visível. É bom que esteja visível. Evita mal-entendidos. Ou trata de acelerá-los. Seja como for, é o melhor que pode fazer na situação atual.

Duas leves batidas na porta.

Entra.

Dois homens. Parecem os mesmos que estavam na porteira da chácara horas antes, mas pode estar enganada. Peões. São todos mais ou menos iguais. São todos peões. Ela também. De certa forma. E o pai. Peões. Como aquele que ajudou a matar no Abaporu. Não. Quem matou foi a Elizete, eu só castrei. Calibre 22. Mas parecem os mesmos, sim. Estômago, bagos, merda. Com roupas limpas agora, botinas engraxadas, perfumados. Um deles usa chapéu de vaqueiro, não um chapéu qualquer, parece caro, um artigo de luxo, e segura uma sacola preta. O outro, barbudo e gordo, entra no banheiro e começa a mijar.

Ou!, diz o primeiro, tirando o chapéu. Cê podia fechar a porta pelo menos, disgraçado.

Eu, hein, diz Isabel, impassível. Não esperava uma coisa dessas do Bud Spencer.

Hein?

Aôôôô, é a resposta que vem do banheiro, alguém sinceramente maravilhado com a potência do próprio mijo.

Desculpa ele aí, moça.

Sem problema.

Tem gente que não tem educação.

Podia ser pior.

Como assim?

Pelo menos ele não foi cagar.

O homem solta uma risadinha, concordando, e dá dois passos à frente. Olha para a pequena televisão ligada, depois aponta para a pistola sobre o criado-mudo, ao alcance da mão direita dela. Tinha necessidade disso, não.

O som da descarga.

Tinha necessidade nenhuma disso, ele insiste, voltando os olhos para a televisão.

Isabel não diz nada.

Cê viu *A Super Máquina* mais cedo?

Silêncio.

Acho que ia estrear hoje. Queria ver aquilo.

O barbudo sai do banheiro, subindo a braguilha. Av'Maria, tava apertado demais da conta, sô.

Falei pra ir aquela hora, mas cê é teimoso.

Eu não tava com vontade aquela hora.

Mas é claro que ia ficar depois por causa das cerveja. Melhor mijar por precaução.

Mijar por precaução. Essa é boa.

O outro suspira, recolocando o chapéu na cabeça, e estende a sacola preta para Isabel. Tá tudo aí dentro, viu? Endereço, chave do carro, foto, ferramenta. Tudim.

A gente vai levar o Corcel agora, diz o barbudo, coçando o saco.

Ferramenta?

É essa aí?, aponta para a chave que está sobre o criado-mudo, ao lado da pistola.

Isabel concorda com a cabeça.

O barbudo pega a chave e entrega para o parceiro, que a coloca no bolso da jaqueta e diz: A gente trouxe uma procê com silenciador.

Melhor usar ela, diz o barbudo.

Taí dentro. Depois deixa tudo lá com o Chiquinho.

O barbudo olha para ela, sorrindo. Melhor usar ela que essa outra aí. Ninguém quer fazer barulho de noitão.

A moça tem quarenta e oito hora, diz o outro, repentinamente sério, como se quisesse encerrar logo a conversa. Domingo e segunda ele costuma ficar no endereço que a gente anotou no verso aí da foto.

Ele usa o apartamento pra comer gente. Aproveita que a muié vai quase todo fim de semana pra roça e fica nesse apartamento co'as menina.

A muié costuma voltar na terça de manhã.

Ele diz que aproveita o fim de semana pra trabaiá, mas não trabaia, não, só fica comendo as menina mesmo.

Um bando de menina novinha.

Por esses dia tem uma menina que chega mais cedo, mas tem outra que só chega ou devia chegar lá pra meia-noite.

Ela mente pros pai, tem base?

Sai de fininho.

Mentia, né. Saía.

E *devia* chegar porque não vai aparecer hoje, não.

Nem amanhã.

Num vai aparecer mais.

Eles gargalham, olhando um para o outro, como se o fato de a menina não aparecer fosse a coisa mais engraçada do mundo.

Se não conseguir pegar ele no apartamento, diz o barbudo, o endereço da casa também tá aí, mas lá ia ser bem mais complicado.

Muié, criança, um monte de empregado.

Melhor dar um jeito de pegar ele aqui no Centro mesmo, moça, hoje ou amanhã.

É um desses prédio baixinho ali pra cima, na Anhanguera mesmo, perto do teatro. Tem pouco apartamento ocupado.

Prédio véi, sem porteiro.

O safado escolheu o lugar direitim.

É.

Pra comer as menina em paz.

A chave da portaria taí dentro.

Tá tudo aí.

A moça não vai ter pobrema.

Depois que terminar, leva o carro lá pro Chiquinho.

Deixa tudo com ele.

É. Quer perguntar alguma coisa?

Ela engole em seco. E o meu pai?

Uai. Saudável.

Tava bebendo com o patrão e vendo TV quando a gente saiu de lá. Eles ia ver a *Super Máquina*.

Mais saudável que nós aqui.

A moça faz o que tem que fazer, depois liga dum orelhão pro número anotado aí no verso da foto.

Liga, volta pra cá e espera.

A gente ou outra pessoa vem e traz o pagamento.

A gente ou outra pessoa vai ficar de sobreaviso, o barbudo bate uma continência torta.

O carro é um Oggi.

Oggi?, ela pergunta.

É, um Oggi pretim.

O Voyage gasta menos na cidade.

É verdade, diz o barbudo, cutucando o outro. Cê sabia? Li isso na *Quatro Roda*.

Grandes bosta. O carro tá no estacionamento do hotel, moça. Cê precisa de mais alguma coisa?

Balança a cabeça: não.

Boa sorte, então.

Fica com Deus.

Eles dão meia-volta e saem, fechando a porta, o barbudo ainda falando sobre a matéria na *Quatro Rodas*: Mas escuta, o Voyage faz quase dez quilômetro por litro na cidade, e tem o câmbio longo, a quarta marcha dele...

Ela olha para a sacola preta que segura no colo. Fica com Deus. Fica com Deus é o caralho, vai tomar no cu.

E decide não esperar.

Abre a sacola. Não havia necessidade da foto, bastava dizer o nome do alvo e onde e quando encontrá-lo. Um filho da puta famoso, que merda. Ela memoriza o endereço e o número do telefone, depois rasga a foto, vai ao banheiro, joga na privada e dá a descarga. Observa que o barbudo, pelo menos, não mijou fora do vaso. De volta ao quarto, tira a chave do carro, a arma e o silenciador de dentro da sacola. Parece tudo em ordem. Taurus PT92. Tenho uma igual. A "filha" da Beretta 92. Uma cópia, na verdade. Deus abençoe a indústria nacional. O petróleo é nosso, e o fogo também. Pente carregado. A Beretta foi a arma com que aprendeu a atirar. Uma delas, pelo menos. Enrosca e desenrosca o silenciador. Sim, tudo em ordem. É raro que usem silenciadores, ela e o pai, ela ou o pai. Em geral, a ideia é fazer barulho. Ou, na verdade, dada a natureza da maioria dos serviços executados, o barulho é irrelevante. Como na birosca horas antes. Poeira. Fumaça. Uma prega inflamada dos cus de Goiás. Ou naquele posto em Frutal. Três e pouco da manhã. Noite feia. Chuva forte a caminho. Respira fundo e coloca tudo na mochila, inclusive a SIG que a acompanha desde cedo. Não esperar. A gente ou outra pessoa vai ficar de sobreaviso. Grandes bosta. Boa sorte, então.

Fica com Deus é o caralho, diz antes de sair.

Onze e cinquenta e dois quando dirige pela Anhanguera. O ideal seria apenas fazer um reconhecimento. Sacar o lugar. Dar uma boa olhada.

Foda-se.

Agora, pensa não em Gordon ou no pai, mas na menina que só chega ou devia chegar por volta da meia-noite. Eu sou essa menina. Hoje, agora. Acelera para cruzar a Goiás. Deserto. Uma rua após a outra. Lá está. Teatro Goiânia. Dobra à esquerda, cortando transversalmente a Araguaia (o lado direito do manto da Santa) (supostamente), e estaciona na rua 23. Desliga o carro. O teatro às escuras. Onze e cinquenta e cinco. Imóvel por alguns segundos, as duas mãos no volante. Ninguém por perto. O centro, esse ermo. Deserto em expansão, o *fora* pulsando no escuro — *aqui*.

Agora, porra.

Alcança a mochila que está no banco ao lado, pega o boné (não aquele com que foi presenteada), coloca, pega a Taurus, checa outra vez, enrosca o silenciador, recoloca na mochila e sai do carro.

Vento frio. Cidade morta.

Segue pela calçada. O prédio logo após a esquina. Consultório odontológico. Uma loja de colchões.

Aqui.

Olha para a direita, depois para a esquerda: ninguém, nada. Cidade morta. Pega a chave no bolso da jaqueta. Será que era a tal menina? Destranca a porta. Na chácara, de topless, jogando conversa fora com a mulher do Velho? Entra. A menina que não vai aparecer mais. Uma lâmpada falha no teto, prestes a queimar. Provável que sim, mas.

(Presta atenção.)

Pega a arma, respira fundo outra vez, ajeita a mochila nas costas e sobe até o segundo andar.

(Presta atenção no que tem que fazer, caralho.)

Tudo escuro, tudo silencioso, exceto pelo zumbido baixo de uma ou outra televisão ligada, poucas.

(*Aqui.*)

Para diante da porta. Música em volume baixo rolando lá dentro.

I know it's late, I know you're weary
I know your plans don't include me.

Sorri ao tocar a campainha. Passado um instantezinho, o som da chave girando na fechadura.

Why should we worry?...

O sorridente homem de meia-idade que surge à porta segura um copo americano com cerveja pela metade e ostenta uma cueca amarela e um princípio de ereção, botas de couro preto, um chapéu marrom enfiado na cabeça, a pança inchada como a de uma criança com esquistossomose e uma grossa corrente (com o indefectível crucifixo de ouro) pendurada no pescoço. Um feixe de luz vem de um cômodo próximo, à esquerda dele; o quarto, provavelmente.

Opaaaa, estala a língua, depois tenta firmar as vistas. Uai, menina, cê veio disfarçada, e esse bonezim, quê q

O primeiro tiro acerta bem no meio da arcada superior, o quadro (Sagrado Coração de Jesus) pendurado atrás dele e a parede tingidos de vermelho por um borrifo grosso e escuro em que se misturam massa encefálica e lascas de crânio e estilhaços de dentes.

O copo se quebra ao cair: ploft.

Cheiro de cerveja.

Ela atira outras três vezes, no rosto e na testa e no alto da cabeça, acompanhando a descida do corpo, costas contra a parede.

We've got tonight
Who needs tomorrow?

Antes que a bunda dele chegue ao chão, Isabel levanta a cabeça, dá meia-volta e desce as escadas com rapidez, mas sem correr, guardando a arma na mochila. Quando está prestes a ganhar a rua, ouve um berro ecoando desde o segundo andar. Estridente. Essa também não vai aparecer nunca mais, pensa.

Vinte minutos depois, um Chiquinho muito sonolento, sem camisa e de chinelos, abre o portão da oficina. Ela estaciona o Oggi nos fundos, pega a mochila, a sacola e desce, espreguiçando-se. O pátio está às escuras, exceto pela luz que vem da casa, a porta aberta da cozinha.

Pensei que só viesse amanhã, ele diz ao se aproximar.

Pra que esperar, né?

Ele encolhe os ombros, depois boceja. A barriga tão redonda quanto a do outro, embora seja uns quinze anos mais novo.

Acordei as donas da casa?

Ah, que nada, tão lá dentro vendo televisão.

Só queria me livrar logo do serviço.

Tranquilo, Belzinha. Cês ligam, eu atendo. Cês chamam, eu abro o portão. Aqui é assim.

Um homem batuta.

Um homem com conta pra pagar.

Um homem sem camisa nesse frio.

Esfrega a barriga com a mão direita: Revestimento.

Um homem precavido.

Precavido?

Criou barriga pra não passar frio.

Ele ri, estendendo o braço para pegar a sacola preta. A arma tá aqui dentro? Disseram que era procê entregar a arma também.

Limpei e deixei no carro, debaixo do banco.

Tá bão.

Comprou presente pra esposa?

Presente? Por quê? O aniversário dela é só em dezembro.

Hoje é Dia dos Namorados, Chiquinho. Porra.

Hoje?

Hoje, moço.

Puta merda.

Ela riu. Pois é.

Ah, puta merda.

Puta merda mesmo, homem.

Vou comprar amanhã logo cedo. Um vestido, sei lá. Só não sei o que falar pra ela.

Fala a verdade, uai. Diz que esqueceu mesmo. Até porque qualquer desculpa nesse caso é esfarrapada, né?

Cê sabe que eu adoro aquela muié.

Pois então. Compra o vestido, encomenda umas flores, leva pra jantar, abre o coração e um espumante, depois vai prum motelzinho caprichado e manda ver, Chiquinho.

Uai. Pode ser.

Tenho que te ensinar tudo, caralho?

Tem, não. Mas valeu por lembrar.

Falando em vestido, preciso de umas roupas.

Sim, senhora.

Qualquer coisa serve.

E esse cheiro? Tava trabalhando ou enchendo a cara?

(O copo se espatifando, a cerveja respingando nas calças e nos tênis.) Olha, por falar nisso, se tiver umazinha aí, eu aceito. Dia longo.

Bora lá dentro. A mulher deve ter alguma roupa que te serve, cês são tudo naniquinha. Mas cerveja não tem, não. Bebi tudo. Tem cachaça. Quer comer alguma coisa? Fiz quibebe pra janta, sobrou um bocado.

Sem fome, mas aceito a cachaça.

É dum alambique perto de Alexânia. Boa sem tanto.

O moletom Adidas, um número acima, pelo menos é confortável. Parece novo. Um surrado par de tênis Topper. Azuis. Ela se troca no banheiro e depois volta à cozinha. A mulher e a sogra de Chiquinho espalhadas pela casa adentro, da cozinha ouve os televisores ligados e uma ou outra frase solta. Acha engraçado como elas veem os mesmos programas em cômodos diferentes, a sogra na sala e a mulher no quarto, e comentam o que quer que esteja acontecendo no filme ou telenovela, berrando uma para a outra (mas cê viu isso?, que coisa, então quer dizer que não foi ele?, olha como esse é fiadaputa, nunca me enganou, ah, mas esse aí também tem que morrer, não é possível, não entra aí, não, sua doida, essa mania que eles têm de ouvir barulho e sair pra ver, eu fazia era trancar tudo, onde já se viu, né, mãe, que burrice, daí acaba desse jeito aí, com uma machadada na cabeça, ai, Jesus, que coisa feia, quero nem ver isso). Entrega as roupas e os calçados usados para Chiquinho, dizendo: É só queimar.

Seu pai ia querer que eu jogasse essa sua mochila com aquela fitaiada barulhenta no fogo também.

Mais fácil eu jogar *ele* no fogo.

Quê que isso, gargalhando. Se eu sou um homem batuta, o doutor Garcia é o quê?

Um homem difícil.

Tá certo — e serve uma dose de cachaça para ela.

Bebe de uma só vez e: Boa mesmo.

Não falei?

Falou.

Mas diz uma coisa, falando sério agora... seu pai tá metido nalgum rolo?

Ela se serve de outra dose e responde olhando para o copo: Tava, mas acho que limpei a cagada dele.

Uma menina batuta.

Um gole pequeno dessa vez, saboreando, antes de dizer: Uma menina de saco cheio.

Ganhando algum, pelo menos?

Algum. Daqui a pouco a gente do Velho vai me encontrar acolá.

Sozinha?

Tá vendo mais alguém aqui?

Acolá onde?

No hotel. Praça Botafogo.

Quer cobertura?

Não. Agradeço, mas não precisa. Não quero que esses cornos pensem besteira, vai que te veem por lá e ficam nervosinhos. Todo mundo anda muito nervosinho por esses dias.

Bota nervosinho nisso.

E eu fiz o que pediram. Não tem por que dar merda.

Meu 38 taí no armário.

Guarda arma na cozinha?

Qual o problema? Tem gente que guarda na geladeira.

Se você diz.

Eu vou contigo, Belzinha. Fico no carro ou na recepção, de sobreaviso, qualquer coisa...

Meu pai gosta de revólver.

Isso quer dizer o quê? Que cê não gosta?

Não, uai. Quer dizer que ele gosta.

Ah, bão.

Mas não precisa, não, Chiquinho. Relaxa.

Confio nada no Velho, nem na gente dele.

O Velho é filho da puta, mas parece que o meu pai foi filho da puta com ele, e aí agora ele se acha no direito de ser mais filho da puta ainda, inclusive comigo, e parece que essa filhadaputice toda não vai acabar nunca mais.

Uai, não sei direito do que é que se trata, mas parece que cê resumiu bem a questão.

Ela vira o resto da dose. Amanhã passo aqui antes de voltar pra Brasília e devolvo as roupas. Ou deixo lá no meu pai e peço pra ele entregar.

Tem pressa, não.

Chama um táxi pra mim?

Que táxi o quê. Toma mais uma que eu vou botar uma camisa. Te dou uma carona, pelo menos.

Viu? Um homem batuta.

Ele a leva até o hotel em um Fiat 147 verde-oliva. Despedem-se com um abraço. Não quer mesmo que eu...

Vaza, homem.

Cê que sabe. Se cuida, menina.

Pode deixar. E não esquece de agradar a esposa amanhã.

Vou começar hoje. Aquecimento.

Capricha.

Agradar pra ser agradado.

Assim diz a Bíblia.

Não sei onde.

O orelhão meio quarteirão abaixo, num extremo da praça. Ela fez questão de ligar a cobrar.

A voz mole do barbudo: Achei que fosse deixar pra amanhã.

Pra que esperar?

Daqui a pouco passamo aí.

O "daqui a pouco" se arrasta até as quatro. Ela está cochilando quando o telefone toca. A porta entreaberta, a mesma dupla vindo pelo corredor e entrando no quarto. Sorrisos. Alguém perdeu o chapéu. Cheiro de cerveja, cachaça, buceta e fritura. Um envelope bojudo é estendido na direção dela, sentada na cama como antes.

Dois serviço.

Foi o combinado, né?

Mais um... como é que o patrão chamou?

Bônus. Confere aí, isso mesmo.

Bônus. O patrão tá de bom humor.

Cê tá de bom humor, moça?

Deixa o envelope no colo e levanta os olhos, encarando o barbudo. Quê que o meu humor tem a ver com essa presepada?

Pois é, ri o barbudo. Pois é.

É que a gente ouviu dizer que cê não tava de bom humor outro dia.

Que dia?

Outro dia. Lá na Elizete.

Ela volta a olhar para o envelope. No colo feito um bicho de estimação. Com a mão esquerda, joga-o de lado, o som do deslizar sobre o lençol. Eu? Imagina. Tô sempre de bom humor.

Atirar no saco do home daquele jeito. Maldade, moça.

Volta a levantar os olhos, firme. Maldade nada, Bud Spencer. Mirei na cabeça, mas tava escuro.

Na cabeça?

Na cabeça do pau.

Os dois homens se entreolham.

Ela começa a levar a mão direita até o travesseiro, a pistola enfiada ali debaixo, e sorri. Tava meio escuro lá, diz. E, pra piorar, o pinto dele era pequeno demais.

Agora, ambos a encaram, sérios, os olhos vermelhos e meio arregalados. As mãos livres. As armas encaixadas atrás, nos cintos ou nas calças? Ou nos tornozelos? Não há volumes sob as jaquetas. Talvez um 22 aqui ou ali. Ou talvez estejam desarmados. Na cidade para um serviço simples, passar as coordenadas e depois entregar o dinheiro. Entre uma coisa e outra, cerveja, cachaça, buceta e fritura. No Abaporu, o imbecil estava desarmado. Mas esses aqui são grandalhões e, mesmo bêbados, talvez nem precisem de uma arma para dar conta dela. Consegue acertar os dois antes que? Sim, com certeza um deles. Pelo menos um. Mas, então, o outro terá uma chance. Saltar sobre ela e. Desarmada. Imobilizada. Nocauteada. Rasgada. Fodida. Arregaçada. Morta. Talvez usem uma faca ou canivete. A exemplo do que o outro cretino, colega deles, fez com a puta. Furada de novo e de novo e de novo e de novo e de novo e. *Moça*, não puta. A mão alcança o cabo da pistola. Mas é possível acertar os dois, claro que é. Bêbados. Lerdos. Eles ainda a encaram. Será que estão pensando em todas essas possibilidades? Calculando? O que faria no lugar deles? Isso não faz muito sentido. Entrariam de arma em punho no quarto. Se quisessem mesmo matá-la. Se quisessem estuprá-la. Nada de conversa-fiada. Entrariam de arma em punho e fariam logo o que quisessem. Arregaçada. Vou te ensinar o que é bom, sua piranha. Talvez seja uma daquelas situações. Não queriam matá-la, não receberam a ordem para matá-la, mas o fulano morto no Abaporu era mais do que um colega. Um amigo. Parceiro. Atirar no saco do home daquele jeito. Ou talvez a coisa esteja simplesmente tomando esse rumo. Maldade, moça. Talvez só queiram estuprá-la. Essas magricela guenta rindo o que nós não guenta chorando, quer ver? Nada premeditado. Ranca logo as roupa dela, vai. Mas chegaram ali, olharam para ela, disseram tais e tais coisas, ouviram tais e tais coisas, e agora talvez pensem: por que não? As coisas pelas quais passou em Brasília. Bota logo no cu enquanto eu ponho ela pra mamar. As coisas que fizeram com ela em 79. Quem essa franguinha pensa que é? Com ela e Clara. Piranha de merda. Mas, então, estava desarmada. Aqui, putinha, vai logo chupando ou leva bala. Agora, não. Te ensinar uma lição. Não. Olha lá, hein, vadia, se morder, já sabe. Nunca mais. O Velho não vai achar ruim. Setenta e nove foi um ano louco. Estuprar, sodomizar, barbarizar. Setenta e nove já era. Mata, pode matar, depois a gente vê o que faz com o pai dela. Não, não pensa nisso agora, nessas coisas. Você não é mais a mesma pessoa. Você não é mais aquela. Você não está desarmada. Você é você. Uma puta, dizem? Sim, uma puta que anda armada e sabe atirar. Eu. Agora. *Aqui.*

Respira fundo.

Respira fundo e, então, quando cogita não esperar mais, atirar primeiro e que se foda, talvez seja a única chance de dar cabo dos dois e sair viva e mais ou menos inteira desse quarto de hotel, no exato momento em que ela prende a respiração e aperta e sente o cabo da pistola, pronta para dar início à dança, bem-aventurados os que atiram primeiro, o barbudo peida bem alto e gargalha, ou gargalha e peida bem alto, as duas coisas mais ou menos ao mesmo tempo, e é difícil saber o que vem primeiro, o peido como consequência do riso ou o riso como consequência do peido, ele peida e gargalha ou gargalha e peida.

E ela relaxa.

Calma, moça, diz o outro, também rindo. Aquele lá era um bosta.

Eu sei, ela diz, sustentando o sorriso, a mão ainda segurando a pistola sob o travesseiro. Eu vi.

Pois então. O que passou, passou.

O que passou, passou.

Bem que o patrão falou que essazinha é fogo na roupa, diz o barbudo, ainda rindo.

Falou mesmo.

Sabe o que ele falou, moça? Se engana com o tamanho dela, não. Ela come ocês vivo. Falou desse jeitim.

Desse jeitim, o outro concorda.

E o meu pai?

Na chácara, dormindo.

Ou vindo pra Goiânia, diz o barbudo.

Ou indo proutro lugar.

Vivo, até onde a gente sabe.

E livre.

Vivo e livre.

Soltim, soltim.

E ocê, moça?

Tá livre ou nada?

Ela só se sente livre na manhã seguinte, ao morder um pedaço de pão. A gema do ovo escorre pelos dedos. Vê certa beleza nisso. A vivacidade do amarelo, a consistência meio espermática.

Sorri.

(E, claro, há as lembranças que o gesto acarreta.)

Coloca o sanduíche no prato e lambe os dedos, chamando a atenção de algumas das pessoas que estão ao balcão.

Não dá a mínima.

No chão, junto aos pés, a mochila e uma sacola com as roupas e o par de tênis que Chiquinho emprestou. Pedirá ao pai que devolva; quer ir direto para casa. Foi a uma loja logo cedo, comprou uma calça jeans, camiseta, calcinha, meias e um par de botas. Voltou ao hotel, tomou um banho, vestiu as roupas novas e fez o check-out. Talvez o pai ainda não tenha voltado, talvez tenha ido para outro lugar. Chamou um táxi e foi direto para essa lanchonete na 19.

Vivo e livre.

Agora, toma um gole do suco de acerola antes de pegar o pão outra vez e dar mais uma mordida. O pai costumava trazê-la aqui. Estudava perto, no Lyceu, e às vezes, na última sexta-feira de cada mês, ele a buscava na escola, almoçavam na lanchonete, depois passeavam um pouco, viam um filme. Circular pelo Centro da cidade, entre a Goiás e a 9, indo de cinema em cinema até se decidir por um deles, era tão bom quanto o filme em si, muitas vezes até melhor. O dia deles. Aquilo era bom. Esse hábito. Pai e filha. Era bom passar a tarde fora. Era bom passar a tarde com o pai. Voltavam para casa à noitinha e ele cozinhava ou pediam uma pizza. O dia deles. Isso passou a acontecer após a morte da mãe, é claro.

Mais alguma coisa, moça?

Não, obrigada.

Ela limpa o prato com o derradeiro naco de pão, raspando aquele rastro amarelo deixado pela gema mole. Olha ao redor, mastigando. Já não prestam atenção nela. Ao balcão, um homem de camisa branca e gravata vermelha e sem paletó (café e pão de queijo), uma mulher idosa (café e pão de queijo), um carteiro (coxinha e Guaraná) e dois funcionários de uma empresa de mudanças (Coca-Cola para ambos, bolo para um, enroladinho de salsicha para o outro). Os entregadores reclamam do próximo serviço. O engravatado pergunta à idosa que igreja ela frequenta; entre os dois, sobre o balcão, uma Bíblia descansa, exausta. O carteiro fala com o balconista sobre a Fórmula 1, Piquet vai com tudo no Canadá, cê vai ver. Foram o engravatado e a idosa que observaram Isabel lamber os dedos minutos antes, ela com ternura, talvez pensando no gesto de uma neta ou filha, ele com uma expressão cretino-abestalhada. Por que os homens são tão babacas? Um dos entregadores pede outro enroladinho. Babacas, babões. O carteiro xinga Alain Prost. O balconista xinga René Arnoux. A idosa expressa seu desagrado com os palavrões, meu ouvido não é lixeira, não, gente, faz favor, né. O engravatado continua falando da igreja, o pastor faz o coração da gente quicar dentro do peito, que força tem a palavra daquele homem. Sou católica, moço. O pastor faz o coração da gente quicar, pensa Isabel. E a visão de uma mulher lambendo os dedos emporcalhados de gema mole faz o que com o seu coraçãozinho, hein? Cuzão. A idosa reclama que os protestantes são muito barulhentos, Deus não é surdo, não, pra que tanta gritaria, e o engravatado fecha a cara, puxando a Bíblia (exausta, quase morta) para mais perto de si. Os entregadores vão embora, um deles ainda comendo o segundo enroladinho. Pouco depois, é o engravatado quem sai, e em seguida o carteiro. Uma mulher e uma criança pequena entram, mas ignoram o balcão e se sentam a uma mesa.

A idosa sorri para Isabel. Povim chato, né?

Ô.

Crentaiada e kardecista. Não sei o que é pior.

Isabel acha que todos são uma grande e mesmíssima bosta, a começar pelos católicos, mas opta por não dizer nada (nem mesmo que tudo vai acabar em fogo) (não sabia?, já começou, respire fundo e olhe para o horizonte) (é melhor deixar as previsões agrárias para outro momento e outra categoria de ouvinte) (na faculdade, teve um colega kardecista que insistia em enfiar coisas da "doutrina" nos trabalhos e provas, para desespero de alguns professores e diversão de outros, incrível que tenha se formado) e sorrir.

Não sei o que é pior, repete a velha.

Eu sou da Assembleia, diz o balconista, como quem não quer nada.

A velha se finge de surda, bebe um gole de café e olha para fora como se esperasse a chegada de alguém.

O balconista sorri para Isabel, piscando um olho.

Ela devolve o sorriso, cúmplice, depois termina de beber o suco, paga, agradece, deseja um bom-dia à vizinha de balcão e ao atendente, acena para a criança sentada à mesa com a mãe (ambas acenam de volta, simpáticas), coloca a mochila nas costas, pega a sacola e sai.

Tchauzim, moça.

Céu limpo. Dezoito graus: goianienses agasalhados. O gosto do sanduíche ainda na boca. Ovo, presunto, queijo. Manteiga. Pão sempre macio. Em sua última sexta-feira em Goiânia, antes de se mudar para Brasília, ela e o pai fizeram questão de ir à lanchonete e depois ao cinema. Como nos velhos tempos. Uma espécie de despedida. O pai evitou comentar a decisão dela. Poderia cursar História na Federal ou em qualquer outra universidade goianiense ou anapolina, mas ela cismou que preferia a UnB. Precisava da distância, precisava criar uma vida para si, e Garcia pareceu compreender isso. Poucos anos depois, a vida sofreria outra reviravolta. Setenta e nove foi um ano louco. Mas, naquele dia, havia apenas ela, o pai, o futuro que imaginava para si (professora, pesquisadora) e o aguaceiro que abreviou a habitual peregrinação pelas salas de exibição, os dois encolhidos e de braços dados sob o guarda-chuva, correndo às gargalhadas pela Goiás e entrando no primeiro cinema que viram. Caminhando agora pela calçada da 19, ela não se lembra da sessão. *007 contra o homem com a pistola de ouro*? *Capone, o gângster*? *Elite de assassinos*? Talvez o pai se lembre. Precisa ir até a casa dele, tirar satisfações, pegar o Maverick e voltar para Brasília. Uma conversa séria, talvez definitiva. Acabou? A gente pode seguir com a vida? *Eu* posso? Vira à esquerda na 15. Todos esses segredos, a tal viagem para o Mato Grosso, as coisas feitas sem que ela soubesse. Segue em direção à Araguaia. Seria bom entender o que está acontecendo, entender o que aconteceu. Ter uma ideia, uma noção. Passa defronte ao Lyceu. Parece bem claro que o ocorrido no Abaporu foi esquecido e enterrado. Outra coisa, então. Outro problema. Nenhuma saudade do colégio. Coisa do pai, rolo do pai. Mas quem limpou a cagada? Para quem ele ligou? (Me encontra aqui em casa amanhã à noite.) Quem foi chamada, quem foi instada a limpar a cagada? Atravessa a 18. E o Velho ofereceu a oportunidade de dar o fora. Num vou obrigar ocê a fazer nada, ele disse. Ninguém vai obrigar ocê a fazer nada. Entra no carro e vai'mbora. Eu me entendo aqui com o seu pai. Atravessa a Araguaia. Sim, ele disse isso e aquilo, e outras coisas mais. Pra sua vida, pro seu macho, pro seu negócio. Segue pela 2. Cretino. Mas ofereceu uma escolha, uma saída. E é provável que nem ligue mesmo pro que aconteceu no Abaporu. Ora, se até os coleguinhas do morto não dão a mínima. Relaxa, moça. Aquele lá era um bosta. Atravessa a 7, mais um quarteirão. Uma puta surrada e depois esfaqueada de novo e de novo e de novo e de novo, um corte na barriga, um tiro no estômago, outro nos bagos, uma compensação paga. Fim de papo. Não se fala mais nisso. Negócios. Todo mundo circulando. Dobra à direita na Goiás. Mas o pai, isso não está certo, precisa dizer a ele que as coisas não podem funcionar assim, que é impossível trabalhar desse jeito, que é impossível *viver* desse jeito. Descer, descer até a 4. Na noite anterior, por um segundo, teve a impressão de que aqueles dois idiotas iam mesmo tentar alguma coisa, fazer alguma coisa. Barbarizar, matar. Podia ter cortado caminho pela 6 após atravessar a Araguaia, em vez de seguir pela 2, mas gosta de caminhar pela Goiás. Vingança, satisfação. É que a gente ouviu dizer que cê não tava de bom humor outro dia. Atirar no saco do home daquele jeito. Maldade, moça. Cruza a 3. Mirei na cabeça, mas tava escuro. Tô sempre de bom humor. Quer dar um pulo nos sebos da 4, procurar por um exemplar de *O Homem Demolido*. Na cabeça? Telepatas. Na cabeça do pau. O futuro. Pensou que iam saltar sobre ela, que mal teria tempo de alcançar a arma sob o travesseiro. Cruza a Anhanguera. Talvez acertasse um deles. Bêbados, o cheiro de cerveja cachaça, buceta e fritura. Talvez tivesse alguma chance. Talvez desse cabo de um e o parceiro arregasse. E, então, haveria outro problema. Quantos capangas do Velho precisa matar? Deixa para atravessar a Goiás já na esquina com a 4. Quantos capangas do Velho *pode* matar? Sebos. Melhor seria não matar nenhum, melhor seria não ter problema com aquele cretino. Entra no primeiro, sorri com o cheiro do lugar, dos livros usados. Se quiser, pode ir embora agora mesmo, voltar pra sua casa no Guará, pro seu namoradinho candango, pra sua... qual é o negócio que ocê toca lá mesmo? Procura pelo livro. Mercearia, padaria? Não. Enfim, pode ir. Vamos ao próximo, então. Entra no carro e vai'mbora. De novo na calçada, rumo ao sebo seguinte. Pra sua vida, pro seu macho, pro seu negócio. Macho. Que macho, filho da puta? Entra em outra livraria. Eu lá preciso de macho? Essa parece melhor organizada. Será que. Letra B. Será que o peido foi voluntário? Literatura estrangeira, letra B. O que veio primeiro, o peido ou a gargalhada? Bester? O ovo ou a galinha? Bester. O peido ou a galinha? *Aqui*. Big Bang: uma galinha chamada Deus peidou e. Achei. A gargalhada dentro de ovo. O exemplar de Gordon está melhor conservado. Relaxa, moça. Mas o preço é bom. Aquele lá era um bosta. Onde é que fica o caixa? Ou um ovo saindo da cloaca de Deus, e esse ovo é o universo. Aqui, moço. Deus, uma galinha poedeira. Trocadinho. Acertaria primeiro o barbudo. O caixa sorri. Mijar por precaução. Eles adoram trocados. Essa é boa, disse o outro. Facilita a vida de todo mundo. Mijar. O caixa sorri ao entregar o recibo. Do que foi que Gordon me chamou lá no rio? Guarda o livro na mochila. Quando mijei porque estava mesmo com vontade, não por precaução. Encaminha-se para a saída. Uma princesa, ele disse.

Prankquean, diz para si mesma ao voltar à calçada, abrindo um sorriso. Seja lá que diabo isso for.

O rádio ligado no táxi noticia: ... *terceiro mandato como vereador em Goiânia, cotado para a Assembleia Legislativa. A família informou que ele usava esse apartamento localizado nas proximidades do Teatro Goiânia como escritório e local de reuniões...*

Escritório. Ele usa o apartamento pra comer gente, disse o capanga do Velho. Sunga, cerveja, botas e chapéu. A fuça melada de buceta. De buceta *novinha.* Meia-bomba. O locutor não menciona que estava acompanhado. A menina deu o fora, claro. Se não deu, a família conseguiu que a polícia acobertasse sua presença. *Local de reuniões.* O sorriso sacana ao abrir a porta. Aquela expressão cheia de si, copo de cerveja na mão, fuça melada de buceta, de buceta *novinha*, os dentes expostos. O *ideal* seria atirar entre os olhos, mas ela não resistiu ao ver aquela fileira de dentes bem cuidados. O *melhor* seria atirar nos bagos e na pança, deixá-lo sofrer e sangrar um bocado, implorar, choramingar, berrar, debater-se (como o outro) (aquele lá era um bosta) (e esse outro não era?), e só depois dar cabo do infeliz — mas não havia tempo. Quarenta e tantos anos. Falando em eleições diretas. O futuro. Ela o viu na televisão, nos jornais. Vem aí um novo tempo. *Abertura.* Cicatrizar as velhas feridas. Pensar no futuro. Seguir em frente. Juntos. O tiro na boca. O som do copo se espatifando: ploft. O Sagrado Coração de Jesus borrifado de sangue. Boa descida, Excelência. Nenhum

Jesus branquelo de traços arianos te esperando acolá. Jesus ariano: essa, sim, é boa. Jesus Cristo era crioulo, já cantava a grande Patricia Lee. Nenhum Jesus te esperando, Excelência, branquelo ou não. *Descida*, não subida. Como se ele acreditasse nessas coisas. Ah, o crucifixo não significa nada. Comendo gente. Tenho uma previsão agrária pro senhor. Buceta. Comerás capim pela raiz. Buceta *novinha*. Antes o Sagrado Coração de Kay Parker.

Esse cara era bão, diz o taxista.

Quem?

Esse vereador aí que mataram. Um monte de tiro. Ajudava muita gente lá no Urias que eu sei.

Ah, é?

Era bão, muito bão. Dava remédio, roupa, serviço. Dava até casa pro povo. Mataram ele, cê acredita?

Acredito.

Tava trabalhando num dia de domingo e mataram ele.

Complicado.

Foi aqui pertim, na Anhanguera. Nem roubaram nada, pelo que tão dizendo. Chegaram e mataram. Tem base uma coisa dessa?

E mataram por nada?

Por nada nunca é, mas vai saber. Esse povo é cheio de rolo. Político. Ou isso, ou devia tá pegando mulher casada.

Acontece.

Né?

Acontece o tempo todo.

Pegar mulher casada?

Também. E morrer. Morrer matado.

Ô.

O pai está à mesa da cozinha, folheando o *Diário da Manhã*. Cheiro de suor, de poeira, de bebida, de cigarro. Sem camisa. As barras das calças e as botinas sujas. Cigarro aceso. Sobre a mesa, além do jornal, o maço de Continental, um isqueiro, o cinzeiro repleto de guimbas, uma garrafa de Dreher pela metade (mamãe, é você?), um prato com linguiças fritas e um copo engordurado. Ao vê-la, deixa o cigarro no cinzeiro e ergue o copo.

Bom dia, doutor Garcia.

Saúde. Bora?

Ela contorna a mesa, puxa uma cadeira e se senta à frente dele. Deixa a sacola e a mochila no chão. Meio cedo pra mim.

Ainda não dormi, então é como se fosse ontem.

Domingo.

Domingo. Mas você trabalhou até tarde no domingo.

Não tive muita escolha, né.

Eu sei, eu sei, e toma um gole, depois pega o cigarro, bate as cinzas, leva à boca e traga.

O senhor sabe. Que bom.

Fome? Tem linguiça e... mais coisa na geladeira. Bastante coisa aí. Mandioca, batata.

Mandioca?

Pra fritar.

Já comi.

Comeu mandioca? Hoje?

Pão com ovo.

Ah. Gema mole?

Gema mole.

Na 19?

Na 19.

Abre um sorriso torto. Traga outra vez, solta a fumaça. Bão.

Bão.

Faz tempo que não vou lá.

Eu também. Fazia tempo.

A gente precisa ir... ir junto. Uma hora dessas.

Sim. Uma hora dessas.

Levar o Gordita, talvez.

Talvez. Pode ser.

Ele gosta de boteco, de lanchonete assim meio... ele gosta de coisa simples, não tem frescura.

Não. Gordita não tem frescura.

E eu... porra, obrigado por... por ontem. Foi uma... não sei o que o Velho ia fazer se...

O que aconteceu no Mato Grosso?

Ah, no Mato Gr... foi só um... só um mal-entendido.

Que tipo de mal-entendido?

Ele toma outro gole. Esquece isso. Já era.

Já era?

Já era. Passou.

Passou?

Assunto encerrado.

O Velho ficou satisfeito?

Ele... ele te pagou, não pagou?

Pagou.

E me liberou.

Me pagou e te liberou.

Pois então. É isso. Foda-se.

Foda-se.

Já era, fim... fim de papo.

Ela pensa em confrontá-lo, fazer todas as perguntas difíceis, insistir, exigir respostas, mas desiste. Que diferença faz?, ele dirá. Já era. Passou. Assunto encerrado. Foda-se. Te pagou, me liberou. É isso. E está muito bêbado para uma conversa dessas. Está muito bêbado para *qualquer* conversa. Já era, repete, exausta. Fim de papo.

Fim de...

Foda-se.

Foda-se. Isso aí.

Bom. Então tá.

O quê?

Vou pra casa.

Mas já?

Só vim buscar o meu carro.

Ah, mas...

Vou pra casa.

Não quer ficar pro...

Pro quê?

... sei lá, almoço?

Melhor não.

O mesmo sorriso torto. Tá bom, então.

Já vou indo.

A chave tá onde...

Onde eu deixei.

... onde você deixou.

Pega a sacola e a mochila, depois olha uma derradeira vez para ele. Por que não toma um banho?

Daqui... daqui a pouco.

Cê precisa dormir um pouco.

Quem não precisa?

Bom, eu sei que vou dormir umas doze horas seguidas quando chegar em casa.

Me liga... me liga quando chegar, preu saber que... chegou bem.

Eu ligo. (Vou ligar porra nenhuma.)

Vai pela sombra.

Sempre. Entrega essa sacola pro Chiquinho?

Pro Chiquinho?

Sim. Umas roupas que ele me emprestou ontem.

Deixa aí que eu entrego.

Coloca a sacola sobre a mesa. Não vai esquecer, hein?

Vou... vou, não. Pode deixar que eu...

Deixa a cozinha; a chave na sala, sobre a mesa de centro. Vai embora como se estivesse atrasada para algum compromisso, como se tivesse entrado naquele lugar por engano, como se tivesse invadido a casa de alguém e fosse flagrada no processo, as luzes acesas de repente e nenhuma explicação possível.

Um engano, tudo isso um engano.

Talvez seja esse o caso.

Tchau, ele grita lá de dentro.

Tomar no cu, ela resmunga, caminhando em direção ao Maverick. Destranca a porta, joga a mochila no banco do passageiro, depois vai até o portão para abri-lo. Minutos antes, quando desceu do táxi e olhou para o mesmo portão, imaginou como seria se o encontrasse morto. Um tiro na nuca. Degolado. Boiando na piscina, a água tingida de sangue. (Mas a piscina está vazia.) O corpo estirado no gramado, então, ou no chão da cozinha. Ou no fundo da piscina vazia. Agora, dentro do Maverick, engatando a ré para sair da casa, sorri ao pensar nisso. Exausta. Claro que não fariam assim, se fosse o caso. Claro que não teria sequer voltado da chácara, se fosse o caso. Para o carro junto ao meio-fio, desce e fecha o portão. A vizinha vindo pela calçada. Neiva? Não. Neide. Sorridente. Isabel acena para ela. Um aceno da outra parte. Chega mais, dona Neide. Aproveita que o maridão foi trabalhar e vem aqui dar um banho no Garcia, vem. O prisioneiro lá dentro. Sujo, sujo. Cheirando mal. Na cozinha, oferecendo mandioca. A senhora não vai querer cair de boca naquela imundície, não. Não quer papear com a mulher. Será que o marido dela não desconfia? Entra no carro. Que porra eu tenho a ver com isso, eles que se fodam. Engata a primeira a acelera, e a imagem lhe volta à cabeça. Pelo retrovisor, vê Neide abrindo o portão e entrando. Morto. Ela tem a chave do portão, olha só. Tiro na nuca. Mandioca. Degolado.

Sejam felizes, resmunga, acelerando.

Com a imagem do pai morto, um arrepio, um tremor, uma espécie de pressentimento. Não que acredite nessas coisas. Não que acredite em coisa alguma. Exausta. Precisa de um tempo, só isso. Precisa ir embora. Precisa ir. Pegar a estrada. Deixar esta Babilônia. Ir para casa.

INTERLÚDIO

05 SET. 1983

Ainda não asfaltaram a estrada. Tudo mais ou menos como ele se lembra. Na última vez em que viu essa paisagem, oito anos antes, ele e os pais sacolejavam pela estrada enlameada num ônibus quase tão velho quanto este que agora o traz de volta, sozinho dessa vez, por sua própria conta, e achando ótimo que seja assim.

O pai está morto.

A mãe o expulsou de casa.

Há um serviço à espera, do tipo que o velho Mauro sempre disse que apareceria, o melhor é que ocê teje pronto, viu, Abner?

E ele está.

Ele acha que está.

Ele sente que está.

Da outra vez, quando da viagem anterior, ele se lembra, era verão: as roupas empapavam e grudavam no corpo, e a chuva torrencial quase impossibilitava o avanço do ônibus, transformado numa estufa malcheirosa. A mãe ralhava com o pai, a gente podia muito bem ter vindo de trem, mas ocê é uma mula, homem, ocê é burro, ocê é teimoso demais da conta, Deus me livre. A resposta dele era que a viagem de trem levaria ainda mais tempo, aquela porquera se arrasta toda ziguezenta, muié, calessaboca.

Hoje, acaso estivessem ali, os velhos teriam de escolher outro motivo para o bate-boca: ao que parece, não há mais trens transportando passageiros na Região da Estrada de Ferro. Cargas, sim, mas não passageiros. Foi o que disseram na rodoviária, pelo menos, mas a pessoa (balconista de uma lanchonete) não estava muito certa da informação quando ele perguntou a respeito, perguntou por perguntar, tomando um café, fazendo hora até o momento do embarque: E os trem? Ainda funciona?

Uai, disse ela, ouvi dizer que não tem mais, não, ou que ia parar de ter loguim, loguim. Acho qu'agora só transporta carga mesmo, mas não sei direito, moço, nunca vou praqueles lado. Por quê?

Nada, não. Nunca andei de trem. Só lembrei que antes dava pra viajar assim, né.

Ah, isso foi mesmo, mas acho qu'agora é só de ônibus. Mas não tenho certeza, não, melhor perguntar proutra pessoa.

O destino a oitenta e poucos quilômetros de distância da capital. Duas cidades ainda menores pelo caminho. Ele reconhece, mas não aprecia a maior parte da paisagem, algo que lhe parece remexido e arreganhado feito uma cama de puteiro ou um campo marcado por explosões de granadas e correria desembestada, o cenário de uma escaramuça qualquer. Sim, acha feia a paisagem, feio também o dia, e feio (provavelmente) o serviço que terá pela frente (não que se importe) (ocê teje pronto, viu?). Em tal fealdade, está chegando: após resfolegar feito o animal doente que é, o ônibus contorna o trevo e toma o rumo da cidade lá embaixo, as janelas batem com violência, meio soltas, incapazes de conter o vento que entra furioso pelas brechas e preenche o interior desde que deixaram o terminal em Goiânia, quase três horas antes, o veículo urrando a cada troca de marcha, engasgando aqui e ali, uma monstruosidade enferrujada e disentérica a resmungar que pode morrer a qualquer momento, que é só questão de tempo até evacuar passageiros, bagagens, cobrador e motorista de seus intestinos num ponto qualquer da estrada.

Abner olha ao redor.

Dos catorze passageiros que deixaram a capital, restam sete ali dentro; dois cuspidos em Bonfinópolis, três em Leopoldo de Bulhões, outros dois na boca poeirenta de uma estrada vicinal que se desprendia da rodovia feito a cauda amputada de um vira-lata, já a poucos quilômetros do trevo de Silvânia. Outros seis embarcaram no trajeto, alguns em Bonfinópolis, outros em Bulhões, mas Abner não presta atenção neles. Do outro lado do corredor, seus vizinhos são uma mulher muito jovem e seu bebê (jogaram conversa fora no trajeto, ela falando da cidade, da rodoviária nova, dos colégios, estudei no Auxiliadora, meu marido estudou no Ginásio Anchieta, estudou *assim*, né, só um pouco, largou pra trabalhar na oficina do pai, e ainda tem o Aprendizado, pertim do trevo, daqueles irmão marista, sabe?, o que mais tem na cidade é colégio, a mata do Ginásio é muito bonita, bão demais passear lá, tem um monte de lago, cê é de onde?, tem parente na cidade?, ao que ele mentiu sobre a primeira coisa e tergiversou sobre a segunda, sempre é melhor ouvir que falar, e as pessoas gostam de falar); logo atrás dela, na quinta fileira, um velho desconsidera os avisos de proibição e fuma um cigarro de palha; na primeira fileira, uma freira cochila, o que parece um milagre, pois ela tossiu e tossiu durante a maior parte do trajeto; por fim, nos fundos, um casal de adolescentes fala e ri sem parar. O velho e o cigarro de palha são ignorados pelo motorista, que talvez tomasse alguma atitude se a jovem mãe, por exemplo, reclamasse, o neném vai passar mal com esse fumacê, mas ninguém parece disposto a tanto, a maioria chega ao destino (tem uns que vai pra Vianópolis e Orizona, disse a vizinha de Abner, mas esses que tão aqui hoje são quase tudo de Silvânia mesmo, inclusive os que embarcaro depois. Aquela irmã ali me deu aula de Matemática. Acho que nem lembra de mim, sempre fui ruim de Matemática. O tempo voa, né? Acho que só não conheço aquele casalzim lá do fundo, deve ser de Vianópolis. Esse povo de Vianópolis é dess'jeito aí, conversa mais que a boca), o ar circula bastante graças às janelas mal firmadas, e a fumaça, por mais malcheirosa que seja, não incomoda pra valer. Assim desimpedido, o velho fuma, olhos mortiços fitando a paisagem, o tal Aprendizado Marista aparecendo e desaparecendo à direita, outra tragada, a cabeça girando a fim de ver a estátua do Cristo Redentor um pouco mais abaixo, à esquerda, quando o ônibus diminui a velocidade com brusquidão, a uns cem metros da linha férrea, e o bebê começa a chorar (a mãe tentando acalmá-lo, a gente já chega, já chega) como se pressentisse o que vem a seguir: mesmo com a freada, cruzam os trilhos a uma velocidade acima do razoável e, por um segundo, os traseiros de todos perdem contato com os respectivos assentos.

Ainda bem que a minha bunda é bem grande, diz a moça logo depois, aos risos.

Abner pensa que sim, é mesmo, teve a oportunidade de dar uma boa olhada antes de embarcar, mas agora ela parece envergonhada, o riso dando lugar a uma expressão tão doída de constrangimento que ele segura o comentário que ia fazer (grazadeus, né) e pergunta sobre a estrada: Quando será que vão asfaltar?

O alívio dela é imediato, mas não sabe dizer quando chega o asfalto (ele acha a expressão engraçada, como se o asfalto *viesse* do mesmo jeito que vêm as pessoas e os carros, avançando pelo interior, tô chegando, pessoal).

Tomara que logo, ele diz.

Tomara que logo mesmo, ela concorda. A gente faz essa viagem num tiro só, o tanto que vai ser bão.

Bão demais mesmo, nossa, tomara que logo, ele reitera, a bunda e a menção à bunda ainda na cabeça, deixará que ela desça primeiro para dar outra boa olhada, e quando tiver um tempinho irá ao puteiro mais próximo e escolherá uma menina bem parecida, se tiver, baixinha, bunduda, tetas grandes, cabelo preto escorrido, rosto fino, narigudinha, o tanto que vai ser bão, bão demais mesmo, nossa, tomara que logo.

Enquanto isso, o velho endireita o corpo, toco de cigarro firmemente dependurado na boca, e bate as cinzas numa latinha de Pepsi.

A freira, resgatada do sono pelos solavancos, esfrega o rosto com as duas mãos e respira fundo.

A gente já chega, já chega, a mãe repete maquinalmente para o bebê, e também ela fita a paisagem, o Ginásio Anchieta ainda a uma certa distância. Aí do seu lado, moço, lá embaixo, tá vendo?

O choro se sobrepõe momentaneamente à conversa-fiada e às risadinhas dos adolescentes enquanto o ônibus acelera, a cidade lá embaixo menos visível a cada metro, à medida que descem; a torre da igreja ainda lá, destacando-se em meio à natureza-morta do casario. O velho resmunga um palavrão, sabe-se lá por quê, dá uma última tragada e joga a guimba dentro da latinha. O bebê se acalma. A freira tosse, depois limpa a boca com um lenço azul-marinho. Uma mancha de sangue? Muito alta, magra, pálida. Por um instante, depois de dobrar e guardar o lenço na bolsa, ela se vira e encara Abner. Uma breve troca de sorrisos, como se o reconhecesse, um ex-aluno do colégio? Não, ele não é. A magreza da mulher, tão descolorida quanto a cidade que adentram, o rosto encovado, a aparência doentia, a boca pequena e ressecada, o narizinho afilado, os óculos pequenos e redondos, tudo isso faz com que Abner pense na mãe: ela e a freira têm mais ou menos a mesma idade, o mesmo formato do rosto, a mesma aparência gasta, a mesma boca pequena e ressecada (cê também fuma muito, irmã?), os mesmos sintomas, talvez a mesma doença. A freira volta a tossir, mal teve tempo de pegar o lenço na bolsa, o corpo lançado para a frente, uma tosse comprida, encorpada. Sim, lá está: sangue. Pouco depois, o ônibus para defronte a um colégio. Instituto Auxiliadora, ele lê com dificuldade. A freira agradece ao motorista, o senhor fique com Deus, e desce. Mal chega à calçada, abre a bolsa e pega o lenço mais uma vez, para que se dar ao trabalho de guardá-lo?, e volta a tossir e tossir e. O ônibus arranca, deixando a mulher e sua doença para trás, arranca com a própria doença, engasgando pela enésima vez. A rodoviária não deve estar longe, ele pensa. Uma derradeira olhada ao redor, como quem se despede dos companheiros de viagem. O casal lá no fundo está em silêncio ou finalmente conversando em voz baixa, talvez se beijando, uma derradeira apalpada antes de descer, peitinho na palma da mão, dedo roçando mamilo, as línguas se esfregando e. (Precisa *mesmo* ir a um puteiro.) O velho remexe em um saco de papel, do qual tira um biscoito de queijo. A moça acaricia o rosto do bebê, os peitos quase explodindo dentro do decote. A mancha na altura do mamilo direito faz com que Abner pense na mãe, é claro.

Nem seu pai te dava jeito, que Deus o tenha, e eu também não consigo, não, disse ela na última conversa que tiveram. Ele estava sentado à mesa da cozinha, os braços largados sobre o tampo de madeira. Em pé junto à pia, cigarro aceso entre os dedos da mão esquerda, ela continuou: E olha que eu tentei, viu? Tentei de verdade, meu filho.

Eu sei, ele respondeu, frio.

Ela falava olhando não para Abner, sempre esse receio de encará-lo, esse medo, mas para o cinzeiro em forma de tartaruga que deixara na ponta da mesa, volta e meia esticando o braço com um gemido a fim de bater as cinzas do cigarro uma, duas, três vezes. Mas cê tem essa coisa ruim aí dentro. Desculpa falar, mas é a verdade. Essa coisa que eu nem sei direito o que é e confesso que nem quero ficar pensando muito porque me dá até um trem esquisito aqui dentro. Chega. Dou conta mais, não. Deus que me perdoe.

Ele perdoa, fica tranquila, pensou Abner, sentindo vontade de rir e se perguntando por que ela não colocou o cinzeiro mais perto de si, por que não colocou no armário, no balcão ou ali mesmo, em cima da pia na qual se apoiava, ao lado do escorredor? Não ia ter de esticar o braço a todo momento, evitaria aquele esforço, o corpo maltratado, os pulmões fodidos, as costas detonadas por anos e anos trabalhando nas casas dos outros, limpando e lavando e passando e cozinhando, limpando quartos, trocando roupas de cama emporcalhadas, lavando banheiros, lavando calças e cuecas e calcinhas, mijo, merda, sangue, porra, debruçada sobre pias e fogões, debruçada sobre a comida alheia, debruçada sobre a vida e a sujeira alheias, agora debruçada sobre a própria morte. Será que vale a pena continuar fumando mesmo com esse sofrimento todo?, ele pensou. Tudo fudido aí dentro. Eu acho que não continuava, acho que jogava tudo fora e parava. Depois fica tossindo igual uma condenada, tá doida.

Não te quero mais aqui nessa casa, não.

Era a informação que esperava ouvir desde quando deixara a delegacia na tarde do dia anterior (desde quando fora preso, na verdade), mancando porque o escrivão se despedira não com um aceno, mesmo que irônico, um conselho (cristão, fraterno, preocupado, ameaçador) ou um aperto de mãos, mas com uma joelhada bem no meio do trato iliotibial de sua coxa direita, golpe que o levou ao chão do corredor, contorcendo-se, baba escorrendo pelo canto da boca, enquanto o agressor e alguns de seus colegas gargalhavam ao redor, pelo menos até que o delegado viesse lá de dentro e chamasse a atenção dos subordinados, deixa o rapaz, porra, a gente tem mais o que fazer. Pelo menos não me acertou no saco, pensou Abner ao se levantar com dificuldade, agradecendo ao delegado com um aceno quase imperceptível (o delegado amigo-dos-amigos, ou amigo-do-patrão, mas por que não pagaram também o escrivão?). Minutos antes, na sala dele, ouvira-o dizer que seria liberado, um favor que faço pro Armando, lembra bem disso, Abner.

Vou lembrar, doutor, esqueço dessas coisa, não.

Sei que tem um probleminha entre você e o Demerval, mas aí é coisa envolvendo mulher. Nisso eu acho que não posso nem vou te ajudar.

Sem pobrema, doutor.

Com esse tipo de assunto eu não me meto.

Eu sei. Não é nada, não.

Mas você não pode ficar se metendo em confusão assim.

Eu sei, doutor.

O soldado só foi lá porque você fez o que fez com o seu amigo e ainda ficou dando sopa, falando asneira, que porra é essa, rapaz? Por que não foi embora, já que a merda tava feita?

Devia ter ido, doutor, eu sei. Acho que tava bêbado demais.

Porra, isso chama a atenção e deixa um monte de gente numa situação desagradável, sabe como é?

Eu sei, sim, senhor.

Você tá me entendendo?

Entendia, é claro que entendia, inclusive por saber que não se tratava sequer de um favor, mas de um agrado para o patrão (o verdadeiro patrão) de ambos. Ademais, o delegado não tinha muita coisa para enquadrá-lo: ninguém que assistira à briga ou, melhor dizendo, à surra que ele aplicara no amigo diria nada, incluindo o dono da birosca; a vítima já não estava no local quando a viatura chegou; e só arrastaram Abner à delegacia porque, bêbado demais, continuou por lá depois de arrebentar o pobre coitado, à espera sabe-se lá do quê, e por ser desafeto de um dos soldados, Demerval, ex-namorado de Rejane. Os PMs entraram, contornando a mesa de sinuca, encarando quem estivesse pelo caminho, e deram com ele junto ao balcão, fitando um copo americano com cachaça pela metade, os punhos esfolados e ensanguentados, um rasgo na camisa e os olhos faiscando, vermelhos e apequenados.

Que surpresa mais boa encontrar ocê aqui, disse Demerval.

O outro soldado começou a circular pelo boteco, perguntando que diabo tinha acontecido, quem tava brigando com quem? Os fregueses cruzavam os braços e balançavam as cabeças e encolhiam os ombros, ignorantes de tudo, não, senhor, não vi nada, não, noite tranquilinha aqui, que briga?, teve briga nenhuma, não, imagina.

Fala uma coisa aqui preu, Binezim.

Uai, Demerval, eu falo. Que foi?

E esse sangue aí no chão?

Sei lá. Alguém deve ter menstruado.

Que notícia mais boa.

Né?

Ô. E como foi que ocê machucou as patinha?

Como?

Senhor.

COMO?

Num grita na minha cara, seu paiaço. Acha que tá falando com suas nega? Responde. Como foi que ocê machucou as mão?

Ah, isso aqui foi... foi... é... deixa eu lembrar... ah, sim.

Lembrou?

Lembrei, sim.

Como é que foi?

Foi co'a sua mãe.

Ou!

Foi, sim. O cu da véia é mais apertadim do que os outro fala.

OU!

Abner soltou um risinho mais ébrio do que propriamente escrachado, bebeu o resto da cachaça e fazia uma careta quando sentiu o soco no lado esquerdo, um palmo abaixo do sovaco.

Ensinar ocê a falar da mãe dos outro, disgraçado.

Escorregou bem lentamente e, assim que tocou o chão com os joelhos, teve o cuidado de mirar nas calças e nos coturnos do agressor antes de vomitar uma bela quantidade de cerveja, cachaça, torresmo e caldo de feijão, transformados em uma pasta amarelecida e aguada de cheiro tão peculiarmente repugnante que o soldado Demerval mal teve tempo de conter a sua própria contribuição, coisa de que se arrependeu logo em seguida (conforme comentaria depois na viatura, a caminho da delegacia): tivesse também vomitado, e comera bastante na janta, a mãe sempre fazia uma macarronada caprichada, acertaria em cheio a nuca e as costas de Abner (Cê teve foi sorte, viu, eu ia brear ocê igual ocê me breou.), agora caído a seus pés e se contorcendo de dor e riso.

Fiadaputa!

O parceiro veio correndo desde o outro lado do boteco, onde ouvia uma piada (... aí o papagaio virou pras puta e pro dono do puteiro e falou assim...) de um dos fregueses que jogavam sinuca, e eles chutaram o corpo encolhido no chão um bom número de vezes, tomando todo o cuidado para não pisar na poça de vômito, antes de arrastá-lo pelos cabelos até a viatura. Por mais que tentasse, Abner não conseguia parar de rir. A expressão no rosto de Demerval. O cheiro. Aquele cheiro. Ele ia precisar de uma farda nova, porque aquele cheiro não sairia nunca mais. Antes de ser jogado dentro do carro, vomitou mais um pouco lá fora, na calçada, tentando (sem sucesso dessa vez) acertar o outro soldado.

Na delegacia, teve o cuidado de agradecer pelo banho gelado que lhe deram, usando uma mangueira, mas não pelos golpes de cassetete que eventualmente aplicaram nas pernas e nas costas. Passou quarenta horas preso (o delegado amigo-dos-amigos fora, no casamento de uma prima da mulher em Niquelândia), a princípio com outros dois bêbados, além de um velho que conhecia muito bem (mas não identificou logo de cara) e um coitado que flagraram em uma blitz nos limites da cidade com alguns quilos de merla escondidos em uma lanterna enorme, lanterna que, aos policiais, pareceu estranhamente pesada, além de não funcionar (a pasta de cocaína atochada no lugar das pilhas, é claro). Os bêbados dormiam ou fingiam dormir encolhidos, junto à parede vizinha. O velho estava sentado no único colchão que havia no lugar. Vestia uma bermuda jeans esfarrapada e mantinha as pernas esticadas ao máximo, os pés descalços e imundos quase chegando ao meio da cela. De onde estava, Abner não via o rosto dele muito bem, o colchão estendido no canto mais escuro, visíveis apenas os cabelos brancos, os braços repousando junto ao corpo, uma cicatriz enorme, cortando transversalmente a barriga inchada, as pernas esticadas e os pés, mas não o rosto, não os olhos. No entanto, havia algo, talvez aquela cicatriz, não, não, não é possível.

Porra, Mauro, que merda cê tá fazendo aqui?

Ia te perguntar a mesma coisa, moleque.

Como é que eu não te vi aí?

Nessa cachaça toda? Reconhecia nem a mãe.

Arre, tô ruim mesmo.

Quê que ocê andou aprontando?

Ah, teve uma briga besta, dei azar com o meganha corno que foi lá encher o saco. E ocê?

Maledicência do povo.

Caraio, não te via desde... desde o Ano-Novo, ou tô enganado?

Tá enganado, não. Fico mais na roça agora, sabe como é. Agora, ocê tem que largar mão de ser burro, né? Parar aqui por causa de briga de boteco é burrice demais da conta, sô.

Eu sei.

Fica esperto, disgrama.

Aquele bosta do Demerval.

Cê começou a comer a menina quando eles ainda tavam junto, achou que o bosta ia levar numa boa?

Uai, agora que ocê perguntou...

No decorrer da noite, Mauro se levantou algumas vezes para usar a privada. Arriava a bermuda, agachava-se e evacuava ruidosamente. O mau cheiro era insuportável. Limpava-se com as folhas de jornais espalhadas por ali, levantava-se ajeitando a bermuda, que não abotoava, e voltava a se sentar no colchão na mesmíssima posição de antes, gemendo um ou outro palavrão. Abner cochilava entre uma ida e outra do amigo à privada, e isso se repetiu até o amanhecer.

Cê tem que largar mão de ser burro, ouviu logo cedo. Vou repetir isso até o fim dos tempo. Parar aqui por causa de briga de boteco é burrice demais, Binezim. Inda mais agora que ocê tá trabaiando junto do home.

Eu sei. Vou consertar isso. Falar com ele.

Estavam todos acordados, agora, cada qual em seu canto da cela. Como estivessem muito próximos e dividissem uma parede, era evidente que os dois bêbados se conheciam. Não estavam muito machucados, as roupas pareciam inteiras, quase limpas, de tal forma que Abner ficou pensando no que teriam feito. Andar por aí cambaleando não era o bastante para ser preso. Nem mesmo em Minaçu.

Esses dois bosta aí?, disse Mauro com um sorriso. Eu sei o que foi que eles fizero.

Mesmo?

Os dois foi atrás da ex desse aqui, apontou para um deles, o que mais choramingava. Ficaro esperando ela ficar sozinha, depois invadiram a casa aprontando o maior escarcéu e arrombaram a coitada. Iam pra segunda rodada quando os home chegaro. Só por isso não mataram a muié.

A puta mereceu, resmungou um deles.

Do ponto de vista de quem faz esse tipo de merda, disse Mauro, elas é tudo puta, elas tudo merece.

A puta mereceu.

Rá. Eu quais sinto pena do seu rabo quando os home te transferir, sabe como é? Porque ocês não vai ficar aqui, não. A primeira coisa que os cara vai fazer lá é raspar suas cabeça oca.

Num quero saber.

A sua e a do seu primo aí. Cabeça, sobrancelha. Que é pra todo mundo saber o que cês é.

Num quero saber.

Eles vai decorar o pavilhão inteiro com as prega d'ocêis.

O outro não voltou a retrucar, mas seu parceiro escondeu o rosto entre os joelhos. Tremia ao dizer: Num quero saber.

Cês são chato demais, ninguém quer saber de nada.

Outra pessoa foi jogada na cela no começo da noite de sábado, um senhor careca, que se lamuriou e chorou desesperadamente por quinze minutos, sem parar, até que Mauro se levantou, foi até ele, cochichou alguma coisa e voltou para o colchão. Depois disso, nem um pio sequer. Ninguém sabia o que o careca fizera para ser preso. Ninguém procurou saber. Durante as quase vinte e quatro horas seguintes, o tempo em que Abner ainda permaneceu ali, todos se mantiveram calados e cabisbaixos, incluindo o velho, visivelmente incomodado com o que lhe acometia as vísceras. Os estupradores às vezes respiravam de forma mais entrecortada que o normal, como se tentassem segurar o choro, mas isso era tudo. Comiam em silêncio, usavam a privada em silêncio, cochilavam e acordavam em silêncio. Ao final da tarde de domingo, Abner foi liberado e voltou para casa. Despediu-se apenas de Mauro antes de deixar a cela.

Presta atenção, moleque, vê se para de fazer cagada.

Pode deixar.

Manda um abraço meu pro patrão. Diz que vai ficar tudo certo, iss'aqui não é nada, não.

Eu mando. Eu digo.

Inté.

O delegado chegou a se desculpar, tava no casório da prima da mulher e só voltei pra cidade agorinha mesmo. Ouviu o que mais o homem tinha a dizer, levou a joelhada do escrivão quando já se encaminhava para a porta, foi ao chão, suportou as gargalhadas, levantou-se e saiu da delegacia para a noite de domingo, livre.

Lá fora, manquitolava preocupado com a motocicleta. Saíra ou não com ela na sexta-feira? Não se lembrava. Talvez ainda estivesse na porta do boteco. Talvez a tivessem furtado. O soldado Demerval, quem sabe, voltando lá para garantir uma compensação, pode meter na minha ex, disgraça, mas eu fico co'a motoca. Não teria como saber agora, a perna doía demais, o corpo moído pelas duas noites passadas no xadrez, e o bar ficava longe, do outro lado da cidade, impossível ir até lá no estado em que se encontrava. As pessoas passavam por ele, muitas a caminho de alguma igreja, evitando encará-lo. Cheirando mal, roupas imundas, o rasgo na camisa deixando entrever algumas das marcas deixadas pelos punhos, coturnos e cassetetes. Cambada de fiadaputa. A única coisa a fazer era ir direto para casa. Se a moto não estivesse na garagem, iria ao boteco depois de tomar um banho e comer o que encontrasse na geladeira. Riu ao se imaginar de volta à delegacia para denunciar o possível furto. Limpo, barbeado, as melhores roupas. Eu tava aqui dentro, confraternizando com a rapaziada lá na cela, e a minha moto sumiu. A cara que o delegado faria. O carcereiro, o escrivão, os policiais. As caras que todos eles fariam. Cambada de fiadaputa. Respirou aliviado ao se deparar com a motocicleta na garagem. Como saíra na sexta, então? Demorou um pouquinho para se lembrar. Claro. Com a própria *vítima*. Com o infeliz que eventualmente surrou, Lorenzo, um conhecido dos tempos de escola com quem de vez em quando saía para encher a cara e matar o tempo. Não se encontraram na rua, por acaso, mas o outro viera buscá-lo. Lembrou-se dos dois ao balcão, virando doses de cachaça. Lembrou-se da expressão no rosto do colega depois de receber o primeiro soco, no meio da cara. Lembrou-se do motivo da briga e soltou um risinho. Bater tanto em alguém, alguém que conhecia desde moleque, por causa de uma bobagem daquelas. Haja cachaça. Mauro estava certo (Presta atenção, moleque, vê se para de fazer cagada.). Mas que era engraçado, lá isso era. Lembrou-se dos olhares de espanto dos outros fregueses e dos xingamentos do dono do bar. Lembrou-se do colega correndo aos tropeções para fora, entrando no carro e arrancando. Lembrou-se do dono do bar pegando o telefone e chamando a polícia. Lembrou-se de dizer ao dono que, se era pra ir em cana por causa daquela bobagem, que ele pelo menos continuasse a servir cachaça enquanto os putos não chegavam. Lembrou-se de também dizer a ele que, beleza, cê chamou os meganha, mas se falar alguma coisa pra eles eu juro que boto fogo nessa desgraça assim que voltar pra rua. Lembrou-se de outro freguês cochichando com o dono do bar, explicando quem era o agressor. Lembrou-se do dono do bar se desculpando e implorando para que ele desse o fora antes da viatura chegar, não fica aqui, não, eu não sabia, pelo amor de Deus, sai fora. Lembrou-se de encarar o homem e vociferar um amontoado de palavrões e ordenar: Me serve logo outra cachaça e cala essa boca. Lembrou-se da cicatriz na barriga do velho e do cheiro nauseabundo que preenchia a cela sempre que ele ia à privada, pelo amor de Deus, Mauro, como é que cê foi parar ali? Lembrou-se das expressões de terror dos estupradores ao ouvir o que os esperava no futuro próximo. Lembrou-se de como Mauro lhe ensinara tudo, os macetes, as dicas, as lições, um profissional de primeira, agora aposentado, que diabo será que aconteceu?, o homem era uma lenda, largado no colchão daquela cela, de bermudas e descalço e pondo as tripas para fora, será que matou quem não devia?, a cabeça branca pendendo no escuro, brincando com um e com outro até ficar entediado e se fechar. Lembrou-se do olhar que o delegado dirigiu a ele no momento em que adentrou a sala não muito tempo antes, algo que transparecia medo e tensão, olha só pra você, olha só as merdas que você apronta, olha só a posição que eu fico por sua causa. Lembrou-se do escrivão parado no meio do corredor, à espera, pronto para acertá-lo, quem esse fiadaputa pensa que é? Isso vai ficar assim, não. Lembrou-se de Rejane, óbvio que a essa altura sabia de tudo, ela e a cidade inteira, impossível que não soubesse. Lembrou-se de que combinaram sair no sábado, o programa habitual, beber e comer alguma coisa, depois um pulo no motel para a trepada semanal, eram e não eram namorados, não eram porque a família e as amigas dela o temiam e odiavam, não eram porque só se encontravam meio que às escondidas, mas eram porque não ficavam com mais ninguém (exceto, no caso dele, uma ou outra puta quando viajava, mas puta não conta, puta é outro esquema, puta serve só pra descarregar), embora jamais conversassem a respeito, jamais dissessem, a gente tá junto e o mundo que se exploda, jamais tivessem discutido ou acertado ou estabelecido coisa alguma. Por fim, lembrou-se da mãe, por certo estaria lá dentro, sentada diante da TV, cigarro aceso, pensando, pensando sem parar, pensando no que fazer, pensando no que dizer, que diabo, Abner, dessa vez ocê caprichou, pelo amor de Deus.

Diabo, resmungou ao contornar a casa por fora.

Pegou algumas roupas no varal e foi direto para o banheiro da área de serviço. Não quis passar pela sala. Não quis olhar para a mãe, que, conforme previra, estava mesmo refestelada no sofá, cigarro aceso, assistindo à televisão, pensando, pensando sem parar, pensando no que fazer, pensando no que dizer. Um banho quente e demorado. Sentou-se no chão, sob o chuveiro, e se quedou olhando para os nós esfolados dos dedos.

Dessa vez eu caprichei mesmo.

Lembrou-se outra vez da expressão no rosto do colega, da boca estourada, socar daquele jeito um sujeito que usa aparelho nos dentes, e do jeito como ele capengou boteco afora, aos prantos, uns respingos de sangue no piso grudento, coisa pouca, mas visível, sangrando do balcão até o carro, no qual entrou, deu a partida e acelerou como se Abner estivesse em seu encalço, louco para continuar batendo, louco para terminar o serviço, peraí, fiadaputa, que eu inda não.

Caprichou, sim.

E a troco de nada.

(O que será que Armando vai dizer?)

Ao sair do banheiro, deparou-se com a casa às escuras, silenciosa, vazia. Passou à cozinha, abriu a geladeira e lá estava o almoço de domingo. Nada como os hábitos da mãe. Cozinhava um mundo de comida mesmo quando sozinha em casa, frango assado, arroz, batatas, feijão. Abner fez um prato e comeu em pé, sem esquentar nada, escorado na pia, depois lavou a louça e os talheres, enxugou, guardou e foi para o quarto. Ouviu a voz da mãe lá fora, no alpendre. Conversava com a vizinha, ambas usando um tom baixo e lamentoso, como se houvesse um caixão na sala de estar. Não acendeu a luz. Fechou a janela, jogou-se na cama e então pensou se era o caso de, aproveitando que a mãe estava lá fora, voltar correndo à sala, pegar o telefone e ligar para Rejane, dar sinal de vida, desculpa aí o bolo que te dei ontem, mas é que andei ocupado, sabe como é, dizer que estava tudo bem, que não se preocupasse, que não foi nada, uma besteira.

Não, sussurrou no escuro.

Não queria falar com ninguém.

Não queria ouvir nada, coisa alguma, de ninguém.

Não, não, não.

Negando, apagou.

E dormiu por doze horas. Nenhum sonho ou pesadelo.

Acordou com o telefone tocando na sala.

Ouviu a mãe sair do outro quarto e caminhar até o aparelho, arrastando os chinelos. Alô?   Ah. Oi, Rejane.   Não, ele ainda tá dormindo.   Chegou ontem à noitinha.   Sei, não, menina.   Pois é, não sei mesmo.   Ah, falo, sim.   Pode deixar que eu dou o recado.   Por nada.   Tchau.

Permaneceu deitado por um bom tempo. As juntas, as costas, as pernas e os braços, tudo doía. Duas noites largado no xadrez. No chão. Ressacado. Depois de apanhar no boteco e ao chegar à delegacia. Cambada de fiadaputa. Dormindo mal. Tentou pensar em Rejane. Tentou bater uma punheta. Não conseguiu. Ainda vinha à cabeça o rosto aparvalhado do colega no qual batera. Aparvalhado e depois machucado. Muito machucado. Saindo a toda pela porta. E a troco de quê? Noite de sexta-feira. Minaçu, Goiás. Um pé-sujo numa ruazinha estreita. Dois amigos ao balcão. Bêbados, rindo de alguma coisa, rindo de coisa alguma.

Meu cigarro acabou.

O meu também, Abner.

E o que é isso aí na sua boca, babão?

É o último.

Me dá um trago.

É o último, porra.

Me dá logo um trago nessa bosta.

Não, caralho, é o último.

Vou quebrar a sua cara se não me passar essa guimba agora mesmo.

Parecia não acreditar que Abner falava sério. Colegas desde o jardim de infância. Então, o primeiro soco na boca, em cheio, e outro no lado direito do rosto. O corpo indo ao chão. Uns chutes nas costelas, nas pernas, na cabeça, nos braços.

A troco de nada.

Não que se importasse.

O problema era a confusão. Falatório. O delegado tendo de se expor daquela forma.

Sentou-se na cama.

Que merda.

Sentiu fome e, no instante seguinte, sentiu o estômago embrulhar. As frases soltas na cabeça. O futuro. Seu futuro. Será aquele com as tripas reviradas, largado num xadrez por maledicência (foi o que ouviu?), mesmo depois de anos e anos de serviços prestados?

Sorriu.

Imaginou-se uns trinta, quarenta anos mais velho, a cabeça branca, a pança inchada, os intestinos podres, descalço, cagando a própria alma na presença de testemunhas.

Disgraça.

Levantou-se.

Vestiu uma camisa branca, jeans, calçou meias e botinas, depois saiu do quarto, foi ao banheiro e escovou os dentes, lavou o rosto, penteou os cabelos.

A mãe esperava por ele na cozinha.

Parada junto à pia, os olhos tristes de quem desistia, cigarro aceso, o cinzeiro em forma de tartaruga sobre a mesa.

Ele já imaginava, esperava, talvez até contasse com isso. Uma pena esse hábito de gastar tudo o que ganha. Não queria pedir nada a Armando. Não queria pedir nada a ninguém.

(Não queria, não quer, não vai.)

Sentou-se à mesa, os braços sobre o tampo, as mãos espalmadas, e ouviu, volta e meia concordando com a cabeça.

Nem seu pai.

Que Deus o.

Mas eu não.

Acendia um cigarro no outro.

O cinzeiro sobre a mesa, por que ali?

As coisas que andam falando d'ocê. Quero nem saber, Abner. Quero nem saber. E agora isso, e pra quê? O filho da Cida? Por causa duma porqueira duma guimba de cigarro? Cês foi colega a vida inteira, meu filho. Pra que fazer uma coisa dessas?

Silêncio.

Uma tragada longa, seguida por outra, mais curta, os olhos tremendo como se fosse chorar.

Abner finalmente olhou para ela. Não sentiu nada, em absoluto. Não sentiu raiva, não sentiu tristeza, não sentiu arrependimento. E não sentiu ternura, compaixão ou a menor vontade de se desculpar, de dizer alguma coisa, qualquer que fosse.

Nada.

Uma mulher de quarenta e sete anos fumando mais um cigarro.

E o fato era que a casa pertencia a ela, tanto que o expulsava.

A mãe também o encarava e parecia não sentir nada além de receio, medo, será que acha que vou fazer alguma coisa, bater nela? Quando foi que bateu nela? Bater em mãe? Eu? Vai tomar no cu, pensar um troço desse. Quando foi que ameaçou fazer uma desgraça dessas? Nunca, de jeito nenhum. Vou embora sem dar um pio, pensou. A casa dela, diabo.

Desviaram os olhos ao mesmo tempo, ela para o chão, ele para a geladeira.

E então, de novo, a voz rouca, cansada: Aqui na *minha* casa é que ocê não fica mais. Te dou até o final dessa semana pra caçar um rumo, aprontar as suas coisa e dar no pé.

Um aceno de concordância, sem dar um pio.

O mundo vai te ensinar o que não consegui.

Um novo aceno de concordância, e então se levantou.

O mundo, a vida.

Um derradeiro aceno de concordância.

Foi até o quarto, pegou uma bolsa, meteu ali dentro duas calças, cinco camisas, seis pares de meias, quatro camisetas, meia dúzia de cuecas, os chinelos, foi ao banheiro, alcançou a escova de dentes e o aparelho e o creme de barbear, e depois saiu.

Saiu sem se despedir.

Sem dar um pio.

A mãe continuava na cozinha. No mesmíssimo lugar. Fumando um cigarro atrás do outro.

Só faltou falar que faz isso pro meu bem, ele pensou ao montar na motocicleta, que me bota na rua pra ajudar, que só quer me ajudar. Mas ela falou, né? O mundo vai te ensinar o que não consegui. O mundo, a vida. Ué, se o mundo vai me ensinar é porque eu ainda posso aprender. Pra ela, então, não sou a porcaria dum caso perdido. Faz isso pro meu bem, sim. Pra me ajudar. Sorriu, arrancando com a moto.

Tchau, disgraça.

Sabia o que fazer. Tinha um plano, ou algo parecido. Foi à procura de um amigo, Fábio, outro ex-colega de escola. O pai era dono de supermercado e vereador; uns dois anos antes, preocupado com as companhias e porres e farras do filho, montou uma pequena loja de calçados e ordenou que ele tocasse o negócio para se manter ocupado, fazer alguma coisa da vida, criei filho vagabundo, não. Para a surpresa geral, o rapaz não só tomou gosto pela coisa como já pensava em abrir um mercadinho na sala comercial vizinha. E o que viria a seguir? Casamento com uma moça de boa família, convite para a maçonaria, talvez seguir os passos do pai, rumo à câmara municipal ou além? Abner irrompeu na loja e disse que precisavam conversar. Foram para o escritório, nos fundos, e ele ignorou as perguntas sobre a briga (Que história é essa de quebrar a cara daquele panaca por causa duma guimba?) e a prisão (É verdade que te enrabaram gostoso lá dentro?), mas prestou atenção ao que o colega tinha a dizer sobre o velho (E o Mauro, que merda, hein? Parece que pegaram ele de jeito, e o pior é que foi a muié dele quem entregou, tudo porque tava comendo a noiva do Julião. Cê lembra do Julião, aquele balofo lá de Gurupi, locutor de rodeio?), e depois disse que ia embora de Minaçu por uns tempos. Mencionou a XLX 250R ano 82 branca e vermelha estacionada na calçada defronte à loja.

Quê que tem?

Cê sempre quis, não quis?

Vou comprar uma nova mais pro fim do ano.

Mas aí não vai me ajudar.

Sei não, Abner.

Qual é, faço um preço camarada. Cê revende por mais, se quiser, e todo mundo fica feliz.

Sério?

Vontade de dar uma sumida.

Mas por quê? Os home não te liberou?

Minha mãe me botou pra fora e tô manjado demais, acho que é melhor passar um tempinho longe.

Certeza?

Certeza, mas preciso de grana pra me ajeitar. Tô sem um puto. Vai me ajudar ou não vai?

Combinaram um valor, um terço à vista, o resto dali a trinta dias. Te faço os cheques agora mesmo.

Valeu, cara. Valeu demais. Mas que história é essa do Mauro ser caguetado pela muié?

Ué, o Julião ficou sabendo do rolo da noiva com o véio e é claro que não ia tentar nada porque não é doido. Preferiu só dedar pra muié do Mauro, pra fazer inferno. A merda é que ela que procurou o promotor e falou um monte de merda do seu amigo.

Tipo o quê?

Rapaz, ela disse que tem um monte de corpo enterrado naquela chácara lá deles, e a notícia é que a PM e a Civil tão lá desenterrando agora mesmo.

Puta merda.

Pois é, o Mauro parece que se fodeu. E o pior nem é isso.

E é o quê?

Cê não sabe?

Do quê?

Da noiva do Julião.

Quê que tem?

A bicha é feia demais.

Feia?

Feia sem tanto. Mais feia que bater em mãe na ceia de Natal. Juro procê. Um cara igual o Mauro se estrepar por causa dum cramulhão desgraçado daquele é triste demais da conta, faz a gente ficar pensando na vida.

Eram quase duas da tarde quando, depois de sair do cartório e se despedir do amigo, agradecendo mais uma vez pela força, Abner foi à agência da Caixa. A essa altura, não estava mais com pressa; sabia que o próximo ônibus para Goiânia só sairia por volta das onze da noite, e que Armando só estaria em casa no final da tarde ou à noitinha. Descontou o primeiro cheque, depositou a maior parte do dinheiro e, com o resto, carregando a bolsa, foi à rodoviária. Depois de comprar a passagem, meteu a mala no guarda-volumes e, entediado de antemão, sentou-se ao balcão de uma lanchonete e pediu um café e um pão com mortadela. Comeu sem a menor pressa, mastigando o pão seco e farelento que engolia com a ajuda do café. Ainda precisava fazer duas coisas antes de dar o fora, mas sentia tanta preguiça de uma delas (justamente a mais simples) que talvez fosse melhor não, talvez fosse melhor esquecer, ir embora sem dizer nada, fugir, sumir, desaparecer. Ela por certo agradeceria no futuro. Terminou de comer, pagou e começou a circular por ali, as mãos nos bolsos. Não via Rejane desde a terça-feira da semana anterior, quando foram a um barzinho e, depois, ao motel. Era o programa habitual naqueles oito meses de relacionamento, uma vez que os pais dela não aprovavam sequer a presença de Abner em casa. O casal escolhia bares menos movimentados, onde ficava pouco, quarenta minutos, uma hora, o tempo de comer e beber alguma coisa antes de pegar a rodovia e ir para o motel. Ele a divertia contando coisas que presenciava nas festas promovidas por Armando, fulano tomou um porre e desmaiou em cima da mesa, a cara no prato de maionese, beltrano vomitou na piscina, sicrano perdeu o carro no jogo.

E o que é que você faz no meio dessa putaria?

Tem muito serviço.

De que tipo?

Vejo se não falta bebida e comida, venho aqui na cidade comprar mais se for o caso, levo e busco as pessoa, esse tipo de serviço.

E isso é tudo que você faz pra ele?

Cê acredita nessas besteirada que o povo fala?

Ué, não sei, e...

E o quê?

Não sei, taí de moto nova e tudo. Meu pai fica de cabelo em pé toda vez que ouve seu nome, e eu tenho até medo de perguntar de onde é que vem esse dinheiro todo, não que seja da minha cont

A calabresa esfriou.

Se não quer fal

Termina logo de comer esse espetinho, vai. Quase onze hora e a gente tem mais o que fazer.

Abner gostava de ver o modo cuidadoso como ela se despia, virando as costas para ele, soltando os cabelos pretos e encaracolados, abrindo o vestido, que tirava e dobrava e colocava sobre uma cômoda antes de se virar para ele, o macho sorridente, estirado na cama. Os encontros eram sempre iguais. Ela nunca insistia muito nas conversas que giravam em torno do que ele fazia ou deixava de fazer para o patrão, embora se incomodasse com as coisas que a mãe, as vizinhas e algumas amigas comentavam, e comentavam cada vez mais. Ele não vale nada. Ele se meteu com gente que não presta. Ele vai acabar na cadeia. Ele vai acabar levando tiro. Por fim, Abner se decidiu: ir embora sem dar um pio. Não queria ter *aquela* conversa. Não queria expô-la, também. As histórias circulando pela cidade àquela altura, Rejane ficaria em uma situação delicada mesmo que fosse à rodoviária apenas para se despedir, para vê-lo antes de embarcar. Melhor enterrar de vez a história. Com sorte, quando ele voltasse de Goiânia (voltaria? quando?), ela já estaria em outra. Talvez reatasse com o soldado Demerval. Riu ao pensar nessa possibilidade, sentado em um banco da rodoviária. Mulher de soldado. Engordando. Dois filhos debiloides catarrando o mundo. Então, ficou repentinamente sério. Do nada, lembrou-se: gosta dela.

Disgraça.

O que fazer, então?

Goiânia.

Ligar de Goiânia. Ligar para a loja onde ela trabalha, não para casa. Depois que a poeira assentasse um pouco. Algum dinheiro no banco agora. Um feriado em Caldas, que tal? No mês seguinte, talvez. Dia 12. Que dia cai? Se não fosse feriado prolongado, esperaria o próximo. 2 de novembro, 15 de novembro. Quando desse. Ligar de vez em quando. Pra mostrar que não se esqueceu dela.

Que muié de sordado o quê. Aquela racha é minha.

Claro, não poderia evitar a *outra* conversa. Patrão é patrão. Assim, quando anoiteceu, pegou um táxi e foi à casa de Armando. O homem estava no alpendre, bebendo uma cerveja, e fez um sinal com a cabeça para que Abner se sentasse. Baixinho, grisalho, sempre de roupa social. Diploma de advogado, escritório no Centro. Escritório de advocacia e outras coisas. Coisas às margens das quais Abner nadava, lerdo, abocanhando ninharias, esperando pelos serviços de verdade. Os serviços outrora executados por gente como Mauro. Claro, ser preso por brigar em boteco não ajudava muito esse plano de carreira. A aposentadoria repentina de Mauro no ano anterior, será que já estava doente?, justo quando começaria a levar Abner como acompanhante nos serviços de verdade, aulas práticas, aulas de campo, também não ajudou. Armando também administrava a fazenda herdada pela mulher, mas todo mundo sabia (ou imaginava) que isso era o de menos. E tinha um posto de combustíveis. Dois puteiros. Uma pequena loja de materiais elétricos. Fachadas.

Se serve aí, meu jovem.

Havia um copo limpo sobre a mureta, ao lado da garrafa de cerveja. Abner completou o copo do patrão primeiro. Tava me esperando?

Esperando a janta. Mas imaginei que fosse aparecer.

Pois é.

Indo pra onde? Te viram zanzando na rodoviária a tarde inteira. Pra Goiânia?

Goiânia.

Já comprou passagem?

Comprei.

Fiquei sabendo que vendeu a moto.

Vendi.

Por quê?

Precisava do dinheiro.

Armando balançou a cabeça, desaprovando. Não faz nem um mês que você foi buscar aquela encomenda pra mim lá em Barra do Garças.

Eu sei.

E já gastou tudo?

Sim, senhor, tudinho.

Guardou nada, nada?

Não, senhor.

Isso é burrice, Abner.

Eu sei.

Brigar desse jeito na rua é outra burrice. E ser preso por brigar desse jeito na rua é uma burrice maior ainda.

Ele tomou um gole, o estômago ainda embrulhando.

Armando balançou a cabeça outra vez, e então eles ficaram um bom tempo olhando para o enorme gramado à frente da casa. Havia estátuas de duendes e unicórnios. Coisa da mulher de Armando.

Então... eu só queria saber se...

Se o quê?

Bom, eu fiz uma cagada, se o senhor acha que...

É verdade, você fez uma cagada. Ela não saiu de graça, não. Vou descontar do seu próximo pagamento.

Então...

Então, é uma ideia boa essa que você teve. Faz isso mesmo. Vai pra Goiânia, esfria a cabeça, dá um tempo fora.

Tá bom.

Mas me liga quando chegar lá. Liga e avisa onde vai ficar.

Eu ligo, pode deixar.

Eu tava aqui pensando, tem um amigo meu que anda com uns probleminhas lá praqueles lados, talvez até...

Até?

Não sei. Se eu não estiver enganado, é o tipo de coisa que você tá aí esperando, todo esfomeado, mas não sei se...

Eu tô pronto, patrão.

Armando olhou para ele como se o medisse. Respirou fundo. Vou ver. Qualquer coisa, eu te ligo.

'Brigado.

Enquanto isso, tenta passar despercebido, Abner. Discrição. Sabe o que é isso?

(Mais ou menos.) Sei, sim, senhor.

Ótimo. Mauro acreditou em você, te apadrinhou. Eu confio no Mauro, confiei a vida inteira, mas você tem que se ajudar. A paciência das pessoas acaba. A paciência da sua mãe não acabou?

(Sabe até disso?) Acabou.

Então. E vê se não gasta o dinheiro todo de uma vez.

(Que graça tem ganhar dinheiro e não gastar?) Vou tentar.

Faz bem ter algum guardado, ainda mais nesse país. E ter dinheiro traz calma. A gente toma muita decisão errada quando tá desesperado ou precisando muito de dinheiro.

(Não tô desesperado, nem vou ficar.) Mauro vivia me falando isso.

Armando assoviou e uma das empregadas trouxe outra cerveja. Que horas sai a janta?

Oito, doutor.

E o seu ônibus, Abner?

Onze.

Janta comigo, então. A mulher ficou na roça. Não gosto de comer sozinho. Depois te levo na rodoviária.

À mesa do jantar, Abner comentou sobre Mauro, ouvi dizer que é algum rolo envolvendo muié.

Parece que sim.

Ouvi dizer que tá encrencado.

Nem tanto.

Nem tanto, doutor?

É, nem tanto.

O povo conversa muito, mas tão falando da porcaria dum cemitério lá na chácara dele.

Armando abriu um sorriso, olhando para o pedaço de carne que restava no prato. Foi o que você ouviu?

Foi. Que a muié dele procurou o promotor, e que a Civil tava lá desenterrando corpo.

Não tem ninguém desenterrando porcaria nenhuma em lugar nenhum, ainda mais na chácara do Mauro.

Mesmo?

É verdade, a mulher dele saiu por aí falando merda, e essa história se espalhou. A polícia teve lá na chácara, fez uma busca, mas só acharam umas armas e um pouquinho de maconha. Mais nada.

Foi preso por isso?

É, foi preso por causa disso. Arma sem registro e um pouquinho de maconha. E o engraçado é que a maconha deve ser dela, da mulher, não dele, que nunca gostou dessa porcaria.

Se foi só isso, não vai dar em nada.

Armando concordou com a cabeça: Soltaram ele hoje cedo. A mulher foi pra casa da mãe lá em Porangatu, e ninguém sabe do Julião.

O que o senhor acha que ele vai fazer?

Acho que nada. Pelo menos por enquanto.

Ele tá doente.

Não é de hoje. Mas o homem não procura médico, vai entender.

Deve ter medo.

Isso é burrice, medo de médico. Agora, termina logo de comer que eu te levo na rodoviária. Quero dormir cedo hoje.

Então, a estrada, os quinhentos e poucos quilômetros de Minaçu até a capital parecendo dois mil e quinhentos, exaurindo o que ainda lhe restava de energia. Chegou a Goiânia na manhã seguinte, um resto cuspido porta afora, os olhos ardendo de sono e cansaço, as pernas bambas, os pés inchados e os intestinos prontos para informar o que acharam da costela bovina devorada na casa de Armando, tanto que correu ao banheiro da rodoviária, ajeitou-se como pôde em um reservado e liberou, com lágrimas nos olhos, uma *porção* considerável. Isso fez com que se lembrasse do velho Mauro no xadrez, é claro. Hospedou-se em um hotel barato na rua 68, perto da esquina com a 55. Ligou para o escritório de Armando, informou à secretária do homem onde estava, tomou um banho e se jogou na cama. Dormiu o dia inteiro. Quando afinal voltou à rua, faminto, eram quase oito da noite. Deu com um boteco um quarteirão abaixo, as mesas na calçada, sentou-se e pediu uma água mineral, uma cerveja, uma dose de Velho Barreiro, um caldo de feijão e uma porção de mandioca frita. Trouxeram tudo de uma só vez. Bebeu a água, esperou um pouco, comeu uns pedaços de mandioca, bebeu a cachaça, mais mandioca, o caldinho de feijão, e só então começou a se ocupar da cerveja, meio quente a essa altura, mas não se importou. Sentia-se melhor. A expectativa de alguns dias de folga e, depois, a possibilidade de um serviço na região. Um serviço de verdade. O tipo de serviço que esperava havia um bom tempo.

Passou os dias seguintes vagabundeando pelo Centro. Almoçava e jantava pelos botecos, bebia com desconhecidos, inventava histórias e ouvia histórias inventadas, testemunhava brigas por bobagens, ria de si e dos outros, e teve com as putas algumas vezes.

No começo da semana seguinte, segunda-feira, antevéspera de feriado, acordou bem cedo e com uma ressaca pegajosa, o telefone estridulando sobre o criado-mudo. Alô?... Sou eu. Quem... quem é? Inácio? É, eu... É, ele ficou de... Tenho interesse, sim. Silvânia? Sei, sei onde fica, sim. Tá bom, eu... Primeiro ônibus, pode deixar. Tchau.

Ligou para Armando e confirmou a coisa, ouviu que podia ir sem receio. É o que você queria. Vê se não faz cagada.

Vou fazer não, doutor.

Colegas de faculdade, o patrão e o tal Inácio. Décadas de amizade. Tomou um banho frio, arrumou as tralhas, acertou o que devia no hotel, foi para a rodoviária e pegou a primeira lata-velha com destino a Silvânia.

Enquanto serpenteava pela rodovia, lembrou-se da viagem que fizera com os velhos anos antes, não para Silvânia, mas além, Orizona, algumas dezenas de quilômetros mais à frente. Pensou nas duas semanas, fim de dezembro, início de janeiro, que passaram ali havia quase uma década, o pai ainda vivo (Orizona era a cidade natal dele), a última viagem que fizeram em família (o velho morrendo no inverno seguinte, rasgado ao meio por um derrame que o atingiu no meio da rua, domingo de manhã, quando voltava da feira com uma sacola cheia de verduras, morto em questão de segundos, os tomates rolando pela calçada). Pensou nas tardes chuvosas em que se sentava na varanda da casa da tia, onde se hospedaram, e olhava para a água turva da enxurrada.

Essas e outras coisas passaram pela cabeça de Abner nas quase três horas do trajeto entre Goiânia e Silvânia, e agora ele esboça um sorriso triste, aspirando um resto da fumaça do cigarro de palha que o vizinho fumara minutos antes, enquanto o ônibus avança rumo à rodoviária, deixando a avenida Dom Bosco para trás. O muro do cemitério surge à esquerda e, um pouco mais à frente, a rodoviária onde, conforme combinaram ao telefone horas antes, um sujeito chamado Inácio espera por ele.

Tem um serviço aqui pra você, se te interessar, ouviu ao telefone.

Coisa certa, e vão te pagar direitinho, Armando confirmou na ligação seguinte. É o que você queria. Vê se não faz cagada.

O ônibus estaciona, afinal. Ele respira fundo e espera que os outros desçam primeiro. Ainda bem que a minha bunda é bem grande, disse a jovem mãe ao lado, que agora se despede e caminha pelo corredor — lá está, que beleza, e ele pensa que devia ter se despedido da Rejane, cuja bunda é bem menor, mas e daí?, outra categoria de animal, magra, nanica, mas gostosa de outros jeitos. Ligou para ela dias antes, do hotel goianiense. Irritada com o sumiço. Preocupada. Depois, feliz com a possibilidade da viagem a Caldas, dia 12 de outubro não posso, cai no meio da semana, dia 2 de novembro também, que inferno, que tal no feriado do dia 15? Ia demorar, mais de dois meses de espera, mas (ela disse, animada) é bom porque aí a gente vê se gosta de verdade um do outro, né? Um monte de coisa pode acontecer, ele pensou. Tempo demais, mas fazer o quê.

O jeito é ir me virando co'as puta, resmunga ao descer do ônibus, uma última olhada na bunda que se afasta.

Abner?

Ele se vira e vê o sujeito encostado no balcão da lanchonete. O homem é um desastre. Bem acima do peso e com uma palidez acentuada. Esse aí tá mais ressacado que eu, pensa ao se aproximar, meio ressabiado porque um soldado da PM, também obeso e também encostado no balcão, conta alguma coisa para Inácio, animado, uma história qualquer. Bom dia.

O PM se vira: Quem é esse aí?

O meliante que eu vim buscar. Tenho que levar ele pra falar com o homem lá na chácara.

Ah, é? Veio de onde, moço?

Abner encara o PM, abre um sorriso e diz: Rialma.

Ah, faz o soldado, minha mulher tem parente em Ceres. Terrinha boa.

Boa, sim.

Goiás é tudo bão.

Goiás é tudo bão.

E agora eu tenho que correr. Prazer. Depois te conto o resto, Inácio, cê vai perder as carça rindo dessa história.

Passa lá no escritório à tardinha. Tenho que devolver os documentos do seu sogro.

Deu certo a coisarada da aposentadoria?

Deu, sim.

Ô, ele vai achar bão demais.

Se eu não tiver voltado, a Carla sabe onde eu deixei. Pega com ela.

Pode deixar. Deus lhe pague, Inacim.

Sozinhos, Inácio pergunta a Abner: Cafezinho?

Não, senhor, eu tomei antes de embarcar.

E não pode tomar mais?

Poder, eu posso, só não quero mesmo.

Então, me deixa só terminar o meu.

Me fala uma coisa. O senhor fez o serviço pro sogro dele de graça?

Por quê?

Ele falou "Deus lhe pague".

É só uma expressão.

Pareceu mais que isso.

Foi de graça, sim. O velho trabalhou na roça a vida inteira, não me custou nada cuidar da aposentadoria dele.

E o senhor faz muito isso?

Quando me apetece.

Quando o quê?

Eu gosto de fazer isso. Não custa nada ajudar os outros sempre que possível, custa?

É o que diz a minha mãe.

Aposto que é uma mulher decente.

Toda mãe é. Vou dar uma mijada.

Se for cagar, vou pedir outro café.

Só mijar mesmo. É ali?

É o que diz a plaquinha.

O passageiro que fumava o cigarro de palha havia pouco, enquanto o ônibus chegava à cidade, levanta os olhos e encara Abner assim que ele entra no banheiro. Trocam acenos de cabeça e o velho volta a se debruçar na pia, as mãos em concha sob a torneira aberta. Abner entra em um dos reservados, a metade inferior da porta estourada por (presume) um chute. Olha para baixo. A privada no chão sempre dá a impressão de coisa improvisada ou interminada, e quem teria disposição para cagar ali, às vistas de qualquer um que estancasse à frente e se abaixasse um pouco para espiar pelo rombo na porta?

É, resmunga fitando o tolete que boia, *alguém* teve.

Dá a descarga pensando que, pelo menos, o cheiro dos litros e litros de água sanitária que despejam ali dentro com regularidade reina acima de qualquer outro, incluindo do troço que deixaram para recepcioná--lo. Abre o zíper, expõe o pau e se coloca em posição. O lugar também mal iluminado. As janelinhas altas e imundas lembram as da não menos sombria delegacia de Minaçu. Como o dia está nublado, seria impossível que alguém, por exemplo, folheasse uma revista enquanto se ocupasse de evacuar. Mija e sai para se deparar com o velho ainda junto à pia, enxaguando o rosto. Que diabo tem ali na cara que precisa de tanta água? As duas outras torneiras quebradas, e Abner sai sem lavar as mãos, depois de testar uma e outra, contornando o velho e pensando que seria uma boa se o PM tivesse voltado e se dispusesse a cumprimentá-lo, toca aqui, rapaz, tava distraído antes, seja bem-vindo. Até parece.

Não quer mesmo café?, Inácio pergunta.

Quero, não, senhor, brigado.

Vam'bora, então.

Tô pronto.

O homem coloca o copo vazio sobre o balcão, depois tira uns trocados do bolso e assovia para o balconista. Fica com o troco.

Eles atravessam o restaurante e caminham até um Corcel estacionado na parte de trás da rodoviária. Abner coloca a bolsa no banco traseiro e depois se senta na frente, o interior do carro com um cheiro muito forte de cigarro, álcool, suor e peido. Uma garrafa com cachaça pela metade está jogada no assoalho, tapada com uma rolha.

Joga isso lá atrás, diz Inácio, colocando a chave na ignição e dando a partida, o hálito rescendendo a café e (Abner só percebe agora) pinga.

Mais ressacado que eu, pensa. E com essa cara desmazelada de bocó. Qual será o pobrema? Muié? Aposto que é muié.

Daqui até a chácara é um pulo, mas depois não sei se vou precisar te levar pra algum outro lugar. Provavelmente, sim.

O carro sobe pela mesma avenida Dom Bosco que o ônibus desceu poucos minutos antes.

Ele gosta de você, parece.

Quem?

Seu chefe. Armando.

Ah, ele é bão comigo, sim.

Só faz o possível pra não se meter em briga de boteco aqui. O delegado não é muito nosso amigo, não.

Abner não diz nada.

E o Velho também é menos tolerante com essas coisas. Na verdade, você ficaria por sua própria conta.

Entendi.

Se uma coisa dessas acontecesse.

Vai acontecer mais, não, ele responde, entredentes.

Ótimo.

Os senhor pode ficar tudo tranquilo.

Teve em Goiânia pro casamento do Velho, mas isso já faz um tempinho, coisa de uns três anos.

Quem?

Armando.

O senhor fez faculdade mais ele?

Ele comentou com você? Foi, sim. A gente estudou e se formou junto. Lá em Goiânia.

E o senhor nunca teve lá em Minaçu?

Pode me chamar de você.

Teve?

Já, mas faz uns anos que não vou. A gente se encontra mais em Goiânia, quando ele vem resolver algum pepino.

E o serviço? O sen... cê sabe alguma coisa?

Acho melhor deixar pro Velho te explicar. Sei que você não vai ter muito tempo pra se preparar. É pra coisa acontecer depois de amanhã.

No feriado?

Semana da Pátria, Abner. Tá pensando o quê?

Nada. Tô pronto.

Bom saber.

O que cês mandar, eu faço.

Maravilha. Agora, me faz um favor?

Qual?

Alcança a garrafa de cachaça aí atrás que eu preciso rebater.

SEGUNDA PARTE

CATÁBASE

— JUL. AGO. 1983 —

Vem, disse Isabel, puxando-o para si.

Isso foi mais cedo. Isso foi bom. (Apesar das circunstâncias.) Agora, Emanuel está encolhido na cama, de costas para ela. Dormindo. Sempre essa facilidade para cair no sono. Mesmo em uma noite assim meio complicada. E como foi que chegaram a. Ora. (Como fui burra.) O primeiro bate-boca mais sério e inflamado. Coisas que prefere não discutir. Sobre as quais não quer, não pode falar. Reagiu mal. Ela, não ele. Ele não entendeu nada. Vendido na história. Perdido. Confuso: Eu... é...

Então, ela o puxou: Vem.

A expressão de surpresa. Mas... o quê? Agora?

Ela riu. É, porra. *Agora.*

Eu...

Trazendo-o pela mão. Quarto adentro, para a cama, para dentro de si. *Agora.* Vem, vem cá, anda.

E foderam.

(Pelo menos isso.)

Homens são lerdos. Meio trouxas. Ela foi trouxa também. Burra. Pela forma como reagiu. Uma pergunta qualquer. Nada demais. Sentados no sofá, ouvindo música, bebendo cerveja depois de comer uma macarronada, jogando conversa fora. Namorando.

(Como fui burra.)

Sentada na cama, sem sono e remoendo tudo, pensa em voltar para a sala. Abrir uma cerveja? Ao lado, ele ressona. Melhor jeito de encerrar um bate-boca, não? Encolhido, de costas. Trepando. Com um pouco de frio, talvez? Ela o cobre. Um bom rapaz. Montado nela meia hora antes. Cuida direitinho da papelaria. Vem, vem cá, anda. Não faz muitas perguntas. Meio assustado, assustadiço. Não fazia, pelo menos. Mete gostoso em mim, mete. Claro, é natural. Meio assustado, sem entender como passaram de uma pergunta qualquer ao bate-boca, e do bate-boca à trepada. A trepada é a continuação do bate-boca por outros meios. Nem sempre. Às vezes. Os homens vencidos. Isso, sim: sempre. Esporrando, depois murchos. Esvaziados. Exaustos. Derrotados. Ela vê uma coisinha embolada no chão, perto da cama. Não pode culpá-lo. A calcinha. O que foi, Isabel?, a pergunta dele quando a coisa degringolou. Quê que você tem? Ela se levanta com cuidado, o mínimo de barulho possível, pega e veste a calcinha. Como assim, quê que eu tenho? A camiseta também por ali, no chão. Exaltou-se primeiro. Reagiu. Burra.

(Quê que você tem?)

Trouxa, sussurra antes de sair, fechando a porta com todo o cuidado; ele não acorda.

Pelo menos isso.

No banheiro, o pé direito sobre a borda do vaso sanitário, ela olha para baixo, impressionada. Uma espécie de anomalia, aquela quantidade de esperma. Será que tem a ver com a idade? A primeira vez em que o viu gozar. Aquilo foi até engraçado. Na barriga, nos seios. Nem precisava tirar. Sim, podia ter gozado dentro. Menstruada. Força do hábito, talvez. Tirou o pau melado de sangue. Tirou e *despejou*. Não acabava nunca. Ela gargalhou, não pôde evitar. Haja porra, filhinho. Orgasmos bem intensos também. Haja porra. Sorri. Sim, que idiotice a discussão. Mil respostas, mil evasivas possíveis. Ou não dizer nada. Ou se adiantar. Puxá-lo para si, levá-lo pela mão. Vem, vem cá, anda. Agora. Ele sempre vai. Bom menino. Olha só isso. Precisa de mais papel higiênico.

Haja porra, filhinho.

Na sala, tudo como deixaram. Recolhe os pratos sujos e as latas vazias, leva para a cozinha. Uns restos de macarrão, quase nada. Para a lixeira, junto com as latinhas. Lava os pratos e os talheres e a panela. Abre a geladeira, pega uma cerveja. Um gole, depois outro. Volta à sala. Não é tão tarde. Apaga a luz, joga-se no sofá e fica bebendo na penumbra, as luzes que vêm da rua fatiadas pela persiana entreaberta. Não pode culpá-lo. Meio esquisita desde que voltou de Goiânia. Desde a aventura pelo interior. Poeira e fumaça. Isso foi há mais de um mês e meio. Julho estertorando e ela ainda com a cabeça no maldito Dia dos Namorados. Desinteressada, exceto pelo sexo. À espera de um serviço (nada muito pesado) que Gordon ficou de acertar. Entediada. Mil evasivas possíveis. Haja porra, filhinho. O pau melado de sangue. Sim, estava menstruada quando treparam pela primeira vez. Meados de maio, quando foi mesmo? Não se lembra do dia exato. Após o expediente. Fecharam a papelaria e ela perguntou, não quer dar um pulo ali em casa, tomar uma cervejinha? Ele respondeu que tinha aula.

Qual é o problema de matar uma vezinha só?

Ainda hesitou um pouco, mas: É, acho que não tem problema nenhum. Quase nunca falto.

Ela sorriu porque achou bonitinho e sorriu porque era verdade: quase nunca falta às aulas, e jamais falta ao trabalho.

Ali mesmo no sofá, ouvindo Adolescents. Ele deu uma olhada nos discos e cassetes organizados na estante e comentou que não conhecia quase nada daquilo. Isso tudo é roquenrol?

Punk. Gosto de punk. A gente tá ouvindo punk.

Ele riu. Você não parece punk.

Mas eu sou punk, sim, rapaz.

Tá bom. Beleza. Você é punk. Mas não tem nada brasileiro aqui?

Tem. Mutantes. Tim Maia. E esses tais Paralamas, comprei, mas ainda não ouvi, só o que rola no rádio. E umas fitas de umas bandas daqui.

Daqui? De Brasília?

É, porra. Brasília. Em que mundo cê vive, garoto? Nunca ouviu falar do Plebe Rude?

Acho que... não.

Acho que ainda não gravaram disco, mas tão por aí. O som circula. Do que é que cê gosta?

Eu? Gosto de MPB.

Apesar disso, ela o beijou e começaram a se apalpar. Iniciativas. Sempre com ela. Homens são lerdos. Alguns. A maioria. Tirou a camisa dele e a própria. Mais beijos. Chupou e mordiscou um mamilo. Ele gemeu. Abriu a braguilha, trouxe o pau para fora. Descobriu a glande. Um cuspe. Punhetou um pouco, lambendo a barriga, os mamilos, o pescoço, a orelha direita. Ele gemeu alto. Gosta de homens que gemem alto, embora ela própria não seja lá muito escandalosa. Colocou o pau na boca. Chupava quando se lembrou. Olhos nos olhos, sem parar de masturbá-lo, explicou a situação. Pode gozar assim, se quiser. Cê ainda não me viu de pijama mesmo, como diz a música. Outro dia a gente mete.

Ofegando, ele disse que tudo bem.

Tudo bem gozar na minha boca?

Não, tudo bem meter em você menstruada.

Tá bom, ela sorriu. Levantou-se, foi ao quarto e voltou com uma colcha, que estendeu no tapete. Enquanto desabotoava o sutiã, alargou o sorriso: Tá esperando o que aí sentado? Tira logo essa roupa, caubói.

Depois, no chuveiro, quando ele entrou no box, olhou para o pau imundo e ainda meio duro. Trouxe-o para debaixo da água. Lavou. Enquanto esfregava, deu uma risadinha marota.

O quê?

Nada, caubói.

Não sou caubói.

Cê não é de Iporá?

Sou.

Então. Veio do interior, pra mim é caubói.

Ele riu. Talvez o meu irmão caçula. Quando era pequeno, ele queria ser peão de rodeio.

E agora?

Agora? Fazendo cursinho pra ver se passa no vestibular de odonto.

E você? O que queria ser quando era pequeno?

Polícia.

O que te fez mudar de ideia?

A polícia.

Riram sob o chuveiro, depois ela o beijou mais uma vez e ali ficaram por um bom tempo, agarrados.

As coisas boas. Melhor pensar nelas.

Sempre.

Gordon, por exemplo.

Gordon é a melhor delas.

Gordon esteve em Brasília, conforme avisara na chácara do Velho. Isso foi ainda em junho, na semana seguinte à confusão (poeira, fumaça) do Dia dos Namorados. Tarde de quarta-feira, dia 22. Foram a um café na W3 Sul e depois ao hotel onde ele sempre se hospeda. Hotel Nacional. (Onde mais?) Ela evitou repassar as coisas que aconteceram, o pai, o Velho, os serviços. Ele não perguntou ou comentou nada a respeito. Falou do novo apartamento que comprara em Goiânia, no Setor Sul, pequeno, mas confortável, estou cansado de ficar em hotéis, e tenho ficado mais em Goiânia do que em Brasília. Depois, perguntou e comentou sobre outras coisas, sobre as quais ela tampouco queria falar, deitados na cama, no pós-coito preguiçoso. Então já anoitecia.

E o namorado?

Emanuel não é meu namorado.

Ah, não?

Não.

E ele trabalha pra você.

Sim.

E vocês se veem com regularidade fora do trabalho.

Sim.

Cinema, jantar.

Sim, sim.

E transam.

Sim.

Isso desde o começo do mês passado.

É. Por aí.

Rotina de namorados.

Ele é tão meu namorado quanto você.

Ok. Mas ele sabe disso?

Sabe o quê?

Que não é seu namorado.

Espero que sim.

Bom, vamos torcer pelo melhor, então.

Isabel respirou fundo e se virou, dando as costas para ele. Não estou com muito saco pra lidar com esse tipo de coisa no momento.

Ele riu. Lidar com o quê? Com os sentimentos dos outros?

Com os sentimentos dos outros, com os meus sentimentos. Não estou com saco pra lidar com sentimento nenhum, na verdade.

Mas o que você quer?

Pensou um pouco antes de responder: Nada que exija muito de mim. Ao menos por um tempo, ao menos por agora.

Ok. Entendido.

Acho que mereço isso.

Concordo. Você merece, sim.

Obrigada.

Mas também se refere ao trabalho?

Eu me refiro a tudo.

Entendi. Vamos falar do trabalho, então.

Sério?

Sério.

Tá bom.

O que você quer?

Como assim?

Ficar só com a papelaria? Esquecer aquelas outras coisas?

Voltou a se virar, pensativa. Olhou para ele, depois para o teto. Não, disse após um minuto. Acho que não. *Ainda* não. Eu quero fazer mais um pouco de dinheiro.

Certo.

Mas toda essa história com o Velho e o meu pai me deixou cabreira. E no momento... sei lá, queria coisas que... que eu pudesse fazer sem pensar muito a respeito. Sem precisar me arriscar ou me sujar muito.

Entendi.

Ao menos por um tempinho, sabe?

Sei.

Ou... caralho, não sei... talvez seja melhor ficar só na papelaria mesmo. Esquecer o resto. Até porque, pensando bem, acho que já não preciso *mesmo* do resto.

Você já tem o bastante?

Talvez. Acho que sim. Nunca se sabe.

Então, se eu entendi bem, o que você sabe com certeza é que precisa pegar leve por um tempo.

Sim. Isso aí. Pegar leve.

Até decidir o que quer fazer.

Sim. Isso aí. Até decidir.

Ok.

Ok?

Vou ver como posso ajudar.

Olhou para ele. Mesmo?

Mesmo. Vou pensar em alguma coisa.

Obrigada.

Por nada.

Ela o beijou no rosto, depois reassumiu a mesma posição de antes, olhando para o teto. Que mais?

O que mais? Bom... desculpa insistir nessa conversa sobre o Emanuel, mas vocês têm essa rotina.

Rotina?

Trabalho. Cinema, jantar. Sexo.

Certo. Rotina. E daí?

Essa rotina manda sinais muito específicos.

Eu sei.

Especialmente para um sujeito jovem como ele.

Eu sei. Ou imagino.

Que, suponho, até pela idade, não tem muita experiência de vida.

Não, não tem.

E você disse que ele é tão seu namorado quanto eu.

Sim, eu disse.

Mas você e eu não temos isso.

Isso o quê?

Uma rotina.

Não?

Não.

Peraí, eu... eu acho que a gente tem uma rotina, sim.

Sim?

Sempre que você vem a Brasília, a gente se encontra, toma um café, almoça ou janta, dependendo da sua agenda e dos meus afazeres, depois vem pra este quarto de hotel e trepa até ficar esfolado, e então eu vou pra casa e você vai pra alguma reunião escusa sabe-se lá com quem.

Ele riu, colocando as mãos atrás da cabeça, sobre o travesseiro. Bom. Acho que somos namorados, então.

É isso aí. Tenho dois namorados.

Qual é a sensação?

Qual é a sensação? Eu me sinto completa. Uma mulher realizada. Plena. Dois paus à minha disposição. E cagando pros sentimentos. Acho que isso é o melhor dos mundos.

Gordon riu mais alto.

Ela se levantou e foi ao banheiro. Não fechou a porta. Lá dentro, enquanto mijava, perguntou: Acha mesmo que pode me ajudar?

Com o trabalho?

Sim.

Posso, claro. Na verdade, talvez apareça alguma coisa daqui a um tempinho. Mais pro final de julho.

Um serviço?

Um serviço.

O som da descarga, depois a torneira da pia. Ela voltou ao quarto pouco depois, enxugando as mãos com uma toalha de rosto. Parou ao pé da cama. Que tipo de serviço?

Nada muito pesado. Uma coisa que você pode fazer sem pensar muito a respeito, sem precisar se arriscar ou se sujar muito.

Mesmo?

Mesmo.

Não vou *mesmo* me sujar?

Ele sorriu: Provável que não.

Provável que não.

Não vou dizer que é impossível você se sujar, mas...

Mas?

Mas, digamos assim, é bastante provável que você se suje menos do que o habitual.

Bom, já é alguma coisa.

É o que você quer, certo? O que me disse agora há pouco?

Sim. É por aí.

Quer que eu diga a ele pra usar outra pessoa?

Ele quem?

Ele gostou muito da maneira como você lidou com toda aquela situação da outra vez.

Quem, porra? O Velho?

Sim, o Velho.

Ela tapou o rosto com a toalha e se sentou na cama, mais uma vez de costas para Gordon. Soltou um grito abafado.

Quer que eu diga a ele pra usar outra pessoa?

A voz ainda abafada pela toalha: Não.

Não?

Descobriu o rosto. Fitou a parede oposta. E disse mais para si mesma: Tudo é pesado nesse ramo.

Ele gostou muito da maneira como você lidou com toda aquela situação da outra vez.

Aposto que sim.

Aquilo era pessoal, sabe. O segundo serviço.

Eu imaginei. Mas sempre é pessoal.

Nem sempre.

Se não é, cedo ou tarde acaba ficando.

Eu não diria isso, pequena.

Virou-se e olhou para trás, afinal, por sobre o ombro. Não?

Não. Mas somos pessoas bem diferentes.

Gordon tinha um compromisso, uma reunião escusa sabe-se lá com quem, e ela voltou para casa por volta das oito. Ao chegar, sem pensar muito no que fazia, pegou o telefone e discou o número de Emanuel. Sentia vontade de conversar mais. Dois namorados. Ninguém atendeu. Claro, ela se lembrou, colocando o fone no gancho, a porra da faculdade. Administração. A vida desse rapaz. Essa rotina manda sinais muito específicos. Que vida? Família no interior. Mora em uma quitinete no Núcleo Bandeirante. Trabalha em uma papelaria no Guará II. Estuda na Asa Sul e é comido pela patroa. (Pelo menos isso.) Na papelaria das nove às dezessete, na faculdade das dezenove às vinte e duas ou vinte e duas e trinta. Na casa da patroa aos sábados. Trabalho, estudo, lazer. Rotina. A vida desse rapaz. Namorados. Será? Não quer magoá-lo. De forma alguma. Essa rotina manda sinais muito específicos? Especialmente para um sujeito jovem como ele? Bom, vamos torcer pelo melhor, então. Emanuel. Pensou a respeito naquela noite, sozinha, e pensa nisso agora, sozinha. Não de todo dessa vez. Emanuel no quarto, dormindo. Noite de sábado. Gordon não deu mais notícias. Ligou, sempre liga, conversam, mas nada diz sobre o tal serviço. Mais pro final de julho, ele disse. Bom, amanhã é dia 31, e a brincadeira ainda não se materializou. Nada muito pesado. O que seria? Entregar ou pegar alguma coisa, provavelmente. Pacote, dinheiro, documentos. O pai não deu mais notícias. Nada. Nenhuma ligação. Soube por Gordon que está bem. Sem mais problemas. Talvez esteja como ela. Dando um tempo. Talvez esteja cansado. Mais cedo, Emanuel perguntou por ele. Daí o bate-boca. Perguntou por perguntar.

Faz tempo que seu pai não aparece por aqui, né?

A resposta atravessada.

O que foi? Quê que você tem?

Ela reagindo mal. Mil respostas, mil evasivas possíveis, e não usou nenhuma delas. Que idiotice.

Por que você sempre tem que ser tão misteriosa? Você é fechada demais. Me desculpa, mas isso é muito sacal.

Sou meio complicada mesmo, disse na cama depois que foderam. (A porra escorrendo. Uma espécie de anomalia. Será que tem a ver com a idade? Raras as vezes em que trepou com rapazes de vinte e poucos anos, mesmo quando estava na faculdade. Haja, filhinho. Porra.) Sei que é um saco, mas tem um montão de coisa que eu prefiro guardar pra mim. Na verdade, tem coisa que é *melhor* eu guardar pra mim. Coisas que têm a ver com o meu pai e... sei lá... só acho que assim é melhor pra todo mundo. Inclusive pra você.

Ele não disse nada, os olhos fechados.

Isabel apagou a luz do abajur.

Dez minutos depois, ouviu-o ressonar.

Talvez seja melhor acabar com essa história, pensa agora no sofá. Terminar, encerrar, enterrar. Dizer a ele: tem uma coisa sobre mim que eu acho injusto você saber. Sobre mim, sobre meu pai. Uma outra vida. Uma vida noturna, de certo modo. Ou não. Estamos todos à luz do sol. Matando, morrendo. À luz do sol. Às claras. Nos dias sempre claros desta República. Luminosos. Sob o céu azul desta República. Azulíssimo, aberto. Sob o céu azul desta capital, no horizonte arreganhado deste planalto estúpido. Você não pode saber, você não quer saber. Logo, melhor não perguntar. Melhor tocar a sua vidinha marginal. Marginal: à margem de toda essa merda. Vai por mim. Você e eu também somos pessoas bem diferentes. É melhor que você não tenha dito nada. É melhor que eu não diga (mais) nada. E é melhor que você durma e eu permaneça bem aqui, desse jeitinho. Acordada. Neste sofá. Com esta cerveja.

É isso aí.

Mata a cerveja e acaba cochilando.

Noite difícil?, Gordon pergunta na manhã seguinte, estranhando a voz arrastada. Te acordei?

Nem te conto, ela responde. Cê não quer saber.

É. Provável que não.

Ela estende o braço para o outro lado da cama: vazio.

Você está bem?

Meus sábados já foram melhores.

Tony Manero talvez diga o mesmo a essa altura.

Por quê? Ele parou de dançar?

É. Provável que sim.

Sinto muito por ele.

Todos sentimos, pequena. Todos sentimos.

Amém.

Está sozinha?

Sim, senhor.

E o namorado?

Picou a mula logo cedo, disse que tinha um trabalho de faculdade pra terminar.

Que coisa mais... jovial.

Pelo menos a gente trepou de novo antes dele ir embora, pensa. E diz: Até eu me sinto mais jovem.

Folgo em saber, pois aquele serviço está à sua espera.

Pensei que não fosse rolar.

Mas vai rolar, sim.

Cê não falou mais nada.

Estou falando agora.

Tem mais de um mês que veio com essa história e não falou mais nada. Até agora.

Pois é, não dependia de mim. Tive que esperar que outros fizessem, bem, outras coisas.

Um mecanismo complexo.

Mais ou menos.

Sem problema. Você espera, eu espero.

E agora a espera acabou. Quer o serviço?

Nada muito pesado?

Nada muito pesado.

Bom, nesse caso, eu tenho interesse, sim.

Ótimo. Pode vir a Goiânia?

Você está em Goiânia?

Estou. Pode vir?

Quando?

Hoje mesmo, pequena. *Agora.*

Agora. *Hoje.* Sim, senhor.

E traga roupa pra semana inteira.

Viajaremos?

Há sempre uma viagem a ser feita.

Viajaremos.

Sim.

Pra onde? Trebizonda?

Quase. O importante é que irei com você.

Porra. Quase uma lua de mel.

Quase uma lua de mel.

Eu estava com saudades.

Eu estou com saudades.

Vou escolher bem as minhas roupas.

Jeans, camisetas, botas e bonés.

É isso aí.

Esqueci de alguma coisa?

Não. Cê me conhece.

Então venha logo.

Sim, senhor.

Tenho uns ingressos aqui comigo.

Ingressos?

Ingressos. Você me encontra aqui no apartamento.

Até que enfim vou conhecer o novíssimo apartamento de Andrew J. Gordon. Emocionada.

Tem o endereço?

Tenho. Anotei em algum lugar.

Perfeito. Te espero aqui.

Tá bom.

Você deixa a mala, depois a gente vai.

Vai para?

O Serra Dourada.

Política, diz uma das mulheres, a mais velha, e sua voz ciciante se confunde com o farfalhar do *Estadão* que dobra com todo o cuidado, caderno por caderno, as folhas espalhadas na cadeira ao lado pouco a pouco reordenadas e encaixadas e colocadas a um canto da mesa, junto ao copo com um restinho de conhaque. Sentada à mesa vizinha, de costas para elas, Isabel entreouve a conversa desde que chegou ali, uns dez minutos antes.

Ai, tia, não, diz a outra, a voz esganiçada raspando o ambiente feito uma lixa. Fala de forma displicente, como se não tivesse nada a ver com o que sai da própria boca, e beberica uma taça de vinho tinto. Eu quero saber?

Talvez devesse.

Acho que não, hein?

Talvez devesse.

Ninguém merece.

Não há quem não mereça.

Ela termina de reordenar o jornal e, virando-se meio de lado, coloca-o na cadeira vizinha, puxa o primeiro caderno, abre a primeira página e começa a percorrê-la com os olhos, atenta.

Vai ler tudo outra vez?

Hein? Ah. Não, eu só folheei e dei uma olhada assim pelo alto. Agora vou ler o que me interessa.

Entendi.

É o meu processo.

A sobrinha suspira, depois olha para o relógio de pulso. Que horas é o voo mesmo?

É a *quinta* vez que você me pergunta isso.

E é a *oitava* vez que eu esqueço. A senhora está no lucro.

Às nove.

Às nove. Certo.

Investe agora contra a página dois, óculos na ponta do nariz e a cabeça meio inclinada para trás. Que editorial mais estúpido.

Sobre?

A emenda das diretas.

Disseram que não passa.

Talvez não por agora, mas é questão de tempo.

É verdade que o presidente foi escoiceado pelo próprio cavalo?

Levanta os olhos do jornal e encara a sobrinha. Coice? Quem te falou uma coisa dessas?

Que diferença faz?

Faz toda a diferença. Ainda mais em Brasília.

Não posso te contar.

Mas é uma mentira. Isso não aconteceu, posso te garantir. Estive com ele anteontem.

E ele não parecia um homem escoiceado?

Ele *sempre* parece um homem escoiceado, mas não creio que isso tenha acontecido de fato.

Por que alguém inventaria uma coisa dessas?

Porque ninguém gosta dele.

Ninguém gosta de ninguém naquela cidade, mas acho que essa foi a primeira vez na vida que ouvi uma história dessas, envolvendo um presidente, um cavalo e um coice.

Volta a se concentrar no jornal. É mentira.

Até onde a senhora sabe.

Até onde eu sei.

Mas vai saber, não é mesmo?

O sorriso da tia se alarga. Alguém aumentou o volume do som ambiente, mas não a ponto de obliterar a conversa ou forçá-las a berrar uma com a outra. O barman cantarola "Quando eu for, eu vou sem pena" enquanto enxuga uns copos. Além das duas mulheres e de Isabel, há apenas um casal no lugar, idosos e muito brancos, sentados ao balcão com os olhos fixos na TV. Ele bebe um Bloody Mary; ela, uísque sem gelo.

Que tara é essa que militar tem por cavalo?, a sobrinha pergunta, os olhos perdidos na direção do barman.

Ora, são animais formidáveis.

Os militares?

Uma risada discreta, seguida por mais um longo intervalo farfalhante. Isabel vê as duas mulheres pelo reflexo no enorme espelho que toma a parede à frente. E, claro, vê a si mesma, sua palidez ressaltada pelos óculos escuros, os cabelos meio desgrenhados, as roupas amarfanhadas. É o oposto das vizinhas: alinhadas, impecáveis. A tia é pequena, mas sólida, os cabelos brancos e curtos penteados de lado, e usa um tailleur de uma cor que Isabel não saberia nomear. Índigo? A outra, de camisa branca e blazer feminino verde-escuro, cabelos pretos e cacheados, é rechonchuda e sustenta uma expressão desligada, talvez por efeito do vinho. Elas parecem estar ali há horas. Talvez tenham cancelado algum programa vespertino por conta da chuva torrencial. (Agosto, reclamou a tia minutos antes, onde já se viu chover desse jeito em agosto?) Presas. Ilhadas. A chuva que desgrenhou os cabelos e amarfanhou as roupas de Isabel. É muito bonita, a sobrinha, grandalhona, o tipo de quarentona que, solteira ou divorciada, parece ter descoberto (felizmente a tempo) que não deve satisfações a absolutamente ninguém. Seu único "defeito" aparente é a voz.

Se ele tivesse morrido...

Quem?

O presidente.

Hã.

Se ele tivesse morrido com o coice, talvez o cavalo pudesse assumir o lugar dele.

Incitatus.

Oi?

Incitatus.

Em português, tia. Por favor.

Calígula nomeou o próprio cavalo senador. Ou quis fazer dele um cônsul. Ou as duas coisas, não me lembro.

Não me venha com Calígula numa hora dessas.

E a sua geração sabe quem foi Calígula?

Bom, a minha geração viu o filme.

Que film... ah, mas que...

As duas riem mais alto dessa vez. Isabel também assistiu ao filme e sorri, concordando com a cabeça. Qual é mesmo o nome do ator? Não é o cara que está em *M.A.S.H.*? Não, não, aquele é o David ou Donald alguma coisa. Portland. Southland. Não. Sutherland. Isso. Mas e o Calígula?

McDonald. McDowell. Isso. Mark, Martin? Malcolm. Malcolm McDowell. É bom se lembrar das coisas. Exercitar a memória. Gordon sempre se lembra sem esforço.

... e nem te conto que estava na rua e vi a minha mãe saindo de uma sessão com duas amigas.

Sessão de *Calígula*?

Sessão de *Calígula*.

Ela te viu?

Se viu, fingiu que não.

Que situação.

Não é?

Sonhei com ela na noite passada.

Como foi?

Estávamos em Brasília.

Ei, isso é engraçado.

Por quê?

Porque toda vez que eu sonho com ela, nós duas estamos em Brasília. Será que é porque foi enterrada lá?

Como assim?

Talvez a pessoa não possa se afastar do corpo nem depois de morrer. Tem que ficar mais ou menos na mesma área.

E por que a pessoa não poderia se afastar do corpo? Pelo que dizem alguns, morrer não se trata exatamente disso?

Uma risadinha. Pelo que dizem alguns?

Que ideia mais horrível. Eu quero distância dessa carcaça depois que morrer. Ela que apodreça bem longe de mim.

Oremos.

Melhor ainda: quero ser cremada.

Cremação. Anotado.

Mas, se for o caso, se for como você está dizendo, a gente vai exumar o corpo da sua mãe o quanto antes e enterrar em outra cidade.

Paris, a sobrinha sugere um tanto previsivelmente.

Trebizonda, diz Isabel, sem que elas ouçam.

Imagina só que horror, não poder sair de Brasília nem depois de morrer.

A senhora sabe que ela adorava Brasília.

A cidade estava em ruínas, toda bombardeada.

Oi?

No meu sonho. Eu estava falando do sonho que tive.

Acho que vou pedir mais uma taça de vinho.

Eu tenho aquele compromisso.

Posso pedir uma garrafa e levar pro quarto comigo. Abrir as cortinas, contemplar o apocalipse. Quem bombardeou a cidade?

Como?

No seu sonho.

Ah, sim, ela pigarreia. Toma um gole de conhaque. Bom. Como é que eu vou saber? Só sei que eu e sua mãe estávamos lá.

Fazendo o quê?

Nada. Zanzando pelas ruínas. Não havia mais ninguém por perto. Eu e ela estávamos bem assustadas.

Mas vocês procuravam por alguém ou por alguma coisa?

Não me lembro.

Assim fica difícil, tia.

Depois eu estava dentro de um prédio, acho que no Setor Comercial Sul, e olhava pela janela. Aquele prédio defronte à W3, sabe? Era um cômodo pequeno, uma dessas salas apertadas e...

E?

Vazava água pelas paredes, lembro bem disso.

E a minha mãe?

Ela não estava mais comigo. Isso me angustiava. Eu sentia medo por estar sozinha ali dentro, mas não tinha coragem de sair. Então eu a vi lá fora, atravessando a W3. A rua estava destruída, cheia de entulhos, carros tombados, revirados, imunda, um horror. Eu comecei a bater na janela, a acenar, mas ela não olhava na minha direção. Acho que procurava por mim, não sei. Parecia perdida. Eu tentava gritar, mas a voz não saía. Ela ficou parada ao lado da carcaça de um carro, no meio da rua. Uma sirene começou a tocar.

E depois?

Depois o sonho virou outra coisa.

Odeio quando isso acontece. Ou melhor, nem sempre, né? Depende do sonho.

Eu me lembro de estar na fazenda, no alpendre, sentada no chão feito uma criança, mas com a idade que tenho hoje. Isso foi bem esquisito.

Suas roupas?

O que tem elas?

Eram de criança?

Pensa um pouco, tentando se lembrar. Não sei. Não me recordo.

Isso, sim, seria esquisito. Não tem nada mais esquisito que gente adulta com roupa de criança. É tão feio quanto mulher madura com roupa de adolescente, já viu isso?

Meu avô se aproximou, afagou a minha cabeça, depois olhou para fora. Quando olhou para fora, no momento em que olhou, a expressão dele mudou por completo.

Mudou como?

Ele se assustou com alguma coisa. Então, eu me levantei e olhei também. Para fora.

E?

Tudo tinha desaparecido.

Tudo o quê?

A plantação, a estrada, as árvores. Tudo. A região ao redor, toda ela, era um descampado, um ermo.

Novo México. Que saudades do Novo México. Santa Fé. O filho da Lígia ainda mora lá.

Meu avô olhou para mim e abriu um sorriso sem graça, como se sentisse vergonha, como se pedisse desculpas por eu ter de testemunhar aquilo. E aquela sirene voltou a tocar.

Eles faziam testes nucleares no Novo México. Ainda fazem, eu acho. Os militares americanos. Sei que explodiram a primeira bomba lá.

Trinity, diz Isabel, sem que elas ouçam.

Nisso, meu avô enfiou a mão no bolso e eu achei que ele fosse pegar umas balinhas.

Balinhas?

Sim. Ele sempre nos dava balinhas quando éramos pequenas. Andava com os bolsos cheios delas. Eu fiquei nervosa, senti vontade de dizer a ele que não era mais criança, que tenho mais idade agora do que ele quando morreu, mas, ao mesmo tempo, não queria que ficasse mais chateado do que já estava.

O que a senhora fez?

Eu estendi as duas mãos, como sempre fazia quando era pequena. Estendi as mãos e esperei. Ele ainda sorria daquele jeito sem graça quando tirou a mão do bolso e colocou uma coisa...

Uma coisa?...

Ele colocou uma coisa na palma da minha mão esquerda. Eu olhei e era um dente.

Oi? Um *dente*?

Sim.

Um dente *humano*?

Sim. Um molar.

Eca.

Ainda com a raiz e meio ensanguentado, parecendo recém-arrancado da boca de alguém.

Eca, eca.

Meu avô fez aquele gesto para que eu colocasse na boca, como fazia com as balinhas, com o indicador e o polegar.

Ai, não. Que nojo.

Ele sempre fazia isso, dava as balinhas e fazia esse gesto para que a gente desembrulhasse e enfiasse logo na boca. Ele gostava de ver os outros comendo doces, talvez por ser diabético. Ficava observando, todo satisfeito, quase como se saboreasse junto com a pessoa. Mas dessa vez, no sonho, eu não queria, por razões óbvias.

Ai, agora só fico pensando no dente arrancado.

Mas ele insistiu, fechou a cara.

E a senhora colocou na boca?

Acho que sim.

Como assim, *acha*?

Bom, eu peguei o molar com a outra mão e comecei a levar até a boca. Devagarinho, porque sentia muito nojo, mas acordei antes e...

Então não colocou.

Não, eu *sinto* como se tivesse colocado. Mesmo tendo acordado um milésimo de segundo antes de... de... enfim.

As duas se calam. Sustentando a expressão de repulsa, a sobrinha bebe mais um gole de vinho, a taça quase vazia, e encara outra vez o barman, que sorri. A tia volta a se concentrar no jornal. Isabel ajeita os óculos escuros e olha para o copo de cerveja ainda pela metade. Ela me viu, pensa. Quando entrei. Ela me viu. Ela sabe que sou eu. No horário e no local combinados. Aqui estou. Respira fundo. Só precisa fazer o que pediram, coisa simples, e dar o fora. Ainda alguns minutos para o horário combinado. E se a sobrinha continuar ali? Fazer a entrega na frente dela? Não. Eu tenho aquele compromisso, disse a velha. E a sobrinha: Posso pedir uma garrafa e levar pro quarto comigo. Sim, isso e aquilo foram ditos. Menos mal. Então, é só esperar. Ainda alguns minutos. Esperar. Abrir as cortinas, contemplar o apocalipse. Caso pudesse escolher, teria optado por outro lugar. O bar de um hotel nos Jardins? Pelo menos não estão em Brasília. Sorte que o lugar está quase vazio. Antes se reunissem no quarto dela, se ou quando estivesse sozinha. Sorri. Quartos de hotel. O que seria da República sem os quartos de hotel? Não, não queria que fosse ali. Exposta. Devia ter dito alguma coisa para Gordon. Ambas expostas. Mas a velha insistiu. Aguardarei no bar do hotel. Despreocupada. Ou talvez seja melhor assim. No caso dela. Por ser quem é. Agir como se não fosse nada. O risco de chamar a atenção em qualquer outro lugar. Em Brasília. Pelo menos não estão em Brasília. Quem bombardeou a cidade? Os riscos de não usar outra pessoa para aquele tipo de coisa. Um assessor. Juízes têm assessores? Ora, por que não teriam? Até assessores têm assessores. O que seria da República sem assessores? Os riscos de uma pessoa como ela lidando com *isso* assim diretamente. Amadora. Zanzando pelas ruínas. É sempre arriscado lidar com amadores, mas agora é tarde demais. Agora estão ali. Nada demais. Uma simples entrega. Nada muito pesado.

Bom, acho que vou subir. Tomar um banho, ver um pouco de televisão.

Não se esqueça do vinho.

Vou pedir do quarto.

Não se esqueça do barman.

A sobrinha sorri, nada envergonhada. A senhora quer alguma coisa?

Que vocês não demorem muito.

Meia horinha.

Subo quando ele descer.

Perfeito. Não quer pedir nada pra depois?

Peço mais tarde. Ou talvez a gente saia para jantar aqui perto. Se você não estiver muito cansada. E se essa chuva parar.

Pode ser.

Divirta-se.

Pode deixar.

Isabel observa a sobrinha se levantar, ir até o balcão, colocar a taça ali em cima, discretamente mostrar a chave do quarto para o barman, dar meia-volta e caminhar na direção dos elevadores. Dois minutos depois, ele chama um colega que está por ali, diz alguma coisa, e também sai. O colega assume o posto com uma expressão preguiçosa. A senhora que está ao balcão pede outra dose. Cardhu. O marido enrolando com o Bloody Mary. Isabel vira o copo de cerveja e se coloca de pé. Só tira os óculos escuros ao parar junto à mesa da velha. Ela continua com os olhos fixos no jornal.

Sente-se, por favor.

Não é necessário.

Sente-se mesmo assim.

Ainda hesita um pouco. Com licença.

Peça outra cerveja, se quiser.

Isabel não diz nada.

A velha levanta os olhos, séria. Você me lembra alguém.

Meu rosto é bem comum.

Não sei quem, mas tenho certeza de que me lembra uma pessoa que não vejo há muito tempo.

Meu rosto é *bem* comum.

A velha toma um gole de conhaque, o copo quase vazio. Está um breu lá fora, diz, com toda essa chuvarada. Não é comum chover desse jeito nessa época do ano, é?

Acho que não, mas as coisas mudam.

Não entendo muito dessas coisas.

Que coisas?

Estações.

Às vezes chove, às vezes não chove. Dependendo do lugar, quase nunca chove.

Simples assim?

Brasil. Fazer o quê.

E está um pouco escuro aqui dentro. Mal consigo ler meu jornal. Parece o bar de um bordel.

Isabel sorri, pensando no Abaporu. Bordel.

Mas você estava de óculos escuros.

(Mas o Abaporu não é um bordel.) Eu estava.

Aqui dentro.

(O Abaporu é um puteiro.) Parece o bar de um bordel.

A velha sorri. Talvez para descansar os olhos.

(Não existem bordeis no Brasil, só existem puteiros.) Meus olhos precisam de um descanso.

Os meus também, minha filha. Os meus também.

Isabel leva a mão esquerda ao bolso interno da jaqueta e tira um envelope. Branco, fino. Coloca-o sobre a mesa, ao lado do copo.

Bom.

Bom.

É isso, então?

Suponho que sim.

Você supõe?

Foi o que me pediram pra entregar.

A velha cobre o envelope com o jornal. Você faz muito isso?

Isso o quê?

Entregas.

Na verdade, não.

E o que você faz?

O que eu faço?

Sim. O que você faz?

A senhora não quer saber.

A velha levanta o jornal e olha para o envelope, abrindo um sorriso melancólico. Branco?

Quê que tem?

Nada. Parece um convite de casamento.

É uma forma de enxergar a coisa, diz Isabel, levantando-se. Boa tarde. Boa sorte.

Não recoloca os óculos escuros ao sair do hotel. Está um breu lá fora, disse a velha. Mas a chuva amainou um pouco. Olha para o alto antes de abrir o guarda-chuva. *Logo após a tribulação daqueles dias, o sol escurecerá, a lua não dará a sua claridade, as estrelas cairão do céu e*. E o quê? Não se lembra do resto. Gordon recitou isso mais cedo. Pegou a Bíblia na gaveta do criado-mudo, foi à janela e, nu, de olho nas nuvens carregadíssimas que se aproximavam, a camisinha ainda no pau, esporrada e escorregando devagar, recitou com a voz empostada e as costas eretas, o livro aberto no parapeito, como se estivesse em um púlpito e a cidade fosse a congregação; no meio da brincadeira, a camisinha se desprendeu e caiu no chão, o ploft não o perturbando em nada.

Como você é bobo, ela disse.

Ao terminar, o pregador olhou para o chão, depois se abaixou, pegou a camisinha, foi ao banheiro e a jogou no lixo. Deixou a Bíblia no parapeito, testemunhando a chegada da tempestade; ainda estava lá quando ela saiu para fazer a entrega (Você faz muito isso?) (Na verdade, não.), Gordon cochilando na cama e a chuva forte surpreendendo a cidade, teve de pegar um táxi para ir ao local combinado.

Bobo, pensa agora, seguindo pela calçada da Alameda Santos, rumo ao flat. Gosta da palavra "tribulação". Quanto à lua, entoou Gordon ao voltar do banheiro, sua claridade é fruto do roubo, como bem lembrou o poeta. Qual, ele não disse. Isabel respira fundo. Dirá, eventualmente. Levanta os olhos do chão. As costas de alguém parado à frente. Ainda longe da esquina. Procura alguma coisa na carteira? Não: tenta acender um cigarro. Entrevê o fogo pálido do isqueiro ao passar pela pessoa. Um velho de boné e capa de chuva, acendendo um cigarro sob o aguaceiro. Eu faria o mesmo, pensa. Eu faria o mesmo se fumasse. Câncer, câncer, câncer. Causado por essa chuva imunda e extemporânea ou pelo fumo? Ora, venha de onde vier, que diferença faz? E quem vai parar de fumar numa hora dessas? Nessas condições? O pai voltou a fumar. Com tudo. Talvez esteja na hora de eu começar. Talvez seja o momento perfeito para. Peraí. Onde é que. Ah, sim. Mais o quê, duas quadras? Isso. Seguir em frente, dobrar à esquerda na Augusta e à direita na Jau. Poderia até virar antes, ir direto pela Jau, mas quer passar em um mercado que pensa ter visto por ali. Cerveja, água, alguma coisa para comer. Ou talvez peçam uma pizza. Cerveja e água, então. E chocolates. Tribulação? Sim, ela sorri, uma chuva forte, mas as estrelas não precisarão chegar a tanto, as estrelas não precisarão *cair*. E de onde cairiam? Para onde? Não existe céu. Mas, por via das dúvidas, e porque a chuva engrossa um pouquinho, Isabel aperta o passo. Uma criança passa correndo por ela, carregando uma bola de futebol. Uniforme completo e encharcado do São Paulo Futebol Clube. Isso faz com que se lembre da tarde do domingo anterior, em Goiânia, a esdrúxula "reunião" com Gordon no Serra Dourada. Treze mil, duzentas e trinta pessoas presentes, anunciaram no alto-falante, em um estádio com capacidade para o quê? Cinquenta mil? Por aí. Ela e Gordon sentados logo abaixo das cabines de transmissão. Isabel assistia ao jogo sem muito interesse, não porque desgoste de futebol (impossível desgostar de futebol com Dadá Maravilha em campo), mas por se sentir cansada pela viagem repentina e pela expectativa do serviço (nada muito pesado, ele disse e reiterou, mas vai saber). Por alguma razão, Gordon torcia pelo Vila Nova e vibrou quando Ademir abriu o placar. Mas não pareceu muito chateado quando, ao final do segundo tempo, o Goiás virou o jogo com um gol já nos acréscimos.

Que castigo, disse ela.

Gordon encolheu os ombros. "As oportunidades se multiplicam à medida que são agarradas."

"Não há caminhos retos no mundo."

Isso também é Sun Tzu?

Mao, respondeu Isabel, aos risos, e olhou para o gringo. Ele estava sério. Será que entendeu *não* em vez de *Mao*? O jogo vai acabar.

Sim, vai. O que você quer fazer depois?

Sei lá. O que sugere?

Uma cerveja? Gosto daquele bar perto da catedral. E a gente conversa sobre o serviço, eu explico do que é que se trata.

Devo me preocupar?

Não. O bar é decente.

Em relação ao serviço?

Não. O serviço é tranquilo.

Assim, depois que o jogo terminou, foram a esse bar na rua 10. Queria, na verdade, voltar para o apartamento dele, sem mais escalas. Tomar um banho bem demorado, relaxar. Foder. Dormir. Mas ele parecia feliz ali, sentado à mesa do boteco, e Isabel achou melhor não dizer nada, não apressar o homem, capaz que não demorassem muito.

Gostou do apartamento?

Ela o encontrara lá, um rápido tour antes de zarparem para o estádio. Gostei, sim. Tava cansada dos seus quartos de hotel.

Mas vejo o seu futuro e, nele, há um belo quarto de hotel. Um flat, para ser exato.

Pois é. Pra onde é que a gente vai mesmo?

Ele não respondeu e fez um sinal para o garçom, pedindo outra cerveja. Quer mais uma dose de cachaça?

Ainda não.

Conheci uma torcedora do Vila Nova, disse depois de ser atendido pelo garçom, o copo outra vez cheio, espumando. A gente saiu algumas vezes. É a corretora que achou o apartamento pra mim, na verdade.

Ela achou graça da história. Antes tivesse descolado uma casa pra você perto da Praça Boaventura, então.

Ela tem uma bandeira enorme do Vila pendurada na sala. Sem falar nas roupas de cama, nos adesivos na geladeira, nas canecas, nos abridores de garrafa, você entra na casa dela e é Vila Nova pra onde quer que olhe.

Deve ser esquisito.

Sim. Um pouco. Mas não é uma chata. Torcedores fanáticos costumam ser chatos, eu sei, mas não é o caso dela. Fomos a dois jogos no Serra Dourada e eu me diverti muito.

E onde é que ela está?

Essa é a parte triste da história. Ela estava separada, mas agora voltou com o marido. Ou melhor, permitiu que o marido voltasse pra casa.

Gosto de mulher que expulsa o marido de casa.

E eu desgosto de mulher que aceita o marido de volta, ele sorriu. Nesse caso, pelo menos.

Pelo menos ainda somos namorados, Gordie.

Eu bebo a isso.

Brindaram, ele com a cerveja, ela com a cachaça, e beberam.

Mas e aí? Cê não me fez dirigir até aqui só pra ver esse clássico do futebol goiano, fez? Ou pra chorar na porra do meu ombro por causa da corretora vilanovense que te trocou pelo marido.

Então. A nossa viagem é para São Paulo.

Sabia que o diabo nasceu em São Paulo?

Segundo quem?

Deu no *Notícias Populares* uns anos atrás.

Fonte confiável, imagino.

Foi em São Bernardo, na verdade. Corpinho todo peludo, chifres, rabo e o escambau.

E o pai?

Dizem que não tirava o chapéu por nada desse mundo.

Em tais circunstâncias, você tiraria?

Mas a mãe era a culpada, pra variar. Durante a gravidez, vivia chamando o bebê de diabinho.

O diabo ainda mora em São Bernardo?

Não sei.

O que é que você sabe?

Que ele fugiu do hospital pulando pela janela do terceiro ou quarto andar, quase matou um taxista de susto pedindo uma corridinha pro inferno, e parece que depois fugiu pro Nordeste.

Esperto. Eu também fugiria pro Nordeste.

Pois é. Quando a gente viaja?

Amanhã à tarde. Volta na quarta ou quinta-feira.

O que é? Uma entrega?

Sim.

Que tipo de entrega?

Delicada, mas não muito arriscada.

Como assim?

Você não será presa se flagrada com o pacote. Logo, a entrega é menos arriscada. Mas, por causa da destinatária e das circunstâncias, a entrega também será um pouco mais delicada.

Bom, tanto faz. Eu acho.

Nada muito pesado.

Ela olhou para o copo sobre a mesa; ainda um restinho de cachaça. Me diz uma coisa.

Digo.

Quem fez os gols do Goiás?

Bill e Washington. Por quê?

Por nada. Dois belos gols. Especialmente o primeiro. O senhor agora gosta de futebol, então.

Acho que aprendi a gostar.

Graças à corretora vilanovense.

Ela me fez gostar do Vila, mas vi muitos jogos com o seu pai e os amigos dele nos últimos anos, desde que passei a ficar mais tempo aqui em Goiânia. E acompanhei a última Copa.

Seu novo esporte favorito.

Nem tanto.

Claro que não. Bastão e bolinha.

Sim. O melhor esporte que existe.

E você torce pelos... Padres?

San Diego. Exato.

Prefiro dizer Padres. É mais legal.

Eric Show.

Quem é Eric Show?

Arremessador dos Padres.

Eric Show. Não é possível que ele tenha esse nome.

É possível, sim. Ele tem. E é um atleta majestoso.

Majestoso. Uau. Tem um pôster dele pendurado em algum lugar? Na porta do guarda-roupas, talvez? E um daqueles cartõezinhos que a molecada coleciona lá nos USA?

Tenho o cartão. E uma luva autografada.

Tem o cartão. E uma luva autografada. E assim, pouco a pouco, eu me aproximo da alma de Andrew J. Gordon, esse egresso da Costa Oeste dos Estados Unidos da América e radicado no Centro-Oeste brasileiro.

Ele gargalhou. Mas eu não sou da Costa Oeste, pequena.

Filho da puta, ela disse, sorriso aberto, depois pegou o copo e virou o resto da cachaça. Vam'bora. Quero trepar.

Agora, a nove mil e setecentos quilômetros de San Diego (e a uns novecentos de Goiânia), Isabel compra água e cerveja e chocolates em um mercado nos Jardins, depois de entregar sabe-se lá o que para uma desembargadora do Distrito Federal que, em viagem com a sobrinha, presa no bar do hotel por causa de uma chuvarada, conta ter sonhado com a irmã, falecida há poucos meses (deu no jornal), e com o fim do mundo, Brasília bombardeada e em ruínas, nega que o general presidente tenha sido escoiceado, bebe conhaque e lê e relê o jornal com uma atenção exagerada e bem pouco saudável, coisa que ainda deve estar fazendo por conta da súbita necessidade da outra de trepar com o barman.

Uma entrega.

(Você faz muito isso?)

(Na verdade, não.)

Uma entrega, sim.

Um pouco mais delicada dessa vez, pensa ao sair do mercado. Qual seria o melhor nome para esses serviços delicados? Missões executivas, talvez. É bom andar desarmada, para variar. E passar um tempinho sem estourar cabeças por aí. Sim, talvez haja outra carreira possível para mim, algo intermediário entre a matança e a administração de uma papelaria no Guará II, mas que não passe por uma sala de aula.

Talvez essa chuvarada em agosto seja um sinal.

Talvez haja salvação.

Ou talvez as estrelas comecem a cair.

Parada na semiobscuridade do quarto, ela força a testa contra o espesso vidro da janela enquanto observa o movimento na calçada, nove andares abaixo — fluxo insalubre de veículos e pessoas, algumas conduzindo crianças pelas mãos, a maioria levando pastas ou bolsas ou sacolas ou com mochilas presas às costas, todas mais ou menos apressadas. Ainda é cedo, cinco e pouco da tarde. A chuva voltou a engrossar. Agosto. Como é possível que chova tanto em agosto? E a rua cheia, apesar de tudo. As pessoas têm que ir para casa. Não há nada que elas possam fazer, exceto tentar. Ela começa a cantarolar o hino nacional.

Mas o quê?..., diz Gordon e solta uma gargalhada.

Sim, ela pensa ainda cantarolando, um sonho intenso, um raio vívido, mas o quê? Por fim, abre um sorriso. Nada, diz. Que se foda.

Ele está deitado na cama enorme e desarrumada, tão nu quanto ela, olhando para a televisão. Japoneses.

O planeta é a Terra, informa a TV. Uma voz esquisita, radiofônica. *A cidade, Tóquio. Como todas as metrópoles...*

Que diabo você está assistindo?

Spectreman.

...pode acontecer um dia que a terra, o ar e as águas venham a se tornar letais para toda e qualquer forma de vida. Quem poderá intervir?

Bom, acho que é isso, então.

Isso o quê?

Uma nova era glacial vem aí, Gordie. A gente precisa se preparar. Você está preparado?

E como é que a gente se prepara para uma era glacial? Comprando meias grossas e agasalhos? Gorros?

Pra começo de conversa.

Mas ele não falou nada sobre era glacial. Ele falou que a Terra pode ficar inabitável por causa da poluição.

Nesse caso, só nos resta prender a respiração.

Por quanto tempo?

Alguns milênios.

Alguns *milênios*?

Você prende a respiração e torce pelo melhor.

Belo plano.

Ela ri e vê os próprios dentes fracamente refletidos no vidro da janela. Uma figura algo tenebrosa e fantasmagórica. Além do tubo, apenas a luz do banheiro está acesa. A porta entreaberta sugere uma terceira presença, não propriamente física, esse enorme *algo* que também parece estar lá em cima, assumindo a forma de nuvens carregadíssimas. Ela vira a cabeça por um momento. Na TV, um disco voador paira acima das nuvens. Dentro dele, os vilões planejam o próximo passo, a vilania seguinte. Monstros. Não seria mais interessante se o herói tivesse uma aparência monstruosa e os vilões fossem belos e atraentes? Ou isso seria apenas uma variação idiota dos clichês de sempre? Embora ali ninguém seja bonito, a começar pelo tal do Spectreman com sua cabeça pontuda. Salvando o planeta. Que se foda o planeta. Ela volta a se concentrar na paisagem lá embaixo. O planeta é a Terra, diz. A cidade, São Paulo. Como todas as metrópoles, São Paulo cedo ou tarde afundará na própria merda. Quem poderá intervir?

Gordon gargalha outra vez. Afundará na merda ou no sangue?

Nos dois.

Claro. Por que não?

Por que não? Já vi acontecer.

Claro que viu. E agora, o que você está vendo aí?

Nada. As pessoas lá embaixo, na calçada. Na chuva.

A chuva diminuiu?

Não.

Que merda.

Pois é. Que merda.

Volta pra cá.

Ela se vira. O quarto é um caos de roupas e jornais e latas de cerveja e garrafas de uísque e copos e pratos com restos de comida. Incrível que tenham feito tamanha sujeira em menos de trinta horas. Um cheiro de merda se insinua desde o banheiro que ela usou há pouco mais de trinta minutos, antes de montar em Gordon outra vez. Lá está. *Ecce homo*. O membro flácido feito o corpo de um condenado recém-descido da forca. Símbolo explícito, exposto, da exaustão. Dessexualizado. Brinquedinho usado e reusado e abandonado que, naquele momento, parece incapaz até mesmo de soltar um nada de mijo que seja. Ela ri.

Que foi?

Isso é meio engraçado.

O quê?

Você aí. Desse jeito.

Ele se senta no meio da cama, recolhendo as pernas e apoiando os cotovelos nos joelhos. Eu aqui desse jeito.

Você engordou um pouco.

Eu sei. Efeito colateral.

Do quê? Da má alimentação?

A má alimentação também é um efeito colateral.

Da falta de cigarro?

Exato.

Acho que gosto mais assim.

Vou perder peso nas próximas semanas.

Como?

Dieta. Cortar a cerveja, as massas.

Você consegue?

Consigo tentar.

Conseguiu parar de fumar.

E engordei.

Eu não me importo. Acho que gosto mais assim. Quero mais.

Você acabou comigo, pequena.

Deve ter sobrado alguma coisa.

Será?

Sempre sobra.

Será?

Me deixa ver o que sobrou.

Ainda hesita um pouco, a mão direita circunavegando a barriga e depois descendo até o pau mole, as bolas, mas por fim obedece e engatinha sobre o colchão e se senta na beira da cama. Ela caminha até ele e se coloca de joelhos. Olha-o nos olhos enquanto começa a acariciar o escroto. Ele, em silêncio e não se mexendo, quieto, à espera, as mãos espalmadas no colchão, os joelhos afastados. Ela observa o pau desvitalizado e semiobscurecido pela sombra da pança e, do nada, pensa na figura de Orson Welles emergindo do escuro em plena noite vienense, um velho filme em preto e branco revisto dias antes. Acaricia as coxas, depois o saco mais uma vez. Mas aquele era um morto retornando à vida. E *isto*, o que é? Nada, por enquanto. Há alguma chance de que retorne ou saia por um instante sequer do vale das sombras no qual se arrojou, julgando que os trabalhos ali estavam encerrados? Começa a masturbá-lo devagar com a mão direita, a esquerda passando a se ocupar do saco. Cospe na glande. Com um pouco mais de força agora. Alguma reação. Coloca na boca. Ora, ora. Harry Lime está vivo. Suga com força. A respiração dele acelera. Tira da boca por um instante, as duas mãos trabalhando.

Que foi?, ele pergunta.

Pensei que Napoleão já estivesse em Santa Helena. Mas não. Ele ainda tá em Elba.

Ele ri. Não garanto um governo de cem dias, não.

Só preciso de mais uns dois minutinhos.

Jesus, ele geme dois minutinhos depois.

Isabel, ela corrige ao se colocar de pé, a língua se ocupando de uns restos de porra pelos cantos da boca.

Isabel, ele sorri e se deita de lado, encolhendo as pernas por um instante para, em seguida, esticá-las enquanto gira e endireita o corpo, estendendo-se por inteiro sobre o colchão. *Fuck*.

É um dos nomes que tem, ela diz, depois sobe na cama e avança até encaixar a buceta na boca do gringo. Agora tenta não se afogar. Muito.

A última entrega. A derradeira missão executiva. Ao menos dessa vez, nesta viagem. Embora Gordon não tenha especificado a natureza do serviço. Não uma entrega, mas uma *coleta*, talvez? Ainda não sabe. Saberá em breve, quando chegar à casa do ex-governador. Saberá quando for oportuno. Saberá quando quiserem que saiba. Mas ninguém pode dizer que eu não cheguei longe, pensa, o sorriso refletido na janela, que não frequentei as altas esferas dos cuzões, as pregas mais altaneiras desta República de hemorroidas inchadas e empapadas de sangue. O olhar desvia do sorriso refletido para a paisagem lá fora, o táxi em movimento. Sem chuva hoje. Dia claro. Agosto. Mas o que seria melhor? Entregar ou coletar? Entregar, talvez? Sim. Cumprida a tarefa, as mãos vazias, livres e só um pouco sujas (autoengano). Claro que muitos serviços envolvem ambas as coisas. Um viaduto. Procura uma placa. Glicério. Glicério? Esteve poucas vezes em São Paulo. Com o pai, duas vezes. A passeio, jamais a trabalho. E uma terceira, um congresso na época da faculdade. E agora está aqui, sozinha. Gordon foi embora logo cedo. Alguma emergência em Brasília. Uma reunião escusa sabe-se lá com quem. Coisa de última hora. A ideia era passar mais dois dias em São Paulo, à toa. Juntos. Passeando.

Bom, então vou arrumar as minhas coisas.

Na verdade...

O quê?

Surgiu outro serviço. Será que você...

Onde? Aqui?

Aqui.

Ué, por que não?

Não é nada demais, pelo que disseram.

Nada muito pesado.

Nada muito pesado. E é pra gente importante.

Sempre é pra gente importante.

Ajamos de acordo.

Desde que me paguem de acordo.

E assim ela pegou um táxi para a Zona Leste enquanto Gordon pegou outro para Congonhas. Ele primeiro, atrasado para o voo, a mão acenando na janela do carro, acenando infantilmente, como você é bobo, homem.

A senhorita é de onde?

Goiás.

Terra boa.

Terra boa, sorri. E o senhor?

Daqui mesmo. Do interior, na verdade. São José dos Campos. E morei uns anos no Pará. A família da minha ex-mulher é de lá. São Félix.

Dirigia táxi por lá?

Nada. Abri uma pizzaria. Deu muito certo, não. Voltei pra São Paulo e a mulher ficou.

Com a pizzaria?

Ele ri, olhando pelo retrovisor: Com o pastor. A pizzaria faliu.

Sinto muito.

O casamento nunca foi lá essas coisas. E a pizza que eu fazia também não. Nem a mulher era lá essas coisas, pra ser sincero, mas Deus sabe o que faz, porque eu também nunca fui grande coisa.

Deus sabe o que faz, ela repete, olhando pela janela. O pastor e a mulher do dono da pizzaria. Admira o desembaraço do sujeito para contar tudo isso. Pastor maldito. Crentaiada e kardecista, disse a velha na lanchonete. Não sei o que é pior. Isso faz com que se lembre da Bíblia aberta no parapeito, Gordon "pregando" para ninguém. Como você é bobo, homem.

Oi?

Hein? Ah. Nada. Falando sozinha.

O taxista simpático, conformado, segue falando sobre o Pará, gostava do clima, gostava de ir ao Araguaia em julho, afirma ter sido feliz em São Félix, ao menos por um tempo. É uma pena que a gente não teve filho, ou eu tinha desculpa pra voltar lá de vez em quando, né?

O senhor não guarda mágoa da sua ex?

Fiquei com muita raiva no começo, quando descobri o rolo dela com o pastor, mas isso passou com o tempo. Eu também nunca fui santo, nem aqui, nem lá. É como eu falei, ninguém nessa história vale muito, nem o pastor, e Deus sabe o que faz.

Ela não acredita em Deus (Kay Parker, sim, sabe o que faz), mas concorda que ninguém vale muito, nessa história ou em qualquer outra, e toma a decisão de ligar para o pai tão logo retorne ao flat. A ideia lhe ocorre do nada, uma saudade súbita de William Garcia. Ri ao se lembrar da última vez em que o viu, do estado em que ele se encontrava, sentado à mesa da cozinha após aquele domingo infernal. Cheiro de suor, de poeira, de bebida, de cigarro. Sem camisa. As barras das calças e as botinas sujas. Cigarro aceso. Sobre a mesa, além do jornal, o maço de Continental, um isqueiro, o cinzeiro repleto de guimbas, uma garrafa de Dreher pela metade (mamãe, é você?), um prato com linguiças fritas e um copo engordurado. Quase dois meses. Podia tê-lo visitado em Goiânia, no domingo ou mesmo na segunda, antes de embarcar para São Paulo com Gordon. Foi ao cemitério visitar o túmulo da mãe, mas não à casa do pai. Mulheres e crianças em primeiro lugar. Não: mulheres mortas primeiro. Precisa visitar a tia em Goianira também. Quando der. Depois, as crianças (como o pai). Não. Não *assim*. O silêncio prolongado. Melhor ligar antes, quebrar o gelo. Depois, sim, a visita, combinar um churrasco à beira da piscina (e convidar a tia, por que não?). Ou talvez ele possa ir a Brasília, há quanto tempo não faz isso? Talvez uma pescaria. Ele ia adorar, não? Após tantos anos convidando, insistindo, chamando. E ela também gostaria, nem que fosse pelo silêncio operacional da coisa, sentados na beira do rio ou em um barco, anzóis mergulhados na água, à espera do primeiro peixe idiota q

É aqui, diz o taxista.

Mooca. Uma casa comum, de classe média. Gordon havia chamado a atenção para isso. Ele podia viver onde quisesse, no exterior, em condomínio de luxo, no litoral, mas mora até hoje no bairro onde cresceu, numa casa qualquer. Parece que quer morrer lá. Ex-deputado federal, ex-senador, ex-governador. Indicada pelo Velho? Parceiros em toda parte. Todos traficam alguma coisa. Compra e venda. País de comerciantes. Eu sou uma comerciante. Vendo caderno, caneta e envelope. Vendo pincel atômico. Vendo lápis, apontador e borracha. E tiro fotocópia. Precisa de fotocópia? Eu sou a pessoa que você deve procurar.

Até mais, Goiás.

Obrigada, moço. Boa sorte.

Por nada.

Isabel desce do táxi e olha ao redor. Rua Natal, esquina com Florianópolis. Venta forte. Então é aqui que Vossa Excelência quer morrer? Encolhe os ombros. Que porra eu tenho a ver com isso, não é mesmo? Ninguém nessa história vale muito. E toca a campainha.

(Kay Parker sabe o que faz.)

É recebida por uma espécie de lacaio, misto de assessor e mordomo, olheiras fundas, macérrimo, cabelos grisalhos penteados para trás, nariz adunco: um homem muito feio fantasiado de vampiro de programa humorístico.

Eu sou a...

Sim, eu sei.

Que bom.

Ele está à sua espera.

A casa é dominada por um cheiro de merda, e Isabel sabe o motivo, todos sabem, o tipo de informação que circula pelos jornais, ex-governador luta contra um câncer nos intestinos, quimioterapia, a possibilidade de outra cirurgia, bem poucas chances de sobreviver, mas segue *atuante*, como se diz, recebendo pessoas, fazendo ligações, dando isso para receber aquilo, esses cornos vão fazer política até no inferno, ela pensa ao avançar por um corredor estreito, o lacaio vampiro logo à frente.

Venha. Sente-se ali, por favor.

Eis o homem. Numa enorme poltrona de couro. Camiseta, bermuda. Saco de colostomia? Pernas esticadas, muito brancas. Careca. Translúcido. E aquele cheiro de merda.

Com licença.

Senta-se num extremo do sofá, o lugar indicado pelo lacaio, bem próxima da poltrona e do enfermo, e se o desgraçado só conseguir cochichar por esses dias? As persianas às costas de Isabel chacoalham por causa do vento.

Quer beber alguma coisa?

Não, senhor. Obrigada.

O velho coça a careca. Parece mesmo translúcido, transparente. Como se o câncer sugasse não só a cor dele, mas a realidade, a concretude, a palpabilidade. Aqui venta muito.

Sim, senhor. Eu percebi.

Era uma chácara.

Como, senhor?

Essa região. Parte dela. João Mariano vendeu ao padre Diogo Feijó. Quase sempre venta desse jeito. Eu gosto.

Padres, ela pensa. Eric Show vendeu a João Mariano. Já está com saudades de Gordon. É um pouco assustador, diz. Esse vento.

Não me assusta. Sabe... sabe o que me assusta?

O quê, senhor?

O que está por vir.

Isabel fica sem entender se ele se refere ao próprio futuro, isto é, à morte cada vez mais próxima, ou ao futuro do país ou coisa parecida. Acha melhor não perguntar; não quer saber, não se importa. Kay Parker sabe o que faz.

E o gringo? Como vai?

Engordando.

É um bom sujeito.

Todos somos, ela diz, contradizendo o que pensou no táxi (ninguém vale muito, nessa história ou em qualquer outra). Mandou lembranças.

O lacaio entra na sala trazendo uma toalha úmida. O velho agradece, pega a toalha, fecha os olhos e a esfrega nas pálpebras, no rosto. Respira com dificuldade. Ex-deputado federal, ex-senador, ex-governador. Que tipo de negócios terá com o Velho? Uma *sociedade* propriamente dita? Ou um político amigo, pronto para quebrar esse ou aquele galho? Mãos lavando outras mãos. As pregas altaneiras da República. O senhor é assassino ou apenas amigo de assassinos? Traficante ou facilitador? Foda-se. Quem se importa? Nessa história ou em qualquer outra: ninguém. Olha para ele. Morrendo. Um boneco de carne podre, incapaz de respirar e cagar direito. Por que não desiste? Por que esperar que a metástase faça todo o trabalho? Por que não se adiantar? Eu me adiantaria, pensa. Diante de um câncer terminal como o dele? Como o da mãe? Pra que perder tempo? Um tiro na boca, e adeus. Tem medo do quê? Hein? Covarde. Não tem nada *lá*. Nada. Porra nenhuma. Mas, não. Aqui está ele. Perto do fim da história. Da própria história, pelo menos. Sentado em meio ao cheiro das derradeiras merdas que cagará (e que sequer cagará direito) na vida. Eis o que está aqui, eis o que já veio e se instalou, e eis o que está por vir:

1) merda;
2) cheiro de merda;
3) cheiro de morte;
4) morte.

Eis o que está aqui (1, 2, 3), eis o que já veio e se instalou (1, 2, 3), e eis o que está por vir (4). É bom que fique assustado mesmo, filho da puta.

Você esteve com a mulher?, ele pergunta depois que o lacaio os deixa, levando consigo a toalha embolada.

(Por que ele sabe disso?) Sim, senhor. Ontem.

Que tal?

(Ele sabe de tudo.) Fiz o que me pediram.

Imagino que ela estivesse nervosa.

(Uma coisa só.) Se estava, disfarçou bem.

Você foi ao bordel?

(Ele deve ter arranjado a coisa.) Bordel?

Hotel. Eu disse hotel.

(Mãos lavando outras mãos.) Ah. Sim, claro. Eu... eu fiz a entrega no bar do bord... do hotel.

As coisas vão... vão caminhar mais rápido agora.

As coisas sempre caminham rápido, pensa Isabel. Mas o homem faz planos e Deus. Deus faz o que mesmo? Algo que Emanuel disse. Um provérbio judaico ou coisa parecida. Deus faz o quê? Caminha mais devagar, provavelmente. Ou se deita em algum lugar. Deus sabe o que faz? Kay Parker sabe. Como estaria o Éden a essa altura das coisas? Um jardim abandonado. Mais um entre tantos outros. Não cuidamos bem das coisas, não cuidamos bem de nós mesmos. O mundo são uns jardins abandonados. *Deus ri.* Sim. É isso que diz o provérbio. Judaico ou judeu? Qual é a palavra certa nesse contexto? É da natureza do homem fazer planos. Provérbio *judaico*, não? É da natureza de Deus rir? Música. Que música é essa? Alguém ligou um aparelho de som em um cômodo próximo. Ligou ou aumentou o volume. Num dos quartos, talvez. Ou na cozinha. Música subindo e descendo conforme os humores da orquestra.

Minha empregada, sorri o velho, as gengivas tão afastadas que os dentes parecem prestes a desgrudar, cair. Ela sempre liga o... ela... ela gosta de cozinhar ouvindo música.

O que ela tá ouvindo?

O sorriso alargado. Cairão os dentes? Todos? Aqui? Agora? Wagner, ele responde.

Wagner, Isabel repete, uma expressão meio abobalhada no rosto.

Götterdämmerung, o outro enuncia com um biquinho. E sabe... sabe o que é engraçado?

Não, não faço ideia, senhor.

Ela está fazendo um prato polonês pro almoço.

Mas é claro que está, ela pensa. Que coisa mais engraçada, hein? Caramba. Nossa. Vou morrer de rir. Você morre de câncer, eu morro de rir. E pra sobremesa? O que ela está fazendo pra sobremesa? Torta Floresta de Katyn? Um cardápio de crimes de guerra. Um longo cardápio. Será que foram mesmo os nazistas? O lance em Katyn. História muitíssimo mal contada, camarada Stálin. Questão mais do que controversa. Churchill sabia. Cedo ou tarde, a coisa será esclarecida. Extra! Capa da *Veja*. Matéria no *Fantástico*. Há cadáveres que se recusam a permanecer enterrados. A história como a disciplina exumadora por excelência. Covas descobertas, choradas e catalogadas. Vamos ver o que aconteceu *de verdade*. Bala na cabeça, cova coletiva. Balas, cabeças, covas. Contagem de corpos. Acertos de contas. Reparações. A quem interessar possa, pedimos desculpas pelos extermínios mencionados abaixo. Namas, hereros, armênios, ciganos, judeus. Foi mal, galera. Desculpa aí. Mas, não se esqueçam, guerra é guerra. A guerra é a continuação do extermínio pelos mesmíssimos meios. Deus sabe o que mata. O glorioso século XX. Pra onde vamos a partir daqui? Bom, seja pra onde for, hora de adiantar essa conversa: Senhor, me desculpe, mas eu não entendi por que...

Sim?

Por que estou aqui?

Hein?

Por que o senhor me chamou aqui?

Ah. Claro, eu... sim. Bem... sim, eu... eu quis vê-la pessoalmente porque talvez você possa me... me ajudar. Nada que... que conflite com os interesses do seu... nada que entre em conflito... a ver com ele, nada... em absoluto. Uma questão menor, uma picuinha, na verdade. Uma questão pessoal, e... até quando você... você fica em São Paulo?

Meu voo sai amanhã à noite.

Ótimo. Não é algo que vá... que vá tomar muito o seu tempo. Na verdade, tudo será... deve ser resolvido hoje mesmo, e...

Hoje.

... já falamos com o...

Sim?

Outra música lá dentro. A empregada se cansou de Wagner? O velho volta a sorrir, atento à melodia por um momento.

Sim?, ela repete.

Ninguém rege Bruckner como Inbal. Nem mesmo... nem mesmo Skrowaczewski. Essa gravação é do ano passado, se não me falha a... o adágio da sétim... memória... Radio-Sinfonieorchester Frankfurt. Ninguém... ninguém rege Bruckner como Inbal.

Nem mesmo Karajan?

Ele a encara com curiosidade. Karajan?

Isabel leu ou ouviu esse nome em algum lugar, não se lembra onde. Karajan, Bernstein, Seiji Ozawa, Toscanini. Charles Buchinsky? Um pequeno esforço para não rir. Qual é mesmo o nome do *pauzinho* que os maestros seguram e ficam balançando? É mesmo um pauzinho? Um enorme esforço para não rir. Paus. Kay Parker, comporte-se. Não. Não se comporte, Kay Parker. *Eu* preciso me comportar. Aqui, pelo menos. Agora. *Batuta*? Acho que é isso. O maestro e sua batuta. Balançando. Música. Batuta também é uma pessoa ou coisa boa, legal, bacana. Por exemplo: Chiquinho é um sujeito batuta. Por exemplo: sentar na cara do Gordon é um troço batuta (e gostoso). Mas que diabo um maestro faz *exatamente*? Lembra-se de um filme italiano, onde foi que viu mesmo?, os músicos se rebelando contra o maestro. Como terminava? Com um esporro, é claro. Com o regente botando ordem na casa. O maestro faz o que precisa fazer, e então a música se faz ouvir. Peraí, o que o velho tá falando? Parece ainda mais cansado agora.

... e esse safado era... era hedonista demais para lidar com... com Bruckner. E ele foi um *Mitläufer*, como se sabe. Membro do... do partido nazzz... foi um... um apoiador.

Sim, ela mente, acho que li algo a respeito.

Ele vai com você.

Karajan?, diz com um sorrisinho, mas o gracejo é ignorado.

Como eu disse, não é nada sério, uma questiúncula, e eu ficarei muito grato se... se você puder me ajudar. Ele vai te explicar tudo no caminho. E vai te pagar, é claro.

Ele? Ele quem?

Leós... Leóstenes.

Leóstenes?

Leóstenes é o nome de... de um general grego, você... você sabia disso?

Sim, senhor.

Oh.

Ateniense.

Oh.

Combateu os macedônios na Beócia...

Oh.

... e nas Termópilas.

Oh. Você...

Sim?

... você gosta de história?

Sim, senhor.

Os atenienses, eles... eles derrotaram os macedônios na... na Beócia e nas Termópilas e... e forçaram os macedônios a recuar até... desculpe, estou meio cansado, todos esses remédios e... até a cidade de...

Lâmia.

A cabeça dele pende como se fosse cair no sono. Oh. Sim, é... é isso mesmo... Lâmia...

O senhor que eu chame o...

E lá esses madacedô... *mace*dônios... não, eu estou bem, eles... eles ficaram siti... sitiados enquanto os atenoien... atenienses sitiaram a cidade e... esse comandante macadâmia Anti... Antro...

Antípatro.

Sim, oh, sim, sim, eu me lembro, eu consigo... bem... você já leu Deod... *Dio*doro Siculo? E o Pluto também escreveu a respeito e... *Plutarco*... esse tal de Antípatro ele... ele ordenou que os macedâmias investissem contra os atenoinienses e foi nessa... nessa batalha foi que o nosso amigo Laijóstenes morreu, ou melhor, não... não, ele foi ferido na batalha e morreu acho que... alguns dias depois, talvez? Parece que levou uma pedrada na cabeça e... uma pedrada na cabeça do nosso... do nosso amigo general de Atenas Leósten... que agora está... está... do que eu falava mesmo?...

De Leóstenes, senhor.

Sim, ele... você vai com ele até... é uma questão boba, pessoal, uma... uma... questi... úncula.

Sim, senhor.

Me perdoe, sim? Estou muito... muito cansado.

E é assim que Isabel vai a Santos pela primeira vez na vida, e também a uma clínica clandestina de aborto (e também ao mar, ou à beira dele) (nunca, antes, mar nenhum) (Vermelho, Negro ou Morto).

Na estrada, ao volante de um Passat 81, o lacaio Leóstenes fala muito singelamente sobre uma mocinha, filha da empregada, e de como se deu um namorico dela com o Homem (o lacaio sempre diz Homem, enchendo a boca, de algum modo dando a entender que a inicial é maiúscula). Ele é humano, diz. A gente vai até lá resolver essa situação da melhor forma possível. Da *única* forma possível, eu diria.

(Acertos de contas. Reparações.)

A mocinha tem..., limpa a garganta. Ela tem catorze anos de idade. Creio que completará quinze muito em breve.

Perfeito, pensa Isabel. Dia desses matei um estuprador. Hoje, vou dar uma mãozinha pra outro.

Ele não vai viver por muito mais tempo, você mesma viu, e o que é que sobra nessas horas?

A lembrança dos namoricos?

Não, não, que lembran... Resta o *nome*. Resta a *reputação*.

Ah, sim. *Isso*.

Para um homem público como ele, não há nada mais importante do que *isso*. *Nada*.

Há quanto tempo você trabalha com ele?

Quarenta e cinco anos, o lacaio responde, orgulhoso, as duas mãos no volante, polegares em riste como se cumprimentasse alguém que viesse na direção contrária.

Quatro décadas e meia.

Sim. Quatro décadas e meia.

Uau.

Impressionante, não?

Demais, demais.

Pois é.

E quantos namoricos com meninas de catorze anos rolaram nessas quatro décadas e meia?

Nada mais é dito no restante da viagem.

Em Santos, almoçam em uma padaria, e só quando terminam de comer é que o lacaio, olhando para algum ponto acima da cabeça de Isabel, como se falasse não com ela, mas com um encosto ou fantasma, explica como a coisa será feita. Tira um pedaço de papel do bolso do paletó. Anotados, um número de telefone e dois endereços. Esse é o telefone daqui, diz.

Daqui?

Sim. Daqui. Pra que você possa me ligar quando tiver terminado ou caso tenha alguma emergência.

Você não vai comigo?

O homem bufa.

Vou tomar isso como um não.

Parece-me bastante óbvio que, se eu pudesse ir com você, você não precisaria estar aqui, não é mesmo?

Verdade. Parece bastante óbvio.

O melhor é que eu não me envolva diretamente.

Sim, concordo, é o melhor.

O primeiro endereço é da casa onde a mocinha se encontra. Ela está te esperando. Desenhei o mapa aí no verso. Não é complicado chegar lá. O segundo endereço é da clínica. Você pega a mocinha e leva até a clínica. É esse outro mapa, abaixo do primeiro. Basta seguir as indicações. Não tem erro. Você leva a mocinha e espera que eles façam o... o...

Procedimento?

Isso. Procedimento. Depois, veja com o doutor se correu tudo direitinho, se não teve nenhuma complicação ou nada do tipo, se ela vai precisar de algum acompanhamento ou coisa parecida. Se estiver tudo certo, você paga o médico e leva a mocinha de volta para aquela mesma casa.

E se a coisa der errado?

Você me liga aqui. Não, melhor. Peça pro médico me ligar.

Entendido.

Agora, preste atenção.

Prestando.

Tem dois envelopes no porta-luvas do carro.

Dois.

Dois. Um envelope pardo e um envelope branco. O envelope branco é para o médico. O envelope pardo é para a mocinha.

Branco: médico. Pardo: mocinha.

Exato.

Entendido.

Mas, atenção: você só entrega o envelope pardo para a mocinha quando deixá-la na casa, isto é, depois que *tudo* estiver terminado, resolvido, consumado, encerrado.

Terminado, resolvido, consumado, encerrado.

Exato. Eu vou te esperar aqui.

Não seria melhor dar logo o dinheiro pra mãe dela? A menina só tem catorze anos.

O lacaio bufa outra vez.

Vou tomar isso como outro não.

Evidentemente, a mãe dela não sabe de *nada*.

Isabel sorri: Evidentemente.

Você tem alguma dúvida?

Muitas.

Muitas?

Muitas. Mas nenhuma que diga respeito a esse serviço.

Ele a encara por um momento, os olhos raivando, injetados. Talvez tenha sido um erro.

A que você se refere exatamente?

Ele não responde, a respiração pesada.

Isabel sorri, dobrando o pedaço de papel e colocando no bolso da jaqueta. Levanta-se e dá três batidinhas no tampo da mesa. Relaxa, querido. Deixa comigo. Vai ser como se o namorico nunca tivesse acontecido.

Você ainda está aqui?

A menina não cala a boca por um segundo sequer. Baixinha, magricela. Nem sinal de gravidez. Parece ter onze ou doze, não catorze anos. Talvez tenha onze ou doze. Isabel pensou que uma prima ou amiga mais velha a acompanharia, mas isso não acontece, está sozinha nisso. Para o carro diante da casa e, antes mesmo de descer para tocar a campainha, a porta se abre, a menina sai, ela e mais ninguém, contorna o veículo e entra, mascando um chiclete.

Olá.

Tô pronta, dona.

Alguém tem que estar.

Não entendi.

Qual é o seu nome mesmo?

Carolina.

Carolina. Beleza.

Por que beleza?

Sei lá. Não gosta do seu nome?

Não gosto quando me chamam de Carol.

Meu nome é Isabel.

As pessoas te chamam de Isa?

Minha mãe me chamava assim.

Não chama mais?

Não. Não chama mais. Vam'bora.

Usa um vestido florido, tem os cabelos curtinhos, a pele morena, e fala e fala e fala, fala sem parar, será que isso vai doer?, uma amiga minha fez e disse que não foi tão ruim, vão me dar injeção?, precisa de injeção pra fazer isso?, você não sabe?, você nunca fez?, mentira, todo mundo faz isso, o cara é médico mesmo ou o quê?, minha prima também fez, ela diz que fez, pelo menos, ela mente um bocado, mas todo mundo faz isso, parece, minha prima disse que fez com uma enfermeira, não foi com médico, não, foi na casa da enfermeira e fez, ela fica o dia inteiro lá, fazendo, essa enfermeira, uma freguesa atrás da outra, mas eles querem que eu vá nesse médico aí, dizem que é mais seguro, que vão pagar, eles vão pagar, né?, todo mundo faz isso, parece, você conhece alguém que fez?, se o mundo já é cheio assim com tanta gente fazendo imagina se as pessoas não fizessem de vez em quando, se deixassem a filharada nascer, Deus me livre, tem que tomar cuidado, você toma cuidado?, você tem filha?, tem marido?, você não tem nada?, como assim, moça, nem namorado?, eu tenho dois irmãos e duas irmãs, eu sou a caçula das meninas, as minhas irmãs são filhas do meu pai e os meus irmãos são filhos do meu padrasto, você tem irmão?, irmã?, nada?, ninguém?, só um pai?, mas que chato, como assim tem dois namorados?, agorinha mesmo falou que não tem nenhum e de repente tem dois, como assim?, ah, meus irmãos são tudo do meu padrasto mesmo, é tudo meio-irmão, né?, meu pai só teve filha, meu padrasto só teve filho, parece até que combinaram, ia ser engraçado se tivessem combinado, a minha mãe e o meu padrasto ficam a semana inteira em São Paulo, e a gente fica tudo aqui na casa do meu tio, esse meu tio é irmão do meu padrasto, na verdade, eu e os meus irmãos, a gente fica tudo na casa dele, é uma bagunça só, mas a minha mãe disse que é temporário, ela disse que mais um pouco e a gente vai tudo pra São Paulo, é só aguentar mais um pouquinho, ela e o meu padrasto só precisam ganhar mais dinheiro pra alugar um lugarzinho maior e levar a gente, ela trabalha demais, sempre trabalhou, meu pai batia nela, daí ela correu com ele, ele bebia e batia nela, daí ele virou crente e parou de beber e ela aceitou ele de volta, ele nunca mais bateu nela, pelo menos pra isso Jesus serviu, e parece que Jesus só tava esperando ele melhorar porque passou um tempinho e ele foi e morreu, meu pai, não Jesus, o carro caiu em cima dele, te juro, o macaco quebrou, eu acho, e o carro caiu e esmagou ele, ele tinha uma oficina que agora é desse meu tio, do irmão do meu padrasto, esse tio com quem eu moro, sabe, e ele não é crente nem nada, mas não bebe nem bate na minha tia, talvez porque eles não tiveram filho nenhum, cuidam de mim e dos meus irmãos enquanto a minha mãe e o meu padrasto trabalham lá em São Paulo, mais um pouco e a gente vai tudo pra lá, quer dizer, eu e os meus irmãos, é o que diz a minha mãe, pelo menos, a minha outra tia é que teve filho, foi na casa dela que você me pegou, filha, na verdade, a minha prima, essa minha tia é irmã do meu pai, era, né, porque ele morreu daquele jeito que eu te contei, ninguém sabe quem é o pai da minha prima, minha tia tá criando ela sozinha, não tá dando muito certo, não, porque a minha prima bebe demais e anda com uns caras um pouco mais velhos e bem esquisitos, acho que a melhor coisa é não ter filho, né, filho é que irrita, filho desgraça tudo, eu acho, não vou ter filho, não, de jeito nenhum, se quisesse não tava aqui agora, você quer ter filho?, você tem mesmo dois namorados?, faço aniversário no mês que vem e meu tio vai fazer um churrasco, ele prometeu, pelo menos, meu padrasto disse que vai ajudar também, comprar umas bebidas, ele é legal, meu padrasto, é garçom, todo garçom é legal, acho, nenhum deles sabe, quase ninguém sabe, a minha mãe não sabe, só a minha prima sabe, você me pegou na casa dela, tô passando esses dias lá, as férias tão acabando, a minha prima diz que já fez, mas eu não sei, ela mente muito, aposto que ela ouviu aquela história da enfermeira de outra pessoa e me contou como se tivesse acontecido com ela, tomara que ela não conte isso pra ninguém, acho que eles iam ficar muito fulos da vida se descobrissem, mas não vão descobrir, nunca vão saber, o melhor é não saber, você não acha?, o melhor é não saber, nunca, nunquinha mesmo, de nada, de porcaria nenhuma, o problema é quando a gente sabe alguma coisa ou acha que sabe, é melhor não saber nem achar que sabe, não sei você, mas é o que eu acho, sabia que ele tirava foto da gente?, velho daquele jeito, tirava foto, dizia que era pra guardar de lembrança, fazia eu colocar a boca naquele pinto mole e tirava foto, o quê?, aparece, ele aparece nas fotos, sim, tem umas que dá pra ver a cara dele direitinho porque ele vinha me chupar e pedia preu tirar foto dele me chupando, daí eu tirava, fazer o quê, mas agora isso acabou, ele bem que podia me dar mais dinheiro, imagina se eu tivesse pegado umas fotos, sou burra demais, ele bebia pra caramba quando a gente tava junto, agora não bebe mais, acho, a doença piorou, tá feia a coisa, aquele fedor todo, minha mãe disse que ele não consegue comer mais nada direito, ela tem que cozinhar umas comidas especiais pra ele, deve ser comida de hospital, né, eu tava pensando em falar pra ele que peguei umas fotos quando ele tava dormindo, você acha que ele acredita?, ele tem um apartamento aqui em Santos, bem grande, mas todo esquisito, porque não tem muito móvel, não, era pra lá que ele me levava, o feioso que trabalha com ele me pegava perto da escola, eu mentia que tava fazendo educação física ou na casa de uma colega fazendo trabalho de escola, sempre tem muito trabalho pra fazer, é um saco, ele me pegava e levava pro apartamento, o velho ficava me esperando lá, eles me davam dinheiro, é por isso que eu ia, tinha um elevador que era só dele, acho, tudo bem escondido mesmo, eu não via mais ninguém, só o feioso e o velho, fui lá em São Paulo ver a minha mãe e ele gostou de mim, depois o feioso apareceu aqui em Santos, como se fosse tudo coincidência, sabe?, apareceu do nada, me levou pra comer numa padaria, achei que era ele que queria, mas era o velho, melhor assim, eu achei, pelo menos, por quê?, ué, porque o velho é só velho, mas o feioso é horrível, Deus me livre, você conheceu ele?, como é feio, meu Deus do céu, pois é, tô pensando mesmo em pedir mais um dinheiro pra ele, por que não?, olha só o que eu tô passando agora, tudo isso é complicado demais, tenho que ficar mentindo pra todo mundo, hein?, o quê?, você acha melhor eu não pedir mais nada?, mas por quê?, parar com isso?, que parar com isso o quê, como assim perigoso?, tem nada de perigoso, não, ele é só um velho babaca, e um velho babaca que tá morrendo ainda por cima, você viu como ele tá doente?, minha mãe fala que ele fede muito, coitado, piorou de uma hora pra outra, até outro dia tava bonzinho, perigoso coisa nenhuma, como assim você sabe do que tá falando?, acho que você não sabe de nada, não, desculpa a honestidade, mais um dinheirinho, por que não?, e vou usar esse dinheiro que ele vai me dar agora, você trouxe, né?, pois é, acho que vou usar esse dinheiro pra comprar uma máquina, você trouxe mesmo o meu dinheiro, né?, pelo amor de Deus, vou comprar uma máquina fotográfica, até escolhi o modelo, tirar foto é legal demais, não tirar foto de velho me chupando, pelo amor de Deus, tô falando em tirar foto das coisas, da cidade, dos meus irmãos, tirar foto do mar, sei lá, o mar é a coisa mais bonita que existe, você não acha?, vou sentir muita falta do mar quando a gente mudar pra São Paulo, às vezes eu até preferia que a minha mãe e o meu padrasto voltassem pra cá em vez de levar a gente pra lá, acho que vai ser muito chato ficar longe do mar, quero nem pensar nisso agora, Deus me livre.

O lacaio espera sentado à mesma mesa. Lê um exemplar todo amassado de *Farda, Fardão, Camisola de Dormir.* Isabel se senta, chama um garçom e pede uma dose de cachaça.

Você não ligou, diz Leóstenes.

Correu tudo bem.

Era pra você ter ligado.

Correu tudo bem. Pode avisar o *Homem.*

O lacaio deixa o livro de lado, levanta-se e vai até um extremo do balcão, onde está o telefone. Enquanto isso, o garçom traz a cachaça, Isabel agradece, bebe e pede outra.

Quer um torresminho?

Só a cachaça, obrigada.

A menina encolhida no banco traseiro do carro após o *procedimento.* (Todo mundo faz isso.) Em silêncio no percurso de volta. (O melhor é não saber.) Nem um pio. (Você não acha?) Um servicinho para um ex-deputado federal, ex-senador e ex-governador. (Nenhum deles sabe.). Um favorzinho, uma mãozinha. (Quase ninguém sabe.) Nada muito pesado, Gordita? (Tô pronta, dona.) Filho da.

Ele pediu que eu te agradecesse, diz Leóstenes, sentando-se. Vamos deixar uma coisinha pra você lá no flat. Um presente.

Tá bom.

E uma garrafa de uísque pro gringo. Você nos faria a gentileza de levar consigo e entregar pra ele?

Claro. Sem problema.

Agradeço.

Ele vai gostar.

Sim, ele vai. Seu pagamento está comigo. Te entrego daqui a pouco, quando pegarmos a estrada.

Ok.

Bom. Se não se importa, acho melhor a gente voltar. É tarde, e preciso devolver o carro. Alugado.

Sim, senhor. Vou só pagar as cachaças e comprar um salgado pra comer na estrada.

Ah, por falar nisso...

O quê?

Tudo certo com o carro?

Como assim?

Sei lá. A mocinha fez alguma sujeira?

Isabel encara o lacaio. Ele está sério, a mão direita sobre o livro fechado, *Farda, Fardão, Camisola de Dormir*, os olhos cansados, mas inquisitivos. Se a mocinha fez alguma sujeira? Dentre todos os envolvidos, a *mocinha*? Isabel encara o lacaio e gargalha tão alto que o garçom se aproxima e, sorrindo, serve outra dose de cachaça.

Essa é por conta da casa, moça.

O flat está limpo, o que é bom, estava mesmo uma bagunça, mas também ruim, pois limpo e vazio, e o cheiro dele desapareceu.

Gordon.

Quase uma lua de mel, pensa com um sorriso, parada no mesmo lugar da véspera, a escura tarde do dia anterior, a cabeça de novo contra o vidro da janela, mas vestida dessa vez, vestida e cansada, cansada por outros motivos, infelizmente, não por trepar e trepar, outra vez observando o movimento lá embaixo, fluxo insalubre de veículos e pessoas, sem que o som da televisão (*O planeta é a Terra. A cidade, Tóquio*) ou da voz dele (E como é que a gente se prepara para uma era glacial?) esteja às suas costas.

Mas.

Mas o quê?

(As coisas e as palavras meio que se estilhaçando na cabeça.)

(Cansaço.)

Mas, a despeito do cansaço e da sensação meio adolescente de abandono, a atmosfera de fim dos tempos desapareceu.

(Pelo menos isso.)

Ela experimenta uma calma estranhíssima desde que deixaram Santos. O lacaio mais uma vez emburrado. Homens sensíveis. Terminado, resolvido, consumado, encerrado. Achou melhor ignorá-lo. Sem mais provocações. Cochilou na maior parte do trajeto.

(Seu pagamento está comigo.)

No flat, deparou-se com a tal "coisinha": outro envelope, além da garrafa de uísque para Gordon.

Glenlivet.

Ele não vai se importar, pensa agora, abrindo e servindo uma dose, após o que retorna à janela.

Um gole.

Mais um.

(Essa porra é boa mesmo.)

O dia ensolarado se despede sem muita pressa.

(Acho que aprendi a saborear essa merda.)

Que chuva foi aquela ontem? Dia esquisito. A conversa das duas no bar do hotel — teriam aquele papo ao ar livre, num entardecer como esse?

Hoje, sim: um belo dia, um dia horrível.

Um dia horrível por outras razões.

A descida. Santos.

Mal teve tempo de ver o mar.

(De passagem.)

A súbita vontade de parar o carro e descer e passear pela areia, tirar as botas, dobrar as barras das calças, caminhar em direção à água, ver e sentir as ondas abraçando as pernas, quase chegando aos joelhos.

O lacaio que esperasse mais um pouco na padaria.

Vinte minutos, nem isso.

Mar.

Há uma primeira vez para tudo.

Sim: abaixou-se, molhou os dedos, levou os dedos à boca, o gosto da água salgada.

Uma caipira vendo e sentindo o mar pela primeira vez na vida.

Tivesse mais tempo, daria um mergulho. Tivesse mais tempo, daria mais alguns passos mar adentro. Quantos? Até onde é *seguro* ir? Nunca aprendeu a nadar. Clara fazia natação. As medalhas dependuradas na cabeceira da cama. Mas isso não te salvou, amiguinha.

É difícil saber o que nos salva. Adivinhar.

(Nada vai nos salvar.)

Ao reencontrar o lacaio na padaria, achou melhor não dizer nada, embora ele por certo tenha notado, depois, a areia no tapete do carro e sob os pedais.

Mas que diabo, disse antes de dar a partida.

Na padaria, estava nervoso porque ela não ligou.

Foda-se.

Ligar para dizer o quê? "É um menino"?

(Um menino morto ainda é um menino.)

(Um menino morto continuará morto.)

Deixou Carolina em casa, ou na casa da tia (irmã do pai) (um pai morto ainda é um pai) (um pai morto continuará morto), entregou o envelope, depois o passeio na praia antes de voltar à padaria.

Acompanhante.

Dois envelopes, um aborto.

Um servicinho para um ex-deputado federal, ex-senador e ex-governador. Um favorzinho, uma mãozinha.

Nada muito pesado, Gordita?

Filho da puta.

Cê tá bem?, perguntou (imbecilmente) ao parar o carro defronte à casa da tia.

Carolina não respondeu. Pegou o envelope que ela estendeu e caminhou, trôpega, na direção da porta. Filho desgraça tudo. Trôpega, pálida. Desgraça tudo. Caminhando devagar, em silêncio. Tudo. Silenciada.

Boa sorte, criança.

Envelopes.

Uma garrafa de single malt.

(Essa é por conta da casa, moça.)

Recomponha-se, Isabel, diz para o rosto exausto refletido na janela.

E respira fundo.

Recomposta?

Mais ou menos. Na medida do possível. O uísque ajudando na recomposição parcial. As coisas parecendo menos estilhaçadas.

Já é um começo.

Termina de beber a dose e decide dar uma volta. Ainda vinte e quatro horas na cidade. Sair, passear. Pegar um cinema?

Não.

Sozinha no elevador.

Hoje, não. Amanhã, quem sabe.

A recepção deserta, onde é que se meteu todo mundo?

Sozinha na cidade. Clima agradável ali fora. Gordon de volta ao Centro-Oeste, uma reunião escusa sabe-se lá com quem.

E agora?

Emergências.

Nada para fazer.

Centro-Oeste, Sudeste, Centro-Oeste.

Quase uma lua de mel.

(Recomponha-se, Isabel.)

Dobra à esquerda na Augusta. O gosto do single malt na boca. O gosto de merda enquanto observava a menina caminhar, envelope pardo na mão direita. O gosto de cachaça enquanto sacaneava o lacaio na padaria. Terminado, resolvido etc. Subida meio íngreme, a Paulista lá em cima. Não ia ligar pro pai? Ainda não sabe aonde ir quando chegar lá. Não, outro dia. Melhor seguir na Augusta, entrar no primeiro boteco que parecer aprazível. Não fala com Emanuel desde a manhã de domingo, uma ligação rápida antes de pegar a estrada para Goiânia. Subir, atravessar, descer. Boca do Lixo? Nem tanto. Um aumento, Emanuel merece um aumento por tudo o que faz na papelaria. Um balcão ao qual se sentar, (mais) alguma coisa para beber. Cruza a Paulista. O namoro com os dias contados, melhor encerrar logo essa história. Luzes acesas nos postes. Namorico, disse o outro; é o que tenho com Emanuel? Os faróis acesos dos carros, ônibus, motos. Quem é que vai levar Emanuel à clínica?, ela pensa e abre um sorriso. Luzes acesas nas lojas. De onde veio essa ideia de *terminar*? Olha para cima. E terminar *o quê*? A noite chega primeiro aqui embaixo, na cidade. A palavra *namoro* nunca dita entre eles. O céu ainda não escureceu pra valer. Uma boa conversa, esclarecer tudo, estas são as minhas não intenções, rapaz. Boa noite a todos aqui embaixo. Interessa a você um *relacionamento* dessa natureza? Postes, lojas, faróis, o mundo aceso ao redor. Jovem, mas não burro, talvez seja ele quem decida isso ou aquilo. Os olhos acesos dos que sobreviveram ao expediente. Melhor não pensar em Emanuel agora. Ali, uma lanchonete na esquina. Gosta de Gordon porque ele torna mais fácil o exercício de não pensar. Qual o nome da rua? A companhia dele cria um espaço de convivência que prescinde de todo o resto. Luís Coelho. Talvez eu esteja apaixonada. Luís Coelho com Augusta: Lanches BH. Se for o caso, melhor encerrar *mesmo* a história com Emanuel. Desde 1956, diz a placa. Essa rotina manda sinais muito específicos, disse Gordon. Senta-se ao balcão, pede uma dose de cachaça. Especialmente para um sujeito jovem como ele. Aqui, moça. A noite chega primeiro na cidade, pois o céu. Ela agradece e pega o copo e cheira e toma um gole. Gordon está certo, ou talvez também esteja apaixonado e não queira que eu fique trepando com outros caras por aí. Outro gole, a cachaça não é má. Será mesmo? Pergunta ao rapaz de onde é. Homens sensíveis. É mineira, ele responde enxaguando um copo. Embora ele trepe com outras por aí, vide o caso com a corretora vilanovense. Outro gole, mais longo. Não perguntou como é a fulana. Qual é o nome daquela dos Descendents? *Marriage*? Bowie também tem uma boa. Quer ser a minha mulher, Gordie? Sorrindo, levanta o dedo como uma boa aluna e pede mais uma dose. E assim acendemos as nossas almas.

Tem fogo?, pergunta o sujeito ao lado, o maço de Hollywood e uma garrafa de Coca-Cola sobre o balcão, ao lado de um prato com uma coxinha mordiscada (o guardanapo fazendo as vezes de manjedoura).

Ela o encara: cabelos na altura dos ombros, escuros e cacheados, voz rouca, gravata afrouxada, paletó amarfanhado, os olhos acesos de quem sobreviveu a mais um expediente de jovem advogado, bancário, corretor ou vendedor de sabe-se lá o quê. Isabel espera que terminem de servir a dose pedida antes de responder: Não fumo.

O atendente estende um isqueiro para o sujeito: Aqui, doutor.

Valeu, ele diz, acende um cigarro e devolve o isqueiro. Após a primeira tragada, fala outra vez com Isabel, referindo-se à coxinha mordida apenas uma ou duas vezes: Achei que tava com fome, mas me enganei.

Acontece.

Acontece com você?

Acontece com quase todo mundo, ela diz e volta a se concentrar na cachaça, o primeiro gole da segunda dose. Sabe o que não acontece?

O quê?

A pessoa achar que tava com sede e se enganar.

Ele ri. Eu não bebo, mas acho que você tem razão.

Eu tenho, sim. Pode apostar.

Se quiser, pode comer. Não gosto de desperdiçar.

Uai, diz Isabel e puxa o prato para si. Pega a coxinha com a mão direita, sem fazer uso de guardanapo, dá uma mordida e mastiga bem devagar, aprovando. Bem gostosa, obrigada.

Você não é daqui.

Volta a encará-lo. Rosto redondo. Lábios finos. Olhos muito escuros e pequenos. Pele morena. Cabelos ondeados. Pelo menos não usa costeletas ou bigode. E quem é?

Eu sou, ele sorri. Mas por pouco.

Mastigando outro pedaço: Como assim?

Quase nasci no Rio, diz entre uma tragada e outra. Meus pais tavam no Rio visitando uns parentes. Mal tinham voltado de lá quando a minha mãe entrou em trabalho de parto.

(Trabalho de parto. Santos. A menina caminhando, trôpega, na direção da porta. Filho desgraça tudo.)

Que foi?

Hein? Ah, nada, e toma o resto da segunda dose.

Mais uma?, a cara do atendente sobre o balcão.

Não, obrigada. Quanto devo?

Em vez de voltar para o flat, decide descer mais alguns quarteirões da Augusta.

Boca do Lixo?

Isso é mais para o Centro.

Rua do Triunfo, por ali.

Luz.

Pagou pelas cachaças e pela coxinha (o sujeito protestou, mas foi ignorado), e disse: Inté.

Agora, parada na esquina com a Matias Aires, mãos nos bolsos da jaqueta, observa os carros e as pessoas que passam, indecisa entre descer mais um quarteirão ou adentrar outro boteco por ali.

Pensa na investida sofrida pouco antes.

Foi uma investida, certo?

O cara olhou para a moça ao lado. Calças e jaqueta jeans. Botas. Cabelos curtinhos. Sardas. Sotaque goiano (que as pessoas tendem a confundir com o sotaque mineiro; de Juiz de Fora pra cima, é tudo Canadá, certo?). Olhou e achou que valia a pena tentar. Puxando conversa, oferecendo coxinha. Histórias de família. Um quase carioca. E se tivesse nascido na Dutra? A bolsa estourando no meio do caminho. Parido na terra de ninguém ou, pior, nas redondezas de Aparecida. A coxinha realmente gostosa. Agora eu aceito comida de estranhos? Paletó e gravata, cabelos bem cuidados, e algo inesperado: coturnos (percebeu ao se levantar).

E se eu adotar esse visual?

Coturnos.

O pai não pode dizer nada, aquela tatuagem tomando as costas inteiras. Gordon acharia graça. Emanuel ficaria desconcertado. O Velho sairia com alguma piadinha babaca, virou sapatão agora?

Visual militar para missões executivas.

Esqueça o terno, foda-se a gravata; o coturno seria uma boa.

Punk.

Sair na manhã seguinte para comprar um coturno. Talvez encontre em uma das galerias da Augusta ou mais para baixo, no Centro.

Passear.

O voo marcado para o início da noite.

Passear sozinha. Aceitar comida de estranhos. Aceitou sem pensar. Mordeu, mastigou, engoliu. Bem gostosa, obrigada. Onde é que está com a cabeça? E a atitude do sujeito, o ato de oferecer um salgado já mordido para uma estranha: desprendimento ou desespero? Isso lá é jeito de flertar? Não sabia mais o que dizer, o que falar? Bom, ela aceitou e comeu, não é mesmo? Depois, aquele breve intervalo autobiográfico.

Quem se importa, amigo?

Kay Parker entra num bar. Um estranho oferece comida, um salgado já mordiscado. Ela aceita. Devora o salgado e depois o estranho (sua cabeça humana de estranho primeiro).

Não sou Kay Parker, infelizmente.

Ou apenas não estava afim.

A melhor coisa, levantar-se e voltar à rua.

(Mas devia ter perguntado onde ele comprou o par de coturnos.)

Um menino para junto ao meio-fio, acompanhado por uma mulher idosa. Avó? Ele segura um boneco do Superman. Isabel se lembra da fotografia de Emanuel criança, fantasiado de Superman, e sorri. Uma fotografia que viu na quitinete dele, grudada na geladeira. Havia outras. Pais, irmãos. A única vez em que foi à quitinete. Por que não foi outras vezes? Aquela maldita cama de solteiro. Possível trepar, impossível dormir. É possível trepar em qualquer lugar. No banheiro da lanchonete, por exemplo? Com aquele que ofereceu a coxinha? Claro. Mas não sentiu tesão por ele. Com Emanuel, em sua maldita cama de solteiro? Claro. Porque sentiu tesão por ele. Um bom rapaz. Um rapaz batuta.

(Mas não pra mim.)

Enquanto espera para atravessar, o menino agita o braço para lá e para cá, simulando o voo do super-herói.

A pequena capa esvoaça.

Luz vermelha, carros parados: sinal verde para os pedestres.

A pequena capa vermelha.

Puxado pela idosa, ele atravessa a rua com o braço esticado: não há por que parar de voar, certo?

Certo.

Ela permanece por alguns minutos no mesmo lugar, olhando para nada em especial, mãos nos bolsos, indecisa entre procurar outro boteco e retornar ao flat, o gosto da coxinha compartilhada e da cachaça de boa procedência ainda na boca, como a lembrança de um intervalo merecido.

Precisa se mover, mas não agora.

Ainda não.

Mais um minuto.

Só mais um minutinho.

Lá está ele, de terno escuro (mas não listrado) (o que será que aconteceu com os ternos listrados?) e gravata (mas sem colete) (o que será que aconteceu com os coletes?), sorrindo (talvez tenham lhe roubado a bagagem a caminho daqui ou em uma das reuniões escusas sabe-se lá com quem) e erguendo uma taça de vinho tinto com a mão direita. Isso é o que eu chamo de boas-vindas, ela pensa enquanto se aproxima da mesa. Cachopa, Galeria Nova Ouvidor. O lugar quase vazio. Uma cantora entoa fados para as paredes e o teto e o chão. Fados para ninguém? Como saber? Talvez alguns dos (poucos) fregueses presentes apreciem. Talvez Gordon aprecie. Não. Ficaria muito surpresa se. Ele se levanta, um beijo em cada bochecha, após o que Isabel se acomoda.

Boa noite, Excelência.

Boa noite. Vinho ou cachaça?

Vinho, responde, alcançando uma taça e a garrafa. Pode deixar que eu mesma...

À vontade.

Que estranha forma de vida
Tem este meu coração

Melhor lidar com o fígado do que com o coração, ela diz.

Um sorriso: Provavelmente.

O brinde regulamentar, um primeiro gole, depois outro, e então olha ao redor. Quando foi a última vez que esteve aqui? Veio com o pai, que na ocasião disse preferir o restaurante vizinho, Panela de Barro (Nesse caso, por que a gente não foi lá?, ela perguntou, e Garcia se limitou a encolher os ombros, como se não soubesse explicar, como se tivesse trocado um pelo outro sem se dar conta, como se tudo não passasse de um acidente, uma distração, não sei onde é que estava com a cabeça, quando dei por mim estava aqui, mas juro que preferia estar lá). Bebe outro gole e diz, apontando para a garrafa a um terço do fim: Ou eu me atrasei, ou você se adiantou.

Eu me adiantei. Bastante.

Ligou em cima da hora, nem sabia que ainda tava na cidade.

Pois é. Ainda estou.

Fico feliz.

Eu também. Tomei a liberdade de pedir o bacalhau, mas se quiser uma entrada ou outra coisa...

Não. Tanto faz.

Mas você gosta deste lugar?

O encolher de ombros espelhando ou ecoando o gesto do pai (quando foi mesmo aquilo?): Nada contra.

Fiquei indeciso entre aqui e o Kazebre 13. Gosta de lá?

Ela faz uma careta. Políticos demais.

Você trabalha pra eles.

Eu? Sou uma comerciante. Vendo caderno, caneta e envelope. Vendo pincel atômico. Vendo lápis, apontador e borracha. E tiro fotocópia. Precisa de fotocópia? Eu sou a pessoa que você deve procurar.

Uma comerciante.

Uma comerciante armada.

Armada?

Com uma fotocopiadora.

E vendedora de pincel atômico.

E vendedora de pincel atômico.

E lápis, apontador e borracha.

A melhor papelaria da 26 do Guará II.

Você merece esse bacalhau.

Eu mereço bem mais do que a porra desse bacalhau.

Sobre isso falamos mais tarde, mas dizem que o bacalhau daqui é o melhor da cidade.

Isso não quer dizer muita coisa.

Como assim?

Brasília não é Aveiro.

Inspirado pela menção, ele conta sobre uma viagem que fez a Portugal em fins da década de 60, o bacalhau que devorou em um restaurante no Cais de São Roque, um passeio de moliceiro, e várias outras coisas que Isabel ouve com desinteresse, os olhos inquietos indo de um lado para o outro, como se procurassem pela saída mais próxima, antecipassem uma fuga. Ele interrompe a história e pergunta: Você está bem?

Eu? Por quê?

Por nada. Parece ansiosa.

É. Um pouco. Desculpa.

Tudo bem. Prometo nunca mais falar de Portugal.

Ah, não é isso. Eu tava te ouvindo. Aveiro. Cais de São Roque. Moliceiro. Fado.

Fado?

Fado.

Ele ri. Mas eu não falei em fado.

Não? Acho que me confundi. Deve ser porque a gente tá ouvindo. Aqui. Agora. Fado.

Não gosto de fado.

Por quê?

Não sei explicar. É uma dessas coisas. Só não gosto.

Ela observa a cantora por sobre o ombro direito. Agora que você falou, diz sem se virar, acho que também não gosto. Sei lá. Toda essa tristeza pegajosa, depois é como se os ouvidos ficassem cheios de água salgada, grudentos. É até meio nojento, na verdade.

Eu não chegaria a tanto.

Não?

Acho que não, mas como ter certeza?

Sim. Como?

É a sua metrópole, não a minha.

Volta a encará-lo, um sorrisinho malicioso: Não é mais.

Não é mais o quê?

A minha metrópole.

Desde quando?

Desde que um príncipe disentérico proferiu umas palavrinhas na beira de um riacho sudestino.

Ah, sim. Lembro do quadro. Erguendo a espada.

Erguendo a espada? Acho que não. Não creio que o infeliz tivesse forças pra tanto. Devia era estar agachadinho, sabe como é.

Eu sei?

Cagando.

Independência.

Independência. Uma ideia bonita porcamente executada. Nesse caso específico, pelo menos.

Não subestime toda essa merda, pequena.

Eu? Subestimar? Pago minhas contas graças a ela.

Independência ou morte.

Morte ou morte, cedo ou tarde.

Se você diz.

Chega, vai. Melhor parar. Falar do Brasil me deprime. Falar de Portugal me deprime. A porra desse fado me deprime.

A gente sempre pode ir pra outro lugar.

Já não pediu o bacalhau?

Pedi.

Pois é.

Pedi, mas e daí? A gente sempre pode ir pra outro lugar.

Não. Dane-se. Bora ficar aqui mesmo.

Beba mais vinho, então.

Vinho?, ela sorri. E diz, empostando a voz: "Não lhes deram vinho, por Sancho de Tovar dizer que o não bebiam bem."

Sancho de Tovar que se foda, ele diz, alcançando a garrafa, até porque você bebe muito bem. Sua taça, por favor.

"Acabado o comer, metemo-nos todos no batel."

Eis aí uma boa ideia, mas quero comer e beber um pouco mais, caso não se importe.

Os garçons é que parecem cansados.

Bom, se quiserem fechar o local, que fechem, pagamos a conta e metemo-nos todos no batel, como disse você ou sei lá quem.

Ainda é cedo, homem.

E como.

E ainda não serviram o seu bacalhau.

Nosso. Deve estar a caminho.

Seja como for, ficaremos bem.

Esse é o espírito.

Ela se pergunta por que está tão aziaga. Santos, ainda? Provavelmente. Carolina. Trôpega, pálida, em silêncio. Envelopes. Talvez se falasse com Gordon. Tirar aquilo do peito, da cabeça. Desabafar. Mas desabafar o quê? Por que se incomodou tanto com aquilo? Por que se incomoda tanto? A culpa não é dele. Quem pediu por aquilo? Ela própria, e ninguém mais. Nada muito pesado. Gordon não teria como saber. Gordon procurou fazer o que ela pediu. Ei, sabe o que o garçom ali tá falando pro outro?

Não. O quê?

"Andavam já mais mansos e seguros entre nós, do que nós andávamos entre eles."

Nós?

Nós, os selvagens.

Ah, sim. Os nativos.

Você não é um nativo.

Sou, mas não daqui.

Que sorte a sua.

Todos somos nativos de algum lugar.

O patriotismo é o primeiro refúgio do canalha.

Ouvi dizer que é o último, mas isso não importa agora.

Por que não?

Olha para o garçom que se aproxima: Porque temos bacalhau.

Comem em silêncio por um tempo. Gordon pede outra garrafa de vinho. Ela não sente fome. Mastiga devagar uns nacos de bacalhau, brinca com as azeitonas. Não toca no arroz. Observa-o comer, invejando o apetite. Termina por afastar o prato e encher e puxar a taça para mais perto de si, o líquido girando ali dentro.

Não gostou?

Meio sem fome.

Você come muito pouco.

(Magricelinha dess'jeito.) Eu comi uma bela coxinha anteontem, num boteco em São Paulo.

Anteontem? E mais nada?

Não foi isso que eu quis dizer, comendador.

E o que você quis dizer?

Saí pra dar uma volta depois que voltei de Santos. Entrei num boteco ali na Augusta. Pedi uma dose de cachaça. Um sujeito que tava ao lado no balcão me ofereceu uma coxinha.

E o que mais ele ofereceu?

Só a coxinha, até porque eu comi e fui embora.

Jamais aceite comida de estranhos.

Eu sei. Foi um lapso lamentável.

E ele parecia disposto a estender o seu lapso ou se aproveitar dele?

Oferecendo mais alguma coisa?

Por exemplo.

Acho que sim. Quer dizer, não sei. Posso ter entendido errado os sinais. Ou pode não ter rolado sinal nenhum. Talvez o cara só quisesse oferecer a coxinha mesmo, sem outras intenções.

Atípico.

De qualquer jeito, eu não ia aceitar mais nada.

Uma derradeira garfada e, ainda mastigando, é a vez de Gordon empurrar o prato, satisfeito.

O cara estava de terno, gravata e coturno. *Isso* eu achei atípico.

Daí os coturnos que estão nos seus pés agora.

Você viu? A gente nunca sabe de onde vem a inspiração.

Comprou lá ou aqui?

Ontem, antes de voltar. Não sei por que demorei tanto.

A voltar?

Também, eu acho. Eu me senti solitária lá.

Mea culpa. Deixei você pra trás.

E meio esquisita.

Esquisita como?

Como se as coisas se esfarelassem. O mundo, as ruas, os prédios, as pessoas. E como se eu, sei lá... descesse.

Descesse pra onde?

Sei lá. Pro vazio. Ou num vazio. Caísse.

Houve um momento em que você sentiu como se ascendesse.

Isso foi em outra vida, parece.

Isso foi há poucos meses.

Tanto faz. Agora, tudo meio que parece apontar pra baixo. Não sei explicar. É uma sensação esquisita.

Você...

Fiz o que pediram, a propósito. Tudo nos conformes.

Do que é que se tratava?

Você não sabe?

Não.

Pigarreia teatralmente. De proteger a biografia do Homem.

Ah. Claro.

Uma criança gestando outra. E, sim, a coisa foi... como é mesmo a bosta do eufemismo? Interrompida.

Todo eufemismo é uma espécie de interrupção.

Bom, eles me pagaram direitinho. Sem eufemismos.

Pelo menos isso.

E mandaram uma garrafa de uísque pra você. Coisa fina. Glenlivet. Trouxe comigo. Tá no meu carro.

Pelo menos isso.

Eu bebi um pouco.

Não me importo.

Fiquei pensando na menina. Uma criança.

Daí a sensação de... como é? Esquisitice?

Não sei. Acho que sim.

Eu imaginei que fosse outra coisa.

O quê?

O serviço.

O quê?

Mais uma dessas entregas, como a que você fez no dia anterior. Como ele está muito doente, não imaginei que ainda aprontasse esse tipo de...

Você não tinha como saber. Foi uma merda, mas tudo bem. Sempre é uma merda, de um jeito ou de outro. E acho que foi melhor pra menina. Não tô falando só do aborto, dadas as circunstâncias, a idade dela e tudo, mas o meu papel na brincadeira. Qualquer acompanhante seria melhor do que o lacaio do homem. Leóstenes. Aquele sujeito é asqueroso, puta que pariu.

Sim, ele é.

Respira fundo e volta a olhar ao redor. A cantora de fado encerrou a apresentação. Mas ainda é cedo. Uma pausa, talvez. Intervalo. Ainda poucas mesas ocupadas. Noite devagar. A fumaça dos cigarros torna a atmosfera ainda mais espessa, oleosa. Portugal, ela pensa, respirando fundo. Portugal que se foda. Bacalhau, fado. Que se foda. Quem gosta que enfie no cu todos os bacalhaus do mundo. Quem gosta que enfie no cu a lerdeza, a covardia, a pusilanimidade, a burrice e o chororô dos nossos irmãos lusitanos. Quem gosta que enfie no cu a Reconquista. Quem gosta que encontre e enfie no cu o cadáver daquele Sebastião. Quem gosta que enfie no cu todas as dinastias, *todas*, sem exceção, Afonsina, Avis, Filipina, Bragança, que enfie no cu todos os trinta e cinco monarcas, *todos*, sua ascendência e sua descendência, sem exceção. Quem gosta que enfie no cu as navegações e os descobrimentos, que enfie no cu a carta de Pero Vaz, e que se fodam os nativos que abaixaram os arcos quando Nicolau Coelho pediu que o fizessem, em que estavam pensando?, por que não mataram logo *todos* os portugueses, seus imbecis? Quem gosta que enfie no cu o papagaio pardo que Pedro Álvares Cabral trazia consigo. Quem gosta que enfie no cu as invasões e os genocídios. Quem gosta que enfie no cu os dois lados de Tordesilhas, as terras descobertas e por descobrir. Quem gosta que exume e enfie no cu os cadáveres dos Filipes e Joões e Afonsos e Pedros e Marias, loucas ou não. Quem gosta que enfie no cu o Reino Unido de Portugal, Brasil e Algarves. Quem gosta que enfie no cu o Tratado do Rio de Janeiro e o pagamento das reparações. Quem gosta que enfie no cu o Golpe de 26. Quem gosta que exume e enfie no cu o cadáver do carniceiro António de Oliveira Salazar. Quem gosta que enfie no cu o Dia da Raça. Quem gosta que enfie no cu o Golpe de 75, que enfie no cu o Verão Quente, que enfie no cu o Processo Revolucionário em Curso. Quem gosta que enfie no cu a contagem de espingardas. Quem gosta que enfie no cu a Península Ibérica inteira, pois a Espanha católica, inquisitorial, antissemita e franquista não é muito diferente, não. E, já que descemos tanto, quem gosta que enfie no cu o Brasil, as Américas e o que mais couber, sim, no cu.

Ei.

Ela respira fundo pela enésima vez e toma um longo gole de vinho (por um segundo, menos que isso, o impulso de morder a taça, morder e mastigar a taça, morder e mastigar e engolir a taça, morder e mastigar e engolir e digerir e) sob o olhar intrigado do gringo.

No que estava pensando?

Eu? Em... em nada. Besteira. Nada.

Nada?

Nada. Só xingando mentalmente.

Xingando o quê?

Um monte de coisa. Esquece.

Você não está bem, pequena.

Não, eu... desculpa. Estragando a noite, o jantar.

Estragando coisa nenhuma. Eu estou aqui.

Eu sei.

Em que você está pensando?

Um sorriso exausto. Ah, vai por mim, Gordie, você não quer saber em que merda eu tô pensando, não.

Em alguém que arrancasse os intestinos de Pedro de Alcântara às margens plácidas do Ipiranga, talvez?

Olha, passou perto, viu, ela ri, um pouco mais relaxada, e pensa naquele indivíduo sujo, despreparado, imaturo e grosseiro esperneando de dor e se desfazendo em meio à própria merda, sim, às margens plácidas do Ipiranga. Mas não é que eu odeie todos os portugueses.

Não pensei que odiasse.

Porque não leu meus pensamentos.

Coisa imperdoável.

Há excelentes portugueses.

Por exemplo?

Alfredo Luís da Costa e Manuel Buíça. Esses dois prestaram um belo serviço, viu?

Quem?

Dois grandes portugueses.

E o que foi que eles fizeram?

Cometeram um regicídio de primeira linha.

E saíram vivos?

Não. Infelizmente, não. Morreram no ato. Mas só depois de matarem o rei e seu primogênito.

Uau. Quando foi isso?

1908. Aboliram a monarquia por lá pouco tempo depois.

Como um bom republicano, o garçom se aproxima, sorridente, e pergunta se estão satisfeitos.

Em relação à comida, sim, diz Gordon. Mais vinho?

Ela encolhe os ombros. Sou uma mísera bucha de canhão, comandante. Sigo ordens e nada mais.

Do mesmo?

E existe outro?

O garçom leva os pratos, travessas e talheres. Volta um minuto depois com outra garrafa e taças limpas. Saúde, diz após abrir o vinho e servir.

Obrigado.

Isabel espera que o garçom se afaste para comentar: Ouve só. Ela voltou. A cantora.

Deve ter escutado a nossa conversa.

Ou farejou a nossa disposição.

A minha está um pouco melhor do que sua.

Sempre está.

Por que não me conta?

O quê?

Qualquer coisa.

Qualquer coisa?

Qualquer coisa.

Ela suspira. Tá bom. Vi o mar pela primeira vez.

Em Santos?

Em Santos.

Mergulhou?

Até queria, mas não tive tempo. O lacaio tava me esperando. Mas tirei as botas e entrei um pouco na água. Só um pouquinho, quase não molhei os joelhos. E provei.

Ele ri. A água?

É salgada mesmo. Não mentiram pra mim.

Ninguém seria louco de mentir pra você.

Não tenho tanta certeza disso.

O que mais?

Ah, sim. Não tenho mais dois namorados.

O que houve com o nosso Emanuel?

Perdeu a paciência.

Ele?

Ele. Fui informada horas atrás. Eu tenho toda a paciência do mundo, você me conhece.

E ele?

É uma boa pessoa. Uma pessoa muito boa, na verdade. Excelente. Mas, pensando bem, acho melhor assim. Meio errado meter alguém de fora nessa merda e... melhor deixar como era... como era antes, né?

E como era antes?

Ele toca a papelaria, eu recolho o lixo.

Gordon toma um gole de vinho, aparentemente matutando sobre o que ouviu. Limpa a boca com o guardanapo. Acho que você está certa.

Você já teve alguém? Assim, de fora?

Um sorriso: Nunca mencionei isso, mas fui casado muito tempo atrás. Por alguns anos. Poucos anos.

O que aconteceu?

Deu certo por um tempo, depois não deu mais. Era uma boa pessoa. Mas daí eu fiquei pensando nessas outras coisas.

Não dá pra não pensar.

Ela voltou pra casa.

Cê já tava aqui no Brasil?

Não. Em outro continente.

O sétimo continente.

Era um lugar de clima agradável. Mostrei uma foto dela pro seu pai uma vez. Ele perguntou se era a minha mãe.

A legendária polidez de William Nicomedes Garcia.

Não levei a mal.

Ela parecia a sua mãe?

É uma foto em preto e branco. Ela está com um vestido antiquado. Ela era uma pessoa antiquada. Certamente parece a mãe de alguém.

Ela é a mãe de alguém?

Àquela altura, não. Hoje, quem sabe. Provável que sim.

(Filho desgraça tudo.) Nunca mais se viram?

Posso dizer que a separação não foi muito amigável. Não acho que ela queira me ver de novo ou falar comigo.

Que mulher infeliz.

Talvez o infeliz seja eu.

Se for o caso, que grande ator você é.

Ossos do ofício.

O que mais tem pra me contar sobre ela?

Por enquanto, nada. Não me ocorre nada. Não porque eu queira esconder alguma coisa. Não há muito o que contar.

Alguém morreu nesta cama
E lá de longe me chama

Você falou com ele por esses dias?

Com quem? Com o seu pai? Sim. Ontem, por telefone. Precisava de uma informação. Por quê?

Por nada. Não falei mais com ele.

Ainda está com raiva.

Não, não é raiva. É outra coisa. Preguiça. Sei lá.

Ele me contou o que aconteceu no Mato Grosso.

Ela o encara. E só agora me diz isso?

É a primeira vez que a gente se fala desde que ele me contou.

A gente se falou anteontem. A gente tava *junto* anteontem.

Sim, eu sei. Mas ele me contou ontem, nessa ligação que mencionei. Precisava de uma informação, como eu disse. A conversa se prolongou. Falamos de outras coisas.

A conversa se prolongou. Os dois bonitos falaram de outras coisas.

Eu e ele somos amigos. Você sabe disso.

É, eu sei. Eu não quis... caralho, eu tô muito...

Quer saber ou não quer?

Quero. Claro que quero. Que merda ele foi fazer no Mato Grosso?

Foi a serviço do Velho, como você sabe. Um contrato.

Claro. O Velho quer matar todo mundo.

Só as pontas soltas.

Haja ponta solta. E aí?

Santa Terezinha. Na verdade, um povoado perto de Santa Terezinha. Vila Rica, se não estou enganado. Quando chegou lá, seu pai viu quem era o alvo e não gostou nem um pouco.

Quem era o alvo?

Claro que o Velho só informou a nova identidade do fulano. Nenhuma foto, apenas um nome qualquer e um endereço. Seu pai chegou lá e viu que era um ex-colega.

Ex-colega? Da Civil?

Sim.

Quem?

Um velho amigo nosso.

Quem?

Peres. Bruno Peres.

Porra, o Bruno?!

Ele mesmo.

Ela gargalha.

Ele desapareceu há quanto tempo mesmo?

Quase dois anos. Segundo o meu pai, por causa de um mal-entendido com um vereador. Se proibissem o meu pai de usar a expressão "mal-entendido", ele não ia conseguir falar mais nada.

De fato.

Mas e aí? Ele deu pra trás?

William não estava sozinho. Um homem do Velho tinha viajado com ele. O melhor deles.

Quem?

Aquele rapaz que estava na chácara quando da sua visita.

Não foi uma visita.

Quando da sua passagem.

Passagem soa melhor. Mas quem era o sujeito? Aquele que tava perto da piscina? De óculos escuros? Que me serviu uísque?

O próprio.

Meu pai matou esse infeliz.

Sim. E avisou Bruno.

Claro. E o Bruno sumiu?

Outra vez.

Ótimo.

William voltou do Mato Grosso e foi direto encontrar o Velho.

Disse que rolou um mal-entendido.

Não. Não dessa vez. Eu estava lá. Na chácara. Vi nos olhos dele que estava pronto pra morrer. Eu não sabia o que estava acontecendo, sequer ouvi o nome do Bruno.

Isso foi em junho.

Sim. Eu tinha acabado de voltar. Era evidente que havia um problema muito sério entre eles.

Mais um.

Eu perguntei, insisti, mas o Velho não quis me contar, seu pai não quis me contar.

Mas deu um jeito de intervir.

Sim. Achei que podia e devia.

Mesmo sem saber do que se tratava.

William foi um dos primeiros amigos que fiz aqui no Brasil.

Eu sei.

Devo muito a ele.

Eu sei.

Acabei convencendo o Velho.

E foi por aí que rolou aquele serviço?

Exato. Ao final daquela semana.

Meu pai me ligou e eu fui.

Concordo que seria melhor se ele tivesse resolvido tudo sozinho. Seria melhor não ter te envolvido. Mas ele estava numa posição muito ruim. Muito nervoso, e a cabeça... eu nunca o vi tão fora de si. Creio que voltou pra casa e te ligou sem pensar direito no que fazia.

Não pensou mesmo, mas que se foda. Deu tudo certo.

Algo me diz que ainda não acabou. Algo me diz que não vai acabar bem.

É. Eu sei. Também tenho essa sensação.

Ele toma um gole de vinho, desviando o olhar para o palco. Vamos torcer pelo melhor.

Seja lá o que for isso.

Ele sente a sua falta.

Isabel segura na garganta a súbita vontade de chorar, que engole com mais vinho. Conta até dez antes de: Vou ligar pra ele uma hora dessas. Ou dar um pulo lá em Goiânia. Ver o que dá pra consertar.

O que você acha que mudou?

Não sei. Não sei o que mudou. Não sei o que quebrou. Não tô mais com raiva dele ou nada do tipo. Só... só cansada mesmo. Com vontade de manter distância por um tempo.

Algo se quebrou, como você disse.

Quebrou. Quebrou, sim. Porra, eu só quero saber *antes* quando ele se meter numa confusão daquelas. Eu só não quero ser a última corna a saber. Quer dizer, cheguei naquela porcaria de chácara e o circo já tava armado. Fiquei muito vendida ali. Não quero mais ser obrigada a fazer *aquele* tipo de escolha. E se eu tivesse dado as costas e vindo embora?

Acho que seu pai faria o serviço.

E por que o Velho não mandou ele fazer logo de cara?

Porque seu pai apareceu lá com você. Perguntei a ele por que não parou em Silvânia e te colocou num ônibus. Você sabe, antes de ir à chácara. Ele não soube dizer. E, sendo assim, como o Velho é um filho da puta, ele quis se divertir às custas de William. Sabe como é, torturá-lo um pouco.

Filho da puta.

O Velho tem irritado muita gente.

Acho que ele não consegue evitar.

Acho que não. Mas o que eu quero dizer é que seu pai só precisa esperar mais um pouco.

O quê? Cê acha que...

Talvez. É possível.

Falou isso pra ele?

Sim, mas William não me ouve. Quer resolver o problema do jeito dele.

E o que ele tá fazendo?

Não sei. Juro.

Mas ele tá esquematizando alguma coisa.

Creio que sim.

E por que ele não te conta? São tão amigos.

Por sua causa.

Ele sacou que a gente...

Ele não sacou nada. Eu contei pra ele.

E acha que você vai me contar o que quer que ele...

Ele *sabe* que eu vou te contar.

E por que é que... ah, que se foda essa situação de merda. E é por isso também que mantenho distância, não sinto vontade nem de ligar, nem de saber e... sei que falei que não tô com raiva nem nada, mas... cansada mesmo. Não quero saber. Não quero saber de mais nada.

O acordo inicial.

Que acordo inicial?

Ele me contou certa vez que, no começo, você não queria saber de nada. Queria apenas executar os serviços, receber a sua parte, e pronto.

É, mas...

O acordo foi renovado. De forma unilateral.

Bom, ele me meteu naquela enrascada de forma unilateral, não foi? Eu não sabia de porra nenhuma.

Eu entendo isso, mas acho que é meio quimérico. Você é a filha dele. E, depois de tudo, não creio que seja possível não saber de nada. Não mais. Não nas atuais circunstâncias. Não depois de estar no olho do esquema.

Só se for no olho do cu. E eu *não* sei e não sabia de um monte de coisa, como a gente pode depreender dessa conversa.

E você também se contradiz.

Na sua bunda.

Diz que não quer saber de mais nada, mas se irrita porque não sabia do que aconteceu no Mato Grosso, por exemplo, ou porque não sabe o que William está planejando agora mesmo, neste momento.

Não, não, não. Peraí. Me deixa explicar isso direito. Me deixa tentar, pelo menos. O que eu disse ou quis dizer é que não quero ser colocada em uma situação *daquelas* sem saber de porra nenhuma. Não quero cair de paraquedas outra vez na chácara do Velho. Não quero me ver de novo na porra dum quarto de hotel, lidando com dois peões fedorentos, sem saber direito como fui parar ali e se vou sair inteira ou o quê. Cê falou do acordo inicial, beleza, a coisa funcionava daquele jeito mesmo, funcionou por um bom tempo, e funcionou direito, mas os serviços eram bem mais simples, né? As coisas ficaram complicadas de uns tempos pra cá. Então, nas atuais circunstâncias, depois de tudo o que rolou, eu quero distância dessas merdas todas? Sim, senhor. Eu não quero mais saber? De preferência, não. Mas, se ele me incluir na conversa, é bom que me conte tudo. Do contrário, pra que me incluir na porra da conversa? Pra que me ligar pedindo ajuda? Pra que me deixar vendida daquele jeito? Isso não se faz. Pau no cu dele.

Daqui de onde estou, parece que você quer o melhor de dois mundos que, na prática, nem existem, ou são uma coisa só.

Seja lá o que isso quer dizer.

Você estava dentro, Isabel. Você *está* dentro. Você *continua* dentro. Se quiser sair, mas sair *de verdade*, eu entendo e te ajudo a sair. Faço tudo o que estiver ao meu alcance pra te ajudar a sair. Mas você não expressou essa vontade. Você não saiu. *Ainda* não. Talvez você *pense* que começou a sair. Talvez você pense que saiu um pouquinho em função da natureza dos serviços executados nos últimos dias, mas não é assim que funciona. Não mesmo.

Eu sei como funciona.

Só quero que você não s

Eu não me iludo.

Ótimo. Mas seria ótimo se você e William conversassem. Diga todas essas coisas para ele. Diga a *ele* como se sente.

Com todas as contradições.

As contradições fazem parte da brincadeira.

Ela toma um gole de vinho. Sente vontade de beber algo mais forte. O uísque no carro. Vou falar com ele.

O quanto antes.

Entendido, Excelência. O quanto antes.

E peço desculpas se te incomodei com essa conversa.

Não, não, isso foi bom, falar a respeito é bom. Eu é que... eu é que estou de saco cheio e...

E?

Sei lá. Tem acontecido muita coisa, e às vezes eu também me pego pensando demais.

Cansada, você disse.

Não é de hoje. Você não se cansa?

Não. Ainda não.

Acho que o meu pai também não se cansa.

Ele sorri. William vai estar nisso muito tempo depois que a gente tiver parado.

A gente vai parar um dia, então?

Provavelmente.

E que diabo a gente vai fazer depois que parar?

Não sei. O que você quer fazer?

Sei lá. Mais fácil falar o que eu *não* quero fazer.

O quê?

Ela suspira. Bom. Procriar. Ler fotonovela. Roubar banco. Criar galinha. Mergulhar. Vender roupa. Pintar aquarela. Trabalhar em banco. Costurar pra fora. Dar aula. Jogar sinuca. Virar crente. Correr bingo. Escrever carta pra jornal. Plantar feijão. Aplicar na bolsa. Consertar trator. Garimpar. Virar freira. Prestar concurso. Invadir a Polônia. Fazer pornô. Traficar animais. Virar agiota. Aprender alemão. Visitar parentes. Colonizar Marte. Ordenhar vaca.

Só isso?, ele ri.

Deve ter mais coisa.

Aposto que tem.

Eu te mantenho informado.

Eu agradeço.

A cantora faz uma nova pausa. Talvez seja efeito da conversa, mas ela sente que a atmosfera ambiente se desanuviou um pouco. Menos espessa. Menos oleosa. O vinho também desce melhor. Mato Grosso. Era Bruno, então. Feliz que o pai tenha tomado a decisão certa. Sabe que o meu pai e o Bruno me ensinaram a atirar? Foram eles.

Eu culpava apenas o seu pai por isso.

Não, foram os dois. Bruno tinha uma chácara perto de Bela Vista. A gente ia pra lá de vez em quando e passava a tarde inteira atirando. Eles me mostravam as armas, ensinavam como limpar, como cuidar, como fazer tudo, explicavam como cada uma funcionava, e eu ia praticando. A gente fez isso por bastante tempo. Lembro de passar meu aniversário de dezessete anos atirando.

Eis uma festa que eu lamento ter perdido.

Haverá outras.

Bebamos a isso.

Bebamos a isso.

Meia hora depois, em silêncio, ainda pensando em todas as coisas que conversaram, estar dentro ou fora, iludir-se ou não, você não se cansa?, mas com o peito e a cabeça ainda mais leves, Isabel é acompanhada por Gordon até o carro. E que diabo a gente vai fazer depois que parar?, murmura, procurando a chave na bolsa.

Hein?

Nada, diz, a chave na mão. Pensando alto.

Está ao lado dela, meio bêbado, as mãos nos bolsos das calças, observando-a destravar a porta com o interesse de um estudante de medicina numa aula prática de anatomia. Consegue dirigir?

Ela abre a porta e olha para ele, sorrindo. Consigo, seu guarda.

Que bom, que bom.

Algum outro compromisso?

Hoje? Não. Hoje, não. Nem amanhã. Exceto visitar um amigo, mas isso não é trabalho. Pelo contrário.

Nenhuma reunião escusa.

Nenhuma reunião escusa.

Ótimo. Meta-se no batel.

À sua casa?

Cansada dos seus quartos de hotel.

E o nosso ínclito Emanuel não é mais uma variável.

Ele nunca foi, sua besta.

Talvez eu seja uma constante. Sim, pequena, é isso. Eu sou uma besta constante.

Entra logo na porra desse carro, vai.

O que mais *não* gostaria de fazer? São tantas as coisas. Algumas sequer consegue nomear. Talvez seja mais simples em se tratando do pai. As coisas que ele *não* faz são (parecem) poucas, mas marcantes. Por exemplo: não mata putas. Como esquecer uma coisa dessas? O homem não deixa de possuir uma espécie de código. Isso é (quase) sempre admirável. (A depender do código, é evidente.) O que mais ele não faz? Havia deixado de fumar, mas voltou (ao menos naquele domingo e naquela segunda-feira; talvez tenha parado outra vez). Não fala da mãe, do passado: outra coisa que ele não faz. Não sai à rua de bermuda e chinelos (nem mesmo para comer a vizinha). Não deixa o cabelo crescer. E o que mais? O que ele não faz no trabalho? E o que ele faz? A verdade é que sabe muito pouco. Muito, muito pouco. Por opção, é verdade, mas também pelas circunstâncias. E as coisas que não sabe parecem ter aumentado nos últimos meses. Talvez a atitude do capanga do Velho no Abaporu não tenha sido gratuita. Um teste. Vai lá, arregaça com uma das meninas e vê como ele reage. Uma provocação. Talvez não contassem com a presença dela. Talvez contassem com a presença de Garcia. Será que está ficando paranoica? E o sujeito que matou em Goiânia? Ele estava mesmo comendo a sobrinha do Velho ou aquilo foi parte de outra jogada? Outra jogada, mesmo esquema. Matar um vereador por causa de uma adolescente? Futuro deputado estadual? Por nada nunca é, disse o taxista, mas vai saber. A fuça melada de buceta. Buceta novinha. A fuça melada sabe-se lá do que mais. Droga, propina. Dinheiro. Esquema. São tantas as coisas em que esses cretinos melam as fuças. E são tantas as coisas que ela não sabe. Estava dentro, está dentro, continua dentro, mas o que é que *sabe*? E, o mais importante, o que *quer* saber? O que o pai está fazendo? Qual é a extensão do problema? Onde é que isso vai parar? A coisa sempre estoura na cara de alguém. Espero que não seja na cara dele. Ou na minha. Sobretudo na minha.

Não consegue dormir?

Estão largados na cama. Duas e pouco da manhã, os ruídos abafados de um casal trepando na casa dos fundos. Consigo, não. Te acordei? Fico me mexendo, é um saco.

Não. Também não consigo. Vou pegar um pouco de uísque.

Também quero.

A garrafa sobre a mesa da cozinha, pela metade. O som da tampa do vaso sendo levantada. Gordon está no banheiro. Obrigada pela consideração. Voltaram do Cachopa, beberam mais um pouco, foderam, tomaram um banho, voltaram para a cama, e agora não conseguem dormir. A vizinha parece gozar. Pelo menos isso. Gordon mijando. Uma mulher discreta, mas as casas são próximas demais, e a janela de um quarto dá para a do outro, o muro e as paredes incapazes de abafar qualquer ruído àquela hora. Claro, fechar as janelas ajuda. Não fosse pelo calor. O som de um corpo batendo no outro, a cama rangendo; será que ela está de quatro? Isabel se lembra dos pais aquela vez. Isso, Gordie, não esquece da descarga. Que coisa para se lembrar. Um gemido bem alto. Masculino. Ao que parece, o novo parceiro (começaram a namorar há pouco tempo) quer deixar bem claro o quanto ela o satisfaz, o quanto ela é *boa*. (Obrigada pela consideração.) Ou talvez ele seja assim mesmo. Estão rindo agora. A vizinha vendedora e seu namorado. O que ele faz mesmo? Além de gemer alto quando goza? Ora, quem se importa? Isabel estende o braço e fecha a janela.

Quer ouvir uma história?, Gordon pergunta ao voltar, estendendo um copo para ela. Lembrei de uma coisa que aconteceu uns anos atrás.

Enquanto mijava?

Como?

Você se lembrou enquanto mijava?

Sim. Como é que você sabe?

Foi só um chute. Conta aí.

Ele se senta na cama, as costas apoiadas na cabeceira, e se cobre com o lençol. Toma um gole e: Pois bem. Há alguns anos, eu estava em um país latino-americano. Não, não era o Brasil, e tampouco o Chile, antes que você me pergunte. Aliás, sugiro que não me pergunte.

Certo. Um país latino-americano. Ponto.

Ponto.

E o que você fazia nesse país latino-americano-ponto?

Fui contratado para encontrar um sujeito. Esse sujeito se escondeu no interior, no meio do mato. Eu fui atrás dele.

E esse sujeito era o quê? Um subversivo?

Não, não. Era um ladrão.

O que ele roubou?

Isso não importa.

Quem ele roubou?

Isso importa menos ainda.

O que é que importa, então?

Importa que ele estava lá, e logo depois eu também, no encalço dele, pois alguém me contratou para encontrá-lo.

Mas não era um subversivo, um guerrilheiro, um revolucionário, nada do tipo.

Você está me tomando por outra coisa.

Estou?

Está. Não é a primeira vez. Isso é engraçado.

Mas a verdade é que muitos colegas seus vieram pra esses lados do mundo dar uma mãozinha, sabe como é.

Eles não eram meus colegas, nunca foram. Ou, melhor dizendo, *eu* nunca fui colega deles. Honestamente, se você quer mesmo saber, acho o tipo de governo aqui instituído deveras... adoro falar *deveras*, embora fale pouco *deveras*... deveras contraproducente.

Você também gosta de falar contraproducente.

Sim, é uma boa palavra. Não há nada de contraproducente nela.

É que todo esse mistério e...

Vou lhe dizer apenas o seguinte, já que está tão curiosa: há *muito* tempo não trabalho para governo *nenhum*. Não dessa forma como você está pensando ou parece estar pensando, pelo menos. De uns quinze anos pra cá, mais ou menos, eu posso trabalhar ou ter trabalhado para pessoas que, em certas instâncias e circunstâncias, fazem, faziam ou fizeram parte de determinados gabinetes, administrações e coisas do tipo, mas jamais trabalho ou trabalhei no âmbito das agendas políticas dessas pessoas e desses gabinetes, administrações e coisas do tipo. Em suma, há bastante tempo que trabalho para ou com indivíduos, lidando com questões absolutamente individuais. Não sou nenhum Félix Rodríguez.

Ela ri com a menção. Certo, *che*.

Pois bem. Onde é que eu parei?

Você foi contratado para encontrar um sujeito, um ladrão, e recuperar algo que estava com ele.

Certo.

Ele estava sozinho?

Não, não. Segundo as informações de que eu dispunha, era acompanhado por dois comparsas.

Você estava sozinho?

Sim.

Isso não me parece inteligente.

Por várias razões que não vêm ao caso mencionar, eu não tive opção. E, de todo modo, cobrei mais caro e contei com a sorte.

Você parece ser o tipo de profissional que cobra mais caro.

Eu sou.

Você não parece ser o tipo de profissional que conta com a sorte.

Eu não sou, em condições ordinárias. Mas aquelas foram circunstâncias extraordinárias, excepcionais.

Mas não vem ao caso explicar por quê.

Não, não vem ao caso. Agradeço pela sua compreensão.

Em linhas gerais, esse sujeito que você perseguia roubou uma coisa muito valiosa de alguém muito poderoso?

Em linhas gerais.

Admiro a ousadia, lamento a burrice.

Se não me engano, Aristóteles fala algo a respeito de ações temerárias logo no começo da *Ética a Nicômaco*, mas não sei se é aplicável a esse caso.

Não me venha com Aristóteles numa hora dessas, Gordie.

Foi apenas um comentário.

Você está no cu da América Latina, perseguindo três criminosos armados a mando, muito provavelmente, de outro criminoso.

Em linhas gerais.

Em linhas gerais. Atenha-se aos fatos.

Mas é você quem me interrompe a todo momento para digressionar.

Tem razão. Mil perdões. Prossiga, por favor.

Pois não. No decorrer da fuga, eles passavam por algumas fazendas pequenas, ranchos, chácaras, e compravam ou roubavam uma coisa ou outra, comida, remédios, roupas, e seguiam em frente. Não creio que já contassem com alguém em seu encalço, e estavam a caminho da fronteira mais próxima. Eu não tinha muito tempo para alcançá-los, pois não sabia quem os esperava do outro lado, não sabia quem era o receptador, nada.

Quanto tempo durou essa perseguição?

Três dias. No quarto, pelos meus cálculos, eles cruzariam a fronteira.

Certo.

Na tarde do segundo dia, encontrei o cadáver de um deles. Picada de cobra. Restavam dois. Sabe, esse sujeito que eu perseguia era um personagem muito interessante.

Só queria deixar registrado que não tenho nada a ver com a digressão a seguir.

Procurei me informar sobre ele depois que tudo terminou. Era doutorando em Economia. Estudava Anton Pannekoek.

Não sei quem é Anton Pannekoek.

Holandês. Astrônomo e teórico marxista.

Um fantasma ronda a Via Láctea.

Chegou a aderir à luta contra os militares que então governavam o país, o país *dele*, mas se desvirtuou, por assim dizer.

Quem? Pannekoek?

Não, não. O rapaz que eu perseguia.

Ahá! Eu falei que era um subversivo.

Por um tempo, sim. Foi cooptado ou se deixou cooptar na universidade, como tantos outros, abandonou os estudos, abraçou a clandestinidade, recebeu um arremedo de treinamento, participou de algumas ações, mas eventualmente desapareceu. Pensaram que havia sido pego, torturado e morto como tantos de seus companheiros, mas não foi o caso. De certa forma, ele se tornou um clandestino dentro da clandestinidade.

Você fala com certa admiração.

Sim, falo.

De que lado você está, Gordie?

Do meu. Quando muito, do nosso.

É isso aí. Os governos que se fodam.

Os governos que se fodam, pequena, todos eles, os supostamente democráticos e os abertamente ditatoriais.

Ela ri. É isso aí.

Fui encontrar os dois na beira do rio. Era a manhã do terceiro dia.

Que rio?

Boa tentativa.

Mortos?

Um deles, sim. Causa ignorada.

Ignorada por quem?

Por mim.

E o outro?

O líder delirava de febre. E só agora percebo que terei de revelar o que ele roubou a fim de terminar a história.

O que ele roubou?

Diamantes. Eu me agachei ao lado dele e tive de tomar uma decisão, sabe? Depois de revistá-lo, depois de revistar o comparsa, percebi que os diamantes só poderiam estar em *um* lugar.

Ela gargalha.

Pode rir.

Tô rindo.

Enfim. Fui contratado para recuperar os diamantes de uma forma ou de outra, mas havia decidido que só mataria o ladrão em último caso.

Olhei para ele ali, delirando de febre. Era impossível que sobrevivesse à viagem de volta naquele estado. Então, decidi esperar. Dei água, comida. E esperei.

Esperou que ele morresse?

Ou melhorasse.

Cuidou dele.

Cuidei dele, na medida do possível. Mesmo assim, não durou muito, infelizmente.

E você recuperou os diamantes?

Isso.

Descreva o procedimento.

Usei uma sacola plástica para *alcançá-los*. Não tinha luvas cirúrgicas.

Peraí. É por isso que você anda com um pacote de luvas cirúrgicas no porta-luvas do carro?

Nunca se sabe, pequena.

Um fantasma cheio de dedos ronda o cu dos incautos.

O nosso amigo não tinha nada de incauto.

Acabou morto no meio da selva.

Sim, mas isso foi azar. Ele seguiu com o plano. Quase não o alcancei.

E o que você fez depois de *alcançar* os diamantes?

Levantei acampamento e fui embora.

Não enterrou os dois?

Os animais precisam comer.

Os vermes também.

Eu estava exausto.

Agora me ocorreu que os vermes são animais.

E eu tinha toda a viagem de volta pela frente.

Algum incidente?

Não. Exceto pela exaustão e pelo desconforto. Há grandes poemas sobre viagens de volta.

Mas não aconteceu nada na sua viagem de volta.

Nada. Este pobre Odisseu andou pela selva por mais vinte e duas horas, chegou ao ponto de extração e foi resgatado por um helicóptero. Nem Ítaca, nem Penélope à minha espera.

Quase sinto pena.

Quase agradeço.

Ela toma um gole de uísque, pensativa, a sombra de um sorriso nos lábios. Mas é uma bela história, Gordie.

Obrigado.

Sabe, o melhor dela não tem a ver com a caçada em si.

Relativamente pouco aventurosa, embora perigosa e bastante desconfortável.

O melhor tem a ver com a presa.

Concordo.

Pannekoek. É esse o nome da criança?

Sim. Pannekoek.

Pannekoek, clandestinidade, luta armada contra uma ditadura, clandestinidade dentro ou além da clandestinidade, roubo de diamantes. Taí uma vida bem interessante.

Sim. Concordo.

Cheia de boas escolhas.

Cheia de boas escolhas e com algumas reviravoltas.

Algumas *boas* reviravoltas.

Algumas *boas* reviravoltas. Concordo.

Não sei você, mas eu prefiro enfiar um punhado de diamantes no cu do que a porcaria do *Manifesto Comunista*.

Estrangeira. A primeira coisa em que ela pensa ao se ver na praia. A palavra vem à cabeça como uma martelada — *estrangeira*. Olha ao redor, desorientada. Não há som vindo da água. Mar emudecido, as ondas quebrando em silêncio absoluto. Há cavalos na areia, todos brancos. Uma luz esquisita, nem dia, nem noite. Turvação fosca. Então, vê o sol eclipsado. A palavra *estrangeira* de novo soando na cabeça. É o que eu sou aqui? Esta parece a praia que visitei. Santos. Outro dia mesmo. Não sou estrangeira em Santos. Mas a cidade sumiu, desapareceu. Em seu lugar, um gigantesco paredão rochoso. Quase não se vê o cume. Nem sinal dos prédios, do calçadão, das ruas. Rocha escura. *Estrangeira.* Ela permanece a poucos metros da água, os braços cruzados. A mesma roupa que usou no jantar com Gordon: vestido de linho azul (arroxeado pela luz estranhíssima) e coturnos. Gordon não está aqui. Assim como não estava na outra praia. Ela caminha alguns metros, sem se distanciar da água. Não é possível sair pelo outro lado. O paredão a perder de vista, à direita e à esquerda, e alto, muito alto. Encurralada na estreita faixa de areia. Talvez com a luz ela consiga. O eclipse não pode durar muito. Consiga o quê? E as coisas continuam iguais lá no céu: um disco escuro cravado no firmamento. Ela para, olha para o mar. Talvez se encontrasse um barco. Talvez se alguém viesse resgatá-la. Veja, uma *estrangeira.* Ela se volta para o paredão. Alguns metros à frente, como não viu antes?, um dos cavalos come alguma coisa. Branco como os demais, o animal. Algo deixado na areia, a meio caminho do paredão. Algo pequeno, arroxeado. Algo que se mexe. Ela se aproxima um pouco, adivinhando o que é. Sabendo. De alguma forma, sabendo. O bebê chora e se contorce enquanto é devorado. Cordão umbilical. Mãos, pés. É um menino. O cavalo morde, arranca pedaços, mastiga, engole.

A voz às suas costas: Filho é tudo uma desgraça.

Ela se vira.

A menina sorri, nua. Carolina. O pedaço do cordão umbilical dependurado. Sangue na parte interna das coxas. Parada onde ela estava há pouco, bem perto da água. Valeu pelo outro dia, moça.

O cavalo segue mastigando, os ruídos de algum modo amplificados. O bebê já não chora. Isabel não quer mais olhar.

Carolina aponta para o cavalo: Muito bom o trabalho do doutor que me arranjaram, ele fez tudo direitinho.

Isabel não quer mais olhar para ela ou para o cavalo. Cruza os braços outra vez, fecha os olhos.

Acho que não devia ter ligado pro homem, ter falado das fotos, pedido mais dinheiro, eu nem tenho foto nenhuma, nunca tive, e agora?

(Agora?)

O som das ondas surge do nada. Quebrando.

Cê fez isso mesmo?, pergunta Isabel. Fez mesmo essa burrada? Não acredito numa porra dessas. Eu te falei pra não fazer, não falei? Por que não me ouviu? Por quê?

Não há resposta.

Abre os olhos, aflita. A menina desapareceu. E o cavalo abocanha a cabeça não do pequeno defunto, mas dela, Carolina, a cabeça da mãe-menina, deixada ali na areia. O resto do corpo sumiu. Os olhos estão abertos.

Era um menino, diz a cabeça enquanto é devorada. Era um menino bem saudável.

O som da mastigação.

Desarvorada, Isabel volta a se aproximar da água. Ondas escuras, o sol eclipsado. Mar cor de vinho tinto. O que é aquilo? Firma as vistas. À esquerda, vê algumas figuras caminhando pela areia. Sombras na turvação. Um relâmpago no horizonte. Relâmpago de cinema, falso. Como o flash de uma máquina fotográfica. Não há trovão. Ela espera, observando. Também sabe (adivinha, pressente) que conhece algumas delas. Das sombras que se aproximam. Elas caminham na direção do cavalo. Ele terminou de comer o bebê e a cabeça da mãe-menina, e espera. Sim, ela as conhece: aquele, por exemplo, é Dimas. Há um novo relâmpago e ele surge à frente dela. Nu. Todas as sombras estão nuas. Isabel conta doze. Onze sombras ao redor do cavalo, Dimas ao lado dela. A pele tem uma cor acinzentada. Os olhos de Dimas, de todos eles, foram vazados. Não, não vazados, mas arrancados, extirpados — aqueles dois buracos ali, e mais nada. Oco lá dentro. O mar voltou a emudecer.

mE dEixOu lÁ nAQuEle cHão, ele diz. A voz oscila, cavernosa, e não sai pela boca (fechada). Sim, parece emanar dos buracos oculares. mE dEixOu naQuEle baNhEIrO iMunDo.

O que você queria que eu fizesse? Te enterrasse?

nEm SaBE Por que mE MatOU.

Tentando se manter calma, Isabel encolhe os ombros: Não sou paga pra saber, neném.

Do nada, uma onda quebra com um estrondo.

Neném.

Ela olha para o mar, sobressaltada.

Era um menino.

Mudo outra vez.

vEja.

O quê?

Ele aponta para a outra direção. vEja, repete.

Ela vê: as outras sombras devoram o cavalo que pouco antes devorou o bebê e a cabeça da mãe-menina. O animal relincha, desesperado, mas, por alguma razão, não consegue se mover ou fugir ou afastar as sombras, que arrancam grandes pedaços de couro e carne com as próprias mãos e levam às bocas.

nÃo TEm O qUe CoMEr aQUi, Dimas esclarece. a MOrtE é Uma FoMe.

Eu morri?, pergunta Isabel, trêmula, os olhos fixos no espetáculo que se desenrola; o cavalo foi ao chão e as sombras seguem eviscerando e devorando o animal. Sangue rubro contra a pelagem branca.

sE vOCê mOrREu?

É, porra. Morri?

Dimas gargalha, a boca sempre fechada, e, sem dizer mais nada, vai para junto dos outros.

No que ele se acerca do cavalo, outra sombra se desgarra do grupo e caminha na direção de Isabel. A primeira coisa que ela vê é o corpo emporcalhado de sangue, rosto e braços e tronco; depois, o que traz na mão esquerda: um pedaço do fígado do animal, que leva à boca de vez em quando e morde. É um homem. Para à frente de Isabel e a encara, mastigando.

A princípio, ela pensa que não há dentes na boca, outro buraco oco, e então percebe as duas fileiras de dentes negros. E você, chefia? Quem é?

uAi, nUm aLEmbRa d'EU?

Eu... não.

CÊ erA peQUenA, nÉ?

Pequena?

eRa pITitiquiNHa qUAnd'eU moRRi.

Ela o observa. As feições de um velho. Vô?

A sombra dá outra mordida no fígado, depois balança a cabeça, sim, sim, sim, enquanto mastiga e engole. sUa mÃe tá pOR aLi.

Ela procura, forçando as vistas, e então vê: no chão, de joelhos, arrancando e comendo um dos olhos do cavalo. Como se sentisse que é observada, a mãe se vira com um sobressalto. As ondas voltam a quebrar sonoramente por um instante, mas Isabel não se assusta dessa vez. Mãe?

A sombra se aproxima, limpando as mãos na própria barriga nua. nÃo dEVia Ter COmidO o oLHo, diz. aGOrA fiCo vENdo cOIsaS.

Isabel sorri. Não, mãe. Tô aqui de verdade.

mAS PrA qUê?

Como?

DeSCer aQui pRA vEr gENte mORtA, pRa QuÊ? QUe IdeIA, mENinA.

Eu senti a sua falta, mãe. Ainda sinto.

pAReCe qUe vOCê sE aRraNJou beM Lá eM CiMA.

Como assim?

TEm mEIa dÚZia aLi qUe fOI ocÊ quE mANdou pRa cá, o velho comenta, lambendo os dedos, a língua escura como os dentes.

É, imagino que foi mesmo.

sEm fALar nA OuTRa.

Que outra, vô?

O velho gargalha.

mAndOU mEIa dÚZiA e E vAI manDAr mAIS alGUNs, diz a mãe.

Não sei. Talvez.

talvEZ coISÍssiMa neNHumA.

Sim. Provavelmente.

nÃo sE siNTa mAl pOR isSo.

Não?

NãO. É uMa tERRA vIOLenta.

Aqui não parece muito melhor.

A mãe sorri e diz antes de se afastar: E PoR qUe serIA meLHor?

Não, espera.

TeNho quE IR tambÉM, diz o avô. a gENte nÃo pOde FicAR aQui mUIto tEMPo, VeM só pRa cOMer o QuE cÊs TRaz.

O que eu trago? Mas o que eu trouxe? Eu n

Outro relâmpago e as sombras parecem evaporar, deixando os restos do cavalo.

A morte é uma fome, disse o outro.

Dimas.

Parece que é mesmo.

Sem falar na outra, disse o avô.

Que outra?

Clara?

E, se eu não estou morta, como é que faço pra sair daqui?

Ela se vira e olha para o mar.

Ali está.

Ela.

A *outra.*

Clara.

Parada, a água batendo nos tornozelos.

Clara? Sou eu, Clara. Sou eu.

Não há resposta. A criança ali parada.

Isabel se aproxima.

E vê: os olhos inchados, as queimaduras de cigarro, as marcas de tapas e socos e chutes e mordidas, muitas mordidas, um dos mamilos foi arrancado a mordidas, os vergões, os arranhões, as unhas e os dedos quebrados em ambas as mãos, o sangue que escorre do nariz, da boca, dos ouvidos, do mamilo arrancado a mordidas, o sangue que escorre da vagina impúbere e pelas pernas, os cabelos ressecados, endurecidos por causa do esperma seco e da urina, os joelhos em carne viva, o corpo indizivelmente violentado de uma criança de nove anos, violado, marcado, torturado, moído, destruído — Isabel vê e cai de joelhos, vê e cai de joelhos e solta um berro mudo, vê e cai de joelhos e solta um berro mudo e sente que os olhos saltarão das órbitas, e sente que quer arrancá-los, arrancar os próprios olhos, e logo está de quatro no chão, na água, aos pés da criança indizivelmente violentada, aos pés da amiga morta, a água batendo nos tornozelos de Clara, a água estapeando o rosto de Isabel, que chora e chora e chora.

Olha o que fizeram comigo, Isa. Olha o que *ele* fez comigo, Isa. Ainda dói, Isa. Dói muito, Isa. Até hoje, Isa. Até agora, Isa. Por que você deixou ele fazer isso comigo, Isa? Por que você não me ajudou, Isa? Onde é que você estava, Isa? Onde é que você está agora, Isa?

E Isabel não consegue levantar os olhos, não consegue olhar mais, não consegue ver, mas consegue, em meio ao choro, dizer: Eles também me levaram, Clara, você não se lembra? Eles levaram nós duas. E eles também me machucaram, me machucaram muito, me machucaram pra valer. Você não sabe disso porque te levaram pra outro lugar, mas me trancaram num quarto escuro e me bateram e... e... e não tinha nada que eu podia fazer, Clara, eu juro, eu juro, e eu juro que ainda vou pegar ele, Clara, eu juro, vou pegar ele, vou acabar com ele, eu juro, Clara, você tem que acreditar em mim, por favor, eu juro, eu

Clara gargalha.

Por que você tá rindo desse jei

Um novo relâmpago, e ela desaparece.

Clara?

O som da gargalhada ainda ecoa por um longo momento. Isabel olha para o alto: o círculo preto ainda no lugar ou à frente do sol.

Clara se foi.

Todos se foram.

Como é que eu faço pra sair daqui?

Eu preciso sair daqui.

Eu não posso ficar aqui.

Com dificuldade, ela se levanta.

Sair daqui. Preciso. Agora. Enlouquecendo. Vendo coisas. Será que. O que eu preciso. Será que.

O cavalo.

Ela se volta.

Talvez seja isso.

A morte é o quê?

O cavalo.

Uma fome.

Vir aqui pra comer o que encontrar.

Sim.

Matar a fome pra ir embora.

Caminha, trôpega, até os restos na areia.

Olha ao redor.

Clara? Não.

Mãe, avô, Dimas, Carolina? Ninguém.

Está sozinha.

As ondas agora batem com som e violência, furiosas, e parecem avançar sobre a areia.

Não tem muito tempo.

Olha para o cavalo.

Eviscerado.

Devorado quase por inteiro.

Mas (ela percebe) deixaram o coração.

Ali, inteiro.

No peito aberto a unha, como é possível?

Ela se abaixa, estica o braço e colhe o órgão como se pegasse uma fruta.

Quente. Ainda quente.

Agora, pensa.

Leva à boca e morde.

O sangue escorre pelo queixo, manchando o vestido.

Mastiga. Engole.

Morde outra vez, e outra, e depois outra.

É até acabar, ouve às costas.

Vira-se. Clara?

Não. É Carolina. A mãe-menina. Ela voltou. Sem cabeça. O cordão umbilical desapareceu. As manchas de sangue nas pernas desapareceram. E diz: Tem que comer tudo, viu?

Eu sei, responde Isabel, mastigando, tô comendo.

O coração inteiro.

Outra mordida. Eu sei, repete.

E anda logo porque a maré tá subindo.

Vou comer tudo, calma.

A água sobe até lá em cimão, não sobra nada aqui embaixo.

Como assim, não sobra nada?

Eu também já comi.

Não te vi comendo.

Comi outra coisa.

Que coisa?

Carolina respira fundo e aponta para as ondas cada vez mais próximas. Rápido, termina logo de comer.

Clara, el

Ai, que saco. Vou cuidar dela pra você. Tá bom assim?

Vai?

Vou. Prometo.

Obrigada.

Mas come logo isso, cacete.

Isabel coloca o último pedaço na boca e fecha os olhos, com medo do mar.

Enquanto mastiga, ouve Carolina dizer: Que beleza é a vida. Que benção. Você não acha?

Depois de engolir, Isabel abre os olhos. A água formou um paredão da mesma altura que a rocha. Os restos do cavalo desapareceram. Restou apenas um espaço estreito entre os dois paredões. A mãe-menina desapareceu.

Rocha, água.

As manchas de sangue no vestido, nas mãos, ao redor da boca e no queixo desapareceram. Sem saber o que fazer, Isabel olha para baixo e começa a cavar um buraco na areia.

Minibunker.

Preciso de um minibunker.

Preciso de.

Sentados à mesa, comendo.

Sábado.

A cabeça de Isabel ainda lançada no sonho.

Não contou nada para Gordon. Sentiu vontade, mas.

Mar mudo. Sol eclipsado. Carolina, mãe-menina. Bebê e cabeça e cavalo devorados. Sombras. A sombra de Dimas, a sombra do avô, a sombra da mãe. É uma terra violenta. (Aqui não parece muito melhor.) Clara. Olha o que fizeram comigo, Isa. Ainda dói, Isa. Clara, eu juro, vou pegar ele, vou acabar com ele, eu juro. A gargalhada. (Por que ela riu daquele jeito? Foi alguma coisa que eu disse?) Malditos relâmpagos. Relâmpagos e desaparições. O eco da gargalhada. O gosto do coração na boca. A mãe-menina outra vez, sem cabeça. Os paredões aquoso e rochoso. O buraco na areia. Cavando o minibunker, afinal.

Foi Gordon quem a acordou, preocupado. Um pesadelo, pequena. Foi só um pesadelo. Está tudo bem.

O que eu...

Não sei, você parecia chorar.

Percebendo alguma coisa, ele acendeu a luz do abajur.

Mas o que...

Sangue.

O nariz dela sangrara um bocado.

Boca, queixo, peito.

Enquanto Gordon trocava a roupa de cama, ela foi ao banheiro. Caralho, disse ao se ver no espelho.

Achou melhor tomar um banho. As imagens voltando a cada vez que fechava os olhos sob a água do chuveiro. Algumas delas. Imagens, vozes. Desorganizadas. Como se ainda não estivesse completamente desperta. Mar cor de vinho. Órbitas ocas. O círculo preto ainda no lugar ou à frente do sol. A morte é uma. Onde é que você estava, Isa? Fome.

Melhor?, Gordon perguntou quando ela voltou ao quarto.

Acho que sim, mentiu.

Volta pra cama, então. Ainda é muito cedo.

Ela se desvencilhou da toalha e se deitou ao lado dele, nua, encolhida. Achou que não voltaria a dormir, mas, poucos minutos depois, pegou no sono outra vez. Sem mais sonhos ou pesadelos. Pelo menos isso. Acordou na mesma posição, abraçada a ele, o braço direito dormente. Bom dia.

Bom dia. Com fome?

Passava das nove.

Sábado.

Gordon foi à padaria e à banca de jornais.

Agora, sentados à mesa da cozinha, comem pães de queijo e tomam café e folheiam o *Correio*.

(Melhor?)

(Melhor porra nenhuma.)

A cabeça de Isabel ainda lançada no sonho.

Será que Carolina chantageou mesmo o estuprador filho da puta? Por que a palavra *sombra*? Se for o caso, está morta. Foi a palavra que lhe ocorreu lá *dentro* (ou *fora*?) (Lá eM CiMA, disse a sombra da mãe) (lá *embaixo*, então?) (Desci ontem ao Centro da cidade, disse Gordon aquela vez, os dois à beira do rio) (eu senti como se descesse). *Sombras*, embora não fossem exatamente isso. Tinham feições, tinham cabelos e pelos, tinham *pele*, só não tinham olhos. Será que estamos todos cegos? Ela se lembra da desembargadora lendo e relendo o *Estadão*. Para quê? Certa estava a sobrinha dela. Notícias para os cegos. Notícias estranguladas. Claro, isso já foi pior. Mas será que as pessoas não desaprenderam a ler? Será que algum dia aprenderam? Talvez não haja sequer o que ler. Não há nada aqui. Nada *sob*. Nada oculto. Olhos estrangulados percorrendo linhas estranguladas. O país não está lá. Nas linhas, entrelinhas. Nas sombras, meio oculto. O país não está. Não há país nenhum. O país é um vazio. Conjunto vazio. Quando os milicos apearem, seremos deixados com esse vazio enorme, e não saberemos o que fazer com ele. Ou ficaremos naquela mísera faixa de areia, encurralados entre o paredão de água e o paredão rochoso, e começaremos a cavar um buraco na areia (É um bunker, mãe. Um minibunker, na verdade, porque é pequeno. Só vai caber eu lá dentro.) depois de comer o coração de algum bicho. Não saberemos o que fazer, assim como os milicos não souberam. Tomada a casa, descobriram que estava vazia e caindo aos pedaços. Condenada. Então, reunidos no porão, decidiram que, mesmo assim, não iriam embora. Para onde iriam depois *daquilo*? Depois de *tudo*? A gente precisa reformar e mobiliar a casa, alguns sugeriram. Mas não reformaram nem mobiliaram porra nenhuma. E agora a casa perdeu o teto, e as paredes têm mais rachaduras do que nunca. Sob o sol eclipsado, os milicos também se tornaram sombras. A diferença é que eles arrancaram os próprios olhos depois de arrancar os olhos dos outros. E agora, esfomeados (a MOrtE é Uma FoMe.), vagam pelos cômodos vazios. Outra espécie de fome, enquanto a casa vem ao chão de uma vez por todas. Devorando uns aos outros. Pernas, braços. Cabeças.

Terminou?, ele pergunta, apontando para o primeiro caderno.

Pode pegar.

Obrigado.

Por que contaria o sonho para Gordon? Olha para ele. Concentrado na leitura. Um pão de queijo semidevorado no prato. Um gole de café a cada página. O que está acontecendo no mundo, Gordie? Olha para a página aberta sobre a mesa. Horóscopos. O que vai acontecer no mundo, Gordie? Ele está dizendo alguma coisa, o rosto escondido atrás do jornal aberto. O quê?

Ele abaixa o jornal. Quer ou não?

Quero ou não o quê? Tava distraída.

Vou almoçar com aquele conhecido.

Onde?

No apartamento dele.

Conhecido de onde?

Daqui. De Brasília. Eu o ajudei numa questão tempos atrás.

Que espécie de questão?

Uma pequena assessoria. O pai dele era general.

E isso faz dele o quê?

Filho de general.

Filhos de general não costumam valer porra nenhuma, pela minha experiência.

João é diferente. Tem algumas idiossincrasias, mas é um bom sujeito.

Você ajudou esse filho de general.

Ajudei. Assessorei.

Em que você assessorou esse filho de general?

Na venda de uma criança.

Dele?

Não, não.

De quem?

Ele vai te contar. Ele adora contar essa história. Ele não consegue calar a boca.

Ele ainda vende crianças?

Não. Isso só aconteceu uma vez. Foi uma espécie de boa ação.

A criança está bem?

Ótima. Bem longe daqui.

E a mãe da criança?

A mãe biológica?

Sim.

Também.

Também o quê?

Está bem.

Uma espécie de boa ação.

Foi o que eu disse. E então?

Então o quê?

Quer vir comigo? Hoje é sábado. Vai ser divertido.

Aposto que sim.

Ele trabalha no BC...

Divertidíssimo.

... e tem uma fazenda no interior. Herdou da mãe.

No interior de?

Goiás.

Claro. O único interior possível.

Sabe a chácara do Velho?

Tentando esquecer.

Ficava nas terras dele.

Hein?

Quer dizer, a chácara não existia. Ele vendeu uns hectares pro Velho, e o Velho construiu a chácara.

O Velho nunca construiu porra nenhuma na vida.

Mandou construir. Você me entendeu.

E esse seu conhecido?

O que tem ele?

Ele planta alguma coisa na fazenda que herdou da mãe?

Ah, não.

Nada?

Nada. Ele arrenda, outros plantam. João não é do tipo que planta.

Vocês viram o que apareceu pichado num muro lá em Ceilândia?, diz João horas mais tarde. chacoalhando o copo, os cubos de gelo derretidos quase que por completo. Não houve almoço, exceto por alguns tira-gostos. Agora são quase cinco da tarde e Isabel está deitada em um divã, copo de uísque apoiado na barriga, olhando na direção da janela. Gordon e o filho do general estão sentados no tapete. A cocaína está sobre a mesa. Ela preferiu não cheirar. Gordon cheirou um pouco. O filho do general cheira sem parar, bebe sem parar e fala sem parar. Uma amiga minha me contou e eu não acreditei. Picharam: "... zum Ekel find' ich immer nur mich?". Eu achei engraçado.

Bem engraçado mesmo, diz Isabel, séria.

Agora eu entendo o meu velho. Eu não entendia quando ele era vivo, mas agora eu entendo, e entendo por que ele fez as coisas que fez.

O general, diz Gordon, sorrindo.

Generais, ele que não venha me falar dos generais.

Ele quem?, pergunta Isabel.

Robert. É sempre a mesma coisa, uma gracinha, uma piada idiota, uma anedota, em geral quando está meio alto e indo embora, só pra me encher o saco, sem falar naquela vez.

Que vez?

Teve essa vez que ele ficou muito bêbado e chegou a bater continência pra mim na hora de ir embora e disse que não entendia por que eu não segui os passos do meu pai, que eu ia ficar fofo fardadinho, pronunciando *fóff*, engrolando o *nho*, algo como iam vica fóff fardadinnm. Cuzão.

Cuzão, Gordon concorda.

Mas quem é esse tal de Robert?

É agora, pequena. Preste atenção.

Eu tava bem aqui nessa sala, sentado ali na poltrona, e bebia uísque como agora, embora nunca tenha aprendido a beber esse troço como os meus pais, não aprecio e saboreio como eles apreciavam e saboreavam, você se lembra do meu pai, né, Andrew, pois é, e da minha mãe, eles entornavam coisas incomparavelmente melhores do que esse blended vagabundo aqui.

White Horse é barato, mas não tem nada de vagabundo.

Cavalos brancos, atalha Isabel, vocês que não venham me falar dos cavalos brancos.

Não sei se concordo, Andrew.

Comi um cavalo branco, agora bebo um, ela diz e toma mais um gole.

Lagavulin.

O quê?

O malte base do White Horse é o Lagavulin. Seu pai gostava bastante de Lagavulin, João.

Nada como o gosto do coração do cavalo branco.

O quê?

Nada. Continua a história aí.

E não desrespeite o White Horse.

Tá, mas vocês..., João se debruça e cheira uma carreira. O que eu quis dizer é que eu bebo por outras razões, razões que não são incomparavelmente melhores do que as razões de ninguém, mas são as minhas razões, só minhas, e isso basta, e esse uísque basta para as minhas razões.

Mas que razões são essas?, ela pergunta.

Por exemplo? Bom, o perfume da bebida corresponde ao cheiro de uma infância, minha e talvez do país (eu sei, eu sei, eu sei, quem sou eu pra falar do país?), quando não era lá muito aconselhável fazer piadinhas sobre generais. Em todo caso, o cheiro dessa infância é algo que aprecio revisitar, mas não a qualquer preço, e esse blended que, ok, concordo, não é vagabundo, mas é barato, esse blended faz o que eu espero que ele faça.

Nostalgia, diz Gordon.

Entendi, diz Isabel. Isso daria uma boa propaganda de uísque. "Ele é barato, mas faz o que você espera que ele faça."

"Nostalgia com final longo, defumado e persistente", complementa Gordon. Jamais desrespeite o White Horse.

... daí ela chegou e falou assim: "Tudo pronto, seu João."

Peraí, ela quem?

Danuza. Parada ali ao lado do sofá, enxugando as mãos num pano de prato e sorrindo, toda nervosa. A menina estava atrás dela, concentrada no cubo mágico, fungando, toda ansiosa pra conseguir uma resposta do objeto, sabe como é, e eu pensei, melhor desistir, menina, as coisas só existem pra ignorar a gente, você não sabia? Eu falei pra Danuza se sentar porque eles chegariam a qualquer momento, mas sabem o que ela fez?

Não, diz Isabel.

Não, diz Gordon. Quer dizer, eu sei, sim, porque você já me contou a história toda.

Então é melhor parar.

Mas eu não sei, diz ela.

Então eu devo continuar?

Sim, por favor.

Eu *posso* continuar?

Se não for muito incômodo.

Incômodo nenhum, imagina.

Ouvi dizer que é uma ótima história.

É uma história muito rica.

Estou ouvindo.

Eu falo pra Danuza se sentar porque eles chegariam a qualquer momento. Danuza concorda com a cabeça, mas sabe o que ela faz? Dá meia-volta e desaparece outra vez ali na cozinha.

É como se estivesse acontecendo agora, sorri Isabel. É como se a gente estivesse dentro da história.

Talvez se você cheirasse um pouquinho, atalha Gordon.

EU RESPIRO FUNDO, ele grita, retomando o fio da coisa, e olho pra televisão, e da televisão Glória Menezes olha pra mim. Minha mãe costumava dizer que toda novela é de época, mas até hoje não faço ideia do que isso significa; ela repetia essa frasezinha mesmo enquanto via *Selva de Pedra*, ela adorava *Selva de Pedra*. Eu me levanto no momento em que Danuza e a menina voltam da cozinha, Danuza trazendo uma bandeja com frios, a menina abraçada numa boneca enorme, loiríssima, e até hoje eu não sei se ela venceu o cubo mágico ou não. É provável que tenha vencido, esperta como é. Alcanço a garrafa, sirvo uma dose e meia, boto três cubos de gelo, um, dois, três, e volto a me sentar bem ali. A menina se acomoda naquele outro sofá e gruda os olhos na televisão.

Qual é o nome da menina?

João esfrega um pouco de cocaína nas gengivas antes de responder: Olha, isso é meio constrangedor, não, é *muito* constrangedor, porque eu sempre me esqueço do nome dela, embora quase tenha sido responsável por sua extinção uns poucos anos atrás.

Agora teremos um flashback, diz Gordon.

Nesse outro momento, Danuza veio assim meio sem-graça e perguntou o que eu achava da *situação*. Eu tenho uma opinião geral sobre toda e qualquer situação: é uma merda. Eu tenho outra opinião geral sobre toda e qualquer situação: melhor desistir. Eu tenho uma terceira opinião geral sobre toda e qualquer situação: foda-se. Então, naquela manhã, isso tem o quê?, uns cinco anos, eu disse: "Que merda, hein? Não é melhor tirar?" E ela: "Ah, mas a igreja..." E eu: "A igreja que se foda, Danuza. A não ser que o pai seja o pastor." "Que nada", ela disse, "o sujeito é mecânico e casado." "Puta merda", respondi. "Antes fosse o pastor." Ela não achou graça. "Você já contou pra sua mãe?" "Ainda não." Parênteses: a mãe de Danuza trabalhou na casa dos meus pais até as pernas, a coluna e as vistas dela implodirem. Daí, quando ela se tornou inoperante, foi substituída pela filha, que veio trabalhar pra mim depois que os meus velhos morreram, primeiro o meu pai (derrame), depois a minha mãe (cavalo). Fim dos parênteses.

Então, naquele dia, vocês estão acompanhando a história?, eu estou falando do outro dia lá atrás, quando ela descobriu que estava grávida e eu sugeri: "Olha, se fosse você, eu tirava. Até pago o procedimento, se quiser. Tirando isso, não sei como posso te ajudar." E ela: "Não me mandando embora?" E eu menti: "Isso nem me passou pela cabeça. Foi por isso que veio falar comigo?" "Foi, uai. O que você pensou?..." E eu: "Sei lá, Danuza. Que talvez me considerasse um amigo." Ela riu bem alto. Por conta dessa risada, repeti que ela não seria demitida e prometi um aumento, e o tempo passou, a menina nasceu saudável e, segundo a Danuza, tão parecida, mas tão parecida com o pai que ele vendeu a oficina e se mudou com a família pra Pires do Rio. Porra, eu nem sei onde fica Pires do Rio.

Perto de Orizona, diz Isabel.

Eu não disse que queria saber.

Não seja grosso.

Perdão, ele diz e se abaixa, fazendo uma espécie de mesura. Perdão.

A menina nasceu e cresceu.

"Homem é tudo covarde", disse Danuza quando me contou da mudança do pai da menina, e eu acho meio difícil discordar, até porque provavelmente faria o mesmo no lugar dele, se eu fosse um mecânico casado e a minha bastarda fosse a minha cara, ah, se isso acontecesse, eu descobria onde fica Pires do Rio bem rapidinho.

Fim do flashback, diz Gordon.

E aqui estão as duas, agora, mãe e filha sentadinhas naquele sofá, e a gente ficou assim, esperando, vendo a novela, eu torcendo para que o interfone tocasse logo pra gente fechar o negócio e dar a noite por encerrada. Sabe, o general me deixou esse apartamento, o que não é pouca coisa, claro, mas a pensão quem recebe é a minha irmã. Não falo com ela há uns seis anos, não sei por que estou pensando nela agora, sei que ainda mora em São Paulo, vive com um obstetra ou dono de imobiliária ou desembargador, não sei ao certo, sei que ela não se casou com o trouxa pra não abrir mão da pensão, vou te contar, viu, quando a nossa mãe caiu do cavalo, caiu e quebrou o pescoço e morreu, eu me senti duplamente traído.

Por quê?, pergunta Isabel.

Outro flashback, diz Gordon.

Porque o cavalo era meu e teve que ser sacrificado. E porque a minha mãe tinha prometido que jamais montaria o meu cavalo.

Entendi. Duplamente traído.

Você é uma boa ouvinte, Isadora.

Isabel.

Isabela. Daí, lá mesmo no velório, no velório da nossa mãe, não no velório do cavalo, a minha irmã me mandou à merda e disse que não repassaria um centavo sequer da pensão, e olha que a nossa mãe sempre repassava doze e meio por cento pra cada, ela não era tão ruim assim. E eu me senti traído mais uma vez. Não é que eu precise do dinheiro, mas é uma questão de princípio.

E a fazenda?

A minha irmã vendeu a parte dela. Eu arrendei a maior parte das minhas terras, não tenho paciência com esse negócio de plantar e colher, mas mantive a sede, fujo pra lá de vez em quando. Vocês estão convidados. Num fim de semana desses, que tal?

Acho ótimo, diz Gordon.

Eu também. Mas você não terminou a história.

Ah, sim. Onde foi que eu parei?

Você, Danuza e a menina sem nome, ou de cujo nome não se lembra, esperando o interfone tocar.

Perfeito, Iasmin. O interfone toca, eu atendo e depois me coloco ali diante da porta, copo na mão esquerda, sem olhar pra trás porque não quero ver as expressões nos rostos delas, sobretudo no rosto da Danuza. Eu até podia me virar e dizer que tudo isso foi ideia dela, que eu fiz o possível pra ajudar, que perguntei um montão de vezes se era isso mesmo que ela queria, que fiz questão de lembrar do que aconteceu antes, daquela outra escolha que ela fez, quando eu também ajudei da melhor forma que pude e não a mandei embora nem nada. É sempre assim, uma escolha, depois outra. Meu pai, o general, costumava dizer que a vida é assim mesmo, você escolhe o que escolhe, e é preciso escolher com cuidado agora pra não reclamar ou pra se foder menos depois. Meu pai não era um homem muito inteligente, o nosso Andrew aqui conheceu a figura. Era bom, cordato, tranquilo, mas um tanto burro. Acho que o problema é que ele falava baixo demais prum general. Mas ele me ensinou a gostar de cavalo, pelo menos. Vocês acham que, prum sujeito assim sem imaginação, seria possível imaginar o tipo de escolha que uma pessoa como a Danuza teve que fazer? Eu duvido, duvido mesmo, mas isso também não faz muita diferença, porque eu até consigo, *acho* que consigo, mas aqui estou, intermediando o *negócio*, ouvindo o som das batidinhas na porta. A primeira coisa que eu vejo são os olhos ansiosos da Linette, os olhos dela parecem ver *através* de mim, parecem fixos no que está lá atrás, aqui, nesse lado da sala. Ela me dá um beijo na bochecha e já entra no apartamento, e eu e Robert ficamos frente a frente. Eu estendo a mão, ele me dá um aperto frouxo, e então pergunta, em alemão, quanto custa a dose. Sorrio, claro. Quando não fica falando de generais, Robert é um sujeito legal. Então, a cena é essa. O casal se acomoda no sofá em que eu estava, os olhos vidrados da Linette e os olhos baços do Robert. Sirvo a dose que ele pediu. Pergunto a Linette se ela quer alguma coisa, e ela balança a cabeça, não quer nada. Puxo uma cadeira e me sento bem ali, ó, ao lado do sofá, à esquerda do Robert, e a gente fecha uma espécie de semicírculo, duas pessoas em cada sofá e eu sozinho num dos flancos, e a garrafa de uísque, pelo menos, está ao alcance da minha mão. Bebo um gole, depois outro. Pergunto a Robert, em alemão, se ele quer mais gelo. Estou bem, ele responde em português. Como se soubesse do que é que se trata a reunião, a menina se achegou à mãe e permanece imóvel, olhando pro outro lado da sala, *através* de mim; todo mundo hoje, em algum momento, olhou *através* de mim, Linette para a criança, Robert para o uísque, a criança para o nada ou para a porta às minhas costas, sim, talvez seja isso, talvez ela quisesse dar o fora, todo mundo olhou *através* de mim, exceto Danuza, Danuza em momento algum olhou *através* de mim, e agora olha para a televisão. A gente fica um tempo em silêncio, até que Linette começa a se dirigir à menina. Pergunta sobre a boneca, é sua filhinha? A menina não responde. Eu contenho o riso. Ninguém toca nos frios, vocês se lembram que Danuza trouxe uma bandeja com frios, né? Ninguém toca neles. *Filhinha*. Fico calado, né? Fiz a minha parte. Fiz o que Danuza me pediu pra fazer. Fiz o que Linette me pediu pra fazer. Fiz até o que Robert me pediu pra fazer. Acho que se a criança me pedisse alguma coisa, eu faria também. Mas o que ela me pediria? Não está em posição de pedir nada. Um copo d'água, talvez? Um pouco de Guaraná? Uma carona pro Gama Leste? Não tenho Guaraná na geladeira. Penso em Danuza me pedindo ajuda semanas antes: "Será que você podia me ajudar num *negócio*?". Foi poucos dias depois do meu aniversário. Teve um jantar aqui, Robert, Linette, alguns colegas de trabalho, uns dois vizinhos. Eu paguei um extra pra Danuza cozinhar e ficar até mais tarde. Daí, quando a festinha já se encaminhava pro final e Robert, bêbado, balbuciava uma comparação absurda entre Leóstenes, Röhm e Figueiredo, acho que ele fazia uma piada, uma piada que não entendi e da qual não me lembro agora, Linette começou a choramingar sobre todos os esforços que tinha feito pra engravidar, tratamentos no Brasil e no exterior, sete anos de tentativas, três abortos espontâneos, daria tudo pra ter uma criança, um braço, uma perna, tudo, qualquer coisa. No dia seguinte, logo cedo, Danuza veio falar comigo sobre o tal *negócio*. Eu perguntei se era isso mesmo que ela queria. "Sim, é isso mesmo, vai me ajudar ou não?" Bom, eu sempre faço o que me pedem, e liguei pra Linette, que topou logo de cara. Sou meio ingênuo e perguntei a ela se não queria discutir a questão com Robert primeiro, pensar um pouco a respeito, e ela riu. As pessoas estão sempre rindo da minha cara. O resto foi acertado entre as duas, sem mais intermediações, e aqui estamos. Não é ótimo quando as coisas funcionam pra todo mundo? Pensando nisso, sirvo outra dose para mim, Robert ainda não terminou a dele, e Linette está falando algo sobre a mudança. Um belo cargo na sede do banco. Londres. Daí o desânimo de Robert. Ele adora o Brasil. Na verdade, desde que o conheço, nunca ouvi Robert dizer que adora qualquer outra coisa além do Brasil. Incluindo Linette. "Você está salvando a minha vida pela segunda vez", ela me disse naquele outro dia, quando liguei pra intermediar o *negócio*, depois que parou de rir da minha cara.

E quando foi que você salvou a vida dela antes?, pergunta Isabel, alcançando a garrafa de uísque que está sobre a mesa de centro, ao lado do pó.

Tem uns quinze anos isso. Foi em Berlim Ocidental. Linette quase morreu sufocada com o próprio vômito.

Acontece. Um colega de faculdade morreu assim.

Sim, Ione, é verdade, acontece. Roqueiros morrem assim.

Como foi?

A gente foi a uma festinha num apartamento em Kreuzberg, uma festinha cheia de pintores, escultores e músicos que não pareciam pintar, esculpir e compor muita coisa, não, e a galera falando de política sem parar. *Die Revolution ist großartig, alles andere ist Quark* e toda essa merda. Linette bebeu demais e acabou desmaiando num dos quartos. Por sorte, eu passava pelo corredor, a caminho do banheiro, no momento em que ela dava umas golfadas horríveis, entrei no quarto e tudo o que fiz foi virar ela de lado. Foi por pouco. Daí, quando eu liguei pra tratar do *negócio*, ela se lembrou disso. "Você está salvando a minha vida pela segunda vez, João, nunca vou me esquecer disso." E agora ela está falando com a menina, que enfim começa a responder algumas das perguntas. Danuza segue concentrada na televisão. Não acho, evidentemente, que estou salvando a vida de ninguém, muito menos de Linette. Eu e ela, a gente se conheceu na faculdade, em Berlim, e foi inseparável naqueles anos. Depois, eu fui pra Chicago e ela, pra Londres, onde conheceu o Robert. Mantivemos contato, fui a Lucerna pro casamento deles, sabe, padrinho e tudo, e eles só vieram pro Brasil em 78, quando os meus pais já estavam mortos e eu, concursado. A gente jantava uma vez por semana, e se falava por telefone quase todo dia. Fiquei triste quando ela me contou que estavam de mudança. Quer dizer, o Robert ainda está por aí porque trabalha na embaixada suíça e é mais difícil conseguir a transferência, acho, mas ela já está em Londres com a menina. Mas pode ser que ele não esteja se esforçando tanto assim pra seguir os passos da mulher. Os meus ele segue, como sempre, e estende o copo vazio e pede outra dose. Eu sirvo, pensando, beleza, enche a cara, mas só não começa a falar das porras dos generais. Nesse momento, Linette faz um sinal com a cabeça pra Danuza e elas vão pra cozinha, precisam acertar os detalhes do *negócio*. Estamos a poucos meses da Copa, e Robert pergunta quem eu acho que vai ganhar. Sempre que a gente fica sozinho, ele fala sobre futebol. É torcedor do Luzern, que nunca ganhou a liga suíça, dá pra acreditar numa coisa dessas? Eu digo pra ele que vou torcer pro Brasil se foder e a menina olha pra mim com uma expressão vazia, muito parecida com a da boneca que segura no colo feito um bichinho de estimação. Acho difícil o Brasil não levar essa, ele diz, e eu encolho os ombros e me concentro na menina. Do Gama Leste pra Kensington. Sinto uma vontade súbita de parabenizá-la. Passa um tempinho, meia hora, por aí, e as duas mulheres voltam da cozinha com os olhos vermelhos e as caras inchadas, e sentam nos mesmos lugares de antes. Eu sirvo uma dose de uísque pra Linette e outra pra Danuza, sem gelo, elas bebem de uma vez, ao mesmo tempo, sabe, uma coisa assim sincronizada, e a menina olha pra mãe, depois pra Linette. Ou melhor: olha pra Danuza, depois pra mãe. Eu sinto uma vontade tremenda de rir, assim do nada, mas consigo segurar, sei lá o que iam pensar de mim. A menina ajeita a boneca no colo. Robert dá um pulinho no banheiro. Quando volta, sirvo outra dose pra ele e ofereço mais uma pra Linette, que recusa e me devolve o copo vazio, suado. Ninguém toca nos frios. As rodelas de salame, as fatias de presunto de Parma, os queijos cortados em cubos, as azeitonas pretas como os olhos da menina que, de novo, parece que olha *através* de mim, tanto que eu peço licença e vou ao banheiro. Quando volto, Linette pigarreia e diz (em alemão) que é hora de ir embora, e que dali a uns dias Danuza vai com *elas* pra Inglaterra a fim de ajudar na *transição* (*Überleitung*), se eu não me importar. Eu? Imagina. Eu não me importo com nada, boa viagem pra vocês. Pelo que entendo, Linette e Robert vão levar Danuza e a menina pra casa, no Gama Leste, a fim de se conhecerem melhor e discutir os detalhes da viagem e da *transição*. Depois que todo mundo vai embora, eu desligo a televisão e ligo o som.

O que você ouve?

Big Balls & the Great White Idiot.

Não conheço. É o quê?

Punk. Eles são de Hamburgo. É o que tá rolando agora também.

"No more nightmares." Quem me dera. Mas acho que daqueles lados só conheço a Nina Hagen mesmo.

Cheira mais uma carreira e: Depois gravo umas fitas pra você.

Agradeço.

Mittagspause também é legal.

E aquele monte de livrinho ali na estante?

Hein? Ah. É tudo de faroeste.

Faroeste?

É, quase que só leio faroeste. Desses baratinhos, compro em qualquer banca de jornal.

Gosto de *Warlock*, diz Gordon.

Quem?

Oakley Hall. Muito bom. Ganhou o Pulitzer, acho. Ou foi finalista, não me lembro agora.

Pulitzer? Mas isso não é coisa de livrinho de banca de jornal.

Acho que alguns dos livros do Lauran Paine talvez se encaixem nessa categoria. Ele já escreveu centenas de westerns, alguns muito, muito bons.

Tá. Que seja. Posso terminar a história?

Claro, por favor.

Então. Fico ouvindo música e, sem saber o que fazer, abro outra garrafa de uísque, tiro os sapatos, deito ali no sofá e xingo Robert mentalmente.

Por quê?

Talvez não mentalmente. Acho que digo alguns palavrões em voz alta. Talvez eu grite.

Por quê?

Pra começar, ele não deu a descarga depois de usar o banheiro.

Que deselegante, diz Gordon.

Ele cagou?, pergunta Isabel.

Mijou.

Xingou ele só por isso?

É deselegante, reitera Gordon.

Acho que é mais deselegante quando a pessoa caga e não dá a descarga, diz ela.

É uma questão de princípio, pequena. Pouco importa se a pessoa mijou ou cagou. Usou, dê a descarga.

Vou concordar com o Andrew nessa.

A visita mija, não dá a descarga, e tudo bem?

Não é isso que eu tô dizendo. Concordo com vocês. Eu só falei que mijar e não dar a descarga não é tão grave quanto cagar e não dar a descarga.

Sim, mas é uma questão de princípio, como disse o Andrew.

Até porque é uma verdade universalmente reconhecida que, quem mija e não dá a descarga, cedo ou tarde cagará e não dará a descarga.

Beleza, diz ela. Vamos deixar assim: mijar e não dar a descarga é deselegante; cagar e não dar a descarga é criminoso.

Sim, diz Gordon, deixemos assim.

Agora que concordamos, vou terminar a história.

Ainda não acabou?

Claro que não, Irina.

Mil perdões.

Quando se despediu, meio bêbado, Robert olhou pra foto do meu pai...

Qual foto?

Aquela, Irene, em cima da estante, é, aquela ali. Viu?

Vi.

Pois é, ele olhou pra foto, me puxou pelo braço e disse, muito sério: "Eu acho que Cipião aceitou suborno de Antíoco, sim. E você?" Ele disse isso e foi embora gargalhando, o desgraçado.

Generais, diz Gordon.

Ah, foi por isso que você xingou o cara depois que eles foram embora. Não foi só por causa da mijada sem descarga.

Generais. Ele sempre vem com isso, é muito chato.

Mas Cipião não aceitou suborno de Antíoco?, pergunta Isabel.

João bufa e se debruça na mesa de centro, cheirando mais uma pequena carreira. Cipião e Antíoco que se fodam, diz, limpando o nariz. A questão não é essa. A questão é o Robert ficar me enchendo o saco.

Eu só não entendi, ela se vira para Gordon, onde é que você entra nessa história. Não tinha falado alguma coisa sobre...

Ajudei com a papelada. Facilitei como pude.

Um facilitador.

Você me conhece. Linette é uma excelente pessoa. E Robert também, apesar dos generais.

E a Danuza?, ela pergunta para João.

O que tem ela?

Voltou da Inglaterra ou ficou por lá? Família feliz, duas mães e coisa e tal?

Hein? Ah, não.

Ela voltou?

Voltou, sim. Voltou tem uns meses. Engordou um pouquinho. Acho que viciou no fish & chips, fala dessa porcaria até hoje.

E a menina?

Linette diz que tá tudo bem com ela. Não tenho por que duvidar.

Linette é uma excelente pessoa, repete Gordon.

E Robert também, diz João.

Apesar dos generais, conclui Isabel.

INTERLÚDIO

9 NOV. 1983

A figura abraçada ao vaso sanitário pela segunda vez nessa manhã encerra uma espécie de paradoxo: por mais que as bebedeiras venham a, eventualmente, encurtar sua vida, não há nada que torne os dias mais longos do que a ressaca que experimenta agora e em várias ocasiões similares (três a cada sete dias, eis a média dos últimos meses). As horas que separam o despertar do primeiro copo, e Inácio ainda não chegou àquele estágio no qual uma dose de cachaça antes ou logo após o desjejum é não apenas aceitável como imprescindível, são longas e pegajosas, arrastam-se como ele próprio pela casa na sofrida peregrinação matutina. Cada passo é uma martelada nos lados da cabeça e atrás das órbitas; cada mísero movimento é penoso, desde abrir os olhos até empurrar goela abaixo uma xícara de café e um pedaço de pão com manteiga, esforçando-se (inutilmente) para não devolvê-los dali a pouco (a segunda corrida ao banheiro em poucos minutos), passando pelos atos de fumar o primeiro cigarro ali deitado, sentar-se na cama, sentir o estômago cavalgando em chamas garganta acima, alcançar o copo com o chá de boldo sempre deixado pela esposa sobre o criado-mudo, respirar fundo e tomar tudo de um só gole, contar até dez, correr ao banheiro pela primeira vez, vomitar aquele suco malcheiroso e uns restos do que quer que tenha comido na véspera (um dentre os salgados que se putrefaziam na estufa do boteco em que por acaso se encontrava, a porção de calabresa com as cebolas enrodilhadas feito minhocas, um punhado de amendoins ou o naco de torresmo engordurado e mole como espuma de sofá), cagar, tomar um banho gelado, enxugar-se, escovar os dentes e, trêmulo, vestir-se antes de deixar o quarto e rumar para a cozinha.

Agora, depois de devolver a xícara de café e o pedaço de pão com manteiga, levanta-se com dificuldade, puxa a descarga, lava as mãos e o rosto, e volta à cama, onde pretende passar as três horas seguintes entre cigarros e cochilos, deixando para ir ao escritório por volta das onze, quando Carla, a secretária, deitará sobre ele um olhar compassivo, passará os recados (poucos) e alertará sobre algum compromisso, se houver, antes de sair para o almoço. Uma excelente funcionária, estudante do segundo ano de Direito, discreta e eficiente, trabalhando com ele desde a adolescência; é bem provável que assuma o escritório após se formar, por que não?, embora volta e meia externe a vontade de se tornar promotora, ao que ele diz, arrancando gargalhadas da moça: Só crentes e caga-regras viram promotores, Carla, não faça uma coisa dessas comigo e com você.

Nos últimos dois meses, a vida de Inácio se resume a isto: casa, escritório, fórum, boteco(s), casa. Ou: cama, banheiro, cozinha, banheiro, cama, escritório, fórum, boteco(s), cama (caso não apague no sofá).

Quando seu principal cliente (a quem ele costuma se referir como Cliente) ainda estava entre os vivos, havia mais coisas a fazer, muitas das quais sequer eram Trabalho de Advogado, mas quem se importa?, o Cliente era generoso e, mesmo em manhãs assim ressacadas, não custava nada buscar gente na rodoviária, na chácara ou em Goiânia, fazer pagamentos, ligar para fulano ou beltrano, acertar isso ou aquilo, fazer e cobrar favores ou simplesmente ficar de bobeira no escritório, à espera da próxima instrução, do próximo servicinho, bebendo uísque de primeira e fumando um cigarro atrás do outro. Com a morte do Cliente, reduzido aos Trabalhos de Advogado típicos de uma cidadezinha interiorana, Inácio é vez por outra acometido por uma certa sensação de inutilidade. A vida é só isso? Inventários, separações, picuinhas? Talvez Carla esteja certa, melhor se tornar promotora e cavar uma vaga na capital (há pessoas a quem ele pode recorrer para ajudá-la, sempre há) do que passar o resto da vida no meio do nada, lidando com inventários, separações e picuinhas.

E ainda há as Questões envolvendo a mulher.

Antes, como tivesse mais o que fazer, não se preocupava tanto, ignorava certos olhares e comentários dos conterrâneos, e levava a vida com relativa tranquilidade, pedindo apenas, e muito de vez em quando, que

Rosa Mônica fosse um pouquinho mais discreta, se possível, sabe como é, bebê, o povo comenta, ao que ela parecia aquiescer, para em seguida abrir um sorriso e torpedear: Ah, meu bem, o povo que se foda.

Agora, além do tédio, das ressacas cada vez piores, das preocupações com a esposa (o caso atual, com um dentista vianopolino, tem tudo para acabar mal, pois o homem vem contando vantagens pelos botecos da região — fato alertado por Carla, que estava com o namorado em um bar na cidade vizinha e ouviu parte da conversa entre o sujeito e um amigo junto ao balcão — e é casado com uma mulher dada a explosões temperamentais: certa vez, achando que era traída, surrou uma assistente do marido com um pedaço de pau, no meio da rua, quebrando alguns dedos e o maxilar da infeliz (foi contida pela polícia quando tentava arrancar as calças da suposta rival para enfiar o porrete no cu); depois, descobriu-se que a moça era inocente, embora o marido não fosse, pois, segundo ele próprio contou para Rosa Mônica, aos risos, vinha mesmo comendo outra, mas não aquela de quem a mulher desconfiara; o riso desapareceu quando se lembrou do valor da indenização pago à agredida), há um pavor desnomeado a acometê-lo de vez em quando.

Inácio tem tido pesadelos.

Com frequência.

Tome-se como exemplo o que sonhou na noite anterior: chácara, mas não havia sinal do Cliente, nem da mulher do Cliente, nem dos capangas do Cliente, e Inácio estava à beira da piscina como se fosse o dono do lugar, sentado em uma cadeira, observando Rosa Mônica dentro da água, e isso era bom, prazeroso, exceto por uma sensação de violência iminente que começou a se insinuar; vestia um terno surrado, o mesmo que usou na cerimônia de casamento vinte e nove anos antes, terno do qual se desfez há muito tempo. (Há quanto tempo não faz algo assim com a esposa? Há quanto tempo não vão a algum lugar, não viajam só os dois? Não pode culpá-la, é claro. E sente que tampouco pode culpar (muito) a si mesmo, embora a situação o deprima de vez em quando. De certa forma, ambos têm problemas. Ou: ele tem um problema, e ela encontrou uma solução que acaba criando outros problemas (mas tudo bem, a cumplicidade não se esboroou, conversam bastante, a respeito de tudo, e se amam tanto quanto no começo). O que ele pede? Compreensão e discrição. Ela não pede nada, deixou de pedir há anos.) No sonho, como os cabelos de Inácio estivessem inusualmente compridos (como estavam nos idos sexualmente ativos do casamento, antes dos eventos ocorridos no Ano Décimo Quarto da Graça do Nosso Matrimônio), Rosa Mônica saiu da piscina dizendo que ia lá dentro pegar a tesoura, vou aparar isso aí, nua, atravessando o gramado em direção à casa (coisa que a mulher do Cliente fazia de vez em quando, que falta de vergonha, Inácio ficava muito sem-graça ao ver aquela senhora casada circulando sem roupa nenhuma para lá e para cá, aos olhos de todos, convidados, funcionários & capangas) (mas, no sonho, não se incomodou que Rosa Mônica fizesse a mesma coisa, até porque estavam sozinhos no lugar), ao que ele sorriu, agradecido, virando-se para acompanhá-la com os olhos, a água escorrendo pelos cabelos e costas e bunda e pernas, tão bonita a mulher, cinquenta anos e linda e madura, um metro e sessenta e nove, os mesmos sessenta e nove quilos de sempre, as carnes redondas, *prontas*, sempre prontas para serem beijadas e lambidas e chupadas e mordidas, livres, tão bonita e ainda preocupada com o marido, pronta para lhe aparar os cabelos, cuidar dele, o que pode ser melhor do que isso? Nunca pediu mais nada. Mas, assim que ela entrou na casa, Inácio foi tomado por uma sensação esquisitíssima, e pressentiu ou, na verdade, anteviu uma tesoura enorme e afiada lhe arrancando os bagos e o pau murcho, cortando tudo fora, e cortando devagar, o sangue esguichando no gramado e até mesmo na piscina, e se viu preso na tensa expectativa da brutalidade que, impotente (ele *soube* dentro do sonho que, por alguma razão, não conseguiria mover os braços, não conseguiria se defender quando o momento chegasse, ela sairia da casa e se agacharia, sorrindo, como fazia antes, e arriaria as calças dele como se fosse chupá-lo, mas, em vez de chupá-lo, usaria a tesoura para cortar os bagos e o pau murcho, para arrancar tudo fora, bem devagar, fazer uma coisa dessas com o próprio esposo, o desgraçado impotente que não se importa com o fato de ela trepar com outros, aguentando (estoico) o falatório e a boataria, desde que, há uma década e meia, por alguma razão diabólica ou sacanagem divina, o pau simplesmente desistiu, não deu mais sinal de vida, e ele (envergonhado, burro, cretino) se recusou a procurar um médico, aceitando como um fato incontornável da vida aquela murchidão também (ou aparentemente) incontornável, aceitando (após uma discussão acerca dos termos e condições) que ela trepasse com outros, se quisesse, quando quisesse, do jeito que quisesse, desde que (seguem os termos e condições do contrato firmado:) o fizesse com discrição, coisa afinal impossível em uma cidade daquele tamanho, sinto muito, e como é possível que o apetite dela não diminua com a idade?, como é possível que, mesmo ao envelhecer, trinta e cinco, trinta e oito, quarenta e dois, quarenta e sete, cinquenta, ela continue fodendo com a mesma fome, com a mesma vontade, com o mesmo tesão de quando tinha vinte e um (noiva virgem) (mas, após a noite de núpcias, quem se sentiu um virgenzinho foi ele, como é que você sabe todas essas coisas?, aprendeu com quem?, não que se importasse, nenhum ciúme retroativo ou coisa parecida, pois tudo o que fizeram e faziam era muito, muito, muito bom), vinte e seis, trinta e quatro anos, da primeira década e meia de casamento?, quando o pau de Inácio funcionava, e funcionava bem, funcionava direitinho, funcionava nos conformes, exceto por uma ou outra falha, uma ou outra noite com problemas técnicos, acontece com todo homem, a bebida sempre esteve presente, é verdade, e as preocupações, sempre há alguma preocupação, mas *costumava* funcionar, e funcionar bem, funcionar direitinho, funcionar nos conformes, um pau comum para uma mulher incomum (esfomeada desinibida gostosa devassa puta safada insubmissa piranha boqueteira dona de si livre), mulher que esgotou, exauriu o pau do marido e foi à caça de outros, que também esgota e exaure, um depois do outro, e quem é que pode julgá-la ou culpá-la, que faça o que quiser, do jeito que quiser, com quem quiser, quando quiser, represar ou reprimir tal força da natureza seria um crime, um pecado, pois Rosa Mônica é uma agente da felicidade humana, semeando prazer e alegria em toda parte, em todas as *partes* de todos por quem *passa*, que Deus a abençoe, siga em paz, meu amor, continue assim, continue bem, há tanto tempo essa situação, corno manso, chifrudo, frouxo (as coisas que dizem pela cidade) (a parte chata da brincadeira, mas tudo bem) (Ah, meu bem, o povo que se foda.), e a bebida, mas não é possível que seja a bebida, não é possível que a *culpada* seja a bebida (não só pela impotência, mas também por esse pavor desnomeado, pelos pesadelos, pela angústia recente), não bebia tanto assim no começo, na primeira década e meia do casamento, bebia, mas menos, um pouco menos, e não estava bêbado (*e.g.*) na única vez que tentou com outra, uma colega advogada irrompendo no escritório (não estava bêbado, não havia bebido na véspera) e indo direto ao ponto: A piranha da sua mulher tá dando pro meu marido.

É mesmo?, ele reagiu, sem saber o que dizer ou fazer.

Todo mundo sabe disso, porra!

Nossa, mas eu, quer dizer, eu não sabia (mentiu, pois Rosa Mônica conta tudo, eles sempre conversam a respeito de tudo), eu sinto muito e... e...

E o quê, Inácio? Você não faz nada?

Fazer... mas... fazer o quê?

Sei lá, o que qualquer marido faz, dá uma surra nela ou, melhor ainda, dá uma surra no safado do meu marido, arrebenta a cara daquele filho de uma égua. Eu ia ficar muito grata se você me fizesse esse favor.

Não, não, não, eu não bato nela, acho errado bater em mulher, acho o fim da picada, e também não vou bater no seu marido, não, viu? Sinto muito, mas não vou fazer nenhuma dessas coisas.

Por que não?

Uai, porque o seu marido não obriga a minha mulher a fazer nada com ele, obriga?

Não.

Pois é. Ele faz porque ela deixa, e ela deixa porque quer fazer.

Ela faz porque *você deixa*.

Ah, isso, eu... eu não posso amarrar a Rosa Mônica em casa, posso?

Talvez *devesse*.

Não, não vou fazer isso, não vou bater nem matar ninguém por fazer com ela o que ela quer, o que ela... o que ela quer e...

Nesse caso, a colega se levantou, esbaforida, contornou a mesa e parou à frente dele, *eu* vou dar pra você.

Hein?

Se o meu marido tá comendo outra, disse, ajoelhando-se, eu vou deixar outro me comer.

Espera, e

Espera porra nenhuma, disse, abrindo a braguilha dele, me dá logo esse pau, anda.

Inácio deu, ou melhor, deixou que ela pegasse, mas não funcionou, o pau mole na boca da colega advogada, por mais que a mulher tentasse e tentasse.

Que porcaria é essa?!

Eu... é q

O problema sou eu?

Não, não, espera, eu, não, não é você, não, peraí.

Vai tomar no cu!

Não, desculpa...

A raiva nos olhos dela, não conseguia encará-la no fim, os soluços, a forma como se levantou, humilhada, depois a maneira como conteve o choro e respirou fundo e disse o que disse antes de ir embora, e foi tudo o que disse depois de colocar o sutiã e abotoar a blusa (depois de tentar e tentar, de abrir a blusa e tirar o sutiã, de esfregar os peitos na cara, no pau, no saco, nas coxas dele, de abocanhar o pau de novo e de novo e de novo, de lamber as bolas, de sugar a glande, e nada, nada vezes nada, nada vezes nada vezes nada), antes de sair do escritório com um olhar de pena, não havia mais raiva, só pena, mais pena de si do que dele (Inácio presumiu, mas como saber?), mas pena, ela disse: Agora eu entendi.

Ele ficou onde estava, em silêncio, envergonhado, sequer se vestiu, largado na cadeira, as calças arriadas, o pau incontornavelmente murcho, ainda molhado, babado, a saliva dela, não sabe, não se lembra quanto tempo permaneceu ali, largado daquele jeito, e depois disso passou a beber ainda mais, um animal amaldiçoado, um animal completamente desprovido de libido (estava lá antes, ele se lembra, mas depois desapareceu), e depois disso, também, os boatos e risinhos e olhares e comentários aumentaram, o que o levou a reiterar o pedido a Rosa Mônica, seja discreta, por favor, eu me preocupo com você e essa gente é imprevisível. Ela retrucou que era sempre discreta (na medida do possível), e exigiu que *ele* não se colocasse mais *naquele* tipo de situação, que *ele* não se humilhasse, você tem esse problema, eu não vou te largar por causa disso, mas você tem esse problema *grave* e nunca procurou médico, nunca procurou ajuda, só procurou a bebida, beleza, a decisão é sua, mas não se coloca mais nesse tipo de situação, acha que eu gosto do que as pessoas falam de você?, acha que eu gosto do que essa gente fala?, eu sou discreta, sim, sempre fui discreta (na medida do possível), e vou tentar ser mais discreta ainda, mas você não pode fazer isso consigo mesmo, Inácio, por que não correu com aquela idiota do escritório?, por que não recusou?, por que não falou que não queria?, você sabe do seu problema, mas deixou ela fazer o que fez, deixou ela *tentar*, e agora o povo tá por aí, falando e falando, não gosto disso, não me importo que falem de mim, não me importo mesmo, puta, vadia, piranha, o que for, não dou a menor bola, a mulherada me xinga pelas costas, mas compra na minha loja, a homaiada me xinga pelas costas, mas quer comer a minha bunda, ninguém tem coragem de falar nada na minha cara, esse bando de hipócrita, mas quando falam de você, sim, eu me importo, sei que isso é meio contraditório, sei que uma coisa tá ligada à outra, a gente é um casal, falar de mim é falar de você, e vice-versa, mas não se coloca mais nessa posição, tá?, a gente não precisa complicar mais a coisa, não precisa de mais falatório e chateação, e eu queria te falar outra coisa, uma coisa que tá guardada aqui dentro faz muito tempo, sabe como é, eu sinto a sua falta, eu sinto muito a sua falta, posso sentar em tudo que é pau desse mundo e ainda vou sentir a sua falta, sentir a falta do *seu* pau, então, diabo, por que você não me pega de outro jeito?, esse seu pinto não fica duro de jeito nenhum, eu sei, mas você não sente nada?, tesão nenhum?, porque tem homem que só não consegue ficar de pau duro, mas sente tesão, sente *vontade*, e faz outras coisas, sabe, e você?, não sente nada?, é isso?, porque você podia me pegar de outro jeito, podia me pegar do jeito que quisesse, você sabe disso, me beijar como antes, chupar os meus peitos, meter a língua na minha buceta, no meu cu, não podia?, você não *consegue*?, para, não chora, espera, eu achei que era outra coisa, achei que você ainda sentia, sei lá, desejo e... não chora, meu bem, me desculpa, vem cá, vem, me abraça, isso, não chora, tá tudo bem, eu só queria saber, eu só precisava saber, me perdoa, você quer que eu *pare*?, que eu não procure mais ninguém?, não?, tem certeza?, tudo bem se a gente continuar assim?, do mesmo jeitinho?, você não se importa mesmo?, de verdade?, eu te amo, eu te amo tanto, você sabe como eu sou, acho que a gente é o contrário nisso, você não sente desejo, vontade, e tudo o que eu sinto é desejo, vontade, isso, meu amor, pode rir, adoro o seu sorriso, eu *preciso disso*, sabe?, acho que não consigo viver sem, eu viveria, se você me pedisse, eu sei, eu sei, você nunca vai me pedir uma coisa dessas, mas eu viveria, se você me pedisse, ia acabar enlouquecendo, mas viveria, eu te amo, você é o homem da minha vida, eu sou desse jeito e você é desse jeito, e a gente precisa fazer o que dá pra fazer, e acho que, apesar do lugar onde a gente vive, o que dá pra fazer é *isso*, é, eu sei, a gente é feliz do nosso jeito, eu sou muito feliz, você é feliz?, a gente é feliz, sim, e esse povo que se foda.), sofreria dali a pouco, ela sairia da casa e usaria a tesoura não para aparar os cabelos do marido, mas para cortar fora as bolas e o pau do desgraçado, o sangue esguichando na piscina, no gramado e na piscina, e depois o mataria. Sim, ele *sabia*. Ele *também* sabia disso. A tesoura enfiada no pescoço ou num dos olhos. Justo ela. Dentre todas as pessoas, justo ela. Por quê? Eles se amam. Eles se adoram. Por que ela? Isso não é certo, de jeito nenhum. Com um desespero crescente, ele se virou para fitar a água da piscina, depois a cerca alguns metros adiante, o pasto à direita, as goiabeiras e o terreiro à esquerda e, de novo, a cerca, os morros além, perdendo-se na distância. Foi acordado pelo telefone no momento em que, aterrorizado, ouvia os primeiros passos no gramado às suas costas, os primeiros passos *dela*, cada vez mais próxima, trazendo a tesoura, pronta para castrá-lo e matá-lo, justo ela, que absurdo, que desgraça, que sensação insuportável, a campainha do telefone soou uma, duas, três, várias e várias vezes, preenchendo a casa, tirando (salvando?) Inácio do pesadelo e o devolvendo ao aconchego da própria cama e, por que não?, da própria história, do próprio casamento.

Rosa Mônica não estava ali.

Sempre se levanta cedo, a loja para abrir ou algum outro compromisso, e isso o deixou triste, precisava abraçá-la, abraçar a Rosa Mônica real, esquecer a Rosa Mônica do pesadelo, com seus passos na grama e sua tesoura e.

Deitado de bruços, fitando a parede com os olhos arregalados, o coração ainda aos pulos, pensando, não vai atender o telefone, seu bosta?, mas não se moveu, como se contaminado pela paralisia experimentada no pesadelo, a tensa expectativa da violência, a certeza indelével da brutalidade, da castração e da morte. Se for importante, vão ligar de novo, vão ligar mais tarde. Virou-se na cama, o estômago se insurgindo. Se não for importante, também vão ligar de novo, as pessoas não têm o que fazer por aqui.

Náusea, queimação.

O primeiro cigarro, o chá de boldo, depois a primeira ida ao banheiro, a primeira sessão de vômito, o banho gelado, a escovação, vestir as roupas, calçar os sapatos, ir à cozinha, café e pão com manteiga, de novo o estômago, de novo o banheiro, de novo o vômito, e depois o descanso, descalçou os sapatos, na cama outra vez, dormir mais um pouco, mais algumas horas, duas ou três, antes de ir ao escritório.

Está deitado, meia hora desde a segunda passagem pelo banheiro, mas ainda não pegou no sono, os olhos fechados enquanto o quarto gira, que inferno. Rosa Mônica não foi à loja, mas a Vianópolis, lembra-se dela avisando na noite anterior, volto antes do almoço, tá bom? Sim, está em Vianópolis agora, trepando com o dentista, um tratamento de canal, pelo menos no começo, meses antes, porque agora quem lida com o canal é *ela*, o canal do sujeito, a uretra e o resto. O dentista casado com aquela maluca. Essa merda não vai acabar bem. Por que não se encontram noutro lugar? Em Anápolis ou Goiânia? Em algum hotelzinho de beira de estrada? Talvez seja uma tara. Trepar no consultório. Trepar na cadeira do dentista. Deve ser desconfortável. Na outra semana, ela voltou com os cabelos fedendo a mijo. É isso que andam aprontando? O tratamento concluído há semanas, só volta ao consultório dele para trepar. Casado com aquela maluca. Você precisa tomar cuidado, Rosa Mônica, essa merda não vai acabar bem. Mulher dada a escândalos e espancamentos, será que ia mesmo enfiar o porrete no rabo da outra, da assistente que sequer trepava com o patrão? Maxilar e dedos quebrados. Melhor não arriscar. Presta atenção, bebê. E se essa cretina arranjar uma arma? Toma cuidado. Ele era o único? Só ele servia? Não tinha outro pau à disposição? Alguém solteiro, pra variar? Alguém mais discreto? Ou isso é pedir demais? Ou, pior ainda, assim a coisa perde a graça? Vai saber.

O telefone tocando outra vez.

Ele abre os olhos e solta um palavrão e se levanta e vai cambaleando e tropeçando até a sala de estar, a gente precisa colocar uma extensão no quarto, por que eu nunca me lembro disso? Ter de correr até aqui todas as vezes, que coisa insuportável. Por que fazem campainhas tão irritantes? A minha cabeça vai explodir, puta que pariu.

De hoje eu não passo.

Caralho.

Vou morrer.

(*Quero* morrer.)

Alcança o aparelho e se joga no sofá, zonzo: Alô?   Abner?
Onde é que você se meteu, rapaz?   Que outro
serviço? Onde?
                Goiânia? Não o...   Deu tudo certo?!
Como assim, deu tudo certo? O Velho já era, seu jumento!
                Que mané história, ele já era. Era pra deixar isso
quieto, não era pra...
                O acerto que se foda, ele *morreu*, caralho, era
pra deixar essa merda quieta!

Palavra?

Quem se importa com isso? Onde é que você tava com a cabeça pra levar essa merda adiante? Por que não falou comigo?

E daí?

Ah, mas pro inferno com isso. É, pro inferno! Agora aquela maluca vai atrás de você, tô te falando.

Eu? Com todo o respeito, acho que você é meio burro, rapaz.

Olha, nessas circunstâncias...

Encontrar? Encontrar pra quê?

Que dinheiro?

Que envelope?

Mas ele não me falou nada sobre... sobre *isso.*

E qual é a bosta do seu envelope?

Beleza, beleza, beleza, então vem aqui pegar.

Como é que faço pra te pagar, então?

Sei. Quando? Hoje?

Agora?

...

Vou levar a porra do seu dinheiro, Abner. Vou levar agora. Mas isso não é jeito de falar com os outros, não. Você ainda é novo, tem muita coisa pra aprender, mas já devia saber que isso não é jeito de falar com os outros. Não é assim que funciona essa vida, não é assim que funciona esse negócio.

Entendi, sim, rapaz, pode ficar tranquilo. Vou levar seu envelope. Saindo agora. Me espera lá.

Desliga o telefone e tem a impressão de que vai desmaiar.

Conta até dez.

Melhor.

Melhor? Porra nenhuma.

Corre até o banheiro da suíte e vomita outra vez, a terceira.

Depois, sentado no chão do banheiro, o braço esquerdo apoiado no vaso sanitário, tenta encontrar algum sentido no que acabou de ouvir.

Após dois meses sem dar notícias, o que era esperado depois de tudo o que aconteceu no começo de setembro, imaginou que o jumento tivesse voltado para Minaçu ou se escondido noutro buraco. Agora, de repente, o desgraçado liga para conversar sobre o pagamento por um serviço.

Não.

Após dois meses sem dar notícias, o que era esperado depois de tudo o que aconteceu no começo de setembro, o desgraçado liga para ameaçar, espernear e *exigir* o pagamento por um serviço que, se tiver sido executado, se for mesmo verdade o que ouviu (e não há motivo para duvidar do que ouviu), tem potencial para foder com todos eles.

Todos, sem exceção.

Ele, Abner, a namorada de Abner em Minaçu (falava com saudades dela, único momento em que parecia um sujeito normal), as putas que Abner provavelmente andou comendo pelo interior nas últimas semanas (falou da bunda de uma moça que vira no ônibus, uma jovem mãe *amamentando*, e afirmou que não ia descansar enquanto não encontrasse uma puta com uma bunda e uma fuça (*sic*) parecidas), Armando, Rosa Mônica, a porra do dentista, a esposa maluca do dentista, todo mundo, será o apocalipse, pode apostar, um vento trazendo o fogo, queimando tudo pela frente.

Não vai sobrar ninguém.

Não vai sobrar nada.

Fogo.

É isso.

Inácio esfrega o rosto com as mãos sujas de vômito.

Desgraçados.

Não é possível que o Cliente tenha aprontado uma dessas.

Bom, ele pensa, levantando-se, possível é, mas que filho da puta, que sacanagem deixar essa bomba-relógio enfiada no cu dos outros.

Abre a torneira da pia, lava as mãos, o rosto, depois fecha a torneira e os olhos, debruçado ali.

Filhos da puta.

O pagamento existe.

Abner, seu burro do caralho.

O envelope existe.

Por que não falou comigo antes, seu cretino?

Está no escritório, no cofre, junto com o que restou da papelada do Cliente.

Eu te entregava o envelope, o dinheiro, toma, é seu, não precisa fazer nada, tô te pagando pra *não* fazer nada.

Imaginou que o envelope dissesse respeito a outra coisa. O Cliente meio fora de si naqueles dias, não pensava direito. Talvez o pagamento por algum serviço que não foi executado à época da confusão.

Que ideia, encomendar uma merda dessas.

Ou um serviço que foi executado, mas sem que o contratado saísse com vida da tarefa.

Te pagava pra *não* fazer, seu filho de uma vaca manca, te pagava pra *sumir* de vez.

Abre os olhos, endireita o corpo. Rosto inchado, olheiras dependuradas, a barriga cada vez maior. Ah, se o meu coração estourasse aqui e agora. Desistisse. A exemplo do meu *resto*.

Desgraça.

Ele sai do banheiro e, no quarto, sentado na cama, calça os sapatos. Precisa ir. Sim. *Agora*. Ao escritório, abrir o cofre, pegar o envelope, depois a estrada. Lá, me esperando. Aquele jumento. E Rosa Mônica? Trepando com o dentista às nove e pouco da manhã. Alguém precisa gozar nessa vida. Gozar por todos. Goza por nós, mulher.

Goza por mim.

Levanta-se, abre o guarda-roupas, pega e veste um paletó qualquer. O maço e o isqueiro sobre o criado-mudo, pega um cigarro e acende. Na sala, a chave do carro na mesinha de centro. Deixa a casa pela porta da frente. O Corcel parado ali fora, duas rodas sobre a calçada. Bêbado demais para enfiar o carro na garagem. Sem falar na chateação, a mulher tendo de tirar o Corcel para depois tirar o Voyage. Melhor que fique na calçada mesmo. Quem vai roubar essa porcaria imunda e amassada? O escritório do outro lado da rua. Duas tragadas antes de atravessar. Ninguém na sala de espera, que sorte, nenhum cliente de fato ou possível, apenas a secretária.

Bom dia, Carla. Só vim pegar um documento, tenho que dar um pulinho em Bulhões.

Bom dia, doutor.

Tudo tranquilo?

Tudo tranquilo, ela sorri.

Lá dentro, fechada a porta, cigarro dependurado na boca, abre o cofre e localiza o envelope (preto) em meio a uma infinidade de outros papéis, os restos do Cliente, os restos não enterrados do Cliente, tomara que o Cliente esteja ardendo no inferno.

Filho da puta.

Fecha o cofre, coloca o envelope num bolso interno do paletó, apaga o cigarro no cinzeiro, depois alcança o telefone e disca o número de um conhecido, escrivão em uma DP da Vila Nova. Confirma a informação, o crime, agradece e desliga, o conhecido ansioso para falar mais, jogar conversa fora, algum detalhe escabroso, provavelmente, mas não há tempo, precisa ir, pegar a estrada, precisa ir ao encontro daquele asno.

Acho que só volto depois do almoço, tá?

Tá bom, doutor. Boa viagem.

No carro, a caminho, outro cigarro aceso, pensa em todo aquele caos dos meses anteriores, era óbvio que não acabaria bem (alguma coisa, em algum momento, vai acabar bem?), o Cliente fora de si depois que o outro maluco fez o que fez, de tal forma que, pensando melhor (pensando no *pior*), o serviço derradeiro, o serviço *póstumo*, essa merda com a qual ele, Inácio, precisa lidar agora, e em função da qual poderá *sofrer* em breve, nada disso é uma surpresa.

Que merda.

Que sequência de desgraças.

O que o Cliente esperava?

Bom, pelo visto, contava com o *pior*, ou não teria incumbido Abner (energúmeno) de mais esse serviço.

É por essas e outras que não se arrepende de ter falado com o gringo, de tê-lo informado sobre isso e aquilo, vi tantas pessoas na chácara, estão lá desde tal hora. Ele me deve, mas quem vai segurar aquela maluca?

Foi uma bagunça tão grande que, desde então, exceto pelos servicinhos que pingam no escritório, Inácio tem se dedicado quase que exclusivamente à bebida, às ressacas e às preocupações com a esposa (você precisa tomar cuidado, Rosa Mônica, essa merda não vai acabar bem) (bom, parece que *nada* vai acabar bem).

E agora *isso*.

Vai tomar no cu, Abner.

(Te pagava pra *sumir* de vez.)

Já sente saudades das semanas tranquilas, posteriores a tudo o que aconteceu. Resolvidas as pendências (e ignorando *esta* pendência em função da qual Abner ressurgiu dos infernos, tendo cometido a maior burrada que poderia cometer), enterrado o Cliente, efetuados os pagamentos, prestadas as contas aos que sobreviveram (bem poucos), Inácio embarcou em uma espécie de férias, indeciso entre continuar como estava e está (inventários, separações e picuinhas) (servicinhos locais

& lícitos) (porres, ressacas e preocupações domésticas) ou procurar os amigos (Armando, por exemplo, não lhe negaria trabalho, mas então, quem sabe, teriam de se mudar para Minaçu; Rosa Mônica aceitaria isso?) e conhecidos (em Goiânia, Brasília e Anápolis, o lugar do Cliente logo ocupado por Outros Possíveis Clientes) (mas já não está cansado de toda essa merda?, da violência e da incerteza?, uma boa grana amealhada nos anos a serviço do Cliente, o bastante para viver com tranquilidade, a loja de Rosa Mônica lucrando de forma razoável, para que procurar Armando?, para que se mudar para Minaçu?, para que procurar Outros Possíveis Clientes?, para que passar outra vez pelo que passou?, para que arriscar o pescoço?, para que passar por *isto*?).

Melhor se acalmar.

Bulhões é logo ali.

Encontrar o paspalho, efetuar o pagamento, depois pensar em como se livrar da enrascada.

(Gringo, olha por mim.)

Abner que se foda.

Tirar o meu da reta.

Do fogo.

Que burrada monumental.

E as coisas que ouviu na ligação?

As coisas que ouviu daquele débil mental.

Babaca. Jegue.

Inácio? Aqui é o Abner.

Tava fazendo o que o Véio mandou, ué, o outro serviço.

Em Goiânia, porra, o coroa da tatuagem esquisita.

Relaxa. Fiz ontem, deu tudo certo.

Jumento uma pinoia, isso foi acerto meu co'ele, ordem dele, não vem com história agora!

Eu sei que ele já era, ô fiadaputa, mas acerto é acerto, só fiz o qu'ele mandou.

Que deixar quieto o quê, a ordem foi essa mesmo, se acontecesse alguma coisa co'ele, era preu deitar o sujeito, e ponto final. Eu fiz o combinado, dei minha palavra que ia fazer. É, porra, o Véio me fez prometer e eu dei a minha palavra, a minha palavra vale alguma coisa.

Escuta aqui, ocê mesmo falou quando eu cheguei que a coisa ia encrespar e era assim mesmo. Como, e daí? Eu fiz o que o homem mandou, dei um tempinho, fiquei de tocaia, encontrei a oportunidade e dei cabo do fiadaputa. Pro inferno?

Ah, pode vir, tô nem aí, matei um, matei dois, mato ela também, mato quem precisar, tá achando qu'eu sou o quê?

Fiz o que o chefe mandou e sou burro? Me respeita, Inácio! Que se foda as circunstância! A gente precisa se encontrar. Como, pra quê? Ocê tá com meu dinheiro, viado! O Véio deixou uns envelope c'ocê que eu sei, e um deles é meu. Esqueceu qu'eu tava lá na chácara também, disgraça? Eu e ele, a gente combinou esse outro serviço, depois ele te entregou a maleta c'os envelope.

Tô cagando que ele não te falou nada, trato é trato, fiz o combinado, ocê tá com meu dinheiro e vai me pagar! Aquele preto. Eu vi ele botando na maleta. É o único preto, e meu dinheiro tá dentro dele. Ele botou na maleta e falou, depois procura o Inácio que ele te entrega. Daí qu'eu tô cagando se ele não te falou nada, o que é meu, é meu. Cê tá com meu dinheiro, fidumaégua!

Vou aí nem a pau, cê tá doido?

Sabe o boteco da Cidinha em Bulhões? Te espero lá. Hoje. Não, mês que vem.

É CLARO QUE HOJE, INÁCIO, VAI TOMAR NO CU! É PRA AGORA! É, SEU CORNO DOS INFERNO, AGORA! OU CÊ APARECE LÁ, OU EU APAREÇO AÍ, TÁ ME ENTENDENDO? VOU BOTAR NO CU DA SUA MUIÉ NA SUA FRENTE, DEPOIS ACABO CO'A SUA RAÇA! OUVI DIZER QU'ELA GOSTA DE LEVAR NO CU, ATÉ O VÉIO COMEU ESSA VADIA. Inácio? Inácio? Cê taí? Se tiver desligado, eu te arrebento.

Olha, Inácio, eu tô cagando pro modo de funcionamento da vida e da porcaria desse negócio, eu só quero o meu dinheiro pra seguir meu rumo, entendeu?

Tá bom, Inácio, eu...

E foi essa a conversa. O Cliente entregando a maleta com os envelopes naquele dia, na *véspera*. É pra pagar o pessoal, disse. Tem um envelope de cada cor. Ideia da Maria Clara. Eles vai te procurar e dizer a cor, se não souber a cor, não recebe, já avisei eles tudo. Todos muito bêbados ali. Um churrasco. O Cliente, a mulher dele, Abner, meia dúzia de outros capangas, e Rosa Mônica.

Não é verdade que Rosa Mônica trepou com o Cliente.

Houve uma tentativa da parte dele, muitos anos antes, mas foi rechaçado. Nem a pau que vou dar prum cliente seu, disse ela, ainda mais *esse aí*, tudo tem limite. Estavam na casa de Inácio, este meio desmaiado em uma poltrona, bêbado, e o Cliente, braguilha aberta, pau na mão: Nem uma chupadinha? Ela se levantou, muito irritada: Guarda isso, homem. Respeita a minha casa. Respeita o meu marido. Me respeita. Ou guarda essa merda, ou eu arranco fora com uma tesoura, não tô brincando. Ele obedeceu no ato. E nunca tentou mais nada. Tempos depois, conheceu Maria Clara e também parou de investir nas (ou contra as) empregadas (as quais, obviamente, não tinham como negar e caíam de boca; na verdade, algumas negavam — e iam pra rua).

Mas, antes ou depois do ocorrido, o Cliente jamais se referiu a Rosa Mônica em termos desrespeitosos, de tal modo que aquela conversa de Abner ('OUVI DIZER QU'ELA GOSTA DE LEVAR NO CU, ATÉ O VÉIO COMEU ESSA VADIA.') era fruto de outra coisa, de algo que ele ouviu dos capangas nos dois dias em que ficou hospedado na chácara, provavelmente no segundo desses dias, na véspera da *coisa*, todos muito bêbados, uma confraternização por algo que ainda não tinha acontecido, por algo que (ironicamente) aconteceria de uma forma bem diferente do planejado e do esperado.

Bando de jumentos.

Festejando a própria morte sem saber.

E contando mentiras uns pros outros.

Rosa Mônica nunca trepou com o Cliente, nunca trepou com nenhum dos capangas, prefere caçar em outros lugares, sempre preferiu. (Em consultórios odontológicos, por exemplo.) A distinção entre trabalho, mesmo o trabalho do marido, e prazer.

Tudo tem limite.

E lá está um limite: Leopoldo de Bulhões.

Ele atira o cigarro pela janela. O boteco da Cida num extremo da cidade, provavelmente deserto àquela hora, pelo menos nisso o asno pensou. Inácio respira fundo ao adentrar a cidadezinha. Fazer o que precisa fazer e depois pensar em uma maneira de driblar essa história. Porque *ela* virá. (Talvez já esteja a caminho.) Colocando num papel todos os ex-associados do Cliente que ainda respiram. Planejando uma visita para cada um. Sim, ela virá a Silvânia (de novo) como foi a São Paulo (de novo). Em se tratando dela, a Segunda Vinda é sempre um morticínio. Aqui, só resta a Inácio entregar o envelope, dar meia-volta, e adeus. O revólver no cofre, em meio à papelada. Cogitou pegar, mas que chance teria? Além disso, se Abner quisesse matá-lo, não o encontraria em um boteco, no meio da manhã. Manchetes. ADVOGADO ASSASSINADO EM PÉ-SUJO NO INTERIOR. Ou: ADVOGADO ENVOLVIDO EM TROCA DE TIROS. Bom, talvez a minha fama melhorasse com isso.

A mulher com o dentista.

Goza por nós, por mim.

Semanas atrás, ao voltar de Vianópolis, reclamou do *tratamento*, os meus dentes tão até moles.

Só se for de porra, ele disse, e Rosa Mônica gargalhou.

Deixou a arma no cofre.

Minha fama não vai melhorar.

Não por causa disso.

Foda-se.

Audiência marcada para o dia seguinte, lembra-se do nada. Trabalhista. Beber menos hoje. Causar uma boa impressão. Ainda um resto de responsabilidade profissional. Claro que, mais tarde, terá de voltar ao escritório para se inteirar da audiência, dar uma olhada no processo, reler a papelada, talvez ligar para o cliente, do que é que se trata mesmo?

Está chegando ao boteco.

Mas pensar nessa porra agora? Numa porcaria de audiência? Mesmo?

Que se foda.

O boteco vazio, exceto pelo oligofrênico sentado a uma mesa, de olho na rua. E esse bronzeado? Esperando. Garrafa de cerveja e um copo sobre a mesa. Mochila no chão, junto do pé direito. Nenhum carro à vista. Viajando de ônibus? Talvez tenha deixado no hotel. A rodovia logo ali. Se dobrar à direita, Anápolis; se seguir reto, Goiânia. De onde será que vem Abner? Do inferno.

Desgraça.

Inácio estaciona, acende outro cigarro, desce do carro, pega o envelope (gesto estúpido, pensa, bolso interno, ele podia pensar que eu, sei lá) e vai ao encontro do outro.

Uma casa transformada em boteco. Ali seria o alpendre.

Senta-se à mesa.

Cidinha, em silêncio, traz outro copo lá de dentro, serve um pouco de cerveja e sai de cena sem dizer palavra.

Ela tava limpando quando eu cheguei, diz Abner. Legal da parte dela deixar eu ficar.

Inácio estende o envelope. Taí. Conta que eu preciso voltar.

Rápido dess'jeito?

Tenho audiência amanhã.

Audiência?

Esqueceu que sou advogado?

Abner abre um sorriso, pegando o envelope. Não é qu'eu esqueci, é mais qu'eu nunca pensei n'ocê como adevogado.

E pensou como?

Sei lá, acho que como nada.

Nada?

É. Nada.

Bom, então confere aí logo porque o Nada precisa voltar pra Silvânia.

Abner entreabre o envelope e conta as notas, movendo os lábios e ciciando, depois o enfia num bolso traseiro do jeans. Quer saber como foi, não?

Não, não quero saber, não.

Foi mais fácil do qu'eu esperava.

Não quero saber, já falei.

Depois daquele furdunço na chácara, ele relaxou, achou que a questão tava encerrada, né. Já passou dois mês.

Não quero saber.

Fui atrás só dele, do coroa, o Véio só me pagou pelo coroa, então a disgramenta lá que se foda.

Não quero saber.

O coroa tava comendo a vizinha na casa dela, entrei lá e queimei os dois no meio do esfrega.

Não qu... os *dois*?

Depois esperei o marido dela chegar e fiz tudo parecer ocê sabe muito bem o quê.

Três?!

É, uai.

Inácio fica encarando Abner, os olhos arregalados. Era isso, então. Era isso que o escrivão queria contar. O escrivão para quem ligou mais cedo. Esse detalhezinho. O homem não bateu as botas sozinho, não. Morreram outros dois com ele. Marido e mulher. Caralho, Abner.

Por que tá me olhando co'essa cara?

Como, por quê? Puta que pariu! Três defuntos nessa brincadeira?

Rá. Precisava ver a cara do marido quando viu os corpo dos dois na cama. Fiz questão de esperar um pouco pra queimar ele. Ocê é um sujeito corno, Inácio, deve saber qualé a emoção.

Vai tomar no meio do seu cu.

O maridão chega em casa mais cedo, encontra a muié metendo mais outro, mata os dois e dá um tiro na cabeça. Foi isso que ficou parecendo. Ocê acha que eu faço as coisa sem pensar? Sou burro, não, sô.

Eu nunca...

Nunca o quê?

Nada, não é da sua conta. Vai se foder.

Se bem que ocê nunca teve as manha de matar ninguém, né, só deixa a muié pastar solta por aí.

Vai à merda.

Pastar ou ser pastada, né?, uma risada grossa, desfolegada, quase um relincho.

Vai chupar uma buceta de égua, Abner.

Foi o qu'eles me contou, pelo menos.

Não sabe do que tá falando. Eles não sabiam e você não sabe.

Pode ser, pode ser, só ouvi umas história aqueles dia lá na chácara, as pessoa conversa mais que a boca.

Tenho que ir.

Porra, não faz essa cara, eu sei que essas coisa num é da minha conta, só tava conversando fiado.

Isso não tem nada de conversa fiada.

É, acho que não, desculpa falar, e desculpa ter falado aquelas coisa no telefone, não foi correto. Ocê foi bão comigo, me tratou bem, e agora veio aqui trazer o que o Véio me devia.

Devia ter falado comigo antes, Abner. Isso que você fez vai dar uma merda sem tamanho.

A verdade é que a sua vida e a vida da sua muié é pobrema d'ocês.

Tá me ouvindo?

Arre, de novo isso? As rádio e os jornal tão tudo falando que foi crime passional, e a polícia num vai fazer bosta nenhuma, não, eles vai é encerrar o caso desse jeito aí.

Não é com a polícia que você tem que se preocupar.

Com quem? A fia dele?

Pra começar.

Tá com medo de muié agora? Muié nanica? Nunca nem vi ela na vida, só ouvi o que os outro fala, mas pode anotar aí: aquela meia-foda não vai me pegar nunquinha.

Vai, Abner. Vai, sim.

Ela não me pegou depois do qu'eu fiz em Brasília, por que vai me pegar agora? Hein? Me diz.

Ela *ainda* não te pegou por causa do que você fez em Brasília. Além disso, vamos concordar, agora é diferente, né?

Diferente bosta nenhuma. Aquelazinha é fogo de paia, cês é que se assusta com qualquer coisa.

É mesmo?

Tô te falando.

Então, tchau.

Boa sorte procê, e desculpa qualquer coisa.

Uma última tragada e joga o cigarro no copo de cerveja, depois se levanta.

Ah, peraí, diz Abner e se abaixa, abre a mochila jogada ali no chão, aos pés da mesa, e pega uma lata de filme.

Que porra é essa, rapaz?

Então, diz, estendendo a lata redonda para Inácio, tava lá na casa da muié. Tem base?

Na casa de quem?

Da vizinha dele, uai. Tava na casa da muié que ele comia.

Puta merda.

Tava junto co'as calcinha dela, ri Abner. É o tal do filme que o Véio tava doido atrás, num é?

Inácio fica olhando para a lata que segura com as duas mãos, incrédulo, sem saber o que dizer.

Abri e dei uma olhada, assuntei uns quadrinho aí, sei lá como chama, e a coisa é arreganhada mesmo.

Por que...

Por que o quê?

Por que você fuçou nas calcinhas dela?

Ah, tava entediado, esperando o corno do marido dela chegar preu terminar o serviço. Achei umas foto e a lata, e imaginei que bosta era isso, o tal do filme que botou todo mundo doido.

Foto? Foto de quem?

Da muié lá mesmo, a vizinha, nada a ver com essa coisarada. Posando co'as teta de fora, arrebitando a bunda, co'as perna aberta, mas tapando a xereca co'a mão, sabe como? Coisa fina. Parece capa de revista. E é até mió que aquelas foto tudo desbeiçada, tem que deixar um pouco pra imaginação, cê num acha? Vou ficar com essas foto, elas é boa e a coroa era gostosa. Desperdício ela morrer dess'jeito, mas fazer o quê, né. Acontece.

Acontece.

Não quer ver as foto?

Não, obrigado.

Tão aqui na mochila.

São suas.

Eu sei que elas é minha, cabei de falar isso. Só perguntei se ocê não queria dar uma olhada.

Não quero ver, não, Abner. Muito obrigado.

Cê que sabe. Essas muié faz cada coisa, né?

Nem me fale, Abner. Nem me fale.

AÔ, BANDO DE VADIA DOS INFERNO.

Bom, com essa, eu já vou indo.

Inté.

Gostei do bronzeado.

Caldas, né?

Burro do caralho, pensa Inácio. E pergunta, sorridente: E agora? Vai voltar pra lá? Gastar esse dinheiro?

Vou, sim, por uns dia. Feriadão na semana que vem. A Rejane vai pra lá passar o feriado mais eu. Sou home de deixar muié sozinha aprontando, não, e piscou o olho esquerdo, sorriso maroto na cara.

Aproveita.

No carro, manobrando para sair dali, Inácio começa a pensar no quanto está fodido e, após um cálculo rápido, conclui que: muito, talvez definitivamente. A não ser que convença o gringo a convencer a outra de que não teve porra nenhuma a ver com nada disso. Três cadáveres. A burrice do sujeito. Ela não vai ouvir. Ela não vai parar. Ela nunca para. Podia ter falado com Abner sobre o que aconteceu em São Paulo no começo de outubro. Oficialmente: latrocínio, dois mortos. Extraoficialmente: *ela*. Quem mais faria uma coisa daquelas? Abner não sabe de porra nenhuma. Cretino. Podia ter falado, alertado, mas ele insistiu nas provocações, nas agressões. Que se foda, então. A última coisa que vai sair da minha boca, Abner. O nome de uma cidade. Antes da meia-foda estourar a minha cabeça. O nome da cidade onde você pegou esse bronzeado. E pra onde você vai voltar. O feriadão com a namorada.

Burro do caralho.

E o filho de uma puta ainda resolveu fuçar na gaveta de uma morta que apodrecia ali do lado, resolveu fuçar na gaveta das calcinhas e achou a porcaria do filme. E daí? Uma ironia maluca, só isso. O filme não interessa a mais ninguém. O filme não pode machucar mais ninguém. Ou melhor, interessa como curiosidade, como safadeza. Arranjar um projetor e mostrar para Rosa Mônica. Olha só essa obra-prima do cinema nacional. O subgênero pornô hípico.

Ela vai se divertir.

Na praça principal da cidade, para defronte a um boteco. Precisa de um trago. Precisa rebater. Precisa pensar. Quando *ela* vier, precisa saber o que dizer. Bom dia.

Fala, doutor.

Uma dose daquela amarelinha.

O balconista some por um segundo, pega algo sob o balcão e reaparece com uma garrafa sem rótulo e um copo americano, serve uma dose generosa e deixa a garrafa ali do lado; conhece a freguesia.

O que dirá para o gringo? Que sabe do paradeiro do filho da puta e que não teve nada a ver com o que ele (filho da puta) fez, claro. Você precisa convencer a moça disso. Te ajudei antes. Me ajuda agora.

Acordou estragado, doutor?, sorri o balconista, apontando para a cachaça intocada.

Mais ou menos, diz Inácio, e vira a dose de uma só vez, a pinga um rastilho de pólvora. Mais uma ou duas e fico zerado.

O balconista sorri e serve outra sem que ele peça. Duvido, não.

Ele espera um pouco e então vira a segunda dose, depois tapa o copo com a mão; é o bastante, por enquanto.

Fazia tempo que o senhor não aparecia.

Pois é, tô ficando mais em Silvânia mesmo.

Muito serviço?

Nem tanto, mas não posso reclamar.

E aquela desgraceira que teve lá um tempinho atrás?

Cliente meu.

Ouvi falar.

Pois é.

Foi assalto mesmo?

Parece que sim.

Que coisa, hein? Roubar e matar todo mundo. Pra que matar, se já roubou? Os seguranças eu até entendo, mas deixa as pessoas, uai.

Pois é.

Tem gente daqui que nem vai mais pra roça, morrendo de medo, acha que eles ainda tão soltos por aí.

Ah, isso tem dois meses e não aconteceu mais nada. Eles tão é bem longe, viu?

O senhor acha?

Eu acho, sim. Fazer uma merda daquelas e ficar na região dando sopa? Sumiram faz tempo, pode acreditar.

É, doutor, olhando por esse lado, faz sentido.

Pode servir a saideira.

Taí.

Antes de beber, segurando o copo junto à boca, abre um sorriso.

Que foi, doutor?

Sabe o que é isso tudo?

Não sei, não.

Cangaço.

Cangaço?

É, o tempo do cangaço voltou.

E quando foi que teve cangaço por aqui? Achei que era só lá pros lados do sertão, do Nordeste, Lampião, Corisco...

Ah, mas a lógica da brincadeira é a mesma.

Lógica? Que lógica?

Essa gente que tá por aí vai matar até morrer. Só quer saber disso. É igual Lampião disse que ia fazer e fez.

Sei não, doutor. Acho que não tem nada a ver, não. Agora é outro tempo, é outro esquema.

É, pode ser.

Claro, uai.

Mas a merda é que nada garante que esse outro tempo e esse outro esquema não sejam ainda piores, né?

Puta que pariu, doutor.

Quanto te devo?

De volta a Silvânia, tranca-se no escritório, coloca a lata com o filme no cofre, senta-se à mesa, acende mais um cigarro e liga para o gringo.

Ninguém atende.

Respira fundo e liga para a casa do morto, vai que ele está por lá com a filha.

Nada.

Desgraça.

Tenta colocar os pensamentos no lugar. Abner. A bomba-relógio do Cliente. Que ideia de jerico do Cliente, matar um e deixar a outra viva. Que burrice. Deve ter pensado que era coisa certa, Abner a caminho de Brasília no dia seguinte (no dia seguinte àquele churrasco, isto é, no dia em que *tudo* se deu, quarta-feira, 7 de setembro) para dar cabo dela. Deve ter pensado que, se Abner sobrevivesse, ela consequentemente estaria fora do caminho, a sobrevivência de Abner implicando necessariamente a morte da fulana. Que burrice, meu Deus. Não contou com o acaso, com o azar, com o desencontro. Pensou que, como a sobrevivência de Abner equivaleria à morte dela, teria de encomendar apenas a morte do outro *para o caso de*. Algo como: faz o que eu mandei, Abner, mata aquela vadia; se o resto der errado, eu me estrepar e o sujeito sobreviver, você termina o que a gente começou; e, se tudo der errado e você também se estrepar, paciência. Que burrice, que falta de imaginação. Será que teve essa ideia brilhante na beira da piscina, com meio litro de uísque na cabeça? Ele se lembra agora, o Cliente e Abner conversaram por um bom tempo no gramado, à noitinha, sozinhos, Inácio ocupado com a churrasqueira e o próprio porre. Abner só iria para Brasília na manhã seguinte. Na manhã do feriado. O Cliente pressentia o pior, o álcool catalisando a paranoia, e assim arquitetou a coisa, esse outro serviço, da maneira mais porca possível. Bom, a vingança foi consumada, mas você continua morto do mesmo jeito, seu imbecil. E a ponta solta do esquema vai enforcar todos nós, os que sobraram. Você se estrepou e me estrepou. Você e Abner. Vocês dois, desgraçados. E adivinha só? A porra do filme, o motivo de toda essa merda, tava *na casa ao lado.*

É pra morrer de rir.

Muito sério, Inácio se levanta, apaga o cigarro e vai até a recepção. Esticar as pernas, espairecer. Ninguém, a porta da frente fechada. Carla em horário de almoço. Na cozinha, abre a geladeira e pega uma garrafa de água mineral. Você se matou e me matou. Toma um gole. Vocês dois.

Puta merda.

Mais um gole, pensando que precisa mesmo é de uma cerveja. Tentar de novo. Tentar até falar com o gringo. Volta ao escritório, senta-se à mesa e pega o telefone. Nada. Ninguém.

Que merda.

E Armando? Ele mandou Abner embrulhado para presente. Uma gentileza, um gesto, um favor para o Cliente. Feliz Natal. Use como achar melhor. (Este lado para cima.) E o babaca foi usado. Uma forma de ver como o rapaz se saía, também. (Que tal?) Foi usado pelo Cliente mesmo depois do *fim*. Precisa falar com ele. Na pior das hipóteses, um lugar para onde fugir. Se tiver tempo. Se houver tempo. Se tiver sorte.

Agora.

Disca o número do escritório. Só falta ele também não estar. Não, graças a Deus: o homem atende ao segundo toque. Após abreviar os cumprimentos de praxe, Inácio explica toda a situação.

Jurava que essa merda já tinha acabado.

Se a maluca foi até São Paulo pra fazer o que fez com *aquele lá* (e com o bosta do assessor, meu Deus) *na casa dele*, por que você acha que ela também não vai acabar com a minha raça?

Mesmo se você contar pra onde foi o Abner?

Não sei. Acho que sim. O que você ia pensar no lugar dela?

Você precisa do gringo nisso aí.

Tô tentando falar com ele, mas ninguém atende.

Puta merda. Me diz uma coisa, quê que o pai dela tinha contra o Velho pra causar toda essa bagunça?

Inácio explica do que é que se trata.

Armando gargalha por quase um minuto, após o que pergunta: E o Abner te entregou essa porcaria hoje?

Entregou. Está aqui comigo.

Preciso ver esse troço.

Quando quiser.

Com um CAVALO?

Te juro.

Puta que pariu.

O Velho tava com essa ideia de mandar ela pra Assembleia.

De Deus?, Armando ri.

Antes fosse. Ele dizia que estava cansado de comer pelas beiradas. Queria participar do que interessa.

Tá, mas usando ela?

A ideia era essa, porque ele...

Taí um projeto político auspicioso.

E o Abner achou essa porcaria. Do nada. Depois de tudo o que aconteceu. Rir pra não chorar.

Onde é que tava?

Escondida numa gaveta, junto com as calcinhas da vizinha do homem. Puta que pariu, Armando, imagina só. Os idiotas reviraram a casa dele, a casa do mecânico, a casa da filha, a papelaria dela, o apartamento do outro, e o filme esse tempo todo na casa da vizinha que o nosso amigo comia.

Mas ninguém sabia que ele comia essa dona?

O pior é que não.

Mas sabiam até do rolo da filha com o funcionário lá em Brasília, porra.

Mas isso foi ele mesmo quem comentou, jogando conversa fora. Tava feliz com a história porque a menina nunca foi muito de namorar.

Nunca foi muito de namorar? Ela não trepa com o gringo?

Isso a gente só soube depois.

Ela é que deve comer ele, aliás.

Não duvido.

Mas essa história é de cair o cu da bunda, Inácio. Os caras sabiam tudo do que não interessava e não sabiam porra nenhuma do que era importante. Cambada de amador dos infernos.

Por que você acha que eu falei com o gringo na época? A casa ia cair, isso era mais do que óbvio. Dei um jeito de proteger o meu.

E esse filme com a matrona? É coisa antiga?

Mais ou menos. É de antes dela conhecer o homem, mas não é muito antigo, não. E ela fez uns outros, mas nenhum é... especial como esse.

Armando ri outra vez. Especial.

Ele mandou gente atrás dessas porcarias, queria todas as cópias.

E conseguiu?

Conseguiu dos outros, sim. Pagou e conseguiu. Pagou caro. Mas o produtor *desse* não queria saber de vender.

E aí?

E aí que ele mandou uns cabocos lá em São Paulo, na produtora do fulano, dar um aperto. O cara entregou as cópias sem ganhar um tostão e ainda perdeu uns dentes. Também fuderam com o equipamento do homem.

CAPARAM ELE?!

Não, porra, fuderam com o equipamento da produtora. Moviola, câmera, essas merdas. Quebraram tudo.

Ah, bom.

Daí ele destruiu as cópias. Ficou só com uma.

Pra quê?

Sei lá. Acho que gostava de assistir com a patroa de vez em quando.

Doente do caralho.

Era um casal meio... incomum. (Não que eu possa falar muita coisa, pensa, mordendo os lábios.)

Isso foi quando?

Em 78, antes do casamento deles. Lembro porque foi na época da outra Copa.

Aquele Kempes joga demais.

Voltou pra Espanha.

E eu não sei?

Pro Valência.

Pois é, li na *Placar.*

Bom, parceiro, tenho que desligar agora. Ver se falo com o gringo.

É, acho que não tem outro jeito mesmo. Se o Maurão ainda estivesse por aqui, a gente tentava outra coisa, dava um jeito de se adiantar e encerrar logo a questão.

Ele se aposentou pra valer, né?

Não, não, isso foi antes. Agora ele só fez o favor de morrer mesmo.

Puta merda, quando foi isso?

Na semana passada.

Uai, eu não sabia mesmo, eu...

Todo arrebentado por dentro, e teimando em não procurar médico.

Mas que bosta, hein?

Bosta mesmo. O vizinho estranhou que o homem andava sumido, foi lá no sítio dele dar uma olhada e deu com o defunto na cama, todo cagado, um fedor dos diabos. A casa fedia tanto que a gente devia era ter botado fogo naquela desgraça com ele lá dentro, e pronto.

Morto fazia quanto tempo?

Uns três dias, esparramado em cima da própria merda. O cara parece que explodiu. Sei lá o que aconteceu, nem quero saber. Gosto de pensar nessas coisas, não.

E a mulher dele?

Ah, eles tavam brigados. Ela foi pra casa da mãe, lá em Porangatu, tinha uns dois meses já.

Morreu sozinho, então.

Morreu sozinho, compadre. Deitado em cima da própria merda.

Que coisa triste.

E eu senti, viu? Aquele homem me ajudou demais. Foi o melhor que já trabalhou pra mim.

E agora a gente tem que ficar limpando as cagadas do Abner.

Morreu. Chega pra todo mundo.

Chega pra todo mundo.

Olha só, última coisa. Se o caldo entornar mesmo aí pro seu lado, se não conseguir falar com o gringo ou achar que não adianta nada, pega a Rosa Mônica e corre aqui pra Minaçu. A gente ganha um tempinho e pensa num jeito de resolver a situação.

Era o que Inácio esperava ouvir. Fecha os olhos, aliviado. Obrigado, parceiro. Sei nem o que dizer.

A gente é irmão, porra. Vai me mantendo informado.

Acende um cigarro depois de desligar. Caralho, Armando. Deus te abençoe, mas vamos torcer pra não chegar a tanto.

Tomara.

Após ligar outra vez para o gringo (nada), abre uma das gavetas e alcança uma garrafa de uísque. Quase vazia. Uma dose e meia, se tanto.

Que bosta.

Vira tudo de uma vez, o estômago ainda se contorcendo, e coloca a garrafa na lixeira sob a mesa. A vontade é de atirar contra a parede, cacos de vidro voando por toda parte.

Calma, porra.

Sabe o que tem de fazer.

Sabe o que *precisa* fazer.

Localizar o sujeito.

Falar com o sujeito.

Fazer com que o sujeito tente convencê-la.

Duas pessoas razoáveis conversando.

Você me conhece há quantos anos?, dirá. Acha mesmo que eu ia aprontar uma idiotice dessas? Acha mesmo que eu ia ficar calado se soubesse dessa bomba-relógio? Teria te avisado, porra. Ou teria impedido aquele débil mental. E o mais importante é que eu sei pra onde ele foi. Isso vale alguma coisa, não?

Caso o gringo não consiga impedi-la de queimar tudo e todos, correr para Minaçu.

É isso.

Um plano factível.

(Se houver tempo.)

O gringo não será problema. Nunca foi.

A questão é a moça.

Sempre ela.

Abner, seu filho de uma puta, tomara que ela te queime vivo, desgraçado.

Ou te empale.

O que será pior? Morrer queimado ou morrer empalado?

Não sei.

Empalado, provavelmente.

Sim, leu em algum lugar que o cérebro como que "desliga" quando o sujeito é queimado. Mas a coisa toda é horrível. E o cheiro. O cheiro deve ser insuportável. O cheiro da sua própria carne queimando. E daí que o cérebro "desliga"? Calor aumentando. As chamas crescendo, subindo. Calor, fumaça.

Deus me livre e guarde.

Deus.

Queimavam gente em nome d'Ele, não?

Cada coisa.

E o empalamento?

Aqui, Abner, a gente vai te sentar nessa estaca. Tá vendo, desgraçado? Prepara o cu. Será que demora muito? Mais doloroso do que o fogo, parece. E mais indigno também.

E existe morte digna?

Não nesse ramo.

Existem mortes indignas e mortes extremamente indignas. O pai dela, morto em pleno ato de trepar. Isso é bem indigno. Quando você menos espera, um babaca aparece com uma arma e. Três cadáveres no Jardim

América. A mulher, o amante e marido "homicida" & "suicida". Quando você menos espera, o vizinho babaca aparece com o pau duro pra comer a sua mulher. Ou será que ele sabia? Era como eu? Goza por mim, bebê. Mesmo assim. Os dois corpos na cama, nus, cabeças estouradas. Será que Abner esperou que ele *visse*? A última coisa que viu na vida: a mulher e o amante dela, mortos. Três cadáveres. Parabéns, Abner. Crime passional. Ótimo trabalho. Sujo, mas limpo. Se é que você me entende. Perfeito.

Obrigado por foder a minha vida.

Respira fundo. Apaga o cigarro. Pega o telefone. Mais uma tentativa.

Nada.

Recoloca no gancho.

Cadê você, gringo?

Sujeito razoável. Ele ouvirá. Pelo menos isso.

E se ela atender?

Ora, se ela atender, melhor não entrar em pânico. Até porque, de uma forma ou de outra, terão de se falar. O ideal seria papear com ele primeiro, deixar o meio-campo mais ou menos organizado, arranjar uma espécie de aliado, o melhor possível. Mas, por outro lado, isso (falar com ela logo de cara) mostraria que não está fugindo (ainda), que não se escondeu (ainda).

E se for ao enterro?

Talvez seja uma boa ideia.

Ou não.

Não.

Ela pode achar que é uma provocação.

Que ideia.

Ligar. Talvez marcar um encontro. Local público. Um bom restaurante. Conversar.

Menina louca.

Louca e agora sem pai, solta por aí. Sem coleira. Louca pra matar mais gente. Quem é que pode culpá-la?

Olha o que você fez, Abner.

Ela é o tipo de pessoa capaz de queimar tudo, queimar todo mundo. Matar até morrer. A lógica da coisa. Muito boa aquela cachaça. Amarelinha. Comprar um litro da próxima vez, trazer para casa. Ou descobrir quem faz, comprar direto do alambique. Armando, meu velho. Olha só pra você. Foi dormir com Mauro e acordou com Abner. Caldas Novas. Jumento. Precisa resolver isso *agora*. Esclarecer tudo. Evitar o pior. Gordon não está. Ligar de novo pra casa do pai?

Essa merda tem que parar, diz, pegando outra vez o telefone. Essa merda tem que acabar.

E que merda é essa que o senhor tanto fala, tio?

A porta aberta (não trancou ao voltar da cozinha?), a silhueta ali parada, contra a claridade que vem lá de fora. Aquilo na mão dela é uma. Claro que é, seu idiota. Inácio coloca o telefone no gancho e respira fundo. Boa tarde, moça. Tava tentando falar com você. Bora acabar de chegar?

TERCEIRA PARTE

PARÁBASE

AGO. OUT. 1983

O mês de agosto avança com uma rapidez tão descontrolada quanto os preços em ascensão.

Muito pouco acontece.

Quase nada.

Exceto pelos telefonemas de praxe, duas ou três vezes por semana, Gordon não aparece mais em Brasília. Coisas para resolver em Goiânia, em São Luís, em São Paulo, no Rio. Clientes. Reuniões mais ou menos escusas. A ideia é que se vejam em meados de setembro. Enquanto isso, Garcia continua em silêncio, socado na capital goiana ou sabe-se lá onde.

Como não há serviços de qualquer espécie por semanas a fio, ela vai à papelaria quase todos os dias.

Comerciante.

E então?, Gordon pergunta ali pelo dia 20, a ligação vespertina meio inesperada, quase nunca liga na papelaria. O que tem feito?

Trabalhando, Excelência, sabe como é. Tenho um negócio pra tocar. A economia precisa continuar girando.

É o que dizem.

O senhor duvida?

De forma alguma.

Vender caderno, caneta e envelope.

E pincel atômico.

E lápis, apontador e borracha.

E tirar fotocópia.

Fotocópias são imprescindíveis para a manutenção do nosso tecido social. Sem as fotocópias, documentos, formulários e pessoas deixariam de circular. Empresas quebrariam. Governos cairiam. Guerras civis eclodiriam. Seria o caos, Gordie.

Você parece entediada.

É, um bocado.

Você queria um tempo, um descanso. Aí está.

Talvez eu não precisasse tanto assim.

Mesmo?

Ou eu não sei o que quero da vida.

Você vai descobrir.

Vou?

Vai, sim. Cedo ou tarde. Enquanto isso, venda pincel atômico.

Taí. Vender pincel atômico não machuca ninguém.

É o que dizem, pequena. É o que dizem.

Na manhã seguinte a esse telefonema, comendo um pão de queijo e bebendo café à mesa da cozinha, ela pensa sobre o que ele disse (Você queria um tempo, um descanso. Aí está.) e sobre quando cogitou abandonar aquela vida (aquela outra linha de trabalho) e se dedicar apenas à papelaria. Acha irônico que, embora não tenha feito nada ou quase nada nesse sentido, não tenha conversado para valer com Garcia ou mesmo Gordon — exceto ao pedir a este último alguns serviços mais leves (nada muito pesado) (E no momento... sei lá, queria coisas que... que eu pudesse fazer sem pensar muito a respeito. Sem precisar me arriscar ou me sujar muito.) (Ao menos por um tempinho, sabe?), mas até isso foi ou, com o passar dos dias, pareceu temporário (estou enganada?) (estou me enganando?) e, porra, no fim das contas, não teve nada de tranquilo (não há nada de tranquilo em escoltar uma criança até uma clínica de aborto, por exemplo). E, embora não tenha, em suma e efetivamente, *decidido* porra nenhuma, as coisas parecem caminhar nessa direção, ao menos por agora.

Comerciante.

Talvez aquela vida tenha mesmo *se* esgotado ou esgotado Isabel.

Talvez *essa* seja a sua vida agora.

Talvez o pai tenha se aposentado e, por conseguinte (ou inadvertidamente), ela também. Talvez o pai tenha sequestrado a vizinha (Neiva? Nilva? Nilza?) (Neide, porra. Neide.) e esteja em Itaparica ou Creta, curtindo a vida, deixando o Velho e todas aquelas complicações para trás.

Seria uma decisão inteligente da parte dele.

Esquecer a guerrinha com aquele filho da puta.

Dizer a ele: Quer saber? Foda-se. Faça o que quiser, fique com o que quiser, porque eu vou dar o fora.

(Ao vencedor, os cadáveres.)

Seria ótimo, não?

É claro que ela saberia, se fosse o caso, e é claro que seria ou já teria sido informada a respeito.

Logo, não é o caso.

De jeito nenhum.

E, conhecendo o pai, *jamais* será o caso.

(William vai estar nisso muito tempo depois que a gente tiver parado.)

Mas é algo bom de se imaginar. Bom e um tanto engraçado.

Não é?

Garcia em Creta. Jogando conversa fora com Minos. Um touro emerge do mar. Qual é o nome daquela que trepou com o bicho? Gordon saberia dizer. Gregos pervertidos. A coisa não foi simples. Alguém construiu um aparelho ou coisa parecida pra facilitar a trepada. (Segundo ouviu de uma professora, a história envolvendo Catarina, a Grande e um cavalo é mentirosa.) A mulher caidinha pelo touro. (Maldita Afrodite.) Alguém construiu um aparelho ou coisa parecida pra facilitar a trepada — não foi o mesmo cara que construiu a joça do labirinto? Dioniso? Não, sua jumenta. Que Dioniso o quê. *Dédalo*. Mas, porra, qual é o nome da mulher? Coisa mais injusta. A senhora transa com um touro, chega a ter um filho com ele, e eu me esqueço do seu bendito nome. Foi mal, dona. Astério: sei até o nome do filho dela com o touro. Mas essa é fácil, qualquer idiota já ouviu falar do bendito Minotauro (embora seja o mesmo nome do pai de Minos) (qualquer idiota já ouviu falar do Minotauro, mas não de Astério). Mas não me lembro do nome dela. Daquela que se apaixonou pelo Touro de Creta. (Maldita Afrodite.) Peço que me perdoe, distinta senhora fodedora de touros. (Reitere-se: Catarina, a Grande, não fodia com cavalos.) (Segundo a tal professora, cujo nome também me escapa no momento.)

Espero que não tenha doído muito. (Doeu?) (Que pergunta estúpida.) Mas eu me lembrarei. Seu nome me ocorrerá. Sim, com certeza. Pipocando na cabeça quando eu menos esperar.

PASÍFAE, ela berra ao gozar sete dias depois, ao anoitecer, largada no sofá, masturbando-se enquanto, estranhamente, *não* pensa em mulheres fodendo com touros ou em cavalos fodendo czarinas ou em nada sequer remotamente parecido com isso, mas em Emanuel, a ausência prolongada de Gordon (em silêncio telefônico desde a semana anterior, desde aquela ligação vespertina) (Você queria um tempo, um descanso. Aí está.) e a rotina na papelaria quase fazendo com que ela tivesse uma recaída.

Resistiu bravamente.

Foi para casa, entrou, deitou-se no sofá, arriou as calças e matou aquela ideia em poucos minutos.

Pensando em quê?

Emanuel.

Na primeira vez em que treparam.

Adolescents no som. O boquete naquele mesmo sofá. Menstruada. Pode gozar assim, se quiser. Outro dia a gente mete. Ele dizendo que tudo bem. Tudo bem gozar na minha boca? Não, tudo bem meter em você menstruada. A colcha estendida no tapete. Tira logo essa roupa, caubói. Metendo. Gemendo alto. Gosta de homem que geme alto. Tirando o pau melado de sangue para gozar na barriga e nos peitos. (Por que não gozou dentro?) (Estava menstruada, afinal.) O absurdo jorro espermático. Haja porra, filhinho. (Será por isso?) (Ele queria que eu *visse*?) (Orgulhoso dessa aberraçãozinha?) (Homens serão homens.) (Garotos serão garotos.). Haja porr

Assim. Isso.

O nome da filha de Hélio vindo à cabeça *agora*, bem no momento do orgasmo, nome que ela berra ao gozar, as pernas meio abertas, trêmulas, boca escancarada, o mundo saindo de foco, após o que gargalha e pensa, ofegando, puta que pariu, meu reino por um touro.

E leva os dedos à boca.

Depois, permanece no sofá por um bom tempo, as calças ainda arriadas.

Emanuel.

Fez o possível para ignorar a expressão algo desarvorada dele nos primeiros dias após o término (que, aliás, foi ideia *dele*; será que blefara?). Sentia vontade de rir, e depois se sentia culpada por sentir vontade de rir. Já ficou assim por alguém? Nunca. É algo que lhe escapa. A lógica da coisa. *Precisar* (tanto) de outra pessoa. Ou *achar* que precisa. Que enrascada. Melhor evitar. (Sente falta de Gordon, mas é outra coisa, certo? Ao menos por enquanto. A despeito do que pensou enquanto zanzava, sozinha, por São Paulo, e não obstante a falta que sente agora, não está apaixonada, certo? Não sabe dizer. Mais uma coisa que não sabe, portanto. Gosta da companhia dele, gosta de trepar com ele, gosta de conversar com ele, mas gostaria tanto caso se vissem todos os dias? Talvez. Impossível saber sem experimentar a coisa.) Por sorte, à medida que os dias passaram, o desarvoramento de Emanuel arrefeceu aos poucos, conforme o esperado, e agora é como se sempre tivessem sido apenas chefe e empregado.

E mais nada.

Daí a importância de ter resistido. Nada de recaídas, por favor. Acaso tivesse sugerido uma trepada, mesmo que não passasse disso, a chance de o rapaz regredir seria enorme.

Ou não.

Talvez ele topasse naquele espírito mais livre e solto. Tudo bem. Beleza. É só isso que você quer? Só isso e mais nada? Se é *só isso*, beleza, vamos lá. Ou talvez recusasse ou se fingisse de bobo ou fosse bobo (homens serão homens) (garotos serão garotos).

E há outros complicadores.

Por exemplo: talvez ele tenha conhecido outra pessoa. Na faculdade, em um boteco, no prédio onde mora. Da maneira como as pessoas conhecem outras pessoas. Sorri ao imaginar essa possibilidade. (Obrigada, Afrodite.) Torce para que seja o caso. Um bom rapaz conhecendo não só outra pessoa, mas uma boa (outra) pessoa. Sim, há *outros* que são bons. E bons rapazes merecem ser felizes. Bons rapazes serão bons rapazes.

Garotos, diz.

Ela descalça o par de tênis e se livra da calcinha e das calças. Vai ao banheiro. Abre o chuveiro, livra-se do resto das roupas.

Felicidade?

Sim, eu mereço.

Como a vizinha, a moradora da casa dos fundos, aparentemente feliz com seu gemedor. (Obrigada, Afrodite.) Emanuel também é um gemedor, embora não tanto quanto o namorado da vizinha. Ali, sob o chuveiro, pensando na felicidade de Emanuel, ela reinicia os trabalhos clitorianos.

Acesa. Ainda.

Por que uma ausência tão prolongada, Gordie? Por quê, seu filho da puta? Sim, porra, mais uma.

(*Eu* mereço.)

A rotina não muda entre o final de agosto e o início de setembro. Isabel passa os dias na papelaria e as noites em casa, sozinha, lendo, masturbando-se ou assistindo à televisão. Após alguns dias de silêncio, Gordon volta a ligar com regularidade. Está em Goiânia outra vez.

Tentei falar com o meu pai, mas ninguém atende. Tentei várias vezes. O que ele tem feito?

Que eu saiba, nada.

É sério, não consigo falar com ele. Quero ter uma conversa, enterrar de vez toda aquela merda, mas o homem não para em casa.

Se eu o vir, peço pra te ligar.

Não encontrou com ele desde que voltou?

Encontrar, não. Falamos ao telefone, e só. Ele me ligou. Ficamos de ir ao Serra, mas até agora isso não aconteceu.

E só?

Foi uma ligação rápida. Eu estava de saída.

Acho que vou dar um pulo aí na semana que vem.

Ótimo. Você está pensando em vir no feriado?

Que feriado?

Sete de setembro.

Porra, até esqueci. Em que dia da semana cai essa bosta?

Quarta-feira.

Então, não. Acho que só consigo ir depois, lá pra sexta-feira.

Trabalho?

Lápis, apontador e borracha. E um inventário.

Emergências.

É o que diz meu contador.

Não discuto.

Não discute com contador?

Não. Por que eu faria uma coisa dessas?

Tem razão. É inútil.

(Comerciante.)

Mas, com a ajuda de Emanuel, ela adianta o trabalho e se livra do inventário e do contador, e viaja na quarta-feira à tarde, em pleno feriado, depois de assistir ao terceiro capítulo de *Pecado Rasgado* em Vale a Pena Ver de Novo.

Antes, liga pela enésima vez para Garcia.

Nem sinal dele.

É isso, pensa. Pegar a estrada. Deixar esta Babilônia, como diz a música. Visitar a tia, por que não? *Aquela* visita sempre adiada.

É isso aí.

Visitar a tia, depois o pai.

Tenta avisar Gordon de que está a caminho, mas ele também não atende. Qual é o problema dessa gente? Ligará para ele da casa de Garcia, então.

Emanuel, sim, atende, e ela avisa que só voltará ao trabalho dali a alguns dias. Ele pergunta se está tudo bem, mas não parece muito interessado; ademais, as ausências repentinas sempre foram comuns. Um diálogo protocolar. Chefe e empregado.

Acho que volto na segunda. Terça-feira, no máximo.

Ok. Boa viagem.

Ela toma um banho, veste jeans e camiseta, calça o par de coturnos, abre a parte superior do guarda-roupas, alcança uma bolsa de viagem, coloca ali outro jeans, algumas calcinhas, meias e camisetas, depois abre o cofre, pega um pequeno maço de dólares e outro maior, de cruzeiros, e, por fim, depois de flertar com a Imbel 9mm, escolhe a Beretta 92, olhando para ela com um sorriso de reconhecimento (a primeira arma que disparou na vida) antes de enfiá-la na bolsa junto com uma caixa de munição. Levar também um silenciador? Claro, por que não? Não costuma fazer isso, mas. (Ninguém quer fazer barulho de noitão.) Mas, o quê? Nada. Fecha o cofre e sai do quarto.

Na cozinha, coloca a bolsa sobre a mesa e respira fundo.

O endereço da tia anotado em uma velha agenda. Onde será que. Tomara que não tenha jogado fora. No armário, talvez? Na gaveta de baixo, junto com a papelada, recibos, folhetos, faturas. Se o pai atendesse às ligações, perguntaria a ele. A casa próxima a uma praça, disso se lembra bem. Não há muitas praças no lugar, certo? Quantos anos desde a última visita? Doze, treze anos. Cidade pequena, provável que encontre a casa mesmo sem o endereço, provável que se lembre ao circular por lá, mas é melhor tê-lo à mão. Mesmo cidadezinhas mudam bastante em uma década. E se ela tiver se mudado? Não, de jeito nenhum. Por que faria isso? A casa herdada dos pais, onde foi criada, onde sempre viveu.

Bom, cadê?

Agacha-se, abre a tal gaveta e começa a fuçar. Uma mulher vai visitar a tia e depois o pai. Família. A família que restou. Uma mulher vai visitar a família e, na mala, além das roupas, leva alguns maços de dinheiro, uma pistola, munição e um silenciador. É isso aí. Seguindo as orientações dele.

Coisas que o pai ensinou. Nunca ande por aí de mãos abanando. Por quê? Porque nunca se sabe. Ri ao pensar que essa vida nunca se esgota. Que nada. Só esgota a gente mesmo.

Aqui. Só pode ser essa.

Agenda de 1977.

Senta-se à mesa e, enquanto procura o endereço, pensa em 1977. Foi quando viu *Superman*? O primeiro? Não, isso foi depois. Em 78 ou 79. (Esqueça 79.) Leu em algum lugar que o terceiro filme está prestes a estrear, mas dizem que não é muito bom. Se ainda estivesse com Emanuel, poderia convidá-lo. E aí? Cineminha? O rapaz adora super-heróis. Coleciona gibis. Na quitinete, uma fotografia dele grudada na geladeira, em meio a outras, dos pais e irmãos. Dele, Emanuel. Com cinco ou seis anos. Fantasiado de Superman. Lembrou-se disso em São Paulo, ao ver o garoto com o boneco do Superman. Capa vermelha esvoaçando ao atravessar a rua. A única vez em que foi à quitinete de Emanuel. Uma fantasia de verdade, não uma toalha vermelha amarrada nas costas. Era ele quem vinha à casa dela. Camisa azul com o símbolo, aquele *S*, calças azuis, sunga vermelha sobre as calças (isso é meio ridículo, né?), uma capa de verdade, só faltavam as botas vermelhas (ele está descalço na foto). A única vez em que foi à quitinete, ainda no começo do relacionamento. Por que não voltou mais lá? Claro, aquela bendita cama de solteiro. Muito, muito desconfortável. Não para trepar. É possível trepar em qualquer lugar, mas, com a cama dela ali, à disposição, para que se espremer naquele colchãozinho, naquela quitinete? E o problema nem era a foda — é possível trepar em qualquer lugar —, mas o pós-foda, os dois amontoados, como encontrar uma boa posição para dormir?, acordando com dores no pescoço, nas costas, hoje à noite a gente vai lá pra casa, beleza?

Também foi em 79 que a coisa começou pra valer.

(Impossível esquecer 79.)

Aquela conversa com o pai. Depois de *tudo* o que aconteceu.

Todas aquelas coisas.

Clara.

(Setenta e nove foi um ano louco.)

(Todas as coisas que ainda não contou para Gordon.)

(Um dia desses, tá? Hoje, não.)

Ela e o pai conversando ali mesmo. Sentados à mesa da cozinha.

Tenho uma proposta pra te fazer, disse ele.

Ela já sabia. Imaginava, pelo menos. Depois de tudo aquilo.

Claro, podia ter dito não.

A poucas semanas da formatura. Dar aulas, continuar estudando, virar pesquisadora, lecionar. Isabel Garcia, Departamento de História da Universidade de Brasília. Ou de qualquer outra universidade. Mas como dar aulas, continuar estudando, virar pesquisadora depois de.

Não.

Isso não ia acontecer.

Isso não aconteceu.

Ela sabia. Ou soube naquele momento.

O pai sabia (imaginava, pelo menos). Tanto que foi até ali, sentou-se à mesa da cozinha e perguntou à queima-roupa: Por que não vem trabalhar comigo?

E ela foi, claro.

Dar um rumo para a *raiva* que sentia.

Matar outros até ter a oportunidade de matar aquele que a machucara, e que fizera o que fizera com Clara.

(Por que Clara gargalhou daquele jeito no sonho?)

O canalha fugitivo.

(Que horrível revê-la daquele jeito.)

Heinrich, o filho do.

(O general morreu. Pai do nosso amigo Heinrich.)

Matar outros até. Dar um rumo para a.

(Raiva.)

Raiva.

Ela foi, sim.

Não conseguiu pensar em nenhuma razão para não ir. Não depois de tudo o que aconteceu. Não naquele momento, os dois à mesa da cozinha.

E ele também disse: Juntar algum dinheiro. Não faz mal, faz? Depois você leva a vida pra onde quiser, abre algum negócio, sei lá. Ou retoma essa... essa vida aí. Professora, sei lá.

Ela juntou algum dinheiro. Ela abriu um negócio. Não fez mal, fez?

Sei lá.

(Heinrich nunca (mais) apareceu.)

Mas ainda não levou a vida para onde quer.

(A vingança é um prato que se come com as mãos.)

E para onde quer levar a vida?

(Feito as sombras devorando o cavalo.)

Aqui.

O endereço anotado a lápis, não se lembra por que ou em que ocasião. Não a vê desde 73, quando ela voltou para Goianira. (Não vai à cidadezinha há mais tempo.) Quase nenhum contato desde então. Estará viva? Será que se entregou ao esporte predileto da família, como o pai e a irmã? Bom, só tem um jeito de descobrir. Arranca a página e enfia no bolso da calça, depois se levanta e devolve a agenda à gaveta.

Olha para baixo.

Papelada. Contas pagas, documentos e cópias de documentos, históricos escolares. Precisa dar uma organizada nisso.

Não hoje.

Não agora.

Fecha a gaveta com o pé direito e vai até a pia. Um copo d'água. Gosto meio esquisito. Precisa limpar a porcaria do filtro. Ou comprar um novo.

Não hoje. Não agora.

Uma rápida passada no banheiro, depois a estrada.

Mas não se mexe.

Ainda não.

Parada junto à pia, olhando para o fundo do copo, lembra-se do primeiro serviço. (Por que não vem trabalhar comigo?) Do primeiro serviço que *ela* executou, no caso. Porque acompanhou o pai por uns tempos, observando, aprendendo, ouvindo. Março de 1980, perto de Barro Alto. Na saída de um puteiro. Vale do São Patrício. Ela e o pai no carro, esperando que o alvo desse as caras. Noite meio devagar, o que era ótimo. Tinham estacionado do outro lado da rodovia, no escuro. Pista única. Quando o sujeito aparecesse, Garcia aceleraria, cruzando a pista, ela desceria do carro (se necessário) e.

Certeza que tá pronta?, ele perguntou.

O que o senhor acha?, foi a resposta, voz entredentes, olhando fixo para a entrada do puteiro.

Ele sorriu: Acho que tá pronta, sim, mas vai saber.

Só tem um jeito de descobrir.

Mas é sempre bom perguntar.

Bom, eu queria mesmo te perguntar uma coisa.

O quê?

Isso aqui não é pessoal.

Não.

Mas, às vezes, é.

Pode acontecer.

Como daquela vez.

Como daquela vez.

(Setenta e nove foi um ano louco.) Tá certo.

E como daquela outra vez, ele acrescentou.

Sabia a que o pai se referia. Semanas antes desse serviço em Barro Alto, ela o acompanhou até a casa de um sujeito. Garcia na contramão de tudo o que dissera nos meses de treinamento. Nada de planejamento. Nada de estudar o terreno e o alvo. Nada de esperar o momento oportuno. Nada de entrar, matar e sair o mais rápido possível. Nada de não perder tempo. Nada de simplificar cada movimento, cada passo, cada escolha, cada gesto. Não. Garcia invadiu a casa e surrou o desgraçado na frente da mulher. (Fica de olho nela, Isabel, amordaça e não deixa fugir.). Torturou, arrebentou, quebrou dedos, castrou e, por fim, perfurou a barriga com uma faca de cozinha. Depois, sentou-se numa cadeira para observar o desgraçado sangrar até morrer. Coisa meio demorada. A mulher parecia em choque, os olhos esbugalhados, rezando, rezando sem parar.

Por que fez desse jeito?, ela perguntou quando já estavam no carro, indo embora. Que porra foi essa? Não gosto assim, não.

Eu também não gosto, ele respondeu, mas era o que dava pra fazer nesse caso.

Como assim? Por quê?

Porque era pessoal.

Pessoal?

Aquele verme estuprou e matou o filho de um compadre meu, um menino de sete anos.

Eu vi isso no jornal. Foi ele?

Foi.

E ninguém pegou o desgraçado?

Eu acabei de pegar. Cê não viu?

E o seu compadre?

Ele se matou, Isabel. Enterrou o filho e se matou.

Puta merda.

Pois é. Entendeu agora?

Entendi.

Me diz uma coisa.

O quê?

Quando a gente pegar o Heinrich, você não vai fazer algo parecido com ele? Não?

Ela pensou um pouco. O primeiro impulso, lembrando-se do que sofrera, lembrando-se do que Clara sofrera, era dizer sim. Mas, por alguma razão, respondeu: Não sei.

Como, não sabe?

Eu quero matar ele. Eu *vou* matar ele. Mas essa raiva toda vai cansando a gente. Esgotando. Às vezes, só quero esquecer tudo aquilo.

E?

E, porra, eu não sei. Não sei mesmo. Não sei o que vou fazer quando a gente pegar o Heinrich. Pode ser que eu só queira dar um tiro na Cabeça do filho da puta e enterrar essa história de uma vez. Pode ser. Mas isso é uma coisa que eu só vou saber quando estiver na frente dele. Pode ser que um tiro na cabeça baste. Ou pode ser que fazer com ele o que você fez com esse sujeito hoje não baste, pode ser que eu queira fazer ainda pior, se é que isso é possível.

É possível, sim. Vai por mim.

Mas, é como eu falei, não sei o que vou fazer com ele. Acho que só vou descobrir na hora mesmo.

Entendi.

Deixaram viva a mulher do sujeito, os olhos arregalados de pavor, trêmula, o vestido empapado de mijo. Diz que chegou em casa e encontrou ele assim, avisou Garcia. Diz que não viu ninguém, que não sabe de porra nenhuma.

Dedos quebrados, castrado, eviscerado, sangrando até morrer.

Porque era pessoal.

E, tempos depois, na saída do puteiro em Barro Alto, à espera de seu *primeiro*, ela perguntou: E é mais fácil ou mais difícil quando não é pessoal?

Quando *não* é pessoal?

Sim.

É mais fácil, ele respondeu depois de matutar por alguns segundos. Eu acho que é.

Mais fácil?

É. Pra mim, pelo menos, é mais fácil.

Por quê?

Porque envolvimento emocional é uma desgraça. Te deixa meio lesado, como se tivesse bebido. Melhor não esquentar a cabeça. A raiva distrai a gente, sabe? Confunde.

Distrai. Confunde.

É como você falou naquele outro dia, lembra? A raiva cansa, esgota. Mas, quando não tiver jeito, ela pode ser útil.

A raiva?

A raiva. Daí que você precisa aprender a controlar a bicha. Ainda mais quando a questão for pessoal.

Certo.

Você vai ficar bem.

Vou?

Vai, sim, filha. Sabe se virar. É esperta. E atira bem.

Maria Bonita atirava bem?

Ele gargalhou. Maria Bonita? Que conversa é essa? Eu não faço ideia, Isabel. Esse departamento é seu.

Departamento de História da Universidade de.

De onde?

Lugar nenhum.

Agora, encostada na pia, copo ainda na mão, ela sorri ao se lembrar da conversa e de sua dúvida sobre Maria Bonita. Teria o mesmo fim que ela? Maria Bonita levou um tiro nas costas e outro na barriga, e dizem que ainda estava viva quando lhe cortaram a cabeça. Não se lembra do nome do assassino. José alguma coisa. Está enganada ou há quem afirme que Maria Bonita ganhou esse apelido naquele momento, já morta, a cabeça separada do corpo? Não se lembra. Pode estar enganada. Provável que esteja. Mas, se for o caso, é uma pena que seja conhecida por ele, pelo apelido, pela alcunha dada pelos volantes, por aqueles que a mataram e a desmembraram. Que cena. A mulher ferida, debatendo-se. O assassino se abaixa com a facão. Corta fora a cabeça. Os outros se aproximam, contemplam a cabeça separada do corpo, o rosto. Um deles diz: Ôxe, como era bonita. Parece que também foi violentada *post mortem*. Que tal estuprar um cadáver decapitado? Ou estupraram primeiro e só depois cortaram a cabeça? Vai saber. Em todo caso, no Brasil, não deixam a mulherada em paz nem depois de morta.

Agora, disse Garcia naquela noite em Barro Alto, dando a partida.

Agora, ela repete junto à pia, um sussurro.

O homem com a chave do carro na mão, olhando assustado para os faróis que surgiram do nada e depois para a criatura magricela e baixinha, de boné, saltando com uma pistola em punho.

Muito bom, disse Garcia segundos depois, acelerando pela rodovia. Muito bom.

No retrovisor, o corpo no chão. Dois tiros no peito, outro na cabeça. Som alto no puteiro. Ninguém ouviu os tiros. Ninguém foi lá fora ver que diabo estava acontecendo. O corpo sozinho. Morto. Desaparecendo na distância, sumindo de vez na primeira curva.

Então, só restou a noite.

E já é noite quando chega a Goianira. Veio devagar. Parou para comer. Circula um pouco pela cidade. Não há pressa. Maior do que se lembrava, o que é estranho, as coisas tendem a diminuir quando crescemos, não é assim? Casas, lugares, outras pessoas. (Não que eu tenha crescido muito.) As coisas diminuem por um tempo e depois, no segundo ato da vida, na descida da ladeira, elas voltam a crescer enquanto (ou porque) a gente envelhece. Segundo ato da vida?

Que expressão imbecil, resmunga.

Dirige com o som desligado, as duas mãos no volante do Maverick, bem devagar. Como uma velha. Ou uma viatura. Ou um desses vendedores. Pamonhas. Doces. Queijos. Ovos. Porta-malas aberto, mercadorias expostas. Faltam o alto-falante no teto do carro e o microfone na mão.

Comércio itinerante. Outra carreira possível, não?

Talvez.

Quem sabe.

Quando foi a última vez em que esteve na cidade? Há dez anos? Não. Mais. Natal de 70. Lembra-se de um Papai Noel empoleirado no porta-malas aberto de um carro, propagandeando uma loja qualquer e atirando balas e pirulitos para a criançada. Nunca achou muita graça em Papai Noel. Talvez por ter sacado a mentira bem cedo, passeando pelo Centro de Goiânia de mãos dadas com o pai ou a mãe e vendo tantos deles a cada quarteirão, sentados nas portas das lojas ou circulando pelas calçadas e distribuindo brindes e folhetos. Como ela não demonstrasse muito entusiasmo e fosse a única criança nas ceias, o pai e o avô nunca se fantasiaram. Para que se dar ao trabalho? Roupas grossas e desconfortáveis em pleno Centro-Oeste, no calorão de dezembro? Que ideia. O avô morreu poucos meses após aquele Natal. A mãe, não muito depois. Viveu sozinho por anos na casa agora ocupada por Lucrécia. O velho pedreiro assombrado pela morte da mulher. Não viveu para enterrar a caçula, pelo menos. Um homem muito magro, de cabelos inteiramente brancos, sentado à cabeceira, olhando para o peru de Natal como se estivesse prestes a subir na mesa, arriar as calças e cagar em cima dele. Vivendo só, morrendo só. Em 71, em pleno carnaval. Enfarto ou derrame? Ela não se lembra. O corpo só encontrado na quarta-feira de cinzas. Alguém sentiu o cheiro. Um vizinho, recém-chegado de viagem. Resolveu dar uma olhada. Tocou a campainha uma, duas, três vezes. Nada. O portão destrancado, foi entrando, garagem, sala, corredor, chamando pelo velho, tapando o nariz, e lá estava: sentado à mesa da cozinha, sem camisa, morto. Veias descoloridas, princípio de inchaço, bolhas começando a pipocar no abdômen. Sobre a mesa, uns restos de salame em um prato e uma garrafa de cachaça pela metade. Um copo espatifado no chão. Aboletado no armário, o rádio informava o número de acidentes ocorridos nas estradas de Goiás durante o feriado, mortos e feridos. Dois anos mais tarde, Garcia foi à casa avaliar o que precisava ser feito na reforma. Após a morte do velho, e como Conceição tivesse adoecido, Lucrécia foi morar com eles a fim de cuidar da irmã. Esta, por sua vez, morreu com uma tremenda rapidez, poucos meses entre o diagnóstico e o enterro, após o qual (na manhã seguinte, à mesa, tomando o desjejum) Garcia pediu à cunhada que não voltasse de imediato para Goianira, por que não fica aqui mais um tempinho?

Preciso de ajuda com a menina.

Não precisava, ou acabou não precisando tanto quanto imaginou, e, em todo caso, Lucrécia passava a maior parte do tempo no hospital em Goianira, trabalhando, e na estrada, indo ou voltando de lá. Em casa, via TV com Isabel ou jogava gamão com Garcia. Não conversavam muito, coisa que também era a norma quando Conceição era viva: almoços e jantares mais ou menos silenciosos nas raras ocasiões em que todos estavam à mesa (os horários de Garcia e, agora, os de Lucrécia não permitiam que isso se tornasse uma rotina). Certa noite, os três reunidos na sala, assistindo à televisão, ela aproveitou o intervalo do Jornal Nacional para dizer que vinha pensando em voltar para casa.

Certeza?, Garcia perguntou.

Minha casa é lá. E tá meio cansativo ir e voltar de Goianira todo santo dia, sem falar no que eu tô gastando de gasolina.

Posso te arranjar trabalho aqui.

Não, não precisa. Gosto de Goianira. Tá na hora de voltar.

Você que sabe.

Só tenho que dar um tapinha na casa antes de voltar.

Pode deixar que eu vou lá dar uma olhada mais pro final da semana, ver o que precisa fazer.

Mesmo? Obrigada, cunhado.

Depois de vistoriar a casa, Garcia comentou com Isabel que ainda dava para sentir um pouco do fedor. Estavam na lanchonete da 19, em uma daquelas sextas-feiras. Deve ser imaginação minha. Já passou um tempinho.

Ou não. A casa ficou esse tempo todo fechada, não ficou? O ar não circulou direito.

Eu mesmo queimei a cadeira onde ele tava sentado quando morreu. E a mesa, também. Fui lá depois do enterro, levei pro quintal e taquei fogo. O cheiro era desgraçado de ruim.

Por que a tia não continua morando com a gente?

Porque não quer. Não ouviu o que ela falou?

Por causa do trabalho?

Tem isso, mas acho que ela só quer ficar sozinha mesmo, tocar a vida do jeito que quiser.

Outro dia ela me disse que o povo fica comentando lá no prédio.

Comentando o quê?

Como se ela tivesse tomado o lugar da minha mãe.

Ah, o povo fala mesmo. Melhor coisa é ignorar.

Chato demais isso.

Mas eu entendo isso de querer voltar pra Goianira. Não só por causa dessas coisas.

Acostumei com ela.

Cês quase não conversam. Ninguém para em casa.

Eu sei, mas...

O quê?

Não sei explicar. Agora vai ficar só a gente mesmo.

Acha pouco?

Não acho nada. Meu avô bebia muito, né?

Seu avô? Bebia. Por quê?

Ele bebia, minha mãe bebia, mas a tia quase não bebe.

E daí?

Nada. Só falando. A mãe delas bebia? Minha vó?

Não, dizem que não bebia nada. Era meio beata. Só queria saber de missa, reza e procissão.

Morreu afogada?

Foi. Sua mãe e a Lucrécia ainda eram pequenas. E parece que seu avô só começou a beber pra valer depois que a mulher morreu. Mas eu não sei, só fui conhecer a família bem depois, né? Ninguém me falou muito dela. Nem o seu avô, que falava pelos cotovelos e adorava contar história.

É, eu lembro disso. Das histórias.

E como mentia, o velho, nossa. Nem mudava a cara. Queria saber mentir daquele jeito.

Sorriu: Eu também.

Ela aumenta um pouco a velocidade, de olho nas placas de cada esquina. Talvez dê sorte, talvez se depare com a avenida Guanabara, a casa da tia perto de uma praça. Quase treze anos desde aquele derradeiro Natal, o avô e a mãe mortos no ano seguinte, a casa abandonada até meados de 73. Lucrécia voltou para Goianira e, aos poucos, desapareceu das vidas deles, ou eles da vida dela, ou as duas coisas. Até onde Isabel sabe, a tia nunca se casou. Garcia, naquele dia, o dia em que papearam a respeito na lanchonete da 19, sugeriu que havia mais coisas: Acho que ela nem gosta de homem.

Mesmo?

Isso nem é da nossa conta, mas a sua mãe comentou uma vez. Não lembro quando nem por quê, mas comentou.

Nunca percebi nada.

Cê era muito nova.

Ainda sou. E o senhor?

Eu? Velho. E também não gosto de homem, não.

Não, seu palhaço. Você percebeu alguma coisa?

Olha, pra ser bem franco, eu nunca prestei atenção. Além do mais, é como eu falei, isso não é da nossa conta.

Minha mãe se importava, pelo visto.

Acho que ela se preocupava com a irmã, só isso.

Entendi.

Eu não acho certo, não. Mulher com mulher, homem com homem. Mas não é da minha conta o que cada um faz da própria vida. No fim das contas, Isabel, ninguém sabe a temperatura do inferno do outro.

Quê que isso quer dizer?

O pai encolheu os ombros e eles mudaram de assunto. Que filme veriam naquela tarde?

Um moleque faz embaixadinhas com uma bola dente de leite na calçada da rua Minas Gerais. Camisa alvinegra. Ela para o carro junto ao meio-fio. O moleque coloca a bola debaixo do braço.

Cê é o próximo Valmir Cambalhota?

Quem me dera, tia.

Ué, quem sabe.

Ele sorri, encabulado.

Sabe pra que lado fica a avenida Guanabara?

Apontando para a frente: É só virar à direita na segunda rua ali, ó, e seguir reto uns quarteirão. A rua que a senhora quer fica do lado esquerdo, saindo ali da praça mesmo.

Obrigada.

Carrão, hein. É do seu marido?

Ela segue as instruções e logo está diante de um portão cinzento, as telhas se lançando sobre a garagem escondida ali atrás.

Eis a casa.

A casa dos avós, depois apenas do avô, e então da tia.

Desce do carro, dá uma espreguiçada e vai até o portão. Alguém arrancou a campainha, os fios enrolados com fita isolante. Moleques. Três batidinhas. Espera. Nada. Talvez esteja trabalhando. Hospital. Auxiliar de enfermagem. Bate outra vez. O som da porta sendo aberta. O som de passos pela garagem. O som da chave girando no portão. A figura que aparece lembra vagamente a Lucrécia com quem Isabel conviveu até uma década antes. Mais magra, mais baixa. E mais velha, claro. Cabelos grisalhos, soltos. Roupas brancas amarrotadas, chinelos. Segura uma caneca esmaltada cheia de café, o cigarro aceso entre os dedos médio e anular da mesma mão. Boa tarde.

Pois não?...

Tô procurando a Lucrécia. Ela... essa é a casa dela, certo?

Mora mais aqui, não, moça.

E onde é que mora? A senhora sabe?

Uai, ela... ocê é parente?

Sobrinha.

Sobrinha?

Sim, senhora, diz, estendendo a mão. Isabel.

Um aperto meio frouxo, desconfiado: Prazer. Idalina.

Então, dona Idalina. Ela se mudou, foi?

Pois é, se mudou, sim.

Quando?

Acho que... quatro anos em dezembro. Mas eu tô pagando o aluguel direitim, viu? Deposito todo dia 10, sem falta.

Ah, eu não... tá. Que bom. Mas a senhora sabe pra onde é que ela foi?

Uai, moça, ela... Ocê é sobrinha dela mesmo?

Sou. Por quê?

Uai. Porque não sabe de nada. Isso é meio esquisito, né?

A gente perdeu contato de uns anos pra cá.

Ah.

A senhora é daqui?

Nascida e criada.

Então deve se lembrar da minha mãe. Conceição.

Ah, lembro demais. Morreu nova, né? Igual à mãe delas duas. Ainda bem que a Lucré

E ela se mudou pra onde? A minha tia?

São Paulo.

São Paulo. Capital?

Foi... foi, sim. Capital. Olha... ocê não quer entrar? Tenho o endereço e o telefone dela na caderneta, tudo anotadim.

Garagem vazia, exceto por uma antiga bicicleta encostada no muro chapiscado, tão cinzento quanto o portão. A casa impecavelmente limpa e organizada. Paredes tomadas por enfeites e fotos de familiares da inquilina, além de toscas pinturas religiosas. Jesus ariano com crianças no colo. Jesus ariano falando com os discípulos. Jesus ariano cercado por animais. (Jesus Cristo era crioulo, quantas vezes a dona Smith tem que dizer isso?) Um crucifixo afixado ao lado de um relógio. Os móveis parecem novos e as paredes, recém-pintadas, mas algo diz a Isabel que não se trata disso, que não houve reforma ou aquisições recentes — um lar muito bem-cuidado, e só. Idalina avança pelo corredor. Olhando para as costas da mulher, ela pensa no vizinho fazendo esse mesmo trajeto doze anos antes. Imagina que o cheiro fosse insuportável. Nenhum cadáver à mesa da cozinha dessa vez. A pia limpa. Nada empilhado ou fora do lugar. Chão encerado. Cheiro de limpeza, ali e em todos os cômodos. Sobre a mesa, um rádio ligado em volume baixo, uma garrafa térmica, um maço de Plaza, um isqueiro e um cinzeiro abarrotado. Idalina deixa a caneca esmaltada em cima da mesa, apaga o cigarro e abre uma gaveta do armário. A tal caderneta. Nossa Senhora da Conceição Aparecida na capa. Coloca sobre a mesa, abre, folheia. Isabel espera na entrada da cozinha, mãos nos bolsos das calças. Que casa mais arrumadinha, diz.

Gosto de tudo limpo, é a resposta, a mulher concentrada em anotar as informações numa folha em branco, que destaca e estende para Isabel. Aqui, ó, fia. Ipiranga. Botei o telefone também.

Obrigada.

Acho que ela vai gostar de saber notícia d'ocê.

Tomara.

São Paulo. Lá é outro país.

Ouvi dizer.

Não quer sentar, menina? Tomar um cafezim?

Outro dia, dona Idalina. Obrigada. Tenho que dar um pulo em Goiânia. Ver o meu pai. (Deixar esta Babilônia.) (Tô sempre deixando alguma Babilônia, que porra é essa?)

Lembro do seu pai também. É polícia, né?

Já foi. Não é mais, não.

Já aposentou? Tão novo. Lembro porque a sua mãe... ele deve ter o que agora? Menos de cinquenta, né?

Por aí. Essa criançada cresce rápido, a gente nem vê.

Hein? Tô falando do seu pai.

Eu também, sorri.

Ara...

Então. A senhora trabalhou com a minha tia no hospital?

Quase quinze anos.

Tempão.

Não é?

E ainda trabalha lá?

Até hoje. Cheguei do plantão agorinha, acredita?

Acredito.

Ocê quase não me acha aqui.

Tive sorte, então.

Que sorte o quê.

Foi azar?

Não, menina. É que não existe isso de sorte.

E existe o quê?

Jesus, uai.

Jesus?

Jesus e Nossa Senhora alumiaram seu caminho até aqui.

Jesus é uma lanterna, ela pensa (mas não diz), segurando o riso ao dar meia-volta.

Mas já vai mesmo?

Pois é.

A mulher vem logo atrás pelo corredor, o som dos chinelos no chão encerado. Quanto tempo faz que ocê não vê a sua tia?

Uns dez anos.

Eita, menina. Tempo demais. Pode, não.

Acontece.

Sabe que eu fiquei quase vinte anos sem falar com o meu irmão caçula? Ele bebia demais, falava muita asneira, batia na mulher dele, mas a gente tem que saber perdoar, né, moça?

Isabel chega à calçada e se vira para encarar a mulher. Minha tia não fez nada com a gente, não, dona Idalina, nem a gente com ela.

Achei que ocês tinham problema pra aceitar.

Aceitar? Aceitar o quê?

Ainda mais com a falação do povo.

Mais uma vez segurando o riso: Felação?

Falação.

Que felação?

Uai, ela foi embora por causa da FALAÇÃO, né?

Que FELAÇÃO?

Ela e a fia do Ademar. As duas foram embora juntas.

Ah.

É como eu falei, São Paulo é outro país, outro mundo.

Sorte delas.

Sorte? Olha, eu gosto muito da sua tia, ela cobra um aluguel baratim, baratim, o bolso quase nem sente, nem contrato a gente fez, foi tudo na base da confiança mesmo, mas...

Mas?

Mas a Bíblia chama essas coisas aí de abominação.

Claro que chama.

Levítico.

Mas a gente tem que saber perdoar, né, dona Idalina?

De volta à estrada, mal vê a hora de encontrar o pai e contar as novas não tão novas assim. Será que ele sabe de tudo isso? Provável que saiba da mudança, pelo menos. Ou não. A maneira como as pessoas se afastam. Por nada (nesse caso). Acontece. A carta não escrita. A ligação adiada. A visita deixada para o feriado seguinte. O cartão de Natal não enviado. São Paulo. Lá é outro país, outro mundo. Claro que é. Sorte delas. Brasil: um amontoado de países estrangeiros. Para onde quer que se olhe. Uma terra estrangeira depois da outra. Idalina, por exemplo. Idalina é tão estrangeira quanto Gordon. Mais, até. Sim, bem mais. Uma alienígena. E a filha do Ademar? Ansiosa para conhecê-la. A mulher da minha tia é minha tia? É assim mesmo? Duas tias? Um jeito de encarar a coisa. Mas claro que é, porra. Por que não seria? Tias. Ir a São Paulo assim que puder. Visitar as tias. Quantas tias você tem? Duas tias, mas tem hora que elas parecem uma só. Essa foi boa. Mas a família aumenta e eu sou a última a saber? Claro, todos fizemos por onde. Relapsos. Ninguém tem culpa. Nesse caso, pelo menos, não. Ninguém. Afastamento, distanciamento. Aconteceu. Acontece. Será que o irmão caçula da dona Idalina ainda bebe demais e fala muita asneira e bate na mulher? Cuzão. Perdoar porra nenhuma. Qual será o nome da filha do Ademar? Se é que foi isso mesmo que aconteceu. Devia ter perguntado. A fuga para São Paulo das amantes. Devia ter perguntado um monte de coisa. Se é que, caso tenha acontecido, elas ainda estejam juntas. Tias. Ligará da casa do pai. O telefone tocando em São Paulo. Ipiranga.

Boa noite, quero falar com a mulher da minha tia.

Ri sozinha ao volante. Algo que pode dizer. Algo que vale para ambas, de certo modo.

Por que não?

Olha pela janela. Anoiteceu. Hoje, 7 de setembro. Feriado. Desfiles. Bandeira, hino. Brado retumbante. Margens plácidas. Quando criança, socada nas fileiras estudantis diante da bandeira hasteada e ao som do hino, cantava: flácidas, redundante, polvo etc. Ouviram do Ipiranga as margens flácidas. Os professores não percebiam. De um polvo heroico o brado redundante. O bedel não percebia. Ou (depois que descobriram o que era flato): de um povo heroico o flato retumbante. A idiotice dessas inversões. Como disfarçar versos ruins. Quando criança, antes que ela e os colegas se entregassem ao trabalho de exegese e sacanagem, achava a letra incompreensível. Adulta, acha apenas horrível. Sabiam, antes, o que era "redundante"? Bom, sabiam que não era "retumbante". A questão era ferrar com o hino. Depois, foram sofisticando a tarefa. Lábaro? Não. O Lázaro que ostentas estrelado. (Um colega de sala chamado Lázaro, gente finíssima, muito inteligente, por que não *ostentar* o menino assim, todo estrelado?). Quantos brasileiros sabem o que é "lábaro"? No fim das contas, a brincadeira se tornou um exercício educativo. Criaram um método: recorrer ao dicionário para entender as palavras originais e, assim, substituí-las com critério. Método, critério.

Fulguras, ó Brasil, grotão da América, cantarola, rindo mais um pouco. Puta que pariu.

Era infantil, mas divertido. E toda essa porcariada de hino e bandeira também é infantil. Símbolos. Semana da Pátria. Patriotismo. Desfiles.

Trocaram uma infantilidade por outra, e aprenderam um monte de palavrinhas novas no processo. Educativo. E sabiam, pelo menos, que tudo é (ou pode se tornar) uma piada. Não existe Brasil. Linhas traçadas no chão. Não existia então, não existe agora. Nem isso: linhas imaginárias. Não sou brasileira, sou goiana. Patriotismo é uma doença mental.

Brasis.

Linhas imaginárias. Terras estrangeiras. Uma após a outra. Às vezes, amontoadas, empilhadas.

Ipiranga.

São Paulo, por exemplo. Em que trabalha a filha do Ademar? A falta de paciência com dona Idalina. Por que não ficou mais um pouco? Tivesse aceitado o café, saberia de toda a história. Saberia o nome da filha do Ademar. Essa mania de identificar as pessoas assim. Filha de fulano, sobrinho de beltrano, fulano da beltrana. Que coisa mais chata. Saberia das circunstâncias. Farejaria a verdade e a mentira no que ouvisse. Claro que Ademar não aceitou (provavelmente ouviria). Claro que Ademar ficou muito envergonhado. (Será que deserdou a filha? Será que a expulsou de casa? Há quem expulse filhas grávidas, por que não expulsaria uma filha sapatão?) Claro que Jesus e Nossa Senhora da Conceição Aparecida e o Levítico seriam citados (invocados?) várias vezes por dona Idalina, a cada inflexão da história, mas é (seria) o preço a se pagar. Ali é outro país. Jesus ariano. Ali é outro Brasil. Cabeças loiras. Ali é outro mundo. Me diz uma coisa, dona Idalina, aquele pessoal ali na parede são os apóstolos ou a juventude hitlerista? Ali, aqui. Nazaré, Baviera. À merda com... bem.

À merda com toda essa merda.

(E tomara que elas ainda estejam juntas.)

À merda com o irmão covarde da Idalina.

(Elas, as tias.)

À merda com o perdão.

(A tia Lucrécia e a tia filha do Ademar.)

À merda com o Brasil, essa buceta nem existe.

(Tomara que ainda estejam juntas e felizes.)

À merda com a Baviera.

(Juntas, se felizes.)

Será que dona Idalina sabe que o diabo nasceu em São Paulo? Terra estrangeira, terra abençoada.

À merda.

Melhor abastecer. Um posto de combustíveis logo à frente. Luzes acesas. Placas, faróis. Impossível não pensar no pai todas as vezes que entra em um posto. Já está em Goiânia? Bom, Goianira meio que faz parte de Goiânia. Metrópole em expansão. Não? Deserto em expansão. Deserto planejado. Que piada, não é mesmo? Tomara que meu pai esteja em casa.

Não está.

Ela atravessou o gramado com o coração na garganta e a arma em punho.

O portão destrancado.

Nada bom.

Nada, nada bom.

Pouco antes, ao descer do carro, deparou-se com a vizinha debruçada na mureta da casa ao lado, meio assustada, cigarro aceso no canto da boca, maquiagem borrada: Acho que não tem ninguém aí, não, Isabel.

Oi?, perguntou, aproximando-se pela calçada.

Seu pai, ele... ele saiu hoje à tarde com uns homens e... e ainda não voltou, não.

Saiu com quem? E que cara é essa? A senhora tá bem, dona Neide?

Eu... eu tava aguando as plantas e vi eles saindo.

Eles quem?

Uns sujeitos carrancudos. Pareciam da polícia.

E meu pai saiu com eles?

Saiu, sim. Eu pensei em correr lá dentro e ligar pra polícia, mas esses homens pareciam da polícia, então eu fiquei quieta, não sabia o que... e ele tava... tava machucado.

Machucado?

O rosto dele. A testa. Tinha sangue assim na cara, na camisa. Aquela camisa azul, fui eu que d

Eles foram todos no mesmo carro?

No mesmo carro. Ele foi no banco de trás. Primeiro eu achei esquisito porque ele nem olhou pra mim. Eu tava aqui, aguando as plantas, ele saiu com esses homens e nem olhou pra mim. Ele sempre olha pra mim, acena, sorri, fala alguma coisa, mas não fez nada disso. Achei esquisito. Então, quando eles foram entrar no carro, eu vi o sangue no rosto dele, na camisa.

Que carro era?

Aquele Chev... Chevette. Era marrom.

Meu pai tava algemado?

Algemado?

É. Algemado. Tava?

Nossa, eu... não... não vi. Quer dizer, eu... eu não prestei atenção, desculpa, fiquei olhando mais pro rosto dele. Mas eles pareciam mesmo da polícia. E seu pai, ele... ele... a gente tinha se visto um pouquinho antes, depois do almoço, ele passou aqui em casa pra... pra deixar umas correspondências minhas que botaram na caixa dele por engano.

Isso foi que horas?

Que ele veio aqui em casa?

Não, não. Que os caras levaram ele.

Ah. Ainda não tinha escurecido. Eu terminei de aguar as plantas e entrei, tava pra começar a novela. Então, quando eles saíram, devia ser umas dez pras seis, por aí.

Quase oito agora.

Eu... eu devia ter chamado a polícia, né?

Não.

Por que não? Eles...

Porque não. Esquece a polícia.

Ele... ele tá com algum problema, Isabel? Ele tá devendo dinheiro pra alguém, é isso?

Cês se falam bastante, né?

A mulher desviou o olhar. Uai...

Não é da minha conta o que a senhora faz ou deixa de fazer com ele. Não ligo pra isso. Eu só quero saber se ele comentou alguma coisa com a senhora. Que tava com algum problema, alguma coisa do tipo.

Uma última tragada e jogou o cigarro na rua, balançando a cabeça. Trêmula. Não, não, ele... é por isso que eu te perguntei, sabe? Porque... porque a gente nunca conversa sobre trabalho. Quer dizer, ele nunca fala de trabalho. Nada. Você... você anda meio sumida, né?

Tô aqui agora. Quantos eram mesmo?

Os homens? Três.

A senhora viu eles chegando?

Não, só vi quando saíram com o seu pai.

Não sabe quanto tempo ficaram lá dentro?

Bom, seu pai saiu daqui de casa bem depois das quatro. Acho que eram quatro e meia. Então, se eles chegaram assim que ele saiu daqui, acho que ficaram pelo menos uma hora, né? Você...

O quê?

... acha que ficou alguém na casa?

Não sei. Pode ser.

Esse muro alto, e a casa fica muito pro fundo, né? Não dá pra ver nem ouvir nada, e...

Vou dar uma olhada.

Quer que eu ligue pra... pra algum amigo dele? Ou seu? Pra alguém? Se quiser, pode entrar aqui e usar o telef

Não. Não precisa fazer nada. Obrigada. A senhora já ajudou muito, dona Neide.

Isso deixa a gente assustada.

Tá sozinha aí?

Meu marido viajou. Por quê?

Por nada. Só vai pra dentro. Não fala nada sobre isso pra ninguém, tá bom? Não liga pra ninguém, não fala nada.

O que você ach... tá. Tá bom.

Vai pra dentro. Tranca a porta.

Cuidado, menina.

Sempre.

E seu pai, ele...

O quê?

Nada, nada, eu só... não sei, eu...

Vai pra dentro.

Tá... eu...

Pega seu maço, seu isqueiro, e vai pra dentro. Não esquenta com isso, não. Eu trago ele de volta.

Tá... tá bom.

Ela esperou que a vizinha entrasse e voltou ao carro, pegou a arma na mochila, o silenciador, checou o pente, depois saiu e ficou um tempinho parada diante do portão.

Olhou para os lados. Rua deserta.

O aperto no peito.

Seria tão melhor destrancar o portão e atravessar o gramado e abrir a porta e entrar na casa e encontrá-lo no sofá, assistindo à TV, copo de uísque na mão, ou no quarto com uma mulher, com a vizinha ou outra qualquer, no que então sairia de fininho e só voltaria horas depois, como da outra vez em que isso aconteceu (não era a vizinha, mas outra mulher) (não que seja da minha conta). Seria tão melhor, tão mais fácil.

Que merda, pai.

Devia ter ligado mais vezes. Insistido. Cedo ou tarde, encontraria o homem em casa. Devia ter vindo antes. Junho. Julho, agosto. Agora, setembro. Todo esse tempo. Todos esses meses. Devia ter ligado mais. Saberia caso houvesse algo de errado, perceberia na voz, quem sabe, na pressa em desligar, ou ele falaria como da última vez, pediria a ela que viesse (devia ter vindo antes), acho que estou enrascado outra vez, dá pra acreditar numa bosta dessas? Mas ligou tantas e tantas vezes, muito azar jamais encontrá-lo em casa. E por que *ele* não ligou? Por causa de tudo o que aconteceu em junho? Os serviços empurrados goela adentro, a filhadaputice do Velho, o clima ruim?

Que merda.

Puxou o portão: destrancado. Merda. O Dodge Magnum 81 na garagem. Merda. A porta da frente entreaberta. Merda. A luz acesa da sala. Merda. E as cortinas fechadas.

Merda.

Encostou o portão com todo o cuidado e começou a atravessar o gramado. Arma em punho. Coração na garganta. Olhou para a direita. A piscina coberta por uma lona azul. Melhor estar aqui do que em Brasília, contudo. Ignorante de toda essa. Essa o quê? Merda. Mas o que está acontecendo? Em que consiste essa merda? Seja o que for, é melhor estar aqui. Por alguma razão, sentiu que precisava se lançar na estrada. Um impulso, uma vontade de ver o pai, conversar com ele após todos esses meses, dissipar o clima ruim, enterrar aquela história de uma vez por todas. Família. Devia ter vindo antes. E se não tivesse ido a Goianira primeiro? Que merda. Ao ouvir o que a vizinha contou, a primeira coisa que lhe veio à cabeça foi a arma dentro da mochila. A arma, o silenciador. Raramente usa silenciador. Raramente sai de casa com o silenciador. (Em geral, a ideia é fazer barulho.) Curioso esse impulso. Um pressentimento, talvez. (Eu acredito nisso agora?) Torceu para que houvesse alguém dentro da casa. Agora, diante da porta da frente (entreaberta), pensa se não é melhor recuar. Sair, voltar para o carro. Procurar Gordon. Procurar saber, entender que diabo está acontecendo. E se tiverem voltado? E se o pai estiver com eles ali dentro? E se estiverem só esperando que ela abra a porta? Prontos, no aguardo. No corredor ou mesmo na outra sala, armas em punho. Um alvo fácil. Ora, é sempre um risco. Precisa entrar. Nenhum outro carro nas proximidades. Nenhum Chevette marrom. Não, eles não voltaram. Por que voltariam? Pegaram Garcia, estão com ele. Deixaram alguém aqui? Para qualquer eventualidade? Filhos da puta. Empurra a porta com o pé. A luz do primeiro ambiente desligada. Uma espécie de sala de estar. Ouve o rádio ligado. Vê coisas jogadas no chão. Livros, revistas, documentos, papeis. Armários e estantes revirados. Gavetas abertas. Atravessa o cômodo. Caminha devagar na direção da sala de TV. Na direção da luz. Primeiro, vê uma garrafa de White Horse pela metade sobre a mesa de centro, rodeada por cinco copos sujos. O tubo estourado da televisão, o que foi isso? Chute ou marretada? Talvez um tiro. Ouve um ronco. Mais um passo. Os pés embotinados de alguém. Outro passo. O capanga estirado no sofá. O revólver sobre a mesa de centro, a uns dois palmos da garrafa. Ela se aproxima, pega o revólver com a mão esquerda e encaixa na parte de trás das calças. O capanga dorme, imperturbável. Melhor checar os outros cômodos. Coisa que faz rapidamente. Tudo revirado. A casa inteira. Ninguém. *Mais* ninguém. Sozinhos. Volta à sala. O homem segue dormindo. Quem? *Você*? Sim. Reconhece o sujeito. Um dos que foram encontrá-la no hotel da outra vez. Dia dos Namorados. Um dos contatos. Hotel Metrópole. Um dos capangas. Praça Botafogo. O cavalheiro que mijou com a porta aberta. Ótima primeira impressão. Pelo menos ele não foi cagar. Gordo, barbudo. Depois, naquela mesma noite, o cheiro de cerveja, cachaça, buceta e fritura. Cheira apenas a uísque agora. Roncando e babando, a boca aberta. Estão sozinhos. Garcia levado por outros três. Por que te deixaram para trás? Para qualquer eventualidade. Machucado, sangue no rosto, na camisa. Coisa do Velho, então. Quer algo do pai. O quê? A única razão para não o terem liquidado ali mesmo. Não. Ele foi levado. Vasculharam a casa inteira à procura de alguma coisa e, ao que parece, não encontraram porra nenhuma. Estão com ele. Arrancando unhas para arrancar informações. Unhas, dentes. Olhos. Chutes no saco. Socos. Marteladas. Tortura: uma das poucas indústrias brasileiras que me parecem bem-sucedidas. O que foi aprontar dessa vez, pai? Que diabo pegou daquele corno? Onde é que essa merda vai parar?

Filho da puta, sussurra.

Foram cinquenta e seis segundos entre empurrar a porta da frente com o pé e voltar à sala de TV para reconhecer o sujeito que ronca no sofá. Agora, ela decide que não é hora de perder tempo e muito menos de ser sutil: atira no joelho direito do barbudo e sorri quando ele acorda, aos berros, o corpo se dobrando de dor, os olhos esbugalhados.

Noite, Bud.

... AUIHAHEHOHUHAHH...

Tá lembrado da minha pessoa?

.... AUIHAHEHOHUHAHHAAAUUUUUHHH...

Desculpa o mau jeito, mas sabe como é.

... UUUUUUUIIIIIIIIIAAAAAAAOOOOOUUUUUIHHHHH...

O tempo RUGE, como diz o outro.

... GAAAAAAAAAUUUUUUUUUUHHHHHH...

Agora, chega dessa gritaria, né? Finge que é um menino corajoso e segura a onda, vai.

... AHHHHuuuuuhgaaaaaaahh...

A gente precisa conversar, seu porco.

Reviraram tudo. Gavetas e armários do avesso, colchões rasgados. Entraram, renderam Garcia, vasculharam a casa. Sorte da faxineira por ser feriado, ou estaria morta num dos cômodos. No quarto do pai, Isabel pega o telefone e liga para Gordon, depois para Chiquinho. Nada, nada.

Que merda.

Volta à sala, alcança a garrafa de White Horse e leva para a cozinha. Beberam uns tragos enquanto reviravam o apartamento procurando a porcaria de um filme. Aqueles copos sujos. O gordo bebeu mais depois que os outros saíram. Largado no sofá. Até cochilar. Panelas, vasilhas e talheres espalhados pelo chão. Taças e copos quebrados, trincados. Alguns ainda inteiros, no armário. Pega um deles, serve-se de uma dose, bebe, serve-se de outra e volta à sala, trazendo consigo a garrafa. Olha para o chão. O corpo estirado entre a mesa de centro e o sofá. Joelho estourado. Cabeça estourada. Suspira. Senta-se na poltrona, esticando as pernas, e encara a televisão. Um rombo bem no meio do tubo. Olharam até ali dentro? Que coisa. Toma mais um gole. Não sabe o que fazer.

Merda.

Como foi que surpreenderam o pai desse jeito? Nenhum sinal de arrombamento. Será que deram algum para a empregada? Conseguiram a chave, destrancaram o portão e entraram de mansinho? A vizinha só os viu saindo, não entrando. Isso não perguntou para o barbudo. Que diferença faz? Entraram, surpreenderam Garcia, deram uns sopapos, reviraram a casa inteira, depois o levaram embora, deixando Bud Spencer (melhor parar de chamar esse porco assim; Bud Spencer é um grande sujeito, os filmes dele são supimpas) para qualquer eventualidade, talvez supondo que o que procuram esteja na casa e Garcia não resista e acabe se abrindo, contando tudo.

O que ela perguntou depois de atirar no joelho do gordo:

1) o que cês querem?;
2) pra onde levaram meu pai?;
3) o que mais tá rolando?

Não se surpreendeu com a boa vontade do infeliz em colaborar; um tiro no joelho e a ameaça de um tiro no saco fazem milagres.

Ele respondeu:

1) o patrão mandou a gente pegar um filme que o Garcia roubou do escritório dele outro dia mesmo, invadiu o lugar e arrombou o cofre, tem base um trem desse?, o que cê queria que o patrão fizesse?;
2) os outro levaro ele pra chácara, de um jeito ou de outro seu pai vai contar onde enfiou essa porquera, moça;
3) o patrão despachou um sujeito pra Brasília, era procê já tá morta nessas hora, mas ocê num morre, disgraça.

Em vista de tudo isso, ela perguntou:

4) que raio de filme é esse?;
5) fizeram alguma coisa com o gringo?;
6) fizeram alguma coisa com o Chiquinho?;
7) por que cê não foi com os outros?.

As respostas:

4) o pessoal diz que o filme é de safadeza pesada, coisa que a muié do patrão fez uns ano atrás lá pros lado de São Paulo, antes de conhecer ele, mas eu não tenho certeza, só vim fazer o que mandaro eu fazer;
5) ninguém vai encostar no gringo, não, ele tem muitos amigo, as costa quente, a não ser que crie pobrema por causa d'ocêis dois, aí o pau canta pro lado dele, pode ter certeza;
6) sei nada de Chiquinho nenhum, não, não é serviço meu;
7) ficaro de ligar me avisando, eles acha que o filme pode tá escondido aqui, eles ia me ligar avisando isso ou pra dizer preu sumir daqui.

Encerrou o interrogatório com o tiro na cabeça.

Agora, sentada na poltrona, fitando o rombo na tela da TV, ela sente duas coisas:

a) uma raiva tremenda do pai, cuja burrice parece tê-la enfiado em uma confusão ainda pior do que a anterior (se não tivesse inadvertida e subitamente caído na estrada, estaria morta agora, não?);
b) que talvez tenha se precipitado.

Será? O que mais poderia perguntar? O que mais um bosta como esse poderia saber? Os pensamentos se fragmentam. A cabeça se fragmenta. Talvez fosse melhor não beber. Talvez.

Precisa encontrar Gordon.

O homem dos muitos amigos. Costas quentes.

Bebe mais um gole de uísque.

Alguém despachado a Brasília para matá-la. Em pleno feriado de 7 de setembro. Que falta de patriotismo.

Outro gole. Valeu por mais essa, pai.

Emanuel. A papelaria fechada, por sorte.

Melhor não beber demais.

Mesmo assim, Emanuel está seguro?

Sair à procura de Gordon ou esperar mais um pouco?

Provável que o sujeito esteja na casa dela, esperando, depois de revirar tudo.

Esperar.

Tomara que não tenha quebrado os meus discos.

Devem estar vigiando o apartamento de Gordon.

E se ele souber onde mora Emanuel?

Esperando.

E se ele souber onde mora Emanuel e supor que o filme está escondido na quitinete?

Todos em compasso de espera.

E se ele estiver a caminho de lá?

Os vermes que torturam Garcia não estão esperando porra nenhuma. Não que isso a incomode muito.

Que raiva. Olha a merda que cê foi aprontar, pai. De novo.

E se ele estiver lá?

Ah, merda. Merda, merda, merda.

Vira o resto de uísque, põe o copo na mesa de centro, volta correndo ao quarto do pai e pega o telefone. As mãos tremem enquanto faz a ligação. Alguém de fora. Não. Isso, não. Por favor. Pai, seu filho da.

Alô?

(Graças a.) Sou eu.

O q

Só escuta. Rolou uma merda com o meu pai, coisa do serviço dele. Coisa pesada. Essa gente também tá atrás de mim, e pode ser que saibam de voc

Tá bêbada, Isabel?

Só escuta, porra!

Tá bom, noss

Fica longe da papelaria, fica longe da minha casa. Cê precisa sumir por uns dias.

Isabel, é quase nove da n

Escuta, porra! Isso é sério, não é brincadeira, não, caralho!

...

Pro bem ou pro mal, essa merda vai se resolver nos próximos dias. Então, não volta pra Brasília antes... deixa eu pensar... hoje é quarta... antes de segunda-feira. Segunda! Entendeu?

Mas e

Não vai pra casa de gente conhecida, não vai pra junto da família, não marca bobeira. Vai pra Caldas, sei lá, vai pra onde quiser e se enfia num hotel. Não bota a cara na rua. Cê tem dinheiro?

Tenho.

Depois eu ressarço o que você gastar. Vai agora, pra onde quiser, como eu falei. Quando chegar lá, fica num hotel e não avisa ninguém, não diz nada pra ninguém, tá me ouvindo? Ninguém, Emanuel. Tô falando sério. Não volta antes de segunda. E, quando voltar, fica em casa, fica longe da papelaria, pelo menos até eu te ligar ou dar sinal de vida.

E se acontecer alguma coisa com você?

Se acontecer, aconteceu. Mas, até lá, essa gente vai saber que você não sabe de porra nenhuma, que você não tem nada a ver com essa merda. Agora, vaza, Emanuel!

Espera, o seu... o seu pai não era da polícia?

Cê ainda tá aí?

Nove e meia da noite quando, exausta, pega um cobertor no quarto, volta para a sala, desliga a luz, vira a poltrona para a entrada do cômodo (a porta da frente no campo de visão, entreaberta) e se senta. Arma em punho sob o cobertor.

O que mais pode fazer?

Depois de lidar com o capanga, correu lá fora e estacionou o carro noutro quarteirão. Voltou caminhando, olhos na nuca. Nada, ninguém. Jardim América. Não trancou o portão. Deserto. Tudo deve estar como deixaram. Cogitou ir para um hotel, mas pode ser que Gordon ligue ou apareça. Ou pode ser que eles voltem. Sim, pode ser que voltem com Garcia. Se alguma coisa acontecer com Emanuel. Garcia seria capaz de enrolar os idiotas, tem um lugar lá em casa que cês não olharam, a gente precisa voltar, só eu consigo abrir, não tem outro jeito. Se alguma coisa acontecer com Emanuel, eu mesma te mato, pai. Cobriu o defunto com um lençol. Se alguma coisa tiver acontecido com Chiquinho, eu. Depois comeu um sanduíche com presunto, alface e maionese. Juro que te mato, desgraçado. A garrafa de White Horse quase no fim. Filho de uma égua. Não devia ter bebido tanto. Quase no fim. Eles que voltem. Filho da. Exausta, com muita raiva, meio bêbada. Todas as luzes apagadas na casa do pai. À espera. Torcer para que Emanuel tenha feito o que pediu. Ligar outra vez para Gordon. Sim, daqui a pouco. Tenta não pensar mais no pai. Vou estourar a sua cabeça. Ali, uma cabeça estourada. Juro que. Duas manchas escuras no lençol. Desgraçado. Joelho, cabeça. Cachorro. Essa desgraça vai começar a feder pela manhã. Jumento. O cheiro na casa do avô dois anos depois. Velho burro. Deve ser imaginação minha, disse Garcia. Já passou um tempinho. Ou não, ela respondeu. A casa ficou esse tempo todo fechada, não ficou? O ar não circulou direito. Aquele dia. Lanchonete, rua 19. As coisas de que se lembra. As coisas eram mais simples naquele tempo. Eu mesmo queimei a cadeira onde ele tava sentado quando morreu. E a mesa, também. Fui lá depois do enterro, levei pro quintal e taquei fogo. O cheiro era desgraçado de ruim. Vai começar a feder pela manhã. Não o pai, mas o morto. Ou ali pelo meio-dia. O pai já está fedendo faz um tempão. Terão de queimar o tapete, o sofá, a mesa de centro? Eu mesma vou queimar a porra dessa casa. Calma. Pense. A casa do pai. Perdão, Bud Spencer, conspurquei seu nome. O fogo do pai. Sujeito adorável. O fogo *no* pai. Precisa pensar. *Fogo*. Concentre-se. Isso. Quais são as minhas opções? Preciso cortar o mal pela raiz. Sim, é isso ou fugir, sumir, desaparecer. (Como Heinrich, o filho do.) Matar o Velho e quem mais. (Não é hora de pensar nesse desgraçado.) Liquidar a fatura. (Concentre-se.) Mas não pode ir à chácara sozinha. (Isso.) Óbvio que não. (Firma o golpe.) Seria suicídio. Se é que o pai está mesmo na chácara? Não, não o pai. Que merda de pai o quê. O pai que se foda. O Velho. Sim, o Velho estará onde o pai estiver. Provavelmente. Saboreando o serviço. Acompanhando os trabalhos. Unhas arrancadas. Ossos quebrados. Saco martelado. Olhos vazados. Não posso voltar pra casa. Na chácara. Será mesmo? Podem tê-lo levado para qualquer lugar, até pra delegacia mais próxima. Precisa confirmar a informação. Gordon saberá. Gordon e seus contatos. E aí, Gordie? Tá todo mundo na chácara ou o quê? Qual é o plano? Se não encontrar Gordon, se não encontrar ninguém (sei nada de Chiquinho nenhum, não, não é serviço meu), a única opção é fugir por uns tempos. Sumir. Desaparecer. Sobreviver. A gente primeiro sobrevive, depois vê o que faz. Sozinha. Gordon será poupado *se*. Sempre esteve sozinha. Não está em casa. Eu não tô em casa. Não atende às ligações. Eu ainda tenho uma casa? Ir ao apartamento dele é burrice. A casa do. Amigo há tantos anos. Do pai. Dela. Mesmo assim. Será que. Não. Gordon, não. De jeito nenhum. Nem a pau. Nem fodendo, ficou maluca? O que ele diria se? Mulher de pouca fé. Não, não duvido do seu caráter, Gordie. Não duvido da sua lealdade. Duvido da inteligência do meu pai. Das escolhas do meu pai. Das atitudes do meu pai. Da sanidade do meu pai. Do meu pai. Mas não de você, Gordie. Claro que não. De jeito nenhum. Mas onde foi que você e suas costas quentes se meteram? Emanuel. Sente pena de Emanuel. Alguém de fora, externo e alheio àquilo tudo. Nunca vou te perdoar, pai. Nunca, jamais. Eu te mato se. Se bem que, neste momento, Emanuel não é mais externo e alheio a porra nenhuma, esteja ou não em fuga, tenha ou não levado a sério o que ela falou. Respira fundo. Exausta. Ódio. Nunca mais. Depois que tudo isso acabar. Adeus. Você que se foda, pai. Cortar o mal pela raiz. Nesse caso, antes tivesse trucidado Garcia. Sim, meses atrás. Junho, Dia dos Namorados. Você tem um problema com ele, Velho? Que coincidência, eu também. O puto vive me metendo em confusão.

Quer uma mãozinha pra gente se livrar desse merda? Depois, vai cada um pro seu lado, e vida que segue. Os pecados do pai, que caralho eu tenho a ver com os pecados do pai? Exausta. Olhos ardendo. Melhor não fechar os olhos. Meus pecados são outros. Aguenta firme. Pecados, não. De olho na porta. As cagadas do pai. Foda-se, William Garcia. Arma em punho. Um homem morto. Gordie. Que falta de patriotismo. Último e primeiro refúgios. Patriotismo. Queime uma bandeira. Queime todas. Todos os homens mortos. Queime todos. Zumbis. Não duvido. Todos os mortos, todo mundo morto. Kay Parker que nos. Mortos-vivos. Mas, Gordie, onde foi que você se.

A impressão é de que apenas alguns minutos se passaram.

Dois ou três.

Mas, quando volta a abrir os olhos, que ardem e pesam, o relógio de pulso informa: meia-noite e vinte e um.

Porra.

Som de passos. Lá fora. Passando do gramado à garagem. Eles que voltem. Eles voltaram? Ela esfrega os olhos, desliza da poltrona para o chão, desvencilha-se do cobertor e fica agachada junto à parede, arma apontada para a porta. Vindo pela garagem. Contornando o carro do pai. Empurrando a porta com o pé como ela fez horas antes. Um vulto. Dois? Indecisos. Uma cabeça assomando, desconfiada. Atirar agora ou. Não. Espera. Quem? Esse *cheiro*. O cheiro dele.

Gordon?

Pequena?

Ela se levanta e corre até o gringo. Um abraço forte. Onde é que cê tava, seu filho da puta?

Buscando ajuda.

Ela demora um pouco para divisar as feições do sujeito que, logo atrás de Gordon, abre um sorriso. Quem?... Bruno?

E aí, menina? Brincando sozinha?

Pois é. E ainda tenho que me virar no escuro.

Isso é desde sempre.

Outro abraço, depois vão para a sala de TV. Luzes acesas agora. Os olhos dos homens se voltam para o cadáver no tapete. Pois é, cheguei e dei de cara com esse balofo aí.

Laila tov, diz Gordon depois de se agachar e descobrir a cabeça (estourada). Não obstante o estrago, ele não lembra o Bud Spencer?

Ela volta a se sentar na poltrona, massageando o pescoço. As costas também gritam de dor. Exausta, pede: Não fala uma coisa dessas.

Tem razão, ele diz, levantando-se. O simpático Carlo Pedersoli não merece isso.

Isabel olha para a pistola enorme que o gringo segura. E que porra é essa aí? Cê não precisa compensar nada, não.

Ah, não?

Não, senhor.

Folgo em saber.

Nunca vi dessas. Me deixa dar uma olhada.

Desert Eagle, diz, entregando a pistola para Isabel. Mais um presente de Israel para o mundo.

Putz. Dá até vontade de me converter e virar sionista. Ou de virar sionista e me converter, o que for mais fácil.

Tudo isso é meio difícil, diz Gordon. Mas dizem que as coisas boas nunca são fáceis.

Sorri, devolvendo a pistola. É maior do que eu.

Isso não é difícil, diz Bruno, sorrindo.

Vai tomar no cu.

Gordon abre o paletó e encaixa a arma em um coldre preto, lustroso, é couro isso?, depois pigarreia. Então. Imagino que você tenha falado com o nosso amigo aqui antes de...

Ele disse que levaram o bosta do meu pai pra chácara do Velho.

Foi o que eu soube.

A vizinha viu três fulanos levando ele por volta das seis. Tava com a cara toda fodida.

Imagino que sim.

Te liguei umas duzentas vezes. Chiquinho também não atende.

Também liguei várias vezes para a sua casa. Pensei que só viesse na sexta. Você me deu um belo susto.

Pra que machucar o Chiquinho?

Ele foi junto com William. Ele ajudou a arrombar o cofre. Ele ajudou a roubar o...

Filme? O babaca aí falou de um filme.

Sim. O filme.

Tudo isso por causa de um filme de sacanagem?

Tem mais coisa envolvida.

Meu pai e o Chiquinho invadiram o escritório do Velho e arrombaram o cofre só pra roubar essa porcaria?

Foi o que eu soube. E mataram um vigia no processo.

Imbecilidade do caralho. E ainda afunda o Chiquinho nessa merda. O que meu pai achou que ia acontecer?

Não *isso*, evidentemente.

Ah, jura?

Ele calculou que o Velho fosse recuar.

Calculou. Sei.

Détente.

O que mais ele calculou?

Que o filme serviria como uma espécie de seguro ou coisa parecida. Um trunfo.

Bom, esses *cálculos* ele errou fodidamente, né?

Ao que tudo indica, sim.

Ele falou com você *antes* de botar em prática esse plano genial?

Não, não. Só depois. Na tarde de hoje, para ser exato. Ou de ontem, pois já passa da meia-noite. Creio que o furto se deu há algum tempo. Semanas, talvez. Mas posso estar enganado. Isso não ficou claro quando conversamos, e ninguém comentou nada. Não comigo, pelo menos. Confesso que me irritei um pouco com William. Ele estava se gabando, disse que tinha tudo sob controle. O telefonema foi encerrado de forma abrupta.

Por quem?

Por William.

O que você falou pra ele?

Antes de xingá-lo? Bom, eu disse que talvez fosse melhor ele me entregar o filme e sumir por uns tempos, e que seria uma boa ideia ligar pra você, deixá-la a par de toda a situação.

Mas, em vez de te entregar o troço, me ligar e depois sumir, ele foi comer a vizinha.

Sim. Ele ficou aqui. Ele manteve a rotina. Ele realmente achou que tinha o Velho na mão. Telefonei pra você logo depois de falar com ele, tão logo desligamos, mas ninguém atendeu.

Que horas foi isso?

Por volta das quinze e trinta.

Eu já tava na estrada.

A sorte que tivemos, diz Bruno.

Não tô me sentindo muito sortuda, não.

Logo em seguida, meu contato ligou e eu soube o que já imaginava: a reação estava em curso. Ele não conseguiu me ligar antes, embora quisesse, porque estava com o Velho.

O que você ia fazer se meu pai tivesse te entregado o filme?

Tentaria falar com o Velho. Acalmá-lo. Demovê-lo de qualquer reação.

Acha que ia funcionar?

Não, mas vocês teriam tempo pra fugir.

E onde foi que meu pai escondeu essa porra?

O filme? Não faço a menor ideia. Ele não me contou. Como disse, a ligação foi um tanto confusa. Acho que ele não contou pra ninguém, nem mesmo pro Chiquinho.

Imbecil. Eu vou matar esse filho da puta.

Tem mais coisa envolvida, pequena.

Sempre tem.

Mais pessoas.

E não é um filme de sacanagem qualquer, sorri Bruno.

Não quero saber.

O problema maior é que a postura errática de William tem incomodado algumas pessoas, sem falar em todos esses incidentes. Pelo que eu soube, o nosso amigo paulista concordou com a investida.

Aquela múmia ainda não bateu as botas?

Salvo melhor juízo, não. E, depois de ouvir o que o Velho tinha a dizer, ele concordou que você e seu pai são prescindíveis.

Todo mundo é prescindível. Exceto você, meu bem.

Não entendi.

O babaca aí disse que a ordem é não encostar no senhor. Mr. Costas Quentes. A não ser que...

Que?

A não ser que você crie POBREMA por nossa causa. Se for o caso, o pau vai cantar pro seu lado. Palavras dele.

Palavras doces, ele sorri. Mas, nesse caso, as minhas costas não são tão quentes, certo? São mornas, no máximo.

Já é alguma coisa.

Bom, pessoal, diz Bruno, só sei que a gente não pode ficar aqui.

Chiquinho, diz ela, levantando-se. A gente precisa dar um pulo lá na oficina, na casa dele, ver se...

Você disse que ele não atende às ligações.

Ele pode ter fugido.

É uma possibilidade, diz Gordon, sem convicção.

Eu sei, eu sei, Isabel balança a cabeça, incrédula. Olha para a garrafa quase vazia na mesa de centro. O que *você* quer fazer, Bruno?

Um sorriso: O que é que cê acha? Seu pai salvou o meu couro lá no Mato Grosso.

Foi o que me disseram.

Pois é.

Pois é? Não vou fazer nada pra salvar o couro dele, não. Vou fazer de tudo pra salvar o meu.

Que diferença faz?

Pra mim? Toda. William Garcia que se exploda. Já deu.

Pelo que a gente sabe, o Velho tá lá na chácara.

Ele mandou um fulano me pegar lá em Brasília.

Soube disso também, diz Gordon.

Falei pro Emanuel sumir.

Bem lembrado. Bem pensado.

O louco é que eu nem planejei vir pra cá. Quer dizer, a ideia era vir no final da semana, como a gente combinou, mas me deu na telha e vim hoje. Passei em Goianira antes.

Sua tia não mora mais lá.

Bom, parece que só eu não sabia disso.

Quem é que tá na chácara?, Bruno pergunta.

Segundo me disseram, o Velho e três ou quatro homens. Além da mulher dele, é claro.

Esse seu contato.

O que tem ele?

Confiável?

Eu o conheço bem. É um homem um tanto alquebrado.

E que caralho isso quer dizer?

Que não vejo como ele arranjaria estômago pra me ligar e dizer o que disse se não estivesse sendo honesto. Há pessoas muito transparentes.

Em bom português, quer dizer que seu contato é um fodido, mas não é mentiroso ou sacana?

Eis uma boa forma de descrevê-lo.

Cê acha que não é uma armadilha, então? Se eu for até a porra da chácara, não vou dar de cara com uma manada de corno armado?

Creio que não.

Bom, diz Isabel, se for só isso mesmo, o Velho, a mulher e mais uns três ou quatro, acho que dá pra fazer.

Também acho, diz Bruno.

O senhor não precisa vir com a gente, se não quiser.

Isso não está em discussão.

Falando sério.

Eu também.

Eu e o Bruno, a gente se vira, e o gordo ali disse mesmo que vão te deixar em paz.

Meu contato me assegurou a mesma coisa, mas a questão é que não quero ser deixado em paz.

É só você não se meter.

Eu quero me meter. Eu vou me meter. Eu já me meti.

Que diabo é isso, um haikai?

O que você quiser que seja, pequena.

O senhor e seu canhão israelense.

Eu e nós todos.

Gostei do coldre, a propósito. É de couro?

Ele suspira, abrindo os braços. Vamos?

Uai, bora. Se essa sua pistola fizer o estrago que eu imagino, eu dou um pulo em Israel só pra chupar a pica do Menachem Begin.

Não se esqueça de Bernard C. White e dos meus amigos Jim Skildum e John Risdall, da Magnum Research, e do sujeito do Riga Arms Institute cujo nome eu esqueci.

Puta que pariu, Gordie, eu só tenho uma boca, sabia?

Nenhum carro à vista. A maioria das luzes dos postes está queimada. Gordon passa defronte ao portão da oficina, que está fechado, e segue até o final da rua para fazer o retorno. Exceto por dois vira-latas cruzando no meio da calçada, a um metro do meio-fio, não há mais ninguém. Terrenos baldios de ambos os lados da oficina, entulhos, o mato crescendo.

Bora descer, diz Isabel.

Calma.

Um ganido prolongado do cachorro. Lá estão. Grudados. No paroxismo da foda. Um pouco depois, na verdade. Mas paroxismo diz respeito a uma dor ou um acesso, não? A palavra é aplicável nesse contexto? Ao contexto da foda, mesmo canina? Ah, que diferença faz? Ide e multiplicai-vos. Com ou sem dor. Há quem prefira com dor. (Não há o que não haja.) Olhos saltados, as línguas para fora. Imundos. Isabel se lembra de uma professora de matemática que, ao pedir a um aluno que fosse à lousa resolver um exercício qualquer, dizia... como era mesmo? Ah, sim: Ide e multiplicai.

Bruno se vira, intrigado. Hein?

Nada. Besteira.

Gordon estaciona o Landau a quinze metros do portão da oficina. Desliga o motor. Espera. Trinta segundos, um minuto.

Bora descer, repete Isabel.

Não tá trancado, diz Bruno.

Acho que só encostaram. Igual ao portão da casa do meu pai.

Gordon concorda com a cabeça. Sim. Parece que eles só encostaram depois de sair.

Se é que saíram.

Bora descer, diz Isabel pela terceira vez.

Eles descem e caminham até a entrada. Uma pequena fresta.

Bruno empurra só um pouquinho, bem devagar, o portão deslizando suave, e observa. Há uma luz fraca vindo lá dos fundos. Vazio, ele diz.

Bora entrar, diz Isabel.

Eu primeiro.

Então vai logo.

Meio agachado, Bruno se lança pela abertura. Mira à direita e à esquerda. Tá limpo.

Gordon entra logo em seguida, e depois Isabel, que trata de puxar o portão, deixando como estava.

Lá no fundo, a porta da cozinha está aberta. É de onde vem a luz.

O pátio da oficina quase vazio, exceto por uma Kombi e uma Brasília.

Os três avançam lado a lado, cautelosos.

Ninguém aqui fora, diz ela.

Ali dentro?, pergunta Bruno.

Ali dentro.

Bora.

A porta da cozinha. Luz amarelada. Sabe o que está lá dentro. Sabe o que encontrarão. Sabe que chegaram tarde demais. Sabe que tudo isso é inútil. O gordo não mentiu. Sinto muito, disse ele.

Chiquinho, diz Gordon depois de entrar.

Merda, rosna Isabel.

O corpo sentado à mesa. Amarrado, sem camisa. Nariz quebrado, queimaduras de cigarro, cortes na boca, nos supercílios. Muito sangue. Calça e rosto empapados. Crânio afundado.

Ela desvia o olhar.

A chave de roda ensanguentada. No chão, perto da geladeira. Sobre a mesa, ao lado de uma faca também imunda, uma orelha.

Vou matar ele.

O quê?

Meu pai. Vou matar ele.

Eu...

Tomar no cu. A culpa é dele, Gordon. A culpa é dele. *Dele.*

Oito horas, diz Bruno. Mais ou menos.

Mataram com a chave de roda?, ela pergunta.

Parece que sim. Bateram com gosto na cabeça dele.

Deve ter irritado os putos.

Encontram a sogra de Chiquinho caída de bruços no meio do corredor que liga a sala aos quartos. Tiros nas costas e na cabeça.

Armários, gavetas, móveis, a casa inteira tão revirada quanto a de Garcia.

Acho que ela tentou correr pro quarto, diz Bruno, observando o corpo. Cadê a...?

Gordon passa por Bruno e pelo corpo da velha e vai até o quarto ao final do corredor. Aqui.

Roupas e objetos por toda parte, as portas escancaradas do guarda--roupa.

Outra cabeça estourada. O corpo meio de lado na cama, o braço esquerdo esticado na direção do criado-mudo. Sangue e miolos nas fronhas dos travesseiros, no lençol, no cobertor, na cabeceira, na parede atrás da cama.

Gordon abre a gaveta do criado-mudo. Um 32 em cima de um exemplar de *Nosso Lar*.

Parece que o serviço foi limpo, diz Isabel. Pelo menos isso.

Gordon pegou o livro e agora o folheia. Limpo?

Não maltrataram ela nem nada. Não fizeram com ela o que fizeram com o Chiquinho.

Ou pior.

Ou pior.

Ele joga o livro na gaveta e a fecha com força, depois olha para o buraco na cabeça da mulher e diz: "A vida não cessa. A vida é fonte eterna, e a morte é o jogo escuro das ilusões."

Ah, vai tomar no cu, que porra é essa?

Acabei de ler nesse livro que está na gaveta.

Que espécie de imbecil escreve uma merda dessas?

Dita.

Oi?

Ele não escreveu, ele ditou.

Ditou?

Sim. O espírito André Luiz ditou e o médium Francisco Cândido Xavier psicografou.

Espírito, ela repete como se não compreendesse a palavra, os olhos subitamente pesados. Sente-se drogada. Quer dormir, apagar. Imagina-se deitada na cama ao lado da defunta. Lembra-se da mania daquelas duas mulheres, as televisões ligadas no quarto e na sala, mãe e filha assistindo aos mesmos programas e comentando, aos berros, uma com a outra. Como se o fato de haver dois aparelhos de TV em casa significasse que ambos precisavam ficar ligados ao mesmo tempo, um para cada par de olhos. Mãe e filha. Manias. Chiquinho não ligava. Achava engraçado. Já viu isso?, perguntava, aos risos. Elas é tudo doida. Tão vendo a mesma coisa e ficam nessa gritaria. Sabe que viajei com ela pra Porto Seguro na semana santa do ano passado, né? Pois é, toda noite ela jantava e depois corria pro quarto e ligava pra mãe na hora da novela, pras duas ficarem comentando enquanto viam o capítulo. Paguei um absurdo de interurbano na conta do hotel. Lembranças. Isabel aperta a coronha da arma. Concentre-se. Olha para a cabeça estourada da mulher. A vida sempre cessa. Pensa em Chiquinho na cozinha, na sogra dele estirada no corredor. A morte é fonte eterna, e a vida é o jogo escuro das ilusões. E pensa no pai. Filho da puta.

Meu pai era espírita, diz Bruno, parando às costas dela, na entrada do quarto.

E agora, o que ele é?, Isabel pergunta sem se virar (é como se falasse com a morta).

Nada. Morreu em Monte Castello.

Gordon olha para ele: Monte Castello?

Monte Castello, sim, senhor.

Na guerra?

Na guerra.

Meu pai também morreu na guerra.

Onde?

Nas Ardenas. No Bulge.

Caralho.

Os alemães acertaram uma árvore. Um pedaço da árvore acertou o meu pai.

Caralho.

Mas você precisa me contar essa história um dia desses.

Qual?

Do seu pai em Monte Castello.

Ah, sim.

Se não se importar, é claro.

Conto, sem problema. Mas não sei de muita coisa, não. E minha mãe nunca falou muito a respeito.

Entendo.

Chega de conversa, diz Isabel. A gente tem que ir.

Ao passar pela cozinha, ela para ao lado do corpo de Chiquinho. Coloca a mão direita no ombro do amigo. E fala, olhando para o crânio afundado: Cê não merecia isso, pançudo.

A gente tem que ir, diz Bruno.

É, porra. Eu sei.

E eles vão.

A pistola no colo durante toda a viagem. Boné na cabeça. Tenta não pensar mais em Chiquinho, no que fizeram com ele, nos corpos dentro da casa. Tenta não pensar no pai, no que ele fez, no que desencadeou com seu plano estúpido.

Tenta não pensar.

Gostaria de acreditar em alguma coisa. Ter fé. Saber rezar. Não porque sinta medo. Não por achar que faria algo diferente. Não por achar que viveria de outro modo, teria outra vida, seria outra pessoa. Não. Nada disso. Rezaria pelos mortos, não pelos vivos.

Por que não tenta?

Como era mesmo aquela oração que via na casa do avô? Emoldurada, pregada na parede ao lado de um crucifixo.

Creio. Credo.

Creio em deus falho lodo-poderoso, criador do breu e da guerra, e em todos os seus filhos, concebidos pela carne e em meio ao estrume, estrangulados uns pelas mãos dos outros, eviscerados, mortos e insepultos, descendo às casas de outros mortos, almejando sentar-se à direita do pai lodo-poderoso, donde julgariam tudo aquilo que não compreendem e todos aqueles que odeiam.

Que tal?

Credo. A palavra se tornou uma espécie de interjeição.

Quando confrontadas com algo assustador ou chocante, as pessoas dizem: Credo! Eu, hein? Deus me livre!

E há quem diga: Cruz-credo!

E também há quem mastigue a *cruz*, alongando a palavra até deformá-la: *Curuiz*-credo!

Era assim que a sogra e a mulher de Chiquinho falavam. Assistindo à televisão. Filme ou novela. Algo terrível acontecia e elas: Curuiz-credo!

Algo terrível aconteceu.

Hilda e Clarice, mãe e filha.

E Chiquinho.

Uma chave de roda.

Tenta não pensar.

Mas é difícil. Impossível.

Um filmezinho de sacanagem.

Tudo por causa de um filmezinho nojento de sacanagem.

Com aquela imbecil.

Algo tão *diferenciado* que é preciso encontrar a coisa e destruí-la.

A qualquer custo.

E, no processo, até o momento, matar três pessoas que não tinham absolutamente nada a ver com a história.

(Isso porque não me acharam em casa.)

(Tomara que Emanuel tenha me ouvido.)

O que será que ela apronta no filme?

Gordon e Bruno parecem saber. Gordon sabe, com certeza.

Ela sente preguiça de perguntar.

Exausta.

Tenta pensar em outras coisas.

Coisas práticas.

Tente pensar no que estão prestes a fazer. No que precisam para fazer o que precisam. Sim, isso. Do que precisam? Precisam de muitas coisas. Para começo de conversa, precisam de sorte.

(Não tô me sentindo muito sortuda, não.)

É uma boa viajarem no carro de Gordon. Se tiverem sorte, ganharão segundos muito importantes. A não ser que a paranoia do Velho o faça tomar uma decisão inteligente, para variar. Guarda redobrada. Ninguém entra, nem mesmo o gringo. Atirando para matar.

Se for o caso, estão fodidos.

Dar de cara com meia dúzia, com oito, com dez capangas.

Não passarão da porteira.

O homem faz planos e Deus relincha.

Não.

Você faz planos e Deus te espera na esquina, armado até os dentes.

Tente não pensar.

Se não consegue não pensar, tente conversar. Distrair-se um pouco.

As luzes à esquerda. Leopoldo de Bulhões. Não vai demorar muito. Estão chegando.

Quando foi que você voltou?, pergunta a Bruno, lançando o corpo para a frente.

Eu? Faz um tempinho já.

Pra Bela Vista?

Pra Bela Vista. Seu pai sabia, e o gringo aqui também. Minha mãe tava nas últimas, por isso que eu voltei.

E ela...?

No fim do mês passado.

Porra. Sinto muito.

Agosto é sempre essa desgraça.

Setembro não tá muito melhor, não.

Eu precisava me despedir da velha. E tava cansado de fugir.

Era o que eu ia fazer se vocês não aparecessem. Fugir.

Minutos depois, ao passar pelo trevo de Silvânia, o gringo olha pelo retrovisor e diz, sorrindo: Se alguma coisa acontecer comigo, pequena, você pode ficar com os meus livros.

Não vai acontecer nada com você, ela responde, os olhos voltados para fora. Nunca acontece nada com você.

Tive sorte até aqui, é verdade. Mas, por isso mesmo, é importante estar pronto.

Amém, diz Bruno.

Uma parada rápida dois quilômetros depois. Os dois homens descem e mijam na beira da estrada, atrás do carro.

Melhor agora que durante, diz Gordon ao voltar.

Ela sorri. Mijar por precaução.

Hein?

Nada. Besteira.

Falta muito?, Bruno pergunta ao se reacomodar.

Não, não falta.

Acho melhor colocar o silenciador, diz o gringo, apontando para a arma do outro.

É mesmo, ele responde. Tava esquecendo.

Pequena, vou precisar da sua pistola.

Por quê?

Não tenho silenciador pra minha.

Pega, ela diz, entregando a arma, depois olha para o lado. O carro volta a avançar. Escuro lá fora. Cadê a lua? Muito tarde (ou muito cedo)? Não sabe nada sobre a lua e suas fases. Ou ciclos. Ou seja lá o que for.

Que horas são?, Gordon pergunta.

Três e dezenove, ela responde.

Três e dezenove, Bruno repete. Por que você tem esse adesivo aqui no para-brisa?

Qual? Do símbolo olímpico?

É.

Los Angeles 84. Mal posso esperar.

Cê é de lá?

Não, mas gosto da cidade.

Cês viram que não rolou paraolimpíadas em 80 porque, segundo os russos, não tem nenhum *inválido* na União Soviética?, diz Isabel.

Falaram isso mesmo?

Te juro.

Vai rolar ano que vem em Los Angeles?

Paraolimpíadas? Não sei. Tomara.

Tomara, ela repete.

Sabe que, quando eu era pequeno e houve as primeiras paraolimpíadas, creio que em Roma, em 60, vi uma matéria a respeito na TV, ouvi o termo e pensei que elas seriam algo como as olímpiadas paranormais.

Ah, para.

É sério. Fiquei imaginando as modalidades. Levantamento de peso por telecinesia. Esgrima telepática. Judô bilocacional. A pira olímpica acesa por um namíbio ciclista e pirocinético de 103 anos de idade, em sua décima participação nos Jogos.

Judô bilocacional?

Sim.

Que raio de paranormalidade é essa?

Bilocacional? A pessoa teria a capacidade de estar em dois lugares ao mesmo tempo.

Tem hora que eu não gosto de estar em um lugar, imagina em dois.

Isso seria vantajoso agora, pequena.

Concordo, diz Bruno.

Judô bilocacional.

Sim. Cada atleta participa de duas lutas ao mesmo tempo. Pode acontecer dos finalistas serem a mesma pessoa.

E ambos perderem, ri Isabel.

Tudo é possível, diz Bruno, também rindo.

Bilocacional, ela repete. Lembrei de uma funcionária da UnB, uma anã que trabalhava na secretaria e passava o dia lidando com pepino. Toda vez que alguém enchia muito o saco, ela virava e mandava a pessoa tomar no bilboquê. "Vai tomar no bilboquê!"

Boa, diz Bruno. Vou usar essa.

Não sei o que é bilboquê.

Te explico depois, Gordie.

Ok.

Não falta muito agora.

Não, não falta. Sugiro que vocês se abaixem.

Vai dizendo o que acontece, ela pede.

Dois homens sentados em tamboretes junto à porteira. O carro a uns setecentos metros. Um lampião aceso aos pés deles. Nenhum movimento brusco. Gordon acelera um pouco. Quinhentos metros agora.

Um deles se levantou, diz Gordon.

Trezentos metros.

Duzentos.

Cem metros.

Está sinalizando para que eu desacelere. Acho que reconheceu o carro. Parece tranquilo.

Mr. Costas Quentes, ela pensa. Não vai acontecer nada com você. Nunca acontece nada com você.

Trinta metros.

O outro não se mexeu, continua sentado no tamborete, diz Gordon, o carro quase parando. Ele tem um rádio. Está próximo da porteira, à nossa direita. A gente precisa ser rápido, Bruno.

A gente vai ter os segundos, ela pensa. *Aqueles.*

O carro para, afinal. Gordon abaixa o vidro.

Uai, doutor, o patrão disse que era mesmo capaz que o senhor viesse, mas só amanh

Dois tiros no peito.

Antes que o corpo alcance o cascalho, Bruno já está de pé do outro lado, atrás da porta aberta, acertando o outro capanga no momento em que ele faz um movimento meio estabanado para se levantar, estômago e antebraço direito. O sujeito e o tamborete caem para trás. Um dos pés esbarra no lampião, que se estilhaça.

(A gente tem *todos* os segundos.)

Gordon devolve a arma para Isabel e eles descem do carro.

Enquanto isso, Bruno corre até o vigia caído junto à porteira.

Ela dá uma rápida olhada no primeiro capanga: morto, os braços abertos, uma pequena lanterna caída a meio metro do corpo, acesa, o revólver ainda na cintura.

Bosta, diz Bruno mais à frente, chutando alguma coisa no escuro. O som de algo se espatifando. Filho da puta!

Ela pega a lanterna e corre até lá. Que foi?

Esse corno falou alguma coisa no rádio.

A lanterna ilumina o rosto do homem, os olhos arregalados. Acha que deu tempo pra ele avisar?

Acho que sim.

Merda.

Bota merda nisso.

Jesus e Nossa Senhora alumiaram seu caminho até aqui, diz para o homem caído.

Bruno olha para ela. Hein?

Nada. Besteira.

A lanterna ilumina as calças imundas, as mãos trêmulas, o rosto congestionado.

Vai durar muito, não, diz Bruno.

Vai durar quase nada.

... av... mari... eu... me... aju...

Ela se lembra: é um dos sujeitos que foram ao hotel naquela noite, meses antes. O outro, do chapéu. Tive com seu parceiro mais cedo.

... eu... m...

Mas falaí, rainha da pecuária. O corno do meu pai tá lá dentro?

O homem não responde.

Isabel entrega a lanterna para Bruno e atira na mão direita do sujeito. E aí? O próximo é no saco. Quer morrer sentindo esse incremento? Meu pai tá lá dentro ou não?

Um meneio de cabeça em meio aos gemidos: sim.

Sempre funciona, ela sorri. Quem mais?

De novo, nenhuma resposta.

Cê é o quê? Vietcongue?

...

Um chute na boca dessa vez. Ele vira o corpo para o outro lado, o braço e a mão atingidos pendendo, bobos, na poeira. A luz da lanterna devassa os fundilhos imundos. O que é terra e o que é merda? O cheiro é tenebroso.

Bruno estende uma faca. Aqui, ó.

Não. Muita sujeira.

Ele guarda a faca. Mas anda logo com isso.

Sim, senhor, ela diz e pisa na mão alvejada.

O capanga berra e se contorce, virando o corpo outra vez. Passado um instante: Pat... trão... atroa e...

E?

... sss... seu pai e mais do... dois...

Dois?

D... dois.

Ela atira duas vezes na barriga do sujeito, após o que Bruno o empurra com o pé para fora da estrada, como se rolasse um botijão de gás, deixando um rastro de sangue, mijo e merda no cascalho. O gemido, agora, é baixo.

Vai deixar ele assim?

Assim como?

Vivo.

Ouvi dizer que não vai durar muito, não.

Ele falou o quê? Mais dois lá dentro?

Além do Velho e da mulher.

E a mulher sabe atirar?

Um encolher de ombros: Maria Bonita sabia atirar. Eu sei atirar. Dessa vaca aí eu não sei porra nenhuma.

Bruno escancara a porteira. Gordon avança com o carro. Eles entram. Ela olha para trás. As lanternas traseiras iluminam o corpo do primeiro capanga, caído na estrada alguns metros atrás. Braços abertos.

Vietcongue?, diz Gordon.

Ela endireita o corpo e procura os olhos dele no retrovisor. Outro encolher de ombros.

Ele ri, acelerando.

A quinhentos metros da chácara, antes mesmo que a casa esteja visível, o som dos primeiros tiros.

Se abaixa aí, diz Bruno.

As primeiras balas atingem a lataria logo após a curva. Antes de se abaixar, ela vê dois vultos no meio do gramado e os clarões dos disparos. As luzes da casa estão apagadas.

Gordon acelera na direção dos capangas.

O carro acerta um deles em cheio, o corpo atirado para trás, capô, teto, chão outra vez.

Puta merda!, grita Isabel, levantando a cabeça. Vê o outro capanga se jogando no alpendre. Vê o para-brisa estilhaçado pelos tiros e pelo impacto do corpo. Vê fumaça saindo do capô. Puta que pariu, desgraça.

Gordon contorna quase toda a casa e para do outro lado, atrás dos carros estacionados, o Escort e a D10. Alguém se feriu?

Acho que tô inteira, diz Isabel. E você?

Mataram meu carro, é a resposta.

Cuidado com as janelas, diz Bruno.

Os três descem e correm abaixados até a parede. Isabel se vira para trás, para o caso de o capanga remanescente ter contornado a casa no encalço do Landau. As janelas estão todas fechadas. Ela desenrosca o silenciador, coloca em um dos bolsos da jaqueta, junto com a lanterna, tira o pente, checa e reencaixa, depois vai até os fundos.

Cuidado, diz Gordon.

Ninguém, ela sussurra ao voltar. Acho que o puto ficou ali no alpendre ou entrou na casa. Se não tiver corrido pro mato.

O gringo respira fundo e começa a puxar a fila.

Lá na frente, estendido no gramado, o capanga atropelado começa a gemer alto; ainda não conseguem vê-lo de onde estão.

Bruno cospe de lado e se desgruda da parede. Também retirou o silenciador da arma.

Porra, diz Isabel.

Meio agachado, ele contorna o Escort.

Porra, ela repete.

Os para-choques dos carros estão bem próximos da parede.

Há um momento de espera, Bruno abaixado junto à traseira do Escort e eles no mesmo lugar, o avanço interrompido.

Ela conta mentalmente até trinta e diz: E aí? Esperando uma intervenção divina?

Gordon volta a se mexer. Mais alguns passos e chegará a um extremo do alpendre.

No gramado, o homem continua a gemer de forma horrenda.

Esse viado não morre, ela sussurra.

Ouvem o arrastar de uma cadeira seguido por um palavrão, no que Bruno se levanta, dá alguns passos para a frente, distanciando-se do Escort, e atira cinco vezes na direção do alpendre.

Caiu?, ela pergunta.

Caiu, é a resposta. Pode vir.

Gordon e Isabel caminham até o gramado, de olho na entrada da casa. Ela pega a lanterna. O corpo no alpendre. Bruno não errou um tiro sequer: três balas no peito e duas no meio da cara. Nariz destroçado. Ela pula a mureta e se abaixa, de novo colada à parede. Olha para Gordon ali fora, no limite do gramado. Ele parece confuso.

O que o Bruno...

Isabel acompanha o olhar do gringo com o facho da lanterna e vê Bruno arrastando o capanga atropelado pelos cabelos, trazendo-o para mais perto da mureta. Para logo atrás de Gordon, no cascalho.

O que você...

Ela estica o pescoço para ver. Uma das pernas do homem parece virada do avesso. Há duas fraturas expostas no braço esquerdo e outros cortes muito feios, inclusive no rosto.

Velho!, grita Bruno.

Não há resposta.

Quer sofrer igual esse seu cachorro aqui?

Não há resposta.

Responde, filho da puta!

A voz da mulher: Cachorro é você! Vai tomar no cu!

Eles tão na sala, diz Isabel.

Sai logo daí, seus bostas!

Vai se foder!, de novo a mulher.

Então, o capanga começa a berrar.

Isabel se vira e estica o pescoço outra vez, a lanterna iluminando o que parece ser um amontoado de carne e sangue.

Escuta direitinho, sua égua gorda!, vocifera Bruno, pisando com vontade na perna destroçada do sujeito. Porque eu vou fazer a mesma coisa com você! Tá me ouvindo?

O urro é ensurdecedor.

E também há o som de um dos solados de Bruno passeando pelo ferimento e do outro raspando no cascalho enquanto ele sobe e desce, colocando mais ou menos peso sobre a perna, pressionando aqui e ali de uma forma que, para Isabel, parece bastante criteriosa.

Caralho, diz ela.

A coisa se prolonga por quase um minuto. Até o infeliz desmaiar.

Sai logo daí, porra! Cês não têm pra onde correr!

Isabel aponta a lanterna e a arma na direção da porta.

Gordon se vira e atira na cabeça do capanga. Chega disso.

Tá bão, grita o Velho lá de dentro. Parou, parou.

Parou o quê, seu filho da puta?, berra Isabel.

Isabel?

Pai?

A voz de Garcia parece vir do cômodo mais próximo de onde ela está, um dos quartos contíguos à sala.

A gente vai sair, diz o Velho.

Vem logo aqui pra fora, grita Bruno. Você e essa sua porca.

A gente vai sair, a gente vai sair. Não atira, não.

Os três avançam na direção da porta, Isabel pelo alpendre e os outros pelo lado de fora, sempre junto à mureta.

As luzes, ordena Gordon.

Tudo se ilumina.

Alpendre, cozinha.

Há também lâmpadas muito fortes ali fora, iluminando o gramado e a piscina, dependuradas na árvore atrás da mesa como enfeites de Natal.

Pra fora, diz Bruno. Anda!

Os olhos de Isabel ardem, desacostumados com tanta claridade. Ela desliga a lanterna e enfia num bolso da jaqueta.

Não atira, não.

Pode sair, diz o gringo.

A porta da sala é aberta, devagar.

As mãos do Velho aparecem primeiro, muito brancas, os dedos finos cheios de anéis. Não atira, não, ele pede pela terceira vez.

Então sai logo, desgraça!, grita Isabel.

Eles obedecem. O Velho sem camisa, tênis brancos com respingos de sangue, uma calça de moletom marrom. Maria Clara está de maiô amarelo e bermuda jeans dessa vez.

Quase não te reconheci, diz Isabel ao revistá-la. Limpa.

Gordon faz o mesmo com o Velho. Ele também. Limpo.

Tem mais alguém na casa?, pergunta Bruno.

Só eu, diz Garcia lá de dentro.

Só o bosta do seu pai, ecoa Maria Clara, encarando Isabel como se estivesse prestes a cuspir no rosto da recém-chegada.

A resposta é o baque seco de uma coronhada. A mulher cai de joelhos, levando a mão direita à boca. Cospe alguns dentes, choramingando. O Velho faz menção de ampará-la, mas: Quer levar uma também?

Não machuca ela, não, menina, a gente faz...

Faz o quê?

Faz o que ocês quiser.

Mas isso cês vão fazer de um jeito ou de outro, desgraçado.

Vamos ali pra mesa, diz Gordon.

Só agora ela vê o sangue nas mãos do gringo. Estilhaços? Do para-brisa? Cê tá machucado.

Não é nada.

Faz logo o que ele mandou, diz Bruno, apontando para a mesa no gramado, ao lado da piscina. Cê também, porcona. Levanta, vai.

O Velho hesita, olhando para a mulher. Maria Clara encara Isabel outra vez, aos soluços, sangue escorrendo da boca.

Qual é mesmo a sua graça?

Ma... Maria.

Oi, MaMaria. Tá vendo esse viadão de cabeça branca aqui? Pois é, se não quiser que eu arrebente a cara dele antes de terminar de arrebentar a sua, pega na mãozinha dele e vai logo pra porra daquela mesa ali fora, vai.

Eu...

AGORA, FILHA DA PUTA!

Maria Clara geme alto, assustada com o berro, e se levanta com dificuldade. Em seguida, escoltada por Gordon e Bruno, toma o rumo da mesa no gramado, no que é seguida caninamente pelo marido.

Tudo sob controle?, pergunta Isabel.

Tudo sob controle, diz Bruno.

Vou lá dentro buscar o que sobrou do outro imbecil, então.

Beleza.

O pai está mesmo no primeiro quarto.

Nu, amarrado a uma cadeira.

Mas não está largado no chão, ela pensa, cagado e esporrado, lembrando-se de outra coisa, outras circunstâncias, outra vida, outra quase morte (justo agora?) (as coisas nas quais a gente pensa quando não quer pensar nas coisas) (quando não quer pensar em nada) (em mais nada).

Fica parada por um momento, olhando para o homem, surpresa por não sentir coisíssima nenhuma.

Olhos muito inchados, o nariz quebrado, vergões nas costelas, manchas arroxeadas pelo tronco e pelas pernas.

Sangue escorre de uma das orelhas.

Uma poça de mijo e vômito.

Me ajuda aqui, ele pede, afinal. Não fica aí parada.

Não há nenhum outro móvel no cômodo. Uma marreta, um chicote e alguns porretes espalhados pelo chão. Aquilo é um soco inglês? As roupas dele, imundas, também estão por ali, junto com uma toalha suja de sangue.

Isab

Cala essa boca, ela diz e, abaixando-se, deixa a pistola no chão e pega o soco inglês.

Eu...

Cê consegue andar?

Ele faz que sim com a cabeça.

Te ferraram bonito.

Tavam só começando.

A gente veio rápido demais, então.

O esboço de um sorriso no rosto de Garcia, desfeito por um murro na face esquerda, o soco inglês encaixado.

Eu devia encher a sua fuça era de bala, seu desgraçado! Desfazer essa sua cara de merda na base do tiro!

Outro soco. No nariz quebrado. Em cheio.

Ele vomita, lançando o corpo para a frente e abrindo as pernas, mas parte do jato é despejada no próprio púbis.

Foram atrás de mim pra me matar. Mataram o Chiquinho, mataram todo mundo na casa dele. Sei lá se não pegaram o Emanuel em Brasília. E tudo isso é culpa *sua*, tá me ouvindo? SUA.

Isab

CALA A BOCA! EU NÃO QUERO OUVIR! VAI TOMAR NO CU!

Ele não tenta dizer mais nada, o terceiro soco congelado no ar.

Filho da puta, ela diz, abaixando a mão. Em seguida, joga o soco inglês no chão, com raiva. Antes de sair do quarto e da casa, vociferando palavrões, desamarra Garcia e pega a pistola.

E agora?

Não sabe para onde ir.

Parada no meio do alpendre, esfrega o rosto com a mão esquerda.

Sente vontade de vomitar.

Fecha os olhos por um segundo.

Firma o golpe, mulher.

Isso.

Volta a abrir os olhos.

Porra.

No chão, em meio ao sangue, os dentes de Maria Clara.

Lembra-se do sonho da outra. Da tal desembargadora. O sonho cujo relato entreouviu em São Paulo. Quando mesmo? Noutra vida.

Molares.

Eram molares?

Molares como balinhas.

Molares aqui no chão.

Respira fundo.

A ânsia passou.

Cabeça erguida, olha para fora, para o gramado.

É tarde. Está exausta.

Não sabe para onde ir.

Olha para as luzes dependuradas na árvore, pendendo, acesas, os fios enrolados como cobras nos galhos. Algo como a instalação improvisada de uma festa junina. Nada a ver com Natal. Não viu nada disso da outra vez que esteve ali. Não prestou atenção, também. Era dia. Noite agora.

Luzes.

O Velho e a mulher sentados à mesa, lado a lado.

O que é aquilo no chão, a poucos centímetros dos pés dele?

Vômito?

Sabe quem vomitou também? Ali dentro? De novo? No próprio pau? Ele mesmo.

Seu amiguinho.

Desgraçado. Desgraçados.

Sente que devia ter desferido mais um soco. O terceiro. Mas o punho ficou parado no ar.

Soco inglês. Que invenção.

Nada como surrar o pai.

Ele mereceu.

Ele merece.

(E tudo isso é culpa *sua*, tá me ouvindo?)

Mas que diabo está acontecendo ali fora? Por que aqueles dois ainda estão vivos? Um tiro na cabeça de cada um. Os corpos na piscina, boiando. Talvez queimar a casa. Sim, queimar tudo.

(O fogo caminha com as próprias pernas.)

E então damos o fora, pegamos a estrada, seguimos com a vida.

Fim de papo.

Mas não.

Bruno quer saborear o momento.

Bruno quer brincar um pouquinho.

Porra, Bruno.

Sorrindo, Bruno diz alguma coisa para o casal sentado à mesa e depois se afasta, balançando a cabeça. Parece se divertir. Para no meio do gramado e se vira. Como se precisasse vê-los a uma certa distância. Como se contemplasse um quadro num museu. Ou como um fotógrafo de casamento. Câmera armada no tripé. Noivo e noiva. Sorriam. Este é o grande momento.

Este é o momento derradeiro.

Gordon permanece à esquerda do casal, a um passo da piscina, e olha para Isabel com preocupação.

Ela força um sorriso, como se dissesse que está tudo bem.

Mas sabe que não parece nada bem.

Este é o momento derradeiro?

Sim, é.

Melhor se concentrar nas presas.

As quatro mãos do casal sobre a mesa, espalmadas. Cabisbaixos, a respiração ofegante. Maria Clara não chora mais. O Velho parece bêbado, a cabeça oscilando um pouco. Sangue escorre desde a boca da mulher até o queixo, e dali goteja no peito e no colo, empapando o maiô e a bermuda.

Melhor acabar logo com isso.

Garcia deixa a casa, afinal, e passa silente pela filha, as roupas imundas, descalço, manquitolando. Leva consigo a marreta.

(Nada como surrar o pai.)

Ela respira fundo e vai logo atrás dele, mas para depois de alguns passos, já no gramado.

Cansada de tudo isso.

Vontade de ir embora.

Cogita pegar um dos carros, pegar o Escort, e dar o fora. Eles que limpem a bagunça. Garcia que limpe a bagunça. A bagunça é dele, afinal. Essa cagada monumental.

Que horas são? Três e trinta e três.

Três, três, três.

Um sinal.

Sinal do quê?

Não acredita em sinais. Os sinais que se fodam.

O que eles estão fazendo?

Os olhos ardem.

O pai contornou a mesa.

O corpo dói.

O pai está parado à esquerda do Velho.

As pernas, os braços e a cabeça, tudo pesa.

O que o pai está dizendo?

... e deixa essa pata aí.

O Velho fecha os olhos.

Isabel abaixa a cabeça por um instante.

O som da marretada.

O Velho grita tão alto que quase encobre o som do tiro.

(Um tiro?)

Ela levanta a cabeça a tempo de ver o queixo de Maria Clara explodir com o segundo disparo. Desert Eagle.

(Dois tiros.)

A mulher segura algo sob a mesa, mas o olhar de Isabel é atraído por outra coisa à direita: de joelhos no meio do gramado, com as duas mãos no pescoço, Bruno tenta conter um tremendo esguicho de sangue, os olhos voltados para o alto.

Isabel não ouve o disparo seguinte.

(Três tiros?)

Isabel não ouve o disparo seguinte, mas sente algo como uma ferroada na altura do apêndice.

(Três tiros.)

E cai para trás.

Alguém (Gordon?) berra: NO!

Do chão, a cabeça semi-erguida, em uma fração de segundo, ela vê o rosto desfigurado de Maria Clara, os olhos da mulher quase saltando para fora, parte do queixo pendendo por uma mísera tira de couro, as ruínas da arcada dentária, algo que (apesar de tudo) ela ainda segura sob a mesa, e, por fim, antes de apagar (Cansada de tudo isso. Vontade de ir embora.), a marreta do pai descendo sobre o alto da cabeça da atiradora, e depois mais nada.

Gord...?

Viva.

Abre os olhos.

Viva?

Abre.

Quarto de criança. Caixa de brinq. Moring. Mochil.

Nã.

Tiros. Brun? (Nã)(o.) Go... ordie? Abre os olhos. Abre. Isso. Firma o. Não. Nã............

Alguém limpou o ferimento. Alguém suturou.

Alguém cuidou dela.

(Alguém salvou a porra da minha vida.)

O tiro. Sequer ouviu o derradeiro tiro.

A bala, ela.

Atravess... ou?

Ou.

Sonhos.

Sonha, vê, revê, revive (alguém salvou a porra da minha), tudo misturado.

o quadro visto naquele serviço sangue sagrado coração o quadro atrás do homem e a parede tingidos de vermelho um borrifo grosso escuro massa encefálica lascas de crânio estilhaços   dentes

a tatuagem do pai inversão puta que pariu gravura invertida acho que é uma dessas coisas que tão além do gostar ou não gost tapando a boca aos risos lembra quando uma dose pra cada é eu sei é demais

gordie e eu a gente metendo bem gostoso na chácara toalha estendida no gramado à beira da piscina eu de quatro isso mete ele diz vou gozar tira o pau sinto a porra quente na minha bunda nas costas sorrio que gostoso isso abro os olhos a toalha é a tabela do bentham daquele livro sim dele risos chico bentham

esqueleto humano sorridente segurando uma guitarra cores vivas pelos ossos eletrificados fones de ouvido que disco maravilhoso obrigado gordie você é um   amor   você é   meu você é o meu a

largada num quarto escuro (aquele) mijada e cagada um tapa no rosto outro um pau socado na boca um chute clara? clara não tá aqui sozinha o pau um jato de porra um tapa outro tapa mais um tapa vômito e porra por que você deixou ele fazer isso comigo   isa

(e depois mais nada)
(por um tempo)
(e depois todas aquelas coisas)
(de novo)
(em sonhos) (em pesadelos)
(ou como se)

(entre parênteses)

(febre?) (espécie de delírio?)

(setenta e nove foi um ano louco)

(não, isso não)
(não pense nisso)

(quero acordar)

(estou acordada)
(a merda é que eu estou)

(não quero lembrar)

(Gordie?)

(não quero, mas)
(sabe todas aquelas coisas que eu não te contei?)

não contou a Gordon, ainda não, mas contará um dia desses (hoje não), sabe que contará (79 foi um ano louco), não contou sobre a colega com quem dividia um apartamento na Asa Norte, Claudia, mineira de Coromandel, estudante de Psicologia, meio boba, um tanto ingênua, apaixonada, não contou, ainda não, hoje não, não quer lembrar, mas a cabeça, a cabeça é impossível, uma certa febre, não contou sobre o namorado dessa colega, Carlos Alberto, filho de funcionários públicos, ex-estudante de Direito, abandonara o curso meses antes (meses antes de tudo aquilo acontecer) (o pior aconteceu em janeiro) (foi em janeiro?) (sim, em janeiro) (79 foi um ano) e não dissera nada aos pais, e continuava frequentando o campus, não contou (tá me ouvindo, Gordie?) que vendia drogas para os ex-colegas de faculdade (aqui sozinha nesse quarto de criança), nada demais, um pouquinho aqui (é por isso que eu não te conto as coisas), um pouquinho ali (as coisas que eu preferia esquecer), para quem quisesse (cadê você?), alguns professores, também, Claudia apaixonada, ele não é demais?, desvirginada numa terça-feira chuvosa, ele é demais, foi tão carinhoso comigo ontem, quase esqueci a dor (como é possível esquecer a dor, sua imbecil?), não contou (cadê?) que olhava para Carlos Alberto e não, não via nada demais, um filhinho de papai brincando de traficante, papai funcionário da Petrobrás (o petróleo é nosso, Gordie, o petróleo é nosso), mamãe funcionária da Radiobrás, um merdinha, um folgado, um desastre em andamento, não contou (eu quero te contar, Gordie, essa é a melhor parte, mas é também a pior parte, primeiro a melhor, depois a pior, e agora eu não quero te contar mais, mas vou te contar) sobre a irmãzinha do sujeito, Clara, uma menina muito, muito esperta, nove aninhos de idade, muito, muito curiosa e inteligente, Isabel foi com Claudia à festa de aniversário de Carlos Alberto, Claudia insistiu tanto, não quero ir sozinha, não conheço a família dele direito, acho que a mãe dele não vai com a minha fuça, bora lá comigo?, tá bom, tá bom, tá bom, eu vou com você, e lá conheceu Clara, de quem gostou de imediato (você ia adorar a Clara, Gordie, ela nem parecia ser tão novinha, engraçada e divertida e curiosa), pois Clara gostava de ler, Clara gostava de filmes, Clara gostava de muitas coisas (mas não era uma dessas crianças chatas e metidas a besta, Gordie, não era uma geniazinha babaca, de jeito nenhum), e a mãe de Clara gostou de Isabel, bem que podia ser você a namorada do Carlos, né? (que coisa para se dizer, não?), e Claudia ouviu, ouviu e fechou a cara, mas era boa pessoa, a mulher (você ia gostar dela também, Gordie), compro livros num sebo aqui pertinho, posso levar a Clara comigo da próxima vez que for lá?, ela parece gostar tanto de ler, a mulher sorrindo, você é um amor (eu era um amor, Gordie), e Isabel passou a levar a menina aos sebos que frequentava, e depois também ao cinema, a mãe de Clara muito afeiçoada a Isabel, você não se incomoda mesmo?, não, senhora, de jeito nenhum, passeios semanais, o dia da Clara, tão inteligente, alemão (segunda), piano (terça), balé (quarta), Isabel (quinta), natação (sexta), no que Isabel se lembrava dos passeios semanais que fazia com o pai em Goiânia, antes de se mudar para Brasília (já te falei deles, Gordie), nada demais (acho que eu te falei deles, né?, a lanchonete na 19 e tudo o mais?) (pão com ovo), sessões de cinema, comer uma pizza ou um sanduíche, Clara e suas perguntas, Clara e suas histórias, tão esperta, tão inteligente, tão curiosa, em tudo diferente do irmão, o traficantezinho pé de chinelo e burro e cada vez mais enrolado, em dívida com o fornecedor, e o fornecedor não era um qualquer, não era um pé de chinelo, um burro, um enrolado, o fornecedor não era um egresso das plagas mais distantes do Distrito Federal, das margens de alguma cidade-satélite, alguém que o pé de chinelo achasse que poderia enrolar, alguém que o burro julgasse incapaz de tomar uma atitude caso algo desse errado (tudo daria errado) (tudo, tudo, tudo), não, o fornecedor, Heinrich, era filho de militar, filho de general, ex-ministro, e (isso, Gordie, eu ia descobrir depois) Heinrich também era um doente, um animal, e ele disse a Carlos Alberto que a dívida não parava de aumentar, que Carlos Alberto precisava adiantar algum, que eles precisavam chegar a um acerto, e Carlos Alberto dizia que sim, claro, mas não fazia nada, não adiantava nada, não se mexia, não procurava chegar a um acerto, sequer prometia coisa alguma, dá pra aguentar mais uns dias?, no dia 5 eu acerto tudo, que tal?, nada disso, e nem mesmo a surra que levou de uns capangas do fornecedor (dois policiais, Gordie) (dois policiais que eu também viria a conhecer, Gordie, mas você não quer, não vai querer saber dessa parte, eu acho que não) (não quero te contar mais), dias antes do réveillon (feliz 79 pra todo mundo) (79 vai ser um ano bom demais) adiantou, não, a surra não adiantou porra nenhuma, Isabel passou o réveillon em Goiânia, na casa do pai, foi no dia 27, voltou no dia 2, e, quando chegou, deu de cara com o sujeito meio que hospedado no apartamento que dividia com Claudia, ou *internado* (pra ser exata, Gordie), todo estourado, Claudia cuidando dele, a jumenta, aproveitando as férias pra brincar de enfermeira, era pros dois estarem em Minas, as passagens compradas, duas semanas nas Gerais, ele vai conhecer a minha família, Isa, não é demais?, os capangas surrando o idiota na véspera do embarque, ele mentindo aos pais que fora assaltado, o pai acreditando, o pai não queria saber, não adiantou porra nenhuma, o pai ignorava tudo, o pai não queria saber dos rolos do filho, não achava que fosse tão grave, talvez ele aprenda alguma coisa, talvez ele tome jeito, eu também, no meu tempo etc., a mãe encarando Isabel em mudo desespero na primeira visita que ela fez após voltar de Goiânia, quando foi buscar Clara, um cineminha, que tal?, o olhar de quem queria perguntar alguma coisa, mas não sabia como, pois Isabel não era a namorada de Carlos Alberto, Isabel mal conversava com Carlos Alberto, Isabel não gostava de Carlos Alberto, Isabel gostava de Clara e da mãe de Clara, mas não de Carlos Alberto, a namorada de Carlos Alberto era Claudia, e Claudia raramente ia à casa dos sogros, não se sentia bem lá, a sogra não ia, nunca fora com a fuça dela (bem que podia ser você a namorada do Carlos, né?), preferia receber Carlos Alberto no apartamento que dividia com Isabel, os dois trancados no quarto, Carlos Alberto *internado* lá desde a surra, todo estourado, algumas costelas quebradas, o nariz, alguns dedos, a minha mãe não para de me encher o saco, meu pai não diz nada, pelo menos, mas a minha mãe, que inferno, e não adiantou Isabel dizer a Claudia (no dia em que voltou de Goiânia e deu com Carlos Alberto lá, estirado no sofá, faixas e curativos, e soube ou foi informada de tudo (ou do que Claudia sabia) (ou do que ele dissera a Claudia), as duas conversando na cozinha, é verdade, ele tá devendo uma grana e os caras fizeram isso com ele, mas ele nem tá vendendo mais aquelas porcarias, ele me prometeu que não vai vender mais, que vai arranjar um trabalho direito, prestar um concurso, quem sabe, e pagar o que deve, pagar tudinho mesmo, pra nunca mais precisar ver esses caras, nunca, nunca mais) que aquilo não ia acabar bem, pode sobrar pra você, a colega desconversando, ele vai dar um jeito, ele vai resolver, vai ficar tudo bem, ele talvez ainda achasse que não era nada sério (ele era burro demais, Gordie), que podia engambelar todo mundo (muito, muito burro), que aquilo não era nada, que aquilo era uma besteira (burro, burro, burro), e naquela noite (a noite do dia 2) (a noite do dia em que voltou de Goiânia e encontrou Carlos Alberto lá, todo estourado, largado no sofá etc.) Isabel comprou umas cervejas e os três ficaram pela sala, bebendo e jogando conversa fora, e Isabel, como quem não quer nada, quando Claudia foi à cozinha fazer um pouco de macarrão, tô morrendo de fome, arrancou algumas informações do infeliz, informações que repassou a Garcia na manhã seguinte, ligando a cobrar de um orelhão, não quis ligar do apartamento, não queria que ouvissem a conversa, preocupada com Claudia, não dou a mínima pra ele, pai, mas tô com medo, sei lá, vai que esse cara faz alguma coisa com a Claudia só pra ferrar com o Carlos Alberto, nunca se sabe, ela é uma besta, mas eu gosto dela (três anos dividindo apartamento, Gordie, sabe como é), e disse a Garcia o que sabia do tal fornecedor, Heinrich, não sei o sobrenome, filho de general, foi o que o idiota me disse, pelo menos, será que ele é pra valer ou não passa de outro filhinho de papai brincando de mafioso? (talvez a surra fosse o máximo que ele estivesse disposto a fazer, Gordie, talvez Carlos Alberto tivesse razão em não levar o sujeito tão a sério), e era isso, Isabel não dava a mínima para Carlos Alberto, mas se preocupava com Claudia e se afeiçoara a Clara, a mãe dela, tão gente boa, ela precisa saber com quem o filho se meteu, talvez procurar a polícia, fazer alguma coisa, e Garcia ficou de sondar, falar com alguns colegas em Brasília, te ligo de volta mais pro final da semana, talvez dê um pulo aí, se a coisa for séria, se a coisa for pra valer, mas não houve tempo, pois ela e Clara voltavam do cinema no dia seguinte (quinta-feira, dia 4), caminhando desde o ponto de ônibus, quando uma Veraneio branca parou junto à calçada e dois homens desceram, armados, cala a boca, entra no carro, ninguém por perto, ermo brasiliense, impossível correr, o choro de Clara, tô com medo, Isa, tô com muito medo, me ajuda, mordaças, capuzes, socos, vários socos, uma coronhada na cabeça, e a coisa seguinte de que Isabel se lembra (não queria me lembrar dessa parte, Gordie) é de estar num cômodo escuro, largada no chão, as mãos amarradas para trás, as calças e a calcinha arriadas até os joelhos, surrada, mijada, cagada, sozinha (aqui me despeço de você, Gordie, porque não quero que saiba) (ainda não) (hoje não), nem sinal de Clara, e um sujeito entrou no cômodo a certa altura, derramou um pouco de água na boca dela, depois voltou a sair, e então veio outro sujeito e bateu nela mais um pouco, bateu e xingou, frustrado com alguma coisa, como se Isabel fosse culpada por algo que dera errado, culpada por estar com Clara, talvez, culpada por estar menstruada (saberia depois), culpada por estar menstruada e por ter se mijado e cagado enquanto apanhava e era levada para aquele lugar, e não havia *mesmo* sinal de Clara, chegou a perguntar para o outro capanga, aquele que não a surrava, quando ele voltou com mais um pouco de água, perguntou, mas ele não respondeu, disse apenas que agora não sabiam o que fazer com ela, fica quieta e faz o que a gente mandar, e voltou a sair, sozinha outra vez, a cabeça sangrando e doendo muito, o corpo inteiro doendo, o gosto de sangue e vômito na boca, apagando, acordando, em completa desorientação (como agora, Gordie) (não, você não está mais aqui, Gordie, eu não permito que esteja) (estou sozinha), o som de um carro saindo, o som dos pneus no cascalho, o som de um carro voltando, e saindo e voltando, quantas vezes isso?, por quanto tempo isso?, e a coisa seguinte de que ela se lembra (agora) é do som de tiros e da porta sendo aberta e do pai vindo buscá-la, e então ela está no banco traseiro de um carro em movimento, é noite, mas qual?, que dia é hoje?, enrolada num lençol, e há uma mulher com o pai, o pai dirige e a mulher está no banco do passageiro e se vira para trás e diz que vai ficar tudo bem, você só está um pouco machucada e desidratada, eu vou cuidar de você, e então ela está em uma casa, uma casa sem móveis, outra casa sem móveis, outra casa vazia, mas deitada em um colchão agora, limpa e de banho tomado, curativos feitos, sentindo dores por todo o corpo, mas a salvo, sente que está a salvo, sabe que está a salvo, e ela fica nessa casa por vários dias, e a mulher, a amiga do pai, cuida dela durante todo esse tempo, e não há sinal do pai, William foi resolver tudo, diz a mulher, Beatriz é o nome dela, seu pai me ajudou muito anos atrás, diz Beatriz, qualquer dia te conto essa história (hoje não), mas Beatriz não sabe de Clara, não sabe do paradeiro de Clara, não sabe o que fizeram com Clara, não sabe ou não quer contar (hoje não), e Isabel também não quer saber (você também não gostaria de saber, Gordie, se ainda estivesse aqui), ainda não, agora não, depois, quem sabe, tendo de lidar com os pesadelos e com as coisas das quais não consegue esquecer, as surras, as ameaças, as agressões, os abusos, ela se lembra de que um deles abriu a braguilha, tirou o pau pra fora e se abaixou, ela largada no chão, as mãos amarradas para trás, o cômodo vazio, não havia cama, colchão, lençol, cobertor, nada, só o chão frio e o cheiro de suor e mijo e merda e sangue, as janelas sempre fechadas, dia ou noite?, dia e noite, noite e noite, sempre noite, uma lâmpada fraca pendendo do teto, lâmpada que acendiam ao entrar, mas nem sempre, o sujeito se abaixou, esfregou o pau no rosto dela, nos lábios, apertou os peitos dela por sobre a camiseta, mas com hesitação, a mão trêmula (você é o gentil, não é?) (você é aquele que não me bate), quando ouviram o barulho lá fora, o barulho do carro que se aproximava mais uma vez, não estavam na cidade, não pareciam estar na cidade, ele se levantou, apressado, ajeitando a roupa, desligou a luz e saiu, e então ela apagou outra vez, até que eles voltaram, quanto tempo se passou?, a porta aberta, a luz acesa, o outro capanga, aquele que gostava de bater, olha só pra isso, toda mijada e cagada, e menstruada ainda por cima, vai tomar no cu, e se virou e perguntou pro parceiro, parado na porta do cômodo, por que não deu um banho nela, porra?, e o outro disse que ainda não tinha água na casa, como assim ainda não tem água?, tô falando sério, até agora?, até agora, era pra ter chegado já, eu sei, você viu se o registro tá aberto?, tá aberto, sim, eu olhei, puta azar do caralho, nem me fale, eu tô louco pra tomar um banho, ah, é?, claro, porra, tô aqui desde anteontem, ah, para de reclamar, seu viado, não posso sair nem nada, para de reclamar, porra, cê trouxe comida?, vou buscar uma pizza daqui a pouco, relaxa, tô relaxado, só quero comer e tomar um banho, dá um pulo na sua casa e toma, tá falando sério?, claro que tô, porra, cê fica aqui com ela enquanto eu for lá?, claro que eu fico, caralho, beleza, então, e amanhã eu vou resolver esse problema com a água e a gente deixa essa vadia no jeito, e o chefe?, o chefe tá ocupado, mas ele não falou mais nada?, nadinha, nadinha mesmo?, falou procê ficar com ela aqui e esperar que amanhã ele resolve o que vai fazer, entendi, ele ficou de me ligar lá no boteco, entendi, mas olha só pra isso, isso o quê?, toda cagada, e se abaixou e desferiu um tapa no rosto dela, a mão aberta, um riso escrachado, aposto que gosta de apanhar, depois endireitou o corpo, toda piranha gosta de apanhar, e a chutou na barriga, no que ela se cagou um pouco mais, me deixa aqui com ela, disse para o outro, hein?, pega o carro e vai lá tomar a porcaria do seu banho, agora?, e, já que vai sair, traz a pizza quando voltar, o que cê vai fazer com ela?, nada demais, porra, se for fazer alguma coisa, eu quero fazer também, vai tomar no cu, vai você, não consigo fazer nada com gente olhando, essa agora, tô falando sério, essa agora, vai lá tomar seu banho, tá bom, depois você faz também, se quiser, não tô nem aí, cê vai ficar aqui a noite inteira com ela mesmo, e o outro saiu gargalhando (era pra você ser o gentil), essa agora, o som do carro, cascalho, uma buzinadinha, e então o sujeito repetiu os gestos que o parceiro fizera antes, quanto tempo antes?, abriu a braguilha, tirou o pau para fora e se abaixou, o pau duro, mas não se limitou a apalpá-la por sobre as roupas, nada disso, levantou a camiseta, puxou o sutiã com um safanão, estourando o fecho, apertou os mamilos, chupou os mamilos, mordeu os mamilos, a única parte sua que não tá suja, disse, ofegando, e nisso já se masturbava, outro tapa na cara, depois a glande pincelando os lábios, um cheiro azedo, de pau suado, usado, mal lavado, abre a boca, disse, ela não abriu, mais um tapa, abre a merda dessa boca, ela não abriu, outro tapa, vou colocar fogo em você, ela não abriu, outro tapa, te levar pro terreiro e te encharcar com gasolina e riscar um fósforo e ficar te olhando queimar, ela não abriu, outro tapa, aqui não tem água, mas tem gasolina, cê acha que eu tô brincando?, ela não abriu, outro tapa, cê vai morrer de um jeito ou de outro, ela não abriu, outro tapa, sua amiguinha também vai morrer, ela não abriu, outro tapa, o chefe não é gente boa igual eu, não, ela não abriu, outro tapa, abre logo a merda dessa boca ou eu vou enfiar um espeto de churrasco na sua buceta, ao que ela não pensou em abrir, não pensou em mais nada, o rosto ardendo por causa dos tapas, o sangue seco no alto da cabeça, o ouvido zunindo, o sangue fresco escorrendo pelo nariz, os mamilos mordidos, as calças ainda arriadas, arriadas desde sempre, as calças e a calcinha, o corpo inteiro trespassado pela dor, não pensou em abrir, não pensou em nada, mas abriu, afinal, e o sujeito gargalhou e enfiou o pau suado, usado, mal lavado, olha lá, hein, vadia, se morder, já sabe, e começou a meter, primeiro devagar, depois com força, a lâmpada fraca pendendo do teto, aquela luz amarelada, a cabeça empurrada para trás a cada arremetida, raspando no chão, a nuca a poucos centímetros da parede, ela fechou os olhos, não se lembra quanto tempo durou a coisa, era como se apagasse e voltasse, a boca já meio dormente, e então sentiu a porra esguichando lá dentro, o gemido do homem parecendo um relincho, o corpo dele estremecendo inteiro, e por um segundo pareceu que desabaria sobre ela, o braço esquerdo esticado para se apoiar na parede ali atrás, e não tirou o pau de imediato, metendo, ainda, bem devagar, a respiração pesada, a porra escorrendo pelos cantos da boca, não vai engolir?, ele riu, esperou um pouco, tirou o pau já meio mole e se levantou, porca, vou acabar com você amanhã, sua porca, vou arrumar essa água e te dar um banho de mangueira, sua piranha, e depois te arrombar inteirinha, e só então te matar, no que Isabel apagou outra vez e acordou sabe-se lá quanto tempo depois com o outro capanga limpando o rosto dela com um pano de chão, expressão de nojo no rosto, porra e sangue, ele já foi, disse o homem, só deve voltar amanhã cedo, e ofereceu um pedaço de pizza, mas ela apagou outra vez, apagou antes de comer, e acordou com a imagem já familiar, o homem ali agachado, o pau meia bomba (você é o gentil), a mão direita passeando pelos seios ainda expostos, a esquerda ocupada com a masturbação, não chegou a enfiar o pau na boca dela como o parceiro fizera (tão, tão gentil), será que não pensou nisso?, medo de levar uma mordida?, o outro não hesitou, não pensou duas vezes, estapeou, chutou, ameaçou, fez (quase) tudo o que quis, vai mesmo voltar amanhã?, vai mesmo me dar um banho?, vai mesmo me arrombar inteirinha?, vai mesmo me matar?, falta muito pra amanhã?, a porra na cara, nos cabelos, um gemido mais contido, não relinchou como o outro, gozou, recolheu o pau (meia bomba), limpou o rosto dela com o mesmo pano que usara para limpar o gozo do outro (que gentil), levantou-se, apagou a luz e saiu do quarto, e a coisa seguinte de que ela se lembra é dos tiros, de ser resgatada pelo pai, fim do cativeiro, e Garcia só reaparece na outra casa dias depois do resgate, na casa em que ela se recupera (como é que a gente se recupera de uma merda dessas, Gordie?) (ainda bem que você não está mais aqui, ainda bem que eu não te contei essa parte), uma expressão horrível no rosto, eles se sentam à mesa da cozinha, Isabel, Beatriz e o pai, e ele conta o que aconteceu com Clara, não dá muitos detalhes (os detalhes ela descobrirá depois, por conta própria) (Olha o que fizeram comigo, Isa. Olha o que *ele* fez comigo, Isa. Ainda dói, Isa. Dói muito, Isa. Até hoje, Isa. Até agora, Isa. Por que você deixou ele fazer isso comigo, Isa? Por que você não me ajudou, Isa? Onde é que você estava, Isa? Onde é que você está agora, Isa?), o desgraçado detonou a menina, como assim?, detonou, Isabel, você não quer saber o que ele fez com ela, nunca vi uma coisa dessas, ela morreu?, ela morreu, o tal do Heinrich matou?, o tal do Heinrich matou e desovou o corpo perto da Colina, num terreno baldio, e depois?, depois o quê?, você encontrou o desgraçado?, não, não?, é complicado, o que é complicado?, eu tentei, mas é complicado, o pai dele conhece muita gente, cadê ele, pai?, ele fugiu, fugiu pra onde?, parece que saiu do país, não tem mais nada que a gente possa fazer agora, nada?, nada, filha, sinto muito, e depois ela saberá em detalhes o que "detonar" significa, uma menina de nove anos de idade estuprada e torturada e morta, torturada por dias, estuprada antes e depois de morrer (não deixam a gente em paz nem depois de morta), uma menina inocente, Carlos Alberto preso como suspeito (uma dica anônima) depois que encontraram o corpo na manhã de domingo, dia 7, o pai de Heinrich fazendo de tudo para que a coisa terminasse ali, acabasse nele, em Carlos Alberto, essa gente está maluca, meu filho não tem nada a ver com isso, meu filho é um bom rapaz, que traficante o quê?, pois Claudia procurou a polícia para dizer que estava com o namorado, ele não fez nada, ele ficou comigo todos esses dias, desde que bateram nele, ele não faria uma coisa dessas com a própria irmã, ele adorava a irmã, todo mundo adorava a irmã dele, foram os outros que fizeram isso com ela, todo mundo sabia que ele vendia droga, que ele trabalhava praquele fulano, eles sequestraram a minha amiga, eles também sequestraram a Isabel, cês não sabem da Isabel?, e Garcia procurou Claudia para dizer que Isabel estava a salvo, que não se preocupasse, e que não mencionasse mais o nome dela para a polícia, eles já têm problemas demais, *nós* já temos problemas demais, e a polícia não teria escolha, Carlos Alberto seria solto, o zelador, os vizinhos de Isabel e de Claudia, todos corroborando que o inútil estava no prédio, estava no apartamento da namorada enquanto a irmã era torturada e estuprada e morta e estuprada em outro lugar, recebera a visita da mãe, a mulher desesperada, aos prantos, sua irmã, meu filho, a sua irmã sumiu, sua irmã e Isabel, que diabo está acontecendo?, a polícia não teria escolha, os pais de Carlos Alberto com um advogado a postos, pedindo a soltura, e ele seria solto, era questão de tempo, mas foi linchado por outros presos, questão de horas e estaria na rua, questão de horas e seria solto, Garcia diz não saber direito o que aconteceu, mas posso imaginar, e eu consegui deixar seu nome fora disso, Isabel, cobrei uns favores, prometi outros, mas ninguém vai te procurar, ninguém vai te incomodar, aqueles dois que estavam com você, aqueles dois que eu matei, eles não vão fazer falta pra ninguém, aposto que até o Heinrich e o pai dele acham que foi melhor assim, menos gente pra abrir a boca, menos gente pra responder perguntas, menos gente com quem se preocupar, tá dizendo que fez um favor pra eles, pai, é isso?, não, filha, não é isso, tô dizendo que seu nome não vai ser envolvido nessa merda, e a mãe dela?, quê que tem?, a mãe dela sabe que eu tava com a Clara naquele dia, a mulher perdeu os dois filhos, e daí?, e daí que ela não aguentou, teve um surto nervoso quando soube da morte do filho e não fala mais coisa com coisa, puta merda, pois é, que desgraça, sim, é uma desgraça, e a sua colega viajou pra Minas, Claudia?, Claudia foi pra casa dos pais, sei lá quando volta, talvez nem volte, e a polícia empacou ou fez questão de empacar, Clara foi pega não se sabe por quem, sozinha, a caminho de casa, é o que dizem, ação de um maluco qualquer, de um tarado, e é isso que a imprensa repete, mas repete com desconfiança, cheia de dúvidas, faça perguntas, queira saber mais, e o sumiço do Heinrich tem a ver com isso, com esse acobertamento, o nome dele apareceu aqui e ali, na boca do Carlos, na boca da Claudia, o sumiço é coisa do pai dele, óbvio, o pai dele mexendo os pauzinhos, um acordo com o delegado, foi o que Garcia soube, some com ele daqui, some com ele que, cedo ou tarde, a imprensa para de encher o saco e a gente vai tocando essa merda com a barriga, daqui a pouco acontece outra desgraça e os jornais deixam a gente em paz, foi o que contaram a Garcia e Garcia agora conta a Isabel, Heinrich fora do país, fora do alcance da imprensa, driblando o escândalo, o pai general e a polícia acobertando a coisa, deixando a coisa morrer aos poucos, e a melhor coisa que a gente faz é deixar isso pra lá por enquanto, ele diz a Isabel, ninguém vai te procurar, ninguém vai te incomodar, ao que ela pergunta, por quanto tempo, pai?, por quanto tempo o quê?, por quanto tempo é pra gente deixar isso pra lá?, e ele suspira, eu não sei, por um tempo, isso não é brincadeira, eu sei que não é brincadeira, ela diz, eu sei que nada disso é brincadeira, ela diz e começa a chorar, e pensa, em meio ao choro, que precisa matar Heinrich, que precisa matar o pai de Heinrich, que precisa matar Carlos Alberto, que os presos já lincharam e mataram, que precisa matar aqueles dois que o pai já matou, que precisa matar e matar e matar e matar até que não sobre mais nada, mais ninguém, ela chora e pensa nessas coisas, e sente (embora ainda não saiba) que a descida só começou, que a descida mal começou, que tem uma longa descida pela frente, mas *agora*, quatro anos e nove meses depois, neste quarto de criança, ciente da morte do pai de Heinrich, chorando a morte de Chiquinho e da família de Chiquinho, chorando a morte de Bruno, sentindo (quase) todas as mortes que se empilharam desde aquele janeiro de 1979, ciente de todas as decisões que tomou, ciente de todas as coisas que viveu, ciente de tudo o que matou em si e nos outros, ciente de todas as coisas que ainda não contou a Gordon, ela pensa que, caso sobreviva, uma vez resolvidas as pendências (Heinrich, por certo) (quatro anos e nove meses em fuga, quatro anos e nove meses desaparecido) (onde você está, filho da puta?), uma vez encerrado o *ciclo*, ela pensa (e sente) que precisa interromper a descida e firmar os pés no chão, em *algum* chão, no primeiro chão que encontrar, seja lá onde estiver, e seja lá o que isso signifique, interromper a descida e firmar os pés no chão não pelos outros, não, mas por mim, não pelos outros, mas por mim, não pelos outros, mas por m

Abre os olhos.

Abre.

Com os olhos abertos após sabe-se lá quanto tempo, levanta a cabeça com dificuldade e olha ao redor.

Um quarto de criança.

Sobre o criado-mudo, uma moringa e um copo de alumínio.

A cama é estreita, pequena, com uma grade de madeira do lado.

Os brinquedos estão amontados em uma caixa de papelão junto ao criado-mudo, carrinhos, bonecos, uma bola. Brinquedos velhos. Gastos. Empoeirados, abandonados.

A criança cresceu.

Quem é a criança?

A mochila ali no chão, junto à caixa.

Minha, sussurra.

Ela respira fundo e levanta um pouco o corpo. Parte do abdômen parece queimar. Alcança o copo, a moringa. Serve-se com dificuldade. Um gole longo. Volta a se deitar.

Um quarto de criança.

Quem é a criança?

(A criança salvou a porra da minha vida.)

É dia.

A luz do sol nas frestas do telhado, da janela.

O som do vento lá fora.

Ela se concentra.

Galinhas. Um cachorro. Nenhum som motorizado. Um rádio ligado em outro cômodo. Música caipira. Nada de Bruckner. Não está na cidade. Está fora. Continua fora.

Está viva.

Continua viva.

A camiseta que veste. Azul. Parece um vestido. A criança cresceu. Não. Eu não cresci. A piada de Bruno.

Bruno.

(Isso não é difícil, disse ele, sorrindo.)

Puxa a camiseta um pouco. Para cima. Quer ver. O que vê? Um curativo bem-feito. Profissional. Ajeita a camiseta. O que mais? No braço, outro curativo. Pequeno. Recebeu uma transfusão? Soro? Deita a cabeça no travesseiro.

Do que se lembra?

Antes não.

Bruno.

Bruno ajoelhado, as duas mãos no pescoço, sangue esguichando, aquela expressão de quem estava de partida.

Antes não.

A mulher com algo sob a mesa, o queixo estourado a bala, os olhos quase saltando para fora, parte do queixo pendendo por uma mísera tira de couro, as ruínas da arcada dentária.

Sim.

O pai descendo a marreta com toda a força no alto da cabeça.

Da cabeça dela.

Desgraçada. MaMaria.

E depois mais nada. Por um tempo.

E depois todas aquelas coisas. De novo. Em sonhos, em pesadelos, ou como se entre parênteses.

Febre? Espécie de delírio?

(Setenta e nove foi um ano louco.)

Lembrando agora, pensando nisso agora, repassando a *febre* agora, oferece alguma ordem ao que (não) contou a Gordon. Ordem oferecida em retrospecto. Todas aquelas coisas. Todas as coisas que (não) contou.

Mas a sensação permanece.

A sensação de que precisa interromper a descida, firmar os pés no chão, no primeiro chão que encontrar.

É possível? Será possível?

A cabeça pesa. Esgotada.

Como firmar os pés se não consegue se levantar?

Não que queira tentar. Levantar-se agora? Não. Ainda não. É cedo demais. Precisa de tempo. Recuperar-se.

Sobreviver.

Sim. Melhor se concentrar *nisto*.

Alguém limpou o ferimento. Alguém suturou. Alguém cuidou dela.

Alguém salvou a porra da minha vida, sussurra.

A porta é aberta.

A mulher de meia-idade tem os olhos tranquilos. Enxuga as mãos no avental. (Aquele outro retorcia as mãos. Um tiro no estômago, um tiro no antebraço. Bruno. Depois, outro tiro na mão. E aí? O próximo é no saco. Quer morrer sentindo esse incremento? Um chute na cara. Mais tiros. Tiros, tiros, tiros. E depois mais nada. Por um tempo.) O avental tem um enorme girassol estampado. Cabelos presos. Oi, moça, diz ela, abrindo um sorriso.

Dia, responde Isabel, zonza. Boa... tarde... o que for...

Boa *tarde*, ela sorri, carregando caipiramente no *r*. Vou avisar pro seu João que ocê acordou.

Isabel fecha os olhos, quando foi que mantê-los abertos se tornou tão complicado?

João? Esse nome, quando.

Que João?

Faroeste.

Sim.

O amigo de Gordon. Aquele dos discos de bandas alemãs. Hamburgo. Punk. Aquele fissurado nos livrinhos de faroeste. Aquele vendedor de crianças. Mas quem vendeu foi a mãe, ele só. Ele só ajudou. Atravessador, então? Melhor: consultor. A exemplo de. Gordon. O mundo é dos consultores. João. Claro. Filho de general (*in memoriam*). Outro. Mais um. Mas não como Heinr. Não. Generais, ele que não venha me falar dos. Obrigada, João. Generais. Obrigada por salvar a porra da minha vida, Jo

Eis o homem.

Ele está parado junto à cama.

(Eu apaguei de novo?) (Vai tomar no cu.)

Ele segura um daqueles livrinhos de que tanto gosta, o indicador marcando a página em que interrompeu a leitura. Não morre mais, diz.

Não morro mais, ela balbucia.

Que bom, ele sorri. Que bom.

E ess... livro? *O Dedo de...*

Satanás.

... belo título.

Gostou?

Que... que tal?

Agitado.

O dedo... agitado d... Satanás.

Sempre. Ouve só: "Como duas marretas de parque de diversões, os punhos do japonês se abateram sobre o alto de sua cabeça, praticamente enterrando seu pescoço no tórax".

Bora... bora fazer um acordo?

Diga.

Eu não... eu não te falo dos gen... generais e... cê não... não me fala em... em ma... marreta.

Ok. Combinado.

E obrigada por... você sabe. Por... tudo.

Foi um belo susto, mas já passou. E o Andr

(E o Andrew o quê?)

Eis o homem.

Ele está sentado em uma cadeira no outro extremo do quarto, lendo. Uma lâmpada pende do teto, acesa.

(Quando foi que anoiteceu?)

(Eu apaguei de novo?)

Outra luz, um pouco mais forte, vem do corredor. Tomando soro agora.

Tinha acabado, diz ele. Mandei buscar mais.

Ela ajeita a cabeça no travesseiro. Os olhos ardem. Boca seca.

João a encara, sorridente. Gostou do quarto?

(Um quarto de criança.)

Era meu, diz ele. De quando eu era pequeno e a gente vinha pra cá, sabe como é. De férias.

(A criança cresceu.)

A cama é pequena, mas confortável.

(Eu não cresci muito, não.)

Quer saber das novidades?

Faz que sim com a cabeça.

Andrew teve de ir a Brasília. Ele e seu pai cuidaram de tudo por aqui, mas parece que ainda há algumas coisas pra resolver. Reviraram a sua casa, a papelaria, mas Andrew está cuidando disso também. Da limpeza e tudo o mais. Você está bem? Quer que eu fale dessas coisas depois?

Não, eu... pod...

Ele volta assim que puder, não se preocupe. Andrew.

E o... man

Seu pai está bem. Apanhou um bocado, mas está bem. Está em casa, em Goiânia. Eles acharam melhor te manter aqui por uns dias. Tiago achou melhor, na verdade. O médico. Amigo nosso. Amigo meu.

Não, m... meu pai q...

Ele esteve aqui à tardezinha. Tiago. Deu uma olhada e disse que você vai ficar bem, que não infeccionou, a febre passou, deu tudo certo. Você só precisa descansar e se recuperar. E comer. Ele volta amanhã ou depois pra dar outra olhada. Vou pegar um pouco de canja pra você.

... se foda...

Hein?

Meu pai.

Ele está bem. Você não me ouviu?

Não, não, ele... ele... ele que se foda, João.

Seu pai?

Quer... o... sab...

Quem?

... do Eman

Manhã?

(Eis o homem.)

João outra vez parado junto à cama, levando as costas da mão à testa dela. Será que a febre voltou? Mão delicada. Pela expressão no rosto dele (leve, sorridente), não. Tudo nele é delicado. Deu tudo certo. Ele arrenda, disse Gordon. Você só precisa descansar e se recuperar. Ele arrenda, outros plantam. E comer. João não é do tipo que planta.

E aí?

Não morre mais, ele sorri.

Não morro mais, ela repete.

E, de fato, não morre.

A varanda é espaçosa. Há um muro de adobe à direita, restos de uma construção anterior. À frente, uma fileira de árvores que balançam ao vento. Isabel está numa espreguiçadeira. Sentado ao lado, em uma cadeira de balanço, João beberica um copo de cerveja. Na noite anterior, o médico esteve ali outra vez.

Não morre mais, disse ele.

Foi o que me disseram, doutor.

A bala não acertou nada de muito importante.

Tirando eu.

O médico achou graça. É. Tirando você.

João estava de pé às costas do médico, observando.

Foi muita sorte você... aqui.

Eles riram.

Sorte coisíssima nenhuma, disse João. Andrew me ligou no feriado. Eu estava em Brasília. Ele me ligou e pediu que eu viesse pra cá. Pediu que eu arranjasse um médico de confiança, viesse pra cá e ficasse de sobreaviso. Você sabe, pra qualquer eventualidade.

E eu fui a event... eventualidade.

Isso mesmo.

Eu... eu não sabia.

Pois é.

Ele pensou em tudo.

Acho que ele sempre pensa em tudo.

Acho que sim.

Andrew é o maior pensador que eu conheço.

Pensador, ela sorri. Chico Bent... ham.

Hein?, perguntou Tiago.

Nada. Besteira.

(Não morre mais.)

(Mas ocê num morre, disgraça, disse aquele sujeito antes de morrer.)

Agora, sentados na varanda, ela ouve João estalar a língua a cada gole de cerveja. É a terceira tarde que passam assim. Na varanda. Mas é a primeira vez que falam sobre o que aconteceu.

Então. Boas notícias.

Quais?

Eu fui a Silvânia hoje cedinho. Liguei pro Andrew.

E?

Ele vem te buscar amanhã. Te levar pra casa. Tiago disse que você já pode ir pra casa. Seu pai, ele n

Quero saber do meu pai, não.

Ele a encara. Ruim assim?

Ela engole em seco. Cê não faz ideia.

De quem você quer saber, então? Do tal do Emanuel?

Eu...

Você repetiu esse nome algumas vezes. Dormindo, meio acordada. Delirando, acho.

Ele... ele é um amigo meu. Trabalha na papelaria. Gordon falou alguma coisa sobre... sobre ele?

Mais um gole de cerveja. Mais um estalo. E: Não. Andrew não falou nada, não. Mas eu também não perguntei.

Tá bom. Depois eu...

Ele estava com vocês?

Quem?

Emanuel.

Onde?

Na chácara, ué.

Não, não. Isso é... é outra... outra coisa. Quer dizer, é a mesma coisa, mas é outra coisa.

Como assim?

Dano colateral. Algo do tipo.

Ah. Entendi.

É uma merda.

É uma merda. Aliás, eu queria te perguntar uma coisa sobre o que aconteceu. Se não quiser conversar sobre isso, tudo bem.

Pergunta.

Andrew acelerou o carro e foi pra cima dos caras?

Hein?

Foi isso que ele fez? Quando vocês...

Foi.

Uau.

A gente não tinha muito o que... mas foi, sim. Ninguém teve uma ideia melhor. Ninguém pensou muito na hora. A gente só queria entrar lá e botar pra fuder. Eu, pelo menos, só queria isso.

Que coisa.

É, foi maluquice. Sorte que eles não tinham nenhuma... só revólver e pistola, nada de fuzil ou... e um dos caras ficou plantado bem no meio do gramado, entre a casa e a piscina, atirando. Gordon meio que se abaixou, acelerou e pegou ele em cheio.

Com o Landau.

Com o Landau.

Não é uma boa ideia ficar plantado na frente de um Landau.

Não, mas também não é uma boa ideia ir pra cima de... de dois imbecis que tão atirando em você. Com Landau ou sem Landau.

Não foi muito inteligente, mas foi efetivo.

A gente teve sorte. No começo, pelo menos.

Você teve sorte do começo ao fim, apesar de tudo. E o Andrew nem se fala, teve mais sorte ainda. Acelerar desse jeito. Gringo maluco. Se eu contar, ninguém acredita.

(Não vai acontecer nada com você, ela pensa, sorrindo. Nunca acontece nada com você.) Fosse no cinema, era mentira.

Tudo no cinema é mentira. É a lógica da coisa.

Não existe lógica em coisa nenhuma.

Mas contar com a sorte e com a burrice alheia é uma estratégia meio temerária.

O Velho e a mulher dele, eles... eles também contaram com a nossa burrice. Aquela vaca desgraçada. Deu no que deu.

Um gole de cerveja. Sem estalo dessa vez. Olhando para o copo: Sinto muito pelo amigo de vocês.

Obrigada.

Breno?

Bruno. Cê tem um probleminha com nomes, né?

Como assim?

Da outra vez, lá no seu apartamento, ficou me chamando de Isadora, Ione e... não sei mais o quê.

É, sou meio distraído com essas coisas. E, como você deve se lembrar, naquele dia eu estava meio...

O que as pessoas tão dizendo por aí?

Sobre o ocorrido? Um assalto. Um assalto violentíssimo. Criminosos frios, sanguinários. Os moradores da região estão em pânico. Ficam repetindo: "Seis mortos, seis mortos, seis mortos...".

Seis? Mas e o Bruno?

Ah, sim. Não te contei isso. Seu pai levou o corpo dele pra Bela Vista. Oficialmente, Bruno morreu num acidente de trânsito. Sabe como é, cada vez mais perigoso dirigir pelas estradas de Goiás.

É o que parece.

Depois, Andrew sumiu com os carros. O "assalto" não rendeu muita coisa além disso. Além disso e das mortes, claro. Algumas joias. Meu caseiro cogitou pedir as contas. Ele está com medo de ficar aqui, fica dizendo que o mundo foi pro buraco. As pessoas estão realmente apavoradas. E a imprensa, meu Deus. A gente vai precisar de um Capote brasileiro pra dar conta do ocorrido. Quer dizer, pra dar conta do que as pessoas pensam que ocorreu.

O que você falou pros seus empregados? Sobre mim?

Apendicite.

E por que vim pra roça em vez de ir prum hospital?

Bom, é claro que eles não sabem que você foi operada aqui, na mesa da cozinha. Não tinha ninguém em casa naquela noite. Além de mim e do Tiago, é claro. E do Gordon, que trouxe você.

Entendi.

Gordon foi um ótimo enfermeiro. Eu não conseguia nem olhar.

Imagino.

E os "assaltantes" sumiram sem deixar rastro. É o que mais assusta as pessoas. "Como é possível? Eles ainda devem estar por aí." A polícia tem feito várias barreiras, vários bloqueios, uma série de operações. Perseguir fantasmas não é fácil. As pessoas quase não circulam mais à noite pela região. Eu acho tudo isso muito, muito engraçado. Extremamente. Vou ficar aqui por mais uns dias. Brasília anda muito chata, em comparação.

Não trabalha mais?

Atestado. Brasília não faz bem pra minha cabeça. Catalisa os vícios. Talvez sejam as companhias. Talvez minha mãe estivesse certa.

É verdade, não te vi cheirando nenhuma vez nos últimos dias. Não que eu tenha visto muita coisa nos últimos dias, mas, sei lá...

Cheiro bem menos aqui. Brasília me obriga a cheirar.

São as companhias. Sua mãe tava certa.

Mas, por outro lado, é bastante provável que algum amigo pense o mesmo a respeito de mim.

O que não altera a questão. Pra ele, o problema é o mesmo. São as companhias.

E as *suas* companhias?

O que eu posso dizer?, ela sorri, olhando para a própria barriga, o curativo sob a camiseta. Mais uma cicatriz. O corte meses antes. Abaporu. Girando pelo escritório, cadeira na mão esquerda, garrafa quebrada na direita. Feito uma domadora. O sujeito pelado e rindo e coberto de sangue. A puta com uns furos horríveis no pescoço, nos peitos, no rosto, estrebuchando no sofá. E agora um tiro. Que jornada, diz.

Jornada?

Nada. Só pensando alto.

Ah.

Não é fácil a vida no circo.

Ei, Andrew disse isso.

Quando?

Depois que cuidaram aí do seu ferimento. Eles te levaram pro quarto, te ajeitaram lá, depois a gente ficou na sala, bebendo, tentando relaxar, e o Andrew soltou essa.

Assim, do nada?

Foi.

Mas que safado.

Por quê?

Essa fala é minha.

Sua?

Minha.

Ele alcança a garrafa que está no chão, aos pés da cadeira, e se serve de mais cerveja. Li uma história muito boa hoje cedo.

Faroeste?

Claro.

É aquela do *Dedo de Satanás*?

Não, não, esse livro aí eu terminei de ler anteontem. Também é bacana, mas essa outra história é melhor.

É longa?

Não muito.

Lê pra mim depois?

Leio, sim.

Gordon gosta de ler pra mim.

O que ele lê?

Ah, você sabe. Gordonices.

Tudo isso aconteceu tem muito tempo, ele lê naquela noite, após o jantar, ela deitada no sofá, olhos fechados, tentando visualizar a coisa, *logo depois que o meu pai foi negociar umas cabeças de gado lá pros lados do Kansas, seguindo pela Trilha de Chisholm, e acabou morto a bala numa ocorrência que a minha mãe chamou de "história muito mal contada". Mas até hoje eu acho que o pior de tudo, pior até do que o meu pai morrer de um jeito assim tão estúpido, foi a gente nunca ter podido ver o corpo e se despedir dele da maneira apropriada e, claro, enterrar o homem assim debaixo das nossas fuças. Quando alguém morre desse jeito, longe dos seus e sem que se possa velar o corpo e dizer adeus, fica faltando alguma coisa pros que ficaram, parece uma conversa interrompida de um jeito bruto, sem que a última palavra, não importa de quem, seja dita. Acho até que a gente é assombrado pelo resto da vida por aqueles de quem não pôde se despedir direito. Quem veio nos dar a notícia foi o sr. McGee em pessoa, e é como se eu ainda pudesse ver os quatro homens, ele e três capangas armados com rifles Spencer, montados em seus cavalos junto à cerca. O sr. McGee disse pra mim e pra minha mãe que sentia muito, mas estava na cara que ele e os outros não sentiam porcaria nenhuma, estava escrito nas fuças deles, não sentiam nada, e que espécie de gente vai dizer pruma mulher que ela ficou viúva e pro filho dela que ele agora é órfão levando consigo três capangas com rifles Spencer e sequer tem a delicadeza de apear do cavalo e tirar o chapéu? Ele contou que o rancheiro que tinha ido com o meu pai negociar o gado, o sr. Burdette, voltou naquela manhã do Kansas dizendo que, durante um carteado num saloon de Abilene, as coisas se precipitaram, foi essa a palavra que o sr. McGee usou, alguém fez ou disse uma coisa que não devia, o outro respondeu, e daí já viu, homens sacando armas e atirando por conta de duas ou três palavras mal escolhidas. "O mundo é um diacho de lugar perigoso", disse o sr. McGee e cuspiu de lado, quase acertando a bota do capanga ao lado. Sem tirar o chapéu, ele repetiu que sentia muito, muito mesmo, que agora as diferenças dele com o meu pai não tinham mais importância nenhuma, e que o meu pai era um bom sujeito, um sujeito dos mais decentes, do tipo que quase não se encontra mais por aí, e que era uma pena ele ter se deixado levar daquele jeito, morrer numa briga de saloon por conta de um carteado. "Que desperdício. Que estupidez. E agora a mulher dele é viúva e o filho dele vai crescer sem pai. Que Deus Todo-Poderoso nos proteja do Mal que grassa por esta terra selvagem. A vida por aqui vale tão pouco, não é mesmo? Cada vez menos, parece." Ele disse essas coisas todas olhando não pra mim ou pra minha mãe, mas por sobre as nossas cabeças, pro rancho atrás de nós e pra fumaça que saía pela chaminé, e depois se aprumou na sela, endireitou o corpo, e só então me encarou, embora não falasse comigo, mas com a minha mãe: "Mas talvez essa desgraça toda seja pro bem. Talvez a senhora tenha a cabeça no lugar e aceite a minha oferta. A senhora sabe, todo mundo sabe, é uma oferta justa, não, é mais do que justa, é das mais generosas. A senhora pode pegar esse dinheiro e levar o garoto prum lugar mais tranquilo, lá pros lados do Leste, daí ele cresce em paz e quem sabe até não estuda pra virar doutor ou coisa parecida, não é mesmo?" Falou e não esperou resposta, foi logo indo embora com os capangas, cavalgando cada vez mais rápido. Minha mãe ficou um bom tempo ali colada na cerca, sem se mexer, olhando fixo na direção que o sr. McGee e os capangas tinham tomado, como se adivinhasse o nosso futuro nas formas que a poeira levantada pelos cavalos assumia. Ela não parecia triste ou com raiva. Tinha no rosto a mesma expressão dura, de quem sempre espera pelo pior porque o pior é só o que vem. Quando falou comigo, não se virou: "O que é que você está esperando pra dar de comer pros porcos? Seu pai se levantar da cova em que meteram ele lá no Kansas e vir aqui te dar uma surra?". Dei de comer aos porcos e, depois, quando entrei em casa, a janta já estava na mesa. Minha mãe estava sentada junto do fogão com os braços cruzados, toda encolhida. A lenha crepitava. Pensei que ela estava chorando e fiquei parado, sem saber o que fazer. Eu mesmo vinha sentindo vontade de chorar pelo meu pai, mas era como se não fosse verdade, como se ele fosse entrar pela porta a qualquer momento, todo empoeirado e cheio de histórias da viagem. Muito ruim não velar, não enterrar, não se despedir. Muito ruim. A cabeça dela pendia prum lado e, quando vi que não chorava, pensei que talvez estivesse cochilando. Tentei me lembrar de quando a tinha visto cochilar assim, mas não consegui. Acho que nunca vi a minha mãe sequer dormindo, estava sempre acordada, andando de um lado pro outro, cuidando do que quer que fosse. Agora, ela não se mexia. Talvez estivesse morta. Ela e meu pai, então. Junto com ele. Abri a boca pra dizer o nome dela, mas o som de um cavalo se aproximando fez com que levantasse a cabeça. "E agora o quê?", resmungou descruzando os braços. Era o sr. Burdette, logo posto pra dentro. Ele se sentou com a gente, mas tratou de recusar o jantar dizendo que já tinha jantado e, além do mais, estava gordo demais. Era verdade, a barriga dele parecia maior a cada dia, como se esperasse uma criança. Aceitou uma caneca de café e contou o que tinha acontecido lá no Kansas, ressaltando que não estava presente no momento da briga e confirmando, em linhas gerais, a versão do sr. McGee. Minha mãe, então, perguntou onde é que ele estava quando se deu a confusão. "Cuidando dos cavalos. A gente revezava. Ele cuidou na noite anterior, então eu devia cuidar naquela noite." "Você ficou cuidando dos cavalos e ele foi jogar carta?" "Foi, sim, senhora. E, como eu disse, eu não estava lá, ia encontrar com ele quando terminasse os afazeres. Mas quem estava disse que foi tudo muito esquisito." "Esquisito? Como assim? Esquisito de que jeito?" O sr. Burdette respirou fundo e olhou pra mim como se me visse pela primeira vez. Arregalou os olhos por um segundo, como se estivesse assustado com a minha presença. Na verdade, foi só então que, ao prestar atenção em mim, ele parecia se dar conta do tamanho da desgraça.*

"Ai meu Deus", suspirou. "Esquisito como, homem?", minha mãe repetiu, seca. "Fala logo de uma vez." "Bom", ele se recompôs, "o sujeito com quem ele estava jogando, um dos sujeitos, um camarada que depois, bom esse sujeito era um forasteiro e não parecia boa coisa, não, senhora." "Por quê?" "Ele trapaceava e provocava todo mundo, mas principalmente o nosso amigo. E o pessoal que estava lá, que acompanhou tudo, ficou dizendo depois que ele fazia isso como que de propósito, sabe? Como se tivesse ido lá só pra fazer isso, puxar briga." "E que diabo aconteceu depois?" "Bom, ele aguentou até onde deu. Três tiros. Ele atirou primeiro e errou. Ele nunca foi bom nisso, né? Ele atirou primeiro e errou, e então levou os outros dois tiros. Foi isso que me contaram, sim, senhora, e parece que foi isso mesmo que aconteceu." As mãos da minha mãe estavam sobre a mesa e tremeram. Ela as escondeu. Agora vem a segunda parte. Quer ouvir agora ou mais tarde?

Agora. Pode continuar.

Pensei que tivesse dormido.

Só de olho fechado. Continua, por favor.

Ele toma um gole de cerveja, depois pigarreia. *Chegou na manhã seguinte. Se a minha mãe rezasse, eu diria que era uma resposta às preces dela. Mas ela não rezava. Nunca. Eu estava pegando um pouco de lenha e a minha mãe estendia uns lençóis enquanto provavelmente matutava sobre o que o sr. Burdette tinha dito na noite anterior antes de se despedir. "Acho que vocês deviam aceitar a oferta do sr. McGee, pegar o dinheiro e recomeçar a vida noutro lugar", disse ele logo depois de colocar a parte que cabia ao meu pai pela venda do gado em cima da mesa e se levantar reclamando da coluna. "Estou velho e gordo demais pra fazer essas viagens." A gente só deu pela presença dele quando já se aproximava da cerca. Parou e olhou pra mim e depois pra minha mãe. Tinha uns olhos estreitos, como os de um desses chinas que trabalhavam nas ferrovias, e a cabeça meio redonda. A sujeira nas roupas e no corpo denunciava o quanto tinha viajado, e eu não teria ficado surpreso se ele dissesse que vinha desde o outro mar, no Leste, cavalgando dia e noite, sem parar. Como se o conhecesse, como se fosse um parente distante passando pruma visita, minha mãe se aproximou e disse pra ele apear, que se lavasse e comesse alguma coisa, o cavalo também precisava de um descanso. Fui dar de comer ao cavalo enquanto ele e minha mãe ficaram de conversa ali junto do tanque. Vi ele mergulhar a cabeça na água e ouvi qualquer coisa sobre o meu pai e as terras. Minha mãe falava daquele jeito dela, bem direto, sem enrolar, e eu pensei que estivesse oferecendo trabalho ou coisa parecida. Ouvi ela dizendo "vinte dólares" e ouvi homem dizendo "não, senhora". Foi a única coisa que ouvi dele naquele momento. Tirou a camisa e jogava água nos ombros e no peito. Minha mãe falava e falava. Acho que nunca a vi falar tanto. Levei o cavalo pros fundos antes que ela me visse por ali e ralhasse comigo. Quando, umas duas horas depois, a gente se sentou para almoçar, perguntei qual era o nome dele e de onde vinha, e a minha mãe mandou que eu fechasse a matraca e deixasse o homem em paz, ele estava cansado e não precisava de mim e das minhas perguntas. Como se não a tivesse ouvido, o homem disse que seu nome era Bronson e que vinha lá dos lados da Pensilvânia, do Condado de Cambria. Eu não sabia onde ficava a Pensilvânia, mas com certeza ia procurar no mapa que o velho Holmes tinha pregado numa das paredes do armazém na próxima vez que fosse até a cidade. Eu queria perguntar mais coisas, pra onde estava indo, se sabia o que tinha acontecido com o meu pai, o que a minha mãe tinha falado, se ia ficar com a gente e ajudar na lida, se o rifle preso na sela do cavalo era mesmo um Winchester, mas fiquei calado, não queria que a mãe ralhasse comigo outra vez. Quando a refeição estava perto do fim, ouvimos o velho som de cavalos se aproximando. Minha mãe repetiu o que tinha dito na noite anterior: "E agora o quê?". Eram os três capangas do sr. McGee. Minha mãe, o sr. Bronson e eu saímos da casa, o sr. Bronson um pouco atrás, as mãos assim bem junto do corpo. Eu não vi quando, ao se levantar da mesa, ele alcançou e recolocou o cinturão com as duas pistolas Colt que tinha deixado no encosto da cadeira, dependurado. Os três sujeitos olharam para o sr. Bronson assim como se o medissem e depois se entreolharam. Acho que não esperavam encontrar ninguém além de mim e da minha mãe por ali. Um deles se adiantou e perguntou pra ela, sem tirar os olhos do sr. Bronson, qual era a porcaria da resposta. Ela ficou calada. "Anda, mulher, responde. Qual é a porcaria da sua resposta?" "A porcaria da minha resposta pro quê, diacho?" "O sr. McGee quer a porcaria da sua resposta", o sujeito se limitou a dizer. "A porcaria da resposta pro quê, diacho?" "A porcaria da resposta a senhora sabe muito bem pro quê." Minha mãe soltou um risinho e não disse mais nada. Isso pareceu irritar os sujeitos. Então, o sr. Bronson cuspiu de lado, deu um passo adiante e parou junto da minha mãe. Os três sujeitos se entreolharam de novo. O ar estava parado, sem vento nenhum. O mesmo sujeito que tinha falado com a minha mãe agora se voltou pro sr. Bronson. "E você? Qual é a sua história?", perguntou. O sr. Bronson não disse nada e cuspiu de lado outra vez. Parecia medir o sujeito. "Qual é a porcaria da sua história?", ele perguntou de novo. "História nenhuma." "Ninguém tem história nenhuma. Todo mundo tem uma história." Eu, não." "História nenhuma?" "História nenhuma." "E o que é que você quer por aqui?" "Nada." "Nada?" "Nada. Só de passagem." "Nada", um deles repetiu, forçando um riso. "E tá de passagem pra onde?" "Proutro lugar." "Que outro lugar, diacho?" "Pro Oeste." "Aqui é o Oeste." "Mais pro Oeste." "Mais pro Oeste", aquele que rira repetiu, balançando a cabeça. "Não tem mais nada pra lá." "Ouvir dizer que tem, sim." "Vai se jogar no mar?" Os três caíram na gargalhada, mas foi outro riso nervoso, atravancado. O sr. Bronson ficou ali parado na frente deles, como se esperasse que os três parassem de rir e de falar e fizessem alguma coisa. Então, eles pararam de rir. Os cavalos como que adivinharam o que estava pra acontecer porque relincharam bem alto e deram uns passos pra trás. "Vai pra dentro", minha mãe disse pra mim enquanto o sr. Bronson tomava a frente dela com um passo decidido. Ela veio pra junto de mim e me empurrou pra dentro de casa e entrou em seguida, fechando a porta. "Quer acabar igual o marido dela?", ainda ouvi um dos sujeitos perguntar. "Eu botei ele numa cova lá no Kansas. Quer acabar igual ele?" O sr. Bronson não disse mais nada.*

Gordon chega no final da manhã seguinte, dirigindo o Maverick. Isabel está na varanda, lendo, quando vê o carro se aproximar em meio à poeira, primeiro desgarrando-se da estrada lá em cima, depois passando pelo mata-burro e descendo em direção à casa. Sorri ao ver o carro. Sustenta o sorriso ao ver Gordon ao volante. A mão esquerda enfaixada. Os cacos do para-brisa em meio ao tiroteio? Saiu barato. A gente teve sorte. (Fosse no cinema, era mentira.) No começo, pelo menos. João sai de dentro da casa e vai cumprimentar o amigo. Um aperto de mãos, algumas palavras. O gringo entrega algo a ele, um embrulho.

Não precisava.

Ao passar pela varanda, João sorri para ela. Vou lá dentro ver como anda o almoço. Vocês fiquem à vontade.

Gordon se senta na cadeira vizinha. Beija-a no rosto, depois aponta para o livro. *Diário de uma Ilusão.* Reconheço o nome do autor, mas não o título do livro. E essa capa, meu Deus.

Ela procura nas páginas iniciais, logo acima da ficha catalográfica. Aqui. *The Ghost Writer.*

Ah. Esse.

Meu corpo tá doendo um bocado. Não me sinto muito fantasmagórica por esses dias, não.

O fantasma dos natais passados.

O fantasma dos tiroteios passados.

O fantasma dos natais futuros, então.

Se você diz.

Eu digo.

E a sua mão?

Nada demais. Todo aquele vidro.

Antes vidro do que bala.

Antes vidro do que bala, ele sorri, concordando. Tive sorte.

Eu tive, você teve.

Eu tive um pouco mais.

Pois é. E ouvi dizer que chegou a hora de ir pra casa.

Ouviu certo. Eu, você e o carro. A gente vai logo depois do almoço.

Sim, senhor.

João disse que vamos comer frango caipira.

Chico Bentham.

Qual a diferença entre um frango caipira e os outros frangos?

Ela sorri. Os costumes, talvez.

O sotaque. O frango caipira é traído pelo sotaque. E pelas roupas.

Ela olha para o livro no colo. O título ruim, a capa horrível. Respira fundo. Hora de falar sério. Investigar as ruínas. Interrogar o fantasma dos tiroteios passados. E a minha casa?, pergunta.

Limpa. Mas precisei trocar o colchão e comprar pratos e copos. Você também vai precisar de uma televisão e de um aparelho de som novos. Não comprei porque não sei quais você prefere.

Depois eu cuido disso. Foderam com os meus discos?

Não. Estão intactos. Dava pra ver que não tinha como esconder aquela porcaria ali no meio.

Pelo menos isso.

Pelo menos isso.

E quem... quem matou o Velho? Eu apaguei antes de...

Gordon respira fundo e se ajeita na cadeira. Eu matei o Velho. William matou Maria Clara.

Isso eu ainda vi. Quer dizer, mais ou menos. Acho que apaguei um pouco antes da marreta acertar a cabeça dela.

Eu atirei no Velho. Atirei e atirei. Descarreguei a arma no rosto dele. Não sobrou muita coisa. Quase nada, pra ser honesto.

Aquilo foi... foi mancada nossa.

Não diga isso. Nem pense nisso.

Bruno, ele... isso foi mancada nossa, Gordie. Foi, sim.

Talvez. Mas você não pode fazer isso consigo mesma. Não pode ficar pensando nisso, remoendo a coisa toda, ou vai enlouquecer.

Eu...

É verdade, eu e Bruno ficamos com aqueles dois lá fora enquanto você foi buscar William dentro da casa. Um, talvez dois minutos, e ninguém se lembrou de revistar a mesa. Isso nem me passou pela cabeça. Acho que ambos estávamos aliviados por sobreviver à chegada, ao tiroteio, a tudo aquilo. Os outros estavam mortos, o Velho e a mulher estavam rendidos, William estava vivo, a salvo. Eu sei que estava aliviado. E não pensei em revistar mais nada. Bruno também não pensou, ao que parece. Então, se é pra encarar a coisa desse modo, foi mancada dele também. Do Bruno.

A arma tava debaixo do tampo?

Sim, bem ali sob a mesa. Presa com fita adesiva. Um revólver. 38. Colt Detective Special, terceira série. Parecia novo.

Parecia novo.

Sim. Parecia.

Eu... eu também não pensei em revistar mais nada. Acho que não conseguia pensar mais, na verdade. Só queria ir embora. Tava exausta.

Eu percebi. Vi quando você saiu da casa. E ouvi os gritos, claro. Temi que você atirasse nele. No seu pai.

Isso passou pela minha cabeça, não vou mentir. Mas fiquei satisfeita com as porradas que dei na cara dele. Pelo menos por enquanto.

Ele busca a mão dela. Acaricia os dedos, o pulso. Eles esconderam outras armas pela casa. Entre as almofadas do sofá, dentro da geladeira, debaixo da mesa da cozinha. Eu diria que foi ideia dela, porque o Velho...

O que tem ele?

Talvez seja impressão minha, mas ele parecia tão surpreso quanto a gente. Vi nos olhos dele. Antes de atirar. Surpreso e satisfeito, sabe? Acho que foi por isso que disparei até descarregar a arma. Porque vi que tínhamos perdido Bruno e talvez você, e porque vi essa expressão no rosto dele. Um sorrisinho. Atirei sem parar. Ele caiu pra trás, eu me aproximei e continuei atirando.

Até descarregar a arma.

Até não sobrar muita coisa.

Quase nada.

Quase nada.

(Marreta e Desert Eagle. Mais duas cabeças estouradas.) Aqueles filhos da puta.

Enfim. É como eu falei. Foi mancada de todo mundo, pequena, inclusive minha, inclusive do Bruno. Acontece. É terrível, mas acontece. Ainda mais numa situação como aquela, depois de tudo o que havia acontecido. Por isso, eu imploro, não fique pensando nessas coisas, não fique dizendo essas coisas, não fique remoendo essas coisas. Não vai lhe fazer bem. Não vai me fazer bem. E não adianta nada.

Ela esfrega os olhos com os dedos indicador e polegar da mão direita. Eu sei. Vou... vou tentar tirar isso da cabeça.

Sim. Faça isso.

Mas você...

O quê?

Você tem outra coisa pra me contar.

Não, eu...

Não?

Posso... posso deixar pra depois. Quando você estiver em casa.

Não.

Não?

Não. Acho melhor você contar logo.

Ele respira fundo outra vez antes de dizer: Pois bem. Fui a Brasília na semana passada. Na sexta-feira. Ver o que...

E viu?

Emanuel. Eu sinto muito.

Sim. Emanuel.

Não existe uma maneira fácil de dizer isso. Eu sinto muito, de verdade, mas ele... ele não conseguiu.

Ele não fez o que eu?...

Tentou. Ele tentou. Pelo que eu soube, havia uma valise sobre a cama e algumas roupas espalhadas. Foi surpreendido ali, enquanto fazia a mala, ao que parece. Surpreendido e levado.

Levado?

Sim. Ele foi levado pra papelaria. O cofre estava aberto. A pessoa revirou tudo, procurando pelo filme. A polícia entendeu como um assalto. Sequestraram o funcionário, levaram ao local do comércio, obrigaram a abrir o cofre, ele talvez tenha reconhecido o criminoso e acabou morto.

A polícia? Tô cagando pra polícia. A polícia que se foda. O cara machucou muito ele?

Gordon hesita antes de responder que: Não. Na verdade, não. Apanhou um pouco, claro, mas não foi nada tão ruim quanto o que fizeram com Chiquinho. Creio que foi mais rápido. Um tiro na cabeça quando o indivíduo percebeu que ele não sabia de nada.

Eu quero... eu quero saber quem foi.

Foi um rapaz de Minaçu. Ele fez o que fez em Brasília e depois sumiu. Abner. Não chega a ser um neófito, mas tem pouca experiência.

Ele sumiu.

Sumiu, mas vai reaparecer cedo ou tarde. Não tem muito dinheiro. Não tem pra onde fugir. E, pelo que me disseram, não tem muita inteligência. Cedo ou tarde, pode ter certeza, ele vai reaparecer.

Ela leva as duas mãos ao rosto. Um urro abafado. Mas, quase um minuto depois, quando as mãos descem até o colo, os olhos estão secos. Esse filho da puta vai aparecer, sim.

Isso não acabou, pequena.

Foi o que eu acabei de falar.

Há também a questão envolvendo o nosso conhecido em São Paulo.

Isso não é uma questão.

Ele não é qualquer um.

Caguei pro que ele é. Eu vou lá assim que puder. Vou pegar aquele filho da puta, vou pegar o capacho dele, vou arrancar o couro dos dois, pode ter certeza disso, pode anotar.

A questão é que ele não está em posição de tentar mais nada contra o seu pai ou contra v

Meu pai? Meu pai que se foda, quantas vezes eu tenho que dizer isso? Não vou fazer *nada* por causa do meu pai. Vou fazer *tudo* pelo Emanuel. Vou fazer tudo pelo Chiquinho. Pelo Bruno, pelas...

O homem não sabe que a gente sabe do acordo que ele fez com o Velho. O homem acha que a gente acha que o Velho agiu por conta própria. Todo mundo acha isso, na verdade.

Ótimo.

Ótimo? Por quê?

Porque vai parecer que uma coisa não tem relação nenhuma com a outra. Mais um assalto, sabe como é? Arrombamento, latrocínio, sei lá o quê. A gente vive num país muito violento.

Ele não sabia dos detalhes. Ele certamente nem sabia da existência do Emanuel ou mesmo do Chiquinho. Ele deve ter pensado que o Velho faria um serviço limpo.

Caguei pra tudo isso.

E ele não vai durar muito.

Não vai mesmo.

O câncer...

Eu sou a porra do câncer dele. E daí que não sabia dos detalhes? Deu sinal verde, não deu? Disse pro Velho fazer o que quisesse, não disse? Falou que a gente era... como foi mesmo? A palavra que usou?

Prescindível.

Isso. Falou que a gente era prescindível, não falou?

Sim. Falou.

Então.

Ele abre os braços como se desistisse. Então.

É isso, porra. Tá decidido. E, se não for tarde demais, a gente precisa proteger a menina.

Que menina?

Aquela lá de Santos. Carolina. Que eu...

Por quê?

Eu... eu fiquei com isso na cabeça. Quando levei ela pra clínica, a menina me disse que tava pensando em pedir mais dinheiro.

Pro nosso amigo?

Ele não é nosso amigo, caralho, para de falar essa merda.

Desculpe.

Sim, pra quem mais? Praquela múmia. Ela pensou num esqueminha, uma chantagem idiota. Coisa bem amadora mesmo. Achei que só tava jogando conversa fora, ela falava pelos cotovelos, mas isso meio que ficou em algum lugar da minha cabeça. Cê falou dele agora e eu me lembrei.

Mas ela o chantagearia com o quê?

A burrinha ia blefar, depois eu te explico como. Falei pra não fazer isso, mas vai saber se me ouviu. Eu devia ter sido mais firme com ela ou procurado saber depois, mas voltei de São Paulo naquele estado, tava de saco cheio de tudo isso, e... cê lembra, né?

É a filha da empregada?

Isso.

Bom, amanhã eu faço algumas ligações.

Ela esfrega o rosto com as duas mãos. Com força, com raiva.

Você precisa descansar.

Eu sei. Quero... quero ir pra casa. Quero descansar em casa. Aqui é ótimo, João é muito bacana, mas quero ir embora.

Sim. Daqui a pouco.

Que... que merda.

Ele coloca a mão sobre o ombro dela, que olha para um ponto qualquer no chão. É uma merda, sim.

Isabel levanta a cabeça e olha para a frente, para o Maverick estacionado, para as árvores além, a estrada lá em cima. É o que é.

Você quer alguma coisa? Um copo d'água? Vou lá dentro pegar alguma coisa pra beber.

Não. Como é que você soube...

Do quê? Do seu carro?

Sim.

Neide. Ela foi ao mercado, viu e avisou pro William. O carro ficou algumas noites ao relento, mas sobreviveu.

Ninguém roubou.

Ninguém roubou. Intacto. Teve sorte, pequena.

Os olhos outra vez perdidos no chão. Sorte. É isso aí.

O que foi?

Nada, só me lembrei de uma coisa.

Que coisa?

Besteira. Um sonho que tive ontem.

Um sonho?

É. Eu sonhei que... que tinha morrido junto com o Bruno. Lá mesmo, na merda daquela chácara. Ficava caída na grama, olhando pro céu aberto, mas não era... não me lembro direito, mas o céu tava todo estrelado. E então, do nada, as estrelas, o céu, tudo desabava, caía.

Caía?

Caía. E era como se a coisa toda fosse feita de vidro. Era... era como... era como se chovesse um monte de estilhaço.

Estilhaços? Vidro?

É. Como se o céu fosse uma grande vidraça, e essa vidraça se arrebentasse toda, e então esses cacos caíam em cima das nossas cabeças. Mas eu acordei antes que atingissem a gente. Foi... sei lá.

Ele parece pensar um pouco sobre o que ouviu.

Sei lá, ela repete.

Você costuma sonhar muito.

É verdade.

Eu não me lembro do que eu sonho.

Nada?

Nada. É até melhor. Sou impressionável em relação a essas coisas. Não sei como lidaria com o céu desabando.

Acho que não tem muito o que fazer.

Também acho que não, ele sorri.

Céu desabando, terremoto, enchente. Teve essa enchente no Sul outro dia mesmo.

Enchente?

Em Blumenau.

Ah, sim.

Lembra?

Claro.

Não foi bonito.

Nunca é.

Eu me lembro. Só se falou disso na TV, nos jornais. A cidade ficou mais de trinta dias alagada.

Foi. Por aí.

Tiveram que usar helicópteros.

Sim. Pra ajudar as pessoas que ficaram ilhadas, levar comida, remédio, mantimentos. Uns quarenta mil desabrigados.

E você também sonhou com isso?

Hein?

Com essa enchente?

Não, não.

Então, por que...

Nada. Eu só me lembrei disso agora, não sei por quê.

Outubro, dia cinco.

Aniversário de Silvânia, Gordon brincou antes que ela deixasse o flat.

Ora, pensa neste momento, Silvânia que se foda. Pensa encarando os olhos arregalados do homem. O velho doente em sua poltrona e em sua sala e em sua casa e em sua cidade e em seu país que rescendem a merda. Tudo rescende a merda. Os olhos arregalados, como os olhos do enforcado no pesadelo da infância. Mas ele está vivo. Por enquanto.

Quem... te mandou aqui?

Ela não responde. O vento zurrando lá fora.

Eu não... não... eu estou morrendo, estou doente, e...

O som ligado, volume baixo. Bruckner, Inbal? Não saberia dizer. Talvez deva perguntar. A luz do corredor incide sobre o rosto do velho. Pânico. Ela se certificou de que a empregada não estivesse na casa. Uma ligação, uma mentira. Identificando-se como enfermeira. Boa tarde, aqui é da Santa Casa. A sua filha sofreu um acidente, não é grave, mas está passando por uma pequena cirurgia. A mulher saindo apressada para a rodoviária. Um susto tremendo. Já perdeu uma filha. Não quer, não pode perder mais ninguém. Não suportaria. Aterrorizada. Mas é bem melhor levar um susto do que uma bala, Isabel pensou ao desligar o telefone.

Quem te mandou?

Leóstenes estendido no corredor. Gemendo. Todos aqueles furos na barriga, o canivete deixado no chão. A expressão dele ao abrir a porta. Mas o q. Nove estocadas na barriga, uma lâmina curta, canivete de pressão, depois o arrastou pelos cabelos casa adentro, até o limite do corredor. Vai sangrar até morrer, o desgraçado. Sentou-se no sofá, arma no colo.

Quem t

Ninguém me mandou, não.

Mas por...

O cheiro de merda. Será que o saco estourou ou coisa parecida? Melhor não saber.

... quê? Eu...

É muito bom vir aqui e fazer isso. É muito bom sentir essa liberdade, sabe? Ter essa compreensão. Esse entendimento das coisas.

Ele esconde o rosto com as mãos. Chora ou finge chorar.

Não, não, não. Quero ver seus olhos. Olha pra mim.

As mãos ainda escondendo o rosto.

OLHA PRA MIM.

Trêmulo, obedece. Olhos secos. Um velho, diz. Sou só um... um velho, você não...

Mas a beleza da coisa também tá nisso.

Beleza?

É, a beleza. Não percebe?

Que... que beleza?

Não percebe?

O que você quer?

Eu vou te matar. Vim aqui pra isso. E ninguém me mandou. Não faço mais isso, não.

Isso o quê?

A mando dos outros, pelo menos. Faço mais, não.

Mas...

Interromper a descida. Interromper a descida e firmar os pés no chão, mas não pelos outros.

Eu...

Não. Por mim.

Eu não ent

O senhor não se lembra de mim? Tem uns meses já. Tive aqui em agosto. No comecinho de agosto. Mas o senhor lembra, não lembra?

Tenta firmar os olhos, muito vermelhos. Ela está na penumbra. Ele cochilava na poltrona quando chegou, o som ligado em volume baixo, apenas a luz do corredor acesa. Sim, claro, eu...

Vim aqui, depois fui a Santos. Um tempinho atrás. Cuidar daquele seu problema com a filha da empregada.

Mas eu... eu te paguei, eu...

É, pagou.

Leóstenes te pagou, não pagou?

Pagou, sim.

Então por q

Por alguma razão, aquilo ficou na minha cabeça. Aquela viagem, aquela descida. Aquela menina, Carolina. Aquele servicinho escroto. E olha que aconteceu um monte de coisa desde aquele dia, né? O senhor sabe muito bem. Toda essa merda que o Velho aprontou lá em Goiás e em Brasília. Ele e a porra do meu pai. Aqueles dois cretinos. Toda a merda que o Velho aprontou. O senhor sabia. O senhor disse que tudo bem.

Não, eu...

Eu sei.

... ele tinha... tinha que fazer alguma coisa, o seu pai... é o seu pai, não é?... e a mulher dele, ele tinha planos e

O homem faz planos e Deus se mija de tanto rir.

Hein? Não, eu... ora, eu... eu não sou bom nem ruim. Honro meus acordos. Sou igual a tantos... tantos outros. Um homem, só... só isso.

Isso é verdade.

N... não é?

Um homem, só isso.

Igual a... o seu pai.

Isso também é verdade. De certa forma.

E você, sua... sua piranha? Sua pistoleira de merda! E vo... você?

Outro sorriso, maior: Eu? Eu, nada. E tudo bem.

Como assim, tudo... tudo bem?

Assim mesmo, ué. Tudo bem. Teve uma vez que um sujeito me falou que a gente tem que se virar no escuro. O contexto não importa, mas essa frase também ficou na minha cabeça. Muita coisa fica na minha cabeça, como o senhor pode perceber. E o sujeito falou isso pouco antes de morrer. Nem sabia que ia morrer, nem *viu*. O senhor, não. O senhor *sabe*. O senhor tá *vendo*.

Eu não... mas pra que isso? O Velho... muitos anos de amizade, a gente sempre se... o que você queria que eu fizesse? Mandasse ele parar? Cada um faz o que... a mulher dele, aquela... seu pai extrapolou, menina, seu pai, ele... e aquela outra coisa foi... foi só um trabalho, um favor, nada demais... não teve mal-entendido... confusão... nada e... te pag... ei, não paguei? Leóstenes te pagou, você mesma disse agorinha mesmo, e... um serviço... não tem... não existe uma... isso não é... isso não é certo e...

"E então, de que coisas falou ele antes de morrer? Qual foi o seu fim?"

... o que você... o que você quer de mim? Estou... estou cansado, por que não... ah, vai... vai tomar no cu... me mata logo, então. Estou pronto. E vai... vai tomar no meio do seu... sua...

Leóstenes tá mais que pronto, olha. Quase lá, o capacho. Pensei em usar uma pedra nele. Mas então ele ia agonizar por três dias? Igual o homônimo dele? O xará? Acho que não. Falta pouco pra ele. Tá ouvindo?

Ele não...

Ele não o quê? Vai morrer, tá morrendo. Falta pouco pra ele.

Mas eu também... eu... o câncer...

O câncer, a bala. Ou, ou.

Você é...

Quero te contar uma história.

Uma?...

História.

Que hist... sobre o quê?

Ratos.

Ratos?

Ratos. Presta atenção. Um amigo me falou dessa mulher, me contou a história dela.

Que mulher?

Ninguém que eu conheça pessoalmente. Mulher de um senador do PDS, família de fazendeiros lá do Mato Grosso. A família dele, não dela. Era do Sul, a mulher. Gaúcha de Santa Maria. O senhor conhece Santa Maria? Eu, não. Enfim. Anos atrás, a nossa gaúcha esposa de senador mato-grossense fazendeiro adoeceu. Coisa séria. Alguma coisa comendo a memória dela, a personalidade, confundindo e apagando tudo. É uma doença desgraçada, acho que o senhor sabe do que eu tô falando. Entre o seu câncer e a doença dela, se tivesse que escolher, acho que eu ia preferir o seu câncer.

Não sei d

Cala a boca e escuta. Ela era prima de um coronel do exército. E passou muitos anos em Brasília, por causa do marido. Décadas. O tédio, os jantares, os coquetéis. O senhor sabe muito bem como é a vida por lá. Ela e o primo coronel eram amantes. Quando começaram com essa história, eu não sei. Talvez fosse rolo de quando eram moleques, né? Crescer no interior tem dessas coisas, acho. Essa é a parte bonitinha da história. A parte feia, ao menos pro meu gosto, é que o primo coronel trabalhou no DOI-CODI. E dizem que era um sujeito muito esmerado e imaginativo na função. Ele não se limitava às surras, ao pau de arara, aos choques. Não, não. Por exemplo, e peço desculpas por dizer isso com todas as letras, ele enfiava ratos vivos nas bucetas das prisioneiras.

Hein, isso nunc

CALA A BOCA. Aconteceu, sim. Ele fez esse tipo de coisa. Fez de tudo, ele e outros tantos. Mas não é dele que eu quero falar, nem da porra da ditadura. Só mencionei porque é importante pro que vem depois. E o que vem depois? Bom, a mulher adoeceu, como eu falei, e a doença piorou cada vez mais. Tanto que o marido achou melhor isolar a infeliz numa das fazendas da família. Contrataram uma enfermeira e exilaram a mulher no meio do mato. De vez em quando, o marido ou um dos filhos aparecia lá pra ver como as coisas tavam indo. E as coisas, apesar das circunstâncias, iam bem. Controladas, sabe? Até que, no ano passado, uns dias antes do Natal, o filho mais velho resolveu fazer uma visita. Queria ver se a mãe tava em condições de passar as festas com o resto da família. Ele chegou na fazenda e encontrou a casa com as janelas todas fechadas. Nem sinal do caseiro, da empregada, da enfermeira, de ninguém. Achou tudo meio esquisito e começou a circular pelos cômodos, chamando pela mãe. Acontece que os empregados tavam trancados na despensa. E a enfermeira, coitada, tava caída num dos quartos com um talho enorme na cabeça, desmaiada. Nisso, o filho ouviu uns berros, uns berros desesperados mesmo, vindos lá de fora. Ele e os empregados saíram correndo e deram com a velha perto da piscina, no gramado, assim largada no chão, sem roupa nenhuma, e se debatendo sem parar. Parecia um ataque epiléptico. O filho, o caseiro e a empregada conseguiram segurar, imobilizar os braços e as pernas, mas os berros não paravam de jeito nenhum. Pioravam, na verdade. Então, a empregada deu um pulo assim pra trás e gritou bem alto, muito assustada, apontando pra buceta da velha. Saía muito sangue de *lá*. E eles não demoraram pra perceber que tinha alguma coisa *dentro* da buceta, sabe? O que fazer numa situação dessas? Só sei que, naquele desespero todo, o filho nem pensou duas vezes, meteu a mão na buceta da própria mãe e puxou o que tava lá dentro. Sabe o que era? Um rato. A porra dum rato. Uma ratazana, na verdade, bem grande mesmo. O senhor consegue imaginar a cena? Sério. Imagina só. É como se a velha tivesse parindo um rato. Que imagem. E a parteira foi o próprio filho.

Por que voc... rindo desse jeito?

Ora, porque...

Você é doente.

Falando sério, imagina só a coisa. A mulher lá fora, naquele gramado enorme, do lado da piscina também enorme, a mulher pelada e se debatendo, de repente começa a botar aquele monte de sangue pela racha, berrando feito uma desesperada porque o bicho...

... para de rir...

... porra... o bicho guinchando e... será que o rato não podia... será que ela teve sorte?... porque...

... para...

... porra, você sabe... o rato podia, sei lá, ter *subido* e... será que ia sair pela *boca*?...

... para... para com isso, chega...

Será que o filhão puxou o bicho pelo *rabo*?

...

Ai, não, eu...

...

Minha barriga até doeu agora.

Isso é...

Verdade. Claro que não saiu nos jornais, imagina. Mas o amigo que me contou essa história sabe de tudo. Agora, eu fiquei pensando... como é que ela soube das práticas do primo coronel? Será que ele contava essas coisas pra ela na cama? Será que ele contava depois de transar? Ou *durante*? Ou será que foi ideia dela? Quer dizer, será que um dia ela virou pro primo e falou: por que você não enfia um rato na buceta da próxima comunista que for *interrogar*, hein? Tudo é possível, eu acho. Ou, como diz esse amigo meu, o amigo que me contou essas coisas, não há o que não haja. O senhor conhecia a história?

... minha cabeça vai...

Conhecia ou não conhecia?

Não.

Imaginei que não. Até porque é uma coisa recente, aconteceu outro dia mesmo, e o senhor tá aposentado, né? Doente.

Sim, eu...

É isso aí. Doente. Sabe o que o meu amigo me falou depois de contar a história? Ele é muito culto, leu de tudo, e disse que a coisa fez com que se lembrasse do homem dos ratos lá do Freud. Eu nunca li Freud, mas, como eu falei, o meu amigo leu de tudo, e me contou assim pelo alto, o paciente dizendo pro Freud que se enfiava debaixo das saias da empregada e brincava com as partes dela, isso quando ainda era criança, imagina só.

Depois, mais velho, parece que ele desenvolveu essa sensação maluca de que, se não refreasse os pensamentos lúbricos, algo muito ruim ia acontecer com um ente querido, com o pai dele, por exemplo, ou outra pessoa próxima. Então, um dia, quando tava no exército, ele ouviu um colega falando sobre um tipo de tortura que os caras aplicavam sei lá de onde. Não vou entrar em detalhes, mas a tortura envolveria um recipiente cilíndrico ou coisa parecida, o cu de alguém, uns ratos e fogo: os ratos socados no recipiente, uma extremidade do recipiente assim encaixadinha na bunda do infeliz, e o fogo sendo ateado na outra extremidade do troço, fazendo com que os ratos, em desespero, corram na direção contrária e *perfurem* o cu ali, digamos, indefeso. Qual será a sensação, né? Um monte de ratos arrombando o seu cu e depois te comendo por dentro. Sei lá, não deve ser uma coisa assim muito agradável, não. E imagino que deve ser mais difícil arrancar o rato de um cu que de uma buceta. Ou não. Vai saber. Não, não precisa me olhar com essa cara. Eu não trouxe nenhum rato comigo, não trouxe nenhum cilindro, nada do tipo. É só outra história que esse amigo me contou.

Por que voc...

Esse coronel, o primo dela, o senhor sabe de quem eu tô falando. Amigo seu. Cês são tudo amiguinho, né? Todo mundo se conhece. O senhor ajudou a livrar a cara dele uns tempos atrás, lembra? O babaca tava enrascado, andou desviando umas coisinhas, ia ser um escândalo daqueles, mas o senhor cobrou uns favores, o senhor sempre tem uns favores pra cobrar, falou com general, com procurador, com não sei mais quem, deu uma coisinha aqui, prometeu outra ali, e o desgraçado foi pra reserva sem nenhuma mancha na reputação.

Ele... ele s...

Ele se matou. Eu sei. Porque a merda que aprontou impediu que chegasse a general, talvez? E a desgraça é que nem viu a prima adoecer. A prima que ele amou a vida inteira. Foi poupado até disso, o filho da puta.

Eu n

Foda-se. Não quero saber.

Eu q

Foi desnecessário, né? Matar a menina. Carolina.

Não s

Sabe, sim. Não acreditei quando me contaram. Quer dizer, é claro que eu acreditei, mas... o senhor vai negar?

...

VAI?

Não.

Que bom. Pelo menos isso.

A putinha, ela... ela queria mais dinheiro.

E por que não deu? Falta não ia fazer.

É uma... não posso me permitir uma... uma coisa dessas. É uma... questão de... não posso, não podia, e ela...

Ela o quê?

A gente tinha um acordo. Eu e ela. Você sabe muito bem disso, foi você quem... e então ela começa a... a ligar e pedir mais... fotos e... mentindo... mais dinheiro? Dizer que queria... queria estudar não sei onde e... estudar fotogr... não, não, isso não é certo, não é, de jeito nenhum.

A prima dela me entregou as fotos. A visão do seu pau murcho não é muito aprazível, preciso dizer. Como é que o senhor conseguiu engravidar a coitada? Bom, acho que isso não faz a menor diferença. E é uma imagem que eu não quero ter na minha cabeça, né?

As...

Fotos. Esqueceu delas?

Não, mas...

Mas?

Ele a encara, boquiaberto. Não, é impossível, eu destruí, eu... eu sempre... Leóst... ele sempre... queimava as fot

Ela furtou algumas. O senhor tava bebendo demais, né? Ela me contou. Brincava um pouquinho e caía no sono. As polaroides dando sopa. Que descuido, hein? E que ideia ficar tirando foto da menina. Tava pensando o quê, seu doente? Que ela *gostava*? Tinha que labutar na sua carcaça e depois ainda era obrigada a fazer pose com a piroca mole na boca? Puta que pariu, hein? Mas ela não mentiu pro senhor, não. Ela furtou mesmo um punhado de fotos. Uma aqui, outra ali. A sua fuça aparece em todas. Ainda não sei o que fazer com elas. Com as fotos, quero dizer. Alguma ideia? Sugestão?

Não há resposta. O velho chora sem emitir um ruído sequer, balançando a cabeça. Chora de verdade dessa vez. Sem fingimento. Lágrimas escorrendo pelo rosto. Vencido.

Ela se levanta, espreguiçando-se.

Você... olha aqui, você não... não precisa fazer... fazer isso.

Tem muita coisa que eu faço sem precisar.

Mas...

Mas isso aqui é uma coisa que eu sinto que *preciso* fazer, sabe? Eu sinto, eu *sei* que preciso fazer.

Gordon, ele p

Pode te ajudar, não.

Espera.

Ninguém pode, meu senhor.

Espe

Espera porra nenhuma.

Não.

Saboreia a descida, filho da puta.

Três tiros no meio da cara. A máscara desfeita.

Ela respira fundo.

O cheiro de merda sobrevive ao homem, pelo visto.

Sobrevive, sobreviverá.

(Não que alguém duvide disso.)

Agora, o segundo ato da brincadeira.

É tudo teatro, disse Gordon outro dia, citando algum livro.

Não. Aqui, não.

Aqui, é tudo circo.

Sorri.

Hora de recolher todo o dinheiro e todas as joias que encontrar pela casa. Arrombar escrivaninhas. Fuçar nas gavetas. É o que faz nos minutos seguintes, cantarolando *Sweet Caroline*.

O cofre no escritório. Por que não?

Volta à sala e se abaixa junto a Leóstenes. Olha só. Te ajudo se me disser a combinação do cofre.

Os olhos quase mortos, olhando para ela como se não a reconhecesse. Eu não...

Te ajudo, sim, Leozinho. Palavra de honra.

Ele balbucia a combinação. E depois: Ambul... cia?...

Isabel se levanta. Um tiro na cabeça. E diz: Falei que ia te ajudar, não falei que ia te salvar, sua besta.

Bastante dinheiro no cofre. Passaportes. Dólares. Joias, muitas joias. Alguns documentos. Testamento, escrituras. Cartas. Nenhuma fotografia. Nada. Coloca o dinheiro e as joias na mochila. Dar os cruzeiros para algum mendigo na Augusta, talvez. E os dólares, bem. Melhor descartar as joias em um bueiro, com as armas. Bueiros não transbordam o tempo todo em São Paulo? Foda-se. Alguns relógios caros. Pulseiras. Colares e pulseiras da falecida? O desgraçado era viúvo desde quando? Quem se importa?

Hora de ir.

Ela se troca em um dos banheiros. Das botas cuidará depois, o par de tênis novos na mochila. As roupas e as armas usadas e o silenciador em sacos de lixo separados. Tomou gosto por silenciadores. Ninguém quer fazer barulho de noitão. É isso aí. A cidade está tranquila.

Ao sair, para no corredor e olha mais uma vez para Leóstenes. A enorme poça de sangue. Sangue espesso. Escuro. Talvez seja a luz. As mãos junto à barriga. Segurar as próprias vísceras: empresa inútil.

Olha só quem fez uma puta sujeira.

Acreditou mesmo que eu ia chamar uma ambulância? As pessoas se apegam a qualquer coisa nessas horas.

Olha para o cadáver do outro no sofá.

Boca aberta.

Rosto desfeito.

A empregada vai levar um tremendo susto quando voltar. Mais um. Peço desculpas, mas precisava te tirar da casa. Tomara que outra pessoa encontre os corpos. Seja como for, os outros filhos dela estão bem. São quantos mesmo? Carolina falou em dois irmãos e duas irmãs. Eu sou a caçula das meninas, disse ela. As minhas irmãs são filhas do meu pai e os meus irmãos são filhos do meu padrasto. Desculpa aí pelo trote, mãe das filhas do pai da Carolina e dos filhos do padrasto da Carolina. Ela gosta de cozinhar ouvindo música, disse o cretino daquela outra vez. Bom, desculpa aí pelo trote. E pelo emprego, né? Vai cozinhar pra quem nessa casa? Não sobrou ninguém.

Não sobrou ninguém, murmura.

Mas a ideia era essa. É sempre essa, ultimamente. A ordem do dia. A empresa em curso. A porra do empreendimento.

Isso.

Não sobrar ninguém.

Agora, só falta um.

(Em que buraco você se enfiou, Heinrich?)

Agora, só faltam dois.

(Abner, Heinrich.)

Hora de ir embora.

Gordon à espera e ainda muito por fazer. Teatro, ele disse. A chave do carro sobre a mesinha na outra sala. Sala de estar. Não sobrou ninguém: sala de não estar. Talvez a sala de não estar seja a outra agora. Com os cadáveres e tudo. *Por causa* dos cadáveres e tudo.

Ao vencedor, os.

Cadáveres.

Ela sorri a caminho da garagem. Ajeita o boné na cabeça ao chegar lá. Olha para fora, por entre as grades do portão.

Ninguém.

Muito cuidado agora.

Ninguém, nada. Rua deserta.

(Não sobrou.)

Bairro tranquilo.

(A cidade está tranquila.)

Esse vento. Sem trégua.

Deixou o som ligado lá dentro. Que diferença faz?

Abre o portão. Deixar escancarado? Sim.

Entra no carro.

Diplomata.

Não tem som? Que horror.

Mas o que ouviria?

Mommy, can I go out and kill tonight? Não.

Bruckner regido por Inbal? Sim.

Em memória de.

O adágio da sétima.

Sim.

Sorri, colocando a chave na ignição. Menos de quinhentos quilômetros rodados?

Sério mesmo?

Um ladrão não deixaria isso para trás. Um ladrão não deixará isso para trás. Uma ladra.

Teatro, não. Circo.

Ainda mais aqui.

Aqui.

Nesta bendita cidade. Neste bendito país. Em que o cheiro de merda sobrevive ao homem.

País de ladrões, sussurra ao dar a partida.

Correu tudo bem?, Gordon pergunta assim que ela adentra o flat. Está sentado na cama, as costas contra a cabeceira, livro aberto no colo.

Correu, sim, ela responde, deixando a mochila sobre a mesa. Cansou da Bíblia?

"Afastarei de vós aquele que vem do norte, expulsá-lo-ei para uma terra árida e desolada." Li isso e fiquei ofendido.

Ela tira as luvas de um dos bolsos da jaqueta e também as coloca sobre a mesa, ao lado da mochila. E quem é aquele que vem do "norte"?

Do ponto de vista dos paulistanos, nós dois.

Se você diz.

Eu digo, e fecha o livro.

The Dean's December? A gente tá em outubro, Gordie.

É bom estar preparado.

Nesse caso, vou dar uma mijada.

Melhor agora que durante.

Mas há quem goste durante.

Não há o que não haja.

E o que mais?

Capricha, pequena.

Pouco depois, ao voltar do banheiro, ela descalça os tênis e as meias, e se joga na cama. Fica deitada de bruços por um tempo, metade do rosto mergulhada no travesseiro.

Ele reabriu o livro e pergunta sem desviar os olhos da leitura: Lavou as mãos?

Pra quê? Eu sou menina. Eu não *seguro* em nada pra mijar.

Bom argumento.

Uso desde pequena. Minha mãe achava engraçado.

E depois te obrigava a voltar ao banheiro e lavar as mãozinhas.

Claro. Minha mãe era uma *mãe*, afinal.

Ele acreditou na história das fotos?

Hein? Ah. Acreditou, sim. Morri de rir.

Legado, reputação. Nome. Ele realmente levava essas coisas a sério.

Tô te dizendo. O puto morreu acreditando.

Seria ótimo se tivéssemos mesmo alguma coisa.

Também acho, e até procurei, mas não encontrei nada no cofre. Quer dizer, não tinha nenhuma foto. Acho que o Leóstenes queimava mesmo, queimava tudo depois que o desgraçado enjoava delas. Isso, ou guardou noutro lugar. Mas eu é que não vou sair por aí procurando essa merda.

Como você conseguiu acesso ao cofre?

Leóstenes.

Você o torturou?

Não, não. Quer dizer, o babaca tava se desfazendo em sangue no chão depois que eu furei o bucho dele, mas não fiz nada além disso.

Além de furar o bucho dele e deixá-lo lá?

Sim. Isso configura tortura, Excelência?

Talvez. De certo modo.

Um sujeito esperto me disse certa vez que a tortura é uma coisa... como é que é? Contraproducente.

Liso.

Oi?

Não sou esperto. Sou liso. Foi o que uma garota esperta me disse certa vez, pelo menos.

Ela disse mesmo.

Mas, nessas circunstâncias, não sei, talvez funcionasse.

Torturei o cretino, não. Só menti um pouco. E dei um tiro na cabeça dele depois que me passou a combinação.

Menos mal.

Mas você tá certo, ia ser legal ter umas fotos dessas.

Não precisaríamos matá-lo.

Bastaria o desgraçamento da reputação?

Creio que sim. Viver os últimos dias em opróbrio. Saber que seria lembrado assim ou por essas coisas, pelas piores coisas. Uma vingança apropriada. Você não acha?

Ela se vira na cama. Mãos sobre a barriga. Olha para o teto agora. Apropriada? Acho que não. Acho que o desgraçamento público ia bastar por um tempinho, o opróbrio, como você diz, ia ser uma coisa bem legal de se acompanhar e tudo, mas... porra.

Ele matou a menina.

Exato. Matou.

Qual era mesmo o nome dela?

Carolina.

Carolina. Acho que você tem razão, pequena.

Cê me conhece. Eleitora de Hamurábi.

Eu te conheço. Mesmo assim, uma coisa não excluiria a outra. É uma pena que Leóstenes fosse tão cuidadoso.

Com as fotos?

Sim. Com as fotos.

Ela ri. O babaca achou mesmo que eu ia chamar uma ambulância. Lacaio imbecil.

As pessoas se agarram a qualquer coisa.

Elas não querem *descer* de jeito nenhum.

Ninguém quer.

Ninguém quer.

E o que você trouxe?

Dei uma boa desarrumada na casa. Trouxe dinheiro. Dólares. Joguei as joias fora. Pensei em distribuir os cruzeiros por aí.

E o carro?

Abandonei numa ruazinha do Centro, perto da Praça Roosevelt. Todo aberto, chave na ignição. Já deve ter encontrado o novo dono a essa altura. Ou um desmanche.

Por que não dá os cruzeiros pra mãe da Carolina?

Taí. Boa ideia.

Até porque agora ela está desempregada. Ainda não sabe, mas descobrirá em breve.

Sei onde mora a irmã.

A irmã de quem?

Da mãe da Carolina. Se ela não tiver mentido.

Quem?

Carolina. A casa da prima. Onde eu busquei e depois deixei ela naquele dia, o dia que...

Isso é confuso.

A casa da irmã da mãe da menina, ela ri. Também conhecida como casa da prima. Não, não. Peraí. Lembrei agora. A mulher é irmã do pai da menina. Da Carolina. O pai da Carolina já morreu. E ela morava com o irmão do padrasto. Ela, Carolina. O padrasto e a mãe passam a semana aqui em São Paulo, trabalhando, e querem alugar uma casa maior, a ideia é trazer todos os filhos pra capital. O padrasto é garçom.

Que seja. Minha cabeça começou a doer com todos esses padrastos, tias, irmãos e primas. A questão é que não precisamos de nada disso. Há meios de descobrir e formas de fazer com que o dinh

Não. Eu quero descer lá.

Santos?

Santos.

Por quê?

Por que não? Quero entregar a grana pra mãe dela.

Em mãos?

Em mãos.

Mas o que você vai dizer?

Não sei. Vou pensar em alguma coisa.

Ela acha que a morte da filha foi um acidente.

Eu sei. E vai continuar achando isso.

Isso é...

O quê? Temerário? Arriscado?

Sim.

É uma coisa que eu acho que preciso fazer, Gordie.

Sim, mas...

Não esquenta. Vou pensar em alguma desculpa. Inventar uma história. Vai dar tudo certo. E eu quero ver o mar de novo. Descansar.

Ele sorri, dando-se por vencido. E ela descansou "depois de toda a obra que fizera".

Que horas é o voo depois de amanhã?

À noite. Quer que eu remarque?

Quero. Por favor.

Quer que eu vá com você à casa da sua tia amanhã?

Depois de amanhã. A gente pode ir a Santos primeiro. Resolver logo isso. O que você acha?

Descansar.

Ver o mar.

Oceano.

Mar Negro.

Mar Negro?

É a nossa Trebizonda, Gordie.

Fim da jornada?

Fim da jornada. É isso aí.

Se você diz.

Eu digo.

Mas ainda não acabou. Ainda há o que fazer.

Sempre há o que fazer.

Sempre haverá. O último peão a ser encontrado e abatido.

Não tenho pressa. Ele vai aparecer. E não é o último-último. Ainda vai faltar um, e ele não tem nada de peão.

É, eu sei.

Você não sabe de porra nenhuma.

Vinde a nós os assassinos.

Eu é que vou até eles.

Amém.

Abater. Gosto desse verbo.

Santos amanhã, então. E a sua tia depois de amanhã. Alugo um carro logo cedo.

A merda é que tá bem tarde pra ligar e avisar.

Mas podemos manter o que foi combinado. A gente visita a sua tia Lucrécia amanhã e passa o final de semana em Santos, se você quiser. Posso remarcar a passagem pra segunda-feira.

Quase uma lua de mel.

Quase uma lua de mel.

Ela parecia feliz quando eu liguei da primeira vez. Surpresa e feliz.

Sua tia?

A minha tia. E aquela voz... quando eu era pequena, achava a voz dela muito parecida com a voz da minha mãe.

E agora?

Agora? Não acho nada. Não me lembro da voz da minha mãe.

Mais tarde, ela acorda de um pesadelo (todas aquelas coisas que não te contei) (E não é o último-último. Ainda faltará um, e ele não tem nada de peão.). Demora um pouco para se localizar. São Paulo. Gordon. O quarto às escuras. Não quer acordá-lo. Levanta-se com cuidado, vai ao banheiro e fecha a porta. Cinco minutos sentada no vaso sanitário. Nada a fazer ali. O coração ainda acelerado. Apenas se acalmar. Quando se sente melhor, abre a torneira da pia e enxágua o rosto bem devagar. Será que ele? Sim. O sono tão leve. Está sentado na cama, a luz do abajur acesa. Não foi nada, diz. Dorme de novo.

Foi um pesadelo?

Ela se deita e pede: Apaga essa luz, por favor.

Ok.

Não foi nada. Aquelas coisas.

Aquelas coisas?

Elas vão e voltam. Sabe como é. Uma chatice. Elas me pegam quando eu tô desprevenida.

No escuro?

No escuro, ela responde, buscando a mão dele.

É, eu sei.

Você falou isso antes. Mais cedo.

Sim, eu falei. E você disse que eu não sei de porra nenhuma.

Mas você sabe. Não sabe?

Sim, eu sei.

E do que é que você sabe?

De tudo.

Tudo?

Sim. Tudo.

Ela gira a cabeça no travesseiro para encará-lo, muito séria, depois se deita de lado.

Ele não se mexe, deitado de costas, o vulto de um perfil olhando para o teto.

Como... como assim?

Setenta e nove, certo? Todas aquelas coisas que você não me contou.

Quê que tem elas?

William me contou.

Quando?

Meses atrás. No dia daquela confusão em junho. Você foi pra Goiânia e nós ficamos lá.

Na chácara?

Na chácara. Ele encheu a cara e me contou.

Alguém mais...

Não, não. Estávamos sozinhos, na beira da piscina. William disse que o tal general tinha morrido. O pai *dele*. Do último-último, como você disse mais cedo. Daquele que nada tem de peão.

Ela fecha os olhos (qual o sentido de fechar os olhos no escuro?) (a não ser que você queira dormir) e diz: Heinrich.

Sim. Ele me contou. William me contou. Sobre Heinrich. Sobre o que ele fez com a sua amiga, uma criança. Sobre o que fizeram com você.

Meu pai não sabia o que eles fizeram comigo.

Ele não te resgatou?

Abrindo os olhos: Sim, mas...

Pelo que eu entendi, acho que ele teve uma ideia muito boa do que fizeram com você.

Ela... ela me enrolou num lençol.

Beatriz?

Você conhece a Beatriz?

Conheço melhor o marido. Um bom deputado. Mas sei da história dela com William. Ele também me contou a respeito.

Na chácara?

Não, em outra oportunidade. Anos atrás. Na chácara, naquele dia, falamos sobre você, sobre o que aconteceu em 79.

Eu não sei da história dela com o meu pai. Ela nunca me contou, nem ele.

Ele ri. Quem é que não sabe de porra nenhuma, então?

Qual é a história dela com o meu pai?

É longa e confusa, e também envolve um resgate. Eu te conto amanhã. Prometo. Agora, uma vez que estamos acordados, preciso falar com você sobre outra coisa.

Que outra coisa?

A mesma coisa, na verdade. Todas aquelas coisas.

As coisas que eu não sabia que você sabia.

Heinrich, a sua amiga.

Clara.

Como?

O nome dela era Clara. Da minha amiga.

Clara. Sim. William me contou. E eu conhecia a história, ou melhor, li nos jornais sobre o crime. Comentou-se muito a respeito na época. Algo tão hediondo. Mas eu não sabia, não tinha como saber, do envolvimento de vocês na história. Dez anos?

Clara? Nove. Nove anos de idade. Não faltava muito pra completar dez, mas tinha nove quando aconteceu.

Foi por causa disso que você...

Ela se vira outra vez, volta a se deitar de costas, as mãos sobre a barriga. E diz: Não. Quer dizer, acho que nunca é uma coisa só. Acho que nunca é simples desse jeito, não é nada tão... e acho que sempre tive certas coisas dentro de mim. Sou filha do meu pai.

Filha de seu pai.

Mas é provável que tivesse seguido outro rumo, sim. Se não fosse por 79. Se não fosse por toda essa merda. Mas, não sei. Não sei mesmo. É difícil dizer. Toda aquela raiva.

Toda *essa* raiva.

A raiva vai esvaziando a gente. Mas eu não tinha muita coisa depois de tudo aquilo. Não tinha muita coisa além da raiva. Eu não me sentia como se tivesse, pelo menos. Não fiquei com muita coisa depois de tudo. Aqui dentro. No jeito que eu via as coisas. Você vive num mundo, e de repente esse mundo não existe mais, ou se transforma noutra coisa, ou se revela como outra coisa. Eu reagi. Reagi como pude. Reagi usando o que me deram. Meu pai viu que eu tava perdida e ofereceu a única coisa que tinha pra oferecer.

O que ele te ofereceu?

Violência. Ele me ofereceu violência. A possibilidade de usar a violência. E de usar a raiva.

E você aceitou.

E eu aceitei. Acho que foi isso que aconteceu. Acho que é por aí. Talvez. Não sei. É complicado. Também sou filha do meu pai.

A gente é o que é?

A gente é o que é, e então se torna outra coisa.

Ou não.

Ou não.

Mas o vazio não diminui.

Ela sorri no escuro, sorri pela primeira desde que iniciaram a conversa. A vingança é um prato que se come vazio, diz.

Heinrich.

Heinrich sumiu. Nunca mais deu as caras.

Esteve em Buenos Aires anos atrás.

Como?

Buenos Aires, pequena.

A cabeça girando outra vez: Ele tá na Argentina?

Ele *estava* lá. Ainda está, de certa forma.

Mas que porra?...

Eu explico. Depois que William me contou, achei que não faria mal investigar um pouco. Fiz umas ligações, falei com algumas pessoas, cobrei favores, pedi a conhecidos que averiguassem o que ia descobrindo. Levou alguns meses. Essas coisas costumam ser complicadas. Quando se tem dinheiro, não é difícil desaparecer. Claro que Heinrich usou outros documentos, outra identidade. Em Buenos Aires, era Hermann.

Hermann?

Hermann Muniz Jaeger.

Heinrich, Hermann. Por que não Martin? Joseph? Rudolf? Qual será o próximo nome que ele vai assumir?

Nenhum.

Como assim?

Como eu disse, Hermann esteve em Buenos Aires.

Sim.

E ainda está, de certa forma.

Sim?

O que eu quis dizer com isso é que ele morreu, pequena.

Não.

Sim.

Morreu... como?

Ele sofreu um acidente de carro e morreu no hospital. Ficou alguns dias entre a vida e a morte. E, então, morreu.

Quando...?

Em março de 81.

Filho da puta. E a família...

Sim?

A família não trouxe o corpo pra enterrar aqui? O pai dele, a porra daquele general não...

Bom, não sei o que se passou na cabeça do general, não sei o que se passava na família deles. O que eu sei é que Heinrich Gouveia da Fonseca Brunner se tornou Hermann Muniz Jaeger, e que Hermann Muniz Jaeger sofreu um acidente de carro em 15 de março de 1981 e morreu dias depois, no hospital.

Caralho.

O corpo está enterrado no Cemitério da Chacarita, em Buenos Aires. Como eu disse, ele esteve em Buenos Aires, e ainda está, de certa forma.

Puta que o pariu.

Essa morreu há mais tempo, e de causas naturais.

Morto?

E enterrado.

Quando... quando você descobriu isso?

Ontem. Quer dizer, recebi as últimas confirmações ontem. O pai dele e alguns parentes viajaram para Buenos Aires em março de 81. Houve um velório, uma missa. O general ficou lá até meados de abril. Talvez não quisesse chamar a atenção para si, para a família. A imprensa voltaria a falar do crime, não é mesmo? Se ele trouxesse o corpo para enterrar no Brasil. Se as pessoas descobrissem que Hermann era Heinrich. Logo, imagino que ele tenha achado melhor deixar tudo por lá mesmo. Achou melhor enterrar essa história junto com o filho. Talvez tenha sido isso que aconteceu. Você está bem?

Sim, eu... eu não sei.

Não sabe?

Não, eu...

Quer um pouco de água? Ou uma bebida?

Não. Agora, não.

Ele se vira na cama e estende o braço, encontra as mãos dela. Não dizem nada por um tempo. Os olhos acostumados com o escuro.

Quando meu pai me contou da morte do general...

Sim?

Eu tive a sensação de que as coisas tinham ido por água abaixo. Que a gente nunca ia encontrar o Heinrich. Nem a pau que ele ia voltar pro Brasil sem ter o papai por perto, sem a proteção que o general dava pra ele. E eu senti que tinha falhado, sabe? Falhado com a Clara.

E você está sentindo isso?

Agora?

Sim. Agora.

Ela não responde de imediato. Os olhos fechados por um momento. (Qual o sentido de fechar os olhos no escuro?) (Porque os olhos estão acostumados com o escuro.)

Se quiser, a gente pode conversar sobre isso depois.

Abre os olhos. Não. Tudo bem.

Tudo bem?

Tudo. Só tô pensando.

Sim.

Não.

Não?

Não. Não sinto que falhei. Não sinto que falhei com a Clara. Era uma situação impossível. Foi uma situação impossível em 79, e continuou sendo uma situação impossível desde então. Não sei se a gente teria como pegar o Heinrich. Mesmo se ele tivesse voltado, sabe? Era uma coisa meio quimérica. Matar um filho de general, de ex-ministro da ditadura. Não é a mesma coisa que matar esse filho da puta que matei hoje. Acho que agora posso dizer isso.

Existem formas e formas de matar. Pessoas sofrem acidentes. Ele, de fato, sofreu um acidente.

Sim, mas acho que isso não ia bastar. Não ia bastar pra mim, não.

Sequestro, tortura?

Não sei. Talvez. Falei sobre isso com o meu pai uma vez. Não sei se ia torturar o filho da puta, não sei mesmo. Mas sei que queria botar as mãos nele, sei que queria jogar ele num quarto escuro. E só então decidir.

Complicado.

Eu sei. Mas isso não importa mais.

Não. Não importa.

Então...

Então o quê?

É assim que acaba.

Parece que sim.

Parece que sim.

É injusto, eu sei. Injusto com você. Injusto com ela.

Clara.

Clara.

Bom. É o que é.

Sim.

É o que é.

Mas você acertou.

Ela o encara. Acertei? Acertei o quê?

O prato está vazio, pequena. É assim que acaba. É assim que quase sempre acaba.

EPÍLOGO

ASFÓDELOS

15 NOV. 1983

E como foi que você veio parar aqui?

A moça desvia o olhar para o carpete. Está sentada em uma poltrona. As mãos não tremem. Nada. Zero. Isabel acha isso curioso. E admirável. Mas está nervosa, claro. Apreensiva. Como não estaria?

Ajeita-se na beira da cama, os pés quase tocando o chão. Está a menos de um metro da moça, mas não quer parecer ameaçadora, não quer deixá-la ainda mais desconfortável. Não vou te machucar, já falei.

A voz é surpreendentemente firme: Ele me ligou no final da semana passada. Na quinta. Mandou dinheiro pra passagem, falou preu vir pra cá. Nunca tinha vindo. Minha mãe não gostou, mas eu vim assim mesmo.

E qual era o plano?

Não sei. Quer dizer, ele falou que queria ir pra São Paulo depois, mas eu não sei. Acho que ele não tinha plano nenhum, não.

Você iria com ele?

Encolhe os ombros.

O que ele ia fazer em São Paulo?

Ah, ele entende... entendia de... de moto.

Mecânica?

Sim. Ele disse que ia procurar trabalho em oficina. Mas não botei fé nisso, não. Ele falava um monte de coisa. Ainda mais quando bebia. Acho que ele só ia ficar aqui até o dinheiro acabar, depois dava um jeito de me despachar e ia aprontar mais noutro canto. Ele... ele era meio...

Ele entendia de moto. Você entende de quê?

Roupa. Sou vendedora.

O céu é o limite. Ou a 25 de Março.

Tem nada de errado em vender roupa.

Não disse que tem.

Fez piadinha e...

Besteira. Esquece.

O que ele... o que ele te fez?

Matou um amigo meu.

Por... por quê?

Por nada.

Ninguém mata ninguém por nada.

Claro que mata. É o que mais acontece. Ainda mais aqui.

Ele tava com um bocado de dinheiro.

Ele foi pago. Ele era pago pra fazer isso. Só gente otária ou maluca faz isso de graça. Embora ele fosse otário, mas por outros motivos.

Era pago pra matar gente.

É isso aí.

Então não matava por nada.

Tem razão. Matava por dinheiro.

E as pessoas...

Não. Não fizeram nada contra ele. Não era nada pessoal. Era trabalho. Era por dinheiro, como você falou.

Dinheiro.

O problema... o *meu* problema com ele é que ele matou esse meu amigo achando que esse meu amigo sabia de uma coisa que, na verdade, não sabia. Quer dizer, o meu amigo não sabia de *nada*. Porra nenhuma. Zero. Não tinha a menor ideia.

O Abner se enganou.

O Abner e o cara que mandou ele fazer isso, né? Que pagou pra ele fazer isso. É uma história triste.

Parece mesmo.

Todo mundo se enganou pra caralho nessa história. Um monte de gente enganada e desenganada, sabe como é?

Ela se ajeita na poltrona, as mãos unidas no colo. Um leve tremor? E eu sou só mais uma, diz.

Mais uma o quê?

Desenganada.

Isabel respira fundo. Olha pra mim. Pela enésima vez: eu *não* vou te machucar. Eu não tenho *nada* contra a sua pessoa. Nessa história, cê tá na mesma posição que o meu amigo, esse que o Abner matou. Se eu te matasse, seria igual ao Abner. E, vai por mim, nem fudendo que sou igual a ele. Nem fudendo. Eu não tô nem armada aqui. Olha. A procissão de gente enganada e desenganada terminou com ele. Terminou com o Abner. Acabou ali. Ele é o fim da linha. Era o último da fila. Então, relaxa. Beleza?

Tá, eu... beleza.

É isso aí. Quer um pouco de água?

Não, eu... obrigada. Não.

Vou embora daqui a pouquinho, daí te deixo em paz.

Quando... quando ele sumiu ontem...

Quê que tem?

Não... não sei. Primeiro, achei que ele tivesse ido embora e me deixado aqui. A gente brigou e ele saiu batendo a porta. Odeio gente que sai batendo porta. Meu pai faz isso, é... Mas aí eu lembrei do dinheiro. Ele não ia embora sem o dinheiro. Fiquei esperando ele voltar, não sei por quê. Devia ter pegado as minhas coisas e ido embora. Ele tava babaca demais. Nem parecia a pessoa que... bebendo sem parar, cheirando. Ele não era de cheirar lá em Minaçu, mas agora começou com isso. Fica bem estúpido quando cheira. Grosso.

Brigaram por quê?

Ele tava muito bêbado. Encheu a cara a noite inteira num bar aqui perto, tá enchendo a cara faz um tempão, na verdade, bebendo todo dia mesmo, sabe? E de anteontem pra ontem foi igual, a mesma... Depois a gente voltou pro hotel, veio aqui pro quarto, e ele ficou cheirando. Não dormiu nada. Eu peguei no sono. Daí ele me acordou, queria me... me comer ontem de manhãzinha. E eu... eu até queria, também, pelo menos isso, né?

Né. Pelo menos isso.

Mas ele não deu conta.

Broxou?

Foi, ela sorri, meio encabulada. Ele broxou. Tentou, tentou e tentou, mas não conseguiu de jeito nenhum. Eu ri, né. Fazer o quê? Eu ri e ele ficou muito, muito bravo, apelou feio comigo. Parecia outra pessoa.

Te bateu?

Bateu, né. Me deu um soco na barriga e uns murros na cabeça, depois vestiu a roupa, pegou um pouco de dinheiro e saiu batendo a porta. Ele nunca tinha me batido antes. Nunca tinha me tratado desse jeito antes. E também nunca tinha broxado.

Acontece.

Ele tava assim diferente desde qu'eu cheguei. Mesmo falando dessas ideias de ir embora pra São Paulo, que a gente ia ficar junto, ia até casar, se eu quisesse, e não sei mais o quê. Conversa de homem igual ele e peido n'água parece que acaba sendo tudo a mesma coisa, né? Mas ele não era assim, não. No começo, lá em Minaçu. A gente... ele não era assim, mas acabou virando isso. Acho que a droga comeu o cérebro dele.

Tinha muito o que comer, não.

Ela encolhe os ombros. Sei lá.

Sabe, sim. Cê não é burra.

Ah, ele era meio bronco, mas... sei lá.

Você sabe onde ele guarda o dinheiro, então.

Ela respira fundo. Foi pra isso que... veio pra isso, né? Pra... pra pegar o dinheiro dele.

Na verdade, não. Eu vim pra procurar uma coisa. E pra falar contigo, também. Quero porra nenhuma com o dinheiro dele, não, posso te garantir. Não quero, nem preciso.

Ele... ele deixou ali na mochila mesmo. Num envelope preto esquisito. Ainda sobrou bastante.

Sobrou bastante?

Sobrou. Ele recebeu isso pra matar seu amigo?

Não. O pagamento pelo meu amigo ele recebeu faz um tempinho já. Esse outro dinheiro aí foi pra matar o meu pai.

Os olhos arregalados. Seu...

Relaxa. Meu pai fez por onde.

Eu...

Qual é o seu nome mesmo?

Re... Rejane.

Então, Rejane. Aqui vai a minha singela sugestão: pega a porra do dinheiro. Pega a porra do dinheiro e vai pra onde quiser, fazer o que quiser, vender quanta roupa quiser.

E se...

E se?

E se eu só quiser voltar pra cas... pra Minaçu?

Então, volta. Que diabo eu tenho a ver com isso? Faz o que quiser. Mas leva o dinheiro.

Eu...

Ou vai embora pra São Paulo.

Sozinha?

Por que não? Não é uma ideia ruim. De jeito nenhum. Ainda mais se você for com esse dinheiro aí. Sabe como é, pra não passar aperto. Tive lá no começo do mês passado. Minha tia mora em São Paulo.

Sozinha?

Não. Com a mulher dela.

Como assim?

Assim mesmo. Ela foi pra onde quis, e faz o que quer. Saiu daqui de Goiás e foi. Não tem nada de engano ou desengano nela. Fazia muito tempo que a gente não se via. A visita foi bem boa. Ela já se fodeu muito. Foi bom ver que agora ela tá bem, vivendo do jeito que quer. Feliz.

Você já se fodeu muito?

Só um pouco. Tenho sorte. E ando armada.

Não tá armada agora.

Porque não preciso. Te contar uma coisa.

O quê?

Cê gostava de estudar história?

Na escola?

Onde mais, mulher?

É, acho... acho que sim. Gostava. Um pouco. Mas preferia matemática. Decorar aquelas datas era meio...

Já ouviu falar da Revolta de Khmelnitski?

Eu... que diabo é isso?

Um troço que aconteceu no século XVII, se não me engano, lá na Europa. Gente matando gente, pra variar. Nesse caso, os cossacos queriam botar pra foder com os polacos, e os judeus ficaram no meio da confusão. Sabe o que alguns cossacos faziam com as judias? Com as mulheres? Isso é coisa sabida, tem testemunho da época e tudo, não é coisa inventada nem exagero meu, não. Eles pegavam uma mulher que tava grávida e esventravam. Sabe o que é isso? Esventrar? É abrir o bucho duma infeliz na faca. Eles faziam isso, depois tiravam o bebê, jogavam fora e enfiavam um gato no lugar. Um gato vivo. Imagina só uma coisa dessas, um gato vivo dentro da sua barriga, isso depois de arrancarem e matarem o seu bebê. Mas não acabava aí, não. Pra mulher não tirar o gato, os caras ainda cortavam as mãos dela, sabe? Daí a coitada não tinha como pegar o gato e tirar ele lá de dentro. Fizeram isso com um monte de mulher.

Rejane a encara, a palidez acentuada no rosto. Os lábios tremem. Pra que... por que tá me contando essas nojeiras? Abner nunca fez isso com ninguém, fez? Ele nunca... esven...

Não, não. Mas isso não quer dizer que...

O quê?

Ela respira fundo, procurando as palavras certas. E continua: A questão é que esses caras foram meio que uns nazistas antes do tempo, sabe? Dos nazistas você lembra?

Lembro, né. Esses aí todo mundo conhece, até por causa dos filmes. Cê viu *A Escolha de Sofia*?

Então. Esses caras são do tipo que vivem assim na vanguarda da desgraceira, sabe? Claro que nada que eles fizeram era novidade. Esse tipo de merda sempre aconteceu. Esse tipo de merda nunca vai parar de acontecer. Não só com os judeus, claro. Só tava dando um exemplo.

Por quê? Por que tá me falando essas coisas? Eu não...

É que o tal do Abner...

Ele?

Pois é.

Olha aqui... mas... tirando essa última parte, isso de usar droga e broxar e me encher o saco e me... e me bater, ele... ele era bom pra mim, não tinha nada de... ele não tinha nada dessas coisas aí, não.

Não?

Claro que não.

Por quê?

Como, *por quê*?

É, por quê? Porque te comia, porque te pagava comida, roupa, bebida, porque te trouxe pra cá?

Ué. Por exemplo.

Olha, Rejane. Cê parece esperta, tem a sua vida e nada disso é da minha conta, mas precisa tomar mais cuidado. O que eu tô tentando dizer é que o Abner era o tipo de cara que, nas condições ideais de temperatura e pressão, com ou sem cachaça, com ou sem cocaína, não ia ligar de abrir o bucho de uma infeliz e enfiar um gato vivo lá dentro, não.

Ah, para, isso é nojen

Pode apostar. E esse país tá cheinho de gente assim. Vai por mim, menina. Eu sei do que tô falando. Eu lido com esse tipo de filho da puta faz um tempinho, já. Eu lido com todo tipo de filho da puta, e o Abner era dos piores, viu? Era mais burro do que a média, mas se tem uma coisa que me parece óbvia é que maldade não pressupõe inteligência, não.

O que ele...

Quer mesmo saber? Beleza. Esquece a história. Esquece os cossacos, os nazistas, esquece essa porra toda. Vou te falar. Abner pegou esse meu amigo, Emanuel, o nome dele era Emanuel, pegou e levou pra minha papelaria. Era de noite, era tarde, e ele queria privacidade, né? Queria que ninguém ouvisse. Só tem comércio perto da papelaria, e tava tudo fechado àquela hora. Ele levou o meu amigo pros fundos, pro depósito, e começou a brincar. Primeiro, ele tirou a roupa do meu amigo e bateu nele. Socou e chutou até cansar. Depois, arrancou umas unhas e uns dentes dele com um alicate de bico. Mas achou que isso era pouco, e pegou um estilete e cortou o saco, o rosto, e furou um dos olhos dele. Mas presta atenção. A essa altura, acho que já tava bem claro que o meu amigo não sabia de porra nenhuma, que o meu amigo não tinha a informação que ele queria, que o meu amigo não tinha merda nenhuma a ver com aquela história. Então, acho que a gente pode concluir que o Abner tava só curtindo a brincadeira mesmo. Por fim, ele cortou o pau do meu amigo e enfiou na boca do coitado. Só depois disso tudo é que abriu a garganta do Emanuel e deixou ele morrer.

Pálida, imóvel, os olhos arregalados. Como se prestes a desfalecer ou vomitar, ou vomitar e depois desfalecer.

Isso não é mentira, não. Não preciso mentir pra você. E eu repito, ele fez essas coisas todas a troco de nada, tá me entendendo? Me disseram que não, mas eu procurei saber. Me disseram que tinha sido rápido, que o Abner tinha sacado que o Emanuel não sabia de nada e matado ele, mas era mentira. Essa porra toda levou um tempão. Tô falando de horas, menina. *Horas*. Sem pressa nenhuma. Como se o Abner não quisesse estar em nenhum outro lugar, sabe? Como se aquilo fosse a coisa mais divertida do mundo pra ele.

Após o que parece uma eternidade, Rejane volta a se mover. Esfrega o rosto com as duas mãos. Trêmula.

Cê vai vomitar?

Não, eu...

Quer um pouco de água?

As mãos outra vez no colo. Os olhos agora parecem fundos, minúsculos, como se tivessem fugido para o fundo da cabeça, não quisessem *ver* mais nada. E você... você fez a mesma coisa com ele?

Isabel abre um sorriso largo. Por quê? Acha que eu devia?

Não, eu... eu não sei. Não sei o que eu... você... você fez?

Não. Dei só um tiro na cabeça mesmo. Tchau e bença.

E isso te torna diferente dele?

Sei lá. Taí uma boa questão. Torna?

Eu não...

Cê não sabe.

Não. Não sei.

Nem eu, diz, levantando-se da cama. Chega de conversa fiada, né? A prosa tá boa, mas já fiquei aqui tempo demais.

O que você...

Tenho que dar uma olhada na porra da mochila dele, Rejane. Ver se encontro um troço.

Que... posso saber que troço?

Uma lata de filme.

Lata?

É. Sabe como é? Uma lata assim meio redonda, parece um estojo, com um filme dentro.

Eu não...

É aquela bolsa ali no chão?

É, sim.

Bom, vou dar uma olhada.

Fica... fica à vontade.

Isabel se agacha e começa a fuçar. Na bolsa, além de algumas calças, cuecas, meias e camisetas, um 38 (o burro broxou e bateu na namorada e depois ainda saiu desarmado do hotel) e uma dúzia de balas, há apenas o envelope com o dinheiro. É, não tá aqui, não, ela diz, endireitando o corpo. Joga o envelope com o dinheiro no colo de Rejane. Devia ter perguntado pra ele antes de... você sabe. Mas só lembrei dessa merda depois.

Esse filme é importante?

Não é nenhum *A Escolha de Sofia*, não ia ganhar nenhum Oscar, mas aconteceu muita merda por causa dele.

Que tipo de...

Tipo o Abner torturar e matar o meu amigo.

Ah, era isso que ele proc... É importante, então.

Na verdade, não é mais, não. Digamos que todos os envolvidos na brincadeira morreram. Exceto, talvez, o cavalo.

Cavalo?

Deixa pra lá.

Se não é mais importante, pra que você quer, então?

Curiosidade. Me disseram que ele pegou e eu queria dar uma olhada e depois, sei lá, queimar a porra toda. E também é um jeito de encerrar essa história, sabe? Mas agora tô pensando que talvez esteja com a pessoa que me disse que tava com o Abner. Aquele safado. Não dá pra confiar em mais ninguém hoje em dia, né? Ainda mais em advogado. Bom, que se foda.

E... você veio aqui só pra pegar isso?

E pra falar contigo. Ter certeza que ia ficar com o dinheiro.

Por quê?

Porque alguém tem que ficar com a porra do dinheiro. Melhor você do que a camareira, que não levou sopapo de homem broxa e babaca.

Mas...

O quê?

O que tem nesse filme pra...?

Quer mesmo saber? Tá bom. Pelo que me contaram, é um filme pornô com uma mulher gorda trepando com um cavalo enorme.

Um homem fantasiado de cavalo?

Não, criança. Um cavalo fantasiado de cavalo.

Hein?

Um cavalo, Rejane. Um cavalo de verdade. Quatro patas, crina e o escambau. A gorda trepa com um cavalo no filme. Ela fica de quatro ou sei lá como e o cavalo mete o pau na buceta dela.

Mas isso... nem existe, nem é... É possível?

Vai por mim: não há o que não haja.

Mas quem foi que... quem obrigou essa mulher a fazer uma coisa nojenta dessas?

Isabel ri. Posso estar enganada, mas acho que ela fez porque quis mesmo. Tem base?

Que horror.

É a vida em Pindorama. E agora eu vou cair fora daqui. Picar a mula. Puxar o carro. Ejetar. Dar no pé. Quer carona pra algum lugar? Precisa de alguma coisa? Mais conselhos, uma palavra amiga? Um abraço? Cê parece meio abalada. Claro, eu entendo. Muita coisa pra processar. Peço desculpas por ter sido tão minuciosa nas descrições. Mas a conversa tava boa, fluiu gostosa, e como é que eu vou compartilhar esse tipo de coisa e explicar os meus motivos sem contar tintim por tintim o que aconteceu, não é mesmo?

Eu...

Não que eu te deva explicações, mas... sei lá. Fui com a sua cara, Rejaninha. Cê é uma fofa. Foi um prazerzão mesmo. Tem certeza que não tem mais nada que eu possa fazer por você?

Não, eu... obrigada.

Até mais ver, então, criatura. Aproveita o feriado. Tá uma porra dum dia lindo lá fora.

Eu não sei o seu nome.

Isabel.

Isabel.

É isso aí. Tem um careca me esperando lá embaixo. Ele é o sexto beatle ou o quinto cavaleiro do apocalipse, ainda tô tentando descobrir. Fica bem, menina. Tchauzim.

Tchau. Fica com Deus.

Kay Parker.

Oi?

Nada. Besteira.

Isabel sai do quarto e fecha a porta atrás de si. Recoloca o boné que tirou ao entrar. San Diego Padres. Olha para a esquerda, depois para a direita. Corredor deserto. Nenhum cossaco à vista. Sorri. Foi mesmo com a cara da moça. O som de uma trepada em curso no quarto defronte. Caldas Novas. A maior concentração de mictórios a céu aberto do mundo, disse Gordon naquela manhã, quando readentraram a cidade.

Do que é que cê tá falando?

As pessoas só entram nas piscinas pra mijar.

Ah, sim. Bom, a água é bem quentinha. Não dá pra culpar ninguém por isso, não.

Ela e Gordon renderam Abner na véspera. Saída de um boteco. Bêbado, desarmado. Seguiam-no desde o começo da tarde, quando (Isabel viria a saber depois) ele deixou o hotel após broxar com Rejane e, em função disso, premiá-la com um soco na boca do estômago e uns murros na cabeça.

Que espécie de animal deixa a namorada sozinha no hotel, a namorada que trouxe lá de Minaçu só pra passar a porra do feriado, e sai pra encher a cara?

Talvez tenham brigado.

Já? Ela chegou no sábado, parece.

Uma coronhada na cabeça quando Abner mijava em um beco. Algemas, mordaça e porta-malas. Levaram-no para a chácara de um casal amigo de Gordon, a poucos quilômetros da cidade, vazia, exceto pelos enormes porcos no chiqueiro e por dois vira-latas amigáveis.

Tem certeza que o caseiro ou o dono não vai aparecer?

Tenho. O caseiro só volta amanhã à tarde. Foi visitar a mãe em Luziânia. Vai dar tudo certo, não se preocupe.

E o dono? De quem é a chácara mesmo?

Wesley e Renata. Quero te apresentar a eles. Muito, muito agradáveis. Os dois são psicanalistas.

Cê anda com esse tipo de gente agora?

Sou uma pessoa gregária.

Desde quando psicanalistas criam porcos?

Não seja preconceituosa. Renata herdou a chácara do avô.

E o que os seus amigos psicanalistas criadores de porcos acham que a gente veio fazer aqui?

Eles acham que eu trouxe a minha namorada pra passar o feriado. Dispensaram o caseiro por isso. Sabe como é, pra que eu e você tivéssemos privacidade. Eles são realmente agradáveis, Isabel, e muito divertidos, também. Vai adorar conhecê-los.

Bom, você não mentiu.

Sobre?

Trazer a namorada pra passar o feriado.

Mas não falei do nosso amigo.

A namorada e um amigo.

Gordon parou o carro de frente para o chiqueiro, os faróis acesos, e eles desceram, os vira-latas correndo e latindo ao redor.

Sabe que nomes eles deram pra esses cachorros?

Eu sei os nomes que eu daria.

Totem e Tabu.

Tiraram Abner do porta-malas e o arrastaram até os arredores do chiqueiro. Gordon acendeu uma lâmpada que pendia de um extremo do teto, próxima à entrada. Isabel foi ao carro, desligou os faróis e voltou, sorridente. Parou à frente de Abner, pistola na mão direita. Ajoelhado, ele movia a cabeça de um lado para o outro como se tentasse acordar. Zonzo, bêbado, trincado. Sangue escorria do alto da cabeça, o lugar da coronhada.

E aí, filho da puta?, ela disse, arrancando a mordaça.

Que disgraça é ess

Cê gosta de porco?

Eu num sei que diabo ocês pensa q

Não interessa. O lance é a porcada gostar da sua pessoa.

Ah, cala ess

Sabe quem eu sou?

Olha, eu... eu... eu... eu... seu pai, el

Não, não, não. Meu pai que se foda.

Hein?

Emanuel. Isso aqui é pelo Emanuel.

Ele bufou, forçando um sorriso torto, os olhos muito vermelhos, depois inspirou e expirou com força. Hálito podre de cachaça e fritura. Olha, eu num lembro de nenhum Manuel, não. Cês me pegaro enganado, moça.

Lembra, sim. E *pegaro* enganado porra nenhuma.

Não, eu n

Ah, quer saber? Foda-se.

O tiro na testa. Totem e Tabu saíram correndo na escuridão.

Porra, esqueci dos cachorros. Não queria assustar eles.

Gordon se aproximou com uma faca, rasgou e arrancou as roupas do defunto. A gente queima daqui a pouco.

Ela foi ao carro e voltou com um alicate. Parece que o sacana tem todos os dentes, que preguiça.

Quer que eu cuide disso?

Não, disse, agachando-se. Vai queimar as roupas que eu cuido da dentição da criança.

Pois não, doutora. Não se esqueça de tirar as algemas.

Não vou esquecer. Mas o senhor tem certeza disso?

Disso o quê?

Que porco não come dente?

Você comeria?

Se eu fosse uma porca? Quem sabe.

Pra dizer a verdade, não sei ao certo. O ineditismo da situação também se aplica a mim. Mas, pelo que me disseram, parece que não.

Parece que não o quê? Que porco não come dente?

Sim. Segundo me disseram.

Quem disseram?

Um conhecido, anos atrás. Não me lembro do contexto da conversa, do que nos levou a falar sobre isso. Mas ele era médico, creio que sabia do que estava falando.

Confiaria mais se o seu conhecido fosse veterinário.

Não posso discordar.

Bom, é melhor eu agilizar essa porcaria.

Ele se afastou com as roupas, assoviando *Blue Rondo à la Turk*.

Ela arrancou os dentes e os colocou em um saco de papel, uma infinidade de cascas de amendoim ali dentro. Pronto aí?

Gordon observava as roupas ainda queimando em uma velha lata de tinta. Quase.

Pode jogar o puto lá dentro.

Ele se aproximou, pegou o cadáver desdentado como um noivo pega a noiva e o jogou por sobre a mureta do chiqueiro, a cabeça primeiro. Os porcos se alvoraçaram.

Olha, ela disse pouco depois. Vou te falar uma coisa.

Sim?

Não é uma imagem muito bonita, não.

O que você esperava?

Sei lá o que eu esperava. Não olhar, talvez. Mas, estando aqui, sabe como é, fica difícil não olhar.

Foi você quem insistiu nesse *modus operandi*.

Modus desovandi: porcino.

Hein?

Sei lá, Gordie. Achei que ia ser apropriado. Pra ele, quero dizer. E pras circunstâncias.

E pros porcos. Parecem muito felizes.

E pros porcos. É isso aí.

Apropriado, mas trabalhoso.

Arte pela arte. É trabalhoso, mas compensa.

A exemplo do crime.

O crime compensa?

Tem compensado, não?

Se você diz.

Eu digo.

Ela cruzou os braços, de olho no que se desenrolava dentro do chiqueiro. Respirou fundo, subitamente séria.

Que foi?

Eu...

O quê?

Eu só queria que ele sumisse, sabe? Depois do que fez com o Emanuel. Queria que ele virasse lavagem de porco. Virasse merda. Eu queria *ver* isso aí. Só matar não bastava, não.

Pensei que esperasse *não* olhar.

Cala a boca.

Ele sorri. Vou ver se as roupas terminaram de queimar. Quando puder, espalhe um pouco de terra sobre esse sangue aí no chão.

Sim, senhor. Não dá pra acender as luzes ali da área?

Vou fazer isso. E jogue os miolos lá dentro. Use aquela pá.

Pode deixar. Quem diria que ele tinha algum, né?

O quê?

Miolo.

A questão não é apenas ter, mas saber usar.

É o que diz a Bíblia.

Não me lembro dessa passagem.

Logo quem.

"I don't wanna be no Catholic boy", não é isso que diz a música que a gente ouviu no carro mais cedo?

Eu sou menina. E você é episcopal.

Minha *família* era episcopal.

Mas você torce pros Padres.

De fato, é a minha religião.

Eric Show.

Precisamente. Não se esqueça de recolher a cápsula e levar essas algemas pro carro.

Quê que eu faço com os dentes?

Tem um banheiro ali nos fundos. Jogue na privada e dê a descarga.

Talvez eu dê uma cagada antes.

Fique à vontade, pequena.

Ficarei.

Capricha.

Arte pela arte, lembra?

Se você diz.

Eu digo. E quero voltar pra Caldas depois.

Caldas? Pra quê? Pensei que fôssemos dormir aqui.

E vamos. A gente pode ir de manhã.

Mas por quê?

Lembrei de uma coisinha.

Que coisinha? A gente precisa voltar pra Brasília. João quer nos apresentar a algumas pessoas amanhã à tarde, e eu preciso devolver as chaves da chácara pra Renata.

Eu sei, homem, eu sei. Prometo que a gente vai chegar a tempo pra fazer tudo isso, pro churrasco do João, pra devolver as chaves, tudo, tudo. Sem grilo. Não esquenta.

Mas o que você ainda quer fazer em Caldas?

Quero dar um pulo no quarto dele.

No hotel?

No hotel.

A namorada ainda vai estar lá.

Talvez. Se for o caso, eu me entendo com ela.

Não vá se enrolar.

Não vou. Relaxa. Vai dar tudo certo.

Ok. Vou terminar aqui e tomar um banho.

Olha, os cachorros voltaram. Quem é o Totem e quem é o Tabu? Eles são meio parecidos.

Agora, ao sair do hotel, ela para na calçada e olha ao redor. Muito trânsito, muita gente circulando. Mais um feriado. Gordon está ao volante do Maverick, do outro lado da rua, concentrado na leitura do que mesmo? Esqueceu o título do livro e o nome da autora. Coisa do século XIX, parece. Nova York, gente rica. O cara comprometido se apaixonando por outra, uma condessa divorciada de nome engraçado. Um nome meio polaco. Uma história muito violenta disfarçada de história de amor, ouviu dele na véspera, quando perguntou a respeito. Amor? Que amor? Prefere os faroestes baratos que João tanto aprecia. Vai começar a comprá-los também. Em qualquer banca de jornal, ele disse. Talvez seja por causa da ambientação. O pai gostava de faroestes. Caubóis, putas, xerifes e índios: sim. Vampiros, monstros, estripadores e assassinos em geral: dependia. Zumbis? Sem chance. O pai está morto. Dirá (como disse tantas vezes antes) o pai que se foda? Não, não dirá. Não mais. Não há mais necessidade. O pai já se fodeu. Sinto pela vizinha. Neide. Morto, enterrado. Por Neide e pelo marido. Descansem em. Haja dano colateral. A exemplo de mim? Não, não sou vítima. Não mais, pelo menos. Clara. (Heinrich, por que você não me esperou?) E Emanuel. Goiás, DF: nosso velho (Centro-) Oeste. Veja, Emanuel, aqui alimentamos os nossos porcos direitinho. Goiás. Pelo menos isso, certo? Caldas Novas, feriado. Muito trânsito, muita gente na rua. 15 de novembro. Bem-vindos à República. Mas não me fale dos generais. Sobretudo *daquele*. Um derrame? Filhos da puta. Saíram no lucro. Sempre saem no lucro. Praça da Aclamação. Milicos. Hoje, Praça da República. De Deodoro a Figueiredo, o que tivemos? Porcos muito bem alimentados. O que você esperava, Marechal? Que belíssimo chiqueiro os senhores construíram. A rigor, aquela foi a segunda proclamação. Sim? (Cê gostava de estudar história?) A primeira proclamação foi em 1817. Em Pernambuco. Por obra e graça da Revolução Pernambucana. Revolução dos Padres. O que isso nos lembra para além da tal proclamação? O tempo passa e vou me esquecendo das coisas. Alguns anos desde a formatura. Setenta e nove foi um ano louco. Gordon sabia de tudo há meses. O pai bêbado, contando. Naquela maldita chácara. Dia dos Namorados. Ele adora uma história. Queria saber mais sobre o pai de Bruno. Monte Castello. Não é uma história qualquer, a minha. Doloroso lembrar. Doloroso contar. Ainda bem que meu pai contou. Assim, eu não preciso. Todas aquelas coisas. Não pensar mais nelas. Se possível. Quando possível. Até onde for possível. Mas do que é que eu. Sim. Revolução dos Padres. O que isso nos. Lembra: Joaquim da Silva Rabelo. Frei. Joaquim do

Amor Divino. Frei Caneca. Preso, condenado. Desautorado das ordens. Era para ser enforcado. Mas os carrascos se recusaram a. (Brasileiro é foda, diria Chiquinho, arranja qualquer desculpinha pra não trabalhar.) Arcabuzado, então. (Que saudades, pançudo.) Pelo menos não o queimaram vivo. (te levar pro terreiro e te encharcar com gasolina e riscar um fósforo e ficar te olhando queimar) (Não pensar mais.) Talvez o *depois de tudo* e o fogo sejam a mesma coisa. Restos mortais enterrados em local ignorado. Frei Caneca. Pelo menos não foi atirado aos porcos. Mas por que estou pensando nessas coisas? Gordon olha para ela, sorrindo. O que está fazendo aí parada?, talvez esteja se perguntando. Se for o caso, está certo. Atravessar a rua, entrar no carro. Acho que quero dirigir. Hora de ir embora. João à nossa espera em Brasília. Eu sei, homem, eu sei. A gente vai chegar a tempo. Uma noite excelente na chácara. Obrigado, Élcio e Roberta. Não, porra. Wesley e Renata. Quero te apresentar a eles. Muito, muito agradáveis. Os dois são psicanalistas. Psicanalistas criadores de porcos. (Não seja preconceituosa.) Os vira-latas Totem e Tabu. Renata herdou a chácara do avô. A vida de Gordon é conhecer pessoas. Conhece Beatriz, ou o marido dela. Gregário. Ainda não me contou aquela maldita história. Um singelo consultor. Fica me enrolando. Preciso arranjar alguma coisa pra fazer. Meu pai, Beatriz. Ainda mais agora, a papelaria fechada. Meu pai que se. Alguma *outra* coisa. Gordon que conte quando quiser. Como reabrir o lugar depois do que aconteceu? As pessoas que João quer apresentar. Como trabalhar ali? Um casal cuja filha desapareceu. Lembranças demais. Tomara que a moça não tenha sido sequestrada e barbarizada. Como Clara. E como Emanuel. A troco de nada. João não diz, Gordon não diz. Sala limpa e esvaziada. Mas eles acham que eu posso ajudar. Placa de ALUGA-SE. Não mais caderno, caneta e envelope. Não mais pincel atômico. Não mais lápis, apontador e borracha. Não mais fotocópias. (Não mais cabeças estouradas?) (Não seja ingênua.) Sair à procura de uma menina? É isso que esperam de mim? É isso que, mesmo sem dizer nada, sugerem que eu faça? Olha só, disse João, a filha de uns amigos meus sumiu, desapareceu. Na verdade, eles são amigos da Danuza aqui, vizinhos dela lá no Gama, sabe? A polícia cagou pra história. Ninguém tá procurando a menina. Ninguém quer saber. Primeiro, eles acharam que era sequestro, mas quem sequestra filha de pobre? Falei pra Danuza trazer eles pro churrasco, convidar, sabe? Dar uma desanuviada. Quase dois meses que a menina sumiu. Sei lá, vai que a gente pensa em alguma coisa. Vai que a gente consegue ajudar. O cara é mecânico. A mulher é manicure. Tudo gente boa. Filha única. Que coisa triste, né? A polícia cagou pra eles. Isabel sorri. João não disse nada, mas disse. Gordon não disse nada, mas disse. João e Gordon disseram tudo. Assim como os olhos de Danuza enquanto eles falavam. Como se não fosse nada. Como se falassem por falar. Uma história triste. Algo que aconteceu. Uma menina de treze anos desaparecida. Não pude salvar Clara. A polícia, nada. Nem sabia que Clara estava em perigo. Não mais fotocópias. Quando soube, eu também estava em perigo. Não disseram nada, mas circularam a coisa com um pincel atômico vermelho. Não consegui me salvar. Danuza lavando a louça, olhando por sobre o ombro. Mas ainda estou aqui. O trio sentado à mesa da cozinha, bebendo, jogando conversa fora. Viva. Aqueles olhos. Isabel sorriu então e sorri agora. Por que não? Alguma coisa com o que se ocupar. Sei lá, vai que a gente pensa em alguma coisa. Vai que a gente consegue ajudar. O pai da menina é mecânico. Como Chiquinho. (Saudades, pançudo.) Vamos ao churrasco, então. Conhecer os pais. Saber qual é. Sinto muito pela sua filha. Como é que eu posso ajudar? Enquanto atravessa a rua, Isabel pensa nessas coisas e também pensa que a manhã está tão agradável que convida a uma caminhada de mil anos.

São Paulo, 2019-21.

NOTAS

A edição de que disponho de *Dedo de Satanás* é de 1990. O livro, assinado por um certo James Monroe (não se trata, evidentemente, do quinto presidente norte-americano, aquele da famigerada Doutrina), foi lançado pela Editora Monterrey. Não sei se existem edições anteriores. Caso não haja, peço desculpas pelo anacronismo. Não terá sido o único que cometi nestas páginas.

O romance de William H. Gass do qual pincei uma das epígrafes permanece, até o momento, criminosamente inédito no Brasil. A edição de que disponho é de 1997, lançada pela Penguin Books. Eu mesmo traduzi o trecho (que está na página 279 do original). Quanto ao livro de Paulo Bertran, recorri à edição da Verano (Brasília, 2000).

AGRADECIMENTOS

Agradeço a Pedro Ponce de Leones, Jayme Celestino de Freitas, Luciano H. Ponce Leones, Luis Fernando de Sousa e Lúcia Aparecida J. de Leones pela inestimável ajuda em pesquisas tão díspares quanto imprescindíveis para a escrita deste livro.

E agradeço a Marianna Teixeira Soares, minha agente.

Este livro foi composto na tipografia Minion Pro,
em corpo 11/15,5, e impresso em papel off-white
no Sistema Digital Instant Duplex da
Divisão Gráfica da Distribuidora Record.